解码西游

JIEMA XIYOU

黄如一 著

中国发展出版社
CHINADEVELOPMENT PRESS

图书在版编目（CIP）数据

解码西游 / 黄如一著. —北京：中国发展出版社，2018. 11
ISBN 978-7-5177-0933-6

Ⅰ. ①解… Ⅱ. ①黄… Ⅲ. ①《西游记》研究 Ⅳ. ①I207.414

中国版本图书馆CIP数据核字（2018）第251128号

书　　名：解码西游
著作责任者：黄如一
出 版 发 行：中国发展出版社
（北京市西城区百万庄大街16号8层　100037）
标 准 书 号：ISBN 978-7-5177-0933-6
经　销　者：各地新华书店
印　刷　者：河北鑫兆源印刷有限公司
开　　本：710mm × 1000mm　1/16
印　　张：23.25
字　　数：360千字
版　　次：2018 年 11 月第 1 版
印　　次：2018 年 11 月第 1 次印刷
定　　价：49.00元

联 系 电 话：（010）68990535　68990692
购 书 热 线：（010）68990682　68990686
网 络 订 购：http：//zgfzcbs.tmall.com//
网 购 电 话：（010）68990639　88333349
本 社 网 址：http：//www.develpress.com.cn
电 子 邮 件：10561295@qq.com

声　　明

本书仅针对明代小说《西游记》（万历二十年金陵世德堂本）进行文学解读，与现实宗教无关，也与其他文学作品无关。《西游记》借用了大量神佛暗喻现实官场人物，也均只是借用其名，与现实宗教中的神佛无关。

编者序
Preface

相信很多人都和我有一个相同感觉：从未完整读过《西游记》原著，却对西游故事耳熟能详。孙悟空、猪八戒、红孩儿、白骨精、牛魔王、九头鸟，多情善感的女儿国王，还有她深爱着的御弟哥哥……一个个鲜活的形象从未淡出中国人民的文艺舞台。其实《西游记》原著的文字是很美的，有许多影视作品无法传递的意境。“**光阴迅速，历夏经秋，见了些寒蝉鸣败柳，大火向西流**”……这只是《西游记》中常用来表示快进的过渡段，区区21字，犹如徐徐展开一幅光阴流逝、取经人一往无前的水墨丹青画卷。沉浸在这流淌的锦绣文字中，眼前不禁缓缓流过我们在西游故事伴随下成长的似水年华。

已经记不清最初与作者一起探讨《西游记》始于何时，只记得他提出的三条理论曾重击过我的内心，这也构成了他今天创作本书的3个立论基础：

1.《西游记》的作者是李春芳而非吴承恩。

2.《西游记》中的故事都能在《明史》中找到对应。

3. 如来佛不是玉皇大帝的领导，相反，他和太上老君一道是玉皇大帝的宠臣。

说实话，这既不符合绝大多数人对西游故事的感观，也不符合我们从小背熟的“文学常识”，其实也颠覆了近年来兴起的这股解读《西游记》的文学风潮。这些解读虽然大多刺透了《西游记》最肤浅的表层意象，提出《西游记》绝非“文学常识”所谓的浪漫主义小说，而是有着深邃官场、职场意义的现实讽喻小说，但他们似乎也始终无法摆脱1986年版《西游记》电视剧在中国人民脑中打下的第一印记，不但没能消除它的一些误导，甚至还在继续放大。编者曾与作者笑谈道，如果能纠正这种错误认识，是不是一件功德无量的事呢？没想到一句之缘，竟成就了他一部大作的缘起。

黄如一是一个很有意思的人，常以一位“传统”的理工科博士自居，有着非常严谨的逻辑思维方式（但事实上在编者眼中，他首先是一位历史作家），这或许是他在当前这股解读《西游记》的热潮中独立潮头的一个核心因素。因为我发现近年来大量解读《西游记》的著作固然精彩绝伦，但往往陷入作者自设的架空世界，许多关于《西游记》“疑问”的解释都是基于架空设定的自圆其说。比如很多作者为《西游记》设定了一个佛、道分别是独立政权的宇宙观，甚至设定玉皇大帝篡夺了太上老君的道教老大位置，以此来阐释如来、道教和玉帝之间的关系，进一步引申为取经之战的所谓内幕。这些解释看似能够自洽，并且拓展出一个比原著更精彩的故事，但却从原著中找不到任何依据，所以也很难得到普遍信服。而黄如一反对这种无边界的发散解读，主张坚决立足原著，不仅要严密推导，更要正本清源。不过他又独辟蹊径，提出从明史中寻找《西游记》的痕迹。其实只要转换了这个视角，我们就会惊奇地发现，明代很多官场斗争史实不断闪现在《西游记》的喜剧故事中。尤其是王大臣刺万历帝和大闹天宫、万历帝栽赃御马监太监冯保抢购珠宝和玉帝栽赃弼马温偷蟠桃、小宫女刺杀嘉靖帝的“壬寅宫变”和蜘蛛精悬吊唐僧……这些史实和《西游记》中的情节简直完美对应，很多看不懂的“未解之谜”随之一一绽放了谜底。所以，解读《西游记》，不但不能脱离成书的时代背景，无限发散，反而要更坚决地收敛于真实历史。有了这个思路，《西游记》的重重“密码”就一个字符一个字符地还原成了“明码”。

虽然一一还原这些个历史上真实发生过的官场故事已经足够精彩，但作者认为《西游记》还有更深层次的内涵，那便是要用这一个个故事，将官场百态解码成一幅中国特色封建社会演进至明的浩瀚社会长卷，对明代官场形态、中国社会构成、中华文明进程等重要问题进行深入剖析。揭示“取经路上”各方利益博弈的本质，为的是在赏析小说的引导下阅读历史，洞悉官场，纵览社会形态演进的长河。这无疑是一场非常宏大的叙事，其实推进至此，相信很多读者已经能够理解，我们为何不再认为《西游记》作者是县府小吏吴承恩，而应该是大明首相李春芳。

不过我想，本书真正最让人惊喜的还不是回答了许多我们从小带来的疑问，也不是带我们俯瞰了奔流壮阔的历史长河，而是作为一部官场小说的解读评论，充满了积极向上的阳光正能量。曾有评价家严厉批评当前的文学创作风潮，尖锐指出现代的官场小说，最爱往“下水道”的方向发展，以一种故作深沉的阴暗潮湿迎合一些下作的窥私欲。不少解读《西游记》的作品也不一小心走向了这个方向，非常令人痛心。而黄如一将解读《西游记》的背景放在明代宫廷，更不禁令人联想到所谓“宫斗剧”，那可是下水道的堵塞版。所幸的是，黄如一在解读这部史上最伟大官场小说时，完全没有阴暗潮湿，而是愈发阳光温暖，充满了正能量，甚至常常鼓荡着一种令人泪流满面的冲动。尤其写到诸如羊力大仙这些小道士暗喻的杨慎、杨继盛等儒家士子，为了捍卫公理正义，不惜抛头颅洒热血的动人场面，多次令我审读时潸然泪下。在这部以喜剧为基调的书中，时而令人捧腹大笑，时而又令人泪流满面，也不失为一种有趣的阅读感受。

我常常觉得出版是个有意思的活儿，能够认识一些有趣的人，不亦快哉。回头一想，作者在现实中正是一位公门中人，但这部作品实在是必须得有一颗时刻活泼灵动的心灵才能写得出来，他笔下的《解码西游》，全是智慧的火花在噼里啪啦……在神话、文学、历史、现实的交错中，演奏出一连串奇异的协奏曲，想象力是财富，能用好是才气。不知这部兼具奇诡想象力、严谨逻辑性和宏大历史观的作品会不会带给您更多的感动。反正，我被感动到了，于是编审出来以飨读者。

钟轩宇

2018年11月11日

目录
Contents

绪论　解明西游密码

上篇　紫禁城里的西游世界

下篇 内宫外廷亮相取经路

绪论

解明西游密码

近年来，许多人从《西游记》中发掘出不少讽喻官场、职场现实的内涵，力图带我们认识到这绝不仅仅是一部少儿读物。许多内幕揭开，令人冷汗涔涔，大呼过瘾。事实上，官场讽喻也只是《西游记》的多重内涵之一，其实《西游记》是用密码写作的，如果我们将其解锁为明码，还将发现一个更加宏大的世界。

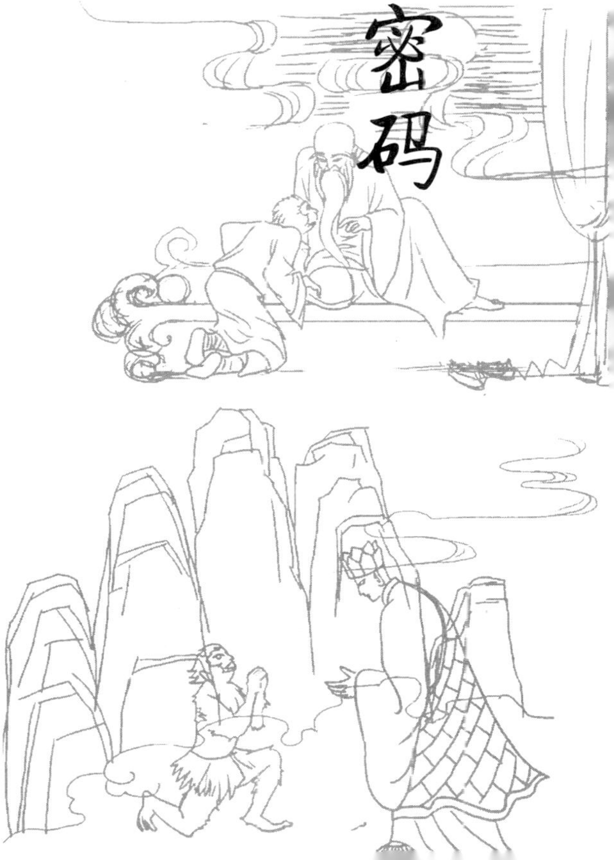

1

参透《西游记》的九重密码

为什么《西游记》[1,2]这么成功？要回答这个问题，就需要认识到它深邃的层层内涵，而不仅仅停留在有了金箍棒和筋斗云怎样扮英雄的幻想中。我认为读《西游记》至少要参透九重密码。

1.1 老少咸宜的精彩神魔打斗

作为一部名著，首先要在观赏性层面立得住脚。我从未遇到过哪怕一个人不认可《西游记》的观赏性——是的，没有，一个都没有——包括文盲——除非有人连文盲都不如。古往今来没有哪部文艺作品的读者群能够覆盖全人类——除了《西游记》——我甚至相信还可以覆盖神、仙、佛、鬼、妖类。尽管这是最肤浅的一个层次，是把密码当明码看，但不夸张地说，仅凭这个层次，《西游记》便已无愧于人类文学艺术史上的一份瑰宝。

1.2 个人战胜组织的英雄史诗

少年！你可曾为一人一棒（确切地说是一猴一棒）大闹天宫的壮举忘情喝彩？你可曾被自封“齐天大圣”的通天豪情点燃心中的烈焰？你可曾被力敌十万天兵、满天神佛的斗争精神感动得泪流满面？你可曾被中央电视台1986年版《西游记》电视连续剧里最高统治者玉皇大帝被吓得钻桌子的狼狈神情逗得开怀大笑？三界六道四大部洲还有比这更恢弘壮丽的个人英雄史诗吗！现实中，个人在组织面前是渺小的，更遑论国家，但超级英雄却往往上演着铜头铁臂对抗政权组织的好戏，而我们的英雄孙悟空却以一己之力对抗整个天庭！超人、绿巨人、金刚狼、神奇女侠不得不甘拜下风。

1.3 百折不挠的励志故事

我们小学都学过一个寓言：《猴子掰玉米》，寓意缺乏定力、见异思迁之人终无所成。然而《西游记》却是一只猴子坚定执着，终成正果的故事。还有原本弱小怯懦的唐僧、原本贪吃好色的猪八戒、原本犯过大错的沙和尚以及原本不怎么样的白龙马，他们都经受住了重重考验，修成正果。其实，最是百折不饶的还并非这几位：唐僧是佛祖座下二弟子金蝉子转世，历经十世修行，而教孙悟空武艺的须菩提祖师门下弟子辈分是“广大智慧真如性海颖悟圆觉”十二字，孙悟空、猪悟能、沙悟净都排在第十辈。沙悟净说他在流沙河吃了九个取经人，那么唐僧就是第十个。十、十、十，这可不是什么巧合，而是如来佛祖更加令人惊叹的执着。

1.4 深邃神秘的修仙哲理

这毕竟是一部以神仙妖魔为表象的小说，人物、法器、数字无不充斥着带有宗教暗示的神秘色彩，使得全书更显深邃神秘而富有哲理。比如师徒五人（含白龙马）分别代表了阴阳五行，相生相克。一路上遇到的妖魔也是以五行相生的顺序出场，解决他们的办法也必须用相克的属性。书中出现的数字，比如金箍棒重13500斤，花果山有妖猴47000名，取经走了14年（5048天，一藏之数），其实都是炼丹术中的一些参数。一条取经路，引婴儿、斩三尸、炼内丹、脱外胎、去金公、存木母、逐心猿、收意马、肝火灭、肾水枯……细看目录，无外乎丹炉里一道提炼程序[3]。不少人纠结于《西游记》到底是弘扬佛法还是道法，更有人提出其实是在弘扬王阳明的心学。

1.5 讽喻现实的官场小说

应该说《西游记》的本质毕竟是一部官场讽喻小说，很多人发现一个规律：没背景的妖怪一棒打死（比如白骨精、老虎精等野妖怪）；有背景的（比如神仙的坐骑、童子）即便作恶多端，主人赶来一句话就带回去，啥事儿没有。这就是官场的现实。

官场法则的本质本来非常简单——利益分配，但往往又要披上掩盖本质的外衣，反而常表现得极不合理。比如《西游记》中很多人明明会飞，为什么要让唐僧慢吞吞地走14年去取经？孙悟空大闹天宫时那么厉害，神仙都被打成缩头乌龟，为什么取经时反而连他们的童子、坐骑都奈何不了？

这些都算浅层次的疑问了，更深的还有：谁都知道猴子偷桃，玉帝为什么偏偏让一只猴去管蟠桃园？红孩儿只是一个妖怪的儿子，为什么那么嚣张？关键是他极其嚣张地侮辱完了观音这么大个领导，领导还忍气吞声地给了他不错的职位？相反青牛精的金刚镯那么厉害，什么兵器都能收，连如来的金丹砂也照收不误，但他只收兵器不伤人，太上老君一来他又立即伏法，怎么就这么有教养呢？须菩提祖师到底是谁，他为何莫名消失了？为什么玉帝要求凤仙郡拜佛才给下雨？小雷音寺黄眉老怪为何胆敢冒充佛祖？三个犀牛精为何敢在灵山脚下冒充佛爷享受香油，还持续了上千年……《西游记》留下了太多疑惑，其实只要以官场法则来解开密码，只要您看穿他们的神性，理解他们的人性，很多问题就豁然开朗。

1.6 明朝皇帝扶植私臣对抗公权

如果能把《西游记》扎扎实实地放在成书的明中后期时代背景下再来看，我们不难将书中隐喻和史实对应起来。

大闹天宫时，如来曾向孙悟空宣传玉帝的修炼年限：“他自幼修持，苦历过一千七百五十劫。每劫该十二万九千六百年。”1750，这就是作者留给我们的第一个密码。如果我们把玉帝看作人间的皇帝，再把“劫”这样的神仙数字换成现实中常用的年，那么，从秦始皇在公元前221年创立皇帝制度算起，历过1750年，即来到明世宗嘉靖八年（1529）。明神宗万历二十年（1592）出版的世德堂本《西游记》讽喻的现实故事大多正是由嘉靖初年徐徐展开。

《西游记》的主线当然就是西天取经这个项目，其本质是佛教东扩，通过将大乘《三藏真经》传播到东土，抢了不少道家的香火。这显然影射了明朝皇帝（玉皇大帝）有意扶植内朝私臣（佛教），来对抗过于强大的外朝文官（道教）的政治手腕。

扶植一派，打压一派，这是政治博弈中最常见的手腕。道教神仙几乎垄断了天庭的清贵显要职位，却不怎么听玉帝的话，所以玉帝扶植佛教集团，平抑一下道教。

我知道您在疑惑什么：玉帝这么厉害?

其实您误会了，这不是厉害，恰是窝囊。误会的根源恐怕就在于对玉帝、如来、太上老君这些角色的定位失误。很显然，玉皇大帝暗喻明朝皇帝，甚至可以具体到明世宗（朱厚熜，年号嘉靖，以下称“嘉靖帝”）。皇帝还要要这些手段，您说这是厉害还是窝囊?

很多人将如来佛祖置于一个高于玉帝的地位，或者退一步认为佛教集团是独立于玉帝的道教集团之外的一个平行势力。必须指出，这些认识都是错误的，《西游记》讲的就是一个朝廷内部的官场，而不是国际关系与贸易。事实上，玉帝根本不是一个道教神祇。在任何道教理论中，最高神祇都是三清（玉清元始天尊、上清灵宝道君、太清太上老君），根本没有什么“玉皇大帝”。至于说什么玉帝是道教四帝（其实道家更常用的称谓是“四御”）之一，位于三清之下，就更是谬以千里。还有人说玉帝最初是道教“六帝”之一，后来巧妙地将六帝变四帝，自己“脱臣为君”，翻到了三清之上，所以才有《西游记》中的一系列斗法。此说颇得宫斗阴谋大戏之精髓，但《西游记》绝无此说，请不要脱离原著，臆造概念。

所谓玉皇大帝只是一种朴素的中国民间神话，是以中国皇帝为原型构建的一个人格化神祇，不属于任何宗教。那既然是皇帝，请问在中国古代政治体系中，有高于或平行于皇帝的角色吗？别跟我扯什么行政长官之上还有宗教长老、意识形态领袖，这是中国明代文官写的官场小说，不是《三藏真经》，更不是《西方宗教神话通俗演义》。相反，如来是明确在天庭有公职的，在“三清、四帝、五老、六司、七元、八极、九曜、十都、千真万圣”这个序列中高居“五老”之一，号“西方佛老”，仅次于三清四帝，佛教另一位大佬南海观音也是五老之一。这很明确地将佛道神仙以及一些散仙同列于玉帝的臣子行列，君臣关系非常清晰。《西游记》的设定其实完全是明代朝廷（含后宫）架构的映射（见图1）。

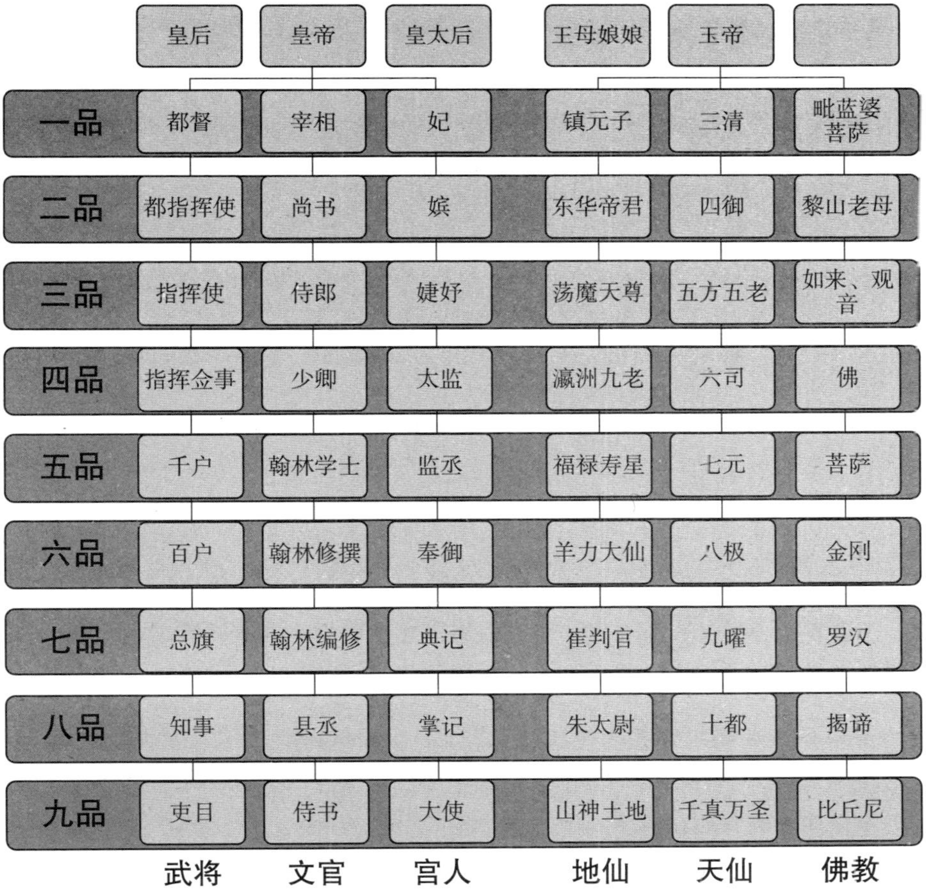

图1　明代朝廷架构和《西游记》世界架构对比

玉帝是整个宇宙的皇帝，天庭是他管理宇宙的行政体系。道教是天庭最强势的一个政治派系，几乎垄断了天庭所有要职。佛教是一个公职方面相对弱势的政治派系，只有如来、观音等寥寥数人象征性地在天庭占个五老虚衔，但和玉帝私人关系更亲昵。这就相当于明朝皇帝是国家君主，朝廷是管理国家的行政体系，文官（科举进士）几乎垄断了朝廷所有清要职位，皇亲国戚、太监、宫妃、锦衣卫等私臣和皇帝私人关系更亲昵，但很难获得清要公职，只象征性地有寥寥数人挂几个四五品的虚衔。搞清了这个定位，就不难看穿《西游记》所写西天取经这个大工程的本质是在讽刺某些皇帝扶植私臣对抗政府公权的龌龊行为。

也许您一时还难以接受，因为自《西游记》出版以来——确切地说是1986年六小龄童主演电视连续剧《西游记》播出以来，您一直认为佛教是很正面、很光辉的形象，怎么突然和历史上不那么正面的弄权内臣扯上关系了呢？更可怕的是最后佛教赢了呀，赢了的怎么可能是坏人！您可能真的得放下惯性思维，用更客观的心态和我一起来看看这本明朝官场笔记。当然，玉帝、道家、佛教都找到了现实对应角色，那我们的主角孙悟空呢？

1.7 作者李春芳的一生仕途写照

作者李春芳！李春芳是谁？每学期语文考试前我们都背过一条文学常识：《西游记》作者是吴承恩呀！我理解您的惊讶，但我确实很容易将孙悟空对应上明史中的青词宰相李春芳，而且我更容易找到一大堆证据证明作者就算不是李春芳，也绝不是胡适[4]牵强附会考证出来的这位吴承恩——一位仅仅在旧版地方志中出现过的县衙小吏。而孙悟空的成长奋斗史太符合李春芳的官场轨迹了：学得通天本领（高中状元）——受封齐天大圣（入直翰林院）——参加玉帝的取经工程（以青词向嘉靖帝邀宠）——投靠佛教（投效内朝）——果正金身（当上宰相，但被蔑称为“青词宰相”）。至于形形色色的神仙妖魔，无非是他在这条路上所见所闻的内宫外朝官场人物而已。

通俗点说，《西游记》就是李春芳版《官场现形记》。

1.8 明中后期人类社会形态

这是一个非常大的话题，比净坛使者的饭量还大！

官场政治是社会形态的集中体现，一部经典的官场小说，不能仅限于阴谋诡计、勾心斗角，还要勾画出一个时代的社会形态特征，市面上的快餐阅读很少能达到这个水准，所以唯有《西游记》堪称经典。明朝是中国特色封建社会[5]演进至高度成熟，并与西方思潮激烈碰撞的大时代，李春芳作为明中后期一位勘破红尘的宰相，自有无限感慨。

作为一部以个人奋斗为线索的官场小说，其映射的官场用人机制自然是核心问题，《西游记》通过道教和佛教不同的成仙法则来体现这个问题的剧烈冲突。《西游记》反复提及道家成仙的正统法则——“金丹大道”。此语源自东晋道家思想代表人物葛洪[6]的《抱朴子》：“我命在我不在天，还丹成金亿万年。”（有版本作“我命由我不由天”）意思是人的命运在于自我修炼，而非上天恩赐。历代道家不断丰富、完善、发展这个观点，本质上是中华民族最深层次的意识形态在本土宗教思想领域的反映[7]。中国人认为，要获得人生的成就（主要指当官）应有一个客观标准，通过自身努力去达到这个标准而不是向权贵祈求恩赐。这个标准的具体形式就是越来越客观严格的科举考官制度，中国人只要勤学苦读，考上什么功名，相应地就能当什么官，无须向任何人祈求。

但道教可以说是人类宗教的一个异类，包括佛教在内的绝大多数宗教都宣扬神明完全掌控了所有人的命运，所以人们获得美好命途的方法是卖力地献媚于神明，祈求恩赐。取经团最终果证灵山，如来口封取经团成员为佛、菩萨，完全由他一口说了算，净坛使者不服，但哪里说得过他？至于那些自我修行的，虽然道行比取经团（尤其是唐僧）不知高了多少倍，但无缘见得佛面，又到哪里去找菩萨来当，只能在凡间当妖怪。

除了用人机制，中华文明演进至明代，科层制、法制化、中央集权制都愈发成熟，全社会人身依附关系解体，中国特色封建社会臻于完善，但也产生了很多新问题。站在顶端的李春芳俯瞰芸芸众生，纵览历史长河，将无限感慨都融入了这部虚诞表象的神魔小说。我可以负责任地告诉您：这绝对不是一个秀才学历的县吏能达到的境界。

1.9 对人类社会发展趋势的预言

作者以现实之外的神话小说形式，对人类社会的现实发展趋势做出了一个重大预言。

在中国的政治传统中，士大夫必须代表全天下最普遍的公义，绝不容许公然结党营私，作为天下共主的皇帝，更要秉公管制好这些人。然而晚明“阉党”“东林党”“齐党”“楚党”“浙党”粉墨登场，朝廷中明确代表某派私利的利益集团崭露头角。这些利益集团不能明说自己代表某个集团的私利，须得披着为国为民的外衣，掩盖为某集团谋私的真实目的，这就需要将自己吹得天花乱坠，甚至将自我吹嘘形成一套看似高深莫测的理论，才能骗到善良的百姓来信仰自己。《西游记》名为取经，实则多次讥讽这经的虚伪无用，根本不能救苦救难，唯一作用只是骗取无知的百姓落入自家利益盘子而已。

皇帝按理说很不喜欢有政治集团来威胁皇位，至少应该抑制，但晚明皇帝为了扩充私权，不惜扶植某些集团，自以为可借此形成各个集团的相对均势，自己居中协调，让大家都争相来巴结自己[8]。如此玩火必然只能葬送江山，到最后各派势力斗争不息，皇帝也无法协调，终致亡国亡天下。

《西游记》中的道家、佛教、地仙、散仙、龙族、凡人都是或明或暗的政治派系，他们在玉帝的默许甚至暗示下明争暗斗，李春芳正是以此做出了一个重大预言——他身后将会出现一种新的政治形态：利益集团不再羞羞答答，而将以正式的组织形式登上政治舞台，以类似“传经”的形式推广包装自己的学说，骗取人民跌入自己的利益盘子。而皇帝，甚至朝廷，尽管名义上的地位更加巩固，但实权也更虚化，只能成为各个集团争权夺利的平台。当然，李春芳没有预料到历史进程会被清军入关（山海关）这个偶然事件打断，但他已经无愧为一位伟大的儒学家、思想家、公共管理学家，一位优秀的公务员、行政事务操作员，他更看透了万卷青史，勘破了万丈红尘，将自己拔出了历史的长河，所以才能用俯瞰天下的视角一览无余。

2

国内外研究现状

可喜的是，《西游记》的内涵越来越为世人所知。早在20世纪初，胡适、鲁迅[9]等人就提出《西游记》影射了现实官场，孙悟空则被考据成了一位大无畏的“反帝反封建斗士”，玉皇大帝、太上老君这些“封建统治者”被孙斗士打得狼狈不堪，深刻揭露了统治者的虚伪、软弱、怯懦，热情讴歌了斗士的伟大革命情怀！而取经路上妖魔成群，师徒四人不畏艰险，铲妖除魔，最终取得真经，更是热情讴歌了劳动人民坚贞不屈的革命斗志。当然，最著名的论断还是妖怪的结局——没背景的一棍子打死，有背景的被老板带回去，深刻揭露了封建官场的阴暗本质。

2009年，吴闲云[10]出版的《煮酒探西游》可谓现代“西学”的一个里程碑。吴摆脱了长期以来中小学教科书文学常识部分对《西游记》的模块式解读，更摆脱了1986版电视剧和各路影视作品的强化印象。尤其是他揭穿了红孩儿实为太上老君私生子的内情，开启了以官场法则解读《西游记》的新思潮。在此，我们应该对吴闲云致以崇高的敬意！之后，又涌现了不少类似作品，比如六铃使者的《揭秘取经门》、英熊北游的《天庭内幕》、赫克托耳的《七大圣全传》、叶之秋的《勘破西游》等都可谓是“西学”的发展[11-19]。我赞同吴闲云[10]的一个论断：不久的将来，“西学”将会成为比“红学”更显赫的学问。但至少到目前为止，这股“西学”潮尚有一个瓶颈——分析者往往已经拥有了较高的文学鉴赏能力和逻辑分析能力，但尚欠缺较强的明史基础。刘乃达[11]提出解读《西游记》要结合明朝尤其是嘉靖朝的现实历史，并创造性地提出了玉帝就是嘉靖帝，太上老君是严嵩，如来是徐阶的新观点，可以说极大地提升了“西学”的史学含量。

3

心怀谦逊看西游

也有一些朋友反对从官场政治的角度“过度解读”，对于这类分析解读往往只用一句“作者自己都没想到”就轻轻带过。但我认为这恰是一种傲慢的态度，《西游记》的逻辑链条极其严密，只有作者有意写来而我们还没看懂，绝对没有作者无意构筑而机窍自成的。本书不但不是过度解读，相反，就连本书也只能带您窥见《西游记》的门径，其真实内涵还有待您借我的启发继续发掘。

同时，《西游记》虽然暗喻了明朝的真实历史，但它毕竟是小说，不是正史。作者只是将古往今来官场上形形色色的人和事作为灵感源泉，而不是用小说去复述这些史实。小说中很多角色情节能在历史上找到大致对应，但绝非精确制导，我们也不要试图将每个细节都在历史上找出精确对应。比如我们说玉皇大帝暗喻了嘉靖帝，其实他身上也不乏成化帝、隆庆帝、万历帝的影子。再比如我们说如来佛祖暗喻了明朝太监头子，那具体是刘瑾、冯保还是魏忠贤？太上老君暗喻了明朝宰相，那是严嵩、徐阶还是张居正——抑或是李春芳自己？这个问题不必太过精确化，否则就落入文学欣赏的下乘了。

上篇

紫禁城里的西游世界

《西游记》构筑了一个宏大的神魔世界，本质上是各路神仙鬼怪的利益江湖。但这些神魔角色绝不能等同于现实宗教中的神祇，甚至很多人物设定与现实宗教的基本常识背道而驰，他们都只是作者借以影射明代内宫外朝现实政治人物的演员。这个恢弘的神话世界给了读者无尽的想象空间，其实映射下来，也无不落在紫禁城的墙里墙外一草一木。

1

制造孙悟空——须菩提祖师并不神秘

美猴王从东胜神洲花果山水帘洞漂洋过海，来到西牛贺洲灵台方寸山斜月三星洞，拜在须菩提祖师门下学艺，理论上须菩提比孙悟空法力更强。但怪的是，孙悟空一毕业，他似乎也消失了，而且严厉要求不能泄露师承，三界之中从此再无此名号。更怪的是，玉帝、如来、太上老君惊心动魄的大棋局，他一点不参与，这些大佬对他也丝毫不担心。其实，这个须菩提祖师一点都不神秘，他也从未离去。

1.1 须菩提可能的真实身份

人们对孙悟空这位神秘的师父研究颇多，主要有世外高人、孙悟空自己、太上老君、如来佛祖、燃灯古佛等几种观点。

1）须菩提是位淡泊名利的高人

这种说法最站不住脚，首先，《西游记》就是一个追求功名的故事，完全不存在能力超群却淡泊名利的思维方式。其次，就算他真淡泊名利，玉帝、老君、如来甚至观音能对他放心吗？至于他法力高到什么程度？有些人认为不亚于佛祖、道祖，我认为是严重高估了。高估他的根源就在于高估了孙悟空，很多人认为孙悟空打得玉帝钻桌底，那他师父岂不是应该打得玉帝、如来、太上老君集体钻王母娘娘床底？但我们后文会讲到，孙悟空的法力在天庭眼中简直不值一提，他师父也不过尔尔。如果须菩提真有太上老君的神通，那三清应该变四清才对，他怎么可能隐姓埋名？毫无名头只能说明他的实力确实就是个垃圾。

我知道您恐怕一时很难接受这种说法，但不要误会，我不是针对他——我是说他们师徒俩的实力都是垃圾。诚然，孙悟空学艺练得很刻苦，据说十余年如一日，每天都看见灵台方寸山寅时（凌晨四点）的太阳，这在常人看来很厉害，但在《西游记》的神仙世界中，跟那些动不动就亿万年修行的大神比起来又算得了什么？就算从文学角度出发，这么重要的一个角色不作交代就消失，这是结构性缺陷，请不要傲慢地认为四大名著就这水平。

2）须菩提只是孙悟空自己的心境

李春芳是王阳明心学门人，有人说《西游记》不弘佛，不弘道，恰是弘扬阳明心学。须菩提的洞府叫灵台方寸山斜月三星洞。这个灵台方寸，即指我们方寸之间的这个灵台，也就是心；斜月三星指一个斜勾底，再加三点，也就是个“心”字。孙悟空的修炼不在别处，唯修心耳。原著中孙悟空离开师门，筋斗云飞回花果山，但在2011年版电视剧《西游记》（张纪中制片）中，孙悟空离开师门后是突然从梦中惊醒，回到现实世界，倒是很有创意地体现了这种思路。

3）须菩提其实就是太上老君

很显然，太上老君对孙悟空栽培颇多。首先，孙悟空的宝贝兵器——金箍棒，就是由太上老君打造。当然，《西游记》中由他打造的宝贝太多了。其次，大闹天宫时老君用金刚镯收走金箍棒，避免被二郎神缴械。再次，斩妖台上没斩死妖猴，老君力请将其送入八卦炉煅烧，但留个巽位给他保命。试想如果不这样，天庭难道就没有方法弄死孙悟空吗？这其实是保了他一条小命。最后，大闹天宫时老君故意放了五壶金丹给猴子吃。猴子在瑶池吃得大醉，莫名其妙就来到了兜率宫，而兜率宫里“碰巧”一个人都没有，金丹这么珍贵的宝物却放在门口，您说这不是故意给他吃的谁信啊？整整五壶金丹“被他都吃在肚里。运用三昧火，煅成一块，所以浑做金钢之躯”。刀枪不入，这是比筋斗云和七十二变更高的绝技。老君对孙悟空能力的提升其实是最大的，简直是把孙悟空当嫡传弟子培养。按这个思路，太上老君是道教三清之一，另两位元始天尊、灵宝道君似乎也有资格当孙悟空的师父。

4）须菩提其实就是如来佛祖

1986年版电视剧将须菩提祖师拍成一个道士妆扮，这是完全错误的，可能因为教给孙悟空一些道家神通，便认为他是道家人士。但历史上兼通儒道佛三派学术的人不少，不能仅从他展示出的部分学识便判断门户。比如我也发表了不少历史文学著作，但就此判断我是文学或史学专业出身就不科学了，我是一位工学博士。其实从原著对须菩提有限的描写还是容易判断他的宗派，孙悟空初见他时，用了一首诗描写他的形象：

大觉金仙没垢姿，西方妙相祖菩提。
不生不灭三三行，全气全神万万慈。
空寂自然随变化，真如本性任为之。
与天同寿庄严体，历劫明心大法师。

这显然是一位佛教高僧。西天取经是玉帝策划的一部大戏，借此来抬高佛教，压制道家，这个项目自然由佛教打主力，孙悟空则是佛教培养的执行人，培养者当然很有可能就是如来。

须菩提授艺的灵台方寸山和如来的灵山同在西牛贺州，什么人敢在如来的地盘上开宗立派？书中描写过此山景致，有松柏翠竹四种灵根、鹤鸾猿鹿狮象六种瑞兽，而后文几次描写灵山大雷音寺的景色，基本重复，似在透露：这个所谓灵台方寸山，其实就是头尾两字——灵山！有趣的是，取经途中，孙悟空有几次云灵山面见如来，灵山的景色描写已然只有鹤鸾猿鹿四种瑞兽，狮、象去哪儿了？狮、象不就是文殊、普贤二位菩萨的坐骑吗？第七十四回狮驼岭三大魔王：青狮、白象、大鹏——这两位跟着如来的舅舅下山当妖怪去了呀！

另有一个很隐蔽的线索，孙悟空悟到了须菩提的暗号，三更时分潜入后院开小灶，说："此间更无六耳，止只弟子一人，望师父大舍慈悲，传与我长生之道罢！"这里的"六耳"指只有他们两人四只耳朵，没有第三个人的六只耳朵，师父您有什么秘密可以单独传授啦！作者不用"三人"这么直观的常规语法，生造出一个"六耳"，正是留下一个线头。第五十八回真假美猴王，如来说假悟空正是个"六耳猕猴"，再提"六耳"二字便是另一个线头，串成一条线索，告诉悟空，也告诉读者："猴子，我就是你的授业恩师须菩提啊！"

须菩提是如来这个论点看似站得住脚，但一定就是佛祖本人吗？难道就不能是灵山上的另一位大佬？如来工作那么忙，怎么能抽出那么多时间，长期坐镇斜月三星洞？更重要的是，唐僧是如来座下二弟子金蝉子，孙悟空若是如来弟子，那就和他平辈，怎么能又做他的徒弟呢？这叫乱伦！明代作者是不会这样写的。

5）须菩提是燃灯古佛等边缘大佬

也有不少观点认为这个须菩提其实是一些边缘大佬，他们培养孙悟空这个大杀器，惹出很多祸事，是为了发出自己的声音。比如大乘佛教集团的现任领导是释迦牟尼如来，而该集团的前任领袖燃灯古佛、未来领袖弥勒佛都想发出自己的声音。再比如小乘佛教集团、散仙大佬东华帝君、镇元子大仙等。不过很显然，西天取经是一个大工程、大项目，是有规划、有组织、有程序，甚至有应急方案和退出机制的全盘计划，如果我们用项目管理的思维，很容易知道孙悟空的培养也是项目的一个环节，所以孙悟空的培养者必是项目策划者，而不会是那些边缘人。若说培养一个孙悟空只是为了露露脸——严格地说只有孙悟空露了，他自己还没露成——那您煞费苦心图个啥？

1.2 我认为须菩提是如来弟子

总结起来，我倾向于认为：这位须菩提祖师是如来座下的一位弟子。培养孙悟空是如来的主意，只不过他不是亲自收徒，而是派一位弟子给他收一个徒孙，这个徒孙同样在他的体系中。

事实上，“须菩提”此名并非《西游记》原创。佛经中写明，释迦牟尼如来（佛教思想创始人乔达摩·悉达多，如来佛祖的原型）有十大杰出弟子，其中一位便是须菩提（梵文：सुभूति；转写：Subhu-ti）。这十大高足各有所长，比如摩诃迦叶号称苦行第一，即最善于艰苦修行。还有目犍连神通第一、富楼那说法第一、舍利弗智慧第一、罗睺罗密行第一、阿傩陀多闻第一、优婆离持戒第一、阿尼律陀天眼第一、迦旃延议论第一，须菩提则号称解空第一。其实也有典籍将“解空”译为“悟空”，为了避免和孙悟空混淆，我们还是用“解空”——但您应该嗅到其中的意味。

历史上的须菩提出生于憍萨罗国舍卫城（位于今北印度乌塔普拉帝须邦东北部），父亲是著名的婆罗门（祭司阶级）须达多。传说他出生时，家中财物突然都消失了，父母吓坏了，连忙请法师来占卜而不是报警。法师见没有警察来，就说这是生了贵子的好兆头啊，他一出生便万法皆空，预示他将是解空第一的大智慧尊者，所以取名须菩提，梵文意为“空生”。那这位小空生又是如何成为佛陀的得意弟子呢？其实《西游记》不吝篇幅，完整讲述了这个故事，只不过这一段讲佛经典故，不如神魔斗法吸引眼球，往往就被读者忽略了。

第九十三回《给孤园问古谈因 天竺国朝王遇偶》，全书已近尾声。取经团收伏了冒充佛祖狂收酥合香油的三只犀牛精，离开金平府，前往天竺国都，准备去会会冒充天竺公主的玉兔精。路上闲聊间唐僧说他已将乌巢禅师传授的《多心经》学得倒背如流。孙悟空道：“师父只是念得，不曾求那师父解得。”唐僧道：“猴头！怎又说我不曾解得！你解得么？”孙悟空道：“我解得，我解得。”然后二人再不作声。八戒、沙僧在一旁哈哈大笑，说你俩故弄玄虚，不是说解得么？那解啊，我们等着听呢。我们只知你会耍棒，哪会讲经？唐僧却说：“悟空解得是无言语文字，乃是真解。”

这里为何突然出现一段关于解空的哲学拆解？紧接着再看一段。

唐僧道：“悟空，前面是座寺啊……”悟空看得是布金禅寺，八戒也道是。唐僧在马上沉思道：“布金，布金，这莫不是舍卫国界了么？……我常看经诵典，说是佛在舍卫城祇树给孤园。这园说是给孤独长者问太子买了，请佛讲经。太子说：我这园不卖。他若要买我的时，除非黄金满布园地。给孤独长者听说，随以黄金为砖，布满园地，才买得太子祇园，才请得世尊说法。”

这正是当年须菩提之父须达多礼请释迦牟尼讲经的故事。须达多尊号“给孤独长者”，祇陀太子在卖园同时布施了园中之树，故称“祇树给孤园”。释迦牟尼在园中说法，须菩提夹在人群中听了，叹服他的广大智慧。还好他父亲是园主，实际上是这次说法的出资人，所以他有特权晚上单独去见佛陀，佛陀收其为弟子。《西游记》中须菩提祖师给孙悟空开小灶，传授长生秘诀也是这种形式，看来真是师门一脉呀！后来须菩提在佛陀座下悟到了“无相布施，无我度生”的法理，摆脱了我、人、众生、寿者四相，离一切执着，见到空理，成为解空第一的大智慧尊者（佛）。所以取经团现在走到此地，正是到了须菩提的老地盘。八戒、沙僧不知他们的来路底细，所以不明就里。

须菩提为美猴王取名“孙悟空”，孙是姓氏，悟是辈分，空则是他最擅长的解空（悟空）。所以这个须菩提祖师，分明就是如来座下解空第一的须菩提尊者。如来很早就在策划取经这个大工程，他让须菩提等弟子广收门徒，从中精挑合适人选。孙悟空学艺的灵台方寸山确实就是灵山，只不过他所在的只是其中一个堂口而非总堂。西天取经打着一个很光明的幌子，却要实施很多不可描述的勾当，暗中培养执行人的细节当然就不能公诸于众，所以堂口严厉要求孙悟空保密。

不过须菩提祖师这么重要一个角色，两回过后就消失完全说不过去，何况悟空离了他又拜唐僧为师，这不是叛出师门吗？这在明朝人看来能接受？关键是取经团到了灵山，他跟高升为佛的这俩师徒又怎么见面呢？其实他从未离去。

1.3 须菩提与唐僧

话已至此，就不必再卖关子了，一句话——唐僧就是须菩提。

《西游记》明说了唐僧的前世是如来座下二弟子金蝉子，因不认真听讲，被佛祖贬入尘世，历经十世修行，至唐初第十次转世，是为陈玄奘法师，也就是唐僧三藏，但没有正面交代金蝉子前世的情况，不过书中留下许多线索，很容易串起来。

1）须菩提与金蝉子两个名字

菩提子（藏文转写：bo-di-ci），学名黄藤，棕榈科黄藤属木质藤本植物，果实风干打磨抛光后可用于制作佛教重要的法器念珠。尽管菩提子、菩提树、须菩提尊者三个概念在梵文中其实没有任何关系，只是中文翻译过来很像，但《西游记》是中国人写的，所以我们就应该用中文来理解，没毛病。黄藤有很多品种，中国只流行其中一种，因其表面纹路形似众星拱月，故称星月菩提，根据处理工艺不同主要分三种：

一、普通黄藤种子打磨，形似元宝，称元宝菩提；

二、细籽黄藤种子打磨，形似金蝉，称金蝉子菩提；

三、打磨后表面纹路呈冰花状的，称冰花星月，亦称摩尼子。

请看，星月菩提的第二种叫金蝉子菩提。须菩提——斜月三星洞——星月菩提第二种——金蝉子菩提——如来二弟子金蝉子——唐僧，这个逻辑链条其实非常清晰。

须菩提在为孙悟空取姓时说：“你身躯……像个食松果的猢狲……狲字去了兽傍，乃是个子系。子者，儿男也；系者，婴细也。正合婴儿之本论。教你姓‘孙’罢。”子系（细），表明他金蝉子菩提的姓氏就是他的原料：细籽黄藤。

2）金蝉子转世次数暗藏玄机

十次，这个次数多次得到呼应。沙和尚在流沙河当妖怪时，吃了九个取经人，暗示如来前九次取经（传经）都失败了，只是如来没有气馁，又继续启动了第十次。那么前九次，每一次如来也都安排了他培养的高手保护金蝉子，这些人没有正面出场，但且看须菩提门下弟子辈分：广大智慧真如性海颖悟圆觉。孙悟空是第十辈的悟字辈，很显然他本就是计划用在第十次取经尝试时保护金蝉子第十世肉身的徒弟。

第十次取经工程启动时，如来派观音前往长安寻找取经人，路上从西往东依次遇到被贬在凡间的卷帘大将、天蓬元帅和齐天大圣，代收他们为取经人徒弟，让他们在路上等候取经人。她将前两位依次取法名为沙悟净、猪悟能，本来还想给齐天大圣也取一个，但大圣说已有法名孙悟空。观音见“悟”字相合，就没再取。

其实在宋元西游故事中，美猴王本名孙行者，唐僧收他为徒赐法名悟空，世德堂本《西游记》才改为须菩提为美猴王取名孙悟空，唐僧收他为徒后取俗名孙行者。这正是李春芳为了表达观音从西往东走，她给沙悟净、猪悟能取名时还没遇到孙悟空，但已经取出悟字辈的名字，正因她和须菩提都在这个项目团队中，知道这是第十次，就该取第十辈的悟字。

3）孙悟空的拜师大礼

猎户刘伯钦将唐僧送到两界山（五行山），孙悟空在山底激动地大喊：“我师父来也！我师父来也！”其实唐僧还离山顶数里，孙悟空的目光并不能看见他，但远远就感应到师父来了！哪个师父？当然不是尚未谋面的陈玄奘法师，只能是五百年前授业解惑的须菩提祖师。唐僧下山找到他，孙悟空眼泪都要掉出来了：“师父，你怎么此时才来？来得好！来得好！救我出来！”是啊，被压五百年，从无一个故人来看他，连师父也不管不顾了。哦，师父在取经路上死了九次，哪还有空来探监。

第三十四回，孙悟空变成金角大王手下小妖去请大王的干妈九尾狐，当时需要拜她，孙悟空不由得暗暗滴泪，心想：“我为人做了一场好汉，止拜了三个人：西天拜佛祖；南海拜观音；两界山师父救了我，我拜了他四拜。”现在要拜这个妖怪，所以难过得哭了。他心想只拜了这三人，佛祖、观音是有明确指向的，这个“师父”是谁呀？须菩提师父还是唐僧师父呢？为了避免您停下来细想，作者故意写明是两界山救了他的这个唐僧师父。但悟空明明就拜过须菩提师父啊！这里怎么就不算了呢？很显然，须菩提就是以上三人中的一个，所以没有重复计算。作者又专门提了一句“拜了他四拜”，为什么是四拜？谁都知道拜师是磕八个响头，悟空你怎么专门强调只拜一半呢？呵呵，师父啊！因为徒儿在您九世之前就已经行过拜师大礼了呀！

所以，唐僧可以和悟空大谈解空的奥义，八戒沙僧完全不知就里。所以，唐僧首先认出舍卫国布金寺，猪八戒不由道：“奇啊！我跟师父几年，再不曾见识得路，今日也识得路了。”呵呵，我的地盘我识得。

为何原著中须菩提和唐僧的联系如此明显，却极少有人将二者联系起来？很多分析者找遍三界六道，就是不愿考虑一下唐僧就是须菩提。原因很简单，正常人真的很难将神通广大的须菩提和懦弱无能的代名词唐僧等同起来。那么本应打得玉帝钻王母娘娘床底的孙悟空师父到底为何“自甘堕落”，变成唐僧这个反复被妖怪甚至凡人强盗五花大绑的笑柄蠢蛋？这正是因为要想提拔，须菩提恰恰需要隐去如来弟子的身份。在明朝官场上，二郎神顶着个玉帝外甥的身份，永远升不了官，所以须菩提以此为鉴，换个马甲终于成佛，这实际上也是作者受到了徐珵改名徐有贞升官的史实启发[20]。

图2　如来佛祖让弟子须菩提（金蝉子）收孙悟空为徒

徐珵，明宣宗宣德八年（1433）癸丑科进士，考选庶吉士，入直翰林，本来前途一片大好。然而在明英宗正统十四年（1449）突发土木堡之变，明英宗（朱祁镇，年号正统、天顺）御驾亲征，深入大漠，谁料兵败被俘。留守北京的群臣紧急拥立明代宗（朱祁钰，年号景泰）为帝，商议如何应敌。时任翰林侍讲（正六品）的徐珵提议南迁首都以避战，遭到众人一片耻笑。后来在大英雄于谦的主持下，朝廷绝不与瓦剌言和，坚决镇压，力挽狂澜。战后徐珵谋升国子祭酒（从四品），本已通过会推（明代文官开会推举晋升的重要程序），甚至找到如日中天的于谦保荐，景泰帝却鄙夷道："此议南迁徐珵邪？为人倾危，将坏诸生心术（这是建议南迁的徐珵吗？他为人不好，会坏了国子监学生们的心术！）。"徐珵明白自己仕途无望，经高人指点，改名徐有贞，从另外一个路径升官，居然蒙混过关，三年后升为右谕德（从五品），继而借治理黄河立下大功，连续升迁至左佥都御史（正四品）、左副都御史（正三品），直至入阁为相，后来大家终于发现所谓徐有贞就是徐珵时，他官已经升上去了。

这个充满戏剧色彩的真实素材，作者一定不会放过。

1.4 为何是须菩提

佛陀座下弟子五百，贤者有十，作者为何偏偏选中了须菩提？事实上，孙悟空也没体现出太多解空的特长，更多地体现了实用性的神通，如此用神通第一的目犍连做他的师父不是更合适吗？作者自然有他的讲究。

1）历史上的须菩提与玄奘法师

小说中的陈玄奘（唐僧三藏）显然借用唐代高僧玄奘法师（陈祎）为原型，但玄奘当年到天竺取经，可不是拿了经卷就往回走，而是游历天竺各大寺院求学，十余年后才学成归国。若说大乘佛法是一个学科，佛陀十大高徒就代表了这个学科下的十个研究方向。其中，须菩提就代表了解空方向，来自大唐的留学生玄奘则是攻读解空方向的研究生。玄奘在那烂陀寺学法，导师正是秉承须菩提一系嫡传的戒贤法师。玄奘[21]在《大唐西域记》中写道佛祖在菩提树下得道，也正是玄奘阐释了空的奥义，使汉传佛教成为佛教最擅长解空的一支，所以汉语中佛门亦称空门。第十九回，浮屠山乌巢禅师传授了唐僧一部《多心经》，一路念诵。但现实中这部著名的《摩诃般若波罗蜜多心经》（梵文：प्रज्ञापारमिताहृदयसूत्र，转写：Prajñāpāramitā Hṛdaya）可不是什么乌巢禅师所作，恰是释迦牟尼亲传弟子须菩提法师的代表作，并由唐代高僧玄奘法师翻译成中文如下[22]：

观自在菩萨，行深般若波罗蜜多时，照见五蕴皆空，度一切苦厄。舍利子，色不异空，空不异色，色即是空，空即是色，受想行识，亦复如是。舍利子，是诸法空相，不生不灭，不垢不净，不增不减。是故空中无色，无受想行识，无眼耳鼻舌身意，无色声香味触法，无眼界，乃至无意识界，无无明亦无无明尽，乃至无老死，亦无老死尽，无苦集灭道，无智亦无得，以无所得故。

菩提萨埵依般若波罗蜜多故，心无挂碍，无挂碍故，无有恐怖，远离颠倒梦想，究竟涅槃。三世诸佛依般若波罗蜜多故，得阿耨多罗三藐三菩提。故知般若波罗蜜多，是大神咒，是大明咒，是无上咒，是无等等咒，能除一切苦，真实不虚。故说般若波罗蜜多咒，即说咒曰：揭谛！揭谛！波罗揭谛！波罗僧揭谛！菩提萨婆诃！

这被绝大多数人认为是最著名的佛教经典，尤以一句“色即是空”成为汉传佛教最经典的偈语。所以，历史上的须菩提和玄奘确实渊源极深。

2）金蝉子的炼丹术意义

炼丹术提炼铅汞生成“圣胎”，成功后胎儿诞生，称“金蝉脱壳”，比喻像金蝉脱去外壳，人脱去肉体凡胎，羽化升仙。《西游记》讲的正是修仙，金蝉子最符合这个意义。取经团抵达灵山，接引佛祖用无底船渡唐僧过凌云渡，唐僧（金蝉子）看到自己的尸体漂在河中，正是“金蝉脱壳”。

3）小小地恶搞下海瑞

孙悟空这个形象糅合了很多历史人物，其中一个就是大明官场上著名的骂将——海瑞。海瑞以犀利的骂功独树一帜，初任户部云南清吏司主事（正六品，相当于处长），第一件事就是砸给嘉靖帝一个“直言天下第一事疏”，尤以一句“嘉靖者，言家家皆净而无财用也”成为骂坛永恒的经典。这个“家净”当然不是指创卫打扫干净，而是家家户户都被你嘉靖老儿搜刮干净没财物啦！据说气得嘉靖老儿把奏本扔在地上猛踩。

对，家净，刚才我们说到谁一生下来就家净了呢？

2

玉帝亲兵——御马监的真相

孙悟空出生时，目射金光，直冲斗府，千里眼、顺风耳立即秉报玉帝。玉帝却说：“下方之物，乃天地精华所生，不足为异。”阻止了神仙们去搞清楚这个异象，自己却悄悄多了一个私下培养的对象。按孙悟空的宣称，是玉帝不会用人，只给了他一个“弼马温”小官，职责仅是在御马监养马，所以他才反下天庭。后来我们现在形容官小，都爱用“弼马温”这个典故。

但，御马监真的只是养马的吗？

2.1 御马监的真相——内枢密院

其实这也说不上什么隐藏真相，只是大家没注意而已。御马监在明代历史上是一个真实存在的衙门，而且还很显赫，在后宫二十四衙中排名第二，仅次于司礼监。

后宫！难道我们的偶像孙悟空是太监？别急嘛，我也没这么说，我只是为您介绍一下历史上真实存在的御马监（jiàn，不读jiān）而已。

隋唐以来，中央政府设吏、户、礼、兵、刑、工六部，每部四司，共二十四司，所以明朝内宫设二十四衙与之呼应。二十四衙由十二监、四司、八局组成，十二监分别是司礼、内官、御用、司设、御马、神宫、尚御、尚宝、印绶、直殿、尚衣、都知，其后还有钟鼓司、浣衣局等四司八局。二十四衙有很多职能都和外朝看似重叠，比如司礼监和翰林院都管文书、御马监和太仆寺都管车马、尚宝监和尚宝司都管印绶、内官监和工部都管工程、惜薪司和户部都管财务，区别在于外朝是国家政府机构，内宫只是皇帝的私家。

按《西游记》表面上的说法，御马监就是天庭喂养天马的地方，“喂得马肥，只落得道声‘好’字，如稍有些尫羸，还要见责；再十分伤损，还要罚赎问罪”。好像真就是养马的，非常卑贱而且吃力不讨好，所以孙悟空怒而辞官。明代御马监明面上确也定位于驯养内宫御马之职，而且由于猴尿能够驱赶马身上的一些寄生虫，所以御马监在马厩里养了一些猴子，称作“避马瘟”，后来很多人以此戏称御马监的小太监。《西游记》中的“弼马温”显然意指于此，看来没乱写啊！但如果真这样理解，那司礼监就真只是磨墨的，尚膳监就真只是做饭的，浣衣局就真只是洗衣服的，整个内宫都只是一群家政服务员，那所谓“权阉”又是哪儿来的呢？显然这些太监除了表面上的家政工作，还常以皇帝私人代表身份参与国政，其中尤以司礼监和御马监权力最重，号称对掌内廷文武大权，俗称

“内政事堂”和“内枢密院”。

明代行政体系沿袭唐宋，由东西两府对掌文武大权。唐宋的最高议事机构称政事堂，亦称都堂，设于禁中。政事堂东是主管行政的中书门下，亦称东府、政府，显然这就是现代“政府”一词的滥觞。西边则是主管军事的枢密院，亦称西府、枢府。顺便说一下，白虎代表西方，所以枢密院的办公厅叫“白虎节堂”，就是豹子头林冲误闯的地方。政府和枢府长官合称“两府宰相”，平时在各自府中处理常务，凡军国大事由皇帝召集，于政事堂合议，即为国家最高决策会议。

明承宋制，也分文武两府。政府当然就是内阁了，几位内阁大学士就是宰相，枢府则是五军都督府（内阁下属的兵部军权也很大，互为制衡）。但这些都是国家公共管理机构，也就是所谓“外朝”，不是皇帝私房。所以明朝皇帝又用内朝私臣来扩充个人权力，其中宦官机构尤为重要，基本上是一个内宫衙门对口一个外朝衙门。其中，司礼监对口内阁，自是位高权重，号称“内政事堂”，司礼监掌印太监甚至被称作“内相”。御马监则对口五军都督府和兵部，所以号称“内枢密院”。

明末学者沈德符[23]便说：“司礼今为十二监中第一署，其长与首揆对柄机要。御马监所掌乃御厩兵符等项，与兵部相关。近日内臣用事稍关兵柄者，辄改御马衔以出，如督抚之兼司马中丞。”意思是：司礼监当然是内宫第一署衙，其长官与外廷的首相共同掌管政要。御马监则掌管御前禁卫和兵符，与兵部相关。近日太监被派出承担一些稍微相关兵权的事务，都会给他挂一个御马监的职衔，就像朝廷派到地方上的总督、巡抚都要挂五军都督府、都察院职衔一样。也就是说，司礼监是收捡朱笔御印的奴婢，代表皇帝本人去掌控政府；御马监则是收捡兵符印信的奴婢，代表皇帝本人去掌控军队。

您说，这个养马的部门真的很卑贱吗？皇上让一个人掌管御马监是重用还是不惜才呢？

当然，我知道还有个更重要的问题：我们的偶像孙悟空是太监？恐怕我们得面对这个现实，因为这确实是明朝文官写的官场小说，他难道不知道御马监是太监衙门？我见过很多解读《西游记》的著作，坚持认为“御马监”完全是作者虚构出来的一个天庭部门，人间并无。其中不少人明明有不错的史学功底，非常熟悉明代御马监的史实，但就是不愿意和孙悟空扯上关系，甚至硬拉唐宋的太仆寺、群牧司等养马的政府部门来解释小说中的御马监，总之就是要竭力避开明朝历史上真真实实的这三个字——御马监。

我理解他们的心情，但这确实是不客观的态度，要想看懂《西游记》，首先就要面对一些现实。《西游记》的主旨就是讽喻明朝皇帝扶植太监来平衡文官势力的权谋，后面太监还多，也不止猴哥一个。更好的消息是，我还说了孙悟空这个角色主要是对作者李春芳一生仕途打拼的心路写照，李春芳可不是太监，是状元宰相哟！主角是一个复杂的综合体，御马监小太监只是其中一面，不能片面看待。不过首先我们还是来了解一下最直观的这一面。

2.2 御马监掌管核心御前禁卫

御马监最首要的职能是掌管紫禁城的核心禁卫[24]，但请注意，这支核心禁卫并不是正规明军，而是明朝皇帝蓄养的私人武装。按理说宋明以来中华帝国就建立起严格的国有军制，任何人都不应该拥有私军——包括皇帝本人。汉朝的南北军、唐朝的神策军、五代的控鹤军、宋朝的殿前司虽然都明确为御前禁卫，但仍属国军编制，人事、财政、指挥均由政府。明朝的侍卫亲军司本来沿袭了这个传统，但明帝在此基础上又蓄养了一支私人武装充当更核心的近卫，不在国军编制内，由皇帝私财给养，以亲信太监掌管，值守禁宫。承担这个重任的内衙，正是御马监。

这支私人部队最初建立的名目是接受蒙古草原带着马匹投奔关内的蒙古逃民，御马监收下他们进献的马匹，并组织他们继续养马、驯马、操练骑术，并发给器械衣甲——这不就成一支军队了吗——而且是绕开了国家，纯属皇帝私兵的军队！其中，腾骧左卫、腾骧右卫、武骧左卫、武骧右卫，合称“腾骧四卫”，每卫编制5600兵，共22400兵，是最最核心的禁宫卫戍部队。弘治朝御马监太监宁瑾公开宣称：“腾骧等四卫勇士旗军，乃祖宗设立禁兵，以备宿卫扈从，名为养马，实为防奸御侮也（《明武宗实录》卷七，弘治十八年十一月乙酉）。”除腾骧四卫，如果还有多余兵力，就可以充实到勇士、旗军、净军等稍外围的皇帝私兵中去。这些私兵日常卫戍禁宫，明军只能在外围拱卫，严禁靠近禁宫。

在《西游记》中，御马监同样掌管着玉帝的御前禁卫。可能很多人还没注意到，小说中镇守天宫四门的四大天王并非道教神仙，而是佛教须弥山第一重天（又称“四天王天”）健陀罗峰的四大金刚：东方持国天王提多罗吒（Dhṛtarāṣṭra）、南方增长天王毗流驮迦（Virūḍhaka）、西方广目天王毗留博叉（Virūpākṣa）、北方多闻天王毗沙门（Vaiśravaṇa）。进佛寺第一重殿都能看到四位的神像护卫两侧——恰如明代戍守禁宫的腾骧四卫。可见卫戍天宫的部队并非道教掌管的天庭正规军（明代文官掌军制度下的正规明军），而是玉帝私人蓄养并委任佛教掌管的私军（明朝皇帝私养并委任太监掌管的私军）。难怪孙悟空打到玉帝面前，本应卫戍左右的天兵天将都自觉消失了——那些根本就是他的人嘛！

2.3 御马监的监军职能

中国很早就形成了监军的传统，部队主官当然只能是专业武将，但朝廷会派出一位有威望的文官监军。这位监军使不直接指挥军队，但代表朝廷监督将领。后来皇帝发现派宦官监军更好，因为宦官比文官更贴心。不少文官长年追随军旅，锻炼出不错的军事素养，成为一代儒将，也不乏从监军宦官位置上成长起来的名将，唐有杨思勖，宋有李宪、童贯，大明更有威震四海的郑和公公。在内宫参政规范化后，御马监就明确为承担监军职能的内衙[24]。

据《明史·兵志》记载，明军陆军主力京师三大营中，五军营设提督内臣1员；三千营设提督内臣2员；神机营比前两营大得多，设提督内臣2员，其下属5个集团军，每军设坐营内臣1员、监枪内臣1员。京营共常设提督内臣5员，坐营内臣6员，监枪内臣20员，总计31员，惯例均由御马监派出[25]。除京营外，明朝还在各个地方派驻了20余个都指挥使司作为地方部队，各都司也有御马监派出的镇守太监。至于海军，郑和、侯显、王景弘这些监军太监比舰队司令名气更大，甚至常让人误会他们就是明军主将。战时皇帝也会从北京专门派出监军使，惯例亦出自御马监。就算遇到必须派出某位来自其他宫监的高级太监的情况，也会临时给他加挂一个御马监太监或少监的头衔。事实上，取经团就是一支特勤别动队。既然只要是部队，就应该有御马监派出的监军太监，那请问这支小部队中，您觉得谁是御马监派出的监军呢？

值得注意的是，御马监派驻在地方的镇守太监后来职权扩散了[26]。明朝沿袭宋制，在全国20余个地区（相当于元、清的行省）分设三司一道分掌军事、行政、司法、监察大权，分别是五军都督府和兵部联合派驻的都指挥使司、户部派驻的承宣布政使司、刑部派驻的提刑按察使司、都察院派驻的监察御史。三司互不统辖，互为牵制，避免地方长官像汉朝的州牧、唐朝的节度使（兼采访使）那样一手遮天，形成藩镇。明中期开始出现巡抚一职，但三司是中央部、院的直属派驻机构，巡抚并无管辖权限。巡抚一般挂侍郎或副都御史衔，仅正三品，比三司长官（一般是二品）品级更低，也无法私下施加影响。然而太监却无所谓品级，内宫派驻在都指挥司的镇守太监职权扩散，同时也要干涉布政司、按察司的政务，事实上掌尽一方军政大权，有违三司分立的本意。镇守太监捞到如此一手遮天的大权倒不是为了谋反，主要是方便在地方上捞钱。这个肥缺除南京守备太监惯例由司礼监派出，其余地方大多由御马监派出[8]。

2.4 特务职能——提督西厂

一说到明朝的太监，很多人就容易跟阴暗的特务政治联系起来，这主要是因为司礼监长期承担了提督东厂的职能，御马监也沾染过此事。

宋、明政府序列中有刑部、都察院、大理寺这三个主管司法的三法司，但三法司必须依法行政，有些隐秘的政治任务就不便处理。更重要的是三法司官员一律由科举进，不是皇帝的私人亲信，于是皇帝考虑培植一些直接听命于己的私人密探[27]。约在永乐年间，明太宗（朱棣，后改庙号成祖，年号永乐）派出一批太监在今北京东安门一带成立了一个署衙，称东缉事厂，专门办理皇帝直接交办的秘密案件，人员不多，只有数十人，后来形成惯例钦差一员司礼监秉笔太监提督东厂[28]。作为内宫机构，东厂就可以超越法司甚至锦衣卫，不按法律法规办事。这样办事效率倒是高了，但破坏司法公正，尤其是被有些人用作政治斗争的工具，黑幕重重。最初东厂还只有侦缉的权力，侦缉结果仍需移送锦衣卫北镇抚司才能依法处理。但约到明中期，东厂设立了自己的监狱——诏狱。理论上诏狱仍无司法权力，但实际上可以法外施刑，所以东厂实际上拥有了侦缉、起诉、审判、执行的全套司法权力，而且这种私权还无需受公权力的法律甚至伦理限制，所以令人闻之色变，有着地狱般的黑暗恐怖。

那东厂这么厉害，皇帝有没有担心过失控呢？正是这种担心，催生了西厂。成化十三年（1477），明宪宗（朱见深）以东厂办事不力为由，命御马监太监汪直设立西厂，形成司礼监提督东厂、御马监提督西厂的制衡态势。六年后西厂裁撤，正德朝又恢复了五年，前后总计不足十二年。因存在时间短，西厂的名头远不如东厂响亮，但西厂设立时皆逢东厂低谷，风头完全盖过东厂，也算是后宫为数不多能与司礼监东厂分庭抗礼的存在了。

取经团一路走来，收拾了不少妖魔，多是神仙私自派下凡的坐骑、童子，也纠察了一些神仙在凡间的不法行径，例如观音的金鱼每年在陈家庄吃一对童男童女、比丘国王要收集1111个小儿的心肝作长生药、金平府三个犀牛精冒充佛祖盗卖香油等，纠察他们其实都是在执行西厂的职能。尤其是多次打击西天大乘佛教利益，恰是皇帝利用西厂（御马监）来平衡东厂（司礼监）的权谋。细心的读者可以注意到，上面这几次都是孙悟空“管闲事”，唐僧都责骂他惹事上身，并以赶路为由催促上路，但孙悟空坚持逗留，在该地解决完此事再上路。这很可能是玉帝暗中指示来自御马监的西厂特务孙悟空借机解决，司礼监小弟唐僧虽不便反抗，但也甚不乐意。

2.5 经济方面的小秘密

除了在军事方面的公开职能，御马监还有一个不太好意思多说的小秘密——它是皇帝的小金库。小到什么程度呢？这个您恐怕得做好心理准备。

中华帝国很早就实现了国库和皇室私财的分离，尽管口称“溥天之下莫非王土”，但事实上皇帝还是有私财概念的。而且皇帝受到的公共监督太大了，其实也不富裕，有些皇帝就忍不住要捞点零花钱，明帝的主要形式就是牧场、皇庄、皇店三者[29]。

御马监主管马政，当然就要管牧场、草料场，在建起腾骧四卫等数万禁军后，这个后勤规模就非常大了，牧场也是一扩再扩。永乐年间御马监名下牧场只有20余万亩，但到200年后的嘉靖年间，已达56所牧场共240余万亩。初期牧场自产草料，后来逐渐商品化，向市场购买，这经手费用就更大了。很多牧场私下开垦，雇佣大量佃农租种，赚取利润，这些非法耕地大多成为后宫人员如宫妃、太监们的私田。

有了管理这种私田的经验，皇帝干脆让御马监公然开办皇庄，扩大经营范围。嘉靖初年已有36处皇庄近400万亩耕地，据估计，一年可向后宫上缴10万两白银。须知嘉靖初每年的国库收入也才200万两左右，他这里相当于5%！不妨做个换算，我国2017年财政收入是17.6527万亿元，5%就是约8826.35亿元。事实上，明朝是当时世界上最大的经济体，应该和现在的美国（Unite States of America）比。美国2017财年（2016.10.1~2017.9.30）财政收入约6.5万亿美元，约合人民币42万亿元，那5%就是2.1万亿元。

有了牧场和皇庄的刺激，有些皇帝和太监心情更加豪迈，得寸进尺地开起了皇店！所谓皇店，就是皇帝开办的店铺，动用国家资源来采办、运输货物，到价高的地方出售，属于典型的公权力直接插手市场行为。明武宗正德九年（1514），御马监太监于经奏请在京师九门外和宣府、大同等边镇开办皇店。皇店开在边镇，恐怕是为了便于走私，尤其是一些违禁战略物资，海关唯独不敢查的就是皇店。皇店每年要上缴利润8万余两，接近皇庄的水平。

据嘉靖初年的全面清理，御马监每年通过牧场、皇庄、皇店三项征收的银两可达23万两左右。这什么概念？接近全国内河河道（含运河）车船税的水平（25万两左右），国库收入的10%，对照2017年中国水平为1.8万亿元，美国水平为4.2万亿元！特别需要指出的是，这只是御马监上缴的私税，但他们的经营行为并不在国税体系监督下，他们到底赚了多少钱，根本无法清查，据估计，太监们只拿出不超过1/10的利润上缴皇帝，绝大部分由他们私吞[8]。

当然，这样明显的贪腐行径常会遭文官弹劾，司礼监和御马监也常因分赃不均打架，皇帝自己也知道这是损害统治根基的做法。嘉靖帝14岁由外藩登基，初时与内宫并无私情，又在宰相张璁的力主下，下大力气革除了皇店这个弊政，一度被视为少年圣君，第九十一回金平府冒充佛祖狂收酥合香油的三个犀牛精，其实就是讲这个故事。

2.6 御马监的光荣历史

略览御马监的历史，其实不乏光辉荣耀。

永乐朝最重要的宦官当然是内官监太监郑和，独当一面率领世界上最强大的舰队，威播四海八荒。但永乐大帝五次亲征漠北，随行宦官三次是御马监太监刘永诚，两次是御马监少监海寿。永乐帝次子汉王朱高煦是个野心家，一直阴谋夺嫡。永乐帝第五次亲征漠北，在班师途中驾崩，临崩前托付海寿偕内阁大学士杨荣驰告皇太子朱高炽即位，以免汉王作乱。明仁宗（朱高炽，年号洪熙）驾崩时，又是托付海寿驰告正在南京的皇太子朱瞻基抢在汉王前进京即位。可见海寿是参与几朝皇位更迭的核心政治人物。后来汉王起兵造反，明宣宗（朱瞻基，年号宣德）御驾亲征，御马监少监刘顺为先锋，荡平叛王[30]。

明英宗正统十四年（1449），发生了震惊中外的“土木堡之变”，明英宗亲征漠北，结果全军覆没，皇帝被俘，瓦剌太师也先趁机攻向北京。此时京师三大营、侍卫亲军司早已溃散，全靠大英雄于谦组织了可歌可泣的北京保卫战。那这时用的什么兵呢？不正是御马监旗下的腾骧四卫、勇士、旗军！

明英宗天顺三年（1459），司礼监掌印太监曹吉祥造反，率私军冲杀皇宫。京营不明情况，迟迟不敢做出反应，叛军围定紫禁城狂攻！此刻全靠御马监率腾骧四卫奋死抵住曹氏私兵的猛攻一整天，苦苦支撑到京营调兵入城，拿下曹吉祥。

成化朝御马监出了一位天才小英雄——汪直，很小（汪直生年失考，但据信应是在10岁之前，身高如孙悟空的年龄）就当到了御马监太监。汪直是成化帝和万贵妃（观音主要原型）共同宠幸的小厮，所以才能以10岁小儿直接就当如此高位。孙悟空初上天庭就执掌御马监，除了汪直谁能给作者这样的灵感？汪直能办成东厂办不成的事，因此设立西厂，还能上阵杀敌，指挥方遒，更有不凡的战略眼光，其力主的搜剿河套战略是成化朝最耀眼的武功。更重要的是从汪直开始，太监和文官的地位发生了逆转[31]，以往文官从不正眼看太监，但汪直每次巡视边疆，主事、御史级别的官员（六、七品）全都“迎拜马首，箠挞守令”（迎着汪直马来的方向跪拜，垂手站立在一边待命），挂侍郎或副都御史衔（正三品）的巡抚大臣则背着箭袋迎接，铺张百里。事实上，孙悟空很多驱使中低级神仙的排场正是在小汪直身上发掘到的灵感，我认为汪直是孙悟空众多历史原型中比较重要的一个（但重要程度低于海瑞和李春芳自己）。

到正德朝，御马监的权势可谓全面盖过司礼监。首先是恢复西厂压制东厂，后来甚至出现过一次御马监太监张锐提督东厂之特例，而且御马监太监很容易转任司礼监掌印太监（太监的最高职务）。当然，过了这个巅峰，御马监又遇到一个低谷。嘉靖帝严禁宦官干政，御马监被打击到了冰点，四卫、勇士营的编制从2万余兵裁减到5400兵，派出的镇守太监被大量驱赶，牧场、皇庄大量充公，皇店一律革除。这时候，您说换谁是御马监太监不憋屈？不想掣出如意棒，打出天庭去呀！

不过到明末，随着战乱频繁，御马监的地位又开始提升。腾骧四卫、勇士营合编为勇卫营，编制定为近万。在那个正规明军都像李天王、巨灵神一样打仗的年代，勇卫营竟然成了王朝最后的精锐，号称“选锋”，在镇压李自成起义中发挥了重要作用。不过天朝气数将尽，岂是几员太监能够挽回，御马监的光荣岁月也就随着大明王朝的覆灭，湮没在了历史的尘埃中。

李春芳是正德五年（1510）生人，他成长的岁月正值御马监权炎炙天，他刚成年就目睹了御马监从巅峰跌落，不过走上仕途后御马监又止跌回升。李春芳曾参与修撰《明武宗实录》，细细领教了正德朝御马监权势冉冉高升的恢弘全景，他退休后一度腐化堕落的御马监甚至成了帝国中坚。这肯定给了他不少人生感慨，也为他提供了不少写作灵感。

2.7 御马监的遗憾——“未入流”

说得这么热闹，御马监的实权我们是领教了，他们不是一般的太监，而是太监中的太监，太监中的霸主！那这群死太监到底混得到几品官衔，能领几石俸禄，孙悟空为什么还是不满足呢？

清代以后所谓“太监”是对内宫阉人奴婢的泛称，但最初是一个具体职务。内宫每个监的长官为“太监”，副官为“少监”，如司礼监太监、御马监少监等，著名的郑和公公就曾长期担任内官监太监。不过后来内宫官衔泛滥，一个监有好几个太监，但总得有一个主事的，于是就在“太监”上面再加头衔。比如司礼监就设提督太监一员，掌印太监一员，秉笔太监、随堂太监数员，其中这位提督太监才是真正的一把手。不过司礼监提督太监不实授，掌印太监是实际最高长官。又由于司礼监是二十四衙之首，所以司礼监掌印太监也是实际上的太监总头子，俗称大公公，甚至称“内相”，几位司礼监秉笔太监可称二公公、三公公等。

御马监则设有掌印太监、监督太监、提督太监各一员，下有监官、掌司、典簿、写字等。永乐朝设定品级如下：太监正四品，少监从四品，监丞正五品。应该说品级不低，政府那边尚书正二品，侍郎正三品，郎中（各部内设的司长）才正五品。各地巡抚一般挂侍郎或副都御史衔，也才正三品。

但御马监也有个问题，恰是监丞对孙悟空所说：“这个官未入流。”这个“未入流”跟我们口语中的“入流”还不同，至少蕴含了三层意思：

1）佛教小乘四果的第一果，谓初入圣人流。达到这个境界，才算迈出成佛第一步。意思是说御马监的实权不可谓不重，但毕竟没有走上修仙的正道。

2）古代的流官制度。官员随着资历累积，官阶会相应晋升。隋唐开科举以来，一般人中了进士便踏上仕途，开始这个升官的流程，这就叫“入流”。隋唐以来官职和差遣分离，实际差遣必须得等上面有位置空出来才能填补，但虚衔可以无障碍晋升，不耽搁，官阶像流水一样始终上流。但也有些人直接获得官品，比如一些部落首领、功臣的后代或者皇亲、宦官，但他们就不在这个流内，即所谓“不入流”。

3）明朝官场的清流、浊流之分。隋唐以来的官员主要有四个来源：进士入官（科举考试）、恩荫入官（功臣的儿子直接获得官职）、以吏入官（由吏员转为官员）、军功入官（在军队当到一定级别，改为文官）。科举进士将自己称为

"清流"，其余统称为"浊流"。三省六部九卿翰林院国子监这些要职称"清资官""清望官"，《旧唐书·职官志》便称："出身非清流，不注清资官。"不过隋唐科举制度尚不严格，浊流亦有可能转为清流。很多县令（六七品浊流）转为监察御史（正八品，清流官的最低品），州刺史（正四品浊流）转为员外郎（各部内设的副司长，正六品清流），就是宁愿品级降很多，也要争取挤进清流的情况[32]。

宋明以来实施严格的公务员分类管理，明确了京师阁、部、院、寺，地方府、州、县主官等3000多个清要职务全由清流进士把持，浊流只能充当幕僚，形成了严格的"清浊分流"。尽管幕僚也有品级，甚至可以升到很高，但并不是八品就能晋升七品这么简单，还必须在自己的流内。像汪直不到10岁就当到正四品的御马监太监，但其实也已到顶，并不能转为平级的文官，更不能再升了。汪直立了很多军功，跟他混的文武大臣不断升官，甚至有文官封爵的特例，但他本人却始终只能"加禄米"（增加一点后宫的工资），就因为他在太监这个流内已经到顶，又不能转到其他官流。

明代这种分流路径是以制度明确下来的，没有什么人为操作空间，出身学历基本决定了一个官员未来的发展方向，唐代那种绕开科举先入浊流，再降级挤入清流的路子也被堵死了。踏上哪条路径，全凭自己的考试成绩，血统、关系在这里统统没用，更别说靠谄媚上司钻营幸进了。《西游记》开篇阐述宇宙起源，曰"轻清上腾"，形成了天；"重浊下凝"，形成了地，其实就是在阐述这个清浊分流的机制。修炼道家正统"金丹大道"者，才能在天庭任职，否则法力再强、势力再大，就算手眼通天，当到了地仙、散仙或者妖怪的极致，依然靠不到天仙这条"清流"上来。

李春芳中举后，连考五次才终于进士及第。其实他的举人学历也足以让他在州县谋一个幕僚甚至局长职务，当一个安稳的公务员，但这就未入清流了。如果不是下定决心，排除万难，用了五次才考取进士，哪来后面登阁拜相的机会呢？他对"入流"与否的重要性理解得太深刻了！这就是御马监实权和肥缺都这么大，但孙悟空依然志不在此的原因。

3

朝廷俸禄——蟠桃园的真相

玉帝为何能成为宇宙的总主宰，让三清四帝这么多大神俯首称臣？就是因为他掌握着一个重要的资源——蟠桃，所有修仙者都仰仗蟠桃修身延寿，这其实就相当于现实中的朝廷俸禄。发工资的人当然就是大佬，不过能提供类似资源的也并非皇帝一人，很多人总能找到除国家（皇帝）以外的利益孔道。这些利益孔道就能形成小势力，当这种小势力大到超过皇帝时，就形成所谓篡权，大到超过皇帝实际资源和正统威望总和时，就可以篡位了。比如曹操总揽大权，官员们升官发财都指望他而不是汉献帝。那么到明朝，官场呈何种态势？作者又是如何通过《西游记》来描绘的呢？

3.1 玉帝的核心资源——蟠桃俸禄

蟠桃吃了可以延年益寿，甚至霞举飞升，同时还具有两个特性：一是垄断，只有玉帝的蟠桃园才能产出；二是产量，蟠桃园里三千六百株桃树，其中一千二百株三千年一熟，一千二百株六千年一熟，一千二百株九千年一熟。这个产量不算很多，多了就不值钱了，但也不少，够神仙们分。所以玉帝靠这个资源当上了老大，那么别人还有类似资源吗？应该说有，但都不如他。

首先，太上老君就有比蟠桃更强的神物——金丹。这东西甚至可以打破天地间最基本的法则，让死了三年的乌鸡国王直接活过来！但金丹产量太小，不能像蟠桃那样当月薪发，不足以供养一个朝廷，所以太上老君只能作为一个势力很大的臣，立不了国。其次，镇元子大仙的人参果，福禄寿三星的枣、梨，乃至唐僧肉也都号称有类似功效，但都苦于产量太小，所以这些人都只能作为小势力存在。

而佛祖有什么资源呢？他就有成佛这种独辟蹊径的成仙之路。《西游记》将道家“金丹大道”设定为修仙正道，修成可到天庭任职。但道家修成的标准太难，成佛不失为另一种选择。而且这条路似乎不一定要有什么硬杠子，只要能把人事做通，佛祖一句话，您就成佛了。

玉帝暗喻明朝皇帝，皇帝的蟠桃就是朝廷俸禄。这个俸禄是广义概念，既包括薪水，也包括晋级带来的人生、事业成就。蟠桃还分三千年、六千年、九千年的档次，恰好比官员也分高、中、基层。佛教集团则暗喻了玉帝的私臣，提供了一种旁门，不必读书考试，可以通过军功、恩荫、阉割等多种途径获得官职。尽管这种官职不是天庭（朝廷）的清要官职，但好歹也是官，关键是清资官那边考不上啊！私臣本质上是皇帝私人的奴婢，只要把主子服侍得好，说提拔就提拔，没有文官考试、会推、票拟那一套，所以很多人没有读书的禀赋、毅力，便渴望一个旁路，比如傍上一个主子，就能提携着自己往上走。在科举制度成熟后，这个旁路就变得越来越窄，但越窄就越需要加劲儿钻！

李春芳的时代出现了一个新情况——青词宰相。这是指嘉靖帝当了皇帝后发现科举考试选拔出来的文官们都不听他的话，于是他独辟蹊径，以青词为标准选拔官员。所谓“青词”是一种道教辞文，和文官们的儒家孔孟之道、程朱理学不是一个路数，很多文官都很鄙视，但也有极少数人投其所好，苦练青词以邀宠。大奸臣张璁、严嵩都在“青词宰相”之列，这相当于是在传统主流文官中分化出来一部分充当了皇帝的家奴。李春芳很辛苦地考中了进士，为了加快升官，也选择了投身此列。这正是孙悟空已经修成了大道，仍投身在佛教集团之意。

3.2 猴子偷桃还管桃园？

众所周知，猴子偷桃，玉帝怎么偏偏让一只猴子去管桃园？有人说这是封建统治者的昏庸。这岂止是昏庸，简直是弱智！但官场小说不能这样看，智力正常的玉帝这样做自有深意。

封了一个齐天大圣虚衔后，玉帝又给了孙悟空一个主管蟠桃园的差遣，这可以说是把核心资源交给他掌管了。这样做有两方面原因：其一，玉帝一开始就把孙悟空当心腹培养。御马监某些时候比司礼监更贴近皇帝腹心，孙悟空在御马监时就干得不错，把天马养得膘肥体壮，算是通过了第一轮考验，可以把更重的担子交给他了。其二就有点阴暗了，玉帝老儿其实是想让猴哥背一个大黑锅。

某人明知猴子偷桃，却偏偏让孙猴子去管桃园，其实就是想让他偷几颗。果然，孙猴子没有辜负期望，进了桃园就开始偷。那么他到底偷了多少？这个很难精确计数，且看他偷桃的大致效率："奈何本园土地、力士并齐天府仙吏紧随不便。忽设一计道：'汝等且出门外伺候，让我在这亭上少憩片时。'那众仙果退。那猴王脱了冠着服，爬上大树，拣那熟透的大桃，摘了许多，就在树枝上自在受用。吃了一饱，却跳下来，簪冠着服，唤众等仪从回府。迟三二日，又去设法偷桃，尽他享用。"

1）孙悟空只是支开了下属独自偷吃，一只身高不满四尺的瘦猴儿，食量不会很大。

2）他也不是每天守着当饭吃，"迟三二日"才去一次。

3）孙悟空明白自己的职责，如果蟠桃明显少了，他脱不了干系。所以他不敢撒开了吃，也不敢让更多人参与，更别提批量处理了。他只是认为三千六百株桃树很多，枝繁叶茂处偷几个，别人发现不了。

结果呢？蟠桃胜会如期召开，玉帝该给神仙们发俸禄时，便"只有两篮小桃，三篮中桃。至后面，大桃半个也无，想都是大圣偷吃了"。我的妈呀，这猴儿的食量比猪八戒还大？三千六百株桃树被他一个人啃光了？很显然，孙猴子一人偷不了这么多桃，但猴子偷桃的事实倒也坐实，问题只在于猴子到底偷了多少？这就是标准的神仙数字了，都吃到猴肚子里您还能点数不成？那就把三千六百株桃的消失都算在猴子头上？不这样也没别的办法呀！

说到这儿，您应该明白玉帝为什么要找一只猴子去管桃园了吧？

没有错，桃子其实都是被玉帝收起来了，却栽在猴子头上。这就是官场上常用的"火龙烧仓、阴兵借粮"技巧，只不过一般都是栽赃到"火龙""阴兵"这种虚诞概念头上，让人无处追究。玉帝何其狠毒，栽到一个实体责任人头上。

当然，这种实体栽赃也比虚栽更需技巧，玉帝可不能直说："众位仙卿，今年我不高兴，不发桃子给你们了。”那就换个说法：“众位仙卿，今年我没有不高兴，要发桃子给你们——可惜都被那只猴子偷吃光啦！”其实大家也不是傻子，但政治就是这样，明知是那么回事儿，但只要你找到一个理由，我一时也不好回驳你，除非撕破脸，否则只能打落牙往肚里吞。

历史上，明帝和文官的主要斗争方式就是罚俸。因为文官是靠科举入仕，又靠会推（宋明文官制度中，相关文官组织集会，推举人员晋升，推举结果由吏部、内阁呈给皇帝象征性批准的人事制度）来晋升，受皇帝个人的影响其实不大，所以很少有谁依附于皇帝，反而常在工作中顶撞他。皇帝被谁顶撞太过，心里过不去，只能逮住点小过错罚几个月俸禄，稍出一口气。当然，这里玉帝还不仅是找到了理由罚大家的俸，更有可能是试探一下停发俸禄这种动作他们会做何反应，试着提醒一下——你们的俸禄还掌握在我手中哩！别太不把皇上当回事儿。

那么，道家神仙是怎样回应玉帝这次政治态度问询呢？作为道家领袖，太上老君很快给出了回应：您说桃子没了，那金丹也没了。

孙悟空在蟠桃宴上吃得酩酊大醉，本来急着回齐天府睡觉，却“不知怎的”走到三十三天之上的兜率宫去了。这比过一会儿他要从兜率宫一路打到位于九重天的灵霄殿还要神奇，因为打过去无人阻拦虽然很不合理，但好歹是认准了方向动脚走过去的，这里他一个醉汉怎么就“走”到兜率宫去了，有这么巧？也很巧的是老君正巧不在家，而且不是一个人不在，是把全兜率宫的人都带走了。更巧的是，有五壶仙家至宝九转金丹赫然摆在显眼位置！醉猴一眼就看见了，拿起来“如吃炒豆相似”。

之后七仙女、王母娘娘、主持宴会的仙吏依次向玉帝奏报齐天大圣搅乱蟠桃会，玉帝都没有做出太大反应，甚至都用“笑道”回答。直到太上老君来报：“老道宫中，炼了些九转金丹，伺候陛下做丹元大会，不期被贼偷去，特启陛下知之。”这一次却是“玉帝见奏，悚惧”。

皇上这次真被吓着了。也许他设想过很多种神仙们可能会对蟠桃没有了的反应，并研究了下步对策。万万没想到，他演了这么多内心戏，然而太上老君早已看穿了一切，就一句：您说桃子没了，好，那我这儿金丹也没了。什么？您质疑一只猴子不可能把兜率宫的金丹一口气吃光——就像也有人质疑一只猴子不可能把三千六百株蟠桃吃光一样？

道家讲究清静无为，但无为绝非无能，而是有所为，有所不为。老君这个回应可谓绝妙，不露声色，一副可怜巴巴的受害者模样，却直击根本，一招轻巧的以彼之道还施彼身，暗合太极运数。这其实是博弈论中的对称博弈技巧，不管你出什么招，我只需出一个对称的招数，无论你有多么绝妙，我也和你一样绝妙，你拆穿我的同时也就拆穿了自己。更妙的是，玉帝想用这招警醒道家神仙：蟠桃掌握在我手中。老君却是一招太极推手，让这个警醒尚未传达到众位仙卿，却掉转方向，重重地警醒玉帝：金丹掌握在我手中。

您会火龙烧仓，我还会乾坤大挪移呢。

当然，蟠桃和金丹这次小小的交锋，跟我们还将详解的宏大官场博弈相比，只是一次垫场表演。不过它很出色地描绘了明朝皇帝的劣势与窘境，文官的油滑与成熟。

3.3 万历帝栽赃御马监的闹剧

皇帝金口玉言，说不得半句假话，故意栽赃下属更是天大的忌讳，一旦暴露有此行径，简直丢脸到三十三天之上。玉帝这种故意让一只猴子去管桃园，然后栽赃给他的行径其实是有原型的。

明神宗（朱翊钧，年号万历）是大学士张居正的学生。张居正因为主持改革得罪了李春芳等很多高官，但他在李春芳退休后一年多就当上了内阁首辅，并与李太后以及御马监太监冯保结为政治同盟，笼罩了皇室、文官、太监几个权力源，成为明朝历史上最大的独裁者，比太祖（朱元璋，年号洪武）还要大八倍。李春芳本就不是个廷争面折的硬汉，退了休哪还敢跟他们当面对着干，他就敢写写《西游记》而已，他把万历帝的一个大笑话精心编排，揉入了小说中。

张居正死后，他的权力网全面瓦解。冯保被贬为奉御（正六品宦官），南京闲住，第二年就郁郁而终。其弟冯佑、侄子冯邦宁均官至都督（正一品武官），都免官下狱，最后死在狱中。朝廷抄没冯保家产，抄出来金银百余万，还有价值连城的珠宝、字画、古琴等艺术品。

事实上，冯保的财产恐怕远不止这么多。冯保被发配南京，李太后肯定要过问。万历帝对老妈撒了个谎敷衍："老奴被张居正蛊惑，没什么大过失，去去就召回。"但不久潞王（李太后另一子朱翊镠）结婚，需要大量珠宝作彩礼，李太后当然找大儿子解决。万历帝舍不得给，于是又撒了个谎："近年来无耻臣僚大量收购珠宝，送给张居正、冯保两家，导致市价暴涨，皇室都买不起了呀！"李太后说："不是已经抄家了吗，应该把这些珠宝抄出来呀！"万历帝只好用新谎圆旧谎："这老奴狡猾，先转移了财产。"李太后说："转移了就得追查呀！"万历帝也只好下诏再深查冯保的财产，结果捅了马蜂窝，查出锦衣都督刘守有及其下属张昭、庞清、冯昕确实在抄没过程中私吞了大量财产，均获罪。但万历帝一门心思查刘守有案，至于最初说的追查冯保转移的财产，也就忘了继续深究。李太后见她一句话捅破马蜂窝，也没好意思再追问，这事儿最终不了了之。

此事一经大白，天下哄笑，倒不是笑贪官凶猛，也不是笑锦衣卫查案时趁机贪墨赃款，这种事儿在当时已经不好笑了。大家笑的是皇帝舍不得给亲弟弟办彩礼，不断撒谎，而且是以栽赃家奴的形式对亲娘撒谎。你个不仁不孝的大骗子，还当皇帝哩！朱翊钧啊朱翊钧，你是要存心笑死猪一群呢！

李太后娶儿媳妇，要用珠宝办彩礼，皇帝不想给，就栽赃给御马监太监冯保；王母娘娘办蟠桃胜会，要用蟠桃，玉帝不想给，就栽赃给御马监弼马温。嘿！好你个玉帝老儿，秦皇汉武、唐宗宋祖你不学，偏要学个万历小儿！

3.4 玉帝的培养课程

当然，玉帝悉心培养孙悟空也不仅仅就为了背这个黑锅，取经工程也早就在计划中。根据时间判断，孙悟空是作为第十次取经的梯队培养，他出师不久，金蝉子就走上了取经路。在金蝉子前几世取经尝试时，孙悟空正好有空挂职锻炼，玉帝给他安排了这几个培养课程。

1）在花果山挂职当山大王

取经路上主要面对的障碍就是占山为王的妖怪，所以先让孙悟空自己去当一次山大王，熟悉妖怪占山为王的运作模式。比如白骨精变作娇俏美女来诱唐僧，孙悟空便解释他当年“在水帘洞做妖魔时，若想人肉吃，便是这等”变化成金银或女色，将人迷到洞里，尽情享用，劝唐僧莫着了道儿，这就是下派锻炼的基层工作经验。水帘洞的设施一应俱全，显然是早就安排好了给美猴王挂职锻炼用的，不是让他真正从头打造一个独立王国。孙悟空作为妖王，虽然抓了不少人来给群妖吃，但取经路上他多次强调是胎里素，从没吃过肉。这就更符合下派干部的特征了——只看不吃，熟悉基层，积累经验，但不过多沾染。另外玉帝还派了围剿队，让孙悟空进一步熟悉妖怪应付天庭派人来找麻烦时的解决办法，真正做到知己知彼，充分锻炼，熟悉基层。

2）与龙宫和地府打交道

地府指代监狱，龙宫指代资本家。这是现实社会的两个重要构成面，但明朝官员多数是从小一心只读圣贤书，考取功名后走上仕途，小太监更是在深宫中长大，绝少有人有机会和这两个层面打交道，更别提深入了解了。但西天路上却有这个现实需要，所以先让孙悟空接触一下，增进了解。如果按现代标准，孙悟空不但有基层工作经验，还是个有经济和法律工作经历的干部。

不过小说中有一段孙悟空闯入地府，无视地府权威，强销死籍的精彩描写。有些解读称这是为了体现孙悟空本领高强、富有反抗精神，而地府的封建统治者外强中干。说真的，这让我倍感忧虑。这种持棒打进地府去强销死籍，分明就是私自破坏司法体系啊！阎王们怕他，哪里又是因为他本领大，无非是害怕他御马监的背景呐！这哪里是什么反抗封建统治的赞歌，分明就是一出御马监的死太监目无王法、为所欲为的丑剧呀！

3）以齐天大圣头衔广泛交游

孙悟空要一个“齐天大圣”头衔，玉帝毫不迟疑就给了。此衔不带职能，但地位崇高，有了这个头衔，孙悟空才好去和高级神仙称兄道弟，广泛结交。这一方面是为孙悟空积累人脉。不少人说孙悟空有诸般神通，但其中最厉害的还是搬救兵，靠的就是这段时间积累的人脉。另一方面，这也是让孙悟空全面了解天庭的权力运行机制，遇到问题时知道该去找谁帮忙。别小看了这个，比如车迟国斗法，他就得先清楚降雨的程序，才知道该找雷公、电母、龙神等来解决。

3.5 玉帝憋屈只因人事权太软

御马监和蟠桃园，一是核心禁卫，一是核心资源，可以说是玉帝私人手中一文一武两个最核心的位置，重视和栽培不言而喻。但玉帝掌控了禁卫、薪资两大核心权力，他还缺什么以至于掌控不了天庭显得那么无能？因为法力太低？尽管《西游记》没有正面描述过，但我认为玉帝本人的法力并不重要，如果一个组织的老大是靠个人武艺维系统治，那这是黑帮，不是天庭，明朝也没有哪个皇帝是靠个人的学术水平统领三千进士。所以这还得从玉帝掌控的资源来寻找答案，那他到底缺了什么以至禁卫和薪资两大核心资源都无法弥补？

答案是——人事权。

人事永远是最核心的政治权力，尚书六部的秩序中吏部高居第一，吏部尚书号称“天官大冢宰”，可见地位殊崇。掌握了官职任免，可以在关键位置上安插“自己人”，也就掌握了权力根源。官员们走仕途，图的就是晋身，谁掌握了人事权，谁就是真老大。那玉帝在天庭到底有多大人事权？应该说有，但是很软。

道家的法则是“凡有九窍者皆可修仙”，蛇虫鼠蚁都可以凭自身努力，通过一个公正、明确的路径“金丹大道”修炼成仙，这主要是靠自身努力，而不是靠玉帝或哪位大神的私人恩赐，也就是所谓“我命由我不由天”。所以道家神仙并不是玉帝的贴心豆瓣，甚至还在很大程度上提防玉帝提拔私人，挤占他们的官位。二郎神其实颇有本领，但就因为是玉帝外甥，无法在天庭捞到一官半职，只能“听调不听宣”，这正是道家神仙对玉帝私人高度提防的一个极端事例。这些道家神仙几乎完全占据天庭要职，严防任何私人关系插入，所以玉帝在天庭可谓举目无亲，真的成了孤家寡人。甚至孙悟空都已经挥舞着金箍棒打到灵霄殿前了，道家神仙还能集体忍住无一人出手救驾。当然，玉帝也不是完全没有自己人。您看，如来佛祖不就在关键时候积极救驾了吗？这正因佛教集团便是玉帝的私人班底。

佛教集团的升官法则和道家完全不同，修炼只是一个参考因素，更重要的是领导提拔。取经团最后叙功封赏，完全是佛祖一口说了算，没有什么客观标准。所以在佛教这个集团，巴结逢迎领导才是晋身之途，这样一个团体才能成为某人的私人班底。只不过，道家神仙已经完全把持了天庭要职，佛教神仙只能在地上西牛贺洲的灵山地界自己玩儿。玉帝想提拔取经团这几位关系户，也只能往灵山送，天庭没他们的位置。

这正是人类历史发展到明代的一个重要现实：皇帝很大程度上失去了文官队伍的人事权，所以文官不那么听话。

这种严格的科举考试选官制度是在漫长的历史中逐渐形成的，汉唐以前的官职由皇帝随意分发，所以想当官就得巴结好皇帝，一个二个非常听话。但能巴结上皇帝本人的毕竟是少数，也有很多人选择巴结其他权臣，这样一些权臣就形成了所谓的门阀世族。门阀提拔的官员听这个权臣而不听皇帝的话，历代的篡权篡位便是这样来的。所以到隋唐，中国皇帝就搞了所谓的科举，以客观公正的考试来选拔官员。唐太宗（李世民）曾在科举放榜后，看着新科进士从端门鱼贯而入，高兴地说："天下英雄尽入吾彀中矣。"因为他知道这些人从民间出身，不是哪位权臣的附庸，反而会抑制权臣安插"自己人"，在这个制度下，门阀世族的社会基础开始消融[33]。

但时至明代，皇帝和文官共同的敌人——门阀贵族早已消失在历史长河中，那主要矛盾就由皇帝害怕门阀贵族威胁皇权的矛盾转化为皇帝对科举文官不那么听话心生不满的新矛盾。文官彻底占据了所有的重要官位，一个不剩。皇帝的私人关系户很难考上进士，无法染指哪怕一个清要官职，这样一来皇帝毕竟有些不爽，甚至怀疑自己当了个假皇帝，于是有些皇帝开始想方设法地绕开科举，安插私人。文官们当然也要想方设法防止这种人插入，这种博弈可不是战场上堂堂正正的两军对垒，而是君臣之间、同僚之间、公权力与私人关系之间的复杂博弈，《西游记》整本书讲的就是这么个事儿。

4

大闹天宫——谁的大闹剧

孙悟空的成名之战堪称全书乃至整个人类文学史上的经典——大闹天宫。无须掩饰，你的童年是在多少次大闹天宫的梦里一路走来。多少次你梦见自己就是那个身披黄金甲，手持金箍棒，打得满天神仙哭爹喊娘，玉皇大帝直钻桌底的无敌战神。大闹天宫，它太容易触动我们内心深处的英雄情结。然而，今天我可能需要直接而非间接地告诉您：这场激励过您童年的英雄赞歌，其实只是一场闹剧，而且还不是孙悟空一个人的闹剧，而是几乎所有人联合演出的一出天大的闹剧。

4.1 齐天大圣究竟实力几何？

大闹天宫这部恢弘壮丽的英雄史诗，其实从一开始就带着一个逻辑上的矛盾——各个角色的实力严重无法评估。

如果按照大闹天宫时的实力展示，孙悟空简直就是天地间第一神力。神到什么程度？神到个人的力量可以对抗整个天庭！然而作者是明朝中后期——官僚体系高度发达时代的宰相，混了一辈子官场，他难道不明白组织力量和个人力量的悬殊吗？他怎么会写出这种意淫小说呢？而西天取经时那些看似无能的满天神佛，他们的坐骑、童子下界为妖，就能让孙悟空无可奈何，最后还得低声下气地去求他们解救。这是一个严重且明显的逻辑矛盾，对此有人解释孙悟空被压了五百年，实力退化，妖怪们却升级了。但明朝还没有普及打怪练级的网络游戏，这种解释只能当段子听听。真正说得通的解释有且仅有一个：大闹天宫时，天庭诸神都默契地隐藏了实力。

隐藏实力，官场常用技术。您去请一个当官的帮点小忙，或者履行正当职责，他可能就会拧着眉头说："哎呀，这个确实应该给您办，但确实又有一些实际情况，或者超出我职能范围，我也没办法呀！"

其实即便在小说中，孙悟空也只是在通明殿外闹腾了一番，根本没有摸到灵霄殿的地板。很多人热衷于讨论"五百年前打遍天庭无敌手，五百年后取经路上却谁也打不过"的逻辑矛盾，其实根本没有矛盾，因为这个问题的题干本身就不成立，五百年前他也没打过谁。孙悟空从八卦炉里跳出来后直奔灵霄宝殿，天兵天将是"九曜星闭门闭户，四天王无影无形。更无一神可挡"。但是这里打败谁了吗？其实一个也没有呀！若说是孙悟空一顿金箍棒，打死一群天兵神将，剩下的抛下玉帝落荒而逃了，这可称大胜。但问题是根本没有任何人接上一棍，直接就消失了呀！五百年后取经路上吊打猴哥的那些神魔，其实也没谁在这一战被猴哥打败过。

1986年版电视连续剧《西游记》将大闹天宫的场景改编成孙悟空挥棒激战，打败了诸天神佛，甚至创作了玉帝钻桌子的场面，这确实更精彩，更能尽情释放个人英雄主义情怀，但进一步放大了原著暗藏的误导。只不过这其间的个人英雄主义情怀太动人，让我们都深陷其中，根本舍不得自拔。回到原著，我们冷静地看大闹天宫，完全是上至太上老君，下至天兵小卒，全都默契地选择了隐藏实力，拒不出面制止正在闹腾的孙悟空。诸神为什么要这样做呢？玉帝为什么容忍呢？因为他们都需要演这场大闹剧。

孙悟空第一次号称嫌弼马温官小，反下花果山。天庭派托塔天王李靖率兵讨伐，李天王派巨灵神、哪吒三太子两将依次与孙悟空单挑落败，班师回朝。天庭二次招安，孙悟空如愿获封齐天大圣头衔。人们赞颂孙悟空通过一场胜仗为自己争取到升官的壮举，也讥笑天庭这个封建统治者的外强中干。要真这么外强中干早就被推翻了，还等得到孙悟空？再仔细一看，李天王为何只派两员将领单挑一下就认输呢？这不还没真正开打吗？而且哪吒战了三十回合就被孙悟空一棒打中臂膀败逃，这不是他的水平。后来取经路上，哪吒也曾下界助取经团降妖，比如面对独角兕大王（太上老君的青牛），哪吒和孙悟空都和他打成平手，可见哪吒和孙悟空武艺相当，断无三十回合就败走之理。

之后孙悟空二次革命，搅乱蟠桃会，李天王率十万天兵天将会剿。这次天兵天将认真多了，猴子也应付得很辛苦。但大杀了一整天，天兵却“止捉得些狼虫虎豹之类，不曾捉得他半个妖猴”。这可是十万级的大会战呀！想抓谁就抓谁，别说打仗，军体操汇演能控制到这程度也得令人赞叹！嘿嘿，这恰是我大明天兵看家的本领。明中后期，明军经常体现出这样的“素质”。对面往往是多个游牧部族组成的联军，明军可以对其实施精确打击。没关系的部族，砍你脑袋回去报功；暗中勾结好了的部族，您还可以顺手带点友军的财物回草原。所以这根本不是精准打击，是精准扶贫。清朝创始人努尔哈赤本是东北女真诸部中较弱的一个，但成功申请到了辽东都指挥使司的精准扶贫项目。每次围剿，明军都打击女真、蒙古其他部落，偏偏留下他的建州左卫发展壮大，最终被他统一东北。

观音菩萨派弟子惠岸行者（李天王次子木吒）出战，又单挑失败，李天王又向天庭发出败报。玉帝“笑道：叵耐这个猴精，能有多大手段，就敢敌过十万天兵！李天王又来求助，却将那路神兵助之？”尽管作者用了极大篇幅渲染战斗过程的精彩激烈，但我们还是能够发现：李天王根本没认真打，试想十万天兵一起拥上去，谁扛得住啊？但他始终象征性地单挑一下就认输。尽管这第二次围剿花果山，样子做得倒是比第一次足，但还是没动真格。玉帝其实也看出来了，所以才会“笑道”，而不是“悚惧”。

4.2 皇亲与狗不得入内

见以李天王为代表的众天兵都不卖力，观音菩萨举荐了二郎神。

二郎神的身份相当微妙，他法力不弱，也为天庭立过功，但却不能在天庭任职，只能在人间灌江口居住。究其原因只有一个——他是玉帝的外甥。这个角色恰是代表了宋明以来一个非常尴尬的群体——皇亲国戚。若在前代，皇亲国戚可不尴尬。若能跟皇帝沾上点亲，就算您是废物点心也能受重用，更别说有点真本事了。但在宋代以后情况就反过来了：皇亲国戚一律不得为官，哪怕像二郎神这么有本事的。

宋朝明文规定：宗室不得为官，更不能为相。但南宋有一位名相赵汝愚，却是宋朝第二代皇帝宋太宗（赵匡义）长子楚王赵元佐之后。不过宋太宗驾崩后由第三子宋真宗（赵恒）即位，所以赵元佐这一系从此就偏离了帝系。赵汝愚是在第十三任皇帝宁宗朝才当的宰相，隔了两百年，早就跟现任皇帝出了五服，其实根本算不上宗室，所以才能为相。不过政敌却抓住他这个把柄，大力攻击，把他赶下了台，可见宗室为官的高度敏感性。明朝比宋朝更严格，明代其实颇有一些才华横溢的宗室成员，比如创立“十二平均律”的数学家朱载堉、被日本誉为现代启蒙之父的思想家朱舜水等，但他们虽可凭宗室身份得到国家供养，却绝无可能捞到一官半职。

玉帝和二郎神就面临着这样的苦恼。玉帝看着李天王这帮出工不出力的官吏，心里焦急，多想用一些“自己人”啊。二郎神有通天彻地的本领，却摊上个皇帝舅舅，升不了天（当不了官）。但这次围剿妖猴就是个立功的机会，你们都解决不了这猴子是吧？行，我来解决了，总能让我当个什么官吧？这是凭实打实的军功，而非血亲。观音是个很乖巧的人，适时地推荐了二郎神，所以玉帝调二郎神出战，圣旨结尾处专门加上一句“成功之后，高升重赏”。二郎神也是“大喜”，立即率梅山六兄弟、一千二百草头神，“霎时过了东洋大海，径至花果山”。这帮私人武装比国军积极多了。

二郎神进入战场，他让李天王的正规军无论胜败都不用相帮，只求他立个照妖镜不要让猴子变化逃走。但即便这么一个小小的要求，其实李天王还是没有满足。后来二郎神与孙悟空赌变化，靠的是自身经验和判断（很多神话说二郎神有三只眼，有相当于照妖镜的功能，但《西游记》并无此说，同样孙悟空的“火眼金睛”也无此功能），李天王架着个照妖镜却始终没吭声。李天王的副将巨灵神和两个儿子跟孙悟空单挑时，都是数十合败走，唯独二郎神和猴子大战三百余合，“抖擞神威”，愈发卖力。梅山六兄弟更是率兵冲杀，一举擒获了两三千妖猴。

十万天兵天将，半个妖猴都抓不住；一千二百草头神，一战擒拿两三千。您说这是能力问题还是态度问题？

之后二郎神的亲兵将孙悟空团团围住，眼见就要成擒，玉帝的外甥马上就要立下大功了！就在此刻，观音菩萨提出掷净瓶下去打猴头，助二郎小圣一臂之力。太上老君却以净瓶易碎为由，拿出他的至宝金刚镯（有些较权威版本如人民文学出版社版《西游记》根据世德堂刻本作“金刚琢”，但此宝是一个手镯形状的圆圈，为便于理解，本书作“金刚镯”），打翻猴头，二郎神率众擒下孙悟空，穿了琵琶骨，使其不能变化，押回天庭受审。

二郎神立下这份大功，可惜玉帝先前承诺的“高升重赏”却未兑现，只是给了金花、御酒等赏赐，没有让他入朝为官。二郎神也只好“谢恩，回灌江口不题”。

因为你是皇亲，哪怕立下擒拿孙悟空这么大功劳，展现出这么高的本领，甚至战前圣旨写明“高升重赏”，结果依然别想入朝为官。我们这圈子就是文官的，皇亲与狗不得入内。你不但是皇亲，还真的带一条狗（哮天犬，《西游记》中叫细犬），就你这样还想入朝？这就是明朝的时代特征，忽略或对这个特征视而不见，就无法看懂《西游记》的内涵，只能停留在一猴一棒包打天下的层次。

有人说玉帝和二郎神因为“斧劈华山救母”之事，关系不好，所以二郎神不愿上天庭为官，“听调不听宣”，体现了一种不屑为官的丹心傲骨，也体现了玉帝外甥有一定特权——被排斥在体制外的特权？二郎神这个角色在民间神话传说中其实很丰富多彩，但在《西游记》中就是一个“皇亲与狗不得入内”的尴尬角色。

事实上，明朝对军功封爵也有很严的规制，如果二郎神真的立下军功，文官们恐怕也阻不了他“高升重赏”。也正因如此，当二郎神的私人武装击溃妖猴大军，团团围住孙悟空时，形势已成定局，太上老君偏偏要去帮一下手，就是为了分二郎神的功。他这个圈儿一掷，显得是他打翻了猴头，二郎神才趁机拿下对方，功劳就小多了，“金花百朵、御酒百瓶、还丹百粒、异宝明珠”可以打发，官您就甭想了。

4.3 亲昵私臣如来救驾

擒住了猴子——更重要的是打发走了二郎神，接下来就该审判执行了。反贼当然是死刑，但行刑人员“刀砍斧剁，雷打火烧，一毫不能伤损”。太上老君解释说孙悟空吃了蟠桃，饮了御酒，更重要的是吃了他五壶金丹，“运用三昧火，煅成一块，所以浑做金钢之躯，急不能伤”。遂提议由他将猴子放进八卦炉煅烧七七四十九日，炼出丹来，猴也成灰了。玉帝准奏，于是“那老君到兜率宫，将大圣解去绳索，放了穿琵琶骨之器，推入八卦炉中”。结果猴子“躲在‘巽宫’位下。巽乃风也，有风则无火”。四十九日锻炼下来，毫发未损。影视作品总爱表现他的衣服甚至毛发被烧光了，其实不对，火根本没舔到他身上。

老君一揭炉盖，猴子一下子冲出来，老君和众道士来揪他，却都被他掀翻在地。尤其是鹤发苍髯的太上老君“赶上抓一把，被他一摔，摔了个倒栽葱”。真是引得不少人捧腹大笑。但笑完我们得想想：堂堂兜率宫，当真连一个能挡挡这猴子的人都没有？没叫您拿下，只是挡一挡啊，亲！西天路上的金角大王、银角大王、独角兕大王这么多兜率宫下派干部，都让取经团吃尽苦头，此刻他们怎么不挺身而出呢？还让大老板亲自去抓猴，出那么大洋相？弄得来孙悟空冲出兜率宫，“耳中掣出如意棒”，直冲灵霄殿——冲着玉帝去了！险些造成一桩弑君的重大事故。

孙悟空在八卦炉中没有炼死，却炼成了狂战士，直奔玉帝而去，打得天兵天将是“九曜星闭门闭户，四天王无影无形。更无一神可挡”。所幸还有一位佑圣真君佐使王灵官，使金鞭挡住疯猴，“又差将佐发文到雷府，调三十六员雷将齐来，把大圣围在垓心”。还发文？没错，这就叫痕迹管理，没正式文件，玉帝脑袋被敲爆了人家也没责任呀！作者“发文”二字简直用得妙到毫巅，道尽了官场不尽沧桑。

这时惊动了玉帝，亲自下诏宣西天佛老前来降伏，如来佛祖急忙赶到天庭，骗猴子说他可以安排猴子当玉帝，条件是到他掌上来翻一翻。结果猴子就上当了，被压在了他手掌变的五行山下。孙悟空还一度想凭神力掀翻五行山，又被如来加了一张帖子，稳稳压住，并安排专人出任土地，配合五方揭谛看管。至此，大闹天庭这场大剧总算落幕。玉帝召众神欢宴，并请如来取名“安天大会”。

很多人理解成这是玉帝的道教天庭无法降服孙大圣，所以去西方佛教世界请来外援，甚至是到上级部门求救，其实作者通过玉帝请如来救驾的礼仪措辞，很明显地标定了他们的君臣关系。

图3　天庭众神笑看大闹天宫

如来收伏妖猴，连玉帝的面都还没见着就准备转身回凡间的灵山，看来按官方礼仪，如来干了这活儿玉帝连接见都不用，这不但是明确的君臣关系，而且还是个品级不怎么高的臣子。《西游记》设定了如来佛祖在天庭位居“五老”之一，大致是四品官。按明代官制，六部侍郎（正三品）以上可称公卿，皇帝应亲自接见，如来正好差一点点。但玉帝很给面子，亲自出来接见，说要设宴致谢，“如来不敢违悖，即合掌谢道：‘老僧承大天尊宣命来此，有何法力？还是天尊与众神洪福，敢劳致谢？’”“不敢违悖”“救驾”“宣命”等措辞都进一步坐实了君臣关系。

但值得注意的是，如来坚持官方礼仪措辞，玉帝本人却没有。最初玉帝“传旨着游弈灵官同翊圣真君上西方请佛老降伏”，二圣到佛前也称“玉帝特请如来救驾”，都是用的“请”而不是“宣”，之后更违背礼制亲自接见如来。这充分说明玉帝和如来的私人关系非常亲昵，不是官品问题。安天大会上道教众神和四海散仙纷纷“向佛前拜献”，这也是君臣之礼，所以很多人认为如来才是天庭真正的君主，其实这恰恰说明如来是玉帝的私人代表。按明代礼制，司礼太监在很多场合作为皇帝私人代表，官民和外国君主都应跪拜如见皇帝陛下本人。

所以在《西游记》设定中，玉帝是明朝皇帝，如来是其最宠幸的司礼监掌印太监无疑。不过这也暗示了明中后期有些人渐渐乱了礼法，皇帝不以法定礼制称呼太监，而称“大伴儿”甚至“翁父”。这不得不令人想起汉灵帝（刘宏）宠幸太监，以至于公然宣称“张让是我父，赵忠是我母”，从而引发“十常侍”乱政的历史教训。明代某些宠监如刘瑾、冯保、魏忠贤等，也正是不断突破礼法，要求官员不分场合只要见到自己都要跪拜，从而打造“阉党”。

其实玉帝和如来这种君臣关系作者表达得很清楚，而且当时的政治氛围是“大礼议”刚过，人人心有余悸，这样写相当敏感，时人一看便知，只是后世很多人不了解明代礼制所以产生了误解。但还有人认为佛祖法力高强，您看孙悟空从八卦炉中冲出来，道家神仙无人能挡，只有佛祖能收伏他。如果这样想，那就真上了作者的当了。

4.4 道家故意放孙悟空去冲击御驾

没错，他们是故意的，尤其是太上老君。

什么？您坚持认为是孙悟空本领高强，把天庭诸神打缩头了？尤其是1986年版电视连续剧《西游记》，玉帝被打得钻桌子，这是多么令人开怀的一出英雄赞美诗啊！

好吧，且不说拿下，神仙们挡一挡猴子的功力总该有吧？很多神仙都在取经路上与孙悟空交过手，比如二十八宿中的奎木狼，也就是宝象国碗子山波月洞的黄袍怪。他一个人就能和孙悟空打成平手，但大闹天宫时二十八宿加起来却挡不住孙悟空一个（其实根本没去挡）。而且黄袍怪在取经路上见了孙悟空，只是觉得有点面熟，半天想不起是谁。这说明什么？说明大闹天宫对于他根本不是多大回事儿，他只是象征性地咋呼了两声，过了就忘了。如果真是打得他当了缩头乌龟，连皇上都不顾，岂非刻骨铭心？

最恐怖的是，孙悟空跳出八卦炉后，从“耳中掣出如意棒”。他怎么就能从耳中掣出呢？二郎神抓住妖猴，第一件事就应该是缴械，岂能容他将此等神兵留在身上？有人说二郎神不知道金箍棒可以变成针藏在耳朵里，但金箍棒是“兜率宫制造”，亲手打造的太上老君不可能不知——问题恰恰出在他身上。

二郎神即将抓住猴子时，老君掷下了金刚镯打翻猴头。这个金刚镯是全书最顶级的法宝，第五十二回独角兕大王用它大显神通，任你什么兵器法宝，包括如来的十八粒金丹砂，一律可以收进来。太上老君号称是他当年西出函谷关，带着早晚防身的至宝，但这里却只当砖头扔一下，是不是杀鸡用了牛刀？其实这个细节大有玄机——老君正是利用金刚镯套物的神技抢先套走金箍棒，以免被二郎神缴械。如果真让二郎神把这缴获的兵器呈给他舅舅，好哇！李老君，这反贼用的可是您打造的兵器呀！那李老君可就说不清楚了。而且二郎神抓住孙悟空时是钩了琵琶骨的，斩妖台上始终没有放开，但老君主动请缨用八卦炉将其炼化，入炉前偏偏要把他放开，而且故意留了个巽位有风无火。嗳！我们蒸大闸蟹尚且知道绑好了蒸，而且不留死角，老君这个用八卦炉的祖师爷，居然会犯这样的错？

孙悟空出炉那一刻，老君“赶上抓一把，被他一捽，捽了个倒栽葱”。我说别光顾着笑，就是这一把，将金箍棒塞回了猴子身上，然后指示道家诸神放开一条路，放那猴子从兜率宫一路打到灵霄殿。

无量天尊！兜率宫在三十三天之上，灵霄殿在第九重天，这么远的距离，就没一个神仙稍微挡挡？相当于从京城外就开打，一直打进紫禁城，冲到乾清门皇帝面前，无一兵一卒护驾！换您是皇帝，您觉得这是敌人太强大，还是我军让您太心寒呢？

5

取经干嘛——王大臣与大礼议

官场政治，有些东西看起来是闹剧，其实隐藏着很深的内涵，只是当事人不愿意说出来，乐得让人以为真是闹剧。明朝历史上，正有一出无厘头的大闹剧，还有一出很无聊的肥皂剧，像极了大闹天宫和西天取经，恰是作者源于生活的素材。

5.1 无厘头的王大臣刺万历帝案

大闹天宫这场闹剧，道家大佬太上老君放纵弼马温去打玉帝，这显然是对王大臣谋刺万历帝案的演绎。

万历元年（1573）正月一天清晨，御驾出乾清门，路中突然出现一名身穿御马监宦官服饰的神秘男子！当时雾很大，此人都已经到了驾前，禁卫才发现，慌忙拿下，一搜此人身上果然藏有刀刃！禁卫对其审讯，此人供称名叫王大臣，是原隶左都督戚继光麾下的逃兵。他不是一位姓王的大臣，而是姓王名大臣，您说这是个真名字吗？显然就是到最后连真实姓名都没审出来。至于他为何穿着宦官服饰，如何走到乾清门却无人发现，身藏刀刃奔向皇帝意欲何为，背后是否有人指使？禁卫审了半天没个头绪，于是万历帝下诏改由司礼监秉笔太监、提督东缉事厂兼管御马监冯保负责审理。

冯保是多年的二公公，本来理应接任司礼监掌印太监，成为大公公。但接替李春芳为首相的高拱作为外朝文官，却多次干预内宫人事，连续力荐资序在冯保之后的御用监太监陈洪、尚膳监太监孟冲等人弯道超车，一次又一次阻止了冯保得正大位，冯保恨得咬牙切齿。排名靠后的大学士张居正趁机与冯保结为同盟，在高拱和新登基的万历帝以及两宫皇太后之间制造误会，最终逼高拱下野，张居正得以位居首相，不久冯保也终于圆梦司礼监掌印太监。现在冯保的东厂得到王大臣这个“资源”，又与张居正合谋，准备借此继续攻击高拱，逼其自杀甚至灭族[34]！

冯保授意王大臣自供，就说高拱政治斗争失败，怨恨万历帝，所以策划他来行刺。不过东厂只是秘密调查机构，没有执法权，它调查的结果还得移交锦衣卫，继而提交司法部门才能判决。但锦衣左都督朱希孝指出此案疑点众多，王大臣的自供说不通，传唤冯保来和王大臣当面对质。结果王大臣就翻案了，对冯保大呼：“你不是许诺我富贵吗？怎么又把我抓起来治罪？我一个人渣，到哪儿去认识什么高阁老（宰相）？”这等于是反而把冯保供出来了。

锦衣卫故意把这个消息放出来，朝野哗然。少师兼太子太师、吏部尚书杨博代表行政系统，太子少保、左都御史葛守礼代表监察系统出面质询。张居正也迫于舆论，告诫冯保适当收敛。最后王大臣被匆忙处斩结案，没有牵连任何人。

表1　《大闹天宫》小说情节与史实的对照

《大闹天宫》中的小说情节	王大臣案史实	说明
孙悟空持金箍棒冲击玉帝	王大臣藏刃接近万历帝	一模一样
一只猴子从三十三天的兜率宫一路打到九重天的灵霄殿	一个无业游民从紫禁城外到乾清门神奇地无障碍通行	一个是假装不敌，一个是根本不出现
佑圣真君佐使王灵官将其拦住	御前禁卫将其拿下	—
斩妖台上就是砍不死猴子，天将围住孙悟空，就是拿不下	禁卫反复审讯王大臣就是没结果	—
玉帝宣如来救驾，将其擒获	万历帝诏冯保来审理	亲信大太监出马
如来号称可以做主让孙悟空当玉帝	冯保对王大臣许诺富贵	唬唬而已
如来突然将孙悟空压在五行山下	冯保匆忙杀王大臣结案	都是为了封口
大牌神仙纷纷出席“安天大会”	张居正、杨博、葛守礼等重臣纷纷出面，结案	各方势力总结陈词
太上老君故意塞金箍棒，让孙悟空去打玉帝	高拱指使王大臣携刃刺杀万历帝	历史悬案
孙悟空实为佛家培养	王大臣可能是冯保指使	历史悬案

应该说，《大闹天宫》比王大臣案还要复杂精彩，这正是源于生活，高于生活。不过该剧对事件的还原度已经够高了，同时，看懂此案，您也就明白了大闹天宫的真相——确实是有人故意清空并引导了他打往玉帝面前的路——您总不会认为王大臣能冲到万历帝面前真的是他武艺高强无人能挡吧？

发生此案时李春芳刚退休一年多，可能正在家创作《西游记》，自然就将此事拿来做了《大闹天宫》这一回的原型。世本《西游记》的主要故事框架来源于宋元话本，但《大闹天宫》一回不见于任何其他作品，是完全的原创。

5.2 官场无闹剧，取经不无聊

大闹天宫是不是一场无聊的闹剧？是啊是啊！那猴子无聊死了，玉帝陛下您可千万别怪罪啊！这个众仙卿不要误会，朕可没怪罪谁，有些人就这么无聊。这不，那如来佛也是无聊，搞什么西天取经。

第七十七回，狮驼国青狮、白象、大鹏三大魔王骗孙悟空相信他们已将唐僧吃了。孙悟空“凄凄惨惨的，自思自忖，以心问心道：‘这都是我佛如来坐在那极乐之境，没得事干，弄了那三藏之经！若果有心劝善，理当送上东土，却不是个万古流传？只是舍不得送去，却教我等来取。怎知道苦历千山，今朝到此丧命！’”

很多人看书或看电视到此都忍不住要帮悟空骂如来几句：你真是无聊到一定程度了！不就几本经书吗？送到东土又有何妨？好，你要端姿态，熬身价，要东土人自己来取也行，那么多人会飞，你叫个会飞的呀！偏要叫唐僧这个白白胖胖的面和尚步履千山，而且这个和尚的肉吃了还能长生不老，引得一路妖魔出洞。这不，被吃了！只能说你太无聊了。

真这样认为，您就上政客的当了。

大闹天宫是道家神仙警示玉帝，西天取经则是玉帝的回应。道家势力这么大，主要是因为他们掌握了道统。天庭存在的意义就是统治凡间，靠凡人的信仰和贡奉供养。当时凡人普遍信仰道教，天庭选拔神仙的主流也是道家规则——修炼成仙。这就是宋明以来的政治形态：儒家占据中华道统，朝廷存在的意义就是统治百姓，靠百姓的拥护和赋税供养。而百姓普遍信任儒家，朝廷选拔文官的主流也是儒家规则——科举入仕。科举是一个客观的选拔程序，考上是靠自己的学问，而不是皇帝恩赐，“我命由我不由天”，所以考上来的这些文官不领皇帝的情，不在皇帝一手掌控中[35]。恰如修炼是个人修为，而不是玉帝的赏赐，所以靠自身修炼成仙的道家神仙们相互认同却渐渐将玉帝边缘化。

其实形成这样的政治态势，对皇帝也不是坏事。因为在这套规则下，尽管皇帝无法构筑私人势力，别人也不行了，所以宋明两朝绝无有权臣篡逆之事。宋有南宋四大权相——秦桧、韩侂胄、史弥远、贾似道，明有严嵩、高拱、张居正，都曾炙热一时，架空皇帝的本事不比王莽、曹操、司马昭、杨坚、李渊小，恐怕只有《西游记》中的太上老君能比。但李渊之流不但架空皇帝，还能篡位，改朝换代，秦桧、严嵩之流却绝无此法。尽管在职时可以架空皇帝，一旦离职就一普通人，断无可能将权力传承给家族。

权臣生命有限，皇朝君名永固，这其实是中国皇帝通过让渡实权来换取虚名巩固的一种权术。玉帝尽管招呼不动太上老君这帮道仙，但道仙们也绝无可能撼动他的地位。不过当橡皮图章的滋味毕竟不好受，有一些自尊心强、精力旺盛的皇帝就忍不住要去和文官们争权，最常用的一招无非就是扶植私臣当马甲。嘉靖帝连当45年皇帝，从进京路上就开始就跟文官们斗，斗到死为止，不知扶植起了多少勋贵、太监、锦衣卫，还建设了西苑这个青词基地，甚至有了“青词宰相”之说。皇帝这样做势必遭到文官抵制，这就是一个讨价还价的过程。当然，这个过程不能摆上桌面，只能暗中博弈。

西天取经，正是承载这种暗中博弈的表面形式。道家的强势源于掌握了最富庶的南赡部洲（大唐）信众，佛家则想通过传教给大唐这种形式来侵夺市场份额。《三藏真经》传到东土，佛家势力有所增强，一定程度上平衡了道家势力。不过道家大佬也会得到相应的补偿，不然绝对不会放行。具体什么补偿呢？这个就得桌上谈判，桌下博弈了。就连玉帝也不是一味喂肥佛家，有些过分的事他平时不好收拾，这次借取经团路过的机会一举铲除，佛祖为了取经大局，也只好忍痛割肉。

所谓取经路，就是这样一连串复杂的博弈过程。不光是玉帝、道家、佛家，还有妖怪、散仙、龙王、人类甚至取经团成员各种利益主体，纷纷借取经这个题目表达自己的诉求。您觉得这种利益博弈很无聊吗？而在历史上的嘉靖朝，也确实发生过一起表面上看起来很无聊的大斗争，整个西天取经都是对它的精彩演绎。

5.3 大礼议——皇帝与文官的取经之战

嘉靖帝刚刚登基就爆发了著名的“大礼议”，皇帝与文官展开了一场旷日持久的斗争[36]，而斗争的表面目的无聊到了极点——辩论嘉靖帝的爸爸是谁——是不是比西天取经还要无聊八倍？

嘉靖帝的堂兄明武宗（朱厚照，艺名朱寿，年号正德），曾与文官激斗，甚至发生过极端的“左顺门事件”，用廷杖打死了不少文官。正德帝死得也很蹊跷，30岁时一次偶然落水，得了感冒，武艺高强、能徒手搏虎（小老虎）的他居然就死了！而他还没得来得及生孩子，也没有亲弟弟，于是在首相杨廷和的主持下，经朝廷议定，由兴王朱厚熜即位，即为嘉靖帝。

朱厚熜是正德帝的隔房堂弟，也就是明孝宗（朱祐樘，年号弘治）的侄子，不是亲儿子。但既然弘治、正德一系无后，文官们便议定将朱厚熜过继为弘治帝之子，入继大统。这涉及改宗问题，时年14岁的朱厚熜小朋友呢，他父亲就由兴献王（朱祐杬）改为原来的伯父弘治帝（朱祐樘）啦。一般人肯定不愿改换门庭，有皇帝当还能不要？于是朱厚熜先虚以委蛇，当上皇帝后又开始耍赖，坚决要继续认兴献王为亲爹，弘治帝只是“皇伯考”。更过分的是，他提出要把没当过皇帝的朱祐杬奉入太庙，追赠庙号、谥号！

这就太违背道统了，虽然中国人是很现实的，这种替死人过家家的表面功夫无伤大雅，大臣们犯不着为个死人的名号跟皇帝较劲，更何况这应该算皇室的家事。但随着历史的进步就不行了！宋英宗（赵曙）的情况和嘉靖帝相同，想尊礼生父濮安懿王（赵允让）为皇考（去世的父皇），但司马光等臣僚坚持要求他尊礼宋仁宗（赵祯）为皇考，其生父只能为皇伯考，结果引发了长达四年的“濮议”。五百年后，明朝又为同样的事爆发了更加严重，长达28年的“大礼议”。嘉靖帝和文官们每天为此辩论得脸红脑涨，因此被罚俸、杖责甚至免官的大臣不计其数，连德高望重的首相杨廷和也在嘉靖三年（1524）被罢免。可大家就是前仆后继，前后至少有两百名以上的廷臣因此被罢官，罚俸、廷杖的更不计其数。

文官掌握道统大权，但不听皇帝的话。勋贵、宫妃、太监、锦衣卫这些私臣是皇帝的贴心豆瓣，但没什么权，甚至在礼法辩论中都帮不上忙——这套封建礼法对他们来说太复杂了。这就是明朝皇帝的大苦痛。当然，绝大多数文官反对皇帝乱搞，也有极少数人剑走偏锋，放下了儒家士子的礼义廉耻，这其中就以大奸似忠的张璁（后避嘉靖帝讳改名张孚敬）为代表。张璁力挺嘉靖帝不合礼法的倡议，并充分运用他的礼法知识帮皇帝与文官们辩论。终于在嘉靖十七年（1538），明廷追尊朱祐杬庙号为“睿宗”，嘉靖二十七年（1548）神主奉入太庙。

很显然，濮议、大礼议不是真的为了争论爸爸是谁，而是争论谁说了算的问题，是嘉靖帝故意挑起，与文官争夺发言权的政治斗争。嘉靖帝对文官们的随意摆布不满，想提高自己的话语权，文官则企图磨平这枚有棱角的橡皮图章。双方借这个题目进行了28年（西天取经的两倍）的漫长斗争，终以嘉靖帝惨胜告终。这是一场极其剧烈甚至近乎摆上桌面的斗争，一点都不无聊。

从“大礼议”的结果看，嘉靖帝似乎赢了，但从此皇帝和文官的关系也就更差。中华帝国自唐宋以降，行政体系愈发完善，皇权已经被文官分割了不少，到明朝基本上只剩下一个批红的权力。在明朝的行政体系中，各部门草拟方案，由内阁研究是否批准或者修改，然后以“票拟”（在奏折上面贴一张纸，写上内阁意见）形式呈报给皇帝用朱笔批示可否。皇帝似乎掌握着最终决定权，但事实上皇帝接到奏报时内阁已经把处理意见写得很清楚，无非就是象征性地让您表示一下同意而已。那如果不同意呢？内阁会不会按您的意思再报？这就得看关系了。关系好当然好说，关系不好那就公事公办。“大礼议”之前，大家还是很给皇帝面子，也愿意在形成正式文件之前先征求一下皇帝的意见。但之后显然就没这回事了，官员们将皇帝彻底排除出决策核心，每次呈报的奏章皇帝就真的只能批个是否了。嘉靖帝在取得“大礼议”胜利后，缩进中宫，号称“内阁奏报二十三年不曾更动一字”，彻底沦为橡皮图章[37]。

当然，皇帝也会利用自己的虚名争一些实权，比如扶植私臣建设一个内朝，尤其是在文官中寻求愿意委身于己的少数派。对于官场上打拼的文官们来说也更复杂了，到底是走主流路线，做一个传统的好文官，还是投靠私臣集团呢？这个操作取舍就真不是一两句话能说清了，《西游记》如此鸿篇巨著也只能道出其中一二。

嘉靖、隆庆、万历三朝的百年斗争最为复杂激烈，《西游记》主要就是讲这一段的事儿，对这段历史有个大致印象，有助于理解《西游记》的深意，如表2所示。

表2　明代大事年表

年度	公元	享祚	主要大事件
洪武元年	1368	0	明太祖在南京建立明朝
建文四年	1402	34	靖难之变，燕王朱棣战胜建文帝，即为太宗永乐皇帝
正统十四年	1449	81	土木堡之变，明英宗被瓦剌俘虏，于谦拥立景泰帝紧急即位
景泰八年	1457	89	夺门之变，石亨、徐有贞、曹吉祥拥立英宗复辟
天顺八年	1464	96	成化帝登基，万贞儿受宠，后封皇贵妃，权倾后宫
成化十二年	1476	108	御马监太监汪直受宠，次年设立西厂
弘治十八年	1505	137	正德帝即位，宠幸太监刘瑾，开启第一波“阉党”行情
正德十六年	1521	153	正德帝暴毙，堂弟嘉靖帝继位，因宗庙礼仪问题和文官发生剧烈冲突，史称“大礼议”
嘉靖二十一年	1542	174	壬寅宫变，16名宫女刺杀嘉靖帝，险些成功；大奸臣严嵩入阁，不久斗倒首相夏言，专权十余年
嘉靖四十一年	1562	194	次相徐阶隐忍多年，终于斗倒严党
隆庆元年	1567	199	隆庆开海，宣布中国海域自由贸易
隆庆二年	1568	200	徐阶退休，李春芳补为首相，海瑞巡抚江南，铲除徐家恶霸
隆庆五年	1571	203	李春芳退休，高拱补为首相
隆庆六年	1572	204	万历帝即位，皇太后李氏、御马监掌印太监冯保、大学士张居正结为政治同盟，斗倒高拱，张居正补为首相
万历元年	1573	205	王大臣刺万历帝案，差点绝杀高拱
万历十年	1583	215	太师张居正卒，朝廷对其进行大清算
万历二十年	1593	225	金陵世德堂出版《西游记》百回本小说
天启二年	1622	254	魏忠贤受宠，开启第二波“阉党”行情
崇祯十七年	1644	276	李自成攻占北京，崇祯帝自缢煤山，明朝结束

注：“享祚”指到这一年为止，明朝已建立的年数。

5.4 取经本质是玉帝扶植佛教来平衡道教

这是一个我们还将反复提及的话题，西天取经的本质是宇宙最高主宰玉皇大帝发起，增强佛教势力，用以平衡道教势力的一项活动。

历史上是先有大礼议，而后才发生王大臣案。不过在《西游记》中却是先大闹天宫，而后才取经，这是作者根据需要进行的艺术加工。而且历史上冯保说高拱派王大臣刺杀万历帝，很可能是诬陷，李春芳却来个高于生活，写道祖真的放出杀手冲杀玉帝！当然，太上老君也未必真想就这样把玉帝一棒子敲死，主要是一种威慑警示，向玉帝展示道家神仙（文官）可以在突发危机面前，让天兵天将公然不保玉帝。而玉帝对此的回应则是——搬出佛教神仙（私臣），并顺势开启了取经工程。

孙悟空跟如来赌赛，佛祖对孙悟空说："如果你能赌赢，可以让玉帝到西天居住。"这话表面上对孙悟空说，其实恰恰是说给在场除孙悟空之外的（道家）神仙听的。意思是就算你们道家容不得玉帝，要撕破脸，但我西天忠于玉帝，他还有反扑余地。皇帝毕竟掌握着总的道义制高点，他的反扑不容忽视。这仿佛让人看到：宰相高拱指使王大臣刺杀万历帝，禁卫均不阻拦，小皇帝大喊："大伴儿（他对冯保的昵称）快来护我！"大伴儿立马跳出奋勇挡在身前："皇上别怕，阁老要害您，有大伴儿舍身护着呐！"紧接着，佛祖回到西天，开始着手取经工程。作为小说，先爆发矛盾，再通过取经来反击，更通畅一些。

嘉靖帝的私臣形式花样繁多，皇亲、勋贵、宫妃、太监、道士、锦衣卫……几乎历史上出现过的私臣形式他都用了个遍。不过他最大的一个创举还得属"词臣"，也就是他以青词而不以八股文为标准，从文官中再选拔出一帮善写青词的人，充为心腹。绝大多数文官对此嗤之以鼻，甚至激烈反对，但仍有极少数人为了邀宠，厚着脸皮加入了这个行列，背弃儒学，勤练青词（弃道从佛），这种人就是明确站队，可以引为心腹。

明朝宰相正式的说法是"入直文渊阁"，并加挂内阁大学士衔，意即在文渊阁当值，批阅奏章、草拟诏旨即为真宰相。嘉靖帝则别出心裁地发明了个"入直西苑”，企图弄一帮人将西苑打造成内部朝廷，即在紫禁城太液池西岸修建了一个西苑，大量“词臣”侍奉他长期不上朝而在此修仙。著名的“青词宰相”张璁、夏言、顾鼎臣、严嵩都在西苑和文渊阁两头奔走，李春芳后来也加入了这个颇受诟病的行列。当然，还有一大帮人考不上进士，没资格摸到文渊阁的地板，就只能专心在西苑陪嘉靖老儿修仙了，代表人物有成国公朱希忠（勋贵）、京山侯崔元（永康公主驸马）、锦衣都督陆炳，还有邵元节、陶仲文等一大帮道士。这些人都没有通过科考，更谈不上铨选、会推等正当程序，所以朝廷不认可他们是真宰相，只是嘉靖帝的私人小伙伴，也就是所谓私臣。

值得注意的是，历史上皇帝扶植私臣，最爱用的其实是太监。因为太监是私家奴婢，最听话，最贴心，但嘉靖朝恰恰是个特例，因为之前正德朝太监中出了一个大妖孽——刘瑾，甚至形成了一波“阉党”行情，给了明朝人切肤之痛。所以嘉靖帝一登基，首先宣布要狠刹太监干政之风。嘉靖一朝45年，确实是太监干政最少的一朝。但事实上，嘉靖帝任用私人比任何一朝明帝都要严重，他只是避开了太监这个最敏感的类别而已。更何况，嘉靖朝太监也并非完全退出政治舞台，只是有了刘瑾之鉴，他们更加谨慎罢了。嘉靖末、隆庆初，太监政治已经重新登场，高拱、张居正的剧烈斗争已经明确引入孟冲、冯保等大太监助力。这些都发生在李春芳眼皮子底下，他看到的恰恰是太监政治这个压抑许久的野性力量重新崛起的过程。

回到小说，佛教集团就笼统指代玉帝私臣，道教神仙笼统指代靠自身修炼“金丹大道”成仙的神仙，分别对应现实中靠各种非主流路径入官的私臣和科举进士出身的正统文官。当然，还有一些居于两派之间的，也就是科举进士出身，但也投效私党的那部分人——作者自己也是。事实上，每次说到“西天取经”，很难让人不联想到“西苑青词”，小说里的几个主角艰辛的西天取经路，何尝不是作者对自己同样艰辛的“西苑青词路”的真实写照。

6

谁要取经——唐僧还是唐太宗

很多影视作品都有意无意地忽略了原著的一个重要环节——唐太宗还魂。原著中唐太宗（李世民）魂游地府，被吓得死去活来，还阳后赶紧大办水陆法会超度亡灵，并派唐僧远赴西天取经，想以此冲抵自己的杀孽。可能是觉得这一段太过无趣——至少比起西天路上的精彩斗法确实差太多，而且西天取经的主源毕竟是如来，唐太宗派出唐僧只是个不重要的由头，所以影视作品往往淡化处理。不过讲道理，这样做很容易让观众不自觉地忽略发起取经工程的真正源头——人世间的民众（世民）。

6.1 传经还是取经？

原著没有正面描写前九次取经具体是怎么失败的，直接从第十次写起，但显然经过连续九次失败，佛祖也在调整策略，核心问题就是这一次他不能再主动传经，当然更不能明说是玉帝指使，而要以南赡部洲人民自己来取的名义。前九次失败，很可能就是因为姿态太主动，被道家名正言顺地给否决了。为此，佛教策划了一套很全面的方案。

观音到长安借了一个城隍庙住下，不久城里就出现了一个神棍袁天罡，他帮渔夫算哪里鱼虾多，让渔夫每天都打满鱼虾，并故意泄露给泾河龙王听。泾河龙王大怒，去找袁天罡算账，变作一个白衣秀士让他算明日的降雨量。袁天罡算了一个，结果第二天天庭宣诏龙王布雨，雨量与袁先生算的分毫不差。龙王还不服输，偷偷做了点细节修改，结果就犯了天条，天庭令人曹官魏征（在职的唐朝丞相）斩龙。

龙王先求唐太宗帮忙，唐太宗同意，缠住魏征，想让他错过斩龙时效。不料魏征假装在皇帝面前睡着，却在梦里偷偷元神出窍，溜去斩了老龙。龙王冤魂怪唐太宗言而无信，将其吓死。唐太宗魂游地府，根据临死前魏征的嘱咐找到了在地府当判官的朋友崔钰添了二十年阳寿，于是还阳。但崔判官故意带唐太宗游览地狱深处，还唤出很多被他生前所杀的亡灵来揪打恐吓。唐太宗被吓得死去活来，立即承诺还阳后大办水陆法会，超度亡灵。这时观音再告诉他中华的小乘佛教超度不得，须得西天大雷音寺的大乘佛教《三藏真经》。于是唐太宗非常有诚意地派出了唐三藏法师远涉西天，求取真经。

很显然，袁天罡、渔夫、魏征、地府相关工作人员都是观音拉进项目组来演戏的，目的就是恫吓唐太宗，让他见识地狱的阴森恐怖，再吓唬他血债深重，只有大乘佛教可以帮他疏通关系，减轻他死后的罪孽。这样一来，这经就不是佛家要传给东土，而是东土人民自己要来取的，而且是不畏艰辛，历经磨难也非要来取！所以，道祖，您看，这真不是我们佛家存心要抢您道家香火。还原到官场上的语境，太监开皇店、皇庄，那也是老百姓主动来和咱家做生意，没逼没抢，儒家卫道士们，可别怪咱家的不是！

当然，观音这一系列巧妙的恫吓行动，最关键的一步是袁天罡算准了第二天的降雨量。千万别相信神棍真能未卜先知，分明是神棍随口说一个雨量，观音转告给玉帝，玉帝便真的按这个雨量发旨，说到底还是他在幕后操纵。

6.2 佛教集团为何选唐太宗

小说需要选一位古代皇帝扮演这个主动发起取经工程的角色，理论上可以任选，那为何选择了大唐太宗文皇帝李世民先生呢？首要原因是已经选了玄奘，而玄奘生在唐太宗时代；其次唐太宗名叫李世民，暗含“世民”之意，非常适合用来代表世间生民（凡人）；更重要的则是他确实有把柄。

世民兄当皇帝前是一位武功赫赫的战神，曾因军功被唐高祖（李渊）奖授了一个异常霸气的军衔——天策上将。史载李世民曾身先士卒，杀得“两刃皆缺，盈血满袖”[25]，这是何等悍勇！他亲手杀的那千儿八百人还不算啥，重点是他指挥的战役，那才叫一将功成万骨枯。李世民的战功正是李唐王朝能从隋末乱世中脱颖而出的关键，但这同时也意味着他双手沾满了鲜血。唐朝建立后，李世民通过玄武门之变，杀死自己的亲兄弟李建成、李元吉以及他们的儿子各五个（也就是李世民自己的亲侄子十个），然后逼父皇禅位，更是非一般的血腥。他心里一定长期充满了愧疚，宗教往往就是利用这种寻求安慰的心理，攻陷人的心灵。

佛教串通地府，安排唐太宗到地狱深处考察调研，先是利用泾河老龙吓死唐太宗，再由崔判官私自给他添二十年阳寿，使其先入地狱再还阳。但崔判官、朱太尉送太宗还阳时，太宗发现他们带的不是来时原路。崔判官解释："阴司里是这般，有去路，无来路。"于是"太宗只得随他两个，引路前来"。结果被带到幽冥背阴山、一十八层地狱，还专门把李渊、建成、元吉、隋末乱世中遭他屠戮的群雄纷纷请出，一路上揪打惊吓，差点没把个天策上将死死地给吓活过去。一路上又接受了崔判官很多佛教理论灌输，太宗还阳后还不赶紧诚心拜佛，大开水陆法会？这时观音再跑来说一句："你这中华的小乘佛法度不得亡魂，须得西天大雷音寺的大乘佛法三藏。"这真是直指内心深处，世民立即代表世间生民派出陈玄奘法师，诚心向西天取经。

然而阴司真如崔判官所言"有去路，无来路"吗？为了验证您这个怀疑，作者刻意安排了一个刘全进瓜的情节。唐太宗在与阎王们亲切交谈，准备告别还阳时，承诺给阎王送点东西（《西游记》仿明代大理寺架构设定冥府主官是十殿阎罗，相当于十个审判庭各有一位阎王，其中包括第五殿的宋帝王，实为宋代名臣包拯包青天，唐代他还没投胎就见了——哦不，当了阎王）。阎王们说："我处颇有东瓜、西瓜，只少南瓜。"于是太宗回去后就募得一个刘全，因为不小心把妻子骂死了，所以自己也不想活了，便应征来自服毒药，头顶南瓜送到阴司。结果阴司查验刘全夫妻"都有登仙之寿，急差鬼使送回"。故此刘全也还阳了。唐太宗很关切地问他："你在阴司见些甚么来？"显然就是想验证下"有去路，无来路"之说，但刘全的回答让他很失望："臣不曾远行，没见甚的。"可见压根儿没这回事儿，完全是崔判等人故意引他去饱受一顿惊吓。而这么做的目的，恰如阎王所说"我处颇有东瓜、西瓜，只少南瓜"。是啊，佛教在东胜神洲、西牛贺洲颇有市场，唯独还缺你最富庶的南赡部洲哟！

尽管唐太宗已经知道是在故意恫吓，但阴司所见历历在目，自己也确实满手血债，不赶紧把仇人们超度了，以后去阴间可没好日子过，所以他也不再追究细节，依然诚心发起了西天取经的大工程。

6.3 作者选择唐太宗的反讽意味

除了佛教集团选择了唐太宗，作者选他自身也有一些讲究。李春芳作为明末党争高手，有些反讽笔法异常辛辣顽皮。历史上唐太宗其实恰恰是佛教徒很不喜欢的一个人，李春芳就故意写他敬佛，我相信这是明末党争给他造成的人格阴影。

李唐皇室号称是老子后代，老子作《道德经》，被奉为道家思想的始祖，所以李唐皇室推崇道教，唐以前的传统中国社会也确是道家最强势。传说老子是道教三清之一的太清太上老君，周代化为李聃，骑青牛西出函谷关，化胡为佛，《西游记》亦取此说。当然，历史上佛道两家关于老子与佛陀到底谁是师父谁是徒弟曾有过激烈争论。元代官方曾组织过一次正式辩论，结果在元世祖（孛儿只斤·忽必烈）驾前，佛教代表八思巴完败道教代表李志常、赵志敬、尹志平（均为丘处机之徒），被佛教视为历史荣耀。然而《西游记》一出，老子化胡为佛的典故却在民间生了根，这也是让佛家非常恼火的一件事。

历史上的唐太宗并不敬佛，这首先跟他家自吹是李聃后人有关。而且他叫李世民，所以观世音菩萨就犯了皇帝名讳，从此改称观音。一个凡人逼菩萨改名，对此佛教界异常不满。作者偏偏让这位凡人来演此角色，还安排他们直接会面，这就尴尬了。

唐太宗还和佛教发生过激烈的正面冲突。唐朝之前的四百年——魏晋南北朝堪称中华民族苦难深重的一个大乱世，但乱世恰恰是佛教兴盛的时机，因为人民在现实的苦难深渊中看不到希望，才会寄望于神佛拯救。但隋唐盛世的到来预示着佛教这一波上升行情到顶。李世民当皇帝前率军平定隋末乱世，最重要的一战便是击败洛阳王世充势力[38]。王世充以敬佛著称，洛阳当时佛法盛行，寺庙满城，僧尼遍地。李世民率重兵苦战多年攻破洛阳后，将佛寺尽皆毁去，僧尼强制还俗，这已经足够佛教界记恨。登基后，唐太宗更是强化崇道抑佛，诏令全国僧尼限定三千名内，多次严格检校佛法，清查僧尼数量，严惩私自出家，甚至动用极刑。唐太宗常论及梁武帝（萧衍）佞佛祸国亡身的教训，并通过著名的《贞观政要》昭诫天下[39]。梁武帝后裔萧瑀本是高祖、太宗两朝宠臣，位列凌烟阁二十四功臣第九位，只因推崇佛法遭太宗贬斥，以至失宠。

唐太宗朝可以说是佛教在中国发展的一个低谷，也有很多和尚不服气，还想力争，最著名的便是法琳和尚。此人能言善辩，被佛教誉为“护法菩萨”，众僧推举他去向太宗进谏，意图改变不利局面。很显然，唐初佛教衰落的本质在于乱世终结，人民不再需要神佛拯救。法琳没看清历史大势，依然浅薄地判断原因在于皇帝认了李聃这个祖先，于是编造了很多李聃的负面新闻，四处散布。贞观十三年（639），也就是《西游记》中唐僧出发取经的一年，道士秦士英告发法琳。唐太宗亲自传讯法琳，法琳却趁机抛出他精心炮制的一套理论，准备当场折服世民。

法琳首先力证李唐皇室并非自称的陇西汉族门阀李氏，而是鲜卑拓跋氏的一个分支，所以不可能是李聃之后，这也是后世很多人谣传李唐皇室是鲜卑族裔的一个渊源。这种无稽之谈一冒出来就极大地触怒了唐太宗，但法琳尚不自知，继续大放厥词，大谈李聃并没有什么好，皇上何必去认这种人当祖先？法琳编造了一大通“秘史”，说李聃的父亲叫韩虔（音同“寒黔”），字元卑（终极卑贱），这哪是正常人类的名字？又说他天生没耳朵，聋、哑、瘸，六十二岁都没娶到老婆，跟隔壁一个养猪的女仆精敷（编出这样的女子名，不解释了）私通，生下一个孩子，刚出世头发就是白的，所以人称“老君”。皇上舍弃高贵的鲜卑贵族，却认这种人当祖先，简直就是拿黄金换石头，拿绢丝换褴褛，舍弃贵族小姐和女奴私通……唐太宗终于按捺不住，跳起来踢翻了这个粗鄙下流的家伙，恶狠狠地说：“你不但诋毁朕的祖先，还当廷侮辱天子，罪不容诛！但你不是写过一本《辨证论》，号称连续七天口诵观世音佛号，就算用刀都砍不伤，现在我就给你七天时间，七天后试刀！”

七天后，唐太宗派人到狱中去看法琳。法琳扑通一声跪倒磕头大呼：“我这七天一直口诵‘陛下’，根本没念什么观音！”唐太宗是何等帝王胸怀，听罢哈哈大笑，赦免了法琳的死罪。不过死罪可免，活罪难逃，法琳还是被流放，最后孤苦地死于远疆。法琳事件不但是唐太宗和佛教一个著名的激烈冲突，还成为佛教的一个笑柄，更是初唐佛教衰落的一个注脚，所以“唐太宗”是后世佛教徒非常不愿提及的一个伤疤，李春芳就故意去揭，还写他崇佛抑道，这就是典型的明末党争笔法。

就算抛开历史恩怨，仅从佛教教义出发，唐太宗这么不尊重佛教的世俗皇帝，杀孽极重，结局却还好得不得了。佛教一直流传一种说法，将北魏太武帝（拓跋焘），北周武帝（宇文邕），唐武宗（李炎）和后周世宗（郭荣）大力废除佛教的行为并称为“三武一宗法难”，因为这四位皇帝都是英明神武，正该大展抱负之际却英年早逝，佛教便称这是神佛对他们的惩罚。作者要写他们中的某位先不敬佛，所以佛祖惩罚他的人民陷入战乱苦难，后来皇帝幡然悔悟，诚心向佛，佛祖再赐他恩典，度他超生顺便拯救人民不是更好吗？他偏偏要写不敬佛却得大福报的唐太宗。唉，这阴损人的功夫，没玩儿过明末党争的人还真练不出来此等笔法！

其实除了这点阴损顽皮，作者还有更深层次的反讽意味，尤其是通过著名的“贞观之治”来讽刺自诩高明吸引中华信众的西方宗教。

小说中，如来宣称：“*我西牛贺洲者，不贪不杀，养气潜灵，虽无上真，人人固寿；但那南赡部洲者，贪淫乐祸，多杀多争，正所谓口舌凶场，是非恶海。我今有《三藏真经》，可以劝人为善。*”所以他要传经，拯救华夏人民。但事实果真如此吗？恰恰相反，唐太宗时代的中国，正值“贞观之治”，无愧为世上最富强文明的国度。而彼时之西域，包括如来所在的天竺，正处于游牧部族肆虐横行的黑暗时代。让他们来拯救中国人民？这好笑程度比索马里宣布要在纽约证券交易所救市，维持道琼斯指数稳定还要略高一点点。

作为一部完全虚构的神怪小说，作者可以任选时代背景。您选个南北朝、五代十国之类，让慧贤、达摩、鸠摩罗什这些高僧去西天取回真经，拯救下晋简文帝、陈后主、李后主之流昏君及其治下苦难深重的人民那多合适啊？你偏偏选唐太宗！这意图还不明显？

7

西苑取经——司礼太监的幸进之路

西天取经由唐僧担任名义上的项目负责人，他是取经这个故事理论上的总线索，弄清他的来龙去脉似乎很重要。本来唐僧的背景很清晰，但由于小说的版本问题，他这一世肉身的身世又略显复杂。

7.1 不同版本的唐僧身世之谜

小说中反复提到，唐僧是如来的二弟子金蝉子，也就是须菩提尊者转世，但就这一世而言，他是大唐高僧陈玄奘。根据天庭的基本规则，他并不保留前世的法力甚至记忆，就是一介凡僧。需要再次强调的是，《西游记》中的陈玄奘，是李春芳原创的一个小说角色，绝不能等同于历史上创立唯识宗的唐代高僧玄奘法师。

现行市面流通的《西游记》主要有明、清两种版本，所谓明本的代表如1955年人民文学出版社根据北京图书馆世德堂本胶片整理而成，1980年又根据明末崇祯年间的《李卓吾批评〈西游记〉》重新整理再版[1]。但事实上，在世德堂本和崇祯本之后，清代流传至今的至少还有六种刻本，与明本均不尽相同，这其中最大的一个出入便在于增加了一回专门交代唐僧的身世。

清本前八回与明本相同，但第九回《陈光蕊赴任逢灾，江流僧复仇报本》却是新增，详细讲述了唐僧的身世，说是他父亲陈光蕊高中状元，娶了丞相殷开山之女殷温娇，却被水贼刘洪打杀，殷温娇将婴儿用木桶漂出，被金山寺僧人所救，当了和尚。十八年后唐僧得知身世，到京城找到外公殷开山，寻到刘洪得复大仇。再然后把明本的第九、十、十一、十二共四个章回糅合成第十、十一、十二仅三个章回，从第十三回起又归于一致。目前市面流传仅少量版本如吉林文史出版社等采用该版本[2]，更多版本采用明本，但也将《陈光蕊赴任逢灾，江流僧复仇报本》作为附录，插在第八、第九回之间，如表3所示。

表3　现存常见两种版本《西游记》章节对比

人民文学出版社版（明本）	吉林文史出版社版（清本）	说明
第8回　我佛造经传极乐 观音奉旨上长安	第8回　我佛造经传极乐 观音奉旨上长安	之前内容基本一致
附　录　陈光蕊赴任逢灾 江流僧复仇报本		清本将附录塞入了第九回
第9回　袁守诚妙算无私曲 老龙王拙计犯天条	第9回　陈光蕊赴任逢灾 江流僧复仇报本	内容交错
第10回　二将军宫门镇鬼 唐太宗地府还魂	第10回　老龙王拙计犯天条 魏丞相遗书托冥吏	内容基本一致，顺序交错
第11回　还受生唐王遵善果 度孤魂萧瑀正空门	第11回　游地府太宗还魂 进瓜果刘全续配	内容基本一致，顺序交错
第12回　玄奘秉诚建大会 观音显象化金蝉	第12回　唐王秉诚修大会 观音显象化金蝉	内容基本一致，顺序交错
第13回　陷虎穴金星解厄 双叉岭伯钦留僧	第13回　陷虎穴金星解厄 双叉岭伯钦留僧	此后内容基本一致

这一段涉及主要角色唐僧的身份来历，很多研究者进行了深入剖析。吴闲云[10]指出，打杀唐僧之父陈光蕊的水贼刘洪其实才是唐僧的生身之父，殷小姐早已与之有情，甚至珠胎暗结，所以殷丞相才被迫匆忙为殷小姐抛绣球招亲，想找个宅男接盘。但刘洪不忘前情，在河边痴痴守候，打杀接盘侠陈光蕊，夺回了殷小姐，这也就是殷小姐甘愿服侍他十八年而不报案的真实原因。六铃使者[15]更敏锐地捕捉到一个信息：暗中保护取经的神仙队伍中的四值功曹中的时值功曹也叫刘洪！由此引发了更多的解读。甚至还有人推导出唐僧的真实身份是唐高祖（李渊）的嫡五子，在玄武门之变中幸免。唐太宗老来良心发现，但又不敢认弟弟，所以封他为御弟作为补偿！这些解读应该说都还是挺有意思，但我也必须遗憾地告诉这几位作者以及他们的拥趸：这一段很可能不是李春芳原著，而是清代以后的人加上去的。

如果我们抛开明本的《附录》这一回，第八、九回衔接得很好，完整而流畅地讲述了观音诱使（而不是迫使）唐太宗自愿派出取经团的故事。如果非要在这个过程中插入整整一回来讲唐僧的身世，反而生硬。而且全书文风非常统一，通篇都是诗词比兴，即便普通的叙事和对白也尽量讲究排比对仗。比如白骨精第一次变做小姑娘出场："变做个花容月貌的女儿，说不尽那眉清目秀，齿白唇红，左手提着一个青砂罐儿，右手提着一个绿磁瓶儿，从西向东，径奔唐僧。"《附录》这一回文风却大相径庭，全是白话，无一诗词比兴。《西游记》文风幽默，算是一部喜剧，《附录》讲江流儿（玄奘）悲惨身世，残忍复仇，却充斥着一股悲惨世界的意味，与全书文风严重不符。更严重的是该回第一段讲时间到了唐太宗贞观十三年，并简单描述了一下帝都长安的繁华，这段文字在明本第九回（清本第十回）开头处又重复出现，更显文理不通，显见是生硬插入，而非原本有之。

清本中还有一个明显不能自洽的问题：取经出发的年份——贞观十三年，有好几件大事都发生在这一年，如表4所示。

表4　贞观十三年大事件

事件	说明
陈光蕊考上状元，迎娶丞相殷开山之女殷温娇	仅在《附录》中出现
陈光蕊的儿子也就是陈玄奘（唐僧）出生	结婚当时便生子
陈光蕊被水贼刘洪所杀，但儿子被殷温娇用木桶漂出，被金山寺僧人所救，取名江流儿	不符全书风格的悲惨复仇故事
江流儿长到十八岁，得知身世，成功复仇	出生当年便长到十八岁？
如来决定启动取经工程，派观音到长安物色人选	—
泾河龙王和袁守诚打赌，私改雨量，被玉帝处斩	应是观音幕后操纵
泾河龙王吓死唐太宗，太宗魂游地府，还魂后大开法会	—
观音现身法会，告诉唐太宗要到西天取经	幕后真人现身
唐僧踏上取经路	—

这其间有一个大问题，贞观十三年，陈光蕊刚结婚，儿子就出生了，而且一年内长到了十八岁？这不符合基本逻辑。很多分析者认为这是作者故意留下的逻辑漏洞，目的只是为了指明一点：这一切都是人为操纵的，而操纵者正是负责取经项目的观音。我认为这些前辈在这个问题上过于牵强了，《附录》中江流儿的复仇故事无论在逻辑还是文风上都和全书格格不入，这并非什么高深莫测的安

排，恰是清本生硬插入的佐证。观音操纵整个事件不假，但也无需用“贞观十三年”这么浅显的“破绽”来提醒读者。李春芳是状元宰相，请不要用县丞小吏的水平来揣度他。

所以，人民文学出版社版本只将江流儿复仇这一回作为附录，而不视为正文，是有道理的。我们在解析李春芳写作《西游记》这部官场巨著时，这篇附录不能太过当真，甚至要排除它的干扰。

7.2 为何改在贞观十三年

历史上的玄奘法师是在唐太宗贞观三年（629）踏上取经路，这个史实本无必要改动，但作者终究写成了贞观十三年（639），应该说他也有一些讲究。

1）作者向自己艰辛的仕途打拼致敬

历史上的玄奘法师生于隋文帝仁寿二年（602），在贞观三年（629）27岁时踏上取经路。但很遗憾，李春芳并未这么年轻就考取进士，踏上仕途，他登科时已经37岁了。既然如此，那不妨在自己的小说中轻挥一笔，让唐僧也在37岁（贞观十三年）才踏上取经路吧！

向自己早已逝去的青春——致敬！

2）唐太宗险遭九成宫之变刺杀

除了让唐师父等到37岁才出发，我们还可以看看贞观十三年到底发生了什么，这一年最显眼的大事件莫过于九成宫之变。

九成宫，位于今陕西省宝鸡市麟游县，即隋文帝（杨坚）兴建之仁寿宫，贞观五年（631）扩建后改名九成宫。阿史那结社率，突厥始毕可汗（阿史那咄吉）之子。贞观四年（630），突厥为唐所灭，大量突厥贵族投降，唐太宗处理他们的政策是封为闲职，圈养起来。贞观十三年四月戊寅，唐太宗临幸九成宫。阿史那结社率纠集突厥旧部40余人，企图刺杀举事。结社率利用职务之便，在行刺前对九成宫的警卫进行了侦察研究。他得知晋王李治（即后来的唐高宗）会在四鼓时分开门辟仗，于是计划趁此时“驰入宫门，直指御帐，可有大功”。这个计划本身设计得很好，可惜当夜起了大风，晋王没来开门。但结社率的人已经潜入九成宫，只好孤注一掷，强行攻打宫门。即便如此，他仍做到“踰四重幕，弓矢乱发，卫士死者数十人”（《资治通鉴》卷一百九十五）。所幸折冲都尉孙武开（不是孙悟空）率卫队奋死守住御帐。结社率见急攻不下，只好逃离，后被逮捕正法。

尽管九成宫之变以失败告终，但不得不说结社率计划周密，所带40余死士战力也很强，如果不是一场意外的大风，恐怕当真“可有大功”！所以，贞观十三年，九成宫之变，这个年份对大唐来说异常不详，唐太宗也确实是鬼门关前走了一遭，写他魂游地府很合适。

3）祭奠反佛斗士傅奕

作者这个动机就又有点体现他明末党争中练出来的辛辣刻薄了。小说中唐太宗还魂后，立即按崔判官等人吩咐大开水陆法会，超度亡灵。太史丞傅奕上疏反对，《西游记》全文引用了历史上傅奕这篇著名的《请除释教疏》：

西域之法，无君臣父子，以三途六道，蒙诱愚蠢，追既往之罪，窥将来之福，口诵梵言，以图偷免。且生死寿夭，本诸自然；刑德威福，系之人主。今闻俗徒矫托，皆云由佛。自五帝三王，未有佛法，君明臣忠，年祚长久。至汉明帝始立胡神，然惟西域桑门，自传其教，实乃夷犯中国，不足为信。

宰相萧瑀则与傅奕针锋相对，当廷辩论。按小说言，萧瑀赢得了辩论：“太宗甚喜道：‘卿之言合理。再有所陈者，罪之。’”但小说全文引用了傅奕这篇名垂千古、时常被后世反佛人士津津乐道的战斗檄文，汪洋恣肆，雄辩高谈，给所有读者上了一堂反佛理论课。反之，既然当时萧瑀能与傅奕激辩，显然也说出了一些道理，但《西游记》却一句都没引用！反而是在傅奕尽情演讲完后，将历史上萧瑀最终认输的一句“地狱之设，正为是人”作为萧瑀的辩词，然后莫名其妙地就宣布萧瑀获胜！这就是典型的明褒暗贬，和全书表面弘扬佛法，实则刻薄讥讽的基调完全一致。

历史上萧瑀和傅奕这场辩论远非在贞观十三年，而在唐高祖武德七年（624）。贞观十三年，恰是反佛斗士傅奕去世，享年85岁。64岁的萧瑀也早就告老还乡，不当宰相久矣。作者偏偏把这场著名的辩论穿越在贞观十三年，祭奠傅奕——这位历史上著名的反佛斗士。前文所说唐太宗与法琳和尚的剧烈冲突，其实也就发生在贞观十三年。某党争高手故意穿越时空，实为揭人伤疤，辛辣讽刺。

4）魏征上《论慎终疏》

贞观十三年，唐代最著名的谏臣魏征（也就是小说中梦斩泾河龙王的所谓人曹官）发表了著名的《论慎终疏》，称“恐太宗不能克终俭约”。当时唐朝已建立22年，繁荣盛世气象初显，但太宗也流露出一些懈怠迹象，骄奢淫逸的作风开始抬头，很多坚持多年的好做法也逐渐废弛[40]。李唐王朝建立之初，厉行崇道抑佛，正是在贞观十三年，唐太宗宣布放松对佛教的压制，允许适当传播，一如玉帝在这一年派出取经团，在西天路上散布佛法。

所以，贞观十三年，玄奘达到了作者中进士的年龄37岁、阿史那结社率发动九成宫之变、反佛斗士傅奕去世、唐太宗与法琳和尚发生剧烈冲突、魏征上《论慎终疏》，这么多理由凑一起，足以促使作者把唐僧踏上取经路的年度稍作修改到此年。

7.3 被逼成长的司礼监小太监

人们常说《西游记》的一个主题是赞颂唐僧的坚定意志，但细看唐僧却不是主动踏上取经路，更多是半推半就、骑虎难下地被唐太宗派出，并被三个徒弟架到了西天，谈不上积极，更遑论坚定。

唐僧有许多性格缺陷，尤为突出的就是胆小怕死。有人说唐僧前九次取经被妖怪吃了九次，所以对妖怪的恐惧融入到了基因。我觉得这有点诋毁孟婆汤的质量，而且似乎把转世这种封建迷信和遗传基因选育的科学技术搞混淆了吧？应该说作者的本意这就是唐僧（金蝉子、须菩提）自身的性格，无论如何转世都这样，这和法力神通、官爵地位无关。

唐太宗最初礼聘唐僧，只是让他来主持法会，根本没想到会有后来的西天取经。观音先化作疥癞僧人指教唐太宗发起取经工程，然后突然现出真身，惹得满城凡人跪拜。唐太宗也不惜血本，又是花大钱买袈裟、锡杖送给唐僧，又是屈尊与其结拜，弄得唐僧骑虎难下，只好接下这趟苦差。回到洪福寺中，弟子们问他真的要去西天，不怕路途险恶？唐僧回答：“我已发了弘誓大愿，不取真经，永堕沉沦地狱。大抵是受王恩宠，不得不尽忠以报国耳。”其实表露了心迹——真不是他自己想去，实在是王命在身，不得不从呀！所以真正坚定取经信念的不是唐僧，而是唐太宗。没办法，地府一日游实在太恐怖、太揪心，再也没有比这更能促使唐太宗（世民）诚心向佛的手段了。

不过唐僧本人确实是得利最大的个体，他被逼取经成佛，就像不爱学习却被家长、老师逼着考上大学的孩子。但家长、老师对孩子是真爱，玉帝、如来对唐僧呢？这就得从他暗喻的明朝官场角色——司礼监小太监说起。

司礼监是明代内宫第一署衙，号“内政事堂”，最为权重[41]。其中，司礼监掌印太监负责保管御玺，自然也就代行盖印的手续，司礼监秉笔太监代行皇帝在奏章上批红的手续，他们实际上代行了国政[42]。另一方面，司礼监又兼领了提督东厂的职能，充当皇帝的私人秘密警察，权焰更是炙天。不过，和人们不了解御马监的真实权力相反，后人往往只注意到司礼监炙手可热的实权，却忘了它的本职。

司礼监理论上的本职是收捡皇帝的笔墨纸砚、文书印玺。对外文书实际就是国政，但皇帝自己要读要写的书也不能不管啊，总得有人去帮皇上找书、印书来看。所以司礼监有搜集、整理、印刷书籍的一整套职能，既是图书馆也是印刷厂，而它这个印刷厂就称作——经厂。嘉靖十年（1532），朝廷核定了内府工匠的编制，共12255名，其中司礼监经厂占1583名，这其中又有：笺纸匠62名、裱背匠293名、摺配匠189名、裁历匠80名、刷印匠134名、黑墨匠77名、笔匠48名、画匠76名、刊字匠315名，总1275名，是当时世界上规模最大、人员分工最细密的专业出版印刷机构[43]。

司礼监的大小宦官很多，有的是真正的书僮、印刷工，有的则被皇帝利用，走上了国家大政的舞台。干政的这一类必然最得宠幸，那皇帝是如何来表达某位小公公的宠幸呢？常用方式就是——取经。

没错，在经厂干苦力的就是还没得宠的，被皇帝派去取经来给朕看的，就说明登堂入室了。

现在，我们的唐僧，也就是须菩提公公，已得皇帝（是玉皇大帝？唐太宗？还是嘉靖帝？您自己考虑）钦点，前往西苑取经！不过取经之路不是一帆风顺，既然你即将走上权力中心的舞台，那老司机们也要先考考你。这种私臣提拔的考法就不是科举糊名闭卷那一套了，一路都是面试。内宫外廷的诸般势力都会故意设置各种障碍，等着你去和他谈判放行，谈判中他就可以看看你这位即将上车的新司机以后好不好合作，有时也顺便逼你帮他一点点小忙。小公公走一遭，取回经来，表明他也已经和内宫外廷的各路人马谈妥，从此可以作为皇帝的私人代表，游走于政治中心了。如果取经过程中发生了剧烈冲突以至下不来台，就说明您还不太适合干政治这一行，还是回经厂继续当印刷工去吧。

司礼监及其经厂最初位于皇城东北角，后来嘉靖帝在太液池（北、中、南三海）以西建设了庞大的西苑，很多内宫衙门在西苑建了新办公楼，经厂也搬到西苑西北角的新址。如果取经，从最东边的御马监出发，经过司礼监旧址，翻过万岁山，通过玉河桥过了太液池，经过广寒宫、玉照宫，就到了经厂。唐僧取经最后一处妖魔是天竺国的玉兔精，正是从广寒宫偷跑下凡。上灵山前，先在山脚的玉真观金顶大仙处报到，疑似玉照宫卡在经厂必经之路之意。所以，所谓取经，看似万里之遥，实则就是后宫转一圈，各处码头拜到而已。

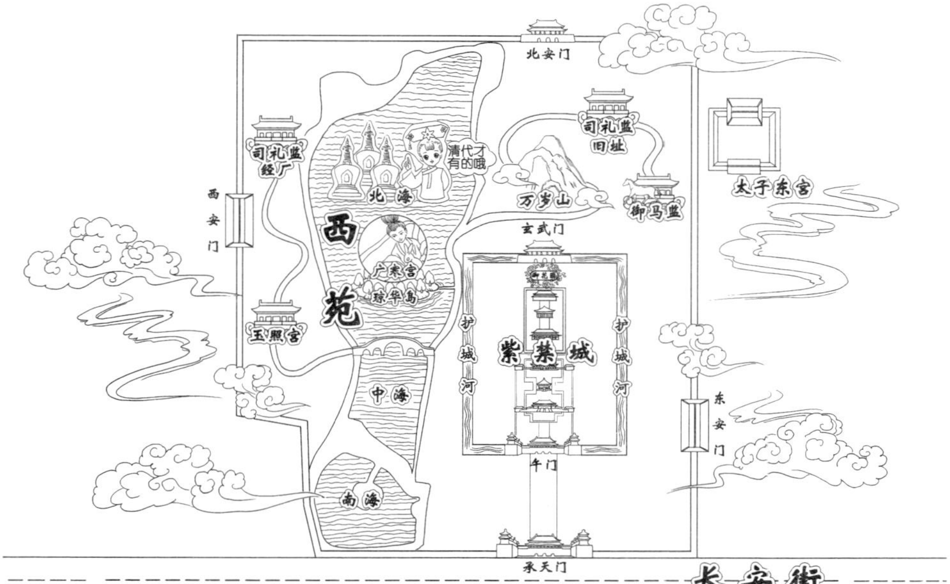

图4　明代后宫总平面图（示意图）

理论上后宫是皇帝私家，与朝廷无关，但中华帝国发展至明的社会形态早就公共化了，皇室之事无私事。历史上太监干政，干涉外朝人事的恶行很多，反过来外朝官员干涉后宫的也不少，如前文所说宰相高拱连续举荐陈洪、孟冲，力压冯保补位，此外，文官联名进谏废掉某个宠幸太监甚至皇妃的事情更不鲜见。所以小公公们要在后宫混出头，自然是要取得皇帝和大太监私宠，但与外朝的官爷们处好关系也很重要。唐僧要成佛，首先是要如来举荐，玉帝批准，但也要得到道教神仙们的基本认可。当然，文官们强烈反对，皇帝偏偏要用某个太监来反制他们的例子也不是没有。著名的阉党头子刘瑾就曾遭宰相刘健、谢迁率内阁九卿六科十三道联名进谏攻击，结果少年天子正德帝偏偏要把刘瑾从排名很靠后的内官监掌印太监一举提拔为司礼监掌印太监，这就是个很复杂的博弈过程了。

至于孙悟空，虽然御马监也很强势，但毕竟要低司礼监一头。佛教（私臣）的兴盛还得靠佛祖（司礼监掌印太监）率领，您好好给他徒弟打工。私臣与文官争权，也不是通过御马监去和他们争兵权，主要还是通过司礼监争政权。玉帝可没打算让佛祖率兵勤王，直接跟道家开战，而是通过传经这种形式争夺行政权力，绝不会上升到军事层面。所以唐僧和孙悟空的出身已经决定了谁是师父谁是徒，谁是主官谁是辅，饶是猴哥一身本领，也只能给唐僧卖力讨好。后宫私臣不像外朝那些进士凭考试定名次，混杂进的因素很多，不完全是凭本事说话。

历史上司礼监和御马监的斗争其实也很激烈，唐僧和孙悟空也并不像某些电视剧表现得那么相亲相爱，一直在明争暗斗，甚至发生过两次唐僧将孙悟空逐出取经团的大决裂，这既是一个团队的磨合过程，也是取经这种工作必不可少的内斗。

8

天界谎言——西天取经的舆论造势

不得不承认，官场是一个充满谎言的世界，《西游记》既然写官场，自然也是谎话满天飞，只是从神佛口中说出别有一番风味。西天取经是一个利益重置的大工程，必须配合大量谎言，支持和反对取经的人都会放出大量或真或假的传言，营造自己需要的舆论氛围。

8.1 大乘佛经才能超度亡魂

观音告诉唐太宗，东土小乘佛法超度不得亡魂，须去西天大雷音寺向如来佛祖求取大乘佛法《三藏真经》。唐太宗亲眼见到大量亡魂被积压在十八层地狱不得超生，心有余悸，此时得菩萨点化，连忙诚心派出取经团，远赴西天，开启了燃烧的远征。但恰如魂游地府是佛教刻意安排的圈套，观音此说也是配套谎言。

首先，大乘、小乘在佛教教义中只是修行方式不同，并无高下之分，甚至小乘佛法比大乘更高端一点点，恰如时尚界用语中“小众时尚”似乎比“大众时尚”更奢侈高端一些。但《西游记》显然是以汉语字面意义将大乘、小乘理解为大比小更高级。

其次，地府作为天庭管理世界的一部分，自然是天庭下属机构，与佛教并无明面上的关系。少量佛教势力渗入地府，比如地藏王菩萨就常驻地府，但他对地府并无管辖权限，只是代表佛教在此施加一定影响。这像极了明中后期后宫与监狱的关系，尤其是司礼监设立东厂诏狱后，某些宠幸宫人便经常干涉司法公正。御马监小太监孙悟空闯入地府，为所欲为，强销死籍就是一出真实写照。然而嘉靖帝一登基，头等大事就是宣布前朝阉党为祸（刘瑾），本朝要狠刹这股歪风，明令东厂不得擅自外出刺案，诏狱也不能随意突破法律框架。这种背景下吹嘘大乘佛法可以超度地狱亡灵，好比在嘉靖朝吹嘘太监可以随便从天牢里捞人一样。不过李春芳写《西游记》时，嘉靖帝已驾崩十余年，后宫势力正在一点一滴地恢复元气，虽不敢说一手遮天，视国法如无物，但办一两件“小事”还是可以的。比如唐僧刚踏上取经路，还没出大唐国界就给凡人办了一件“小事”，为佛教的超度（从监狱捞人）能力打了个大广告。

唐僧在两界山遇虎，幸被猎户刘伯钦所救，夜宿刘家。恰遇第二天是刘父周年忌，刘家母子便请唐僧随便念几卷经文，做做法事。唐僧吃人嘴软，就应承下来，为刘家做了一场法事，“先念了净口业的真言，又念了净身心的神咒，然后开《度亡经》一卷。诵毕，伯钦又请写荐亡疏一道，再开念《金刚经》《观音经》，一一朗音高诵。诵毕，吃了午斋，又念《法华经》《弥陀经》。各诵几卷，又念一卷《孔雀经》”。

结果当夜刘家上下都接到刘父托梦，说本来自己世代打猎为生，所以杀戮太重，沉沦地狱不得超生，如今得唐长老诵经，消了罪业，“阎王差人送我上中华富地长者人家托生去了”。这让凡人见识到哪怕你罪业再重，只要念了我的经，佛家都能把你从地狱深处捞出来，超生去富贵人家。但作者也安插了一个逻辑上的矛盾，实质上揭穿了观音的谎言。

唐长老念的是大乘还是小乘佛经呢？按理说是小乘，因为观音说了东土只有小乘佛经，所以才需去西天求取大乘。但在全书最后一回唐僧取得真经时，罗列了《三藏真经》的目录，唐僧在刘家念的《金刚经》《观音经》《法华经》赫然在列。这有两种可能：一是这几部经书只是同名，东土确实没有大乘佛经；二是大乘佛经早已传至东土。但无论哪种情况，与观音所说都是矛盾的。如果唐僧念的小乘佛经，您看这不照样能超度吗？而如果唐僧念那几部不是同名，就是大乘佛经，那就更不需要取经了——真经本已在东土！

所以说，并不是念经本身有什么神奇功效，佛家愿意去地府给您运作就行，您念的是大乘小乘并不重要。这就好比要从天牢捞人，有公文和驾帖（皇帝或大太监写给东厂太监的私人文书）两条路。只是刑部、大理寺的青天大老爷怎会轻易地违法发公文捞人？要想违法乱纪您还是从公公这边请驾帖吧！至于驾帖就不是什么公文，没有固定格式，大写小写很重要吗？

那么问题来了，唐太宗千辛万苦去取经，到底有没有必要？写这么一大本书讲的是个本来不需要发生的故事？

8.2 唐僧肉吃了到底有没有用？

按说《西游记》的主线就是一路妖魔抓捕唐僧，孙悟空奋力营救，过关斩将的故事。妖魔抓唐僧大多出于一个著名理由——“唐僧肉吃一口长生不老”，所以“唐僧肉”在俗语中逐渐成为过路宝贝的代名词。但令人不解的是，那么多妖魔抓到了唐僧就是不动嘴，只把他绑起来等孙悟空来救。这甚至成了很多人攻忤《西游记》的一个“罪状”——这种套路太假。

其实不是妖魔套路假，而是他们很清楚，这唐僧肉吃了根本没屁用。所谓妖魔，大多是神佛的坐骑、童子，奉主公之命下凡来为取经团的九九八十一难凑个数而已。

唐僧肉不同凡品之说最早出自第二十七回著名的白骨精，她说：“几年家人都讲东土的唐和尚取大乘，他本是金蝉子化身，十世修行的原体。有人吃他一块肉，长寿长生。”但她的消息源也是道听途说，具体谁说的不太清楚，最有可能是接下来的金角大王——太上老君的童子，他放的谣言恐怕很多妖怪都容易信——包括他师弟。金角大王对银角大王说：“唐僧乃金蝉长老临凡，十世修行的好人，一点元阳未泄，有人吃他肉，延寿长生哩。”银角老弟马上高兴地说既然这样我们去把他抓来吃一口，还需要什么打坐练功？之后的妖魔也往往沿袭此说，有些女妖还根据“一点元阳未泄”之说衍生出与唐僧配合也有类似功效的理论，当然同样没有任何一名女妖真正下手。

很显然，他们这套说法无论从逻辑还是剧情实践来看都是站不住脚的。

首先，从逻辑上讲。唐僧（须菩提、金蝉子）也无非就是如来的一个弟子，他凭什么就有这种特权，可以让人长生不老？十世修行、一点元阳未泄在常人看来似乎很难，但在《西游记》的神仙世界又算什么？如果这样就能产生类似于蟠桃的功效，那佛教集团完全可以批量生产，另立天庭。

其次，从剧情实践来说，妖魔抓住唐僧却迟迟不下口就已经摆明了他们的态度：这玩意儿吃了真没用，不然一口吞了便是，有啥好等的？怕吃了被孙悟空报复？你抓都抓了，不吃他就不报复了？隐雾山的南山大王（艾叶花皮豹子精）和狮驼岭的金翅大鹏雕都一度让孙悟空相信唐僧已死，但孙悟空依然不依不挠地灭了他们为师父报仇。大鹏还说了一大套吃唐僧的方法，又要看天气，又要等唐僧心情好，还要怎样细细地蒸，总之很专业也很费事。有人说大鹏是行家，甚至发散思维，推导出佛教集团多年来正是靠分吃金蝉子集体渡劫，吃了九世。事实上大鹏说这么大一套道理，只是让吃唐僧的步骤更慢，让他等孙悟空来救的时长显得更合理而已。其实真正吃过取经人的也不是没有，就是沙僧。沙僧说他吃了九个取经人，显然就是金蝉子的前九世，但老沙不但没有长生不老、霞举飞升，还继续在流沙河受苦，连晦气的脸色都没好转，您说这金蝉子吃来何用？

说到底，“取经”就是皇帝或大太监派一个小太监去司礼监经厂拿书，宣示此人进入核心小圈子而已。路上各路人马要设置一些障碍作为考验，但不能真的把这小太监给掐死呀。唐僧取经说好了八十一难，如果各路妖魔不卖力，凑不够啊！叶之秋[17]甚至直说“八十一难皆是局，降妖伏魔一场戏”，某些神佛的坐骑、童子当然知道内情，他们可以拿出演艺精神，但他们手下的小妖是些真正的野妖精，又不是戏精，哪敢惹天庭的取经团？所以就要放出“吃了唐僧肉长生不老”这样的谣言，小妖们才肯卖点力，不然这戏演不圆。

8.3 六百年前大闹天宫的秘密

孙悟空最爱把一句牛皮挂在嘴边：“我就是五百年前大闹天宫的齐天大圣！”有时对妖魔有一定威慑，但这是猴子吹得很巧妙的一个牛皮，巧就巧在五百这个年数上。

刘伯钦送唐僧过两界山时说：“王莽篡汉之时，天降此山，下压着一个神猴。”这实际上是作者留给我们的时间节点：王莽篡汉，公元8年。唐僧取经在唐太宗贞观十三年，公元639年，已然过去631年。有人说五百是取个整数，那完全可以不用王莽篡汉，从贞观十三年倒推回去五百年，寻一个更贴切的时间节点不是更好吗？比如黄巾起义岂非更合适？131年已经不叫误差，是错误了。还有人说孙悟空被压五行山，记不清时间，五百、六百分不清。作者留这样的纰漏也是毫无必要的，事实上孙悟空故意把六百年说成五百年自有其目的。

如果孙悟空老实说自己是六百年前大闹天宫那人，魔王只会哈哈大笑：“原来你就是那个六百年前大闹天宫，被捆起来放进八卦炉烧，然后又被佛祖一掌压在五行山下的弼马温呐！”所以显然不能这样说，那说五百年又是何意？盖因五百年前大闹天宫的另有其人，那才是真正威震三界，传为妖魔圈的一桩美谈，孙猴子移花接木，故意混淆。此人正是文殊菩萨坐骑，也就是狮驼岭三大魔王的大魔青狮精。

第七十四回，取经团来到狮驼岭，遇到青狮、白象、大鹏构建的妖魔王国。小妖小钻风向孙悟空介绍大魔青狮精的光辉事迹："因那年王母娘娘设蟠桃大会，邀请诸仙，他不曾具柬来请，我大王意欲争天，被玉皇差十万天兵来降我大王，是我大王变化法身，张开大口，似城门一般，用力吞将去，唬得众天兵不敢交锋，关了南天门，故此是一口曾吞十万兵。"这闹天宫的起因都和孙悟空很像，都是因为蟠桃会没有请，结果却大不相同：孙悟空是被捉拿收监，青狮大王却是逼得玉帝关了南天门。虽然细究起来，青狮也不曾战败玉帝，估计也就是把巡视的天王闹烦了，关了南天门不理他，但总比被抓起来狂虐的猴子强多了。也难怪一传十，十传百，传到后来竟然成了一口吞了十万天兵，虽有不实之处，也足见江湖豪杰对其推崇备至。

孙悟空也精于借力打力，巧妙地移花接木，将这个传闻接到自己头上，为取经之路壮了不少声势，减了许多险阻。这也是官场常用技巧，将一些似是而非的传闻移花接木，反正也都是些传言，别人搞不清楚，但在声势上已经为我所用，这就足够了。

8.4 天上一天，人间一年

其实无论佛教、道教还是什么中国本土朴素鬼神信仰都没有"天上一天，人间一年"这个兼具相对论、量子力学和超弦宇宙模型神秘色彩的提法，这完全是《西游记》强加在中国人民记忆中的不定波函数。而且令人悲哀的是——这仍然是书中神佛放出的一个谣言。

小说中多次出现该提法，比如宝象国的黄袍怪本是二十八宿之一奎木狼下界，孙悟空告上天庭，天官经查验，回秉玉帝称奎木狼脱岗十三日。玉帝道："天上十三日，下界已是十三年。"之后太上老君更是多次运用该措辞。金峣山金峣洞的独角兕大王是他的青牛下凡，老君解释说是看牛栏的童子偷吃了一粒所谓七返火丹，该睡七日，然后天上七日，凡间七年，所以青牛已在此作怪七年了。玉华州的九灵元圣是太乙天尊的九头狮子下凡，托辞与青牛高度相似，说是狮奴偷喝了一瓶老君送的轮回琼液，该醉三日不醒，这个时间兑换成三年，也与凡人所见九灵元圣在玉华州的三年时间吻合。狮驼岭的青狮、白象、大鹏三大魔王实为文殊、普贤的坐骑和如来的舅舅，如来问文殊、普贤他们的坐骑下界几时了，文殊答道："七日了。"如来说："山中方七日，世上几千年。"显得灵山与凡间的时间兑换比率更甚天庭。

这么多大神都采用了"天上一天，人间一年"这个汇率，关键是孙悟空也从未质疑，每次一说就认可了，似乎这是一个神仙的常识，甚至得到了更广泛认可，扩散到其他神话故事。但这种提法无论从逻辑上还是情节上都是不能成立的。

首先，从基本逻辑上讲，这种时间汇率就毫无道理可言，因为这样天界的神仙相对于凡人简直就是在做慢动作，这连维持基本的统治都难。事实上，俗语中"山中方七日，世上几千年"是用于表达山中的闭塞落后，不知世上的日新月异，绝不是指时间过得越慢这个地方就越高档。七日不会让神佛的修炼（科技）水平产生长足进步，而几千年足以让人类走向太空，认识宇宙，电磁炮都打通南天门，灵鹫峰都开发成会所了。

取经团在黑松林镇海禅林寺遇到金鼻白毛老鼠精，掳了唐僧要成亲，孙悟空发现此精是托塔天王李靖的干女儿，于是上天告御状。两人好生一番纠缠，太白金星说："你两个只管在御前折辨，反复不已，我说天上一日，下界就是一年。这一年之间，那妖精把你师父陷在洞中，莫说成亲，若有个喜花下儿子，也生了一个小和尚儿，却不误了大事？"孙悟空和李天王才停下纠缠，到玉帝驾前回旨。他俩这番折腾就算一小时，按"天上一天，人间一年"的汇率折算，人间也已经过了十几天，老鼠精和唐僧早就成亲了。天庭真这样统治人间，早乱套了。但事实上老鼠精和唐僧一夜都还没过，八戒、沙僧都还在孙悟空出发的地方"眼巴巴正等"，可见也没走太长时间。更值得注意的是，太白金星劝住了孙悟空和李天王的纠缠，而两人"省悟"这个道理后也并未急匆匆下界去擒妖，仍是循规蹈矩地去向玉帝请了旨，厘清了责，再不慌不忙地下界去找妖精。

其次，从小说情节来看，作者更是留下了切实依据，坐实这是谎言。第五十一回，孙悟空被青牛精用金刚镯收了金箍棒，上天去求救，在南天门外遇见四大天王之一的西方广目天王。天王道："今日轮该巡视南天门。"随行的马赵温关四大元帅也来打个招呼。天庭着查验哪位天官擅离岗位，下界为妖，孙悟空“等候良久”，难得地作了一首诗：“风清云霁乐升平，神静星明显瑞祯。河汉安宁天地泰，五方八极偃戈旌。”全诗的意境安宁祥和，可见等得虽久，但心情并不烦躁，并不担心在此等候半天，下界已经过了半年。结果天庭没有查到有下界的仙官，于是先后派出李天王、火德星君两路援军，但都败在青牛精的金刚镯下。第二天孙悟空再上天庭，这次就在天门外遇到了四大天王另一位——北方多闻天王，随行的也换成庞刘苟毕四大天将。这就是作者在明确告诉我们——按日轮值的巡视将官已经换岗，说明天庭和人间一样，已经过了一天。

所以，“天上一天，人间一年”这个既不合逻辑也不合情节的提法完全是个谎言，那满天神佛如此撒谎的目的何在？我们很容易发现规律，神仙几次散布此谣的语境都是在淡化责任——这孽障也就跑了几天而已，我已发现并立即召回。但事实上这些孽障都已在人间为祸多年，主人不可能多年都没有察觉，唯有以这句“天上一天，人间一年”来搪塞。

不过真正运用此法最妙的还得算孙悟空自己，第五回《乱蟠桃大圣偷丹 反天宫诸神捉怪》，孙悟空偷吃蟠桃仙丹后逃回花果山，小猴们先是嗔怪：“大圣好宽心！丢下我等许久，不来相顾！”大圣敷衍道：“没多时！没多时！”小猴又问：“大圣在天这百十年，实受何职？”这个问题扎心了！大圣大闹天宫，恨的就是只混到个羞于启齿的弼马温、看桃员，于是他巧妙地转移话题：“我记得才半年光景，怎么就说百十年话？”问话的健将才猛省这百来年双方不通音讯，原来大圣爷爷都是在宫里做着暗无天日的苦力呀！赶紧根据大圣的提示圆场：“在天一日，即在下方一年也。”

古代通讯不发达，混官场的人往往是想咬紧牙关混个名堂再衣锦还乡，在此之前宁愿暂时不跟乡人通讯，到时给乡亲们一个大大的惊喜。谁知孙悟空这一混就是百余年，到头来还是个弼马温、看桃员。虽然前文深入分析了这两个职务的内涵，但毕竟不如学士、尚书来得风光，乡亲们看不懂，所以猴哥很难堪，只好用上官场技巧，谎称自己也就混了半年而已，还没升上去，正常，正常。我的叔叔于勒正是欠缺这方面技巧，所以在官场上混不下去，被踢出局在船上剥牡蛎。

当然，换个更宏观的角度，作者这样写其实也是为了体现高居庙堂者的行为放大效应。如果户部度支司的小吏压住军饷不发，压一天，造成前线兵败，对人类社会进程的影响可就不是一年，恐怕得以世纪来衡量了。这也是李春芳对官场的一种感慨，如果庙堂之高反应不及时，民间的失态发展之快，远远超出统治者的想象。宋太宗曾感慨：“唐末帝王深居九重，不知民间疾苦，以致天下大乱（五代十国）。”这才是真正的“天上一天，人间一年”呀！

8.5 唐僧凡体不能自由飞翔

很多人对如来安排唐僧这个凡人步履千山来取经表示不解，退一步讲，就算唐僧本身不会飞，找个会飞的驮他总可以吧？这显然不可，不然《西游记》两页就写完了。

第二十二回，取经团受阻流沙河，猪八戒说：“哥啊，既是这般容易，你把师父背着，只消点点头，躬躬腰，跳过去罢了，何必苦苦的与他厮战？”孙悟空反问猪八戒自己为何不背，八戒便解释：“师父的骨肉凡胎，重似泰山，我这驾云的，怎称得起？”孙悟空也进行了补充说明：“自古道，遣泰山轻如芥子，携凡夫难脱红尘。象这泼魔毒怪，使摄法，弄风头，却是扯扯拉拉，就地而行，不能带得空中而去。象那样法儿，老孙也会使会弄。还有那隐身法、缩地法，老孙件件皆知。但只是师父要穷历异邦，不能彀超脱苦海，所以寸步难行也。我和你只做得个拥护，保得他身在命在，替不得这些苦恼，也取不得经来，就是有能先去见了佛，那佛也不肯把经善与你我。正叫做若将容易得，便作等闲看。”

孙悟空这一大段教训，既撒了一点点慌，也实话说了大道理。他先是附和猪八戒所称唐僧肉体凡胎不但自己不能飞，仙人也不能携带他飞的歪理。凡人的体重其实不大，仙人既然能“遣泰山轻如芥子”，又怎会搬不动个凡人？孙悟空做妖王时，一口气把成百上千的凡人猎户吹得满天飞，带个唐僧飞一段根本不在话下。有人说这样飞唐僧的肉体承受不了，其实唐僧经常被妖怪抓，而且都是抓起来就飞，快得连孙悟空都追不上。但无论正负过载，唐僧都没有出现过颅内增压或灰视现象，可见是一名非常优秀的飞行员，能承受极大过载——也有可能是作者不具备相应的航空航天科技知识。但无论如何，唐僧飞一飞在技术上是没有障碍的，真正的问题在于孙悟空后面解释的一段。

孙悟空委婉地表示了很多妖魔会使摄法拉扯着唐僧低空飞行——以后你见了不要大惊小怪。然后孙悟空干脆和盘托出，其实还有隐身法、缩地法等很多办法可让唐僧免受步行之苦，事实上取经团常用这些法术运送从妖魔洞府中救出的凡人。比如第六十六回，战胜了獬豸洞的赛太岁（观音坐骑金毛犼），为将妖魔掳在洞中的金圣宫娘娘送回朱紫国，孙悟空扎了一条草龙，让娘娘骑上去，“行者使起神通，只听得耳内风响。半个时辰，带进城”。再如第三十一回，碗子山波月洞的黄袍怪（奎木狼）被天庭召回，沙僧使了个缩地法，被黄袍怪掳在洞中的宝象国百花羞公主“只闻得耳内风响，霎时间径回城里”。紧急情况下，孙悟空也不是没对唐僧用过法术。第四十回，红孩儿变作幼童被绑呼救，唐僧想去救，孙悟空劝不住，便违例用了一次缩地法，让唐僧以跃迁方式霎时过了山头。不过这应该算是战斗机动，不是为了省路，所以天庭没有追究。

可见凡人的交通方式并不少，但唐师父就是要“穷历异邦，不能彀超脱苦海，所以寸步难行也”。做徒弟的只能“保得他身在命在，替不得这些苦恼，也取不得经来，就是有能先去见了佛，那佛也不肯把经善与你我”。这不是技术障碍，而是人为制定的规则。唐僧不是不能飞，而是飞过来把经书驮回去对传经的人毫无意义，他们正是要借唐僧的脚步达到很多目的。佛教集团要表明是东土大唐人来取经，而不是西天佛教去传经，这也是整个第十届取经活动中如来反复强调的。

事实上，取经工程的真正发起者是玉帝，提出唐僧必须走路的当然也是他。玉帝的大目标是扶植佛教来平衡道教，但同时他也可以利用取经的过程来达到一些小目标。取经是要割走道家利益，道家当然会与之谈判，谈判的契机就是趁唐僧走到他们地盘上时把他抓起来，然后让背后的如来、玉帝出来谈判。谈得妥就放过关，谈不妥就咔嚓掉。千万别以为那么容易谈妥，前九次取经可都是失败了的呀！所以这么重要的谈判线索，怎么能让他从头顶飞过去呢？明朝皇帝让小太监去司礼监经厂取经，一定会通知各路神仙来表态，又怎能让这个小太监偷偷摸摸地去取了经就拿回来呢，又不是皇上真缺这本书。

其实玉帝也不是一味损益道家，喂肥佛家，他也会利用取经的机会铲除佛家一些不法利益。比如观音长期放纵金鱼在通天河吃童男童女，如来派三只犀牛在金平府狂收灯油，这些都是有害玉帝统治的行为，平时不便处理，但在取经这个大利益面前，佛祖、菩萨愿意暂时放弃这些小利益，玉帝就趁机削除。这时孙悟空不但不能驮着唐僧飞过去，还需要精确地引导师父走到某些地头上。所幸御马监西厂小特务忠诚干练，每次都精确制导，完美完成任务，玉帝、佛祖、观音几方都有交代。

8.6 西方比东方更美好

说到底，这才是最大的一个谎言，甚至取经团自身都有点上当，认为离灵山越近，风气越好。这个谎言的起源便是如来准备发起取经时宣称的："我西牛贺洲者，不贪不杀，养气潜灵，虽无上真，人人固寿；但那南赡部洲者，贪淫乐祸，多杀多争，正所谓口舌凶场，是非恶海。我今有《三藏真经》，可以劝人为善。"所以他要传经，拯救华夏人民。这其实是很多政治骗子最常用的伎俩，大面积蒙骗纯良的百姓，也正是作者大力讽刺的对象。

1）西方路上妖魔横行

作者先让如来说出这段谣言，立个靶子，然后一路狂打。他非常阴险地设定了贞观之治这个时代背景，然后开启了一段讽刺之旅。唐僧离了长安城，一路风平浪静，未遇任何险阻。第六十六回，孙悟空去武当山请荡魔天尊帮忙降服小雷音寺黄眉怪，天尊称当年奉玉帝敕旨、元始天尊符召，降服了许多妖魔，如今"南赡部洲并北俱芦洲之地，妖魔剪伐，邪鬼潜踪"。可见南赡部洲确实没什么妖魔。直到大唐和鞑靼国的边境两界山（五行山）时，才遇到西天路上第一处妖魔：寅将军（虎）、熊山君（熊）、特处士（牛）。三个妖魔抓住唐僧，把他的随从都吃了，但没吃他。这时他还没有神仙徒弟，暗中监视取经项目的太白金星只好亲自出马，但也无需大动干戈，入洞去领着唐僧走出来便是。可见这几个野妖怪相当温柔，甚至有可能不是真的妖魔，是神佛故意安排在此，把随行的无关人员清理掉。

之后唐僧收了第一个神徒孙悟空，过了大唐国界，进入西牛贺洲，这时真正的降魔之路才惊险启程，一路荡不尽的妖魔，闯不完的险关。尤其是第七十四回开始的狮驼国情节，三大魔王在狮驼岭聚起四万七八千小妖，已是西天路上最大的妖魔洞府。猪八戒光是听太白金星一报信，便“唬出屎来了”。三魔更是将狮驼国的人吃光，打造了一个可怕的妖魔国度。孙悟空“见城池，把他吓了一跌，挣挫不起”。能把齐天大圣吓成这样，这就是您口中“不贪不杀，养气潜灵”的西牛贺洲？

2）西方路上人民向往东土大唐

除了山中多妖魔，那西行路上大大小小的国家，人类生存状况又如何，到底是不是遍地善人呢？这个就更不好意思了。

唐僧念经超度了刘伯钦亡父，刘父托梦给刘家人：“阎王差人送我上中华富地长者人家托生去了。”不论托梦者是真的刘父亡魂（其实凡人有特权在托生前溜出来托梦的可能性不大），还是佛教冒充他打的假广告，都可以看出时人的价值判断——中华富地。嗯，转世都要转到中华，怎么不转到佛祖钦点“不贪不杀，养气潜灵”的西牛贺洲呢？不转下辈子还是西牛贺洲人啊！

第七十八回，比丘国王问唐僧信仰佛教真的可以长生不死？唐僧回答：“行功打坐，物色皆空……自然享寿永无穷。”一旁的国丈“闻言，付之一笑，用手指定唐僧道：‘呵！呵！呵！你这和尚满口胡柴！……枯坐参禅，尽是些盲修瞎炼。俗语云：坐，坐，坐，你的屁股破！火熬煎，反成祸……你那静禅释教，寂灭阴神，涅槃遗臭壳，又不脱凡尘！三教之中无上品，古来惟道独称尊！’”国王、大臣等凡人听了佛道两人的辩论，反应是“十分欢喜，满朝官都喝采道：‘好个惟道独称尊！惟道独称尊！’”唐僧的反应却是“长老见人都赞他，不胜羞愧”。可见并没什么文化自信。

更可怕的是第九十一回，取经团来到天竺外郡金平府，当地慈云寺和尚热情款待。“和尚对唐僧作礼道：‘老师何来？’唐僧道：‘弟子中华唐朝来者。’那和尚倒身下拜，慌得唐僧搀起道：‘院主何为行此大礼？’那和尚合掌道：‘我这里向善的人，看经念佛，都指望修到你中华地托生。才见老师丰采衣冠，果然是前生修到的，方得此受用，故当下拜。’”这和尚又忙着把中国人介绍给同事们。“先见的那和尚对后的说道：‘这老师是中华大唐来的人物，那三位是他高徒。’众僧且喜且惧道：‘老师中华大国，到此何为？’”

短短百来字，传神地描绘出西方人对东土大唐的无限景仰，见了就给跪，还“且喜且惧”，只怕今天洋奴见了普通美国人也不至于如此。我们不禁要问：我们南赡部洲的中华大唐真是佛祖口中“贪淫乐祸，多杀多争”的“口舌凶场，是非恶海”，需要西方的佛法来拯救吗？我们更不禁要问的是：作者在前面那么多破烂小国都没这样写，偏偏等到灵山脚下来这样一段，您这明末党争练出来的功夫也过于辛辣些了吧！

那面对这样的形势，慈悲为怀的佛教派出的取经团是怎么劝人向善，皈依我佛呢？第六十四回，唐僧先是对树精大吹佛法高妙，竹仙拂云叟却说：“道也者，本安中国，反来求证西方。空费了草鞋，不知寻个甚么？”唐僧哑口无言。佛家毫无道理可言，最终这帮执意要将西方落后意识形态引进中土的佛教徒凶相毕露，用暴力将这群高雅智慧的树精全部打杀！

3）西方路上无佛保佑

崔判官在诱使唐太宗发动取经工程时，对其承诺：“管教你后代绵长，江山永固。”唐僧接下这个项目时，也说：“祈保我王江山永固。”但事实上呢，唐太宗在玄武门之变中杀光了自己的侄子，后来他的儿媳妇武则天又几乎杀光了他的儿子，弄得大唐陷入无人可嗣的窘境。这叫“后代绵长”？唐太宗死后才四十年，李唐王朝便被武周所篡，这叫“江山永固”？取经团一路上劝人皈依佛教，最爱用“江山永固”这句承诺。不过我佛只管受人拜祭，却连大唐这样的大国尚且不保，何况你们这些蕞尔小国？连唐太宗这样的人物尚且没保，何况尔等亿万屁民呢？

9

黑熊袈裟——紧箍咒的血腥报复

孙悟空有一个痛处——紧箍咒，这是观音设计，唐僧执行，将紧箍圈藏在一个漂亮的嵌金花帽中诱使他戴上的。从此美猴王成了圈子束缚下的苦行僧，且终身不得解脱，这对于一生放纵不羁爱自由的美猴王来说是几许的大苦痛？孙悟空当时就恨得要去南海打观音。不过唐僧说既然是她教我《紧箍咒》，自然也会念，孙悟空才低下高傲的头颅。但吃了这么大个亏猴哥就这么算了？自然不会，一场针对观音的血腥报复马上就要展开。

9.1 和尚斗富引发的血案

戴上紧箍咒后，孙悟空跟着唐僧走了两月，相安无事，一直来到一座异常宏伟的观音禅院，院主金池长老已经270岁，对唐僧非常客气，孙悟空却不断找茬。唐僧不断喝止无礼行为，悟空却愈发嚣张，不断挑衅，搞得气氛相当紧张。客观地说，金池这人自身素质很有问题，喜欢炫富，这和他270岁高龄和高僧身份都是极不相称的。但一个巴掌拍不响，关键还是孙悟空。

观音禅院是方圆几千里最大的寺院，香火非常旺盛，说明对观音的信仰在这一带占有统治地位，百姓贡奉了大量财物。金池很俗气地把二百多年来搜集的财宝都拿出来炫耀，并说唐老爷既然是天朝上国来的，必然有更高级的宝贝。唐僧谦虚地表示自己是游方僧，没什么宝贝。孙悟空却说我们不是有一件宝贝袈裟吗？观音禅院的和尚一个个都笑了起来，表示他们这里有七八百件高档袈裟，于是用了十二个柜子在院里办起展览，“果然是满堂绮绣，四壁绫罗！”

这时孙悟空要把唐太宗从观音手中买来送给唐僧的锦襕袈裟亮出来，唐僧坚决反对，道理很简单：“徒弟，莫要与人斗富。你我是单身在外，只恐有错。”但孙悟空要的就是“有错”，不顾紧箍咒刚戴上头，坚持把锦襕袈裟亮了出来。这一亮不打紧，金池眼泪都出来了，他那几百件袈裟在这件真宝面前狗屁不如，于是央着唐僧给他细细看一夜。这就是非常危险的举动了，唐僧自然不肯，并不住口嗔怪悟空惹事。其实傻子都知道金池已经动了歪心眼儿，唐僧几乎是气急败坏，怒声叱骂孙悟空惹祸，但悟空依然坚持把袈裟亮了出来并“借”给老院主。

金池得了锦襕袈裟，召集亲信密谋如何留下此宝，商定一把火烧了唐僧师徒的卧房，杀人越货。孙悟空一夜未眠，探得这个密谋，但也不当面揭穿，却是赶往天宫，向广目天王借了辟火罩，将唐僧的卧房保护起来。待和尚们点起火，孙悟空还加了一股风，把整个禅院烧了个干净！表面上看，这场火灾是和尚斗富引发，而且主要责任在于老院主贪婪凶残。但明眼人很容易看出来，孙悟空的故意挑衅才是整件事的催化剂，尤其是用辟火罩罩住唐僧，然后助风将整个禅院烧光的行为堪称歹毒。

是什么惹得刚刚皈依佛门的齐天大圣歹毒至此？很简单，老妇人把紧箍圈戴在他头上，如此深仇大恨都不报，以后怎么在官场上混？这里不是文殊也不是普贤的道场，这里是观音禅院，是观音在凡间最大、最旺的一处香火，烧的就是你！让你知道我现在官比你小，并且在你手底下做项目，但我齐天大圣也不是随你揉捏的臭虫。西天取经这个项目咱们还要合作下去，请你看清楚我的底线，认真考虑下一步的合作方式。应该说孙悟空的官场斗争有理有节，既不软弱也不暴躁，让观音刮目相看，为之后的取经之路，甚至未来在佛教集团的仕途奠定了重要基础。

那观音和悟空这般剧烈缠斗，夹在中间的唐僧如何相处？第二天唐僧醒来大吃一惊，表示自己睡了一夜什么都不知道，责怪徒弟不救火反而助风，做足了样子，厘清了责。不过这位高僧倒是半点不关心人命，只关心袈裟是否损坏，恨道：“我不管你！但是有些儿伤损，我只把那话儿（紧箍咒）念动念动，你就是死了！”行者慌了道：“师父，莫念！莫念！管寻还你袈裟就是了。等我去拿来走路。”可见孙悟空毕竟还是很害怕这个刚戴上头的紧箍咒，反过来说，这么害怕他还要顶着压力干这事儿，可见仇恨之深，非报不可。唐僧也可以对观音姐姐告个罪：“您看这猴子恨意太深，我也是拦不住呀！”

9.2 万贵妃座下的经典斗富故事

到此就得说说《西游记》中观音菩萨的原型——万贵妃，其实也不完全是万贵妃一人，而是代表了后宫女眷这个庞大的群体，不过这个群体在明代宫斗史上当以成化宠妃万氏最具代表性。而明代最著名的一场贪官公开斗富，正是出自她座下两位太监。

稍有理智的人都知道官员露财意味着什么，更不可能斗富。东晋王恺、石崇斗富的故事一直被后世作为官场糜烂的反面教材，后世官员也深省财不露白的基本原则，到明朝还有贪官公开斗富，这种奇事成为明朝两百年经久不衰的官场笑话，又岂能逃脱李春芳如饥似渴的如椽大笔？

万贵妃是成化帝宠妃，确切姓名失考，后世多称万贞儿。万贞儿最初因父亲犯罪被籍没入宫充作低级宫女，19岁被派去当2岁的皇太子朱见濬（后改名朱见深）的保姆。因为一些机缘巧合，两人发展出一段不伦之恋。后来朱见深即位，先是册立她为皇妃，甚至想册为皇后。由于万贞儿一开始就明确是朱见深的保姆，年龄又相差17岁，两人的恋爱在当时绝对不合人伦。更重要的是万氏家世不清白，是罪犯籍没入宫，这怎能册妃立后？但他俩还真不是政治婚姻，而是一段深宫中罕见的感人真爱，为了爱人的身份问题，成化帝和文官甚至后宫女眷展开了长期而卓绝的斗争。恐怕他自己都没有意识到，他已经成为明朝第一位和文官阶层公开撕裂的皇帝，不经意间开启了一段两百年的漫长征程。

最终，万贞儿没能攀上皇后宝座，但也混到了一个皇贵妃（明朝特有的女官，比贵妃更高一级）。一路上万贞儿大战后妃、王公、勋贵、大臣，甚至疑似用过给其他宫妃绝育流产计划，乃至谋杀皇子这般毒计，所以她破坏礼法被后世文人丑化也不冤枉。她座下的确出了不少妖孽，此处单表钱能、王赐这两个公开斗富的大贪官。

钱能是万贵妃座下宠监，谋得了一个云南镇守太监的肥缺。钱能吃相极差，为了捞钱在云南捅了不少篓子，后被御史弹劾，被调往南京闲住，与南京守备太监王赐风云际会。王赐是一个有品位的贪官，不光捞钱，还以收藏名家字画著称。王赐本来很骄傲地问钱能在云南这些年都搜刮了些什么财宝啊？钱能当然不能说我赚够了××万两银子，都藏在窖底呢！他说我在云南时，陆陆续续以七千两的价格向云南沐王府收购了价值四万两的文物书画。王赐大惊，约定来一场大展，斗一斗谁收藏的文物更有品味。

这是一场轰动江南的文化盛典，明中叶史学家陈洪谟[44]在《治世馀闻》中概述了部分展品：

“五日，令守事者舁书画二柜，至公堂展玩，毕，复循环而来。中有王右军亲笔字，王维雪景，韩滉题扇，惠崇斗牛，韩干马，黄筌醉锦卷，皆极天下之物。又有小李、大李金碧卷，董、范、巨然等卷，不以为异。苏汉臣、周昉对镜仕女，韩滉班姬题扇，李景高宗瑞应图，壶道文会，黄筌聚禽图，阎立本锁谏卷，如牛腰书。如顾宠谏松卷、偃松卷，苏、黄、米、蔡各为卷者，不可胜计。挂轴若山水名翰，俱多晋、唐、宋物，元氏不暇论矣。皆神品之物，前后题识钤记具多。”

王羲之（王右军）、王维、韩滉、惠崇、韩干、黄筌、苏黄米蔡（苏东坡、黄庭坚、米芾、蔡京或蔡襄）……文中列举的名家真品，任意拿一个出来都是“极天下之物”，这两位可以用两柜“循环而来”“不可胜计”，这架势足以让故宫博物馆汗颜。而他们这种用柜子装着展品在公堂展玩的方式不正是观音禅院金池长老列柜展示袈裟的行为吗？只不过小说高于生活，李春芳采用了一方列柜铺陈，另一方只用一件至宝就秒杀几百件凡品的手法，更具戏剧效果。

钱能、王赐这次斗富大展后，王赐的情况不见史载，而钱能却接任了南京守备太监。对应到《西游记》中，观音禅院斗富后，金池凄惨地死去，孙悟空却高升斗战胜佛。不过别误会，金池并不是这座观音禅院真正的“镇守太监”，为观音看守这座大道场的另有其人。

9.3 有贰心的黑熊精降职加箍

孙悟空借锦襕袈裟烧了偌大的观音禅院，为观音骗他戴上紧箍圈出了一口恶气，但也出了个意外——袈裟被邻近黑风山的黑熊精偷走。黑熊精最初见观音禅院火光起，本意是来救火，不意瞥见锦襕袈裟这件至宝，于是起了歪心眼儿，放弃救火，捞了袈裟跑路。于法于理，他都要为这场火灾负很大责任。

刚发现袈裟被别的妖怪偷了时，弄巧成拙的孙悟空非常懊恼，首先免不了的是吃一顿紧箍咒，然后还得想办法去把袈裟找回来。幸运的是，观音禅院的小和尚似乎很清楚袈裟是被黑熊精偷走（因为他们本来就很熟），孙悟空根据指引很容易就找到黑熊精。不幸的是黑熊精武艺不俗，孙悟空搞不定他。这时孙悟空首次用出了他之后在取经路上还会频繁用出的大绝招——搬救兵。第一次使用，孙悟空没有任何犹豫，直奔主题到南海落迦山普陀崖找了观音。观音禅院出的事儿，找观音似乎没毛病，但其实这是孙悟空稚嫩的表现，后来他再遇到需要搬救兵时就没这么简单粗暴了。

观音一见到孙悟空，不等他细说便立即怒斥他惹祸，烧了她的流云下院，孙悟空“知他（她）晓得过去未来之事，慌忙礼拜”。其实大家心里都明白，那里是她的大道场，岂能不管不顾？前因后果她比谁都清楚。不过孙悟空把她“请”到黑风山，很是摔摆了一阵，一会儿又当面打死她的手下凌虚子（苍狼精），一会儿又强迫菩萨变妖精，还说什么“妙啊！妙啊！还是妖精菩萨，还是菩萨妖精？”最后逼得菩萨去给妖精祝寿献礼，狠狠地折腾了一番，勉强报了戴箍之仇。观音也知道猴子这番心思，只是心中也有几分歉意，加上猴子以锦襕袈裟做要挟，不得不屈尊遂了他的意——须知那袈裟是如来托观音转交给唐僧的，弄丢了如来面前不好交代。

至于黑熊，降服他毫无悬念。孙悟空作势要打，观音急忙制止，说落伽山少一个看后门的，想用黑熊去当个守山大神。观音还丢了一个箍到黑熊头上，后文补充说明这是如来给观音“金、紧、禁”三个箍中的禁箍圈。最初如来给观音三个箍时，说明是给取经人的三个徒弟用。观音已将紧箍用在孙悟空身上，但此时尚未遇到第二个徒弟，她倒是把禁箍用在了自己新收的后门保安头上。后来唐僧收了猪八戒、沙和尚，观音也不再提紧箍之事，而是在收红孩儿为善财童子时，将最厉害的金箍圈用在他身上。如来计划给取经团三个徒弟用的三个法宝，观音一转手就贪墨了两个，这是万贵妃的公开市场指导价吗？

事实上，这个黑熊精根本不是被降服了皈依佛门，他本就是观音的手下，多年来被派驻在流云下院看场子。金池长老一介凡人，能活270岁，正是因为跟观音派来的黑熊精、凌虚子等精灵偷学了一些长生之术。这次流云下院成了孙悟空报复观音的牺牲品，被烧个精光，场子当然看不成了，还没死的就只能收回后山去看门。黑熊从最大最旺的道场保安突然变成后山门卫，这个落差也不可谓不大，但他自身的小心思也确实要负很大责任，更暴露了此人心怀贰心，给他加个箍一点都不冤。

黑熊精这种情况在成化朝之后极其常见，尤其被万贵妃发挥到极致。本来明朝沿袭宋制，在地方分设都指挥使、承宣布政使、提刑按察使、监察御史分管军事、财政、司法、纪检几项大权，相互独立制衡，避免地方官一手遮天，形成腐化堕落。这是一个非常优秀的行政体制设计，但太监们想到地方上去捞钱，最初是以帮皇帝监军为名，到都指挥使司中去充当“镇守太监”。成化朝镇守太监的权限扩散到了主管财政的布政司，太监们捞钱更狠。这其中万贵妃起到了很大的推动作用，她正是利用这招抛洒利益，引得一众太监拜倒在她门下。小太监们大肆贿赂万贵妃，邀得宠幸后外派为镇守太监几乎成了后宫的一个主流，前文所说钱能、王赐斗富只是一个小小注脚。不过镇守太监们狠命捞钱，也有不少捅了篓子或遭文官弹劾，主子就会将其暂时收回后宫。只要一收回，威风八面的“镇公”立马打回原形，变回深宫小奴婢，一如黑熊精从威风快活的黑风大王瞬间变成戴箍的后门保安[31]。

不仅是被文官弹劾，司礼监和御马监争夺镇守太监这个肥缺，明争暗斗，也造成不少镇守太监“落马”。御马监史上传奇小英雄汪直创设西厂，开张第一单便是拱翻万贵妃座下南京守备太监覃力朋盗用官船贩运私盐的贪腐行径，颇似孙悟空取经第一功便是拱翻观音座下流云下院保安黑熊精盗取锦襕袈裟的犯罪行径。

咦！不是说汪直就是靠万贵妃宠幸才出头的吗？怎么开张第一单就打覃力朋？就像孙悟空也是靠观音吸收进取经团才从五行山下解脱，怎么取经第一功就打黑熊精？所以说嘛，这些人的利害关系，不是秀才考举人、举人考进士那么单纯。

9.4 孙悟空的斗争有理有节

孙悟空被观音骗着戴了箍，非常气愤，并找机会进行了凶狠甚至堪称血腥的报复，但他的斗争非常巧妙，又有理有节，并对取经工作和自身在佛教集团的长远仕途都奠定了良好基础。这是一种高明的官场斗争技巧，李春芳这一节写得非常精彩，但必须提醒读者的是：不要模仿！

官场上需要耍一些技巧，尤其是后宫私臣集团，不比得外朝文官有进士学历和发表的著述打底，混后宫基本全凭这类技巧。观音给孙大圣戴上箍，按说已经掌握了他一个明显的把柄，控制住了他。但只有一戴上箍就彻底认输的庸人，才会沦为别人永久的奴隶。孙悟空如果从此对观音唯命是从，那以后就算成佛也永远是她的一条狗。孙悟空显然不是这样的人，相反，他对观音实施各种敲打，好让观音认识到：仅仅一个紧箍圈，还不足以人身控制齐天大圣。

紧箍咒当然可怕，但对官场高手而言也不是终极人身控制。会紧箍咒的三个人——如来、观音、唐僧都不能对孙悟空实施绝对的人身控制，盖因孙悟空借取经这个大好时机，也抓住了这三人的一些把柄，并合理敲打甚至控制，以达到相对平衡。比如观音的第一个把柄就是她这个流云下院，孙悟空被戴上紧箍的当时就反应过来是观音干的，但并没有立即飞往某个观音道场放把火烧了，那样只能被观音念死。他的做法是耐心等待时机，不偏离取经这个主线，走了两个月，遇到流云下院才开始实施烧院计划。这个计划也实施得有理有节，步步引诱金池长老入彀，重点在于是金池自己动手点的火，这事儿告到玉帝面前也怪不到猴哥头上，真闹大了反而要把观音座下金池长老这种杀人越货的行为公诸于众，丢脸的只能是观音。至于黑熊精趁机偷走袈裟，这表面上看给猴哥添了大麻烦，其实猴哥心里在偷笑。锦襕袈裟这种佛宝到了你观音的地盘上，不但有金池长老意欲杀人越货，被孙悟空破坏了计划后，一个本应负有保安责任的黑熊精不但不救火、保护佛宝，反而趁机把佛宝偷了。你自己跟佛祖说清楚你万贞儿——哦不——你观音座下都是些什么货色！

除了这次烧观音禅院，取经路上孙悟空还多次借各种机会敲打观音，反而让观音越来越服他，后来成为斗战胜佛，果位更在观音菩萨之上，绝非偶然。至于另两位会紧箍咒的，其实取经路上孙悟空也没少搜集他们的把柄。若换平时，孙猴子敢去搜他们的把柄自然要被念死，但在取经大业面前，他们也不得不容忍一下，所以说孙悟空的官场技巧极其高妙。总结这一回孙悟空教给大家两个重要的道理：

1）被人捏住了把柄必须高度重视，但不能唯命是从，要搜集对方的把柄来达到平衡；

2）搜集领导的把柄毕竟是高难度动作，不要认为孙悟空能干的事你也能干。

再次提醒，这一节作为小说写得异常精彩，但请千万不要轻易模仿。

10

唯一军人——猪八戒的“加盟”

俗话说：不怕神一样的对手，就怕猪一样的队友。孙悟空的取经之路可谓不断面对神一样的对手——还始终拖着一位猪队友，不容易啊！

师徒俩离了观音禅院，来到乌斯藏国高老庄，在此收了唐僧的第二个徒弟——猪八戒，此人暗喻了明代官场上的军人这个角色。

西天取经是一段壮丽的征程，按理说征程就应该以军人为主，但事实上取经团只有一个真正的军人，其余人都是监督他（跟他分功）的，这就是曾掌天河八万水军的天蓬元帅——猪八戒。值得一提的是，唐僧、孙悟空、沙和尚都能在一些宋元话本中找到原型，猪八戒却是世德堂本《西游记》原创的一个角色。这个角色于明于暗都起到了重要作用，体现了作者深厚的创作功力。

10.1 天蓬转世为猪不符合基本法

猪八戒的出场其实非常早，第七回大闹天宫，如来收伏了妖猴，正准备回去，玉帝派天蓬、天佑两位神将出凌霄宝殿来留佛祖，请他参加庆功会，这便是首次亮相。能在玉帝身边传召，可见也是亲信——不是亲信怎么进得了取经团呢？

他第二次出场就比较惨了，堕落在凡间当妖怪。观音奉佛旨去东土大唐寻找取经人，并在路上物色取经人的徒弟，在福陵山云栈洞撞上了被贬在此的天蓬元帅猪刚鬣，原来是蟠桃会后醉酒调戏嫦娥，被玉帝打了二千锤，贬下凡尘，不期下凡时错投猪胎，成了一个猪身，作为一个猪妖在此吃人度日。观音劝他皈依佛门，给取经人做徒弟，西天取经得个正果，并取法名猪悟能，让他在此等候取经人。

许久后，唐僧、孙悟空取经到此，撞见高家庄正在请法师捉妖，于是主动凑上去。很显然，孙悟空知道高层为唐僧安排的第二位徒弟便在此处，所以才岔开正路，来管闲事。孙悟空解救了被猪妖幽禁在后院的高翠兰小姐，并与猪妖激斗，一直追击到他的老窝福陵山云栈洞。天蓬拿出九齿钉耙跟孙悟空苦战一番，然后完整交代了自己修炼成仙，再到酒后调戏嫦娥，直到被贬在此为妖的来龙去脉。在此，天蓬再次强调了自己是错投猪胎，所以成了一副猪妖模样。

但此说显然站不住脚。《西游记》明确设定，转世会丧失一切记忆和法力。唐僧转世九次，前世的记忆完全没有留存。还有好几个转世的，比如宝象国百花羞公主系披香殿玉女转世、天竺公主系广寒宫素娥转世等，都没有保留前世记忆，也不带任何法力，就是一介凡体，这是宇宙的基本法则。但天蓬所述的这次转世显然不符合基本法，不但保留了前世完整记忆，甚至连兵器九齿钉耙都带在身边。作为一名取经员，随身带一支钉耙难道不是很合理吗？当然不合理！这明显根本就没转过世嘛！更重要的是，取经团成员其实都是塞进去的关系户，完全没必要找一个普通猪妖入伙。所以猪八戒和孙悟空、沙僧、白龙马一样，是犯错过后被直接贬在凡间，然后借取经工程复出无疑，绝对没有经历过转世这道程序。

那这么老实，主动将身世背景、来龙去脉交代得一清二楚的猪八戒为何在这个问题上撒谎？其实他也没有完全撒谎，只是做了一个小小的细节处理，含混了一下时间节点而已。猪八戒说他错投猪胎，咬杀母猪，打死群彘，被福陵山云栈洞卯二姐招为倒插门女婿，不久卯二姐死了，他便独自占了这座山场为妖。这段事体未必是假，只不过并非发生在他调戏嫦娥、被玉帝打下凡尘之后，而是在他当上天蓬元帅之前。

没错，猪刚鬣一开始就是一个猪妖，在福陵山云栈洞吃人度日，后来才修炼成仙，在天庭当到天蓬元帅。天庭“凡有九窍者皆可修仙”，动物并不受歧视，他以猪身修炼成仙，并在天庭身居要职并不奇怪。猪刚鬣由猪妖当上天蓬元帅之后才发生了醉酒戏嫦娥，被玉帝贬下凡尘之事。那贬下凡尘他到何处去了呢？当然就是回老家福陵山继续当妖怪！明朝很多官员犯了错误被贬回家，但也有两种情况：一种是免职回家，这种情况没有削除官身，只是被免去差遣，在家赋闲，朝廷随时一封诏书就要回来继续当官；另一种更严重的情况则是削除功名，彻底成为平民，不再具备当官的资格。明朝比唐宋都要严格，免官（包括退休）的官员都必须在老家待召，不得移居他县，但彻底削除功名，成为平民者就不受此条限制了。孙悟空、沙和尚、白龙马犯罪被贬，都是待在老家等候起复。取经过程中，孙悟空几度被唐僧赶走，也是回花果山听候召唤，而不是到处乱跑，离职待召的意识很强。看来天蓬并没有彻底削除官身，而且保留了记忆甚至兵器，回原籍待召，应该说处分并不重。

处分不重的原因就在于猪八戒所说的这个前妻卯二姐。卯在生肖中对应兔，而广寒宫雇佣了玉兔捣药，至少有一只（但不仅限于一只）下凡为妖，也就是取经团遇到的最后一个妖魔：第九十五回假冒天竺公主的玉兔精。这个卯二姐想必跟月宫嫦娥也脱不了干系，大胆猜测，猪刚鬣和卯二姐早就是一对夫妻，后来卯二姐修成神仙，在天庭找到一份广寒宫捣药的杂工工作，所以她不是死了，而是升天了。她升天后，猪刚鬣暂时独占了这座山场，但在前妻的激励下，勤修苦练，后来也基本达标，可能再加上卯二姐的一些关系，也被介绍上天来当兵，运气不错还当上了玉帝保安。不过小兔子更加勤勉，苦练舞蹈技艺，成功从杂工转岗为舞蹈演员，也就是所谓嫦娥。

大多数神话中，嫦娥是月宫那位孤傲冷艳大女神的姓名，是孤零零一个人，吴刚也是广寒宫外伐木工，不在宫内。但在《西游记》中，“嫦娥”是对广寒宫一大帮舞女的通称，领班是太阴星君，天蓬元帅“调戏”的这位名叫霓裳仙子，被玉兔精冒充的真天竺公主前世当嫦娥时叫素娥仙子。太阴星君下凡来收伏玉兔时，一大班嫦娥随行，其中居然还包括霓裳仙子。猪八戒见了忍不住欲心，跳到半空中“抱住道：‘姐姐，我与你是旧相识，我和你耍子儿去也。’”霓裳仙子显然就是卯二姐，她当年由勤杂工转为御用舞姬，那就不能随便跟兵哥哥过夫妻生活了，至少你们不能在仙宫里搞呀！哎，其实这人突然升了这么多档次，原来的配偶不再般配，婚姻就很容易破裂。一对农村小青年进了城，女方当了白领甚至小明星，抛弃了跟着进城来当保安的小男友，我们还见得少了吗？

猪刚鬣对孙悟空介绍自己当年“调戏”嫦娥的场景：“色胆如天叫似雷，险些震倒天关阙。”虽然我从没调戏过小姐姐，但据我从第三方途径客观了解到的信息显示，所谓调戏应该是嬉皮笑脸的，他这完全是在吵架。估计是天蓬喝醉了酒，看着别人成双成对，脑海中浮现出旧日恩爱，没忍住去找薄情妇吵了一架。领导也是男人，挺同情天蓬，但清官难断家务事，法治社会你一个大头兵拱到后宫来咆哮宫娥，不判也不行啊！所以受点不太重的惩罚，也可以理解。相应的，我咒你死了，也可以理解。

10.2 猪八戒挑担很尴尬

几乎所有影视作品都让沙僧挑担，而不是八戒。但原著写得很清楚，一路上挑担的始终是八戒。取经团最终完成任务，佛前叙功封赏，也是猪八戒“挑担有功”，得封汝职正果。影视作品认为沙僧是小师弟，所以应该干苦力，但这是一种想当然，不符合原著。

那猪八戒加入取经团的意义何在，他就是来挑担干苦力的吗？答对了，真的就是。

很多前辈深入分析了猪八戒加入取经团的背景意义，有的认为他所用九齿钉耙是太上老君打造，所以是老君弟子，代表道派打入取经团。有的认为他是灵宝道君、燃灯古佛、东华帝君等大佬的弟子，甚至是金翅大鹏雕安插在取经团的卧底等。这些分析首先脱离了明朝的时代背景，其次陷入了自创的架空世界，这里就不一一辨析了。其实我认为仅就加入取经团的作用而言，猪八戒恰恰是最单纯的一个——他真的就是玉帝派来挑担子的——恰如白龙马真的就是来当脚力的一样。原因也很简单：取经路上确实需要一个挑夫、一个脚力。就像去打个仗，虽然有兵部、五府、司礼监、御马监、锦衣卫派出的各色监军，他们心思各异，但毕竟真正的军人还是要派呀！当然，军人也不是埋头打仗，同样在政治中扮演着重要角色，猪八戒在《西游记》的神仙博弈中也是一个重要角色。

枪杆子里出政权，这是人类社会发展至今颠扑不破的基本原理，但军人在官场政治中扮演的具体角色也随着社会的发展跌宕起伏，明朝军人到底处于何种地位，《西游记》是如何借用角色来表达的呢?

最初，中国没有职业军人一说，贵族门阀子弟“入则为相，出则为将，自无文武分途之事”，即所谓“出将入相”。军官由贵族门阀担任，兵卒从民间征召。隋唐以来，门阀逐渐瓦解，宋朝建立起彻底的平民社会，再无贵族一说，兵员由国家花钱聘请，至于军官一律从兵卒中晋升。但国家指派文官掌握兵权，武将只有战场指挥权，而无军队的人事、财政、调度等大权。同时，宋明以后军人的社会地位被压制得很低，军头尾大不掉的概率急剧下降，产生军阀的可能性趋近于零。这似乎是人类文明社会发展的一个必由之路，但又产生了一些新问题。

首先最严重的是军人变得懒惰。政治地位被严重压制，看得见上限（而且还不高）的阶层自然就会懒惰。比起那些胸怀经世济民理想的文官进士而言，宋明以来的底层军士弥漫着一股慵懒气息。猪八戒被视为好吃懒做的代名词，这其实是作者对明中后期军队素质快速下降的一种忧虑。宋朝兵制以募兵为主，即国家出钱招募公民来当兵，优点是免除了全社会强制兵役，解放了社会生产力，但同时意味着更高的动员成本。明太祖设计了一套军户体制，规定某些人户世袭军职，义务为国家贡献兵源。这显然是一种倒退，所以很快就崩坏了，明中前期，明军兵源实际上就已经恢复以募兵为主了。但中后期国家财政紧张，经常拖欠军饷，当兵成为一个极差的职业，募兵素质严重下降。一个触目惊心的例子是明末熊廷弼出任辽东经略，校阅辽东兵时，抽检了30名火枪兵在75米射距上每人发射3枪，结果90发只有1发上靶！这不得不令人怀疑这些根本不是真正的军人，而是专程来吃军粮的饭桶！辽东是大明与后金（即后来的清）战斗的前线，辽东军相对精锐，训练素质尚且如此，其余部队可想而知[45]。

其次是经济腐败。一支堕落的军队必然伴随腐败，猪八戒同样是取经团中经济腐败的代名词。第七十六回，猪八戒被狮驼岭三大魔王抓到洞中，孙悟空变个蟭蟟虫去救他，却起了个心眼儿，装作是阴司的勾魂官，想诈一诈他的私房钱，结果真诈出来一块四钱六分的马鞍银，藏在左耳朵眼儿里。猪八戒供称这是每次斋僧时，信善见他食肠大，所以多给点衬钱，他一路攒下来的。在一个靠化缘前进的佛教取经团中藏小金库，还攒了这么多，看来真的不能被贫穷限制了想象力。

有意思的是，猪八戒说其实他攒了五钱银子，找银匠熔炼成块时，被无良银匠偷了几分，只剩四钱六分。这里作者一笔带过，很多读者开怀一笑，猪头活该！其实作者点出了明朝最常见的一种贪污形式——火耗。

所谓火耗，产生于嘉靖中后期的一项重要改革措施——“一条鞭法”，即指国家归并税种，将各种实物、劳役一律折算成现银征收。这个制度在李春芳的前任首相徐阶任上，由名臣海瑞在江南试点推行，在李春芳的继任首相高拱任上得到大力推行，后来成为再下任首相张居正的著名标签。“一条鞭法”对中国社会产生了极其深远的影响，此处单表他的一个副产品——火耗。

所有赋税以现银形式缴纳，但纳税人交来的银两是零碎的，官府需要熔炼成锭，熔炼过程难免有损耗，这个耗额需要纳税人补齐，称之为“火耗”。我们且先不论火耗该谁补的问题，只论耗额到底是多少？这当然就是由征税的基层官吏说了算。最初他们只开口要个百分之二三，到李春芳的时代大致便到了猪八戒被银匠贪墨的额度——百分之八。这个额度似乎也还勉强能接受，但显然这只是一个开始。火耗额度既然能由基层官吏来定而非客观标准，那自然会节节攀升，到明亡时已经达到了百分之二三十的水平！成为明末一个主流的贪污方式，也堪称明王朝被人民抛弃的一个重要原因[46]。当然，清朝将火耗归公（制度化、合法化），并达到百分之几百的程度，相信倒也不在李春芳的预料之中。

更有意思的是，这块四钱六分的马鞍银，猪八戒未能享用，却被孙悟空纳入怀中。这不正是军爷辛苦搜刮，最终却被御马监的监军太监一口吞下么？

10.3 朱无能才是大明的尴尬

猪悟能这个名字取得相当阴损，金蝉子（须菩提）第十辈徒弟是悟字辈，孙悟空、沙悟净均用此字，这个没毛病。但既然是悟字辈又岂可跟个“能”字？“悟能”不就是“无能”吗？关键还姓猪，猪悟能，这不是“朱无能”吗？没错，明朝的朱皇帝最无能的一件事，就是军队腐化堕落他却无能为力。

宋明以来似乎根除了军阀尾大不掉的病根，但封建军队腐化堕落这个问题依然未得解决。古代军队中，基层战士奋勇作战的动力是能够劫掠，中上层军官则是发展成军阀。宋明以后断绝了这两者，堪称文明进步，但同时也使封建军人失去了战斗的动力，变成专吃军饷的懒鬼。宋、明恰逢古代封建军队向现代民族军队转型的过渡期，没有解决好这个问题，甚至可以说都是因为这个原因缓缓走向了灭亡。明军曾创造了辉煌战功，无论是对蒙古铁骑还是南洋海盗，大明的军功都足以令后人为之自豪，但明末的军事开支却成了无底洞，拖垮了大明王朝。很多人认为明朝的灭亡不在于政治变革，也不在于军事战败，而是标准的自我财政崩溃。而造成财政崩溃的直接源头正是爆发式增长的军事开支，这其中万历末年的“三饷加派”无疑是压断骆驼的最后一根稻草[45]。

所谓三饷加派，是指朝廷为征剿后金（清）、高迎祥、李自成而在正常赋税基础上加征的“辽饷”“练饷”和“剿饷”，合计1700余万两。须知当时的正常赋税才300余万两，加征额度几乎是五倍！如此暴政，焉能不亡？但可悲的是，明帝冒着被人民推翻的危险疯狂加征这么多专项资金，真的都用于军事了吗？还是被猪八戒这样的军人集体贪墨？抑或被御马监的监军太监轻松纳入怀中？还是有更高层级的食利者？没有人会来回答，我们只能看到明王朝刮尽了民脂民膏，明军却在蒙古铁骑、后金八旗、南洋海盗面前越来越无能，朱皇帝在明军面前更加无能。

不过战斗力再无能的军队，在政治中的能量都是一样的，那掌握枪杆子的这些人如果要挤进私臣圈子该如何表演？玉帝把他的保安塞进取经团有何意图？

首先，我们要看看嘉靖帝的西苑私臣中有没有一个明确的军人角色。其实最核心的小圈子里还真没有，大学士严嵩是文官，成国公朱希忠是勋贵，驸马崔元是皇亲国戚，都督陆炳是锦衣卫，还有陶仲文等一大帮道士和数不清的太监、宫妃，唯独没有军人。相对靠近核心圈层的军人只有咸宁侯仇鸾，这是一个绝对的大反派——不过似乎作者也没打算把猪八戒写成正派。

仇鸾出身将门，历任甘肃总兵、大同总兵等要职，非常阴险贪婪，与蒙古勾结甚深，长年走私战略物资，甚至杀良冒功。仇鸾与近臣严嵩、陆炳紧密勾结，深得嘉靖帝宠幸，只是碍于武将身份，无法长年随侍西苑。仇鸾最坏的一个事迹莫过于进谗言冤杀大英雄曾铣。曾铣是嘉靖朝著名军事学家，创造了战车、地雷、榴弹炮等大量划时代的发明，打得蒙古惊为天人，取得了大明最后的军事辉煌。不过曾铣铁面无私，曾揭发仇鸾的一些不法行径，使仇鸾又恨又怕。仇鸾勾结时任次相的大奸臣严嵩，陷害曾铣及其在朝中的支持者首相夏言，导致两人均被嘉靖帝冤杀。他们的构陷之法无外乎在皇帝面前进谗言，挑拨离间，颠倒是非。曾铣打败了的仗就夸大其词，甚至诬陷为通敌；曾铣打胜了的仗就说毫无意义，是费饷贪功，从而激起皇帝的愤怒，导致冤杀了真正为国效力的英雄。

这种做法在《西游记》中由猪八戒多次上演：孙悟空明明解决不了的事，比如救活已死三年的乌鸡国王、背银角大王、背红孩儿，猪八戒就说是猴子故意不出力，唆使唐僧念紧箍咒，逼悟空陷入险境。更多的是孙悟空明明打死的是坏人立了功，比如拦路的强盗、白骨精等，猪八戒却说成是好人，唆使唐僧念紧箍咒，甚至逐走大师兄。当然，这些做法也不是仇鸾的专利，似乎是自古以来奸臣构陷忠臣的通用做法，在猪八戒这个角色身上集中上演，让人又气又恨。

10.4 玄奘的二徒弟窥基和助手辩机

说说猪八戒这个文艺角色的现实渊源——历史上玄奘法师的二弟子窥基法师，其实还有助手辩机和尚。

历史上的玄奘法师确实收了三个徒弟，不过不是在前往天竺的路上，而是在学成归来后。东归途中，他在西域收了第一个徒弟，据说是位西域神童，过目不忘。这可能有一点孙悟空的原型，遗憾的是二徒弟、三徒弟都著作颇丰，这位神童反而在历史上没有留下什么著述甚至事迹，估计是汉文水平的短板所致。回国不久，玄奘便收了二弟子——窥基。窥基倒是有不少趣事，而且能和猪八戒挂上钩。

第一个趣事就是投错胎。相传玄奘在西行路上遇到一位老禅师，非常投缘，愿追随玄奘往天竺求经。但他身躯老迈，实在不能跋涉，玄奘指示他往东去长安找一所黄色琉璃瓦的房子（皇宫）投胎，到时玄奘从天竺回来再收他做徒弟。十余年后，玄奘取经归来，一见唐太宗就道贺：“恭喜陛下添了一位皇子！”唐太宗莫名其妙，因为玄奘西行这十余年，他并无皇子诞下。玄奘忙开慧眼一观，才发现这老禅师投错了胎，投到隔壁的大将军尉迟敬德家里去了。玄奘赶紧找上门，果然发现尉迟敬德的侄子尉迟洪道正是老禅师转世，于是要他跟自己出家。尉迟洪道很不高兴，你谁啊，凭什么一见面就要我出家？强硬地拒绝了。玄奘只好又找唐太宗出面，敕令尉迟敬德之侄出家为僧，协助玄奘工作。

作者借这个典故在《西游记》中安插了两个（但不仅限于两个）情节，一个便是猪八戒错投猪胎，一个则是唐太宗还魂时，李全自愿帮太宗到阴司去向阎王进献南瓜，阎王让李全和先死的妻子李翠莲双双复活，但李翠莲死得久了，尸身无存，于是让她投胎到唐太宗家里，借了御妹李玉英的身体还魂。李翠莲醒来便说这座盖满黄色琉璃瓦的皇宫是“害黄病的房子”。

第二个趣事则是窥基被人戏称为“三车法师”。唐太宗敕令尉迟洪道去当和尚，他自身极不乐意，于是讲条件：“陛下非要我当和尚，也不是不行，但我一生离不开酒、肉、女人三者，我走到哪儿，身后都要有一车冽酒、一车鲜肉、一车美女跟着。除非满足这个条件，我才出家。”这三者是佛门最基本的三戒，所谓“八戒”是对“五荤三戒”的合称。他本以为唐太宗、玄奘无论如何不可能答应这样的条件，谁知唐太宗一口答应，玄奘也只好附和。尉迟洪道无法反悔，只好真的带着这三辆车去大兴善寺（玄奘在长安的译经场）出家，法号窥基。结果窥基法师一听到寺院的钟鼓，突然唤起了前世的记忆，于是将三车遣回，从此专心协助玄奘翻译佛经，成为一代宗师，但“三车法师”这个戏称却流传下来，“猪八戒”这个名字的构词法显然是对此的扩展。

另外，玄奘还有一个重要的助手辩机，是他去天竺留学后，国内佛学界风头最劲的杰出青年。玄奘回国开办经场，唐太宗专门礼请辩机来协助。辩机当时只有26岁，但才高八斗，更兼相貌英俊，堪称偶像派巨星。有研究认为玄奘的《大唐西域记》实际是辩机执笔[21]。但辩机却是一个著名的淫僧，酷爱泡妞，关键他泡了一个妞，还不是凡人，而是唐太宗的爱女高阳公主。高阳公主很年轻就嫁给贞观名臣房玄龄之子房遗爱，但长期和秃头俊男辩机私通。房遗爱本来开启了一段令人艳羡的驸马人生，未料却遇公主通奸这等三千年未有之大变局，作为一个负责任的男人应该怎么办？当然是选择原谅她啊！所以后来小房成了懦弱乌龟绿帽男的代名词。此事终究大白，唐太宗盛怒，腰斩了辩机和尚。

后世大量文艺作品无尽地揶揄、嘲笑甚至谩骂高阳公主这个皇家淫妇，但这些作品咬牙切齿地写得笔尖冒血、纸背生烟，也无非就是个荡妇骑秃驴的套路。李某男嬉笑怒骂之间，就让高某女被猪拱了。没错，高阳公主名叫李翠兰——你都叫翠兰了为什么不姓高？因为高阳公主已经带了个高字嘛！刚鬣，您还记得高老庄里的高小姐吗？记得啊，所以某版电视剧专门加拍了一段《猪八戒背媳妇儿》，多经典啊！

猪八戒堪称贪财好色酒肉和尚的代名词，窥基的“三车”也是佛家最反对的纵欲，辩机更是色中饿鬼。不过猪八戒当了和尚后虽然仍很贪吃，但那是食肠宽大，人家还算是忍住了没再破酒、肉二戒，这已经很不容易了。最后猪八戒也一步一个脚印走到西天，得成正果。窥基师从玄奘后，取得了不少成果，有大量译作和撰述传世，被誉为唯识宗（玄奘法师创立的汉传佛教宗派）第二祖。猪八戒和窥基法师的故事都教育我们，就算是曾经纵情声色的浪子，只要走上正途并坚定地走下去，一样可以取得很高的成就。

10.5 海军是大明的骄傲

最后说个轻松点的话题，军种有很多，取经团只安排了一个军人角色，用什么军种呢？猪八戒说他曾掌八万天河水师，显然属于水军（海军）。作者这样写有个大大的讲究，那便是——水军（海军）是明军中最具代表性，也是战绩保持最好，始终都能让人为之自豪的一个军种。

明朝的渊源是元末义军明教红巾军的吴王朱元璋一支。朱元璋从要饭和尚起步，艰苦创业，登堂入室后第一场大战便是著名的渡江战役，集结全军从巢湖出发，渡长江大败20万元军水师，攻占金陵（今南京），在江南奠定基业。“定都”南京后，朱元璋确立了“广积粮、缓称王”的战略，欲先在南方统一红巾军，再北上讨伐蒙元。他在红巾军内部的主要竞争对手是长江上游以武汉为中心的汉王陈友谅和下游以扬州为中心的周王张士诚。三大势力沿长江排开，水军在竞争中地位当然就很高。

红巾军内战最具决定性的一役便是朱元璋与陈友谅的鄱阳湖大战，双方均出动数十万庞大水军，旌旗绵亘百里，各自从长江上下游进入鄱阳湖会战。朱元璋激战获胜，并在乱军中流矢射死陈友谅，一举奠定南方义军的统一大势，并间接确定了天下大势。所以水军在大明定鼎天下的元勋中，可谓居功至伟。

明朝建立后，水军（主要是海军）更是威播四海，比汉唐陆军踩踩沙漠过瘾多了。著名的郑和下西洋，出动了世界上最庞大的无敌舰队，扫平了汪洋大海上的海盗，甚至将一些不守道义的小国都教育成文明国度，将万顷碧海都置于天朝海军的保护之下，海外慕中华天威而来的番邦数不胜数，开启了一段繁荣的大航海时代。我想，只有郑和第七次下西洋时所拓《天妃灵应之记碑》的首句才是对大明海军这段旷世伟业的最佳评价[47]：

皇明混一海宇，超三代而轶汉唐。际天极地，罔不臣妾！

（大明统一了海洋寰宇，超过夏商周三代、汉唐的功绩。从天到地，无人不成为臣和妾）

之后的岁月，海军不但要面对此起彼伏的南洋海盗，更要面对来自荷兰、西班牙、葡萄牙等多国的西方殖民者，著名的屯门海战、西草湾海战，明军都大获全胜。中国和这些新兴殖民扩张国家在南洋的博弈非常复杂，总之没有让他们占到便宜，其坚强后盾便是有一支强大的海军，这和后来“有海无防”所以被弄得灰头土脸的清朝形成鲜明对比。在气势恢弘的万历朝鲜战役（朝鲜称“壬辰倭乱”；日本称“文禄・庆长の役”）中，明军狠狠教训了刚刚一统日本的“战国精英”，尤其在著名的露梁海战、鸣梁海战中全歼日本海军，切断其陆军归路，迫使其向朝廷请降，一代天骄丰臣秀吉被活活气死，一个狡猾的海洋民族踏向大陆的梦想再次被天朝海军无情镇压。

即便在明朝已然灭亡，陆军一泻千里，甚至纷纷剃发降清之际，海军依然支撑着日月军旗最后的荣耀！延平王郑成功（他是不是郑和的后代？哦，对不起，郑公公是太监）率领一支孤忠舰队开赴宝岛台湾，奋战荷兰侵略者，将其赶走后作为反清复明的基地，又延续了一段光辉岁月。虽然郑成功的后代最终还是降清，但大明海军这种精忠报国的气概，光耀千丈碧海，势振万里蓝涛！

所以，说到最具代表性的军种，汉有嫖姚铁骑，唐有玄甲横刀，宋有神臂天弓，我大明则有这支曾经承载着中华民族走向星辰大海伟大梦想的无敌舰队！

所以，作者需要在小说中原创一个军人角色时，如果是蒙古作者，多半就要写骑兵，瑞士作者就要写长枪兵，印度作者就要写象兵。大明的作者，当然是要写最引以为豪的——海军！

啊，海军！

11

锦衣卫——沙师弟在看着你

有人总结《西游记》教给我们的职场策略，说沙僧的策略就是本领低微的人要紧跟有希望的团队，着实有理。在很多人的理解中，沙师弟就是一个埋头苦干，但很少提要求，甘当配角，也不搬弄是非的优质团队拼图。以至于在很多影视作品中，又给他加上了任劳任怨这个美德，所以挑担子的活儿也顺理成章地从二师兄肩上移给了他。但事实上，沙师弟的任务就是玉帝派去监视取经团的，这种工作开口太多可不是什么好事儿。没错，很多人心目中老实巴交的沙师弟暗喻的明朝官场角色正是——锦衣卫。

11.1 卷帘将军由锦衣百户充任

沙僧很清楚地交代过自己的背景——曾是“灵霄殿下侍銮舆的卷帘大将”，因在蟠桃会上失手打碎玻璃盏，被玉帝打了八百大板，贬在流沙河，还安排七日一次，飞剑来穿胸肋，相当痛苦。

弼马温和天蓬元帅在真实的历史中还算隐藏得较深，但这个“卷帘大将”却很容易找到。《明史 卷五十三 志第二十九 礼七 登极仪》记载了明朝皇帝即位仪式，“内赞二人于受表官之南，卷帘将军二人于帘前，俱东西向”。也就是说：

准备当皇帝的人先坐在奉天殿（紫禁城正殿，今故宫博物院太和殿）内室帘子后，等待外面群臣上劝进表，有“卷帘将军”二人立于帘前。这个“卷帘将军”显然就是《西游记》中“灵霄殿下侍銮舆的卷帘大将”。卷帘将军真的要做卷帘这个动作，仪式开始后，先经过一大段程序，群臣入殿，卷帘将军将帘子卷起，即位人从内室上殿与群臣相见，接受劝进表，后面再经过一段程序就以即位诏告天下，礼成。

那这个卷帘将军由什么人充任呢？据《明会典》记载，除登基仪式，每年冬至、元旦（农历正月初一，相当于现代的春节）、万寿（皇帝生日）三大朝仪也会用到卷帘将军。典礼日，御马监将仗马牵出，锦衣卫正指挥一人位于铜丝帘右侧面东而立，百户二人于帘下左右对立，仪式开始时将帘卷起，卷帘将军即出殿门，文武百官肃立等候皇帝升殿。这里很清楚地记载：卷帘将军是由两位锦衣百户充任的，这就是沙和尚的真实身份。

小说中还描写了沙和尚穿一件黄锦直裰，这在帝王时代可不是普通人随便穿的，只有御前仪仗人员才能赐穿，除此之外私穿黄锦即为逾制，甚至有谋逆嫌疑。另一方面，师徒五人（含白龙马）按五行排布，唐僧属火，孙悟空属金，猪八戒属木，白龙马属水，这沙僧属土，所以穿黄。五行相生相克，土位居五行中央，与另外四相都有直接联系。沙僧作为一个锦衣卫派出的监军，默默地直接监视着另外四人，他话少点才是政治正确。

顺便提一下，沙僧的武器是一柄降妖宝杖，很多影视作品将其表现为一个长柄，一头月牙铲，一头斧形刃。这其实是受《水浒传》花和尚鲁智深的兵器62斤水磨镔铁禅杖误导[48]，而且有些道具师直接将此杖当扁担用了。其实沙僧是不挑担的，降妖宝杖也是一根单手持的短杖，类似于韦陀的降魔杵——就在每个汉传佛寺第一重殿弥勒佛像背后，有空可以去看看。沙僧介绍这是月宫吴刚伐下的一枝梭罗仙木，由鲁班制造成杖。第四十九回，通天河灵感大王（观音的金鱼）取笑沙僧是个磨博士，因为他使一条擀面杖，更是正面描述了降妖宝杖的形状——像一根擀面杖。

沙僧在加入唐僧团队前在流沙河吃了大量取经人，我们很难完全弄清这些人的身份背景，是谁指派，抑或根本无人指派，就是些凡僧。但总之他们走到流沙河被吃，实质上就是他们的取经工程被沙僧叫停了。唐僧是金蝉子（须菩提）第十次转世，那他的前九次也都是被沙僧吃掉的？我认为显然是的。

沙僧遇到观音后说自己吃了许多取经人，他们的骨骼都沉入流沙河（这河鹅毛也浮不起），唯独有九个头骨不沉。老沙也觉得奇异，于是将九个头骨串成一个项圈戴着，后来起了大作用。流沙河鹅毛浮不起，什么材料都造不成船送唐僧过河，只有以这个项圈作船底，观音又专程送来的一个红葫芦作船体，才顺利渡唐僧一行过河。这九个头骨显然就是唐僧的前九世，要渡唐僧过河，也只有他自己的骸骨才行，这正是佛教“渡人渡己”之意。

其实如来早在金蝉子第一次转世起，就发起了取经工程，只不过当时手段简单粗暴，未经精心设计，所以各方利益未能平衡，取经人走到流沙河时，玉帝便通知沙僧终结此次取经行动。就像一些小太监作出过分的事，皇帝只好让锦衣卫进来抓人。嘉靖帝的“大礼议”也不是一开始就成功的，而是与文官们进行了旷日持久的斗争后勉强占得上风，回合远远不止九次。当然，除了金蝉子前九世，沙僧还吃了大量其他取经人。是啊，皇上需要用来干政的太监很多，派去取经的也不止你一个！

沙僧作为一个锦衣卫的代表，守在流沙河，似乎起到一个保险开关的作用，不让佛教的吃相过于难看，也为取经设定了一个基本的底线，在清理掉大量擅自取经的野人并连续否决九次官方取经后，终于在第十世放行。

在第十次取经途中，沙僧并没有冲杀在前，几乎就没有擒杀妖魔的战功，同时他也不像孙悟空那样到处去找神仙疏通关系，他就默默地注视着取经团前进。这并不表示他真的什么都不做，他只是不管具体业务，每到关键时刻他都会忠实履责。而他的职责就是监督另外四人忠实履责，尤其不准散伙。孙悟空多次遭到不公正待遇，愤而要离去，猪八戒都在一旁冷嘲热讽，火上浇油，沙僧却是尽量规劝。

三打白骨精导致孙悟空第一次被唐僧驱逐，走时吩咐沙僧：“贤弟，你是个好人，却只要留心防着八戒言语，途中更要仔细。”可见孙悟空深知沙僧是支持取经团坚持走下去的安全阀。第四十回，唐僧又不识妖精，被红孩儿摄走。关键是之前不久唐僧才强要孙悟空背假变道士的银角大王，结果银角掏来三座大山差点把猴哥压死。殷鉴未远，唐僧又愚蠢透顶地强令孙悟空背红孩儿，这实在让孙悟空心灰意冷，说要散伙，猪八戒也附和，唯有沙僧力劝他们回心转意。第五十七回真假美猴王，孙悟空又因打死草寇被唐僧驱逐，结果假猴王趁隙打翻了老和尚，这次沙僧亲往花果山找孙悟空调查，再次避免散伙。

神通广大的齐天大圣偶尔也有气急败坏之时，陷空山无底洞的老鼠精用计掳走唐僧，孙悟空“怒气填胸，也不管好歹，捞起棍来一片打，连声叫道：‘打死你们！打死你们！’”对此，猪八戒的反应是“慌得走也没路”。“沙僧却是个灵山大将，见得事多，就软款温柔，近前跪下道：‘兄长，我知道了，想你要打杀我两个，也不去救师父，径自回家去哩。’行者道：‘我打杀你两个，我自去救他！’沙僧笑道：‘兄长说那里话！无我两个，真是单丝不线，孤掌难鸣。兄啊，这行囊马匹，谁与看顾？宁学管鲍分金，休仿孙庞斗智。自古道，打虎还得亲兄弟，上阵须教父子兵，望兄长且饶打，待天明和你同心戮力，寻师去也。’行者虽是神通广大，却也明理识时，见沙僧苦苦哀告，便就回心道：‘八戒，沙僧，你都起来。明日找寻师父，却要用力。’”

这里首先表明了沙僧的身份——灵山大将，说明他本是佛派中人，不是道家神仙。没错，锦衣卫是皇帝私臣，不是进士文官。其次深显沙僧的为人之道，在孙悟空都失去理智的情况下，他却讲出了一番道理，让悟空冷静下来，着实功力不浅！

11.2 锦衣卫被东西厂带坏了名声

这里送上一句迟来的道歉，可能有些喜欢沙僧的读者已经很不高兴了，居然把这么老实巴交的沙和尚跟阴森狠毒的锦衣卫特务扯上了关系！也难怪，自从丁易[28]的《明代特务政治》出版以来，人们已经把锦衣卫和白色恐怖的国民党特务等同起来。事实上，锦衣卫的主要职能是安置勋臣子女的仪仗队，特务真的只是一个意外发展出来的副业。

明代锦衣卫沿袭自宋代武德司，初名拱卫司，后频繁改名都尉司、亲军都尉府、仪鸾司等，直至洪武十五年（1382）定名锦衣卫，主要职能就是御前仪仗。

之所以叫锦衣，就是因为明太祖决定将其作为专门安置功臣子女的地方，取衣锦还乡之意。御前仪仗这个工作有几个特点：体面荣耀、相对轻松、收入高、不涉及国家大政、不影响社会公平，当然更不需要上阵拼杀，没有什么危险，非常适合用来安置子女。

明代入官的途径主要分四途：科举、恩荫、吏进、军功。科举进士被视为“正途”，把持内阁九卿部院寺监府州县的三千多清要职位，须通过严格的考试选拔产生。功臣们虽然能为子女提供优秀的教育资源，但中国的人口基数实在太大，要在全社会亿万公民公平参与的科举考试中脱颖而出实在太难，就算偶有高官子女能够高中也是小概率事件，不形成机制。隋唐皇帝正是巧用这招将中国拖离了门阀贵族社会，进入公民社会。明代建立伊始便厉行科举，这似乎是人类社会的一大进步，但这对提着脑袋跟你朱重八打天下的老兄弟们家里而言着实有几分寒碜，于是又想到了一个折中办法：给功臣一定名额，让他们的子女充任一些非“清流”的荫官。

有些功臣获封爵位，若是世袭罔替，嫡长子一系的世袭爵位就进入法制保障，其余子女则由朝廷以恩荫为名赏赐一些低级官职，但绝不能在内阁九卿这些实权部门，最常见的便是安置在锦衣卫、尚宝司、上林苑、中书科等处，都是些负责礼仪、园林、文书等闲散工作的部门。除了军功，一些文官立功同样可以获得恩荫，他们的进士资格当然不能世袭，但世荫一个锦衣卫、尚宝司职也算是为子孙后代拼来一点待遇。

这其实是一种非常优秀的设计，功勋家庭理应享受待遇，但待遇不能是国家将公权力赋予他们的子女，让他们到市场上去捞取利益，而是将权力和待遇分开，公开、明确、法制化地规定何种功臣的几位子女应享受什么待遇而非权力。明代的恩荫制度趋于成熟，每家什么情况，应得多少锦衣卫、尚宝司、上林苑、中书科的荫官名额也是有标准的。这套事务具体由吏部验封清吏司主管，也就是说恩荫仍在科举进士的掌控之下，并非当权者随意分发。而荫官不能转为文官，理论上这些人获得荫官也不会干涉大政。但恩荫总比科举容易找到口子，既然恩荫由功勋、叙功这种形式，终究没有考试那么严格，所以皇帝、权臣在荫官这个圈子中寻找人身依附关系比在文官中相对容易多了，是打造私臣的一个重要人力资源。

各类荫官中，尚宝司负责收捡御用物品，中书科负责在内阁装订文书，上林苑则是皇家园林的花匠，给人感觉就很文弱，唯有锦衣卫略带军事化色彩，这个特性决定了它必将脱颖而出，成为皇帝的私人秘密警察。锦衣卫，这个本来以荣耀为主题的部门，鬼使神差地演变成了特务政治的代名词。一说到明朝的坏蛋特务，很多人都爱用“厂卫”。这实际上是东厂、锦衣卫二者的合称，但在他们长期的罪恶勾结中，人们渐渐已经把他们混淆啦。以至于很多人分不清厂、卫，甚至认为锦衣卫也是太监衙门，锦衣官都是阉人，这真是与太祖设立锦衣卫的初衷背道而驰。没办法，谁让你们共同搞了那么多丑恶的勾当呢？

前文介绍御马监提督西厂时简要介绍了东西厂和锦衣卫的关系，其实东厂才是明代特务政治的权力源，锦衣卫只是按皇帝的要求抽调一点点兵力给厂公役使罢了。最初皇帝固定派一名锦衣百户带队去东厂当差，一个百户所的编制是112人，理论上这就是东西厂的兵力。但成化十三年（1477），西厂遭文官弹劾以致关闭（被压五行山下），御马监太监汪直用计让皇帝重开西厂。或许是成化帝觉得亏欠了小汪直，重开时派了锦衣千户吴绶前往西厂当值，千户所的编制是1200兵。

事实上我们稍加思考，这些临时抽调到东西厂当值的锦衣卫将校们，他们很清楚自己真正的上司毕竟是锦衣卫指挥使而不是厂公，指挥使大人想知道一下他们秘密调查案件的情况难道还保密？另外，如果遇到东厂需要更多兵力时，锦衣卫难道视而不见，不增调援军？明熹宗天启七年（1627），阉党和文官的斗争达到高潮，东厂派缇骑（锦衣卫派给东厂的骑警）到苏州捉拿东林党人周顺昌，激起民愤，数万苏州市民走上街头喊冤，打死两名缇骑。锦衣卫抽调了大量兵力镇压，这个兵力史书无详载，估计不下数万。

所以说，一旦掺和进特务这个行当，就不可能保持白莲花一般的纯净，锦衣卫长官也不会白白放弃插手特务这个核心权力的机会，历史上不乏锦衣卫头子秘密调查政治人物阴私，捏作把柄的情况。我们甚至可以大胆一点认为：锦衣卫头子已经借派兵协助东厂工作的借口，将整个锦衣卫都打造成一支强力特务队伍。所以到后来人们不再严格区分厂、卫，而笼统视作特务政治的标签，一点都没冤枉谁。

详论厂、卫关系，理论上厂公的本职是司礼监秉笔太监，正四品，锦衣卫指挥使是正三品，还要高一点点。但事实上谁都知道，太监和皇帝的私人关系比锦衣官亲昵得多，所以在私臣体系中，宠幸太监的地位必然高于锦衣官。厂卫，厂卫，厂在前，卫在后，所以事实上东厂就是锦衣卫的上峰[49]。除了固定抽调到东厂的那百十号人，东厂要多少人，锦衣卫都会竭力满足。有时厂公直接向锦衣卫指派任务，难道还不尽力去办？本质上，东厂和锦衣卫的从属关系就像唐僧和沙僧的师徒关系一样明确。似乎也可以说，锦衣卫后来形成了相当负面的形象倒未必全是它自身的错，更多的是被东西厂的死太监带坏了名声。哦！说了半天，还是师父和大师兄的黑锅啊！

11.3 东方胡佛笑傲锦衣之巅

那历史上有没有锦衣卫势力压倒东西厂的特例呢？有！虽然只有一次。那便是有“东方胡佛”之称的陆太保时期，沙僧身上带有他很深的印记。

陆炳和李春芳同生于明武宗正德五年（1510），祖上是随太祖打天下的红巾军老兵，但级别应该很低，史书无详载。其祖父陆墀仅任锦衣卫总旗（正七品武职，率60名士兵）。这个背景本身在锦衣卫简直就是草根，您在锦衣卫门口扔一匹砖，可以砸到70个徐达的曾孙、80个常遇春的玄孙，还有120个刘伯温的云孙回头看。巧的是陆炳的母亲给嘉靖帝当奶妈，他也作为发小与嘉靖帝一起长大，这私人关系就有点类似于和皇帝从小一起长大的小太监了。史载陆炳身材高大，面如重枣，美髯过腹，虎步鹤行，这完全是拿着《三国演义》照关公长的，而且他很争气地考取了武举人，特授锦衣副千户（从五品）。其父陆松死后，陆炳承袭锦衣卫指挥佥事（正四品）。有一次嘉靖帝出巡，行宫发生火灾，大家在火海中找不到他，多亏陆炳撞开门，背着他逃出火海。从此嘉靖帝更加热爱这位发小，很快超擢为锦衣卫指挥同知（从三品）。

陆炳非常善于逢迎，抓住命运给他的机会，成为嘉靖帝跟前第一红人，屡迁都督佥事、都督同知、都督。锦衣卫的编制只是一个卫所，长官是卫指挥使，正三品，但由于地位特殊，皇帝偶尔会将其长官高配为都指挥使（正二品），陆炳则高配为了都督（正一品）。陆炳还以一个特殊纪录名垂青史——他是明朝——

也是整个中国历史上唯一一位以三公兼三孤的人。

所谓“三公”是指中华帝国的最高荣誉加衔：太师、太傅、太保，“三孤”指紧随其后的少师、少傅、少保。唐宋三公、三孤均为正一品，明朝将三孤定为从一品，三公成为仅存的三个正一品加衔。按隋唐以来朝仪，三公都是绝对的最高头衔，上朝时站第一排，实职宰相、亲王站第二排。明代实职宰相（内阁大学士）常以三孤作为加衔，一般来说少师就算登顶。《明史》称明代仅有四位文官得授三公，分别是李善长、徐达、常遇春和张居正。但很显然，李、徐、常是开国元勋，并非文官，而张的时代稍晚，所以时至陆炳的年代，明朝已建立近两百年，还没有一位真正意义上的文官得授三公。嘉靖三十五年（1556），陆炳加太保兼少傅，成为明朝也是整个中国历史上唯一一位以三公兼三孤的特例。因为三公、三孤是同一序列的官衔，少傅晋升为太保后就不再是少傅了，为什么会有人既是少傅又是太保，同时领一份正一品和从一品俸禄呢？这个妖异的特例正是“大礼议”背景下嘉靖帝故意搞出来的乱政，类似的还有陶仲文一人身兼三孤等怪事。他就是故意这样不断触碰文官的底线，试探自己做这些明显不合规制甚至不合逻辑的事能不能做成。

陆炳的大红大紫首先是遇到嘉靖帝大力打造私臣集团的机遇，其次又遇狠刹太监干政之风。嘉靖朝私臣队伍中，勋贵、宫妃、锦衣卫都可谓野蛮生长，连传统的文官都被切了一块到“青词宰相”中，唯独太监这个传统领域遭到了强力抑制。东厂对锦衣卫的管制放松到了低谷，再加上陆炳本人的特殊恩遇，只恐盖过了嘉靖帝身边最亲昵的大太监，后宫排名二、三的厂公（司礼监秉笔太监）就更不便对锦衣卫颐指气使了。陆炳执掌锦衣卫的20余年，堪称锦衣卫史上地位最高的一个时期。一个卫所的编制只有5600人，但据信陆炳时代锦衣官实际人数高达6万！这还没有包括外聘的兵员。美国联邦调查局（FBI）传奇老板胡佛局长（Edgar Hoover）就被称作“西方的陆炳”，可见陆炳前辈在特务行当的历史地位。

那陆炳宠冠天下，他在嘉靖朝的激烈宫斗中到底是个什么样的人呢？《明史》对其评价是“文武大吏争走其门，岁入不赀，结权要，周旋善类，亦无所吝。帝数起大狱，炳多所保全，折节士大夫，未尝构陷一人，以故朝士多称之者”。（大官争相上门送钱，他也热衷于结交权要，周旋于圈子，非常慷慨大

方。嘉靖帝多次兴起大狱，陆炳保全了很多人，并且对待士大夫非常礼貌，从未构陷一人，所以朝士对他多有称赞）

可能就是因为这段评语，很多人把陆炳定性成了一个圆滑世故的老好人。当年明月[50]评价陆炳是一个懦弱且不敢直面困难的人，看重自己的利益，不敢也不愿参与政治斗争。六铃使者[15]认为镇元子大仙便是暗喻陆炳，明明有很强的实力，却只守着自己的一棵人参果树过小日子，眼睁睁地看着佛道相争，百姓受苦而不出手匡扶。仔细看这些评价是不是很像《西游记》里的一个角色？

沙师弟呀！

这不是正是这么多年来大家对沙师弟的评价吗？然而我必须挺身指出的是：这是一个天大的误解，陆炳是个阴险毒辣的大坏蛋——沙师弟也是。大家对这两位都产生了这样的误解，只能说锦衣卫特务太能迷惑人。

陆炳确实圆滑世故，但绝不是一个老好人。陆炳一生以构陷夏言、仇鸾、李彬三大案著称：夏言是内阁首辅大学士，仇鸾是咸宁侯、平虏大将军，李彬是司礼监太监，三位堪称文官、武将、太监的翘楚，最初都和陆炳交好，甚至在政治上为陆炳挡过刀——就像孙悟空、猪八戒总是挡在沙师弟前面一样。但夏言因为文官的气节，不收陆炳的贿赂而触怒他。陆炳勾结严嵩、仇鸾利用曾铣一案构陷夏言，使其成为明朝第一位被杀的大学士。按说这样仇鸾就成了陆炳一伙，但陆炳观察到严嵩、仇鸾争宠，决定站严嵩一队，便又利用手头的锦衣卫资源不断揭发仇鸾私通蒙古俺答汗的证据，逼得仇鸾忧病交加而死。死了还不解气，陆炳又召三法司会审，定仇鸾谋反大罪，开棺戮尸，可见为人何其凶残！李彬一案则是陆炳暗中搜集证据，弹劾李彬盗窃工所的物料，模拟皇陵规制营造陵墓，朝廷判处死刑抄家。陆炳率锦衣卫抄家，抄得白银40余万两，金珠珍宝无数。这个“无数”大多都落入了他自己的腰包，原来李彬并没有得罪过他，他逼杀李彬无非是看上了他厚积的不义之财。

对待司礼监（理论上还是锦衣卫的上峰）的公公尚且如此，又如何对待民脂民膏？史载陆炳专门网罗大奸大恶的酷吏为爪牙，利用锦衣卫资源详探富户的财产状况，然后以小过失收捕，抄家抄得干干净净。凭这招陆炳就捞了几百万两，修了十几所别墅，庄园遍布四方。明帝创立厂卫的初衷是监察官员，并非针对民间，人们很反感厂卫的刺探范围无限扩张。现在陆炳这种搞法已经不是在民间刺探情报的问题，而是滥用皇帝私权光天化日之下抢劫了！锦衣卫的形象崩坍也正是发生在东方胡佛这个所谓的传奇时代。所以，陆炳是个什么老好人？分明就是坏得入骨的大坏蛋！

有人可能忍不住要怒了，你说了半天陆炳的坏话又关我们沙师弟屁事？请仔细看，《西游记》相当完整地在沙师弟身上还原了陆炳的各种罪行。

首先，沙僧在唐僧来到流沙河前已经吃了无数取经人，其中包括金蝉子的前九世。对比猪刚鬣在高老庄靠劳力换饭吃的行为，是不是有差距？吃唐僧九世，其实就是暗喻陆炳早期的夏言、仇鸾、李彬三大战役。

其次，加入取经团后，沙僧一路不动声色，但遇到需要用大钱时却是他出马。第六十九回孙悟空为朱紫国王治病，需用马尿作药引，猪八戒去接白龙马的尿，却一滴也不得。这时沙僧主动出马，白龙马“厉声高叫”，说了一通道理，说他的龙尿很金贵，洒到草上都要变灵芝，不能随意抛洒，但沙僧一来他便乖乖地尿出来了。其实这就是商人阶层舍不得多出钱的意思，但军人要不到钱，换锦衣卫来要，这样的朝代离灭亡确实也不远了。

第五十三回，取经团来到女儿国，唐僧、猪八戒误饮子母河水，结了胎气，需要落胎泉水堕胎。这落胎泉被一个如意真仙占了，要花钱才能买水。取经团当然不会给钱，孙悟空便要强取，那如意真仙使一把如意钩，一待孙悟空去取水便钩他脚，两次钩得他“嘴哏地”，相当狼狈。孙悟空便使调虎离山之计，将其引出门，再让沙僧去取水。沙僧依计到了井边，如意真仙的弟子问他是谁，“沙僧放下吊桶，取出降妖宝杖，不对话，着头便打。那道人躲闪不及，把左臂膊打折，道人倒在地下挣命”。面对一个凡人，二话不说就打断臂膊，这比两位师兄暴躁多了呀，这可不是什么老好人。

11.4 玄奘的三弟子圆测

最后也说说历史上玄奘法师的三弟子圆测法师。

圆测法师，俗名文雅，新罗国（今朝鲜半岛东南部）王子，三岁出家来到长安，在玄奘回国前已是一代名僧，玄奘回国后他加盟了译经场并被收为第三个弟子。异国王子，这种出身似乎和锦衣卫的勋贵子弟勉强扯上点关系，但事实上圆测没有什么花边新闻，能和沙僧扯上关系的事迹还真不多。

玄奘圆寂后，二弟子窥基、三弟子圆测分门立派，后来都成为唯识宗的重要分支。窥基在慈恩寺讲学，故称慈恩宗；圆测在西明寺，故称西明宗。两派的学说不尽相同，而且圆测除唯识宗外，还钻研了另一位高僧真谛的学说，在他的很多著作中，将玄奘和真谛都称作“三藏”。这是佛教赞颂一位高僧通晓《三藏真经》的意思，一般某位高僧达到一定水平，徒弟便可对其使用此尊称。由此可见，圆测在很大程度上同时认可玄奘、真谛两位师从。《西游记》中唐太宗将玄奘法师取名唐三藏，这并非史实，也不符合佛教习俗，三藏是佛教的一个通用尊称，并非某人的专用名词。此外圆测还翻译了很多藏文佛经，所以窥基的佛学得玄奘之精纯，圆测则更显广博。

现在取经团师徒四人班子已搭建完毕，加上白龙马五个角色分别具有多重意义，如表5所示。同时需要提醒的是，取经团其实远远不止这几位，至少还有护法诸天、六丁六甲、五方揭谛、四值功曹、一十八位护教伽蓝等数十位神仙，现已加入取经团全家桶豪华套餐，他们24小时轮班倒地在空中护佑（监视）着取经团。其中，护法诸天来自南海普陀崖，五方揭谛、护教伽蓝是佛教护法神，六丁六甲是道教护法神，四值功曹是道教记录功过的记录员，他们分别代表了观音、如来、玉帝、天庭等各派势力。

表5　取经团成员代表的意义

角色	小说意义	炼丹术意义	明代官场意义
唐　僧	如来弟子金蝉子转世，整个取经围绕着他	火，炼丹的源动力，熬炼各种元素	皇帝准备用来干政的司礼监小太监
孙悟空	金蝉子多年前培养的弟子，神通广大	金，炼制的主要原料，变化无形	皇帝准备用来干政的御马监小太监
猪八戒	戴罪立功的天庭将领，挑夫	木，炼丹术中的有机元素，框架结构	来挑担的军人
沙和尚	戴罪立功的玉帝近侍	土，五行之中，直接联系另外四者	锦衣卫，参与监督取经行动，也打入了私臣圈子
白龙马	龙王之子，来当脚力	水，厚德载物，转运各种元素之力	资助取经工程的富商，与倭寇有一定关系

12

人参果会——明朝藩王的野望

收了沙和尚，取经团搭建完成，不过首先遇上的还不是妖魔，而是连续两场高级别神仙。一是黎山老母率文殊、普贤、观音变作富贵女子，要招师徒四人入赘，安享富贵；二是大名鼎鼎的镇元子大仙，与孙悟空联袂上演了一出推倒人参果树又救活的精彩剧目。

12.1 四圣试禅心——迎娶白富美的诱惑

取经团过了流沙河，来到一座富丽堂皇的庄园。孙悟空经验很丰富，凭祥云瑞气就判断这必是高级别神仙。这是混官场的一个技能，达官贵人气度不凡，有时可以从举手投足间观察出来。当然这也不是绝对的，有些高官比较低调，仅凭外形不易判断，像唐僧、八戒、沙僧这几个经验不足的“嫩鸡”就更无法识破了。

这组神仙由黎山老母带队，她变作老寡妇，文殊、普贤、观音变作她三位待字闺中的女儿真真、爱爱、怜怜，鳏居在此庄。四圣变化的皮相都非常美丽，再加上偌大的庄园，富贵已极，在婚嫁市场上确实是罕见的好条件。她提出四对四，正合适。她与唐老师父配合，三个女儿正好许配三个徒弟，你们一个个全都当上软饭婿，迎娶白富美，走上人生巅峰，是不是想想还有点小激动呢？

又到了告诫读者的时候：如果您在相亲市场上遇到从天上砸下来这么巧的馅饼，一定要留个心眼。如果在官场上遇到这种无巧不成书的好事儿，更要留心！

孙悟空一看便知是神佛在考验他们取经的诚意，但他也有点阴险，故意不说破，乐见师父、师弟去上当。这一方面是他明白不能戳穿领导，另一方面可能他也想趁机看看这几位合伙人的诚意。这一段在很多影视作品中被演绎成非常诙谐的喜剧，甚至充满童趣，并无半点淫思。作者写得也是妙趣横生，尤其是巧妙安排惯常出乖卖丑的猪八戒在一群小姐姐中蒙着脸撞天婚，确实是绝佳喜剧素材。最关键的是我们都知道他们最终没有留下，这是一部儿童励志片，不是一部多人色情片，我相信没有人会往那个方向考虑。但我也不得不揭穿作者的邪恶笔法！这一段描写在封建小说中算得上淫邪，而且淫邪的重点还不是猪八戒，是唐僧！

其实说人家猪八戒淫邪反倒有点冤枉，因为他一个贪财好色的兵痞，被指派了一个到取经团挑担的苦差，如果能谋得更好出路，当然就要撂挑子。入赘到富贵庄园就是比挑担去西天好得多的出路，这有什么问题？取经是唐僧取经，猪八戒要付出的劳力高，回报却低，凭什么要求人家无私奉献？真正有问题是你唐僧！取经是玉帝、如来煞费苦心为你谋的前程，干成了你能成佛，但如果因为你开小差溜了，坏了大佬的事，没人替你背锅。

黎山老母变作的老妇向唐僧介绍情况，表达坐山招亲之意时，唐僧的第一反应是“三藏闻言，推聋妆哑，瞑目宁心，寂然不答”。这显然是怦然心动，只是不好意思一口答应。接着老妇开始描述富贵程度，“那三藏也只是如痴如蠢，默默无言”。显然是被这引人入胜的富贵场面听得呆了。老妇又叙过年齿，并说三位女孩儿正好可配三徒弟。“三藏坐在上面，好便似雷惊的孩子，雨淋的虾蟆，只是呆呆挣挣，翻白眼儿打仰。”啊！我的天呐！多么天造地设的姻缘啊！我老唐都被震惊了呀！

猪八戒忍不住扯一把，要他给个准话。“那师父猛抬头，咄的一声，喝退了八戒道：‘你这个孽畜！我们是个出家人，岂以富贵动心，美色留意，成得个甚么道理！’”沉浸在美好世界太久，突然被猪头打破，張生气，骂他两句。之后唐僧依然没有明确答复自己愿留，但他居然依次劝三个徒弟留下。徒弟们怎好意思一口答应，都谦虚两句，但这种问法已经暴露了唐僧的心迹：你们谁开个口，留下来共享富贵呀！

结果大家都知道了，谁都不吭声，闹得不欢而散，唯独猪八戒夜间私自去找老妇要求留下，结果被耍了一夜，捆在树上。第二天大家醒来，四圣已收了法相离去，只留四僧睡在空地上（猪八戒挂在树上）。

四圣试禅心的行动成不成功？应该说比较成功。孙悟空一开始就知道是考验，自然不上钩。沙僧沉着老练，也没有急于暴露。但唐僧和猪八戒这两只“嫩鸡”的反应却相当明显，严格地说，他俩应该被判出局。不过事实是这一届取经并未被中断，说明四位考官放了他们一马。而且四位走得相当仓促，可见他们已经看出来，唐僧经不得考验，不趁夜走了收不了场。他们是出于何种考虑无法详知，但总之是送了唐僧一个大大的人情。考察过程是人为可控的，这就是混私臣圈子和文官闭卷糊名的科举考试最大的不同。

不过从读者角度，我认为黎山老母的做法是合理的。他们这一次应该是高层派来考验取经成员的，估计是玉帝的可能性更大，因为如来十世力推他的宠幸弟子金蝉子，他不会又来故意戳穿。这就好比皇帝身边缺人，大太监推荐了座下一个小太监去取经，皇上也得看看这人合不合用，所以派几位资深宫人去考察考察。宫人既然资深，自然明白考察不过，这一届取经行动就会被中止，这是很得罪如来的事。更可怕的在于金蝉子是如来这么力推的弟子，就算这次失败了，日后成为大太监的概率还是挺大——事实上唐僧不久就成佛了。谁也没必要赌他又转世失忆，忘了一路上谁帮过他，谁坑过他。也就是说，四圣更不愿得罪这种明日之星，所以虽然考察到唐僧素质不咋样，这一届还带上了一个猪队友，但似乎孙悟空还不错，沙僧也颇沉毅，或许能把猪队友带通关吧！那就做个顺水人情，放他们这一关吧。只是作者笔下唐僧那副色鬼猴急的模样，着实令人触目惊心！

12.2 镇元子笑对人参果树倒

四圣试禅心勉强过关，取经团来到一座高山。唐僧一看山势险峻，忙问徒弟会不会有妖魔？作者真是把唐僧的无知调侃到了极限，每次遇到真正的妖怪洞府不识，偏偏这次走到了号称地表最强的神仙福地，却说有妖魔。好在进了五庄观表现不错，镇元子被元始天尊临时召去听讲，留守的两位小徒清风、明月都赞唐长老气度不凡，很乐意地按镇元子临行前的吩咐，打下至宝人参果请他吃。

这人参果又名“万寿草还丹”，据说是堪比蟠桃的仙家至宝。沙僧说曾在王母娘娘宴上见过一次，孙悟空则表示只听过传闻没真正见过，不期到此遇到一棵人参果树。这一棵树上只长三十颗果，“三千年一开花，三千年一结果，再三千年才得熟……闻了一闻，就活三百六十岁；吃一个，就活四万七千年”。功效比不上顶级蟠桃，但也无愧为仙家至宝，就是产量太小，而且还有个大问题——长得像不满三朝的婴儿，吓得咱唐长老看一眼就差点背气，坚决不吃。这就便宜了清风、明月，两位五庄观最小的童子居然自己把两枚至宝给吃了。不光自己吃，还“啯哔啯哔的吃了出去”，听得隔壁的猪八戒“口里水泱”。什么，您说不是故意的？可问题在于他们不但吃得让猪八戒听个清楚，连必须用金击子打落人参果的方法也说给他听，这还不是故意？

后面就没悬念了，孙悟空按听来的方法偷来三个果子（之前还有一个误落入土中），三兄弟一人一个。清风、明月施展骂功，惹得悟空恼怒，干脆掀翻了人参果树，断了灵根。之后取经团虽被清风、明月锁起来，但孙惯偷施展开锁功，半夜溜出去。做贼心虚，取经团一夜就赶了120里路。

第二天镇元子才从元始天尊那里散会，带着46个弟子回到五庄观。清风、明月向大仙哭诉取经团的恶行，尤其是人参果树已被孙悟空推倒，镇元子的反应是“大仙闻言，更不恼怒”，带上仙徒来追，一步就飞了上千里，倒要往回赶九百里，终于看见小偷。如此深仇大恨，镇元子是不是应该一个五雷轰顶把小偷们轰杀至渣？确实应该，但他完全没有这样做，而是变作道士好整以暇地戏弄了他们一番才现出真身。三兄弟知道抵赖不过，只好动起手来，但双方修为岂在一个层面，镇元子“使一个袖里乾坤的手段，在云端里把袍袖迎风轻轻的一展，刷地前来，把四僧连马一袖子笼住”。抓回五庄观审问。

回观把这师徒四人绑成一排，镇元子不急着打他们出气，倒是跟孙悟空讲起道理来，论先打谁。孙悟空说不该先打唐僧，应该先打他。镇元子“笑道：‘这泼猴倒言语膂烈。这等便先打他。’”打完镇元子说这回该打唐僧了，孙悟空讲了一番歪理说还该打自己，镇元子又“笑道：‘这泼猴，虽是狡猾奸顽，却倒也有些孝意。既这等，还打他罢。’”于是又打铜头铁臂的孙悟空，不打别人。然后镇元子估计孙悟空再扯不出不打唐僧的歪理了，居然说天色将晚，大家休息，不打了。

这一段很多人为孙悟空的孝道所感，也为细皮嫩肉的唐师父躲掉一顿暴打松了一口气，但不要被作者转移了注意力，重点不在此！重点在于镇元子一片好意遭到取经团恶劣回报，尤其是被孙悟空推倒了心肝宝贝人参果树，他为何没有暴跳如雷，还始终笑嘻嘻地摆弄这几个蟊贼？而且蟊贼说打铜头铁臂的这个，他就不打细皮嫩肉的那个，也太听话了吧？

镇元子宣布停打睡觉，半夜孙悟空用柳树根变作师徒四人又溜了。镇元子醒来后“呵呵冷笑，夸不尽道：‘孙行者，真是一个好猴王！’”起身一纵便又将他们追到。三兄弟发狠围攻，依然被装进袖里带回来。这次镇元子号称要将他们下油锅为人参果树报仇，但他又不先炸唐僧，却先炸孙悟空。孙悟空施个法，用石狮子替了自己，把锅砸破。这次“大仙大怒道：‘这个泼猴，着然无礼！教他当面做了手脚！你走了便罢，怎么又捣了我的灶？’”

这个确实要怒了，因为“倒灶”实在相当不吉利。但也可以看出，“倒人参果树”给镇元子带来的愤怒值还不如“倒灶”呢。这次镇元子抬起唐僧要炸，孙悟空连忙跑出来投降，“那大仙闻言，呵呵冷笑，走出殿来，一把扯住”。又呵呵冷笑，只要孙悟空一出来，笑容又爬上了他的俊脸。接下来更令人震惊——镇元子搀着孙悟空的手说，如果你能医活我这树，我与你八拜为交，结为兄弟。

12.3 观音真能医活人参果树?

无论从双方的地位、势力、刚交手展现过的实力以及刚结下的仇恨来看，镇元子不一巴掌拍死猴子都说不过去，但他不但不拍，还热情主动地提出结拜，这似乎很难理解。有人认为镇元子心中还存了一丝希望，让猴子帮他医活人参果树。我说醒醒吧，镇元子守着这棵果树几万年，已经是天地间少有的人参果专家，猴子只是耳闻过此物，连见都才第一次见的外行，如果你都救不活，又凭什么指望他？

但镇元子还是放心地让孙悟空满世界去找医生了。猴子首先想到蓬莱仙岛的福禄寿三星，三星表示无力医活果树，但可以去五庄观说情，让镇元子、唐僧宽限一下时间。另一头孙悟空继续寻医，可惜东华帝君、瀛洲九老等神仙都表示爱莫能助，并且他们也不去五庄观帮着求情。最后孙悟空找到西天取经的项目经理——观音菩萨，观音表示她的净瓶甘露可以医活。果然，观音用了很多法术，用大量玉器将甘露浇下，人参果树起死回生，连最初孙悟空误击落入土的那个人参果都回来了，可谓皆大欢喜！镇元子大开人参果会以酬各界嘉宾，“此时菩萨与三老各吃了一个，唐僧始知是仙家宝贝，也吃了一个，悟空三人亦各吃一个，镇元子陪了一个，本观仙众分吃了一个”。一口气吃了10个！关键连最初偷吃的惹祸精清风、明月都接着再吃一块。至于镇元子承诺的要跟猴子结拜兄弟，也在观音、福禄寿三星等大批神仙见证下行了八拜之礼。真是大家一起happy，美滋滋。

种种可见，镇元子的心情好得不是一般。他不是苦尽甘来，也不是喜极而泣，更没有经历大起大落的人生刺激，他就是从一开始就“呵呵笑道”，越笑越高兴，直到最后high上了天，他到底在兴奋什么？按说人参果树这个他守了几万年的至宝一朝倾覆，他的第一反应必须是哭天抢地才对，但事实是他一路“呵呵笑道”，直到美满结局。这是大仙情商超高？显然不是，他这种反应只能说明：

1）他很清楚人参果树轻松可以救活，一时推倒无碍；

2）一切尽在掌握。不然刚看到树倒的第一眼至少应该惊讶，但他连吃惊的表情都没有，说明一切都只是按他的计划在走而已；

3）孙悟空的做法表面上看很不礼貌，但完全在计划内，所以不必过责。

什么？您还在坚持认为是观音菩萨的广大法力医活了人参果树？众所周知，修理比制造更难。如果观音有医活断根人参果树的技术，那她更应该掌握种植技术，何不在落伽山种植一片？不一定自己吃嘛，喂喂黑熊精、红孩儿也不错呀！沙僧说多年前曾见过海外仙人向王母娘娘进献人参果，后来就没见过了，可见这种最初并不在镇元子这儿，也不是什么唯一灵根，只是大家不精于看护，所以被弄得很稀有了。观音如果真有种植甚至医治的技术，这么多年来必然有机会获得灵根并发扬光大，她没有大面积推广种植，只能说明她根本没这样的技术。

所以，从一开始这整场大戏都在镇元子的计划之中，执行得也很完美，所以才那么高兴。清风、明月、三兄弟都是他计划内角色，至于孙悟空找来的福禄寿三星、观音等人都是临时捧场，全都在配合镇元子演戏罢了。那这么多人煞费苦心演这场大戏是为了给谁看呢？不要忘了整场戏的起缘——元始天尊。

12.4 镇元子巧破元始天尊乾坤袖

镇元子给人最深的印象就是一挥袍袖便将主角装进去的一招袖里乾坤，大展地仙之祖的威能。事实上，作者真正要表达的不是镇元子乾坤袖完败孙悟空，恰是镇元子巧破元始天尊乾坤袖。

很多人不理解，取经团到了五庄观，镇元子愿意拿出四个人参果接待，可见嘉宾之重要，但本人却开溜了，只让最小的两个徒儿出面，非常失礼，也间接导致了一场大祸。不过他也是有苦衷的，取经团刚到五庄观，他就被元始天尊召去上清天弥罗宫听讲混元道果。您说元始天尊知不知道取经团到了呢？他肯定知道。那他知不知道取经团是镇元子的重要宾客？他也知道。但正因如此，他才要把镇元子支开。

元始天尊是理论上道家最高尊神，排名尚在太上老君之前，但在整个《西游记》中只出场过两次，一次是安天大会，一次就是人参果会。咦，他好像是个宴会专员？哦，对不起，那是净坛使者，我搞错了。其实还有一次被提及，便是弥勒佛的黄眉童子在小雷音寺假扮如来佛祖抓了取经团，弥勒也推说是去参加元始天尊的会，所以被这童儿偷跑。不管弥勒所说是真是假，都可见道教老大文山会海的作风名声在外。

很多人认为镇元子也属道教，是元始天尊的下属，这其实是一种误解，恰如认为天庭是道教的天庭一样。清风、明月很清楚地阐述过镇元子的身份：地仙之祖、与世同君，与三清四帝是朋友。他显然是道教之外，并且与道教领袖平辈论交的人物，只是势力小得多，但绝非从属于道教。就像明朝官场上，有勋臣、武将、太监、宫妃、锦衣卫等诸多人物中的翘楚，堪与宰相平辈论交，但他们的实权都远远小于宰相，他们甚至还要加挂一些文职头衔，并且经常有求于高级文官，但绝不能说他们是宰相的下属文官。

镇元子空有这么高的地位，势力却很弱，守着一棵人参果树，只有48个徒弟，说是与三清平辈论交，但元始天尊对他随叫随到。他的问题就出在人参果这玩意儿虽然功效不错，但产量太小，不能像蟠桃那样撑起一个庞大的政权组织。

当然，除了直接发工资（人参果），镇元子还可以其他形式结交神仙，扩展势力，但这种行为必然受到朝中大佬的提防，元始天尊故意不让他和取经团这个佛教明日之星见面便是体现。镇元子也心知肚明，于是将计就计，安排下一场好大的剧目，不但成功结交了冉冉升起的巨星取经团，还以医治果树为由，把福禄寿三星、观音这些实力派人士都请来搞了一场大联欢，甚至与未来的斗战胜佛结拜兄弟，长年冷清的万寿山五庄观几时有过这样的热闹场面？难怪镇元子一口气派送了这么多人参果宝贝，还笑得那么开心！

细品镇元子的计策，没有一步出自偶然。唐僧被人参果的外形吓到不敢吃，但其实解释清楚也不难，清风、明月却不多做解释，立即拿回后房吃了，这显然是老板事先策划，否则借他们十个胆子也不敢。也不知镇元子是事先打探清楚了取经团中有猪八戒这一号人物，还是根据常理判断应该有，总之为他量身定做了一个清风、明月故意吃给他看，引他上钩的计策，也很成功。后来的锁房狂骂，引得孙悟空暴怒，推翻果树这一步就更妙了，尤其孙悟空是真怒还是假怒也值得商榷，很可能是省悟了镇元子的诉求，刻意配合。不过这就更显出两位官场技巧的精妙，难怪要结拜兄弟才过瘾！

偷蟠桃和人参果这两个大案都堪称孙悟空闯祸的代表作，并且表面上高度相似，但内涵大不相同。蟠桃是玉帝火龙烧仓，拿稚嫩的孙猴子背了个大黑锅。人参果却是孙悟空和镇元子联袂上演一场大戏，深显官场之妙。而且他们的对手是道家老大元始天尊，这场戏哪里是镇元子乾坤袖装孙悟空，分明是镇元子与孙悟空联手大破元始天尊的“乾坤袖”啊！

12.5 时不时有点想法的藩王

道教三清暗喻明朝官场的角色显然是权力的顶端——内阁大学士（明代宰相）。大学士理论上员额7员，但实际人数在1~12之间浮动，其中3人内阁的情况最多，累计83年，在实施内阁制的242年间（明初35年实施中书省制）占了超过1/3。阁员理论上是平等的，但实际上仍有排序，其中排名最前者即为首相（亦称首辅、元辅、元揆等）[51]。三清在《西游记》中出场较多的是太上老君，主要以他来指代宰相这个群体，这一次作者很罕见地用了元始天尊，表示镇元子和孙悟空这次联手对弈的是首相——权力顶层的最顶端。

那镇元子暗喻什么角色呢？他就是明代尴尬的藩王了。

中国历史是一部国家权力不断公共化、皇室私权不断退化的历史，统治者的私人关系不断退出政治舞台。商周皇亲可以分封土地建立独立的国家，也就是所谓“封建”。秦汉实现了中央集权，亲王、功臣不再分封建国，但仍可获封崇高头衔，并因之附带巨大的公共权力。在漫长的进化过程中，皇亲的王公头衔仍在，但附带的公共权力却不断弱化，到唐宋其实已经只剩纯粹的虚衔，基本不再干政。

明太祖设计了一种极具明朝特色的新制度：藩王和地方政府并行。他把23个儿子封为藩王，并且封号与地名相符，实镇当地。比如秦王就世守陕西，晋王世守山西，燕王世守河北。但当地军政大权是由中央派驻的政府官员全权管理，藩王无权插手。这样藩王和当地政府就形成一种制衡：藩王有一定兵力，镇得住地方官，但又切断了藩王从地方征税、征兵的来源，就能保持住他的兵力规模，不怕他恶性发展。

明太祖自认为他设计这种制度是很合理的，但就在他儿子辈这个制度就出了大纰漏。他的孙子建文帝（朱允炆）继位为帝，仅仅四年就被四叔燕王朱棣推翻，朱棣即位为永乐帝。永乐帝其实很清楚太祖藩王制度的重大缺陷，进行了重大改革，进一步削弱藩王。改革后藩王制度趋于稳定，主要特征是[52]：

1）藩王非诏不得离开封地，但有诏必须立即进京。镇元子平时枯守五庄观，不得四处结交，但元始天尊一句话又能让他屁颠屁颠地赶过去，错过取经团。

2）地位依然崇高，但没什么实权。镇元子号称地仙之祖、与世同君，与三清四帝平辈论交，但只能屈居地面，无权插手天庭事务。

3）每藩最多保留三护卫亲军，按每卫5600兵计，最多不超过16800。镇元子手下只有48个徒弟，算一方势力，但不强。

4）有一定财力，能够发俸禄支撑一个幕府和一支小规模亲军，但又不足以成为一方诸侯。镇元子有一个至宝人参果树，功效仅略逊于蟠桃（天庭正规俸禄），可惜产量极小，能培养一些散仙，但论势力比后面很多妖怪都要弱一点点。

5）藩王忌与官员结交。这倒不是明文规定，但做人应该明白这个道理。绝大多数藩王自觉不与官员结交，平平安安地世代享用清福。官员也明白结交藩王的政治忌讳，一般不轻易去触这个雷区。孙悟空满世界去找所谓能医活人参果树的神仙，有些来了，有些不来。来的是胆儿肥，不来的就是坚守政治纪律，杜绝与藩王搞团团伙伙。

6）随着行政体系愈发规范，藩王的监督作用越来越弱，其实整个明朝都没有出现过哪怕一次地方官割据自立的情况，所以用藩王监督地方官这个初衷本身就是毫无必要的。

《明史》总结明代藩王："不仕不农不工不商，唯坐食赋税"，通俗点说就是混吃等死。但等得太久都不死，有些人就皮痒了，想找点事干。明代藩王大多安享清福，不触雷区，但时不时又冒出来个有点想法的。

明代共有四次藩王造反的纪录，第一次是建文年间的燕王朱棣"奉天靖难"，他这一次是成功了的。第二次便是他和长子洪熙帝都死后，次子汉王朱高煦造反，被他的"好圣孙"宣德帝镇压。后两次均发生在正德年间，一次是安化郡王朱寘鐇叛乱，一次则是著名的宁王朱宸濠叛乱。这可能和正德帝荒淫叛逆有关，让很多藩王认为有一丝丝机会，但事实上两次叛乱均由地方官仅用数十天镇压，朝廷调集的大军走到中途便得到捷报，跑了空路，可见实力之悬殊，根本没有半点机会。

宁王虽然在军政界如流星般划过，但在文艺界地位颇高。正德朝的文艺创作素材非常丰富，而且都很巧地和他有关。宁王反叛时期的正德帝是著名的风流天子，游龙戏凤；镇压宁王的地方官是著名的心学大师王阳明；更巧的是宁王蓄养势力，拉拢士人，一大目标便是江南四大才子之首的唐伯虎。以这几位为主角的文艺作品非常多，而文艺作品都需要反派，那您说还有得选？宁王毫无悬念成了明代戏曲文艺小说的反派之王，长期扮演大反贼、大奸臣、大贪官，甚至在《唐伯虎点秋香》这样的喜剧中都还要被周星驰拖出来跟华太师对对子，真是谁敢比我惨呀！真要说形象稍好一点的还就《西游记》了——镇元子不算很丑的反派。

当然，除了极端的造反，还有少数藩王偶尔涉足政事，甚至是皇位更迭。藩王虽不干政，但一旦皇位继承人出现空缺，他们的皇室身份就有了一点点合法机会。但这里恐怕得让宫斗剧影迷失望了，明朝的礼法制度极其完善，谁即位有很严格的制度保障，一点宫斗的余地都没有。真的，一点都没有。有些藩王也想了很多，但事实证明，一切都是白想。永乐之后，藩王造反绝无可能成功，搞宫斗夺继承权也不可能。玉帝原型嘉靖帝是一个藩王入继大统的另类，但他的入继完全是朝廷遵礼法选人，没有任何宫斗余地。正因如此，嘉靖帝和“拥立”他的群臣没有任何私情可言，很快翻脸，引发旷日持久的“大礼议”。

只有极少数看多了“九龙夺嫡”剧目的人幻想借用藩王觊觎皇权。比如“土木堡之变”明英宗（朱祁镇）意外被瓦剌俘虏，其弟景泰帝（朱祁钰）紧急即位，但瓦剌将英宗送归，并最终夺回了皇位。这兄弟俩的皇位继承问题闹了很多矛盾，一些心怀不轨的人便阴谋引入外藩来浑水摸鱼。万贵妃据传便曾四处联络外藩，企图拥立一个皇帝，让他感自己的恩，以保私宠。宁王久蓄阴谋，大肆贿赂结交朝中权贵，有人还真敢收他的钱。宁王企图突破每藩只能设三护卫亲军的硬性规定，重金贿赂正德帝近臣为其游说，这钱绝大多数人是不敢收的，但也有要钱不要命的，锦衣都督钱宁就收了这钱并伺机帮宁王游说。后来宁王造反，钱宁虽四处灭口，终究败露。正德帝大怒，传令将钱宁下狱。锦衣卫将他们的钱指挥使裸绑起来，挂在宫门等正德帝来审讯，非常狼狈。《西游记》没有明说镇元子谋反，但也不表示他一点想法都没有，不然您以为观音、福禄寿三星的人参果白吃？瀛洲九老、东华帝君等神仙，孙悟空来请都不去吃这个人参果，乍一看在当时吃了亏，但事实上绝大多数正经官员都不会随便收藩王的礼，不然钱宁就是榜样！

当然啦，无论是三反王，还是这些隐约暴露出谋反行迹的藩王，都不是明代千百位藩王的主流，这些都是极端个例，他们的主流思想毕竟不是谋反，而是捞钱。这事儿文官往往不是很配合，相反还是掣肘，藩王更愿意找当地镇守太监合作捞取不法之利。镇守太监大多由御马监派出，难怪要找弼马温结拜呀！

不过明代藩王成百上千，我可没咬定镇元子就是宁王啊！若说他与历史上哪位藩王扯得上点关系，似乎更像明初的悟空禅师。

在今四川崇州（成都以西25公里），有一座光严寺，始建于晋，宋代名翠围寺。永乐十四年（1416），太祖第十一子蜀献王朱椿寻访到该寺住持释法仁（实为太祖幺叔朱五六），于是奏请朝廷，敕赐“光严寺”名，法仁禅师赐名“悟空”。悟空禅师对光严寺贡献很大，从印度取回了至宝“贝叶经”（造纸术传到印度前，一种用铁笔刻在贝多罗树叶上的经文，现存世不足千卷，号称“佛教熊猫”）。该寺专门建造了悟空塔林，供奉悟空禅师的佛骨。而光严寺之名出自佛经中“五光庄严”一词，也可译作“五色庄严”。光严寺、五庄观，藩王、悟空、取经。作者在此处觅得了镇元子大仙一回的灵感，也算是不虚此行呐！

12.6 作者的辛酸自嘲

这一回作者不改喜剧本色，尤其福禄寿三星到五庄观时，猪八戒很是逗弄了他们一番，惹得读者开怀大笑。三星一降落云端，猪八戒就没高没低地冲过去把僧帽扣在寿星的光头上，“扑着手呵呵大笑道：‘好！好！好！真是加冠进禄也！’”寿星反骂猪头是夯货，猪头又道：“我不是夯货，你等真是奴才！”然后猪八戒赖在三星身上打滚，不断插科打诨。乱翻福星衣服叫“番番是福”，盯着福星叫“回头望福”，拿着磬儿四处乱打叫“四时吉庆”。

这一段看似喜剧，细细品来却透着作者的不尽辛酸。这不正是李春芳做了许多思想斗争，终于决定放弃儒家圣训，以“词臣”之身投在西苑为奴那一幕吗？李春芳战战兢兢地第一次走进西苑，仇鸾就兴高采烈地跑出来，掀掉李春芳的官冕，把嘉靖帝做的沉香水叶冠扣在他头上，呵呵大笑道：“好！好！好！真是加冠进禄也！”李春芳忍不住嘟哝两句，仇鸾却道：“你等真是奴才！”然后一群武夫、宫人开始赖在他身上撒泼打滚，全然没有朝廷礼仪。是啊！到了西苑，除去官冕，戴上这道冠，你不就是从背负着圣贤教诲的儒家士子正式迈入朱厚熜私人小圈子的奴才了吗？奴才们就是这样玩儿的哩！

图5　左：猪八戒给寿星扣僧帽　　　　右：仇鸾给李春芳扣草冠

这种沉香水叶冠是一种道士戴的草冠，嘉靖帝亲手做了几个，赐予几位近臣。夏言硬气地说："我是朝廷重臣，有冠冕在身，不能穿戴这些不伦不类的东西！"严嵩却做了一层轻纱笼罩起来，以示爱护，并经常穿戴。多年后严嵩、仇鸾、陆炳合谋构陷夏言，判其死刑，大批朝臣拼命营救，刑部尚书喻茂坚、左都御史屠侨援引法律条款，说夏言作为近臣，这种情况可以减免死刑。未料嘉靖帝突然抛出他多年来怀恨在心却一直没说出来的罪名——当年夏言拒绝戴他亲手做的沉香水叶冠，那他就不是近臣，喻茂坚、屠侨所引条款不适用，死刑成立！生死浮沉，夏言竟从一名儒家进士成为西苑第一位青词宰相，又成明朝第一位被杀的大学士！您说这个教训摆在眼前，李春芳戴还是不戴？

唉！道冠还是僧帽，朝服还是草冠？书生，士人，近臣，奴才？每个人都得作出自己的选择。夏言虽然进了西苑，但他还算有骨气、有底线，甚至为此付出了生命的代价。我李春芳又做了什么呢？

列祖列宗在上，就让猪悟能有能一次，骂骂我这不忠不孝的臣子吧！

13

白骨黄袍——凡人与状元的命途分野

白骨精堪称妇孺皆知，人们对她有一个著名论断，一定程度上揭示了《西游记》的主旨：有背景的妖怪主人带回去，没背景的一棒子打死。白骨精就是典型的没背景，所以孙悟空忍着紧箍咒，连打她三次都要打死。紧接着取经团遇到宝象国的黄袍怪，也就是二十八宿的奎木狼下界，他不但阻挠取经，同时被查出是星宿脱岗，还与凡人私通生子，却未遭任何重罚，很快官复原职。白骨与黄袍的刺目对比，其实是本书的核心主题之一。

13.1 打三遍都要打死白骨精

离了五庄观，取经团来到白虎岭，遇上了一位经典妖怪：白骨精。事实上，全书从未将“白、骨、精”三个字连在一起用过，Ctrl+F找不到的，作者一直将此妖称作“那妖精”“那怪物”，也就是到最后连名字都没交代。此妖被打死后现出一堆粉红骷髅，骨上刻有“白骨夫人”四字，所以人们习惯称其为“白骨精”。此妖也不可称妖王，因为她身边一个小妖都没有，孤零零守在荒无人烟的白虎岭，果然是全书最可怜的草根妖怪。

按理说就她这水平，取经团过她就像过白虎岭寅时（凌晨四点）的马路，但唐僧愣是躺在双黄线上表演，一直躺到朱雀大街早高峰，演成了一场经典大战。

白骨精第一次变作俊俏姑娘，唐僧颇为心动，但孙悟空在空中就看出是妖，一棒打死。还好她会一个“解尸法”，灵魂出窍捡了条命。可她不信邪，又变作小姑娘的娘。这次更是穿帮，姑娘只有18岁，她变的老太太80岁，显然是假的，又被打出窍一次。之后白骨精还要变作姑娘的老父，这次孙悟空找到山神土地，在空中锁定元神，封住她的“解尸法”，实实地打死了。不过悟空自己也惨了，被唐僧饱念一顿紧箍咒后逐回花果山。

这一回值得学习的地方很多，首先表达的中心思想是官场上充斥着外行管内行。唐僧端坐取经团最高领导之位，实则连妖怪都不识，关键孙悟空这样业务出众的干部识得妖，降得妖，又忠于取经的组织目标，却只能被无知无能的蠢领导念紧箍咒，甚至逐出团队。团队中还不乏猪八戒这种好吃懒做的货色在关键时刻打小报告，引风向，带节奏，促使领导作出驱逐业务骨干的错误决定。而那个表面上不坏的沙僧，这时就沦为沉默的大多数，忍见劣币驱逐良币。小学语文老师发现，这一段满是对官场、职场、社会血淋淋的深刻揭露，密集体现了全书的中心思想。

其实唐僧到底是真蠢还是装蠢颇值得商榷，所谓事不过三，他再是肉眼凡胎，连着来三次也该估摸到这是妖怪，但他还是听信了猪八戒的谗言，恨逐美猴王，这其实也是一种官场技巧。首先是维护“一把手”的权威，孙悟空总是绕开“一把手”采取军事行动，这确实是对他个人权威的严重挑战。更重要的是，在官场上，很多权臣确实喜欢听信谗言——哪怕明知是谗言。

有人说唐僧“耳朵根子软”，常误信谗言，其实这哪里是什么耳朵根子软，更不是误信，而只是一种常见的权谋。传统道德教育我们，人人心中都应该有真理正义，而不是谁官大，谁就说得对。但所谓私臣集团，价值观恰恰是扭曲的。有些人当了点官就发现自己的话语权提高了，有时候甚至可以用明显的胡说八道压倒别人的正义直言，文化层次较低的领导尤其能在此间尝到权力的快感，很多人便将这种以谗言压倒真理的玩法作为游戏规则甚至价值取向。

唐僧显然深谙此道，今天他听信猪八戒的谗言，明天佛祖才会听信他的谗言呀！大家一边进谗言，一边也要信谗言，这样才能维护好这个圈子共同的游戏规则。最重要的是，私臣圈子不讲公义，只重私情，听信谗言恰是私情的最佳体现。如果领导都讲公义，那么我的所作所为只要符合公义就好，无需再说漂亮话讨好领导。混私臣圈子，恰恰就是要像唐僧这样，让你摸不着他的逻辑，这样你就不会把精力放在做事上，而会更倾心地来讨好他，这才有利于打造以某个私人为核心的私臣圈子。

唐僧在取经团中地位很微妙，一方面地位最高，但另一方面却是唯一一个凡人，法力最低微（其实没有），他必须用尽这些手腕，努力营造私臣圈子的氛围，才能保持自己团队头领的地位，最终得享成果。越是唐僧这种没能力的领导，越需要强调官阶而淡化实际能力，这就需要常用谗言来盖过真知灼见。这种以私人为核心的私臣圈子奉行的就是此等游戏规则，了解这个原理才能了解他们的行为规则。

不过话说回来，这一段作者首要的写作意图还真不是官场隐喻，而是《西游记》的另一重内涵——炼丹术。

这一回标题叫《尸魔三戏唐三藏 圣僧恨逐美猴王》。“尸魔”大概是作者唯一一次对白骨精较正式的称谓——还是出现在标题而不是正文中。为什么要打她三次呢？不完全是没背景的妖怪打三遍都要打死你这个官场潜规则，更是炼丹术的一个重要步骤——斩三尸。

道教功法认为人体有上、中、下三个丹田，各有一神驻跸，统称“三尸”，也叫三虫、三彭、三毒、三尸神。上尸好华饰，中尸好滋味，下尸好淫欲，是人体内痴、贪、嗔三种欲望的源泉。有些炼丹术流派认为斩“三尸”，恬淡无欲，神静性明，积众善，乃成仙。尸魔的三种变化形态也正是这三者从下到上之序：俊俏的小姑娘代表淫欲，老婆婆是送饭的，最后出场的老爷爷穿着相对体面。取经团打死三者，正合丹术“斩三尸”之意。大多数炼丹流程中，有三个连贯的关键步骤：引婴儿、斩三尸、服内丹。道法中的“婴儿”是指事物最初本相，并非幼小孩童之意。不过《西游记》常以字面意思曲解道法佛经，作者让取经团在五庄观吃下了“婴儿”——人参果，紧接着斩三尸，再接下来在宝象国黄袍怪一回，让孙悟空变作百花羞公主，吃了黄袍怪（奎木狼）的舍利子玲珑内丹，连贯完成三大关键步骤[3]。

唐僧第一次驱逐孙悟空，暗喻炼丹术的一个关键步骤“去金公”，即利用物质相态变化，去除材料中的金属元素。之后猪八戒去花果山请回孙悟空，则暗喻了“解肾水”，即用水将部分金属元素溶解回到材料中。就在镇元子、白骨精、黄袍怪这三个连续故事中，作者竟然将精彩的神魔打斗、圣僧驱逐美猴王、猪八戒用激将法请回孙悟空等许多戏剧冲突串在了一起，达到高潮，同时也将明代藩王、草根妖怪、朝廷命官的隐喻糅合在了一起，更在不经意间将自己加入嘉靖私臣集团的无限辛酸一笔带过，这种驾驭文字的功力着实令人叹为观止。

13.2 黄袍怪严重违法却无实惩

唐僧因孙悟空三打白骨精，将其逐回花果山，结果在碗子山波月洞遇到了黄袍怪，被抓入洞中。猪八戒、沙僧奋力营救，并有四值功曹、五方揭谛、护教伽蓝等大批暗中监视取经的神仙助力，仍不是对手。还好黄袍怪的夫人，也就是宝象国三公主百花羞出面求情，黄袍怪才同意放了唐僧。谁知取经团到了宝象国，将公主的书信呈交给国王，又夸下海口能降妖，手下败将返身再战。这次没人求情，激战中猪八戒临阵脱逃，害沙僧被黄袍怪抓去。

黄袍怪也多了个心眼，要反击取经团，变成俊俏文人进宫认亲，诬称公主当年是被虎妖所掳，多亏他救下，以身相许，并当场施法，现出唐僧的老虎“原形”。金蝉子十世修行，一朝被诬为虎妖，堪称职业生涯最危险的一刻！这时孙悟空被逐、猪八戒脱逃、沙僧被抓，小白龙只好挺身而出，当然仍不是妖怪对手，但口吐人言，力劝猪八戒去请回大师兄降妖。猪八戒智用激将法，激得孙悟空出山。孙悟空也使了一个诡计，摔死黄袍怪的两个儿子，气得他心浮气躁，趁机变作公主模样，骗他交出舍利子玲珑内丹，一口吞下。

这首先是暗喻了炼丹术中“服内丹”这个关键步骤。内丹是炼丹术的精华，蕴含了一个修炼者的功法精髓，孙悟空一口吞下，相当于是抢夺了黄袍怪多年修炼的成果。即便如此，孙悟空仍无法用实力降服黄袍怪。这时孙悟空使出大绝招——搬救兵。他准确判断黄袍怪是天庭下凡的妖神，立即告上天庭。结果也不复杂，一点名就查到二十八宿中的奎木狼脱岗。星官下凡呼唤，那黄袍怪果真是奎木狼变化，听到同事们呼唤，立即返回天庭请罪。玉帝的处分很轻：带俸差操（保留原职级俸禄，差遣其他工作），去兜率宫给太上老君烧火，有功复职，无功罪加一等。为什么是去给老君烧火呢？因为下一回就是金角大王、银角大王出场，这两位正是太上老君看管金炉、银炉的烧火童子，已经下界为妖去也，老君那里缺烧火工呀。后来奎木狼还多次出场，显然很快就官复原职了。

奎木狼的罪行其实相当严重，查验报告：二十八宿是三日一点卯，奎木狼缺了四卯，下凡13年（这是掐头去尾的算法，其实算14、15年均可）。作为天庭高官，这是相当严重的违纪，而且13年间他也有严重罪行，不仅和凡人私通生子，甚至还有阻挠取经这样的政治错误。但处罚真的很轻，甚至可以说没有受到实质性处罚，连俸禄都没扣——脱岗13年当带薪休假了么？最让人难解的是，28宿明明有点卯制度，为什么他连续四次缺卯都无人汇报？可以想象，官员们的相互包庇已成常态。今日奎木狼下凡13年，另外二十七宿无人声张，因为下次别的人有私事要开溜时，奎木狼也会帮你应付考勤啦！这就是明中后期的官场现实、军事素养，或许很无奈，但玉帝——其实我是说嘉靖、万历这些橡皮图章也只能徒叹奈何。

白骨精和黄袍怪的遭遇，真是令人刺目的对比。白骨精其实什么都没做（至少在书中没有正面体现），孙悟空三次空袭毁灭；黄袍怪违法乱纪，天庭却罚酒三杯。他们的区别到底在哪？其实就在于白骨精是没有上编制的野妖怪，奎木狼是天庭在编的正宗神仙，这就是平民和奎星的待遇差距。

13.3 李春芳必吹的安银堡大捷

黄袍怪将唐僧变作老虎，为国王立下大功，在银安殿宴饮作乐，非常得意。这里作者用了一个很奇怪的名字——银安殿。

和忘了明代真有御马监相反，现代人很容易误认为明朝真有银安殿，因为京剧常以“金銮殿”“银安殿”并称。但明代以前都只有金銮殿，没什么银安殿。无巧不成书的是，清代真的出现了一个银安殿，是各大王府的正殿名，于是京剧将二者并称。这当然不在明代作者的意料之中，这银安殿确实是他当时生造出的一个殿名。这个在当时看来很怪异的名字暗喻了嘉靖朝——甚至可以说是明中后期最值得吹嘘的一场大捷——安银堡大捷。

一方面，明中后期军政愈发腐败，蒙古诸部却挺过了低谷，愈发强盛。嘉靖年间崛起的土默特部俺答汗基本统一诸部，异常强盛，一度以武力逼迫朝廷开放宣府、大同等通商口岸。长城边塞常年处于他的重压之下，一胜难求[53]。另一方面，南方倭寇猖獗，不但霸占了南洋商路，甚至上岸抢人。这种局面史称“北虏南倭”，非常头痛。其实国中不乏将才，名将曾铣、俞大猷、戚继光都活跃在这个年代。

俞大猷在曾铣的理论基础上，发明了一种车营战法，用装甲战车搭载重炮，掩护火枪兵推进，实际上是后世坦克装甲步兵战术的萌芽，对付北方游牧民族的轻骑非常有效。嘉靖三十九年（1560），俞大猷刚发表了这个发明，还没来得及训练，却因为上司胡宗宪一次指挥失误，放走数千倭寇，被御史弹劾，胡宗宪将罪责栽倒俞大猷头上，将其构陷下狱。这时俺答汗入侵甚急，大同巡抚李文进坚持称北镇军不是对手，必须俞大猷来训练车营才能镇抚。

当权的严嵩、严世蕃父子似乎也明白这个道理，但就是不放人。最终不知是谁出钱，托陆炳转交重金贿赂严世蕃，才将俞大猷放出，训练了一百辆装甲炮车和配套的三千火枪兵。不久，李文进、俞大猷带领这支部队在大同附近的安银堡遭遇俺答汗的数万精骑，结果大破蒙军，向北追逐了数百里，斩杀无数，取得了明中后期对游牧部族最酣畅淋漓的一场大捷。不久，明军根据李文进的建议进行了重大改制，在五军、三千、神机京师三大营的基础上增加了一个车营，成为四大营，可见对俞大猷车营战法的高度认可。

李春芳时任太常少卿（正四品）兼翰林学士，正在西苑陪嘉靖帝写青词，趁机大拍马屁，将战胜归功于皇帝修道有得，上天垂恩。皇帝自然龙颜大悦，大肆封赏，李春芳一举提拔为礼部右侍郎（正三品）仍兼翰林学士，迈入公卿行列。

安银堡——宝象国银安殿，这是大明最值得纪念的一场大捷，也是作者个人仕途最值得感恩的一步台阶。作者巧妙利用“斩三尸”步骤后，“去金公”的状态，安排了一场小白龙托猪八戒请回孙悟空取得大捷的桥段，如表6所示。

小说和现实对应最不明确的便是小白龙出手并洒泪恳求猪八戒一定要请孙悟空回来。其实这在当时反倒未必是什么秘密，谁都知道障碍在于钱，只要银子到位，严世蕃立马可以放俞大猷。但清官们是没有那个钱的，更不愿意给严世蕃这种人送钱。那谁有钱？海商有啊！俞大猷常年在南洋奋战倭寇（海盗），爱国商人中还是有不少感他的恩。这次有机会救他，但需要花钱，海商当然义不容辞。

不过这种事毕竟隐秘，不见正史。李春芳可能知道一些内情，《西游记》中的龙族正是暗喻明朝的海商（资产阶级）这个阶层。海商出钱力求陆炳救俞大猷，小白龙力求猪八戒请孙悟空，再加上前后的暗喻，笔法当真巧妙。

表6　安银堡大捷史实与小说情节的对照

安银堡大捷史实	银安殿小说情节	说明
俞大猷被构陷下狱	孙悟空被构陷逐回花果山	—
李文进不是俺答汗对手	猪八戒、沙和尚不是黄袍怪对手	当时明军都不是对手
李文进请俞大猷助战，严世蕃明知其理却不放人	猪八戒知道只有孙悟空能胜，但不好意思去请	猪八戒只是不好意思，严世蕃是贪
有人出重金欲救俞大猷出狱	小白龙恳求猪八戒去请悟空	可能作者有内幕
陆炳出面救俞大猷出狱	沙和尚救百花羞公主出妖洞	锦衣卫出手搭救
俞大猷在安银堡大胜俺答汗	孙悟空在宝象国银安殿大战黄袍怪	小说不如历史酣畅

13.4 奎星状元郎

黄袍怪的真实身份是二十八宿中的奎木狼，西方七宿第一宿，主吉，共16颗主星，分别位于仙女座和双鱼座，古代误将河外星系仙女星云的部分星斑也纳入。这颗星宿在科举时代具有非常特殊的意义——奎星，也称“魁星”“文曲星”，象征着最顶尖的文采菁华，科举制度成熟后奎木狼等同于状元郎，这更是李春芳一生必吹的title。

李春芳有两个外号，一个是他羞于提及的“青词宰相”，但另一个则是他最得意的“状元宰相”。有明276年88届科举，有17位状元郎登阁拜相，比例约为1/5，在学术和仕途两方面都做到极致，确实值得吹嘘。早在嘉靖十年（1531）李春芳21岁时，他就参加应天府乡试，高中举人。但在次年的全国会试中却名落孙山，并且连续四次不中，直到37岁第五次才考中进士，所幸不中则已，一中便是状元。

李春芳将唐僧踏上取经路的年龄改成37岁，已经是在暗示自己的经历，奎木狼一节再次呼应。奎木狼四次点卯不到，滞留凡间13年，这依然是作者在暗示自己艰辛的科考路——四次会试落第，滞留凡尘13年（其实算14、15年均可）。最终主角吃下奎星的舍利子玲珑内丹，功力突飞猛进，登堂入室。这正是暗喻奎星正位，李春芳也考上了状元。

考试是冰冷残酷的，尤其是脱产读书对李春芳这样的平民绝非易事。不从事后诸葛亮的角度看，一次又一次的失败其实已经证明了老李同志没有进士命，这时他应该赶紧以举人谒选入官，找份正经工作成家立业，不过他却将22~36岁这么重要的14年耗在旁人看来渺无希望的科考上，身边的压力可想而知。可以想象，李春芳的夫人也顶住了巨大压力，支持老李继续考下去，最终她也收获了巨大福报。他这位夫人的详情正史无载，但能嫁给举人，想必也不是庸脂俗粉，而是当地小有名气的一枝花。但同年的举人夫人们的老公要么高中进士，要么已经在地方上当官，只有她家老李还在漫无希望地准备下一次会试，日子过得异常清苦，关键是看不到希望，那她有没有被别的名花们嘲笑呢？我想这是难免的，只是最后绝地反击，高中状元，一下子让那些嘲笑过她的举人夫人们羞羡不已。这就叫——百花羞。

其实奎木狼的夫人，也就是宝象国三公主百花羞这个名字更容易让人联想到唐代一位落第考生的诗：

待到秋来九月八，我花开遍百花杀。

冲天香阵透长安，满城尽带黄金甲。

这是唐末的黄巢科举落第后悲愤地写下一首霸气十足的反诗，最终他带领农民起义军杀进长安，倾覆了被世族门阀垄断的唐王朝。不过李春芳没有黄巢那般杀气，原因很简单——他考上了状元，不用去起义。

这就是时代差异，唐朝虽初创科举制度，但世族门阀用各种手段垄断了进士名额，像黄巢这样的庶民根本没有机会考中，上升通道阻塞，阶级固化。庶民想通这个道理后，除了造反，再无旁路。宋明以来逐渐形成了成熟的科举制度，设计了多种强制回流机制，破除门阀世族垄断[33,54]。李春芳一介平民，只要有才华，有志向，就可以在公费的县学、府学中脱产攻读，在公平的考试中脱颖而出，迈入制度化晋升的清流。他的逆袭之道是更加刻苦地攻读而不是造反，他最终要的只是让有眼不识泰山的“百花”羞一羞就够了，不用“百花杀”那么霸气。这不仅是黄巢和李春芳两个人的人生轨迹，更是上千年的社会演进历程，作者巧用奎木狼下凡迎娶百花羞的故事隐喻，立意之高，绝非儿童文学所能概括。

当然，李春芳四次不中，第五次一来就中状元，这也足够传奇，只是不太合常理。现代读者都是精于应试教育的内行，我想不会有人相信这是遇到醍醐灌顶、灵魂开窍之类秘法，更不是拜对了奎星，只能解释为或许之前他没有找到最高层次的应试技巧，最后一次得到高人指点，一通百通。孙悟空吃掉奎星的舍利子玲珑内丹，夺了奎木狼多年的修炼成果，仿似便是喻指此节。另外，李春芳61岁退休，74岁过世，在家安享了13岁幸福时光，奎木狼偷跑在凡间的13年或许是指这个？至于奎星内丹，也有可能是真正的状元郎李春芳点拨了同乡的后进，助其上进吧。

为什么李春芳那么拼命要考状元？白骨精和黄袍怪的不同待遇很好地回答了这个问题，但黄袍怪这种待遇并不是因为他天生高贵，而是自己修炼得来，白骨精没有这样的待遇，也不是因为血统低贱，只是自身修炼不足而已。这暗喻了明代的社会机制——考上进士就进入最高政治层面，脱离被统治阶层，成为统治集团的一员。这不是阶级固化，科举恰恰是打破血统固化、阶级城堡的明确路径。考试面前人人平等，考上进士就进入最高统治阶层，考不上就不是。换句话说，考上就是黄袍怪，考不上就是白骨精，无怪乎李春芳以及那么多人如此拼命，甚至诞生了《儒林外史》中的那么多故事。这或许是一种不够成熟的社会机制，而且看来是那么残酷，但无论如何，这是那个时代的现实。

14

谁是作者——李春芳PK吴承恩

我知道已经有人按捺不住了，李春芳！李春芳！你到底还要藐视我扎实的小学语文知识基础多久？好吧，我们不妨就此良机，来稍微考证一下《西游记》的作者。了解作者的心路历程，有助于理解他笔下这部巨著的灵魂脉络。

14.1 搞清楚作者很重要

文学上有一个理论：一个伟大的作家，他最伟大的作品必然是写他自己的。因为伟大的作品必然是描写人心的最深处，而真正的最深处，当然只有自己才看得见。

长期以来，在胡适、鲁迅[9]等大师的引导下，我们总爱把孙悟空看作一个无所不能的英雄，更有那种孤身一人对抗整个封建统治的豪迈气概，这正是人人都喜爱这位偶像的主要原因。底层受压迫人民喜爱他自不待言，中上阶层同样喜爱，因为体制内的人同样要受体制的压迫。《水浒传》的林冲就表现了一个体制内基层干部为了保住安稳的公务员生存状态，受到极大的压迫而不敢反抗，最后忍无可忍才反上梁山。孙悟空似乎与他正好相反，稍有不快就大闹天宫，痛快！这无疑在很大程度上满足了不少人突破牢笼的幻想。

这是《西游记》极具艺术价值的一个方面，但不能太片面地看待。

表7　孙悟空经历与官员仕途对比

孙悟空经历	明朝官员仕途	李春芳仕途	汪直仕途
拜师学艺	寒窗苦读	寒窗苦读	服侍万贵妃
升天为仙	考取功名	考取功名	当御马监太监
反出天庭	官场斗争	官场斗争	后宫斗争
大闹天宫	与政敌撕破脸	掺入“大礼议”漩涡	设立西厂
压五行山	被排挤边缘化	被排挤边缘化	西厂一度被撤
皈依佛教	找到靠山	加入西苑私臣集团	邀宠成化帝
西天取经	东山再起	在西苑写青词	重开西厂
最终成佛	功成名就	成为“青词宰相”	立下军功无数

大家喜爱孙悟空这个形象，正是喜爱他身上充满着藐视权贵、敢于斗争、奋发昂扬、艰苦奋斗等多重优秀品质。应该说他确实敢于斗争，也确实奋发昂扬、艰苦奋斗，但如果说他藐视权贵就大错特错了。他不但不藐视，还很倾心，甚至可以说是一个官迷，而绝非“斗士”。他一生的奋斗都是为了实现当官这个

目标，所以说他的经历恰是作者李春芳一生拼搏仕途的心路写照。孙悟空的“仕途”其实也很坎坷，绝非稍有不快就大闹天宫那么痛快。孙悟空一生经历和许多明朝官员相似，尤其是御马监小英雄汪直和李春芳，所以就算《西游记》不是李春芳亲笔，也显然是以他为主要原型。

14.2 到底谁说作者是吴承恩

那么到底是谁说作者是吴承恩呢？其实《西游记》自出版以来，作者就没有明确，只是因为电视剧等一些偶然因素，“吴承恩”成了一个广为流传的非定论。

由于《西游记》是在宋元话本的基础上编撰而成的一本小说，所以作者问题与版本密切相关，需要明确的是：我们现在所谓《西游记》，是指万历二十年（1592）金陵世德堂出版的《新刻出像官板大字西游记》（以下称“世本”），本书所分析的一切内涵层次也均指向该版本。

现存《西游记》古本是20世纪30年代，日本东京村口书店赠送给北京图书馆的三个印版，除世本外，另两个版本分别是嘉靖年间出版的杨致和版《四游记之西游记传》、隆庆年间出版的朱鼎臣版《唐三藏西游释厄传》。这两个版本其实都是评书话本，不是小说，出版时间比世本略早，显然是世本的基础素材。杨致和、朱鼎臣都是嘉靖年间著名说书艺人（可考），他们的版本也清楚标注他们为作者。

不过，此二版仅是对宋元以来民间流传西游故事的搜集整理，离世本创作的一百回小说差距还挺大。世本却偏偏没有标注作者，这个印版上只有三个出版信息：出版商——金陵世德堂；校订者——华阳洞天主人；作序——陈元之。金陵世德堂是当时南京的一家出版商（可考）。陈元之则不见别传，很多人认为也不一定是真名。陈元之序称：“《西游》一书不知其何人所为。”可见并非出版后失去了作者信息，而是出版当时就不知道，交稿的人就没打算让人知道作者是谁。不过也有一个重要线索——校订者华阳洞天主人，这正是李春芳的别号。而我认为李春芳极有可能不仅是校订，他就是作者，确切地说是最终定稿的编撰者。可能这是李春芳的一种自谦，表示《西游记》的桥段取自民间话本，他只是编撰到一起并校订清楚。也可能是李春芳成立了一个工作室，组织一批人共同搜集、整理民间西游故事，最终由他校订编撰成书。

各种话本当然是世本的基础，也是千百年来群众智慧的结晶，但我们既然要深入到世本对官场、社会的剖析层面，就要看到小说对话本的飞跃。民间流传的西游故事大多是一些普通的幻想篇章，让很多不痛快的人宣泄一下快感。但世本加上玉帝、老君、如来的复杂博弈和他们对孙悟空的培养、拉拢、利用，就融入到了庞大官场体系之中，甚至指向了明代诸多史实，性质就完全变了。这种质变就好比评话故事借历史上的玄奘法师为原型，演绎出了唐僧取经的故事，但不能说是对玄奘天竺取经史实的真实叙述。

既然《西游记》本身不署作者姓名，那可以通过其他资料，考证是否有人写过一本叫《西游记》的书。

第一个被列为嫌疑人的是全真教第二代掌门长春真人丘处机的弟子李志常（有些研究错认为是丘处机本人），他的佛、道造诣都很深，而且确实写过一本《西游记》，所以在清代一直被认为是作者[55]。不过后来人们找到他这本《西游记》，结果是讲述他师父丘处机在西域游历的见闻，不是唐僧取经这个《西游记》。直到民国初年，新文化运动引领者胡适[4]才又考证到，据旧版《淮安府志》记载，淮安府（今江苏北部）有一位小吏吴承恩，写过一本《西游记》。尽管只有一句话，这句话也没有说明这本到底是不是我们所谓的《西游记》。事实上，旧版《淮安府志》中的《西游记》还真就是列入地理游记大类，而非评话小说，似乎和李志常情况类似。更重要的是，《淮安府志》也只有明熹宗天启六年（1626）版有此一项，清文宗咸丰二年（1852）重修时已将吴承恩著作列表中的“西游记”一项删除，所以咸丰以后的人就都没注意到。胡适极其偶然地在旧版《淮安府志》上捡到这么重要一个信息，真是净坛使者菩萨大功德护佑！不过既然新修府志删除此条，那很可能就是对旧版的勘误，然而这已经是排除李志常后，人们唯一能找到关于《西游记》作者的只言片语记载了。

后来陈独秀、鲁迅[9]等大师都附和了胡适，尽管如此，由于论据确实过于纤弱，学界和民间仍只能持姑妄听之的态度。直到1986年六小龄童主演电视连续剧

《西游记》上映，在片头打出“原著 吴承恩”字幕，作者吴承恩才深入人心[56]。近年来关于吴承恩的研究也越来越多，但疑点反而随之越来越多。尤其是沈承庆先生[57]已经确切考证，吴承恩所著乃《西湖记》而非《西游记》，是他常去淮安西郊的西湖游览所写的诗集，情况和李志常完全相同。

14.3 作者至少应该具备的条件

恰如我们不能冤枉一个瞎子偷看国防机密，我们也不能硬说一个文化素养不高的人写出了《西游记》这样伟大的著作，那我们不妨看看，作为《西游记》的作者，至少应该具备哪几方面条件。

1）深厚的文化功底

明朝有非常完善的科举制度，功名有生员（秀才）、举人、进士三个主要层次。进士又分一、二、三甲，层次分明，对人的文化水平有着非常明确的标识作用。《西游记》作者无疑是一甲进士水平，临场发挥差得没谱了，有可能会掉到二甲，断无掉到三甲的可能。而吴承恩先生呢？有点不好意思地说，他只在府试中考上了秀才，之后多次参加省级乡试，皆未能考取举人。据明制，如果考不上举人，但办学多年者亦可由地方政府“补岁贡生”，相当于认证举人同等学力。吴承恩45岁才补贡生，走旁路取得一个考进士的资格，可惜多次会试依然名落孙山。直到53岁才又找到一个机会，入南京国子监（中央党校南京分校）为监生。直到60岁才由吏部谒选为长兴（今属浙江）县丞（正八品县长助理，浊流）。

也许有人是无心仕途，所以才华横溢却身无功名，但吴先生显然不属此列，他确实是考了很多次考不上啊，真的是水平有限。如果说《西游记》是这样一位低学历人士所写，就仿佛某天我突然宣布*Nature*《自然》上某些文章其实是我小学二年级自然课寒假作业，大师兄，这不科学！而反观李春芳，状元郎，这才具备写出《西游记》的基本功底。

2）较高的宗教哲学素养

《西游记》毕竟以仙佛神魔为外在形式，需要借用大量佛道修仙的术语来装点门面，书中亦处处不乏作者故意为之炫耀自己道术佛学的细节。后世任何研究都无法表明吴承恩对佛道两家有何造诣，他有一些传世的诗文，均无宗教色彩。显然，一位终日忧心考不上举人的秀才，哪有闲情逸致去研究虚诞的佛道之说呢[58]？李春芳这位“青词宰相”的道学水平自然极高，《西游记》中可谓遍地都是青词的痕迹，说是某些青词宰相的诗集都有人信。

那我为何不怀疑作者是另几位青词宰相顾鼎臣、夏言、严嵩、郭朴、严讷、袁炜、徐阶，而认准李春芳呢？因为，《西游记》除了佛道，还有不少阳明心学的内涵。世本出版时，阳明先生王守仁过世不久，他的学派开枝散叶还不算很广，真正彻悟心学的人不多，严嵩等人在心学上并无建树，吴秀才就更连边都沾不上了。而李春芳师从泰州学派创始人王艮，王艮被王阳明誉为“吾之颜回（孔子门下最优秀的弟子）”，可谓得阳明先生之大道。恐怕也唯有阳明先生徒孙一辈的翘楚，才有功力写出这本唯心有物的《西游记》吧！

3）熟悉深宫内院

陈元之在序言中称：“《西游》一书，不知其何人所为。或曰出今天潢何侯王之国；或曰出八公之徒；或曰出王自制。”意思就说作者是不愿透露身份的王公大臣甚至皇帝本人，我想长兴县丞不是什么不便透露的大人物吧？

故事从唐太宗的宫廷出发，一路上经过了许多国家，自然少不了对宫廷的描写，事实上对天宫的描写也是以明朝皇宫为原型的，显见作者对深宫内院相当熟悉。古代信息不发达，不常在宫里行走的人不可能熟悉。其实就算是现代，普通人也没有渠道熟悉中南海紫光阁或者白宫椭圆形办公室的装修细节。吴承恩一辈子不知道进过几次知府的办公室，要让他凭空描绘出丰富的皇宫细节，就好比我现在突然画出一幅克里姆林宫的空调风管分布图，您能信吗？这更印证了陈元之所说作者必是宰相级人物，而且和皇帝、太监们私交不错，不仅外廷，还常在内宫行走。而那句“或曰出王自制”，似在暗示作者是皇帝本人。嘉靖帝善写青词，精通道法，万历帝是张居正的学生，精通儒法，都具有写出《西游记》的基本功。

4）俯瞰社会形态的宏伟境界

如果看懂《西游记》的内涵而不仅仅停留在神魔打斗的层次，每位读者都会为如此宏大的官场叙事而感慨，作者俯瞰芸芸众生的视角、解读社会历史形态的宏伟境界更是令人折服。这种境界即便在状元、宰相中也属凤毛麟角，这必是一位历遍官场悲欢，驭过疾风恶浪却又惯看秋月春风的老水手。李春芳不但是状元宰相，还是嘉靖四十一年（1562）重修《永乐大典》的总校官，对历史的研读更超越众生。而60岁才勉强捡了个八品县丞的吴承恩，站在大明帝国的官阶表前，仰望一下，脖子都会发酸。且不说他对高层的政治结构缺乏了解，更无从宏观俯瞰社会形态，就算略有耳闻，以他的悲苦心态也不可能产生这样的视角。《西游记》中频繁出现土地这个基层神仙的角色，孙悟空甚至红孩儿都可以把他们呼来唤去，这个角色恰好对应明朝的基层官吏。吴承恩长期当县吏，老来混个八品县丞，他不就是当了一辈子土地公吗？如果说他写了一部《西游外传》，以土地公公的视角，讲怎么应付天庭、孙悟空和妖怪的使唤，那还有点可能。

5）对李春芳一生仕途的深刻感悟

世本《西游记》的一个重要内涵就是以孙悟空的奋斗之路，写照了李春芳的一生仕途，所以作者必然对李春芳的宦海沉浮有着深刻感悟，极有可能就是本人。一部真正优秀的小说，主角和作者一定是心意相通的，很多时候是作者利用主角来表达自己的心境。《西游记》这么伟大的作品，孙悟空身上充满了作者的自我表述，说是作者的自画像一点也不夸张。当然，也可能是熟悉他、研究过他的人。其实从这个角度讲，吴承恩反而又有点可能。因为据研究，吴承恩应该和李春芳认识，而且关系不错，吴承恩自己没当啥官，但把李阁老写进自己的小说也有可能。

不过更有可能的还是比李春芳略晚入阁的高拱、许国、王家屏、王锡爵这几位，他们也与李春芳相熟。而且高拱退休后据说一直在写书，他死后颇有一些关于晚明政治斗争而又未署真名的著作被疑为出自其手笔，不排除《西游记》亦属此列。许国、王家屏、王锡爵都为李春芳写过墓志铭或传记，对其颇有研究，其中尤以王锡爵嫌疑最大。王锡爵小李春芳23岁，万历十六年（1584）入阁，次年李春芳去世。李春芳曾任重修《永乐大典》总校官，年轻的王锡爵也在项目组，每天都跟李春芳研究学术，相当于跟着他做博士后。后来王锡爵撰写了李春芳的传记《太师李文定公春芳传》，对他很有研究。

总的来说，《西游记》作者其实没有铁的定论，恰如郭健[58]所说“只有李春芳最'像'"。在作者不愿署名的情况下，我们只能综合各个"嫌疑人"，做一个概率分布，如图6所示。

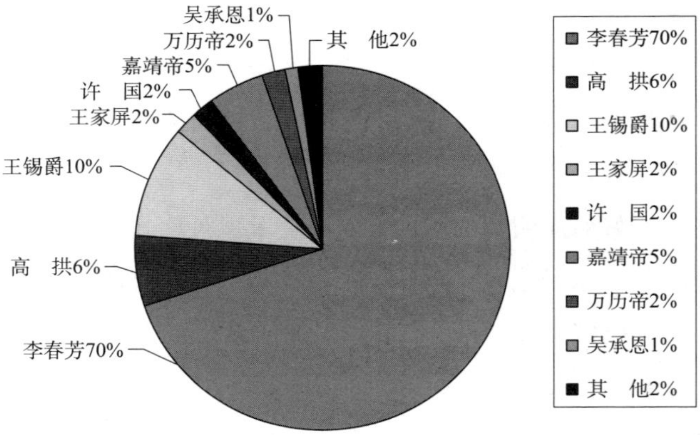

图6 《西游记》作者真实身份的概率分布

15

青词宰相——主角当然是作者的自画像

在将李春芳确定为《西游记》作者最大"嫌疑人"后，我们不妨来详细了解一下李春芳其人，他是如何在《西游记》的创作中巧妙融入自己的心路历程和对官场社会的感悟。

15.1 李春芳何许人也

李春芳，字子实，号石鹿，扬州兴化人，生于明武宗正德五年（1510），明世宗嘉靖二十六年（1547）丁未科状元，卒于明神宗万历十二年（1584），享年74岁。《水浒传》作者施耐庵也是兴化人，吴承恩是淮安府山阳县人。后世大多认为《西游记》的前传《封神演义》作者是应天府（南京）人士许仲琳，但也有观点认为是兴化人陆西星，均属南直隶，江南果真是人文荟萃。李春芳一生大事如表8所示。

表8　李春芳生平大事年表

年份	公元	岁数	重大事件（出任官职）	备注
正德五年	1510	0	出生	—
嘉靖十年	1531	21	参加应天府乡试，中举人	—
嘉靖十一年	1532	22	首次参加会试，不中	—
嘉靖二十六年	1547	37	第五次会试，状元及第	煎熬了14年
嘉靖二十六年	1547	37	状元直接授翰林修撰，从六品	以青词受嘉靖帝青睐
嘉靖三十五年	1556	46	翰林学士，正五品	翰林院最高职级
嘉靖三十六年	1557	47	太常少卿，正四品	仍兼翰林学士，赐一品绯衣
嘉靖三十九年	1560	50	礼部右侍郎，正三品	仍兼翰林学士
嘉靖四十年	1561	51	礼部左侍郎，正三品	仍兼翰林学士
嘉靖四十一年	1562	52	吏部左侍郎，正三品	仍兼翰林学士
嘉靖四十一年	1562	52	出任重修《永乐大典》总校官、权相严嵩倒台	仍兼翰林学士
嘉靖四十二年	1563	53	礼部尚书，正二品	仍兼翰林学士
嘉靖四十四年	1565	55	颁布《宗藩条例》	—
嘉靖四十四年	1565	55	太子太保（从一品加衔）、礼部尚书、武英殿大学士	入阁为宰相
隆庆元年	1567	57	少傅兼太子太师、吏部尚书、建极殿大学士	内阁次相
隆庆二年	1568	58	少师兼太子太师、吏部尚书、中极殿大学士	首席辅政大学士（内阁首相）
隆庆五年	1571	61	退休	七次请辞才批准
万历十二年	1584	74	卒，赠太师，谥文定	—
万历十三年	1585		《李文定公贻安堂集》出版	次子李茂材主编
万历二十年	1592		世德堂本《西游记》出版	署“华阳洞天主人校”

唐宋以来官制实施职、差分离，一个官员的级别待遇和实际差遣并不挂钩，一般同时有职衔、本官、差遣三类职务。职衔表征级别，本官代表占用的编制，差遣才是实际岗位。这套官制将虚衔级别和实际差遣分离，不相互限制，比较灵活。比如孙悟空，虚衔是齐天大圣，但并无实掌，而差遣可以是御马监正堂管事，也可以是主管蟠桃园。明朝宰相惯例以尚书或都御史为本官，加从一品或正二品虚衔，差遣则是某某大学士入直文渊阁。李春芳最终的成就是“光禄大夫柱国少师兼太子太师吏部尚书中极殿大学士”，我们不妨就以他为例来说明。

1）光禄大夫：从一品阶官。阶官是根据年限自然晋升的品阶，作为官员俸禄、待遇的主要依据，又称“寄禄官”。唐宋官制最重阶官，让士人有一个自然晋升的机制，避免他们为了升官去阿附权贵或相互倾轧。明代阶官最高是正一品特进光禄大夫，李春芳差一点到顶。

2）柱国：从一品勋官。勋官用于记录一个人累积的功勋，相当于勋章，只是标上品级更直接明了。明代勋官最高是正一品左柱国，李春芳又差一点到顶。

3）少师兼太子太师：从一品加衔。明朝的荣誉加衔有十二：正一品太师、太傅、太保，称三公或三师；从一品少师、少傅、少保，称三孤；从一品太子太师、太子太傅、太子太保，称太子三师；正二品太子少师、太子少傅、太子少保，称太子三孤。《明史》称整个明朝文官只有开国丞相李善长、徐达、常遇春分别授太师、太傅、太保（但事实上这三位是开国元勋，并非文官），实施内阁制后只有张居正授太傅并晋升太师，其余再无得授三公之例，李春芳当到少师也算是正常人官居极品了。

4）吏部尚书：本官，不是差遣，表示占用了吏部尚书这个编制，但如果不加“管吏部事”，就无权真正执掌吏部。明代宰相普遍以尚书或都御史为本官，但正常情况下不兼管部事，这是明制非常容易误导人的一个小bug（漏洞）。

5）中极殿大学士：首相实职。明朝宰相正式说法是“入直文渊阁”，即在文渊阁处理奏章诏旨，阁员加挂内阁大学士头衔，并有四殿二阁的次序：华盖殿、谨身殿、文华殿、武英殿、文渊阁、东阁。其中，华盖殿大学士即为首相，谨身殿大学士即为次相。若此二衔空缺，则排名相对最靠前者即为事实上的首相。嘉靖三十六年（1557）火灾，奉天、华盖、谨身三大殿被烧毁，重建后更名为皇极、中极、建极三大殿，对应学士衔也因之更名。大奸臣严嵩是更名前最后一位华盖殿大学士，李春芳则是更名后第一位中极殿大学士。当然，这两个衔名并无实质区别。

根据明制，进士登科后到各部委观政，实习期满外放任职。一甲进士（成绩最高的三人，亦称“三鼎甲”）待遇特殊，状元直接授从六品翰林修撰，榜眼、探花授正七品翰林编修。另外，二、三甲进士半年实习期满后若发表了足够论文，也有资格再参加一个“馆选考试”，考选10余名优秀者为庶吉士，在翰林院以学士、尚书为导师，带薪学习三年后“散馆考试”合格者亦可留为翰林编修或翰林检讨（从七品），是现代博士后制度的萌芽。明朝形成了“非进士不得入翰林，非翰林不得入内阁”的规矩，所以翰林官被称作“储相”，进了翰林院就是坐上宰相直通车。明朝163名内阁大学士中，41名是一甲进士，87名是庶吉士，加起来占了近八成[51]。再加上李春芳擅长青词，“大被帝眷”，所以尽管起步略晚，37岁（唐僧踏上取经路的年龄）才中进士，但走得快，用了14年（唐僧取经的年数）位列公卿，再5年登阁拜相，再4年首相。

作为一个政治家，李春芳算不上突出。他前几任首相是杨廷和、张璁、夏言、严嵩、徐阶，后面是高拱、张居正，都在历史上声名显赫，他夹在中间算名气最小的一个。文学上，李春芳更独特。隋唐以来是文官政治，文人和文官没有明确界线，极少有专职作家，一般都是文官的业余爱好。但王家屏为李春芳所写传记却称：“公生平慎默不泄，草亦随焚。居常闭阁而思，仰屋而叹，深沉蕴藉，即诸子有不得与知者。”（先生生平谨慎沉默不泄露思想，打完草稿也随即烧掉。在家常闭门思考，对着屋顶感叹，内涵深沉，即便儿子们也不知道在干啥）这其实有可能是在用功撰写《西游记》。李春芳生前没有任何公开发表的著作，这在唐宋明高官中恐怕是独一份。他的诗集《贻安堂集》其实是他死后，儿子李茂材整理他的遗物出版[59]，严格说并未取得他本人同意，《西游记》更是在他死后八年才出版。作为一位状元宰相，这一点的确很另类。

需要说明的是，明代有不少叫李春芳的人，仅进士就有五位，三位与小说界有密切关系。尤其明末有一部影响很大的小说《海刚峰先生居官公案传》，俗称“海公案”，讲大清官海瑞的故事。其实本书接下来会讲到，海瑞也是孙悟空的一个重要原型，可惜海公案的作者李春芳是一位山西人，并非我们所说这位。还有一部《岳武穆精忠传》，是岳飞故事的集大成，卷首明确署名“中极殿大学士李春芳撰”，但现已考证系伪托。可以确信，李春芳生前确实没有发表过任何文学著作[60]。

不过从现代观点来看，李春芳某方面的政绩可能被忽略了，他长期担任翰林学士、礼部尚书、分管礼部的内阁大学士等职，在文化建设方面可谓成效卓著，甚至彪炳史册。现代很多研究就算不认可他是《西游记》作者，也认为他在明代小说史上占据重要地位。当时江南密集出现了施耐庵、李春芳、许仲琳、陆西星（或许还可以算上吴承恩）等多位小说界巨头，其实并非偶然，而是李相一直重视江南文化建设取得的硕果。这些小说家大多得到过李春芳的项目资助，16世纪的李春芳就在运用一些现代科研项目的方式进行文化建设。当然，他的项目也有一些不太成功，比如被誉为明代三大才子之一的徐渭（徐文长），就曾进入李春芳的“一人计划”，并获得杰出青年基金项目，但最终没有什么特别出色的成果，倒是混成了奸臣胡宗宪的笔杆子。

尽管李春芳在历史上的名声远不如前后几任宰相，更不如同时代的海瑞、戚继光这些明星，但他或许是一位人生赢家。因为这些人大多深陷明末政治斗争的漩涡，下场普遍不好。李春芳呢？一路混到首相，位极人臣，却又急流勇退。朝廷否决了他六次退休请示，第七次没办法，准了，61岁退休，回家安享13年退休生活。最大的奇迹是他退休时，父母居然双双健在！须知当时人类寿命远不如现代，60岁已经是高寿，61岁父母均健在完全是奇迹。子欲孝而亲不待是人生一大悲剧，一旦货与帝王家，多半就只能献身于宫廷，哪里还有机会再抽身奉养父母？李春芳退休回家，奉养父母10余年，数年后自己也过世，“乡里艳之”。普通百姓都艳羡，严嵩、高拱、张居正泉下有知，更是会嫉妒得死去活来。连奎木狼都要嫉妒。

15.2 状元宰相、青词宰相、阉党宰相

李春芳有两个别号。一是状元宰相，有明276年88位状元郎，其中17位官至

图7　状元宰相李春芳

内阁大学士，约1/5的比例，李春芳也是这个光荣队伍中的一员。但另一个就是贬义了：青词宰相。嘉靖帝崇信道术，尤好青词。青词是道教斋醮时上奏天帝所用的表章，用朱笔写在青藤纸上，体裁为骈俪体，需带有强烈而华丽的道教色彩，还要巧妙地拍皇帝马屁，比如最著名的就是袁炜这首：

洛水玄龟初献瑞，阴数九，阳数九，九九八十一数，数通乎道，道合元始天尊，一诚有感。

岐山丹凤双呈祥，雄鸣六，雌鸣六，六六三十六声，声闻于天，天生嘉靖皇帝，万寿无疆。

有些文官投其所好，也写青词邀宠，但此等行径为文人所不齿，至少有张璁、夏言、顾鼎臣、严嵩、徐阶、李春芳、郭朴、严讷、袁炜等9人被蔑称为“青词宰相”。进了这个行列还要和明代最大的奸臣严嵩为伍，耻辱啊！宋明以来，文官都是儒家士子出身，讲究以才华和正直取得大家（主要指文官）的认可而晋身，趋炎附势就会被人所蔑视。这几位公然阿附皇帝，当然就会受到大多数文官鄙视，所以给了这么讽刺的一个名号。

不过还有一种更令人不齿的称号——阉党宰相。意即投靠阉人，这比投靠皇帝更令人不齿。请注意，阉党是指一群投靠太监的文官，而不是阉人太监本身。明朝的阉党行情有两波高潮，一是正德朝的刘瑾阉党，二是天启朝的魏忠贤阉党，分别在嘉靖朝前后不久。阉贼臭不可闻，只要跟他们稍微沾一点边，甚至只要在大家一起表达对阉贼极度厌恶时，你表达得不那么起劲儿，就会被其他文官蔑称为阉党。有些宰相做了一些协调文官和阉党关系的工作，或者在跟阉党的斗争中相对温和，就会被激进派蔑称为阉党。这个称号指向并不特别明确，但越不明确越可怕，你有点倾向我就可以这么指你啊！像李春芳这种对待太监非常友好的宰相，其实是符合这个特征的，所幸嘉靖朝是阉贼势力的低谷，若早50年或者晚50年，妥妥是阉党宰相。

综合李春芳的几个别称来看，他在官场上可谓左右逢源，其实这也是孙悟空的特点。

15.3 官场上左右逢源的孙悟空

李春芳能在如此险恶的权力大斗争时代善始善终，可见其油滑于官场的能力，这种感悟可不是长兴县丞能具有的。孙悟空，其实正是这样一种体现。

1）状元郎融入文官主流

孙悟空自己修炼成仙，本领高强，这可以为众多道家神仙接受。《西游记》第五回写他初授齐天大圣虚衔，尚未领受蟠桃园实职时，“只知日食三餐，夜眠一榻，无事牵萦，自由自在。闲时节会友游宫，交朋结义。见三清，称个‘老’字；逢四帝，道个‘陛下’。与那九曜星、五方将、二十八宿、四大天王、十二元辰、五方五老、普天星相、河汉群神，俱只以弟兄相待，彼此称呼”。孙悟空在太上老君面前很随便，跟很多道家大佬没大没小，这当然不是他们怕他，确实是关系融洽。《明史》称“春芳恭慎，不以势凌人”。又称高拱、张居正“倨见九卿”（傲慢地接见尚书等九卿），而徐阶、李春芳“折节礼士”，形成鲜明对比。李春芳自登科到出任太常少卿，在翰林院呆了10年。翰林院相当于中央政策研究室，层次很高，但工作相对务虚，并不繁忙，很利于结交。

2）深得皇帝青睐

玉帝很不喜欢主动提出某个动议，总是仙卿提出动议（票拟），他“依卿所奏”（批红），唯独让孙悟空主管蟠桃园是他主动提出并直接任命（特简）。李春芳深受嘉靖帝宠信，“大被帝眷”。《明史》称“凡迁除皆出特旨。春芳自学士至柄政，凡六迁，未尝一由廷推”。意即春芳从翰林学士到入阁为相，六次升迁都用的特旨，无一次由廷推。明代文官晋升的正当程序是相关文官开会推举，人选报给皇帝象征性批准，称会推、廷推，偶尔也有皇帝直接任命的，称特简、特旨。但特旨很容易被文官封还，既没用又丢脸，所以很罕见。而嘉靖帝对李春芳这样大用特旨，这不是恩宠，完全是玉帝和悟空那样的铁哥们儿呐！

3）与私臣关系密切

孙悟空最终投靠了佛家，由此路成佛，好比李春芳最终投向了嘉靖帝的私臣集团。当然，这层关系不太好意思大肆宣扬，正史亦无详载。朝廷那边文官是强势主流，但挤进西苑的那几个文官在私臣集团中却是非主流。然而，你既然选择了进这个圈子，“聪明”的文官就必须放下儒家士子的尊严，倾心巴结太监、宫妃、锦衣卫才行。不过恰如须菩提严禁孙悟空透露师承，太监们也不会公开和李春芳的关系，您更无可能从正史上查到太监们幕后帮助李春芳上位的证据。

4）能协调武将、番邦的关系

取经路上，孙悟空多次借助天庭神将来降妖。诸如让二十八宿召回奎木狼（黄袍怪）、请昴日星官降伏蝎子精、请哪吒用皂雕旗“装天”。被黄眉老祖的金铙装了，亢金龙甚至舍得让他在角上钻个洞救他出来。独角兕大王的金刚镯见宝贝就收，可神仙们就能为了帮他，前仆后继地送宝，可见他和武将们的关系不是一般的好。明朝文武分途，武官亦属浊流，一般攀不上清流，但李状元就能和他们也打成一片。

李春芳最大的政绩恐怕就属羁縻俺答汗一事。嘉靖年间，察哈尔部衰落，土默特部开始称霸蒙古右翼，一度兵临北京城下耀示武力，摩擦不断数十年，严嵩、徐阶为首辅时始终不能解决。李春芳为首辅后提出羁縻，终于在隆庆四年（1570）谈成。朝廷封俺答汗为顺义王，承认其为蒙古右翼领袖，土默特部则向朝廷进贡并开放贸易。千万不要认为这个羁縻多容易，这其中利益关系很复杂。蒙古人不断袭扰边境，可以劫掠物资。武将们与之作战，就有机会不断立功，而且使朝廷愈发依赖武将。所以边将既不愿和谈，更不愿一战灭之。严嵩、徐阶并非不知利害，只是不敢或不愿和武将这个利益集团撕破脸。李春芳凭与武将的良好关系，私下做了不知多少工作，才促使他们同意羁縻。

说到此，不禁联想到明末，以李成梁、袁崇焕等为首的辽东将门集团与建州女真部的天命汗（清太祖努尔哈赤）、天聪汗（清太宗爱新觉罗·皇太极）也形成了类似局势[45]。但世间再无李春芳，只能任由边将肆意出卖国家利益，养虎为患，最终亡国亡天下。

5）深谙为妖之道

花果山当那么多年山大王可不是白锻炼的，使孙悟空深谙为妖之道。孙悟空经常变成飞虫甚至小妖潜入妖怪洞府，轻车熟路。关键时刻，孙悟空还能急妖怪之所急，想妖怪之所想。白骨精第一次变作俊俏女孩儿来骗唐僧，孙悟空便笑道："师父，你那里认得！老孙在水帘洞里做妖魔时，若想人肉吃，便是这等：或变金银，或变庄台，或变醉人，或变女色。有那等痴心的，爱上我，我就迷他到洞里，尽意随心，或蒸或煮受用；吃不了，还要晒干了防天阴哩！师父，我若来迟，你定入他套子，遭他毒手！"真是知彼知己，百战不殆呀！

《韩非子·显学篇》曰："明主之吏，宰相必起于州部，猛将必发于卒伍。"论高官须有基层工作经验。但韩非子毕竟是古老的经验，唐宋以来这种观念有所转变，认为宰相应综合学者和基层两方面素质。明朝的内阁制似乎走到了另一极端，宰相八成是三鼎甲、庶吉士出身，登科后直接入翰林，翰林院供职几年直接出为部、院长官，而后为侍郎、尚书，直至入阁，普遍缺乏基层经历[51]。李春芳本也是这种情况，但他以37岁近不惑之年才中进士，早已熟悉了基层的人情世故，所以经常体现出明朝高官普遍不具备的灵活性。

6）和龙族关系融洽

《西游记》中有一个隐藏的社会阶层——龙族，暗喻明代商人。商人（也叫资本家）在古代地位微妙，他们掌握着实际上最强大的一项资源——钱，但政治地位始终被压制。正史没有详述李春芳和这个阶层的关系，但有一个重大历史事件我相信不是巧合——隆庆开海。

大明自永乐、宣德朝郑和下西洋以来，建立了牢固的全球海上霸主地位。但嘉靖以来海盗猖獗，朝廷一度实施海禁[61]，使旺盛的生产力突然失去海外倾销地，异常不满。隆庆元年（1567），朝廷下诏解除海禁，史称"隆庆开海"。一时间中国人的货轮遍布四海，很快占据了全球2/3的国际贸易份额。当时正值美洲、日本两个大银矿开发之际，白银潮水般涌入，使中国从一个贵金属匮乏国突然变成最大的金主。德国经济学家贡德·弗兰克（Andre Gunder Frank）[62]不禁惊呼中国是一台巨大的“银泵”！

隆庆、万历年间是中国商人最幸福的一个时代，关键是海商赚了大钱，李春芳内阁却并未大幅提高关税！10年后张居正内阁使国库收入陡然翻了一倍，这钱从那儿来？还不是商人腰包里掏出来的。这一对比，商人们就更加怀念李相了！所以，无需史书详载，我们完全可以想见商人阶层对李相的由衷热爱。所以，孙悟空对龙王表面上很不尊重，但龙族却始终倾力相助，甚至到了随叫随到的地步。真的不要认为是怕了他，这个阶层不是靠吓，而是靠利益驱动，这么简单的原理，学了初中政治的人都能懂，千万不要认为李春芳不懂。

7）心怀人民的好宰相

李春芳在历史上美誉度不高，主要是因为他不太符合儒家的审美观，缺了点硬气和骨气，有乡愿之嫌。《明史 李春芳传》评价“其才力不及也，而廉洁过之”。徐阶为首相时他为次相，合作非常愉快。但徐阶退休后他补为首相，他手下的少壮派宰相张居正、赵贞吉、高拱每天给他蹬鼻子上脸。尤其是张居正“恃才凌物，视春芳蔑如也”。首相大人也只能“叹曰：‘徐公尚尔，我安能久？容旦夕乞身耳。’”（徐阶大人尚且压不住张居正，我在这个位置上还能长久？容我过两天就退休吧）谁知张居正竟然答道：“如此，庶保令名。”（你这样自觉，还能保个好名声）“春芳愕然。”高拱入阁后更是多次发生正面冲突，李春芳“度拱辈终不容己”，连上五道奏疏坚决请辞，隆庆帝无奈批准。

这确实与历史上的忠臣直士形象相去甚远，连李春芳自己都忍不住要问：“我好歹是一介首辅，难道在历史上就这样一个糯米老头儿形象？”张廷玉（《明史》总编）果断回答：“是，首相！”但客观地说，李春芳在心怀人民方面其实还算不错。隆庆元年（1567）春，隆庆帝下诏建翔凤楼，刚刚入阁的武英殿大学士李春芳立即上奏劝阻：“上新即位，而遽兴土木，可乎？”他也因此受到群臣称赞，被廷推为建极殿大学士（次相）。而他革除皇店、皇庄，甚至巧派海瑞铲除前任首相徐阶在民间霸占的田产，深得人民称颂。《西游记》中的凡人暗喻了普通人民这个阶层，孙悟空一路上也遇到很多凡人求助，他还是很热心地予以帮助，比如凤仙郡求雨、金平府免灯油、扇灭火焰山等。做这些事其实会触犯某些神仙在凡间的利益，他既注重策略，也不畏权贵。总之，李春芳并不是一个纯粹的乡愿，更不是有些人所说的软骨头，尽管没有岳飞、于谦这样惊天动地的浩然正气，但他的心里还是有人民，有正义的。

总之，李春芳在嘉靖朝这个皇帝和文官严重对抗的撕裂时代，是一个奇葩，是那个斗争漩涡中的一根定海神针。皇帝、文官、太监甚至人民都对李相能协调好各方关系寄以厚望，生怕哪天他不在了，几大派别就会撕破脸斗起来。难怪他要辞职时，连急着接首相位置的高拱（其实还有张居正）都有点舍不得。

历数李春芳前后历任首相：

杨廷和：跟年轻的嘉靖帝斗“大礼议”，下台，儿子杨慎被流放。

张璁：被骂成明代最大的奸臣。

夏言：被严嵩搞死，绝后。

严嵩：被徐阶搞垮，被骂成“明代第一贪”，儿子被杀，绝后。

徐阶：被弹劾免官，财产被收缴，儿子充军。

李春芳：平安着陆，回家奉养父母十余年，驾鹤西去，乡里艳之。

高拱：被张居正斗倒，若非王大臣翻案，差点也被弄死。

张居正：最惨！死后还差点被开棺戮尸，儿子自杀的自杀，充军的充军。

唯独李春芳，善始善终。这在弘治朝或许只能算平庸，但在大撕裂、大斗争的嘉靖、隆庆、万历三朝就堪称大赢家了呀！

下篇

内宫外廷亮相取经路

一条取经路，从御马监到灵山，其实就是从皇城最东边的御马监到西苑最西边的司礼监经厂新址。一路妖魔出洞，其实就是内宫外廷各路人马纷纷出场，向取经人问话："你若取经成功，走上干政之路，日后怎生合作？"宫妃、太监、东宫、舞姬、宰相、宰相家属、翰林学士、后宫粗妇甚至掏粪工各有诉求，取经团依次给他们满意答复。

16

金角大王——太上老君的唐僧肉广告

西天取经是扶植佛教、压制道教的活动，道教大佬太上老君多次出手阻挠，取经路上从他身边来的妖魔最多，还有很多不是他身边人，但也带着他的法宝。平顶山莲花洞的金角大王、银角大王是他的贴身秘书，一口气带了他五个法宝下凡，这或许算是佛道双方第一场硬实力比拼。只是不知佛家有没有注意，太上老君虽然放行，但也悄悄打了一个很麻烦的广告。

16.1 报复猪八戒的同时取得兵权

孙悟空破解了黄袍怪的老虎幻术，还唐僧清白，师徒感人重逢，取经团破镜重圆，离开宝象国，再度踏上征程。不久，取经团来到平顶山，暗中保护（监视）取经的四值功曹中的日值功曹出来报信，说这里的妖怪厉害得不得了。类似情况在整个取经途中只有两次，下一次要等到狮驼岭三大魔王，足见妖魔凶狠。说起来取经团之前遇到的险阻花样百出，但真正硬拼硬打的降妖伏魔，这其实是第一战。某种程度上说，这算得上是裁判一声哨响，佛道双方正式比拼——开始！

不过攘外需先安内，恰如观音给孙悟空戴了紧箍咒，孙悟空必须报复她，以至于烧了观音禅院，制造金池长老惨案。打死白骨精后，猪八戒进谗言导致孙悟空被逐，这个仇都不报，俺老孙还怎么在取经团混下去？

其实在黄袍怪一节，孙悟空已经在一定程度上报复了猪八戒。当时猪八戒被迫来请孙悟空回归，孙悟空表面热情接待，却以暗中偷听到猪八戒在背后说他坏话为由，将其绑了起来，好一番折辱。不过彼时大敌当前，齐天大圣还是以大局为重，没有太过狠辣报复。而且猪八戒甘冒风险到花果山来请他，也表现得颇以大局为重，如果此刻太过计较，反而显得俺老孙因私废公。所以把猪八戒绑起来后，孙悟空还是很快冷静下来，没有狠治猪头，而是大度地回归了取经团。但如果猪头就此认为恩怨已清，那便大错特错了，这次不把你治服帖了，等下次你又进谗言赶我走？

孙悟空得了日值功曹报信，故意夸大妖魔凶狠，甚至用出了装哭的伎俩，吓得师父、师弟魂飞魄散，又说要散伙的话。唐僧求悟空想办法，悟空趁机说自己势单力孤，斗不过妖魔。唐僧便说："徒弟啊，你也说得是，果然一个人也难。兵书云，寡不可敌众。我这里还有八戒沙僧，都是徒弟，凭你调度使用，或为护将帮手，协力同心，扫清山径，领我过山，却不都还了正果？"明确将另外两个徒弟的指挥权交给孙悟空，"那行者这一场扭捏，只逗出长老这几句话来"。

取经团的组织目标导向非常明确：西天取经，这是不以任何组织成员主观意志为转移的。取经团的组织架构也早早明确：一师父、三徒弟、一脚力、一大堆暗中护佑的监控人员。很显然，唐僧是绝对核心，但孙悟空试图发挥专业特长，至少要把作战这个单项划定为自己的分管工作。为此，孙悟空借力打力，巧借这场硬仗顺理成章地从唐僧手中取得了军事指挥权，一举奠定在取经团中的地位。

孙悟空这个动作是很有必要的，也是他汲取深刻教训明白过来的道理。白骨精一节，他看清俊俏女子是妖怪幻化人形，在没有经过唐僧批准的情况下，对妖怪实施了空袭，已经让唐僧非常恼火。紧接着又两次在未经唐僧同意的情况下，自作主张打死白骨精。唐僧出于维护"一把手"权威的原始动机，再加上猪八戒的挑唆，气急败坏地恨逐了不听命令的大徒弟。其实猪八戒恶意挑唆也是正常的政治站位，毕竟唐僧是一把手，他和孙悟空发生矛盾时，正常人第一反应都是站一把手一边，这可以理解。被逐回花果山的孙悟空冷静下来总结教训，已经省悟自己绕开一把手实施军事打击确实是犯了政治忌讳，现在唯一能弥补的办法就只有一举将兵权捞到自己手中，不然在团队中再也抬不起头。正因如此，孙悟空要多要些手段，一方面敲打猪八戒，另一方面也是明确自己分管兵权，奠定团队地位。

孙悟空从唐僧那里取得兵权后，开始整治猪头，派他去巡山。猪八戒一时没料到政治形势发生如此逆转，非常愤懑，不过无奈只好孤身一人踏上巡山路。孙悟空趁机在唐僧面前说了猪八戒必定偷懒的坏话，并通过远程监控坐实，将取经团队中唯一的军人整治得服服帖帖，从此掌稳了兵权。

妙的是，作者这一段完全没有写得阴暗深沉，反而是妙趣横生，甚至充满童趣，很大程度上转移了读者的注意力，让人在银铃般的笑声中略过了如此阴暗深沉的政治博弈。

16.2 仙风道骨的道家妖魔

动物修炼的一大目的就是修成人形，所以妖怪既然成其为妖怪，那表面上应该是人形，不用照妖镜看不出原形。但影视作品总爱把妖怪妆扮得青面獠牙，尤其爱突出其原形的动物特征。《西游记》的描写有部分是支持这种提法的，比如详细描绘了狮驼岭三大魔王的外貌。

大魔青狮精：凿牙锯齿，圆头方面。声吼若雷，眼光如电。仰鼻朝天，赤眉飘焰。但行处，百兽心慌；若坐下，群魔胆战。这一个是兽中王，青毛狮子怪。

二魔白象精：凤目金睛，黄牙粗腿。长鼻银毛，看头似尾。圆额皱眉，身躯磊磊。细声如窈窕佳人，玉面似牛头恶鬼。这一个是藏齿修身多年的黄牙老象。

三魔金翅大鹏雕：金翅鲲头，星睛豹眼。振北图南，刚强勇敢。变生翱翔，鷃笑龙惨。抟风翮百鸟藏头，舒利爪诸禽丧胆。这个是云程九万的大鹏雕。

三者成精后仍具有明显的狮、象、鹏特征，类似的还有牛魔王、九头虫、九头狮等。其实真正最突出的还得算取经团这三位，具有显著的猴、猪和那啥的特征，经常吓得施主大呼小叫，闹了不少笑话。所以电视剧《西游记》为人们留下了“妖怪具有动物特征青面獠牙外表”的刻板印象，化妆师每次都忠实按照动物原形来妆扮。但不知进度拍到金角、银角时，化妆师有没有打一个咯噔：这两位用什么动物特征呢？其实同样问题还有小雷音寺的黄眉老怪，他是弥勒佛祖的童子，不是动物。更难办的还有朱紫国的赛太岁，他是观音坐骑金毛犼，犼是个什么物种？先弄个狮子头算数吧！

然而这完全是剧组传递给观众的一种误解，《西游记》中大部分妖怪都是修成人形了的，在表面上看不出动物特征，死后才会现出原形。比如第八十六回的南山大王，直到“八戒上前一钯，把老怪筑死，现出本相，原来是个艾叶花皮豹子精”。再如第七十三回，毗蓝婆菩萨助取经团降了百眼魔君，请取经团不要打死它，孙悟空便提出：“但只是教他现本象，我们看看。”然后百眼魔君才现出本相，原来是一条七尺长短的大蜈蚣精。也就说在此之前，与妖精搏斗许久的取经团也并不清楚他们到底是什么成精，直到最后现形方知。这里需要再次强调，孙悟空的“火眼金睛”并不具备照妖镜的功能，他只是善于根据别人的“气场”模糊判断此人的层级，所以妖怪现原形前，他也最多能感觉到妖气，无法判断具体原形。

其实从原著的描写看，很多妖怪都是仙风道骨。人家修炼那么久，图的就是修个人形，既然修了就修个漂亮的，比如白素贞就是个大美女而不会成天吐着条血红的信子。《西游记》描绘大多数妖怪的外形都是很好看的，尤其是金角、银角这两位太上老君的童子，该是何等仙风道骨？何况人家本来也不是动物。但电视剧因为金角、银角的名字，愣是把别人妆扮成头上长角的农业重金属狂魔，1986电视剧版甚至把银角大王妆扮成诺维茨基，这都是极大的误解。不妨来看看原著对他们的相貌描写。

金角大王：头上盔缨光焰焰，腰间带束彩霞鲜。身穿铠甲龙鳞砌，上罩红袍烈火然。圆眼睁开光掣电，钢须飘起乱飞烟。七星宝剑轻提手，芭蕉扇子半遮肩。行似流云离海岳，声如霹雳震山川。

银角大王：头戴凤盔欺腊雪，身披战甲幌镔铁。腰间带是蟒龙筋，粉皮靴靿梅花摺。颜如灌口活真君，貌比巨灵无二别。七星宝剑手中擎，怒气冲霄威烈烈。

这种气质相貌评价是非常高的，放到《三国演义》中也是大将之才，金角大王“威风凛凛欺天将”，银角大王甚至“颜如灌口活真君”，将其比作神界颜值担当二郎神，如此推崇，绝对不是诺维茨基。

两位大王还在凡间认了一个九尾狐狸当干妈，老干妈的外貌也有描写：雪鬓蓬松，星光晃亮。脸皮红润皱纹多，牙齿稀疏神气壮。貌似菊残霜里色，形如松老雨余颜。头缠白练攒丝帕，耳坠黄金嵌宝环。这就是个很普通的老奶奶形象，孙悟空打死她之前也没有看出半点狐狸特征。她还有个弟弟狐阿七大王，形貌描写："玉面长髯，钢眉刀耳。"也是个典型的古代美男子形象，除了名字丝毫不带狐狸特征。

不过他们死后好歹现了原形，金银二位大王其实也被孙悟空装进紫金红葫芦化为脓水了，只是最终被太上老君救活。老君"揭开葫芦与净瓶盖口，倒出两股仙气，用手一指，仍化为金、银二童子，相随左右"。切要注意一个"仍"字，着重强调了二位大王的原形就是太上老君身边的仙童，我相信老君不会让两个青面獠牙的怪物甚至诺维茨基"相随左右"。那既然原形就是仙童，请问他们下了凡又故意幻化成青面獠牙说得过去吗？

其实在这个问题上真正值得怀疑的恰恰是那些故意保留鲜明外貌特征的妖魔，他们难道是在故意向孙悟空透露来历？取经本是考验性质，不是真想弄死取经人，通关的一大要诀就是弄清对方的背景来历，找他背后老板解决。很多时候取经团完全不是妖魔对手，孙悟空大费周章只为打探出妖魔主人是谁，一打探到，请来主人立即收工。

官场便是如此，遇到一个"铁面无私"的官员，无论如何都做不通工作，但只要你找到他背后老板，问题往往就迎刃而解了。《西游记》中的妖魔其实也大都和取经人有旧，有时通过外形暗示来历的方式小小地放点水。尤为明显的不是别人，正是狮驼岭三大魔王！孙悟空本来是在城外看了一眼妖魔王国的架势被"吓了一跌，挣挫不起"。结果一进门见了三位魔王，反而是"行者见了，心中欢喜，一些儿不怕，大踏步径直进门"。这明显是看到几位老熟人，哦！原来哥几个呀！我不怕不怕啦！

图8　仙风道骨的道家妖魔

16.3 大家快来吃唐僧肉呀

取经路上神通广大的妖魔不少，但既然大家都明白取经是测试性质，也没几个下狠手的。孙悟空与妖魔比拼武艺，平局之多，让比赛监督委员会徒叹奈何。平顶山金银双童一战，算是少有的硬实力比拼。

银角大王先变作断腿道士，骗孙悟空背他，若说这还有计策取巧的成分，但他移山倒海，遣来须弥、峨眉、泰山三座大山，压得孙悟空“三尸神咋，七窍喷红”，差点首战丢命，也足见功力——如来用五行山压猴子也没见这么大劲儿呀！这也是孙悟空第一次被妖怪打哭，还边哭边叹“既生瑜，何生亮”。可见银角大王展示出这个强手如林的官场，让最初企图凭一身硬功夫打出一片天的孙悟空受到多大打击！难怪哭得活像个30斤的孩子。

金角大王持七星剑与持金箍棒的孙悟空比拼武力，基本打成平手，但芭蕉扇取出来一扇火，立马烧得猴子上蹿下跳。师徒四人都当过两位大王的阶下囚，孙悟空甚至一度被装进紫金红葫芦，差点化为脓水。多亏孙悟空战斗意志顽强，屡败屡战，智计百出，多次巧计骗来葫芦，最终将二王都收入其中。说起来，这是全书唯一一次以正面硬杠贯穿始终的关卡，太上老君只是最后来收走了败方，中途确实没有任何神仙插手，不信看看其他关：

黄风怪：灵吉菩萨给出定风珠；

黄袍怪：二十八宿下凡来唤走奎木狼；

乌鸡国：太上老君给出九转还魂丹；

灵感大王、独角兕大王、九灵元圣、玉兔等：老板直接下凡来带走；

红孩儿、牛魔王、九头虫、小雷音寺黄眉佛祖、狮驼岭三大魔王、金平府三只犀牛：更是天庭或灵山直接派出大批援军来战。

当然，白骨精、南山大王这类妖怪过于弱鸡，一棒子就敲死了不论。真正实力够强，孙悟空又忍住了没请救兵，纯靠三兄弟斗智斗勇，用实力战而胜之的，唯有金银双童一关。这也是全书篇幅最长的一关，足足用了四回（第三十二至三十五回）。不过这也点出：如果真是每一关都这样过，先不说猴哥的法力神通，唐师父的阳寿也等不起呀！

然而就在这场硬仗中，金角、银角却有一个做法很不合理——他们画影图形、大张旗鼓地缉拿唐僧，这不是打草惊蛇吗？

金角大王情报非常准确，对刚刚组建完成的取经团了如指掌，在从未打过照面的情况下就已有师徒四人甚至白龙马的准确图形，这和之后靠听小道消息的妖怪们可不在一个档次。也难怪，他们可是太上老君的身边人，又号称是观音菩萨专门借来考验取经团诚意的，出发前配备好任务说明书似乎说得过去。即便如此，他们也不该如此打草惊蛇呀！众所周知，抓猎物的要诀就是要隐秘追踪，趁其不备，一击致命。有时还要设陷阱、布迷踪，诱猎物在不知不觉中上钩。总之，隐秘是狩猎的第一要务。这两位倒好，拿着取经团的图形，点起30名小妖，大张旗鼓地在山上巡逻，生怕全世界不知道他们在抓唐僧。

说来也巧，银角大王听了金角哥哥的话，第一次出来巡山，便堪堪撞上这边也在巡山的猪八戒，一番激战抓了回来。结果金角说这头猪没啥用，要抓唐僧。

于是银角老弟点起更大的50名小妖队伍出击，用移山法压倒孙悟空，又一番激战抓来唐僧、沙僧和白龙马。

奇的是，银角大王遣须弥、峨眉、泰山压住孙悟空，却不动手杀掉，自顾抓了唐僧回洞府去也。暗中监视取经工程的揭谛出来训斥按银角大王号令依法行政的山神、土地，向本不知情的山神、土地交待来龙去脉。相信这几位听了这么爆炸的新闻，回去肯定会大讲特讲，将金角大王、银角大王大战取经团的精彩故事散布到三山五岳。至于他们大战的原因？就是为了吃唐僧肉呀！这唐僧肉好啊！连太上老君身边的童子都看得上，吃了不用打坐练功，直接长生不老哟。客官，快来吃呀！至于后来银角大王派精细虫、伶俐鬼拿紫金红葫芦来装孙悟空，却被孙悟空用“装天”小把戏骗走宝贝一节，又是作者在以精彩的斗智斗法转移读者的注意力。

前文就分析过，说唐僧肉有类似于蟠桃的功效，这完全是天界放出的一个谣言。但之前这个谣言似乎流传不广，连奎木狼这样的大神级妖怪都完全没听说过（也有可能是没当回事儿）。所以，太上老君需要推送一下。他的动机很明确——既然西天取经损道肥佛，作为道祖自然要阻挠，但过于直接出手又得罪玉帝、如来。那就不直接出手，只打个广告，让一路妖魔出洞，疯抢唐僧肉，被谁吃了就不怪我！

道祖这个广告非常巧妙，且看他的精心设计。

第一步，巧借观音来借童子充作一难的机会，让贴身秘书金银双童出马。为何要派两位？因为很多时候需要两个人演双簧，两人在任务中的地位、作用还不同。应该说金角是主，银角是辅，犹如相声中的逗哏、捧哏。很多人认为莲花洞实施的是双首长制，金角、银角是平级，其实并非如此。金角很清楚任务的前因后果，因为老君向他交代了取经团的画影图形，布置了散布唐僧肉谣言的任务，甚至保持联络，连取经团到了平顶山的动向都及时向他传达。反之，银角大王恐怕未必清楚任务详情，很多时候只是按金角哥哥的指挥行事，或者说捧着哥哥，让他的表演更能感染观众。

第二步，金角大王开始推送唐僧肉的广告。金角第一次说起唐僧肉时，银角老弟的反应是：“我们要吃人，哪里不捞几个？这和尚到得哪里，让他去罢。”可见金角大哥带着银角老弟下凡来许久，守口如瓶，从未提过什么唐僧肉，直到唐僧来了才作为爆炸性消息放出，这符合广告传播学宣传时间紧贴产品推送上市的基本理论。这也说明当时“唐僧肉吃一块长生不老”的说法还没扩散开，连银角大王这么高级的妖怪都还不知，一旁的小妖们更是被这样突如其来的惊人消息震撼得无以复加。

第三步，金角大王派出深受广告毒害的银角老弟带着毒害程度更深的30名小妖出去巡山。银角老弟毫不遮掩，大张旗鼓，这是广告的全面扩散阶段，将效果传播到普通消费者。

第四步，孙悟空派出毫不知情的猪八戒前去巡山，与第一次巡山的银角大王撞个正着，形成初步冲突。如果说金角大王和孙悟空没有事先协调好，这撞上的时间也太巧了。

第五步，你来我往，冲突升级。银角大王召唤三座大山，山神、土地得知实情，比小妖们更加震撼，事件的影响成功扩散到了三山五岳。

由此我们又明白了一个重要道理：谁是政治谣言的传播主力？不是普通群众，恰恰是那些官场人士，尤其是一些中下层官僚。像金角大王、大鹏这些高级妖怪（低级神仙）接近消息源，在老百姓面前又是“官场中人”，说话似乎很权威，他们说出来的一些传闻，有时明显不合逻辑，但基层官僚和老百姓就是愿意信，甚至被戳穿了仍为之竭力辩护，以捍卫自己“得到内幕消息”的荣耀。试想峨眉山土地去向山中群妖宣贯自己得到了“唐僧肉吃一口长生不老”的内幕，群妖无不崇拜土地消息灵通，唯独某白蛇提出质疑，土地必会大怒：“老子是当面听太上老君的金炉童子亲口说的（你有资格跟道祖的童子当面交流吗），人家都在拼了命抓唐僧，你个死蛇精居然还不信？给我压葫芦山下，等一千年后穿山甲来救你吧！”所以某些大佬故意将一些谣言借由中下层官僚之口散布出来，往往效果好到想澄清大家都不信的地步。

16.4 郑和下西洋是为了找建文帝？

金银双童大张旗鼓地抓唐僧，不是真的为了吃唐僧肉，只是为了打个大广告。这一方面是作者的剧情设计，另一方面又是他在阴险地嘲讽明朝甚至后世很多人。

恰如银角大王所说，唐僧其实就是肉体凡胎，根本没吃头，类似于蟠桃的功效只是个谣言，但就有那么多人信，前仆后继地疯抢，甚至搭上了小命。这在知道内情的人来看，是值得嘲笑的，就像明朝历史上也有一件类似的谣言惨遭李春芳嘲笑。

永乐帝（朱棣）造反抢了侄儿建文帝（朱允炆）皇位。朱棣最初以“奉天靖难”为名，号称“清君侧”，率大军打进南京。但打进南京后有件事儿很棘手——俘获的建文帝怎么办？把他咔嚓掉？那不是弑君吗！那不杀留着怎么办？您是来“清君侧”的，现在君侧已清，四叔您可以回北平去继续当燕王了，小侄继续当皇帝。就算说建文帝自杀都不行，因为他显然是被四叔给逼得自杀的。事实上就算真自杀了还是不行，因为他毕竟当过皇帝，死了也要奉入宗庙。更要命的是他当时已经立了太子，他若驾崩了也该太子即位，轮不到你朱老四！《明太宗实录》便称建文帝自焚死[47]，这应该是明太宗（朱棣）最初的托词，但很快他又发觉说不通，于是又改变了说法，所以后来《明史》等均不采纳此说。

那这又不能死又不能活的，建文帝的处理就只剩一个——莫名消失。于是朱棣登基后，开始散布说法：称建文帝在南京城破前一刻逃出城去了，从此与世人相忘于江湖。

这种说法比唐僧肉的谣言更不合逻辑。当时建文帝是正统皇帝，朱棣是反贼。虽然不小心被打到南京，但天下依然认可的是建文帝而非朱棣。建文帝若能逃出南京，那他应该做的是立即在某地立起大旗，号召天下勤王，哪有好不容易逃出来又躲起来的道理，还一躲躲到死？所以建文帝在南京城破时已死无疑，所谓逃亡无非是朱棣无法处理他而散布的一个谣言[30]。为了推广这个谣言，朱棣还配套了许多措施，散布了更多谣言，尤其是装出一副在民间寻找建文帝的姿态。民间也受此影响，将永乐帝的一些行为视为在暗访建文帝行踪，产生了许多衍生谣言，其中一个最令人震惊的便是——郑和下西洋是为了寻找建文帝！

这简直就是银角大王大张旗鼓抓唐僧的做法。谁都知道搜寻逃亡之人，靠的是明察暗访，行事最需隐秘，哪有郑和下西洋这样子大张旗鼓的，相当于扯起嗓子大吼一声：“大侄子，四叔抓你来啦，快藏好呀！”而且找个建文帝找到非洲

（甚至有可能包括美洲）去了，永乐大帝真是以天下为家呀！不过您确定这真是正常人类的思维方式？

然而这个谣言就是有不少人信，把郑和下西洋这么伟大的国家工程理解成“找建文帝”这么卑微的理由。我若告诉纽约土地其实并非如此，他恐怕还会怒道：“人家郑和公公找到非洲甚至美洲，你个死作者居然还不信！”不过在李春芳眼里，这种人是值得嘲笑的。但请注意，李春芳笑的不是永乐皇帝，而是那些相信“找建文帝”的人，这些朋友当真是比当真以为银角大王当真想吃唐僧肉的天蓬元帅还要可爱！

17

乌鸡国王——脓包贪官救走废柴坐骑

很多人说《西游记》的主题就是没背景的野妖怪一棍子打死，有背景的出了事儿老板出面来带回来，屁事没有。其实严格来论，很多“有背景”的妖怪不是被老板带回去，而是孙悟空本来就打不过，去请他老板来收回去的，只有少数几个是真废柴。这类最典型的“悟空，棍下留人”还得数文殊菩萨到乌鸡国救下青狮精一幕。

17.1 御马监和军方终于达成平衡

取经团过了平顶山，来到乌鸡国宝林寺，很罕见地积极揽下一个大单。这个寺院本来对外来僧很不礼貌，甚至对唐僧大加折辱，弄得他“满眼垂泪”。按说这种情况只能换个地方借宿了，孙悟空却硬要在此住下，不惜展示神通，把寺里一个石狮子打得粉碎，总算吓得寺僧借宿给他们。深夜，唐僧遇到已死三年的乌鸡国王鬼魂从井底来求助。本来死鬼是无权这样行动的，但一个夜游神专门把他放出来，并告诉他去找孙悟空求助。后来猪八戒到井里去寻他尸身，井龙王也早知齐天大圣、天蓬元帅要来。这些事一串起来，孙悟空强行要在此寺留宿也就好解释了，这里有他的订单。

唐僧将乌鸡国王鬼魂的求助转告给孙悟空，孙悟空去王宫看了一番，认为妖气笼罩，确实有妖。孙悟空又大费一番心思，变作“立帝货”小人儿，忽悠那国王的太子，促使他搞清真相。原来是五年前，国王因气候遭灾，请来一位神通广大的全真派道士主持法事，立时风调雨顺。其实道教全真派是南宋王重阳创立的，唐代还没有这个宗派。这位全真也成了乌鸡国的座上宾，结果有一次在御花园将国王推下井淹死，自己变作国王模样，如今已在此当了三年国王矣！

对此，孙悟空定下先捞出真国王尸身，趁倒换关文时当众戳穿假国王，使妖怪现出原形的策略。救真国王、打假国王都是行动，便又涉及使用兵力问题。白骨精一节，大头兵猪八戒进谗言逐走孙悟空，所以金角大王一节，孙悟空要尽手腕，捞到了兵权，同时狠治了猪头，那双方恩怨已清，又是好兄弟了吗？没那么简单。权力斗争就是这样，只有乘胜追击，没有主动收手的便宜事儿。孙悟空会继续一直整治，直到猪八戒有效反击，向孙悟空展示他的实力和底线，孙悟空经评估后才会达到初步平衡。

取经团确定帮助乌鸡国王的计策后，首先是要去井底将其尸身捞上来。孙悟空继续行使军事指挥权，让猪八戒下水去捞，将其从酣睡中叫醒，“那呆子是走路辛苦的人，丢倒头只情打呼，那里叫得醒？”硬扯着耳朵叫起来。这一次孙悟空是要试试军人在极不情愿的情况下，对其实施指挥作战，这当然是对军队的进一步掌控。

猪八戒不愿下井，孙悟空便谎称井里有宝贝，捞起来都归八戒，终于说动了他。这也点出明末一个危险的趋势：军人战斗意愿严重下降，没有特殊利益便指挥不动。明朝灭亡的一个很大原因便是军人懒战，李自成以乌合之众，一路势如破竹，直入京师，明军不是打不过，而是根本不打。

猪八戒下了井，发现井里居然有个龙宫！井龙王一直妥善保管乌鸡国王的尸身，于是心生一计，又去向唐僧进言，让他命令猴子想办法救活国王。而且猪八戒考虑很周全，虑及猴子去阴司还魂并非很难（类似唐太宗、李全等），于是附加一个条件：不准去阴司还魂，必须就地救活已死三年的国王，不然就念紧箍咒，“把这猴子的脑浆勒出来，方趁我心！”可见猪八戒总算清醒认识到了自己的处境，抛弃幻想，开始用心思考。唐僧也想敲打敲打悟空，平衡一下他的权力，于是同意了八戒这个看似极不合理的要求。刚开始孙悟空断然拒绝，因为这个要求完全是无厘头，唐僧便真的念起经来。孙悟空终于看懂了唐僧的表态，明白自己揽权过甚，恐怕已经触及合理边界。

不过孙悟空还真就在阳世救活了已死三年的乌鸡国王。他直上兜率宫，找太上老君施舍了一粒九转还魂丹，愣是让乌鸡国王肉身复活！这应该算是整部《西游记》中唯一一次违背宇宙基本法则的特例，既表明了太上老君的无边法力，也说明了孙悟空手眼通天，能去找到太上老君办成这种事儿！这暗喻了宰相的巨大权力，必要时可以违背一下王法。也说明御马监太监手眼通天，虽然本身没有什么法律赋予的权力，但他能找宰相办成明显违背王法的事，这种间接权力，懂的人就知道有多可怕。

猪八戒在提出无理要求，成功反击孙悟空之后，又有一个行为值得赞赏，便是孙悟空上天去求太上老君之前也提了个要求，说他这一走，猪八戒也不能闲着，要守着国王的尸身哭丧。猪八戒毫不推辞，卖力地哭了起来，甚至孙悟空从天上回来他都还在真诚大哭。此举传递了一个善意的信息——他给了孙悟空一个台阶下，真心想在此寻到博弈的边界。孙悟空也就坡下驴，不再继续追击。沙僧也主动跳出来，烧香祭祀国王尸身，这就是典型的和事佬，表明了他也希望孙、猪的斗争就此平衡。

这一轮斗争的起因仍是孙悟空进一步整治猪八戒，巩固自己的军权，并在猪八戒有效反击后，初步寻得了战略平衡边界。唐僧通过赞同猪八戒提出阳世救活国王的无理要求，沙僧通过烧香的动作赞同孙悟空祭祀国王尸身的要求，各自在斗争中表明态度，辅助寻得平衡点。太上老君那粒金丹是不合法的，但取经团这些斗争都是符合官场斗争法则的，没有出格。

乌鸡国一回，在和妖魔斗法之前，取经团内部先进行了一次激斗，进行了内部权力的一次重要调整并达到平衡，同时阐述了官场斗争中寻得战略平衡的重要原理。

17.2 明朝最大的敏感词“立帝货”

孙悟空去向乌鸡国太子进言时耍了个小花招，变成一个不足两寸的小人，自称“立帝货”。这个名字在其他时代看来没有任何意义，似乎就是孙悟空随口取的，但在明朝却是一个政治上的敏感词。敏感到什么程度？当时的人一看到这词，都会倒抽一口凉气！这个词在明朝的敏感度简直就相当于汉朝的“衣带诏”（汉献帝在衣带上写诏书，密谋刺杀权相曹操之事）、唐朝的“玄武门”（秦王李世民通过政变杀死亲兄弟太子李建成、齐王李元吉，并篡夺父亲唐高祖帝位之事）、宋朝的“斧声烛影”（传闻晋王赵光义杀死亲哥哥宋太祖，篡位称帝之事），只是时光荏苒，后人在《西游记》上看到此词却浑然不觉。

该词最早出现在正德朝当权太监刘瑾身上。正德帝年少轻狂，刘瑾则巧计揽权。他清楚皇帝何时游乐正欢，就故意去呈递奏章。正德帝每次都玩心过甚故意跑开，边跑边说：“别拿这些事儿来扫我的兴，我养你们这些人是干吗的？”于是刘瑾便名正言顺地代替皇帝处理奏章，成为一代权宦，开启了第一波“阉党”行情。后来，人们便称刘瑾是“立皇帝”，暗喻他虽不坐龙椅，只能侍立皇帝身旁，但实际上是个站着的皇帝。

后来刘瑾败亡，朝廷大肆追论“阉党”，有的官员甚至被开棺戮尸！可见“阉党”为人们带来了巨大的心理创伤，嘉靖初君臣对“立皇帝”何其敏感！万历帝登基后，太监势力强劲反弹。次相张居正为了和首相高拱争权，联络后宫李太后、冯保，交织成权力网，将年仅9岁的万历帝笼罩其中，以实现他们的私权。冯保常以太监身份侍立在皇帝身边，事无巨细都由他照料。吏科都给事中（专管弹劾的六科言官之一，正七品）雒遵上疏弹劾：“保一侍从之仆，乃敢立天子宝座，文武群工拜天子邪，抑拜中官邪？欺陛下幼冲，无礼至此！”（冯保无非一个侍从皇帝的奴仆，竟敢立在天子宝座旁，文武群臣是拜天子，还是拜太监呢？他这分明是欺负陛下年幼，无礼至此！）

雒遵引发了巨大的政治漩涡，“立皇帝”之说再度声闻朝野，雒遵一方显然是想将冯保打入刘瑾之列，对其实施毁灭性的政治打击。冯保一方判断，雒遵是首相高拱门生，此举必是高拱指使。于是李太后、张居正、冯保紧密协作，强势反击，甚至引发了无厘头的王大臣刺万历帝大案，最终斗倒高拱，冯保也得正司礼监掌印太监之位，成为大公公。他坐正后，大家自然不敢再乱议，“立皇帝”成为一个严重的政治敏感词。不过朝堂之上的斗争管不了赋闲在家的李春芳，反而会成为他笔下的绝佳素材。大闹天宫的故事原型正是王大臣刺万历帝一案，背后是冯保一方整垮高拱的剧斗。第七回《八卦炉中逃大圣 五行山下定心猿》写到孙悟空从炼丹炉里冲出来，疯狂打向凌霄宝殿时用了一首诗：

猿猴道体假人心，心即猿猴意思深。
大圣齐天非假论，官封弼马岂知音？
马猿合作心和意，紧缚拴牢莫外寻。
万相归真从一理，如来同契住双林。

这里多次暗示与“立皇帝”冯保有关。首先，“猿猴道体假人心”暗喻当时士大夫都对冯保这个太监骑到文官进士头上不满，骂他沐猴而冠。其次，“官封弼马岂知音”正是冯保最大的诉求，他多年担任司礼监秉笔太监、提督东厂兼管御马监，但始终差一步当上司礼监掌印太监。之后“马猿合作心和意，紧缚拴牢莫外寻”便指冯保终于找到了张居正这个知音，并且不用再到外朝去寻求帮助了，内宫的李太后才是你们共同的大老板呀！最后，作者还插了一个非常有意思的钉子——“双林”，这正是冯保的号。“立皇帝”这个伏笔，早在大闹天宫一回就埋下了！

17.3 脓包贪官和他的废柴坐骑

孙悟空带着复活的乌鸡国王，假意来倒换关文，当众戳穿了金銮殿上的假国王。假国王滑跃起飞，往东北（五台山相对于中原的方向）逃离。师兄弟三人弹射起飞，空中将其围定，正欲打杀，“只见那东北上，一朵彩云里面，厉声叫道：‘孙悟空，且休下手！’”原来是文殊菩萨从五台山赶来救他的坐骑。

这也成为《西游记》的经典桥段甚至通用模式，几乎每个“有背景”的妖怪都是这样被老板从金箍棒下一句话救得性命。老板一般还要给出一个这妖怪明明有正当工作，却为何在此为妖的托词。这些托词往往破绽百出，甚至用奇异的逻辑侮辱受害人的智商。但既然都说是托词了，孙悟空也不会较真，饶你狗命滚吧！可能后来神佛也发现这类托词太不尊重受害者智商，干脆也不乱编了，大大方方承认自己看管不严，孽畜偷跑下界——我不尊重自己总行了吧？

就拿这一次的托词来说，文殊解释是三年前，这个国王已经做通了工作，佛祖同意他成金身罗汉，派文殊来办手续。谁知文殊化作凡僧到了乌鸡国，不急着办公事，却先“问他化些斋供”。结果那乌鸡国王“不识我是个好人，把我一条绳捆了，送在那御水河中，浸了我三日三夜。多亏六甲金身救我归西，奏与如来。如来将此怪令到此处推他下井，浸他三年，以报吾三日水灾之恨。一饮一啄，莫非前定”。

哦！原来是因为他得罪菩萨在先，佛祖才罚他泡三年井水，而且还不是文殊泄私愤，是奉了佛祖号令呢。但稍微想想便知，这分明是文殊借机索贿，乌鸡国王舍不得给钱，发生了口角，甚至有可能怀疑文殊是骗子（现实中这类骗子很多，大家要注意），把他捆起来扔进了河。甚至可以想象，国王扔的时候说：“如果你真是菩萨，那应该有广大法力，凡人的绳子捆不住你，扔进河自己解脱吧！”

然而这文殊还真就挣不脱凡绳，被浸了三天，多亏别的神仙解救，不然就浸死在这儿了。他的坐骑青狮精似乎本领也很低微，三兄弟可以轻松将其围定，要打要杀随便你，这在取经路上是很罕见的。都已经这么没用了还加一句这狮子是骟过的，简直丑化到了极点，此回说是脓包贪官救走他的废柴坐骑毫不为过。

不过想来李春芳心目中的私臣也就是这样了吧！文官都是寒窗苦读的饱学之士，私臣却是一个靠谄媚逢迎挤进来的小团体，自然以文殊这样的脓包居多。这种人身居高位，沐猴而冠（这里没有顺带攻击猴哥的意思），手持皇帝赋予的私权狐假虎威，一旦离了权位，就被发现胸无点墨、无能至极。明朝的小太监们最爱出镇地方去当镇守太监，其实就是捞肥缺。镇守太监没任何法定的实权，更没有才干，能捞到肥缺无非是靠后宫的私人关系，这在状元郎李春芳看来是很鄙夷的。

不过这类人玩弄权术，尤其打击报复起人来可就猛了。乌鸡国王也就是捆他浸了三天河，他却直接取人性命，夺人王位，甚至霸人妻女。三年之说纯属圆场，显然文殊不会考虑到三年后孙悟空来救乌鸡国王这一节，更不会考虑到孙悟空作弊，找太上老君要来一粒九转还魂丹，愣是把人给救活了。文殊当年就是直接要了乌鸡国王小命，至于他假托是奉了佛祖法令，这是真是假反而不重要，因为无论是佛祖还是文殊自己的意思，都同样只是体现了佛教集团（私臣集团）的小气。

17.4 到底是谁救了乌鸡国王

可能有人要问，佛教集团（私臣集团）如此整治乌鸡国王，那到底又是谁救了他？

好问题！首先我们当然不能绕开师徒四人尤其是唐僧和孙悟空的功劳，毕竟是他们直接出面操作了整个搭救程序。但既然能问出这个问题，说明您已经意识到，真正出手搭救乌鸡国王的并非猴哥，而是一位幕后神秘人。他从一开始就安排井龙王保存好乌鸡国王的尸身，以待未来将其救活。这个井龙王很可能就是这位大神乔装，因为井下有什么龙王水晶宫，这本身就不合常理，猪八戒长年掌管天河水军，也没听说过这等奇事。而且这个所谓井龙王把国王尸身扔给猪八戒，整个水晶宫就消失了，井依然是一口小小的污水井，可见多半是他弄的个幻象而已。取经团到了乌鸡国，此人又乔装所谓夜游神，告诉乌鸡国王的魂灵，来取经的孙悟空可以救他。并且此人神通（权势）极大，能悄无声息地绕过紧盯取经团的揭谛、伽蓝，将一个冤魂送至唐僧面前。这当然不是什么妖怪，而是高级别的神仙。

那既然是这么强大的神仙，为何不敢以真身示人？因为此事毕竟很得罪人，倒不是说此人地位比文殊低，只是他不想为这小事儿得罪文殊，大领导也不愿随便开罪下属。何况文殊的人脉很广，需要得罪的不是他一个。最初唐僧问国王为何不去阴司阎王处伸冤。国王说：“他的神通广大，官吏情熟，都城隍常与他会酒，海龙王尽与他有亲，东岳天齐是他的好朋友，十代阎罗是他的异兄弟。因此这般，我也无门投告。”但唐僧依然同意帮国王向孙悟空转达求救信号，可见愿意冒着得罪青狮精（文殊）那么多有权有势朋友的风险为他出这个头，幕后主使之人也是同理。那这个神秘人到底是谁呢？

头一个值得怀疑的是太上老君，因为只有他掌握着九转还魂丹，而且孙悟空一要，他就配合地给了，送丹这个步骤似乎已在计划内。否则若是别人苦心准备了这一大套程序，到了这个环节太上老君说我不给这丹，不也只能贻笑大方？不过求丹是猪八戒节外生枝搞出来的，孙悟空说了正当程序应该是去地府检索国王的灵魂，所以此人没考虑求丹环节也说得过去。其实嫌疑更大的恐怕还是如来。

首先，乌鸡国王这单生意是唐僧主动揽下的。整个取经路上，唐僧最不愿意牵涉事务，最爱催促快行。首要原因在于这取经是为他成佛准备的，走到目的地就是胜利，他当然最急着赶路。通天河的破冰之旅便是他急于上路，中了灵感大王的计。其次，多方势力借取经博弈。取经是如来的大利益，玉帝、老君便借机要让如来割让各种小利益，每一次都是损害唐僧的老板的小利益，他都是很抵触的。最爱在取经路上逗留惹事（揽单）的是孙悟空，因为他作为御马监小太监，不是司礼监掌印太监的近嫡，却和皇帝更亲一些，所以经常代表玉帝没收如来、观音等佛派大佬（其实也包括一些道派大佬）的不法私利。比如观音禅院炫耀袈裟、车迟国斗法、玉华州教三个小王子武功等，都是故意逗留并引妖魔出洞，每一次都要顶住唐僧的压力逗留许久，唯有这一次是唐僧主动揽下此单，说明这一单很可能是唐僧而非孙悟空的幕后老板要求揽下的。

最重要的是，如来确有揽下此单的动机。如此狠治乌鸡国王，不排除是文殊打着如来的名号以泄私愤。这样文殊倒是泄了愤，但对如来的官声却是大大的不利，所以应是文殊假传佛旨的概率较大。如来已经知情，但不便直接戳穿，于是借取经路过乌鸡国的机会把此事纠正了。反正谁都知道唐僧是他徒弟，揽下的美名也可记在他的体系之下！至于违背天条救活凡人……唉，都明末了，司礼监掌印太监转托御马监小太监找内阁大学士办点这种事儿您就别纠结了！

18

红孩儿——海瑞反腐的巅峰之战

妖怪往往鱼肉百姓，但对神仙还是非常恭敬，因为他们很清楚背后是谁在支持、容许他们在凡间畅快地享用人民的血肉，所以一旦请来神仙，再厉害的妖魔都立即伏地显形。全书仅有两个例外，一个是狮驼国的大鹏，一个是红孩儿。但大鹏亮明身份，是如来的舅舅，当然在外甥面前凶一点。红孩儿只是妖怪牛魔王的儿子，他凭什么敢羞辱观音？这一段实则是在暗讽大贪官徐阶，同时向李春芳崇敬的大清官海瑞致敬，而且他用的手法可比《海瑞罢官》高明得多。

18.1 红孩儿极“不懂事”

取经团完成乌鸡国大单，继续前进，来到号山枯松涧，遇到一位著名妖怪，学名圣婴大王，乳名红孩儿，是孙悟空当妖怪时的结拜大哥牛魔王及其妻铁扇公主所生，实有三百余岁，但外形却是个婴儿。

红孩儿法力高强，但斗争经验和他的相貌一样稚嫩。他在空中看见唐僧来，便在山间呼救，想引起唐僧注意。此等伎俩反而引起孙悟空警觉，催促唐僧快行，甚至违规使用了一次缩地法，让唐僧以跃迁方式霎时过了山头。红孩儿又截在前路，变作七岁小童（这是变大，不是变小），吊在树上，求唐师父解救。唐僧似乎已经忘了不久前强令孙悟空背银角大王的教训，又让他背红孩儿，遇到这样的蠢领导也是难为猴哥了。果然红孩儿也有类似神通，吸口气便重千斤。所幸孙悟空也积累了斗争经验，对背上保持高度警惕，不等他再加码，立即掼在地上。红孩儿也使了个类似于白骨精的解尸法，元神脱壳，只留下一具掼碎的躯壳。

其实这时孙悟空才是最麻烦的，他根本无法向蠢领导交代。意外的是对手帮他交代了，红孩儿见孙悟空居然敢对他下杀手，暴跳如雷，不等唐僧发难，他倒先吹起风沙，趁乱将唐僧摄走。

不对呀！孙悟空对妖怪下杀手，妖怪为什么要生气呢？两军交战不就是拼个你死我活，孙悟空的天职就是打妖怪，有什么问题？猴哥又没用什么阴险卑劣的手段（红孩儿自己才用了），有什么好气的呢？而且红孩儿在这个关头来撒气也不理智，他已经留下一具掼碎的躯壳，孙悟空百口莫辩，你上次杀了白骨精假扮的女人、老人，这次还要补上小孩儿是吧？说不定再被唐僧恨逐一次都不为过。红孩儿再等三分钟，猴子滚蛋了再轻轻松松抓唐僧岂不美哉？但他一秒都不等，连孙悟空自己都还没来得及反应，他倒先动手了。这确实是熊孩子过家家、撒性子的打法，难怪作者要写他三百多岁了还形似婴儿，太“不懂事”了呀！

再结合后来山神、土地的哭诉，红孩儿在此为妖，不但不敬山神、土地，还把他们当成仆役来差使，要他们上贡并时常作弄羞辱。山神、土地是天庭派驻在基层的低级官僚，虽说官职低微，但县官不如现管，在地方上当妖怪一定要打点好他们。红孩儿倒好，反过来了。这当然说明红孩儿确实是个雏儿，“不懂事”。但问题在于这么“不懂事”，他怎么混下去的？社会没有教他做人？呵呵，你们这些山神、土地、孙猴子算个屁，看看我红大爷对观音的态度才要教你们如何做人！

18.2 观音受辱反而让他当CFO

师父被抓后，孙悟空积极救援。先是通关系，拿出他和牛魔王的交情。未料红孩儿根本不认这个叔叔，孙叔关系还没叙完，红侄已挺枪刺来，端的是不讲礼貌。

红孩儿的武艺比孙悟空略逊，但一口三昧真火吐出来，猴子就不是对手了。第一次交手猴子不识厉害，捏着避火诀去钻，毛被烧掉一半。然后沙和尚出馊主意，以水克火，孙悟空就去请龙王来降雨。然而龙王私雨岂能降三昧真火，猴子被烧后跳到涧里冲凉，谁知凉气攻心，晕死在涧中，“尸体”顺水流下，猪八戒、沙和尚以为他已挺尸，吓得哇哇大哭。不过这还不是红孩儿真正的过人之处，论本事他虽不低，但比他更高的妖怪后面还多得是，真正令人咋舌的还是他对观音菩萨这位高级领导的态度。

孙悟空玩儿水火两重天差点丢命，于是让猪八戒替他去求观音相助。红孩儿预先变作观音在半路骗了猪八戒，观音知道后勃然大怒："那泼妖敢变我的模样！"还恨地一声把净瓶掼到海里，"唬得那行者毛骨竦然"。

南无大慈大悲观世音菩萨！那猴子已经是天不怕地不怕的角色，他都能被吓得"毛骨悚然"，您说观音姐姐的怒相该吓人到什么程度？佛家戒嗔怒之心，能让菩萨发这么大无名业火，可见是何等恼人。然而红孩儿见了观音本尊，不但不毛骨竦然，还直叱："咄！你是孙行者请来的救兵么？"语气如此不敬，原本已经气极的观音反而不做声了，红孩儿见她不应声，倒还怒了，挺枪便刺。观音居然不敢招架，一下被刺飞了。当然，这是她诈败之计，让红孩儿受陷莲花台，并用李天王所借36把天罡刀将其刺穿得皮开肉绽，只好投降。不想菩萨撤去天罡刀，刚刚投降的红孩儿又挺枪刺来。这次菩萨用出佛祖所赐金箍圈，才算彻底降服。

接下来才是重点：观音怎么处理被迫投降的红孩儿。须菩提曾威胁孙悟空，如果泄露师承就会将其"剥皮锉骨，将神魂贬在九幽之处，教你万劫不得翻身！"观音要报复一个人难道做不到这点么？红孩儿，你自己说你都做了什么事儿？

先阻挠取经工程，已是重罪——再冒充观音，让菩萨暴跳如雷——见了菩萨亲自来，对其一顿痛骂——挺枪便刺——先投降又反叛——再投降。

小哥儿，这回你怎么也该让菩萨虐死你了吧？

然而令人大跌眼镜的是：观音不但没有报复红孩儿，还给了他一个善财童子的职位！

善财童子，这什么概念？观音菩萨的南海落迦山普陀崖是一个隶属于佛教集团但又相对独立的领主势力。如果比作一家现代企业，善财童子就是她的首席财务官（CFO），总之是很核心的部门领导。

这便奇了！菩萨不但不虐他，反而给予了高得让人眼馋的待遇！三兄弟保唐僧西天取经，历遍艰辛，求的就是一个正果，不知要看人多少脸色，受尽多少人事，放弃多少尊严，还要冒着生命危险，最后也不过当上净坛使者之流的卑职。这小子犯了这么大罪，又这么得罪领导，还能直接当CFO？这么明显不合逻辑的怪事儿怎么解释？我想无外乎几种情况：观音的修养好、观音在其他方面受制或有求于红孩儿、观音器重红孩儿、观音受红孩儿背后更大的人物所托。

首先可以排除的是领导修养好，因为这是《西游记》，不是《论领导干部的个人修养》。作者故意安排红孩儿假变观音骗猪八戒的情节，再加上恶语相向、降而复叛等描写，正是为了突出此怪把观音得罪得严重，绝非修养可以容忍。观音更不受制或有求于红孩儿，堂堂观音菩萨，有什么要求这小妖怪的？不过接下来这个理由容易骗到不少人——很多人认为红孩儿毕竟颇有本领，观音收他是人尽其才。观音劝化了不少妖怪，包括悟空、悟能、悟净，前不久还收黑熊精去当守山大神，可见是个爱才之士。不过为了便于我们排除这种可能，作者也安排了一个小桥段——善财龙女。观音去收拾红孩儿前，一个善财龙女出场来拎瓶子，观音还说了几句龙女貌美，怕被你猴子拐走之类的俏皮话。其实这位善财龙女出场的作用只有一个——向读者表明观音这里早有CFO，不缺，善财童子纯粹是硬插的一个职位。

所以，只剩最后一种情况：观音是受红孩儿背后的大人物所托，为他解决工作。

这种背后大人物一般就是爹妈了，红孩儿被写成婴儿，更是点明他没有师父、师兄、岳父、小舅子这一套关系，就是拼爹。那红总的爹妈是谁？书中有交代，是牛魔王和铁扇公主。牛魔王夫妇找观音说情，求菩萨给儿子解决个职务也有可能。但这对夫妇自己都还解决不到这么好的待遇，更何况红总这个情况不是好好说话就能求来的，是极度侮辱完观音后，观音忍气吞声给的，牛魔王夫妇显然还不至于有这样的能量。那到底是谁呢？其实不难猜，《西游记》中能让观音做到这种程度的角色不多，无非就是玉帝、如来、太上老君寥寥数位而已，而这几位中有一位一看就和红孩儿脱不了干系——太上老君。

18.3 太上老君与红孩儿家族

红孩儿论武艺其实比孙悟空稍微差一点点，关键是有一门绝技——三昧真火，烧得猴子上蹿下跳，这正是太上老君的独门绝技。那道祖和这个妖二代有什么关系？第一反应当然是师徒，但太上老君出场过的徒弟不少，金角大王、银角大王、独角兕大王、火焰山土地都很厉害，却都没学这门绝技，他个小屁孩儿怎么就会了呢？再者，这些师兄们也不至于对观音如此无礼，红总怎么就敢？何况师兄们也没能解决什么好职务，烧炉子的回去继续烧炉子，当坐骑的回去继续当坐骑。什么CFO，别以为给老君当过几千年徒工就有你份儿！很显然，仅仅是徒弟，还不至于让观音菩萨买账到这种地步。难道太上老君是红孩儿的干爹？不，您恐怕得把思维放开一点——是亲爹[10]。

这是一个很暧昧的问题，得从红孩儿的妖怪父母——牛魔王和铁扇公主身上寻找线索。其实我们很容易发现：牛夫妇的本领顶天了也就跟孙悟空差不多，甚至还差一点点，如果真要动手，只怕还不是红孩儿对手，他们是怎么教育出这么厉害的一个儿子？事实上，这对夫妻也不简单。

先看老爹。牛魔王是一个很特殊的妖怪，有妻有子——甚至还有情妇——而且不是他在外面养情妇，而是他一个有妇之夫入赘在情妇家，封建社会有这样的道理？另外他还有坐骑避水金睛兽。《西游记》中只有神仙才有坐骑，妖怪是没有的——很多妖怪自己就是坐骑，下界为妖就更不会再配坐骑了，牛魔王是唯一的例外。可惜牛魔王在事业上的成功没能转化成家庭地位，红孩儿对这个威风老爹并不敬重。首先是完全不认老爹的结拜兄弟，试想如果您让儿子给兄弟喊叔叔，话音未落他却开始打叔叔，您面子上挂得住吗？其次，红孩儿虽然抓了唐僧也去请老爹来同享，但孙悟空变作牛魔王，劝他不要吃唐僧，他根本不听爹劝。最后，红孩儿怀疑这爹是假的，便来试探，在尚未试探出确切结果的情况下，红孩儿便指挥“群妖枪刀簇拥，望行者没头没脸的扎来”。古今中外，也没这样对自己爹妈的呀！红孩儿对待牛魔王更像是对待一个面子上过得去的领导（对红局来说这样已经很给你面子了），而不是父子亲情。

再看老妈，更是神奇。铁扇公主原名罗刹女，又称铁扇仙。她与牛魔王结婚却不同居，独居在翠屏山，但主要收入来源是离翠屏山千里之外的火焰山。她用独门法宝芭蕉扇暂时扇灭火焰山的火，向居民收取佣金。而且她明明有断根之法却故意不断，逼得居民每年都得给她进贡。这火焰山号称是当年孙悟空大闹天宫掀翻八卦炉时飞下来的一块炉砖所变，太上老君并非不知情，甚至派了贴身亲信下界去当火焰山土地。但他偏就不把这块炉砖的火灭了，就要让铁扇公主在这里收佣金，你说他们没关系，天蓬元帅都不信。更令人生疑的是铁扇公主这个芭蕉扇，此扇并非孤立出现，金角大王不是也有一个吗？

那他们的芭蕉扇是同一个吗？可能性不大。从时间上说，取经团过了平顶山后数年便到火焰山，而铁扇公主已经在此收了多年灭火费。同名可能性更小。《西游记》这类神魔小说的人物、地名、宝物、招式取名都非常考究，断无可能两个毫无关系的东西只取一个名字，而主动放弃再取一个超级酷名字的机会。所以两个芭蕉扇不是同一把，但关系密切，是一对！

第五十九回灵吉菩萨说明了铁扇公主芭蕉扇的来历：“本是昆仑山后，自混沌开辟以来，天地产成的一个灵宝，乃太阴之精叶。”金角大王那把没有直说来历，但他持老君五个宝贝下凡，分别是：紫金红葫芦、羊脂玉净瓶、七星剑、芭蕉扇、幌金绳。银角大王很老实地交待了紫金红葫芦的来历：“我这葫芦是混沌初分，天开地辟，有一位太上老祖……见一座昆仑山脚下，有一缕仙藤，上结着这个紫金红葫芦。”用语有出入，但也差不多，其实是从侧面说明了这把芭蕉扇也是混沌开辟时太上老君从昆仑山下那一缕仙藤上摘下来的几个宝物之一，只不过那一把是太阴之精叶，这把估计是太阳之精叶。

那金角大王这把阳扇（号称偷老君的）可以平地里扇出三昧真火，而铁扇公主这把阴扇（应该是老君给她的）却能扇灭火焰山。这一对扇阴阳相配，您说是一对夫妻扇呢，还是一对夫妻扇呢？

铁扇公主的结局更耐人寻味。她虽然态度没有儿子那么嚣张，其实行为更甚。第六十回托塔李天王（玉帝近卫）、西天佛教（玉帝私臣）、火焰山土地（太上老君秘书）、取经团声势浩大地联合镇压牛魔王夫妇。牛魔王夫妇居然力抗天威，最后不支被擒，那满天神佛应该如何处理这个泼妇？当然是选择原谅她啊！孙悟空把宝扇还给铁扇公主，她“后来也得了正果，经藏中万古流名”。虽然说得没红总那么露骨，其实也是一个格式。

至于大力牛魔王，李天王、哪吒“牵牛径归佛地回缴”，说明这牛儿也得了佛家的果位（私臣集团的浊官）。第八十三回，孙悟空发现老鼠精把李天王当干爹供奉，冲上天宫去找他问罪，在南天门撞见两位巡视的天王。四大天王按日轮值四门，为何这次一门便有二位？因为现在恐怕有五大天王，这里撞见的除了老熟人护国天王，还有一位“大力天王”。这是大力牛魔王吗？我看九成是吧。原来他大战一场，皈依佛家后，给了个门卫工作。

也有人说铁扇公主是太上老君的女儿、孙女甚至女徒弟之类。不排除这些可能性，但应该说还是情妇可能性最大。女徒弟的儿子敢这样侮辱观音吗？再说如果是女儿、女徒之类关系，说出来何妨？唯有情妇不好意思明说，所以一直不点破，留给您自己去看穿。

图9　红孩儿凌辱观音菩萨

18.4 领导的司机和情妇

皇帝身边有太监、宫妃、勋贵、锦衣卫等大帮私臣，其实文官身边也有类似的私人团伙，主要就是司机和情妇，牛魔王、铁扇仙这对所谓夫妻，其实就是太上老君的情妇，安排嫁给了司机（的兄弟）。

五百年前孙悟空七大圣结义，美猴王敬陪末席，可见七位都是通天彻地的大能，而牛魔王却在这七人中称大哥。孙悟空被镇压后，七兄弟散伙，但牛魔王也没闲着，又重新开发了如意真仙、万圣龙宫等凡间势力，又有家私万贯的玉面狐狸精主动招他入赘，成为妖界最耀眼的明星。不过客观地说他本领虽然不差，但也就能顶一顶孙悟空，甚至略逊。他变猪八戒惹怒了天蓬元帅，猪头暴走起来他甚至顶不住。西天路上不少妖魔本领比他强得多，比如大鹏、九头虫、九头狮、六耳猕猴等，他可以算强力妖怪，但远不至于排第一。他真正厉害的并非法术神通，而是极强的号召力和领袖力，那这种软实力又从何而来？官场小说嘛，软实力当然就是来自于关系。

事实上，牛魔王的关系也集中于太上老君这条线。

首先，牛魔王的原形是一头大白牛，太上老君的坐骑也是牛，一头缺了角的青牛，即五十二回金㠗山金㠗洞独角兕大王是也（其实兕不是牛，而是《山海经》中一种独角的上古灵兽，但《西游记》误解成缺了一只角的水牛）。其次，当年老子（传说是道祖太上老君在凡间的人格化）骑青牛过函谷关，留下一篇《道德经》后飘然西去，后来到了天竺，化胡为佛，产生了佛教。也就是说太上老君本身是道祖，但他点化胡人，使其彻悟成为佛祖，所以佛祖是道祖的弟子，佛教是从道教独立出去的一个支流。

当然，此说并无史实依据，现实中佛教也不认可。但明代道教比佛教强势，大闹天宫时太上老君曾与观音说起过“化胡为佛”，观音也未反对，可见作者是认同这个设定的。佛教又分大乘、小乘等流派，其中释迦牟尼如来的西天大雷音寺便是大乘佛教总部，梵文“大乘”直译为汉文就是“白牛乘”。牛在佛教发源地印度是一种崇高的圣物，尤其是白牛。这涉及佛教、印度教起源问题，我们不扯远了，只说作者设计牛魔王这个角色，似乎是用来作为太上老君及其点化的佛教之间的联系纽带。佛教是玉帝私臣，老君和他们的纽带当然不能是天庭文官，也只能用自己的私人关系。

那么牛魔王到底和他是什么私人关系呢？我们不妨猜测，独角青牛跟随太上老君得道。所谓“一人得道，鸡犬升天”。若按汉唐制度，青牛的家族恐怕也会出不少大官。但按宋明制度，青牛也只能跟着领导当司机，当不了正式官员，更不能提携亲族当官，但毕竟是傍上了大领导，雨露甘泽还是少不了。于是滞留在家乡的整个牛族就喜迎甘露了，甚至成为当地最炙手可热的地方宗族势力，而牛魔王似乎是这个家族的族长。这就是牛魔王不在天庭为官，却在江湖上万人景仰的根源，实际上是宋明以来地方宗族社会的一种通用模式。

那么现在牛家族和道祖之间的关系似乎越来越清晰——就差弄清红孩儿到底是谁的亲儿子了。我们不妨先看看红孩儿的外貌描写：

面如傅粉三分白，唇若涂朱一表才。
鬓挽青云欺靛染，眉分新月似刀裁。
战裙巧绣盘龙凤，形比哪吒更富胎。
双手绰枪威凛冽，祥光护体出门来。
哏声响若春雷吼，暴眼明如掣电乖。
要识此魔真姓氏，名扬千古唤红孩。

首先，红孩儿并不具备牛的特征。妖怪最终都要现出原形——红孩儿是唯一例外，观音在降服他时费了很多工夫，从李天王处借了36把天罡刀，把他穿得皮开肉绽，就是没现出一头小牛的原形，始终是个高傲的独行侠。这也是观音在印证红孩儿的真实身份，如果红孩儿现出小牛原形，证实确是牛魔王亲儿子而不是太上老君的，估计这个忙她就不会帮了。其次，他“形比哪吒更富胎”，暗示血统只怕比托塔天王家族更显赫。主要角色比李天王门第更高的也就那么几位了——差不多就是前面说的观音必须买账那几位。

或者我们不妨换个语境更容易理解：一个乡下大户，娶了个女神级的漂亮老婆。巧的是她手里捏着某位大领导的情侣扇，也很巧的是这位大领导扔一块炉砖下来，让她扇着挣钱。漂亮老婆生了一个也很漂亮的儿子，长得一点不像爹，却很巧地长出这位大领导的仙风道骨，更巧的是儿子不知从哪儿学会了大领导的独门绝技。母子俩的结局更是巧合！儿子侮辱另一位神佛级别的领导，侮辱完了还让他当CFO；女神老婆跟满天神佛打架，虽然打不赢，但结果没受任何惩罚，却成了仙！大户自己也在领导单位找到个还勉强的保安工作。

这所有的巧合源头只有一个：家族里有个兄弟正巧在跟这位领导当司机。

相信您已经明白，铁扇公主其实就是太上老君的情妇，只是道祖不便明媒正娶，但女大当嫁，人家给你当小蜜，你也得给人家安排个好出路。那嫁入我司机的宗族吧，还是嫁给族长哦！所以牛魔王和铁扇公主并非真夫妻，只是装个样子，给领导接盘而已。他们虽然不同居，但名义上又不敢离婚，不过牛魔王终究要找女人过日子，于是找了个玉面狐狸精“入赘”。很多影视周边产品说牛魔王夫妇感情很好，给他们增加了一些感情戏，不好意思，画蛇添足了。结婚七个月后，宝贝儿子生出来了，亲爹当然要想办法让他走正途，不能任由他在凡间当妖怪，于是给观音菩萨打招呼，给他解决了一个善财童子的正果，后来把情妇的正果也解决了。那，既然这样，接盘侠的也一并解决了吧！红孩儿解决正果本是好事，但牛魔王、铁扇公主、如意真仙刚开始都对孙悟空很气愤，原因很简单——孙悟空这么一闹，把背后这些不能摆上台面的事闹得人尽皆知，他们很丢脸而已。

如果要学《西游记》风格作一首打油诗总结，便是：

扇仙灭火吃佣金，牛王接盘喜当爹。

善财童子没礼貌，也不看我谁小爷。

18.5 明代恩荫制度是社会进步

红孩儿这一回其实是在阐述明朝的荫官制度。太上老君给红孩儿解决了一个善财童子的佛教果位，并不是什么天庭要职，相当于不是清要文官，只不过是个类似锦衣卫、尚宝司之流的浊流荫官而已。

观音虽然受尽红孩儿的侮辱，但还是帮他解决了正式工作。究其根源，一来太上老君官比她大，二来正值西天取经的当口。所谓取经是损益道家，增益佛家，不贿赂一下道祖行吗？道祖也顺势而为，你们要取经是吧？好啊，那也顺便帮大爷我的私事儿办一办，把我儿子、儿子他娘、儿子他娘的儿子他爹的正式工作都解决了，对你们也不算很难吧！

私臣集团是个小圈子，本来就不容易打进去，尤其不愿接纳太上老君这种清流文官塞过来的人。更重要的是这人相当不懂礼貌，在以谄媚逢迎为审美取向的私臣集团中，这种“刺头”简直臭不可闻。可以想象，取经前太上老君已经想了很多办法给他儿子解决工作，但叔伯们谁愿接这个刺头啊！接过来天天顶撞我吗？但老君巧借西天取经有求于他的机会，让观音帮他办成了这件私事，说难听点是出卖了道家集体利益，换取了一点点私利。饶是如此，观音在被迫收纳善财童子前，还是狠狠地夹磨了他一番：用36把天罡刀把他插得血流成河，用金箍圈分别箍住头和四肢，还要他一步一拜，一直拜到落伽山。清流文官讲骨气，浊流私臣恰恰就要打掉这种骨气，不然以后怎么听主子的话？

亲儿子受了如此虐待，老君心不心疼？相信他心都滴出血来了，但没办法呀，不这样怎么解决工作？这其实涉及到宋明以来一个重要制度——恩荫。

前文分析沙和尚是锦衣卫时，已经大致介绍了明代恩荫制度，红孩儿这一回其实是讲了一个具体如何获得恩荫指标的故事。太上老君是文官，文官根据自身品级，家里有固定的恩荫指标，比如宰相一般可有一子荫锦衣卫，一子荫尚宝司，如果立功也可赏赐额外指标。但红孩儿稍显麻烦，一方面他是私生子，恐怕不能走正规的荫官路径；另一方面这孩子确实不懂事，想混进浊官队伍还真没人要。所以太上老君需要大费周章，并紧抓西天取经的时机，才能换得佛教大佬勉强接收他这个暴躁的私生子。这当然也是一种人事腐败，堪称官场流弊，但客观地说，宋明以来形成的恩荫制度其实是一种社会的巨大进步。

是的，您没有看错，巨大进步。

不劳而获、不学而仕当然严重违背中国传统价值观，老爹当了官，儿子直接就可以获得官职的制度乍一看令人不齿，但毕竟是一种相对的进步。太上老君是明朝宰相，宰相要给亲儿子解决个烂兮兮的善财童子，还要如此大费周章，恰恰是受了这套制度的约束。试想在唐代以前，宰相需要这么麻烦吗？以前没有恩荫制度，那既然没制度就谁当权谁说了算！只要当了宰相，我说谁来当尚书、侍郎、寺卿、将军就谁来当，还需要这么麻烦？启奏玉帝，贫道发现凡间有个红孩儿，本领高强，当个什么官好呢？要不三清四帝里面找个位置给他吧？

所以，恩荫恰恰是一个明确的制度，抑人治，成法治，剥夺了当权者随意分发官位的权力，将他们的家属明确限定在浊官范围。试想如果不以法制形式定好，或者清浊不分，当权者让私生子先当个锦衣卫，然后转为知县，而后步步晋升到尚书、侍郎，把公权力圈入自家盘中，那比让他们领点锦衣卫、尚宝司的俸禄可怕多了！更重要的是牛魔王这种接盘侠，在著名港片《金钱帝国》中，香港警署总华探长徐乐功（有的版本作“雷洛”，实指二十世纪六七十年代大贪官吕乐）养了许多情妇，都寄居在下属陈细九家，到后来养了十几个，陈细九都认不完。这和太上老君把铁扇公主养在牛魔王家一个路数，但徐乐功可以让陈细九当上探长，太上老君却绝无法让牛魔王挤入正规的天庭神仙行列，正因有“金丹大道”这个制度限制，哪怕仙法无边如太上老君，也不能像没有制度限制的总华探长那样随意分发官位，也就避免了官场上充斥着接盘侠。

可能这确实是一时难以接受的逻辑，有些统治者正是利用这点，大面积蒙骗善良的百姓。美国号称取缔了世袭贵族制度，人人平等，但实际上是将公开、明确、有限制的世荫制度转化为不公开、不明确、无限制的事实世袭。比如戴利家族半个世纪以来垄断着芝加哥市长的位置，整个芝加哥的官场甚至生意场上充斥着戴利家族的奴才，旁人难以插足。美国人民无法理解这样的现象，于是只能创作出《蝙蝠侠》这样的文艺作品，幻想有一位超级英雄，替代政府维持哥谭（影射现实中的芝加哥）的正义，孤身一人对抗着小丑、猫女、企鹅人、急冻先生（均影射戴利家族的利益代言人）等大批反派。这种创作思路本质上和《西游记》类似，都是为了排遣人民的愤懑与不满，但都采取了非常精彩的戏剧化手法，所以成为东西方的经典。

18.6 青天海瑞的巅峰之战

我和李春芳一样，是怀着无比崇敬的心情来写这一段的。

红孩儿这一回对真实历史的还原度不亚于大闹天宫，讲的正是明代现象级清官海瑞职业生涯的巅峰之战——铲除退休回家的宰相徐阶家族，尤其是其少子徐瑛。

徐阶是李春芳前任首辅，历史评价比较复杂。首先，徐阶20岁高中探花，初任翰林编修（正七品）就积极参与“大礼议”，与站嘉靖帝一队的大奸臣张璁激辩，惨遭打击报复。其次，徐阶被打击后转了性，投向嘉靖阵营，以青词邀宠，成为九大“青词宰相”之一。再次，徐阶在历史上以隐忍多年，最终斗倒大贪官严嵩著称。严嵩是明朝最具代表性的大奸臣，斗倒了他当然就是大忠臣。最后，徐阶又是个大贪官，尤其尴尬的是，他最后摆上桌面的贪污数额比严嵩大。所以徐阶堪称在忠臣和奸臣之间跃迁多次，其能级之复杂，非普朗克常量可以描述。

嘉靖三十一年（1552），严嵩已经搞死夏言，当上首辅三年有余，正值权力巅峰。徐阶、吕本入阁与其组成三人内阁长达十年，直到严嵩倒台前最后一年才由另一位“青词宰相”袁炜接替了退休的吕本。这十年间，徐阶一直隐忍不发，恭谨侍奉严嵩及其子严世蕃，最后一击毙命，扳倒了老奸巨猾的严嵩，取了自作聪明的严世蕃小命，一时朝野称颂。扳倒严嵩后，徐阶补为首辅。三年后，李春芳以太子太保、礼部尚书、武英殿大学士入阁，在徐阶手下干了四年。隆庆二年（1568），65岁的徐阶请辞，李春芳补为首相，徐阶自回老家松江府（今上海市）颐养天年。

徐阶的家族非常兴旺，其弟徐陟也是进士，官至南京刑部侍郎。徐阶有三个儿子：徐璠、徐琨、徐瑛，虽然都没考取进士，但按荫官制度，分别得授太常卿、尚宝卿。徐阶退休后，三个儿子都挂着虚衔随他回松江奉养父母。徐阶家族在松江大肆兼并田产，高达24万亩，是严嵩的十几倍！这些田产有些是合法购买的，但也有不少是强夺民产。徐家势力很大，尤其是徐陟官居南京刑部侍郎。明朝的南京官一方面是北京官的备份，一方面也要实管南直隶。所谓南直隶是指旧都南京周边地区，范围大致相当于清初的江南省，后来的江苏、安徽两省，当时是全国也是全世界最发达的地区，赋税占全国的1/3。徐陟当南京刑部侍郎，谁还想在这个堂口告得下来徐老相爷？所以徐家强买强卖，欺行霸市，成了一大土豪恶霸，甚至一些小土豪都被徐家逼得远走他乡。至于地方官，也都被徐家欺负得抬不起头来。尤其是少公子徐瑛，年轻骄纵，只要他出行，江南士大夫都得尽心款待，稍不如意就要遭徐瑛折辱打骂，苦不堪言。这不正是号山山神、土地受尽红孩儿折辱，向孙悟空哭诉的情况吗？

徐家如此恶霸，自然有不少人鸣冤告状。然而徐相多年来人缘极好，更匡救了许多遭严嵩戕害的官员，尤其是一些正直的御史言官，遭到严党打击，徐阶都尽力营救，“朝野号恸感激”（《明史 徐阶传》）。所以明朝最具战力的御史言官这个战斗群偏偏在徐阶面前放了软，那江南人民就只能任由徐家欺压了？也不是，为了对付这个大boss，嘉靖帝给他儿子留了一个金箍棒级的大杀器——海瑞。

海瑞是明朝最著名的现象级清官，在历史上与汉朝的张释之、唐朝的魏征、宋朝的包拯并称，人称“海青天”，最是忠正骨鲠，敢于向一切有瑕疵的现象开炮，丝毫不虑对方是何权贵。嘉靖四十五年（1566），嘉靖帝临终前，新任户部主事（正六品，相当于处长）海瑞呈递了他那篇被誉为“直言天下第一事疏”的《治安疏》，痛骂嘉靖朝政晦暗，甚至轰出了那句著名的“嘉靖者，言家家皆净而无财用也”。嘉靖帝气得将奏本扔在地上猛踩，将其逮入诏狱，宣称要杀，但迟迟不下手。不久，嘉靖帝驾崩，海瑞才获释，并急速升官，隆庆三年（1569）已官至通政使（正三品）。这时，徐家在江南的恶行也达顶峰，首相李春芳派出海瑞以右佥都御史巡抚应天十府，管辖范围包括应天府（今江苏南京）、松江府（今上海）、苏州府（今江苏苏州）等最为富庶之地。他此来首要目的是恢复江南的基础设施建设，奋力推进大航海时代的经济改革，但也顺带了一个小目标，那就是铲除徐家恶霸。

嘉靖帝很清楚徐阶回松江必成一霸，无人能治，他那生性温良的儿子（隆庆帝）必然碰都不敢碰徐家，所以他生前故意调教了半天海瑞，就是为了把这个大杀器留给儿子，让他奋起这柄千钧棒，打散重重黑幕。

果然，江南的贪官污吏知道名震天下的“海青天”要来，竟然吓得纷纷辞职。一些有钱有势的人本来建造了大红门，觉得容易被海瑞盯上，主动把门刷黑。江南织造业发达，内廷派出一些太监来监管，称织造中官。这些人本来在江南繁华之地作威作福，听说海瑞要来，也都减少舆从，收敛行为。海瑞到后力摧豪强，为百姓夺还了很多被强占的民田，并将这些恶霸法办。

面对这种形势，最大的恶霸徐家如何应对？其实以徐家最初判断，海瑞不会对他们下手，因为海瑞刚被逮入诏狱时，徐阶奋力营救，海瑞也表示了诚挚谢意，称徐阶对他恩深义重。海瑞刚出狱就帮了徐阶一个大忙，当时排名第四的大学士高拱急于夺权，指使御史齐康弹劾徐阶是严嵩余孽。海瑞立即站出来，说徐阶诚然畏威保位，失于匡扶救世，但执政以来还是有很多可取之处，齐康完全就是高拱的鹰犬，他们才应该惩处。结果高拱反而被罢免，徐家上下都兴奋异常，认定这是当时力救海瑞获得的回报，所以现在海瑞更不可能为了一点点所谓民田，就跟恩公撕破脸。

但贪官显然不够了解青天的脑回路，海瑞这样做完全是一片公诚，并不表示他就成了徐阶的人，徐阶有问题时他照样会毫不手软地猛攻。海瑞强硬夺回徐家霸占的民田，还上奏朝廷弹劾徐阶。徐阶大怒，指使亲近他的御史言官阻断言路，甚至反攻海瑞。但海瑞绕开朝官，通过亲近宫人直接向隆庆帝汇报了徐家的过错。最终，朝廷判处徐璠、徐琨流放充军，仅留幼子徐瑛在家奉养年迈的徐阶，惩处不算特别重，但也解了一方之急，吏民交口称颂。

这无疑是"海青天"光耀青史的一页，若说有什么遗憾，那就是徐家的惩处太轻，尤其令人愤慨的是，徐璠、徐琨都被流放充军，作恶最甚的徐瑛反而逃脱了实质性重惩！不过请放心，中国的文人一定会帮法官补上坏蛋应得的惩罚。在后世很多文艺作品中，徐瑛受惩最重，越剧《海瑞罢官》写海瑞当场斩了徐瑛！这些作品解气倒是解气，只是这些作者一根直肠，哪有李春芳这么辛辣呀！什么，您还不知道他怎么干的？（见表9）。

表9　海瑞惩处徐阶家族史实与红孩儿情节对照

海瑞惩处徐阶家族史实	红孩儿小说情节
徐阶家族在松江欺行霸市、鱼肉乡里	红孩儿、铁扇仙、牛魔王在凡间作威作福
少公子徐瑛尤其骄纵，欺压地方官	红孩儿尤其不懂事，欺凌山神土地
徐瑛可能有辱骂御史的情节	红孩儿见到观音就一顿痛骂
海瑞被嘉靖帝逮入诏狱	孙悟空被压五行山下
徐阶对海瑞恩深义重	太上老君对孙悟空恩深义重
海瑞正义在心中	孙悟空正义在心中
海瑞巡抚江南来到松江	孙悟空取经来到号山枯松涧火云洞
海瑞联合亲近宫人，收拾了徐家	孙悟空联合观音，收拾了红孩儿
徐瑛反而没有受到重处，留在了江南	红孩儿反而当了观音的善财童子

这是一个比王大臣刺万历帝案还原度更高的故事，而且讽刺意味更重，红孩儿比真实的徐瑛丑陋百倍。徐瑛是徐阶名正言顺的亲儿子，不是什么私生子。徐瑛他娘也是明媒正娶的徐夫人，不是情妇，更没找什么司机接盘，铁扇公主嫁给牛魔王的笔法涉嫌侮辱女性。不过徐夫人也是该骂，必是你这泼妇娇惯少子，才培养出三个小霸王。山神、土地哭诉红孩儿欺凌他们的一段描写，真是让徐瑛那副爹疼娘爱的少公子嘴脸跃然纸上。您看我家百花羞多贤惠，嫂子您真该羞啊！

至于到观音座下去谋个差使，这对于一个宰相之家更是不堪入目，明朝历史上绝无进士家庭跑去给宫妃当私奴的，更遑论堂堂宰相！话说宫妃的私奴是什么？看最后观音剃度红孩儿的描写："把那怪分顶剃了几刀，剃作一个太山压顶，与他留下三个顶搭，挽起三个窝角揪儿。行者在旁笑道：'这妖精大晦气！弄得不男不女，不知象个甚么东西！'"

对呀……万贵妃座下不男不女的，是个什么东西？

徐瑛：喂！李叔叔！我爹与您同殿为臣几十年，明明合作得很愉快嘛，最后还推荐您接任了首相，到底哪点对不起您啦！

李春芳：大侄子，瞧您说的，没哪点对不起啦，写个小说嘛。不服气您去跟陆炳、冯保、万贞儿他们诉说吧。

所以，这就是《西游记》不敢署真名的原因，不论李春芳还是吴承恩，都和徐家同在江浙沪包邮区。兴化离松江区区300公里，高铁一小时可达，信不信徐少爷带八节动车的人过来砍死你？不管你信不信，反正李春芳是信了。

19

车迟斗法——佛道不同的待民之道

正义与邪恶，刚直与腐朽，如同阴阳两面，是官场永恒的主题。这其间的斗争时而荡气回肠，时而又令人辛酸落泪。玉帝利用取经在佛道之间转移利益，凡人如筹码般被统治者挥来舞去。那人民到底愿意落到那边？李春芳用车迟斗法和通天河两个故事回答了这个问题。车迟国的虎力大仙、鹿力大仙、羊力大仙和通天河的灵感大王乍一看都保佑了一方风调雨顺，实则他们的对比令人不忍直视。

19.1 把三清扔进茅坑吃屎

取经团来到车迟国，发现这里是道士当国，和尚做苦力。不消说，一定要在这里把这个问题解决了才能上路。

车迟道士当国的原因在于23年前该国曾遭旱灾，颗粒无收，和尚做法祈雨屁用没有。还好来了三个道士虎力大仙、鹿力大仙、羊力大仙，法术高明，求得一国风调雨顺，五谷丰登，三位道长自然成为国士，不中用的和尚就沦为苦力了。孙悟空一来就打死看管和尚的小道士，将和尚们全部放走。半夜，他又跑去三清观窥视三位大仙禳星，突然灵机一动，把两位师弟叫醒，搞了个巨大的恶作剧，去观里偷吃供果。

偷吃时，孙悟空做出了一系列奇特举动，他先是向猪八戒发问："这上面坐的是甚么菩萨？"八戒笑道："三清也认不得，却认做甚么菩萨！"行者道："哪三清？"八戒道："中间的是元始天尊，左边的是灵宝道君，右边的是太上老君。"行者道："都要变得这般模样，才吃得安稳哩。"

这就怪了，莫说三清是最大的神仙，修仙者岂能不识，孙悟空连三位本尊都不知见过多少次，怎么突然不认识了？不认识都算好，孙悟空说三兄弟变作三清的模样来享受供果，要知道在《西游记》中，变作别人的样子最不礼貌。红孩儿变观音，气得观音怒掷净瓶，吓得孙悟空都"毛骨悚然"。牛魔王变猪八戒，惹得猪八戒狂怒，爆发出比孙悟空都强的战斗力。假悟空用小猴变了个假沙僧，气得好脾气的沙和尚都不禁暴走，当场打死猴妖。这估计是因为古代身份识别技术不高，冒充是极大的忌讳，一旦发现有人冒充自己就会狂怒。孙悟空无缘无故让三兄弟变作三清，是对三清极大的不尊重。

再接下来，孙悟空的举动更令人咋舌！他居然让猪八戒把三清圣像扔进茅坑吃屎！猪八戒扔得够狠，溅起来的粪水打湿了他半衣襟，可见用力之猛。不一会儿，观里道士发现了动静，纷纷赶来。孙悟空一不做二不休，干脆冒充三清，开口讲话，吓得道士们顶礼膜拜。孙悟空说给他们些圣水，结果是三兄弟各撒一泡尿。道士喝了，觉得不对劲儿。孙悟空现出原形，很是嘲弄了他们一番。

这一段可谓妙趣横生，如果取经团就这样过了车迟国，这事儿也就算完了，但按取经的规则，还必须去国王那里倒换关文，这难免要和三位国师见面。不过，这正是孙悟空想要的。

19.2 三位国师是正经道士而非妖怪

三位国师修养真的很好，孙悟空打杀两个道士，放走五百和尚囚徒，又弄得来他们吃屎喝尿，换别人早就大打出手了。道长不但没有动手，还同意与外来的和尚比赛祈雨的业务能力。这种修养不得不说是李春芳过于抬高明代文官的写法。

虎力大仙开坛做法，号称“一声令牌响风来，二声响云起，三声响雷闪齐鸣，四声响雨至，五声响云散雨收”。这不是吹牛，一声令牌响后，风果然就起了，把猪八戒吓得乱嚷。孙悟空让他不要声张，自己偷偷上天去看，确实是风婆婆、巽二郎在吹风，连忙喝止了他们。虎力大仙继续施法，推云童子、布雾郎君来布云，邓天君领雷公电母来放雷电，孙悟空赶紧喝止。邓天君解释：“那道士五雷法是个真的。他发了文书，烧了文檄，惊动玉帝，玉帝掷下旨意，径至九天应元雷声普化天尊府下。我等奉旨前来，助雷电下雨。”正解释间，四海龙王已经来下雨了。孙悟空统统制止，要求他们稍等片刻，等道士下了场，唐僧坐上坛位，再行降雨的程序，各位雨神只好同意。

虎力大仙祈雨的法术其实是真的，不是什么妖法，唐僧才没有祈雨的法术，但就这样被孙悟空以私人关系倒转了输赢。比赛中这叫什么？这不就叫作弊吗！孙悟空用作弊手段赢得了车迟国凡人对佛教的信仰，大大地败坏了道教的名誉，按说目的已经达到，准备盖章走人。谁知三位国师不服，要跟和尚继续比拼，挽回道门荣誉。这一比，既搭上性命，更毁了名节，堪称身败名裂。

第一场比坐禅，这是修炼的基本功。唐僧夸口说他的禅功好，坐二三年都不成问题，但这是吹牛。第五十二回，刚离了车迟国的取经团在金兜山遇到独角兕大王（太上老君的青牛）之前，孙悟空去化斋，临走便说："师父，我知你没甚坐性，我与你个安身法儿……老孙画的这圈，强似那铜墙铁壁……但只不许你们走出圈外，只在中间稳坐，保你无虞；但若出了圈儿，定遭毒手。千万千万！至嘱至嘱！"但就这样唐僧还是很快走出圈，被独角兕大王抓了。可见，即便靠作弊赢下坐禅比赛，孙悟空也深知他这师父"没甚坐性"，唐师父也用事实印证了他的眼光。不过孙悟空再次作弊，变作个蜈蚣偷咬虎力大仙，赢下比赛。

鹿力大仙见师兄又败一阵，更不服气，要与唐僧比拼隔着柜子猜物的法术。第一轮柜子里放了一套"山河社稷袄、乾坤地理裙"。鹿力大仙准确猜到是此物，但孙悟空偷偷入柜，将其变作"破烂流丢一口钟"（烂衣服），还撒了一泡尿，真是个乱尿猴子！孙悟空将改变了的结果告诉唐僧，这一轮自然又是唐僧赢了。

这里作者用了一个重大隐喻，"山河社稷袄、乾坤地理裙"难道不是暗喻大明的山河社稷、乾坤地理？道士为之操劳多年，搞得风调雨顺，如今来了一个和尚，就将其变作"破烂流丢一口钟"。正是暗讽某些昏君私心作祟，任用私臣，将这大好的山河社稷、乾坤地理变作"破烂流丢一口钟"。

接下来，又放入一颗桃子、一位道童，羊力大仙、虎力大仙其实也都猜对，但都比不过作弊。孙悟空将桃子吃得只剩桃核，将小道童剃成小和尚，又连接赢下。几位大仙不断比输，但始终保持着修养，没有大打出手，而是愈发坚定，要跟取经团进行更骇人听闻的比赛——砍头、剖腹、下油锅！其实车迟国王已经被吓着了，劝他们算了，放取经团过去罢，道士们坚持要比，孙悟空"哈哈大笑道：'造化！造化！买卖上门了！'"

第一轮比砍头，孙悟空一度陷入险境。他砍下头来，召唤头颅回来，却被鹿力大仙暗中传令土地按住头，差点回不去。所幸孙悟空法力高强，又从肚里长出一个头。然后虎力大仙砍了头，也召唤头颅回来。孙悟空用毫毛变个大黄狗，叼走了他的头颅，不一会儿虎力大仙冒血身死，并且现出原形，是只黄毛虎，难怪要叫虎力大仙。

按说妖怪都现形了，还不撕破脸？不，仙长素质之高，令人叹为观止，虎力大仙的两位师弟全不动粗，而是继续比赛。

鹿力大仙与孙悟空比赛剖腹，结果一剖开腹，孙悟空就用毫毛变只饿鹰，将其五脏六腑都叼了去，大仙又牺牲了，现出原形是个白毛角鹿。羊力大仙还不罢休，要比下油锅。孙悟空弄个顽皮，伏在锅底不动，大家都以为他被炸死了。唐僧倒是讲义气，还来祭奠他一番。猪八戒却气呼呼地骂弼马温又坏了他的好事。孙悟空听到骂，跳将出来，把监斩官吓了一跳，喊道小和尚显魂了。孙悟空一不高兴就行凶打死了这个凡人。

车迟国王被吓得离座欲走。孙悟空上去扯住他，要三国师也去下下油锅。“那皇帝战战兢兢道：‘三国师，你救朕之命，快下锅去，莫教和尚打我。’”羊力大仙于是也脱衣下锅，他倒不是孙悟空那样的耐高温材料，而是召唤了一条冷龙，隔离火力，避免油锅升温。孙悟空拘出冷龙，竟然是北海龙王敖顺！敖顺慌忙解释这是羊力大仙自己在茅山炼的冷龙，与己无关，做个假动作收了，羊力大仙一下就被炸得皮焦肉烂，捞出骨骼来，是一副羊骨。

至此，车迟国一战终。这一回取经团完全没有和妖怪动武，而是用比赛方式让他们死亡并显形，非常有特色。虎力大仙、鹿力大仙、羊力大仙现出原形，分别是虎、鹿、羊成精。但我必须告诉您：这是孙悟空的障眼法，这三位国师都是正经道士，不是妖怪。

取经团刚到车迟国界，孙悟空就升空对城池进行过侦查，只见“祥光隐隐，不见甚么凶气纷纷。行者暗自沉吟道：‘好去处！’”孙悟空这种判断是很准确的，取经路上从未出错，其实是作者一来就交代了此处无妖（甚至还有仙）的背景。三位国师的举止也处处表明他们是得道的真仙，只是段位不高——高就去天庭任职了，不会滞留在这小国。孙悟空最初也只是戏弄他们，没有打算痛下杀手，后来越斗越烈，都折了性命，孙悟空才顺便使个障眼法，把他们的尸身变作动物，让凡人以为他们是妖。

须知混入人间的妖怪最是谨慎，生怕被戳穿是妖，一旦戳穿，要么翻脸来打，要么紧急逃跑。比如孙悟空在乌鸡国当众说出殿上的国王是妖魔假变，其实还没来得及出示任何证据，“那魔王在金銮殿上，闻得这一篇言语，唬得他心头撞小鹿，面上起红云，急抽身就要走路……驾云头望空而去。气得沙和尚暴躁如雷，猪八戒高声嘁叫，埋怨行者是一个急猴子”。至于比丘国的国丈（寿星老儿的白鹿），孙悟空都还没说他是妖，他先认出了孙悟空，就已经“却抽身，腾云就起”。所以妖怪既然要混入凡间，又岂能被戳穿。这三位国师倒好，虎力大仙死时已经现出黄毛虎“原形”，两位师弟不赶紧逃窜，却说这是孙悟空的障眼法，还要继续比赛。这说明什么？只能说明这确实是孙悟空的障眼法，他们心里没鬼。

退一万步讲，就算他们真的是虎、鹿、羊修成人形，也不能算妖怪。道家“凡有九窍者皆可修仙”，天庭中多的是动物修成人形的道教神仙，二十八宿也是动物，难道他们是妖怪？其实取经团自己不也是猴、猪和那啥吗？有人说，不管是人还是动物，只要上了天庭的编制就是神仙，不入编就是妖怪。真这样三位道长才是神仙，因为他们的五雷法是真的，三帝亲自发旨给他们下雨；这显然是体制内人士。反倒是猴、猪和那啥，至少暂时还没上编。那您说到底谁是妖怪？

再退一万步讲，就算三个道士是妖怪，妖怪就一定是坏人吗？他们做了什么坏事？他们23年来保得车迟国风调雨顺，享受下国师待遇难道有错？对比下佛教的妖怪，通天河的灵感大王（观音的小金鱼），他同样保佑河畔的陈家庄风调雨顺，但代价却耸人听闻。

19.3 送子观音要吃你儿女

残杀车迟三国师后，取经团扬长而去，来到八百里宽的通天河受阻，于是寻到东岸陈家庄借宿。当地居民非常淳朴，热情接待了取经团，连猪八戒都尽情吃了个饱。陈家庄是一个百余户的小村庄，倒也风调雨顺，五谷丰登，只是有一个苦处：这里有位灵感大王，“一年一次祭赛，要一个童男、一个童女，猪羊牲醴供献他。他一顿吃了，保我们风调雨顺；若不祭赛，就来降祸生灾”。

吃人儿女！这种剥削程度无疑是暴政，而且灵感大王真的用法力保了陈家庄风调雨顺吗？他保个屁！书中说明陈家庄是车迟国元会县下属的一个村，仍在车迟境内，这里风调雨顺当然就是三位国师的功劳，灵感大王根本什么都没做，无非是窃他人之功，向人民巧取豪夺而已！

孙悟空和猪八戒变作本来准备祭赛的童男童女，与灵感大王打了个照面，可惜走了妖魔，未能一鼓成擒。灵感大王更用了个诡计，将八百里通天河冰冻起来。唐僧急于上路，便踏冰过河。灵感大王破开冰，抓住了落入水中的唐僧。这里作者还不忘调侃一番，孙悟空问师父呢？猪八戒说：“师父姓‘陈’，名‘到底’了（沉到底）。”接下来三兄弟连番挑战，灵感大王紧闭水府，拒不迎战——当然，也一直不吃唐僧。孙悟空不耐烦了，径往南海落迦山去找观音摊牌。

孙悟空到南海，观音正在紫竹林里编一个竹篮，见孙悟空来，连梳妆都来不及，甚至“不消着衣，就此去也”。她就火速赶到通天河，用竹篮在河里晃了晃，就将灵感大王收来，原来是她的一条小金鱼。收了金鱼，观音又急匆匆往回赶。孙悟空一把拉住，说既然来了，就显形给凡人膜拜一下，让他们知道是谁救苦救难。观音在云里显形，众人跪在泥水里磕头礼拜，并画下图形，便是所谓“鱼篮观音”。

您还以为猴哥这是让观音姐姐露脸呢？整本《西游记》——甚至阅遍《二十四史》，都没有神仙（统治者）这么丢丑的一幕了呢！

观音为何急匆匆赶到通天河，连梳妆都不顾，女孩子这么不注重形象？因为丑事败露啦！这灵感大王是她的宠物小金鱼，在凡间敲骨吸髓，难道主子没有责任？陆虞侯逼死林冲娘子，林冲不会认为仇人就是陆虞侯而和高太尉无关吧？孙悟空此举恰恰是要让大家看清楚——到底是哪个菩萨在吃你们的儿女！

这不就是万贵妃派出小太监在民间盘剥敲诈，一不小心被西厂捅破的慌乱场面吗？不过好歹把问题解决了，赶紧回去。猴哥偏偏一把拉住，这么性感的美艳肚兜娘哟，大家一起来欣赏呀！其实我们中国的肚兜和日本的学校泳衣、美国的比基尼到底哪个更性感一直颇有争议，但我相信李春芳没有写观音姐姐穿着另外两种出镜，不是由于时代局限性，而是为了凸显中国风韵，不信请看他的描写：

远观救苦尊，盘坐衬残箬。懒散怕梳妆，容颜多绰约。散挽一窝丝，未曾戴缨络。不挂素蓝袍，贴身小袄缚。漫腰束锦裙，赤了一双脚。披肩绣带无，精光两臂膊。玉手执钢刀，正把竹皮削。

请容我吞一下口水再跟您细讲，封建礼法和现代差异很大，女子穿成这样已经够得上那个字了。这首诗堪称四大名著性感第一，贾宝玉都不好意思这么描绘警幻仙子，唯有《金瓶梅》里可能有两三首勉强能与之一比。封建女性最忌肚兜给男人看，至于精光着仙足玉手，更是成年后连父亲都不能看的，公共场合大展览更是不可想象。这里必须再揭露作者一个非常猥琐的笔法——鱼篮观音，因为这个讽刺比"送子观音"还要辛辣八倍！

所谓"鱼篮观音"是观音三十三法相中的第10个，同时与第28个"马郎妇观音"其实是重复的。明初学者、《元史》主编宋濂的《鱼篮观音像赞》讲，唐代陕西本不信佛，金沙滩上突然出现了一个挎着鱼篮的美艳女子，人们都想娶她。她提出谁能背诵佛经就嫁给谁，结果大家都背不了，所以再好的条件她也不嫁。唯有一位小马能背，于是鱼篮美女嫁给小马，但一进门美女就死了，尸身也立即糜烂，只好下葬。后来一个僧人来找小马，掘开棺材，只见尸骨呈"黄金锁子骨"，即尸骨不腐而呈金黄色，层层相锁，是修仙得道的象征。僧人这才告诉大家："这是观音大士在点化大家呀！"从此，陕西推广了佛教信仰。

但事实上，这是佛经传入中国多年后的美化版本，尚且不太符合中国人的传统道德观，其原版以中国人看来更是不堪入目。

据中唐李复言《续玄怪录》"延州妇人"条：唐代宗大历年间（766～779），延州（今陕西延安）有一美艳妇人，"与年少子狎昵荐枕，一无所却"（亲昵地主动上少年郎枕头，来者不拒），死后葬在荒芜的路边。后有一胡僧来到墓前，顶礼焚香赞叹，告诉大家："这其实是位菩萨，她以大慈悲布施自己的肉体给大家，满足世俗的欲望，不信看她的尸骨是黄金锁子骨。"众人开墓一看，果真如此，于是为她设斋建塔。北宋叶廷圭《海录碎事》则称："释氏书：昔有贤女马郎妇，于金沙滩上施一切人淫。凡与交者，永绝其淫。死，葬后，一梵僧来，云：'求吾侣'。掘开，乃锁子骨。梵僧以杖挑起，升云而去。"大意相同，笔法更开放。

唐宋资料是对古印度原文的直译，大意就是观音大士以美色为饵，诱愚民为信众，用色相布施大众，推广佛教信仰。需要强调的是，这在古印度（也不是现代印度）并不违背道德，跟中国人在灾荒年施舍粮食诱饥民入教是一个道理，但确实很不符合中国的封建道德，所以明以后逐渐将其美化成为后来的“鱼篮观音”“马郎妇观音”。不过“鱼篮观音”终究是中国人羞于启齿的一面，这个法相在中国堪称冷僻，大众对观音菩萨的认知主要还是“送子观音”“千手观音”。李春芳就故意先写个“吃子观音”，讽刺下大众信仰，再阴险地显出个“鱼篮观音”，再加上那段在明代堪称色情的描写……啧啧啧，万贞儿到底跟你多大仇？

您别说，万贵妃和李春芳的时代隔了一百多年，但真的有很大仇。

首先，成化帝是明朝第一个和文官集团公开决裂的皇帝，很多人认为祸根就在万贵妃。其次，万姐姐为了霸占她小老公的独宠，戕害其他宫妃，甚至给很多宫妃堕胎！你这灭了多少龙子啊！我才写你吃点小村庄的童男童女，我好善良啊！再次，孙悟空、猪八戒变作那对小姐弟，童男叫陈关保，童女叫一秤金，这似乎也有所指。万贵妃到处给人堕胎，太监张敏想尽办法把一个怀了孕的宫女纪氏藏起来，偷偷产下一子，但不敢见天日，关在一间小屋偷养，与坐牢无异，直到六岁才让成化帝得知。关起来保护，陈关保？皇子曝光后不久，纪氏无故暴亡，张敏吞金自杀，显然是遭万贵妃报复。吞金，一秤金？这个皇子朱佑樘就是后来的大明孝宗弘治皇帝，缔造了伟大的“弘治中兴”，与汉文帝（刘恒）、宋仁宗（赵祯）并称为中华帝国三大圣君。

其实史学界一直不乏一种声音，说真实的万贵妃也没那么邪乎，什么在皇宫里给宫妃排着队堕胎，这完全超现实，是被后世文官妖魔化了而已——别误会，这里不是准备给她翻案，只是提醒您——“后世文官”，不就是李春芳吗？这样算来仇才大哩！再说远点，后世研究中国究竟是从何时开始落后于西方，有人便将时间节点指向成化年间，其实李春芳这种人相当在乎这个问题，这个仇才叫大得包天。

19.4 孙悟空与道教决裂的站队行为

通过车迟三国师和灵感大王（实为观音）的刺目对比，道教和佛教统治人民的方式一目了然，那我们的主角孙悟空到底站哪边？就在这一回，作者让孙悟空作出了坚决的站队动作。

要打入一个派系的核心，首先就得毁弃与其他派系的牵连。孙悟空曾是一个游走各种势力，左右逢源的人，但这种人往往只能当权力掮客，要想真的挺进高层，必须明确站队，否则到了高层要面对的就不是一两个虎力大仙这样的初段玩家，而是道教、佛教这样的集团势力，个人力量不可能独扛，必须倚仗政治派系的合力。而派系是不会为首鼠两端的墙头草拼尽全力的，只有你明确站队了，才会着力捧你。

孙悟空走到这一步，必须站队。他选择站佛教这一队并无悬念，只是他如何与其他派系翻脸，以此向佛教表明态度，这就是官场技巧了，孙悟空的技巧可谓又精又狠。

首先，孙悟空打死虎力大仙的两个徒弟，放走五百个囚徒和尚，然后去三清观捣乱，这已经表明了和道家敌对的立场。过程中他还用了一些小技巧，比如假装不识三清，还问这是什么菩萨。当然，这个表演稍微有点生硬，不过接下来的举动就很有诚意了：他让猪八戒把三清圣像扔进茅坑吃屎！师兄弟三人变成三清，撒尿给道士喝。

佛教大佬拈花微笑："这小悟空有点儿诚意嘛。"

除了举止有诚意，还需要点业绩作干货，小悟空做得也很出色，搅黄了虎力大仙引以为豪的祈雨术，把求得甘霖的功劳揽到和尚头上，这在很大程度上已经促使部分凡人的信仰由道转佛。其实按孙悟空的原计划，这已经够了，他本意也是演完降雨这场戏就盖章走人，只是未料三个道士气不过，非要跟和尚比个输赢，孙悟空才"哈哈大笑道：'造化！造化！买卖上门了！'"

是啊，既然你们非要送死，俺老孙也不妨接了这单上门买卖，拿你们几个小道士的血肉，让佛爷见我决志加盟的诚意。

19.5 李春芳斗胆嘲讽永乐大帝

车迟国王在位23年，这可能是暗喻永乐帝在位年数。永乐帝本是藩王，造反夺了侄子建文帝皇位。很多忠臣义士不愿投降他这个反贼，被他残酷杀害，这其中就包括著名的方孝孺、铁铉等。

铁铉本是来中国留学的波斯（今伊朗）王子，国子监毕业后留国内工作，官至济南知府。在朱棣造反的“靖难之役”中，铁铉坚守济南，被誉为“城神”。最后朱棣只好绕开济南，南下直取南京，侥幸获胜。登基后，永乐帝把铁铉抓起来，将他鼻子、耳朵割下来塞进他嘴里，还问他好不好吃。铁铉怒目道：“忠臣孝子之肉，有何不好吃！”永乐帝又说你活着不拜我，我把你用油锅炸酥你也得拜。但校官炸死铁铉后发现其骨架仍然背对永乐帝，他们想把骨架翻过来，油锅竟然爆炸了！永乐帝仍不得铁铉的骨架一拜！气急败坏的永乐帝只好迁怒，杀死了两名校官[30]。

这不正是羊力大仙的桥段吗？两位师兄相继惨死后，羊力大仙依然不惧，毅然投身油锅，被炸得只剩骨架。但是他投降了吗？没有。羊力大仙就像两百年前的洋大人铁铉一样，皮焦肉烂，但浩气长存。大明湖畔的铁公祠，至今平静地注视着这片他曾誓死捍卫的湖面。反倒是赢了的孙悟空，他从油锅出来那一刻，就因为监斩官说了一句小和尚来显魂，他就暴躁地抽出金箍棒残忍地将这手无寸铁的凡人“打做了肉团”，完全是永乐帝杀校官迁怒的艺术再现。

至于道士用真法术请来雨神，结果孙悟空跑过去窃人家的功，让凡人误认为是他请来的，另一边灵感大王也在小村庄冒领三位大仙的功，这种做法其实牵涉到明朝一个颇具争议的话题：对洪武之治和永宣盛世的评价。

洪武是太祖年号，永宣是太宗年号永乐和宣宗年号宣德的合称。洪武三十一年自然是著名盛世，号称“治隆唐宋”。永宣盛世更攀高峰，尤其是郑和公公七下西洋，更是“超三代而轶汉唐”。但也有观点认为永宣盛世无非是承洪武余荫，其实很多具体做法比太祖差远了[8]。李春芳这样写，看来他是倾向于认可此说的。

其实永乐大帝当真无愧为一代雄主，是嘉靖帝最崇拜的祖先。但嘉靖小儿崇拜他，主要原因倒不是看他皇帝当得好，而在于他们都是藩王出身。嘉靖帝宣称永乐大帝盖世伟业震古烁今，非一个太宗庙号可以概括，于是改成更高级的“成祖”。当然，李春芳这样的明眼人一看就知道，这是他在故意折腾礼制，是“大礼议”中的一个小花招。所以你最崇拜的祖先，我偏要辛辣讽刺。永宣盛世是吧？其实就是个篡贼坐享其成，一个孙猴子求雨的伎俩而已。

李春芳自然不是一个铁骨铮铮的硬汉，但作为一位明代文臣，敢于向“幅陨之广，远迈汉唐。成功骏烈，卓乎盛矣”（《明史·成祖本纪》）的永乐大帝开嘲，这才是“浩气满翰林、碧血写汗青”的高级勇气。

19.6 碧血青天杨家将

三位道长都是法力低微的初段修仙者，连到天庭任职的资格都没有，相当于明朝的举人、秀才，没有考上进士，所以只能在地方政府担任一些幕僚职务。但他们同样是饱读圣贤诗书的文人，在品行和价值取向方面和进士并没有本质区别，这三位还做出了不俗的政绩。然而他们的能量又是那么弱小，远远不是什么内宫私臣的对手。所幸他们只是混混州县，没有什么机会跟厂公、督公正面冲突，但如果不幸遇到取经团路过这样的小概率事件，等待他们的结局就真的只有砍头、剖腹、下油锅了。

随着私臣集团的势力拓展，不断侵入地方，尤其是镇守太监、矿税太监的大肆扩张，这种概率也越来越大。有分析提出三位道长的原型是大奸臣严嵩及其子严世蕃宣扬的三大才子：胡宗宪、陆炳、杨博。因为“胡”同“虎”，“陆”同“鹿”，“杨”同“羊”。我认为此说过于牵强，关键这三人跟车迟三仙确实扯不上干系。我倒认为，三仙更像是杨慎和他的同学们，以及“明朝第一直谏”杨继盛，这几位杨家儿郎才是羊力大仙的原型。

杨慎，字用修，号升庵，四川成都人，名相杨廷和之子，明武宗正德六年（1511）辛未科状元，明代公认的第一大才子，其代表作《临江仙》被毛宗岗[48]用作四大名著另一部《三国演义》开篇词：

滚滚长江东逝水，浪花淘尽英雄。

是非成败转头空，青山依旧在，几度夕阳红。

白发渔樵江渚上，惯看秋月春风。

一壶浊酒喜相逢，古今多少事，都付笑谈中。

本来按制度，状元直接授翰林修撰（从六品），很快就能位列公卿甚至登阁拜相。但杨廷和为了避嫌，始终不准儿子升官，以至于杨慎初授翰林修撰后原地踏步13年。须知李春芳中状元13年都已经当到礼部侍郎，彭时、商辂这些状元早就入阁了。按明制，．“轻清上腾”，清流官每三年考核一次，升或不升必须有个说法，如果连续三届也就是九年不升，那说明这个官员很差劲，就要面临降职甚至开除。所以清流官不能原地踏步，这是为了保障进士有一个自然晋升的通道，避免为晋升而竞相依附权贵。杨廷和这种故意压制杨慎的行为反而违背制度，但也从侧面反映出杨家的人品家风。

嘉靖三年（1524），“大礼议”达到高潮，代表天下礼法文章最高水平的翰林院无疑是斗争的风暴眼。嘉靖帝诏张璁、桂萼等几位在辩论中站自己一队的文官为翰林学士，杨慎率36员翰林官坚决抵制，张璁等人奉诏后不敢到翰林院上班。明代翰林官号称“储相”，是精英中的精英，任职资格最为严格，必须由进士中的三鼎甲、庶吉士担任，像张璁这些普通进士都是没资格的。这个清流的核心精华要素，文官们是绝对不会允许皇帝安插私人的。

七月，斗争高潮达到顶峰。嘉靖帝在张璁、桂萼等人的策划下，正式宣布尊生父兴献王（朱祐杬）为皇考，弘治帝（朱佑樘）为皇伯考。大批朝臣汇集到金水桥南伏阙恸哭，嘉靖帝大怒，将吏部稽勋员外郎（从五品副司长）马理等143人逮入锦衣卫狱，审理后罚以廷杖，16人被当廷打死！不过这并没有吓退正直的文官，反而激起了他们心中“文死谏，武死战”的无边正义感。此前，曾牵头议定由兴王朱厚熜（即嘉靖帝）入继大统的首相杨廷和已经被辞职，现在继任的两任首相蒋冕、毛纪又相继辞职抗议。沧海横流方显英雄本色！此刻，从六品史官杨慎挺身而出，率领中低级文官继续抗争。

他们斗争的方式是什么？开会废黜嘉靖帝，还是调外镇军入京？都不是，而是由杨慎召集在京的正德六年（1511）辛未科进士240余人，再赴阙前力辩。这些人大部分是翰林、主事、御史、给事中等六七品官，其实走到路上难免有人害怕，毕竟宋明五百年来都号称不以言论杀士大夫，这次突然当廷打死16人，一下超出了很多人的心理承受能力。见有些同学面露惧色，杨慎抛出了整个明朝历史上最豪迈的一句铁血宣言：“国家养士一百五十年，仗节死义，正在今日！”同学们听了不再畏惧，随他到左顺门大哭抗议。嘉靖帝更怒，将他们全部逮入诏狱，罚以廷杖，杨慎被打得“死而复苏”。谁知10天后，刚能起床的杨慎第一件事便是又约同学继续抗辩，翰林检讨王元正，给事中刘济、安盘、张汉卿、张原，监察御史王时柯响应。嘉靖小儿又是一顿杖责，把七君子打得血肉模糊，然后杨慎、王元正、刘济贬官，其余四人削籍为民。杨慎被贬到云南永昌卫（今云南保山），终生再未起复。

不过杨慎到了蛮荒，倒也没有怨天尤人，而是竭诚奉献，为土著百姓的开化做出了巨大贡献，至今云南还流传着很多杨慎开发云南的逸闻。杨慎才华横溢，高中状元，却不能将一身才华奉献给国家社稷，只能屈才于边陲蛮荒。是不是有点像羊力大仙，身负五雷真法，却不能天庭为官，只能在车迟小国求个风调雨顺，保一方百姓平安？杨慎和同学们这种挺身而出，为道义百折不回，死而复苏地用血肉之躯抗击野蛮镇压的行为，是不是更像三位道长前仆后继用生命回答挑衅的行为？

杨继盛则是大奸臣严嵩当权时期，严党虐杀的一位忠臣。嘉靖二十九年（1550），兵部车驾员外郎杨继盛上疏弹劾大同总兵仇鸾勾结蒙古，与俺答汗互相走私战略物资，甚至杀良冒功。结果仇鸾的干爹首相严嵩压下弹章，反而给仇鸾升官。事后严党打击报复杨继盛，借故将其贬为狄道（今甘肃临洮县）典史（县公安局办公室主任，无品级）。杨继盛和20年前的杨慎一样，在蕃汉杂居的边陲大力兴办学校，疏浚河道，开辟种植园、煤矿，还让妻子张贞传授纺织技术，深受各族人民爱戴，称他为“杨父”。这不是又一位羊力大仙吗？

一年后，仇鸾和严嵩、陆炳翻脸，被斗倒，杨继盛很快起复为兵部武选员外郎。回到朝廷，杨继盛第一件事就是直指比仇鸾罪恶更甚的严嵩，但他的方式不是弹劾严嵩本人，而是上疏切责嘉靖帝误用奸相，行诸多罪孽，用词极其尖锐。嘉靖帝大怒，严党趁机策划，抓住奏疏的用语不当，反诬他假传亲王令旨，将其陷入诏狱。

初入诏狱杨继盛就被痛打一百杖，有人送了他一副蛇胆，连狱卒都送他一壶酒，说用酒蚺服蛇胆可以镇痛。杨继盛满不在乎地拒绝了：“我杨继盛自有胆，何需蚺蛇胆？”一百杖显然会把他打晕过去，半夜狱卒却听到一阵令人毛骨悚然的声音，点灯一看，吓得浑身乱颤！杨继盛在蛮荒自学了一些外科手术，半夜醒来，正在自行处理伤口。他敲碎瓷碗，用碎片割腐肉。有些部位腐肉割尽，但坏死的筋仍挂在骨膜上，他用手一把扯去，再用碎片将感染的骨膜也刮干净。悉悉索索的刮骨声从比死亡还要寂静的诏狱深处阵阵传出，连见惯了残忍场面的狱卒都不由得胆颤欲坠。这不是《三国演义》华佗为关公刮骨疗毒的神话桥段，分明是《西游记》车迟国三位大仙为名誉正义砍头剖腹的残忍画面！

杨继盛坚不认罪，被羁押在狱三年，最终严党巧用法律漏洞，成功判处他死刑。面对死亡，杨继盛没有丝毫恐惧，只作诗一首：

浩气还太虚，丹心照千古。
生前未了事，留与后人补。
天王自圣明，制作高千古。
生平未报恩，留作忠魂补。

杨继盛的牺牲不是毫无意义的，士人对严党弄权早有公愤，只是蓄而不发，杨继盛的死成为导火索，长期恭谨侍奉严党的次相徐阶判断时机已到，终于着手组织推翻严党，很快绝杀奸党，甚至取了严世蕃小命。杨继盛可以说是用生命点燃了开向严党的第一炮。

是的，中国传统文人没有孙悟空那样通天彻地的神通，甚至没有陆炳、仇鸾、严世蕃那样的百般狡计。当野蛮降临，他们根本不作他想，就只会一招：用生命点燃光明。不动粗，不用诈，只将飞蛾扑烈火，笑看碧血染青天。生死尚不足道，胜负于我何加焉？他们只信仰正义必能让人心触动，高尚终将被历史铭记。

可能有人不理解这种情怀，甚至加以嘲笑。我说不要笑，您真以为您的嘲讽功力比这些人强？看过杨慎的师弟李春芳写的讽刺小说《西游记》吗？

19.7 李春芳的泣血祭文

三位道长明知和尚的法力神通远高于他们，仍毅然选择了抗争到底，九死不悔。其实提出砍头、剖腹、下油锅的还真不是和尚，而是他们自己。这分明是传统文人在强权面前节节败退，能力不足以挽留逝去的名誉，最终只好慨然赴死的惨烈一幕。

孙悟空一阵胡闹，道士们觉得完全是和尚理亏，他们牢牢占据道义制高点，但也没有得理不饶人，而是同意跟和尚比赛求雨的业务，不料输给和尚，国王就盖了印，放和尚走。虎力大仙却说：“陛下，我等至此匡扶社稷，保国安民，苦历二十年来，今日这和尚弄法力，抓了功去，败了我们声名，陛下以一场之雨，就恕杀人之罪，可不轻了我等也？”

没错，这既破坏法治，又败人声名。现在国王受和尚神通恫吓，只想赶紧送走息事宁人。但真的儒士，最是不能息事宁人。

重名节，轻生死，为争个是非曲直，丝毫不畏比自己强大得多的对手，不惜前仆后继地献出生命，这就是中国文人的崇高价值追求。在几千年儒家社会的传统审美观看来，这是正义，是高尚，是美德。但客观地说，这在自己看来是美德，在对方看来却是破绽。三个道士已经气血上涌，但始终不跟和尚动粗，坚持公平比赛。如果倒转过来，孙悟空只怕早就掣出如意棒，打将过去了，还比什么赛？但他们绝不这样做，即便明知对方作弊，导致自己处于严重劣势，他们仍然坚持用规则捍卫名誉。

这种价值观可能很多人理解不了，但却是中华民族万世相承的精神支柱。

在是非曲直面前，奸臣常曲意逢迎，避免冲突。而刚者易折，直臣却每每在细节处坚持大是大非，最易激怒权贵。如果奸臣再趁机激化矛盾，往往就是一击毙命的机会！“大礼议”的斗争正是典型。在某些人看来，这无非是个给死人过家家的游戏，没必要跟皇帝较真。但在身负传统儒士风骨的文官看来却是大是大非，坚决要跟嘉靖帝死磕。一些奸臣趁机激化矛盾，以此向皇帝表明坚决站队的政治态度，从而邀宠。他们的宠幸，踩着无数同僚的血肉尸骸，饱含着多少刚直文人的辛酸血泪。

其实要救他们的性命本不难，随便哪个大神说明一下这是玉帝钦差的取经团（就别说什么唐太宗了），佛祖正在西路上眼巴巴盼着呢。我相信三个小道士就会冷静下来，至少不会疯狂地拿命来赌。但是哪位大神出手了？没有。没有任何人来点破。他们成了整本书唯一一伙连取经团的真实身分都不知道，就送了命的“妖怪”。他们用生命捍卫的三清道祖在哪儿？道家遍布三界的派驻官员全都在哪儿？这些大神一会儿变夜游神，一会儿变井龙王，愿意点化乌鸡国王，愿意帮助朱紫国王的金圣宫娘娘，甚至愿意救下牛魔王这样的妖魔家族，偏偏在最正直的同僚为保全道家名节而赴汤蹈火时，眼睁睁地看着他们被碾得粉碎。

反倒是作为凡人的车迟国王，在赌斗持续升级时，他已看出端倪，不断劝道士们算了，放和尚过去吧！但一则道士坚决送死，二则慑于和尚的威势，他一介凡人又有何能制止这样的暴行？三位国师惨死后，车迟国王“倚着龙床，泪如泉涌，只哭到天晚不住”。孙悟空骂他被妖怪迷惑多年，是昏君。但事实显然是国王很清楚，这23年来保佑他车迟国风调雨顺的仙长已经死了，而且死得很惨。

凡人的诉求其实很朴素，就像三位大仙这样给我们求求雨，我们就会奉为国师顶礼膜拜。人民的眼睛是雪亮的，凡人并非不辨忠奸贪廉，只是在派系政治斗争面前，翘首以盼的人民总是无奈地被摔来摆去。这时，儒家士子更要明白自己肩上的重担。

这便是古圣先贤常教育我们的，舍生取义。

但我们舍了生，取到义没有？三个道士便舍了生，结果呢？行凶的取经团成仙成佛，他们却被定性为妖怪。明代文官无不深受于谦的诗句激励：

千锤万凿出深山，烈火焚烧若等闲。

粉身碎骨全不怕，要留清白在人间。

儒家视名节重于性命，于少保虽蒙冤惨死，好歹能与岳少保一道魂归西湖，流芳百世。但这三位刚直的儒士却真的受尽了千锤万凿、烈火焚烧，最终却舍了命，又坏了名，连留得清白在人间的基本价值追求都只得相反结局。官场斗争，真的不只是一命生死那么简单。

李春芳无比清楚政治的这一面，但他没有力量改变，他甚至连说出来的勇气都没有，他只能在一部神魔小说中默默地献上这篇看似妙趣横生的祭文，偷泣着祭奠那些微笑着站到他身前，冒镞顶矢的铁血同僚。

图10　车迟国虎力大仙、鹿力大仙、羊力大仙

20

青牛金刚圈——太上老君要如来大出血

太上老君的坐骑青牛化身独角兕大王，手持全书最顶级的法宝——金刚镯，孙悟空找遍满天神佛都无人能敌，但结局异常仓促，太上老君一来，青牛二话不说就投降。很多人批评这一篇虎头蛇尾，甚至没能自圆其说，其实这其中大有玄机。取经工程损道益佛，如来不出点血，太上老君怎能放行？

20.1 小偷的圈子

取经团坐着老鳖，过了通天河，来到金岘山，四下无人，于是孙悟空启用长途飞行化斋模式。由于用时较长，怕没坐性的唐僧乱走惹祸，孙悟空在地上画了一个圈子，叮嘱师父、师弟千万不能走出圈子，然后飞行千里去化斋。

由于言语不合，施主不愿施斋，孙悟空就用隐身法去偷了人家的饭来。另一头，师父、师弟也在行偷盗之事。这几个果然没坐性，跨出猴哥的圈子，来到一座荒芜的阁楼，看人家的衣服不错，便拿来穿，遂着了妖魔的道，被独角兕大王捉拿。原来这是大王钓鱼执法的陷阱，不过他们确实存在犯罪事实，他也抓得有理有据，之后又进入孙悟空救师父（和师弟）的模式。

这里作者描述了一个小偷的圈子话题。圈子这词有两层含义：一个是指圆圈圈，一个是指人际交往的范畴。比如道教有道教的圈子，佛教有佛教的圈子。小圈子里面还可以再分更小的圈子，有些圈子又相互交融，环环相扣，错综复杂。

取经团在车迟国明确站队，可以算打入了佛教这个圈子，但他们的做法却是与原来的道教圈子决裂，而且行径狠辣，所以要先在佛教圈子里避避风头，随便出去就容易遭打击报复。这不，一出圈子就被道教大佬派的人给抓了，还栽了个偷盗这么龌龊的罪名。而道教打击报复出圈者的方式也很讲究——金刚镯，是一个白森森的圈子。

孙悟空偷饭，师父、师弟偷衣服，后来打起来孙悟空还去偷人家独角兕的金刚镯，并把众神被没收的兵器全偷回来。连助阵的雷公都笑道：“若要行偷礼，除大圣再无能者，想当年大闹天宫时，偷御酒，偷蟠桃，偷龙肝、凤髓及老君之丹，那是何等手段！今日正该拿此处用也。”最有意思的是故事结束，取经团脱离魔掌，最初孙悟空偷来的饭居然还在，也没馊，师徒几个热一热继续吃。我自己靠本事偷来的饭，凭什么不吃？

李春芳是一个文官、私臣两个圈子都混得不错的跨界好朋友，但这有很大的机缘，一般人没这本事。那在他内心的价值取向中，这两个圈子有无好歹之分？其实人家表达得还是比较清楚，孙悟空偷饭时说了一句：“道化贤良释化愚”，意思是道家开化贤良，佛教逗弄愚氓，高下立判。只是我没办法，这边圈子能帮我升官，也得混着。

20.2 满天神佛奈何不了金刚镯

独角兕以偷衣服为由抓了唐僧、八戒、沙僧，也不说要吃，也不说要放，好整以暇地等孙悟空来救。他的武艺和孙悟空相当，使一柄点钢枪与金箍棒战成平手。就是那圈儿太厉害，管你什么法宝，一律收进来，金箍棒自然不例外。战场缴械，这是完败。但大王素质极高，缴了械就饶命，绝不追杀。

这个圈儿实为太上老君的至宝金刚镯，能套百般物事。有不少人讨论，同为套物，金刚镯和镇元子的袖里乾坤、黄眉老怪的人种袋哪个厉害。其实书中说得很明，金刚镯是三界第一法宝，远超任何宝贝。袖里乾坤只是个招式，不是法宝，不应在此比较。人种袋虽然也是什么都能收，但金刚镯并不是只有套物这一个功能，太上老君和独角兕都说了，戴着它水火不侵。后来孙悟空趁独角兕睡着，请火德星君和黄河水伯放火放水去攻，果然都被金刚镯的法力轻松挡下。所以如果一人持金刚镯与镇元子或人种袋对敌，袖里乾坤和人种袋都是收不了这人的，而金刚镯可以轻松将人种袋收过来，对镇元子本体也有一百万种攻击方式，只是这一篇没详写而已。

孙悟空被独角兕缴械后，伤心得“扑梭梭两眼滴泪”，然后放出了他的最大绝招——搬救兵。他先去天庭查验这妖魔是否天神下凡，玉帝异常热情，虽未查明妖魔来历，但主动提出可让他点几员天将下界降魔，任选。

第一轮孙悟空点了老熟人托塔李天王、哪吒三太子，玉帝准奏。临行前孙悟空突然提出还要两位雷公助阵，依然准奏，诏邓化、张蕃两位雷公随行。这两位便是车迟国祈雨时出过场的雷公，孙悟空临时点他们的将，可能是因为两位在祈雨比赛中站了孙悟空一边，害死了虎力大仙，已为道家不容，孙悟空很负责地表示带他们进新的圈子。

哪吒先与独角兕单挑，变作三头六臂，持砍妖剑、斩妖刀、缚妖索、降魔杵、绣球、火轮儿六般兵器来打妖魔。这六般神器还变化成千万种，换一般人身上还没挨剑，眼睛先眩晕了。但独角兕才不管你多少神器，只一个圈儿套进来收工。雷公见哪吒不利，居然在空中暗笑，说幸好没按李天王的战术放雷，不然雷神之锤都被套了去，回去交不了差。军人不按计划作战，故意逗挠，见友军失利还幸灾乐祸，宰相看在眼里何等揪心！

李天王又出主意，说水火无情，圈子善套兵器，套不得水火。孙悟空觉得有理，又依次去请火德星君、水德星君。结果火德星君的火具、水德星君派来黄河水伯的水盂统统被没收。孙悟空一度将兵器全部偷出来，大家发狠围攻，但依然是圈儿一亮，统统缴械，偷都白偷了。

独角兕显然是整个取经路上战斗力最强的一个妖魔（含法宝），搬什么救兵，借什么法宝都远远不是对手，但似乎也是最好说话的一位。他只缴械，不杀人。从军事角度讲，缴械是比杀敌更难的一个动作。因为战士都很珍视与自己生死相依的兵器，刀在人在，刀亡人亡。很多战士战至最后一刻，身首异处，唯刀不离手。像独角兕大王这样大面积缴械，缴完立即得胜回朝，不伤人毫毛的做法其实也很不尊重对手——把您当小鸡崽儿玩儿呢！甚至孙悟空没了棒子，他居然也放开钢枪，跟猴子来了一段拳脚对练。这表面上看符合武打枪战片的套路——主角必有一场戏要丢了武器，跟敌方大boss比拼拳脚，最终悟到无棒胜有棒的境界，惊险获胜。不过这才五十二回，独角兕可不是什么大boss，关键孙悟空最终也没打赢他，所以兕大王纯粹是逗你们这些弱鸡耍耍而已。

没办法，他在这里的目的本也不是伤人。但总之要过他这一关，靠所谓实力是没指望了。

20.3 请如来自己暗示主人公

官场上很多事，走对公途径不通，那就只能试试私人关系，尤其是找他老板最管用。好比您去投个标，具体负责的某工部主事说您这方案写得烂，不放过。虽然众所周知他头上有工部尚书、侍郎、郎中、员外郎可以命令他，但人家秉公办理，凭啥给您开后门？再说明朝文官这么正直，打招呼也没用啊。但如果您得知这位主事跟谁私交甚笃，请他在饭桌上说一说，没准儿就通了。如果找到他老板效果最佳，但偏偏一个人的“背景”是最大的秘密，因为千百年来传统价值观是“学而优则仕”，一个人能身居高位自然是靠人品才华，而非私人关系。所以一个人就算靠私人关系获得晋升，那也不能说出来，此事就成了最大的秘密。如果在官场上，有人愿意点化，告诉您某人的老板是谁，那真是帮了天大的忙，比为您直接上阵拼杀都管用。

连败数阵后，孙悟空找到了如来。如来派十八罗汉取他的至宝18粒“金丹砂”去降魔。这金丹砂倒也有几分厉害，化作漫天风砂，一度将独角兕陷入深不见底的砂层。但不出意料的是，圈子一亮出来，金丹砂又成了兕大王的战利品。

好了，肥皂剧不能再演了。降龙、伏虎二位罗汉站出来说，其实我们临走时佛祖已经交代，金丹砂再被收，就去找太上老君。孙悟空得了此话，径闯兜率宫门卫，又与老君撞个满怀。而且孙悟空不直说遇到了独角兕，而是闯入宫中到处搜看，发现老君的坐骑独角青牛已经偷了金刚镯下凡。这下老君当然跟着悟空下凡去降魔，过程简单得令人发指：独角兕将圈儿抛起来，老君一把接住，收工。

这么虎头蛇尾似乎描述了这降魔是个量子通信计算过程——本来妖魔变化多端，让您不知所措（概率叠加不确定态），只要妖魔的老板一被观察到，未知的妖魔立即显出原形（坍缩为确定态）。然而孙悟空找遍救兵，甚至天庭都查不出这妖魔是谁的坐骑所化，最终还是如来点破。毕竟这取经是佛祖的事儿，他再不开口，经取不下去了。但真的只有佛祖才知妖魔底细？那当然，不然那些神仙场场被缴械，这么忍气吞声都不戳破？开个玩笑，其实独角兕从一开始就根本没有掩饰过身份。

妖魔化为人形不是难事，保留动物原形特征的恰恰是在暗示来历。当年太上老君解化老子之名，骑青牛过函谷关，连凡间都人尽皆知，而且这只青牛特征还很明显——缺了一支角，也就是所谓“独角兕”（其实兕不是牛，而是《山海经》中的上古灵兽，本来就只有一只角，但《西游记》误解成缺了一只角的青牛）。独角兕大王显露这么明显的特征，是生怕别人认不出他。其实一开始孙悟空就说漏过嘴。两人首场对阵，“他两个战经三十合，不分胜负。那魔王见孙悟空棍法齐整，一往一来，全无些破绽，喜得他连声喝采道：‘好猴儿！好猴儿！真个是那闹天宫的本事！’这大圣也爱他枪法不乱，右遮左挡，甚有解数，也叫道：‘好妖精！好妖精！果然是一个偷丹的魔头！’”

“闹天官”当然是指大闹天宫的齐天大圣。“偷丹”？众所周知，兜率宫就是偷丹的总基地呀！两位棋逢对手，将遇良才，一高兴没忍住把对方身份说破了。那为什么后来孙悟空又假装不识妖魔，众神也绝口不提，甚至玉帝装模作样查了半天，也不说破？其实如来解释了原因：“那怪物我虽知之，但不可与你说。你这猴儿口敞，一传道是我说他，他就不与你斗，定要嚷上灵山，反遗祸于我也。”是啊！佛祖是玉帝最亲昵的私臣，青牛老司机也算是太上老君最亲密的仆役，皇上的司礼监掌印太监也不能随意开罪宰相的司机吧！那既然如来都不开罪，李天王这帮人又有谁会多嘴呢？

但这经毕竟是要取的，如来又施巧计，在派十八罗汉持金丹砂去降魔时，特意留降龙、伏虎二位走在后面交代。当时孙悟空就发现只有十六罗汉，闹将起来，降龙、伏虎才赶上来告诉他是佛祖特意交代，但现在不能说破，若金丹砂再降不了魔才说。这样一来，就显得佛祖并非孙悟空一来，就立马戳穿，相对缓和一些。

所以过这一关的关键不在于法宝、神通，也不在于孙悟空尽心打探出妖魔的“背景”——因为根本无需打探，大家一看他那支缺角早就心知肚明，关键在于谁来说破。孙悟空早就不是当年那个愣头青，绕了一大圈，败了无数阵，甚至一度被打哭，就是不说！这就是混官场的情商。这西天取经是您佛祖的项目，我们这些小虾米才不会帮您背这么大黑锅，还是您自己说出来，该得罪青牛得罪青牛，该得罪老君得罪老君吧！

20.4 太上老君才是窃国大盗

如来说破青牛是太上老君放的路障，是不是把老君得罪得很惨？按理说是，那他就得付出相应代价，既是补偿老君，也是对老君放行取经团的感谢。既然又是补偿又是感谢，得有点干货。其实，奥秘就在他这个所谓“金丹砂”里。

众所周知，太上老君是宇宙第一炼丹术士，他的主业就是炼制金丹。“金丹砂”是个什么？不就是炼制金丹的原料吗？您拿金丹砂去打炼丹术士的司机，怎么不拿肉包子打狗的饭盆呢？篇末，独角兕回兜率宫，众神入其洞府取回各自兵器，但没有专门交代十八罗汉有没有把18粒金丹砂取回。很多分析者认为没有，如来就此送给老君了，是一种巧妙的行贿手段。其实取没取那18粒反而不重要，因为就算取了肯定也是18粒空壳，里面的砂已经给青牛带回去了。就好比我给您18张银行卡，办完事儿再把卡还给我。不少人更直接地指出，这金丹砂还不是什么砂，就是钱！

我认为作者确实也带了此意，十八罗汉下砂时用了一首诗：

世界朦胧山顶暗，长空迷没太阳遮。

不比嚣尘随骏马，难言轻软衬香车。

此砂本是无情物，盖地遮天把怪拿。

只为妖魔侵正道，阿罗奉法逞豪华。

手中就有明珠现，等时刮得眼生花。

“无情物”“逞豪华”“明珠现”，这些都是说钱的黑话，关键一拿出来就让人“眼生花”，这不是钱是啥呀？说穿了佛祖是赤裸裸地花钱过关。其实这个问题无需纠结，送丹砂和送钱没有本质区别，只是说钱更俗一点，何况作者本来就是想揭露这帮人庸俗的一面。不过说起来还真不是佛祖主动行贿，而是老君索贿。

独角兕大王套完大家的兵器，居然和孙悟空来了一段拳脚对练，其实是在耍猴，众神围着看了还鼓掌喝彩。我说你们懂不懂看猴戏的规矩？鼓了掌就要给钱！兕大王这不已经举着圈儿在向大家吆喝“有钱的捧个钱场，没钱的捧个人场”了吗？在下这里叫“金峣山金峣洞”，金兜啊！够各位大人装的哩！所以独角兕大王既不吃唐僧，也不伤害任何一位阵上之敌半根毫毛，每次套完兵器就停手，还要猴戏给你们看。这哪里是什么教养好，根本就是吆喝着您给钱呐！佛祖，我们给您出差这么辛苦，出差费都还没报，不可能再给您垫这么多钱，我还是到灵山来找您自己给吧。

独角兕这一难，堪称道教集团发力最狠的一关，连金刚镯这样的至宝都用出来了。其缘起很清楚，必是车迟国一篇，取经团摧毁了道教在一国的统治，并且很不礼貌地让道士吃屎喝尿。这仇必须得报！你们不是正搞取经吗，我们就设这么一卡，要你们好看！李老君，这一关就拜托您啦！

道友请放心，贫道已经派出最亲信的老司机独角青牛下凡设卡，还带了我的至宝金刚镯，管教神佛哭爹喊娘！

众道友无不为太上老君的无上仙法喝彩，并暗自庆幸自己加入的这个集团有这样的好领导，对仕途前程更添一份信心。

然后呢？然后他就这样当着满天神佛的面索贿成功了。

《西游记》中索贿本不罕见，如来派文殊去办理乌鸡国王成佛事宜，文殊便先行索贿，不成后狠毒报复国王。取经团到了灵山，阿傩、迦叶二位尊者也向取经团讨要“人事”才肯传经，还嫌“人事”少了，克扣了经文数量。乍一看作者在抹黑佛教，这多丑陋的腐败行径啊！那当然，作者自己是文官，他当然抹黑太监。但神佛索要点小花差算个屁呀！牛鼻子那圈儿一套就收了漫天的金丹砂，您数得清吗！

往深处讲，私臣集团虽然贪婪，但掌握的公权力毕竟很少，危害有限。文官口含天宪，自居正义，揽尽天下大权。像太上老君这样公然放行取经团，任凭玉帝割让道教利益给佛教，本质上是将公权力切到私臣集团的盘子里，然后任由他们啃噬，目的只是为了私人捞一笔。这种腐败，比太监、宫妃收红包办点后宫琐事根本不在一个量级。这一篇讲了半天的偷，和尚全是小偷，但偷点米饭、衣服，又哪里比得上太上老君这个窃国大盗啊！

太上老君显然暗喻了明代宰相这个群体。宰相是权力的塔尖，当这个角色开始出现腐化，无疑标志着一个政权已经开始堕落。更令李春芳揪心的是，明朝“学而优则仕”的机制最为完善，到李春芳的时代，宰相已无一例外是三鼎甲、庶吉士出身。但这些读书人的顶尖精华要素却也有人钻到钱眼里，大肆贪污受贿，说严重点就是斯文扫地，这对于一个以文化传承的民族而言意味着什么？亡国亡天下的瑟瑟金风似正轻吟着佛号拂过李春芳的面颊。

“生当宰相，死谥文正”曾是传统文官的最高价值追求，但每当一个政权腐化，官员追求当宰相的直接动机就从建功立业变异为追求权力捞私利了，由于宰相手中的权力巨大，他们一旦贪起来可就不是小数，嘉靖朝可以说正是一个宰相贪腐开始摆上桌面的腐化时代。

张璁虽被定性为奸臣，但其实颇为清廉。夏言是斗倒了张璁的大忠臣，反倒有一点些微腐败，不过这个小小的黑色幽默只是大贪腐时代的垫场表演。严嵩可谓既贪且奸，他儿子严世蕃更是登峰造极。裕王朱载垕（嘉靖帝第三子，即后来的隆庆帝）连续三年没有领到俸禄，最后凑了1500两银子给严世蕃，严世蕃才通知严嵩传令户部补发岁禄，还得意地说："连皇帝的儿子都要给我送钱，你们谁还想不送钱就办成事？"这种索贿的层次比后宫那帮不男不女的不知道高到哪儿去了。

最终，严嵩被徐阶妙计扳倒，严世蕃被斩首。抄没严世蕃家时，抄到黄金3万余两、白银200万余两、玉器875件、字画3200轴、锦缎4万匹，其他珍宝服玩如象牙、犀角、玳瑁、玛瑙价值又数百万，仅金银就相当于好几年的国库收入。后来锦衣卫又从严世蕃在京师和老家的地下掘出10余个各深1丈（约3.3米）的窖藏，存满白银。这些窖银最初连严嵩见了都吓了一跳，喃喃道："多积者必厚亡，奇祸！奇祸！"锦衣卫调10艘大船来运，居然还显得很吃力！

不过严嵩真正最令传统文人难过的还不是贪腐，而是他以宰相之尊投身在后宫私苑充作帝王的私奴。小说中太上老君很少在第九重天的灵霄殿上朝，更多时间却在三十三天的兜率宫炼丹，有人分析说这是太上老君在道教中地位比玉帝高的证据，您看三十三天比九重天高多啦！其实兜率宫（梵文：तुषित，转写：Tuṣita）并非道教概念，恰是佛经中佛祖转世为人之前在兜率天的住所，现在住着正在准备转世的未来佛——弥勒。佛教概念显然暗喻了玉帝的私宅，也就是嘉靖帝所建庞大西苑的最深处。玉帝只是在第九重天的灵霄殿上朝，并不是住在这里，他恰恰才是住在三十三天最高的离恨天。而太上老君并非住在最高的离恨天，他才是在玉帝家里工作——也就是所谓的私奴。这正讽喻了嘉靖帝极少在正殿（灵霄殿）勤政，只爱在西苑深处（三十三天）炼丹修道。严嵩身为宰辅，不但不规劝，反而也投身在西苑丹房（兜率宫）陪着他炼丹，可耻啊！

徐阶虽因扳倒严嵩，被历史定性为良臣，然而尴尬的是，徐阶的贪腐数额比严嵩要大。红孩儿一篇我们已经讲过徐阶在松江欺行霸市的丑态，徐家仅被海瑞查处的非法田产就有24万亩，是严嵩的十几倍。

不过严嵩、徐阶加起来又都不及张居正的零头。张居正入阁不久，就收了刚退休的徐阶3万两重贿，请他罩着徐家在松江大肆开捞。张居正自己也要送礼，主要是李太后和冯保。冯保是个太监，最爱金珠美玉，后经查实张居正送给他的就有黄金3万两、白银20万两、夜明珠9颗、珍珠帘5副。但冯保还不是普通的太监，而是太监中的艺术家，张居正常为其搜罗名贵的琴、笔、扇，当然还少不了名家字画，甚至搞到了传世丹青第一名画《清明上河图》！给冯保的贿赂中，艺术品这一个板块就更难估价了。至于给李太后的贿赂，由于她最终没有倒台，所以详情不知，但估计比冯保只多不少。

张居正表露了他想在老家江陵（今湖北荆州）拥有一座巨宅的心愿，很快有人响应。江陵地方官请张居正私人出钱营造一座府第，资金不足部分由地方政府补助。张居正说怎么好意思让你们花那么多钱，而且我规划的这座大宅耗资10万两，江陵财政根本无法负担嘛，还是我多出点吧，我派锦衣卫来帮工，算我出的资。所谓帮工就是指帮你们把赋税收上来，好投到工程中，张阁老的家乡一时“乡郡之膏尽矣”。见江陵县如此卖力，省领导岂甘落后，湖北布政使、巡抚、巡按御史纷纷给张居正建宅规划。张居正说房子太多我住哪儿？不如按我“一条鞭法”的精神，折现吧。不是开玩笑，真的是折现，领导们没有修，把建房成本折成现银送给了张居正。

张居正倒台后，锦衣卫仅在江陵大宅就抄出黄金万两、白银10余万两。不要嫌少，因为重点不在江陵，而在北京，尤其是他几个儿子家。而且张居正似乎对贵金属兴趣小点，他更喜欢占地，真不愧是封建地主阶级！张居正为相16年，兼并了良田800万亩，是严嵩的几百倍，而且这还只是他本人名下的，几个儿子的还没算。

当然，这三位都是东窗事发，其巨额贪腐才大白于天下，相信某些人只是没有被揭露而已。明末宰相被发现是巨贪渐成常态，离王朝的覆灭也就不远了。什么？您还要问，太上老君这个大贪官到底是严嵩、徐阶还是张居正？对不起，我赶时间，你们三清——好像说反了——你们三贪一起上吧。

21

女儿国——后宫那点荒淫事儿

既然讲内宫私臣，怎么少得了女官？毕竟后宫是以女人为主，不男不女的为辅。这么多女人也不能让万贵妃唱独角戏，懂规矩的取经人应该主动来拜会。女儿国一篇在《西游记》中可谓独树一帜，神魔打斗的主线上突然出现这样一段充满爱意的支线，一下激起许多人的浪漫温馨情怀。但这一篇又确实是《西游记》里最污秽的一段。

21.1 后宫对食并非没有政治意义

取经团过了通天河，本来河西便是西梁女国，未料遇到太上老君临时设卡，在金皘山大战独角兕大王，给够了才来到闻名已久的西梁女国。

这女儿国的设定堪称奇幻，举国上下无一个男儿，全是女子。这就无法进行两性繁殖，她们的办法是喝子母河里的水，直接怀孕。这么重要的机关却又不立个告示，害得唐僧和猪八戒也误饮河水，男人怀了孕。孙悟空、沙和尚施用暴力，强抢了解阳山破儿洞如意真仙垄断经营的落胎泉水，给两人堕了胎，才进得城来。

此回名为《禅主吞餐怀鬼孕 黄婆运水解邪胎》，形容了炼丹过程中混入了杂质，并结为邪胎，阻断了水（猪八戒）、火（唐僧）交融，采取从中央（黄婆，对应沙僧）灌水将其化解的方法。此非重点，不详述，且说这四个精壮成年男子一进女儿国，便引得满城狂潮涌动，万千女子夹道欢迎，不但言语调戏，甚至动手动脚。也难怪，全国都是女子，不见男人，这种性压抑是很可怕的。不过既然有国王，那当然是领导优先。然而这女儿国王企图干一件违法乱纪之事，被唐僧坚定拒绝，那就是她提出和唐僧结婚。

结婚违法？那当然，在其他地方都不违法，在这儿就违法了。这个女儿国并非出于被封印、诅咒之类的原因没男人，也不是与世隔绝。通天河一回就说了车迟国人常渡河去女儿国做生意，九头鸟一回也说因为祭赛国有佛宝放光，女儿国要来朝贡。说明这里只是天庭人为规定只有女人，而不是出于什么客观原因。那这样的地方是哪儿？妓院？不，妓院里的人没这么性饥渴，其实这就是皇帝老儿的后宫。

后宫是嫔妃们居住的私宅，当然不能有男人混入，不然给皇上戴绿帽子甚至串了龙种麻烦就大了。除了有诰册的正式嫔妃，还有大量奴婢服侍娘娘们。奴婢也不能是男人，以姿色稍逊的女子为主，也就是所谓宫女。其实还有一些姿色更逊的粗妇被聘来宫中干一些粗活，地位就更低了。《西游记》中，王母娘娘显然是最大的女神，不是太后也是皇后。七仙女、披香殿侍女之流就是宫女了。至于女儿国，在凡间而不在天宫，应该就是后宫粗妇这个最底层了。

宫妇的本职工作不是上皇帝的床，但说不定哪天皇帝走在路上，瞟见哪个宫女顾盼遗光彩，抓了心魂去，那也并非不能略施雨露。比如弘治帝的生母就不是册妃，而只是一个低级宫女，走在路上撞见成化帝，一番云雨，遗得龙种。再如万历帝生母李氏最初也只是裕王府的女服务员，但因生了个王子被册为王妃。后来裕王登基，她自然当上贵妃。儿子登基，她成了太后，更因成功捏合冯保、张居正两大男神，一度权倾天下。

但这种概率毕竟极低，正常情况下皇帝要应付三宫六院七十二妃已经很辛苦，娘娘们为了抢男人还上演那么多宫斗大戏，唯一男人还哪来多余精力去采路边的野花？有些嫔妃尚且承接不了几次雨露，更遑论宫女了。这么多青春靓丽的宫妃长年生活在一个没有男人的女儿国，性苦闷可想而知。那她们解决性欲的方法是什么呢？其中一个就是著名的“对食”。

所谓对食，不是对着吃饭，而是两个女人结为性伴侣，实在没男人，女人也先将就一下。这个现象在明初就非常严重，永乐大帝一生跨断大漠汪洋，文治武功震古烁今，尴尬的却是他患上了某种不可描述的功能性勃起障碍类疾病。最初永乐帝严厉纠察这种污秽行为，把逮住的女同性恋画成图形，配上文字，编为教材，让新招的宫女看：这多么污秽呀！纯纯的姑娘你可千万不要学！

但这种做法简直跟在小学普及粗口歌教材让祖国的花朵别学一样，反而促使同性恋风气更加风行。最可笑的是教材中使用了很多术语，比如女人的肌肤光洁白嫩，两个女人对着磨，便称“磨玉”“磨镜”“磨豆腐”等，本意是说这种行径很污秽，但反而对行业起到了标准化作用。风靡一时的港片《大话西游》便有个周氏桥段，说丈夫（吴孟达饰）进京赶考，一妻一妾在家卖豆腐为生。丈夫高中状元归来，用京剧唱腔对着一对妻妾道：“辛苦娘子磨豆腐！辛苦娘子磨豆腐！”

当然啦，宫女磨磨豆腐反正不会怀孕，更影响不了社会公平正义，甚至是可以理解的人性，所以永乐帝后来也没过多追究，后世也默许了这种行为。但这并不表示此事与政治绝缘，因为除了宫女，还有很多玩儿政治的男人也加入了对食这个很有前途的事业。没错，后宫也不止皇帝一个男人，只不过某种“男人”不是很纯粹，有些人不认可人家是“男人”，这就是太监。

本来皇帝说好了家务事也由宫女做，但古代家居自动化程度低，全是女人有些力气活实在干不了，于是引进了太监这个品种。太监虽然不具备男性生理功能，但终究有副皮囊，至少可以拿来磨一磨，所以到后来一对太监、宫女结为对食渐成主流，超过了女同性恋。太监、宫女？说的是唐僧和女儿国王吗？所以，女儿国一篇，难道是说了一个低级宫女强邀英俊的司礼监小太监与其结为对食的故事？

皇上派司礼监小太监去经厂取经，这显然是重用的前奏，宫女们当然抢着要。但司礼太监能轻易委身吗？这不是漂不漂亮的问题，而是唐僧坚定的政治立场保障了的。

没错，随着时代的发展，纯洁的对食行业也难免跟肮脏的政治扯上了关系。

皇帝喜欢引入太监参与政治，却极少有用宫女的。因为外朝都是男人，宫女没法出去抛头露面，太监却是内外行走两便。如果太监再加入对食这个因素，相当于将一根能够连接外朝的纽带进一步深插入后宫这个私家宅院中[31]。汉唐外戚干政被视为蠹政，吕太后、武则天等多次女主临朝更是国殇，宋明却以杜绝女祸著称。即便如此，明末也有隐约的后宫干政迹象冒头，明光宗（朱常洛，年号泰昌）宠妃李选侍、著名的阉党头子魏忠贤都曾企图参与皇位更迭，虽然都没戎功，但至少表露了一种危险的迹象。

魏忠贤本来是个很边缘的太监，与明熹宗（朱由校，年号天启）奶妈客氏结为对食后迎来了命运转折，邀得天启帝宠幸，成长为令人闻之色变的一代权阉。而且客氏早在魏忠贤进宫前已和司礼太监魏朝结为对食，魏忠贤进宫投在魏朝门下，结果抢了老板的女人。所以说，后宫政治对食与常人政治婚姻本质无异，甚至更没底线。

当然啦，魏忠贤是比李春芳晚半个世纪的人，但从女儿国这一回描写看，当时已经有了这种苗头。只是低级宫女痴心妄想搭上取经的司礼太监，孙悟空也没必要动棒子，骗骗她们，先让唐僧假装同意结婚，然后送到城门口，用定身法全部定住，扬长而去即可。那为何不一开始就定住，直接过？因为根据唐太宗为取经定的规则，每过一国都要倒换关文，盖上该国印章，才能证明你是踏踏实实走了西天路，而不是做一套虚假资料来报假账，现在就需要女儿国王帮取经团盖这个章。

这就是想在后宫混，就必须取得各路宫人认可的基本原理。虽然后宫等级森严，但也不是说高等级者可以完全不考虑低等级的感受。人嘛，以和为贵。何况大家也都只是皇上一个人的奴婢，皇上也不希望后院起火，家和万事兴嘛！后宫就是这样一个奇妙的地方，明明充满着阴谋和脓血，但又对表面的和谐美满却比外朝重视得多。其实这个原理也不仅在后宫，在社会的许多方面都适用，尤其是政治领域。天庭不也很和谐吗，其实玉帝心里恨死这帮牛鼻子老道了。师徒四人表面取经路上一片和谐，但实质上却充满了阴险的博弈。

所以孙悟空全不动粗，宁愿逼迫师父违背佛家不打诳语的戒律，也要先骗骗女王，骗得一块红印才能上路。不过他这种耐心细致的做法也收到了大福报，女王仔细查看通关文牒，发现没有三位徒弟的名字，于是将其添上。这可以理解成低级宫女不但认可了唐僧这位师父，还认可了随行的徒弟们。虽然这算不上什么决定性因素，只相当于你某年年度考核评了个优，但毕竟是积累了一个口碑，多少有利于三位徒弟在大佬眼中的印象。

21.2 佛祖都怕的蝎子精一嘴炮打死

不过孙悟空终究弄巧成拙，刚定住女儿国一众凡体，准备转身走人，却被埋伏在路边的蝎子精以迅雷不及掩耳之势掳走唐僧，带到洞里成亲去了。

蝎子精不是为了吃唐僧肉，而是为了成亲。这里作者用了不小的篇幅描写蝎子精与唐僧调情，孙悟空变作蜜蜂在暗中看得一清二楚。蝎子精拿出荤、素两盘馍馍请唐僧吃，唐僧问："荤的何如？素的何如？"这也怪了，他一个和尚，自然只能吃素，还用问？蝎子精说："荤的是人肉馅馍馍，素的是邓沙馅馍馍。"唐僧这才说自己吃素。然后你一言、我一语，尤其有一段关于是否将馍馍劈破递给对方的对话，有人认为这个"劈破"暗喻了"破荤"，唐僧在这里破了荤戒，其实并非如此，这是一段非常色情的描写。

首先，你要吃荤馍馍呢还是素馍馍呢？这个场景是不是很眼熟？武侠小说《天龙八部》中马夫人（康敏）勾引丐帮长老白世镜时也是用一句："你要吃甜月饼呢还是咸月饼呢？"其实这是古典小说中荡妇撩汉的通用桥段，总之就是你侬我侬那一套。其次，蝎子精递给唐僧一个劈破的素馍馍，唐僧还她一个囫囵的荤馍馍，这更是一种肢体象形语言，非常淫秽，正是太监和宫女互相"表白"结为对食意愿的意思，所以蝎子精才高兴得笑了起来。至于后面还有几句，均属此例，就不一一劈破了。

暗中窥视的孙悟空"听着两个言语相攀，恐怕师父乱了真性，忍不住，现了本相"，才打断了两人关系进一步发展。其实唐僧心不心动？他当然心动，按《西游记》的设定，他本来就是个色中饿鬼，哪里招架得住蝎子精的性感撩拨。何况这蝎子精也不是野妖怪，而是宫廷中人，是一个可以结为对食的对象。

蝎子精战力惊人，孙悟空、猪八戒一起上，居然都被她的"倒马毒桩"分别刺破猴头、猪嘴。尤其是孙悟空，自以为修炼成真，铜头铁臂，连天庭都不能伤他分毫，现在居然被一个妇人刺破，不由得心惊肉跳。我想他惊惧的倒不是蝎子精武艺在他之上，而是回忆起曾经被斩妖台支配的恐惧，猛省当时天庭无论如何弄不死他，无非是故意留他一条小命，真有谁动了杀机，趁机下手，他小猴子早就没命在了。这种事儿一经想通，确实后怕无穷。

那这蝎子精到底是什么来历？观音说这蝎子精“前者在雷音寺听佛谈经，如来见了，不合用手推他一把，他就转过钩子，把如来左手中拇指上扎了一下，如来也疼难禁，即着金刚拿他，他却在这里。若要救得唐僧，除是别告一位方好，我也是近他不得”。

首先，她在雷音寺听经，所以本是玉帝私臣，不是什么野妖怪。她夹在路边伺机掳走唐僧，并无半点妖氛逸出，不然孙悟空不可能毫无察觉。其次，如来也被她扎过，观音也怕她。她可能是指那种后宫泼妇，连太监头子、万贵妃也避让三分。那怎么过这一关呢？这次真不用着急，孙悟空还没说要去找救兵，观音就主动显形，让孙悟空去找昴日星官（二十八宿中的昴日鸡）。所以泼妇当不得，别以为如来、观音一时怕了你，总有一天会找到机会收拾你的。

不过这后宫的事去找外朝文官？初看到此不可思议，但看到第七十三回，孙悟空又去请毗蓝婆菩萨来降服百眼魔君（七个蜘蛛精的义兄蜈蚣精），便说了昴日星官是毗蓝婆菩萨的儿子。原来他是这样一个角色：父母是后宫私人，自己又考上了进士，成为清流文官。这种人史上难遇，一旦有了那可就厉害了！如来、观音都惧你三分是吧？猴头、猪嘴你随便扎是吧？但我是朝廷命官，用国法治你，你还有何话可说！历史上不乏外朝文官进谏，皇帝废掉某位宫人的情况，宫斗中也不乏援引外朝文官来干掉后宫对手的手段。

昴日星官就在山坡上叫了两声，威风无敌的蝎子精立即现出本相死在坡前，被嘴炮活活地轰死了。这既说明了鸡克蝎子，所以昴日鸡秒杀母蝎子，更说明天外有天，人上有人。中国传统哲学讲究相生相克，您看大闹天宫时二十八宿围着孙悟空搞不定，孙悟空又完全不是蝎子精对手，但昴宿杀蝎子精都不用动手，只需叫两声打打嘴炮。所以年轻人千万不要太轻狂，个人都是渺小的！

21.3 广寒宫里歌舞团

既然讲到女人，就跳着讲一段。取经遇到的最后一个妖魔，便是在天竺国假冒公主的广寒宫玉兔，已是全书百回第九十五回了。

取经团来到唐僧（须菩提）老家祇树给孤园，发现这里居然住着一个疯了的天竺公主，被妖邪变化成自己模样，蒙蔽了爹娘，自己只好躲在这里装疯，以避迫害。装疯来躲避政治迫害也是常见伎俩，永乐帝当燕王时颇受侄子建文帝猜忌，便装疯来放松侄子警惕。正德年间，宁王朱宸濠蓄谋造反，笼络江南士子，不从者便打击报复。唐伯虎为避宁王，也使出装疯伎俩，而且跟天竺公主一样有诚意：“尿里眠，屎里卧。白日家说胡话，呆呆邓邓的。”

取经团进了都城，恰遇那假公主正在抛绣球招亲，她也早知唐僧要来，想取他元阳，于是绣球打中，召进宫来。孙悟空弄了个“倚婚降怪”之计，让唐僧先同意在这里当驸马，他们徒弟三人盖了官印，收了聘礼（其实是嫁妆），自顾上路去了。当然，也不是真抛下师父不管了，孙悟空又变作一个蜜蜂回来偷看，见那假公主“头顶上微露出一点妖氛，却也不十分凶恶”。于是现出原形，呵叱妖邪。妖邪忙取兵器与孙悟空战了一阵，抵敌不过，直上青天，欲逃入西天门内。

妖怪被识破，又抵敌不住，第一反应当然是逃回老巢，这假公主老巢何在？在天宫，西天门内。

正常人朝觐都是走南天门，这妖怪却直奔西天门，说明她老巢在靠西方向。《西游记》没有详细说明天宫的方位布置，但我们明知此书是讽喻明朝，不妨看看明朝皇城西门进去是什么？答案是——广寒宫。

没错，明代皇城内确实有一座广寒宫，与月宫同名。那当时这里是谁住的呢？答案是皇家歌舞团——月里嫦娥也是玉帝的歌舞团。

不过这里不是传统的紫禁城旧地，而是我们前文反复提及，嘉靖帝为了建设私朝，在主宫殿群西侧建设的西苑（见本书77页图4）。西苑很大面积是太液池，分北、中、南三海，其中北海最大，有70公顷，南端有一个小岛名曰琼华，位于整个西苑的中心位置。琼华岛地势隆起，最高处建了一座广寒宫，可以俯瞰整个西苑，用作歌舞演练。从西安门进去，抬头便可望见广寒宫。不过清代将北海赐给了喇嘛，广寒宫被改建成三座藏传佛教风格的佛塔，也就是今天北海公园里的白塔，每年都有大批小学生唱着“海面倒映着美丽的白塔，迎面吹来了凉爽的风”，春游到此，却忘了这里曾经飘荡过嫦娥姐姐的曼妙舞姿。中海、南海则用作办公用地，合称“中南海”。

这妖怪走西天门，正是急于回广寒宫。可是御马监的哥哥哪来这么好得罪，皇宫禁卫是御马监辖下，腾骧四卫听你个妖女的还是弼马温的？弼马温遥遥一声喊，西方护国天王率庞刘苟毕四大元帅持兵器挡住门。妖女有家不能回，只好窜回地面的山洞躲藏。孙悟空紧追不舍，一顿捣，狡兔三窟也待不住，只好出来再战，可惜武艺实在不及，眼见就要棒下丧命，广寒宫领班太阴星君赶紧跑来救人，原来妖怪是广寒宫里一个捣药的玉兔。

这一篇正是作者给后宫舞女这个群体登场机会，取经也得问问她们，同时也是作者表达了一种发展至明的社会形态。

先秦封建时代，各种职业都是世袭，包括歌舞伎，所以宫廷舞姬也融入世家。现代一些君主制国家的理论中，宫女、舞女也是王室成员，只是在王室中地位较低。就中国而言，至迟宋代，太监、宫女都已经完全解除了与皇室的人身依附关系，只是一种劳动雇佣关系。宋、明都出现过大规模解聘宫女甚至太监的情况，相应的，宫人也有炒雇主鱿鱼的自由。只是太监辞了职那话儿也不会再长出来，也很难在市场上找到更好的工作，所以一般就在宫里混一辈子罢。但宫女就不一样了，虽然在暗无天日的后宫奉献了最美好的青春，但毕竟是皇上战斗过的地方，那多荣耀啊！很多人还挺好这一口，所以宫女就算30岁出宫，也很容易嫁个大地主，完全不必担心当剩女，甚至都不需要找工作。

至于广寒宫，无论历史上还是《西游记》，都是指专业的皇家歌舞团，这些艺伎的地位应该比普通宫女还稍微高一点点，出宫后也能嫁得更好。所以霓裳仙子（卯二姐）从捣药工转为嫦娥，难免要甩了猪天蓬，确实配不上了呀！事实上，这些人也不能说完全脱得开政治因素。您想，这些宫女、艺伎好歹在权力核心混了个脸熟，尤其跟某些太监成了熟人，甚至对食，一旦这些太监走上了政治岗，那有些事还是可以办的。

著名阉党头子刘瑾恰是从歌舞团起家，最初仅任钟鼓司太监。钟鼓司掌管后宫钟鼓器乐，正是广寒宫的管理部门，但在十二监四司八局的序列中排名第十四，相当边缘。明代权阉绝大多数从小在司礼、御马，最差也是御用监等强势部门长大，刘瑾的起点极低，偏偏遇到了一个游龙戏凤的风流天子正德帝。刘瑾动足脑筋，用声色犬马的一套来满足少年天子，邀得宠幸，最终攀上司礼监掌印太监的宝座，成为一代权阉。既然钟鼓司出了这么一个大妖孽，现在又建起了广寒宫这个大基地，所以千万别小觑了他的政治能量。

太阴星君解释18年前广寒宫一位名叫素娥仙子的嫦娥打了玉兔一巴掌，被怀恨在心，素娥转世为天竺公主，玉兔跑来寻仇。这可以想象是某位广寒宫的舞姬辞职后回乡嫁了个富贵之家，本来过着幸福美满的生活，谁知广寒宫某位有旧仇的低级工找来寻仇。但这种做法皇室肯定是不赞赏的，一旦被御马监西厂纠察到自然也要纠劾，不过广寒宫领班出面，请御马监的小哥哥看她面子算了。那，这次就算了，下不为例啊！

必须揭露的是，作者又有一段相当色情的描写，说玉兔精“穿的，戴的，今都丢下，精着身子，与那和尚（孙悟空）在天上争打”。人们在地面围观。你打就打，有必要剥个精光在天上跳？这是你们广寒宫的专业角度？其实这真不是李春芳常在广寒宫看非色情表演时意淫出来的画面，李春芳既然写出来了，必是耳濡目染，方解个中滋味。古代（但不仅限于古代）色情歌舞又不是啥新鲜玩意儿，您就当是深刻批判封建统治阶级的荒淫无度好啦。

22

真假猴王——释放积怨反升官

一个团队时间长了，成员难免会产生一些小过节，但为了团结，大家又都忍着，大部分是下级忍上级，久之易成积怨。如何释放积怨便是一门高超艺术，真假美猴王一篇，孙悟空完美展示了释放积怨的技巧，促进了团队和谐，自己也得到成佛这么高的许诺。

22.1 取经团积怨大爆发

众所周知，取经团的一大苦痛便是唐僧这个脓包当一把手，还异常喜欢外行指挥内行，多次乱指挥将猴哥置于险境。不过越是这样的领导越要用权术维护权威，经常叱责徒弟，三打白骨精时更恨逐了猴哥一次，现在第二次又来了。

取经团离了女儿国，孙悟空捉弄领导，打马快跑。谁知白龙马一下收不住，放蹄狂奔20里，把唐僧送到强盗群里。唐师父只好扯了一大段谎，说他徒弟身上有几两银子，等会儿就来。强盗们把唐僧捆起来吊树梢，好不苦恼，说来都是猴子乱拍马屁惹的祸！

不一会儿猴子来了，唐僧叫赶紧拿钱救他，不行就把马送了。猴子却嘲笑："师父不济，天下也有和尚，似你这样皮松的却少。唐太宗差你往西天见佛，谁教你把这龙马送人？"唐僧却说他刚才怕挨打，已经供了你身上有几两银子，猴子一听必然更加鄙夷憎恨这个蠢领导。

之后孙悟空将两个贼头打死，唐僧不但不谢徒儿救命之恩，反倒急着祷告亡灵："你到森罗殿下兴词，倒树寻根，他姓孙，我姓陈，各居异姓。冤有头，债有主，切莫告我取经僧人。"这次连猪八戒都看不下去了，揶揄道："师父推了干净，他打时却也没有我们两个。"谁知那师父真个补充："好汉告状，只告行者，也不干八戒、沙僧之事。"真是给人个透心凉，弄得来"孙大圣有不睦之心，八戒、沙僧亦有嫉妒之意，师徒都面是背非"。

很多团队就是这样被搞散伙的，难怪金蝉子九次取经都失败，所幸这次他遇到了孙悟空——倒不是说神通广大，而是他这种捏合团队的"情商"。

再说那伙强盗，贼头被打死，至夜却巧遇在杨家借宿的取经团一行，于是阴谋趁夜取他们性命，还好孙悟空机警，反将贼人全部打死。唐僧又怪孙悟空杀戮，直念了十几遍《紧箍咒》，第二次驱逐了孙悟空。积怨正式爆发，团队破裂。

小说在这里分了两个场景。一个是孙悟空行到半空，左思右想，无处可去，又回来求饶。唐僧再次明确要驱逐他，孙悟空无奈，只好去找观音。观音让孙悟空侍立莲台，看唐僧马上要遭殃。另一个是唐僧逐了孙悟空后将八戒、沙僧都遣去取水、化斋，身边无人，却见孙悟空又回来求饶，将其坚决逐走，又等八戒、沙僧半天不回来，口渴得难受。这时孙悟空突然又出现，捧一杯水请他喝，还说没我你连一口水都没得喝，更去不得西天。唐僧说渴死都不喝你的水，孙悟空终于怒气爆棚，一棒打晕唐僧，抢走了行李。

按后来的说法，打唐僧的是一个假悟空。他不但要打唐僧，还变化出整个取经团，自己要去取经。真、假两个悟空厮打在一起，找遍天上地下，无人能辨真假，最终还是如来点化众生，说这是个六耳猕猴变化，孙悟空一棒打死，才圆了真假美猴王这一难。

不过我们现在要说的是，如来这种说法是站不住脚的，根本没有什么六耳猕猴，那只不过是孙悟空的分身，这一切都是孙悟空自导自演的一场戏，如来给他圆场而已。

22.2 假猴王无非是孙悟空分身

有种颇有意思的说法，说真假美猴王其实是如来嫌孙悟空不听话，找了个六耳猕猴来取代。佛前被打死的才是原来的孙悟空，之后去取经的才是替换过的六耳猕猴！这真是种惊悚刺激的提法，本来我也很欣赏，只是原著确非此意。

我们姑且称这两只同时出现的猴子为“真悟空”“假悟空”。按真悟空的说法，他离了唐僧便去找观音并一直呆在她身边，另一头假悟空才去打了唐僧，抢走行李。八戒、沙僧化斋回来，见师父倒在地上，才知发生了凶案，沙僧又去花果山讨要行李。沙僧这一趟耗时几多？书中明言：“那沙僧在半空里，行经三昼夜，方到了东洋大海。”也就说他要三昼夜才能飞到东海边，而花果山还在仙山、瀛洲以东，他“乘海风，踏水势，又多时”才到得花果山，却见假悟空正在高台上朗诵唐太宗派唐僧取经的通关文牒。

这里有个小细节，说假悟空“不认得是沙僧”，令小猴将其拿下，很多人说这表明了这确实是另一只猴，并非孙悟空变化。其实不然，因为紧接着假悟空唤出一队取经团，原来是他用猴妖变化的唐僧、八戒和沙僧，说明他是知道沙僧的，所谓“不认得是沙僧”确如沙僧所料只是“变了脸，不肯相认”。沙僧见了暴跳如雷，打死变作他的假沙僧，突围逃走，去找项目经理观音处理。这里作者又细心地说明了沙僧从花果山飞往南海落迦山的耗时——“沙僧一驾云离了东海，行经一昼夜，到了南海”。

沙僧见了侍立在观音座下的真悟空就要打，菩萨说孙悟空来了已四日，有不在场证明。其实这个时间恰恰暗示了孙悟空的作案时间。孙悟空的飞行时间在小说中不够清晰，似是作者刻意模糊。只是沙僧回到唐僧暂住的老者家，老者问沙僧往返有多少路程，沙僧说有20余万里。猪八戒补充道：“若是我大师兄，只消一二日，可往回也。”也就是说孙悟空的速度比沙僧快得多，20余万里往返只消一二日。但请注意，孙悟空并没有走这么长的路，真、假两悟空分头走，真悟空只是从西牛贺洲的老者家径直飞往南海，并没有到东海去绕一大圈，单边最多只消半日。我们不妨在图上来掐算悟空和沙僧的飞行时间。

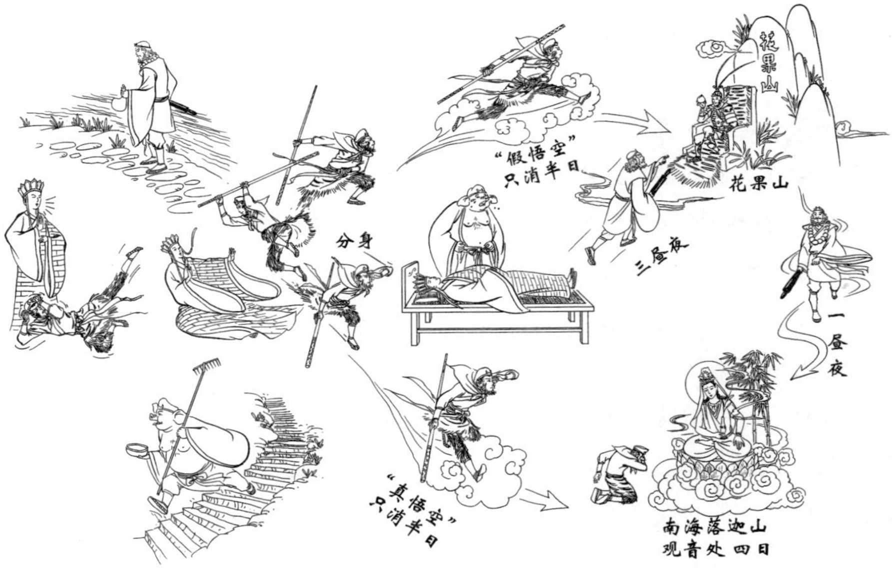

图11　孙悟空打倒唐僧后飞行时间图

由图11可见，孙悟空第一次被逐后，八戒、沙僧都出去取水、化斋，不在师父身边，他反复回来求饶的场景并未被师弟所见。师弟回来见师父被打到在地时，真假悟空都不知已去几时。八戒、沙僧这才将师父救活，并送到老者家歇息，然后沙僧才出发去讨行李。中间耽搁这半日都已经足够孙悟空飞抵南海，后来观音说悟空到此处已经四日，正好是沙僧飞行的时间，恰恰说明：孙悟空打了唐僧，再分真、假两身，分别飞赴东、南。当然，时间充裕只是个必要而非充分条件，但后来的一连串事，还是很清晰地告诉我们：并不存在什么假悟空，真假都只是他的分身。而且满天神佛也并非不明此理，只是天上地下无人说破。

观音让沙僧和真悟空一起去花果山，果见那假悟空在耀武扬威。真假悟空立即缠斗在一起，沙僧本欲帮师兄打妖精，无奈分不出真假，只能让两猴回南海观音处分辨。观音的办法是暗中念起紧箍咒，这样真悟空就会头痛。谁知两只猴子反应完全相同，所以观音也分辨不得，只好让两人去天宫分辨。

很显然，观音对观众撒了谎。真悟空刚到观音处，观音就慧眼遥观，说唐僧有伤身之难，顷刻就要来寻你。可见作为取经工程的项目经理，她随时掌握情况，所谓真假悟空她很清楚，只是不说穿。这一次大家都不说穿的原理和前文所述大家都不说穿青牛精的背景还不一样，主要是因为观音明知孙悟空故意分身弄个真假悟空，您当面戳穿不是打脸么？

其实真正最清楚的还不是观音，而是暗中监视取经的护佑队，什么真假悟空，他们在空中看得一清二楚。观音精确掌握取经动向，也不是什么吹牛皮的“慧眼遥观”，多半就是他们随时通传而已。但真假美猴王这一篇，他们偏偏全无声息，乐见你天上地下满世界找人，这一大帮愣是没一个吱声。嗯，政治素养不错，也说明这不是什么真正的大难，某人自导自演一场戏而已，咱们只负责过不去的大难，取经团内斗绝不插手。

按观音指引，真假悟空又闹到天庭，玉帝斥责二猴：“你两个因甚事擅闹天宫，嚷至朕前寻死！”二猴见玉帝动怒，还是有点害怕，口称万岁，请玉帝辨个真假。玉帝让李天王拿照妖镜来看，结果镜里两猴分毫不差，辨不出真假。玉帝也不废话，将二猴赶出殿外。二猴的反应是“这大圣呵呵冷笑，那行者也哈哈欢喜”。

当然欢喜，连玉帝老儿都不说破，老子看你们谁还敢多嘴！

这是孙悟空这次权谋最险的一关，照妖镜虽然没分出真假，但天庭还多的是办法，只是玉帝不再多言，照一照意思到了，就把他们赶出去了事。这表明了玉帝的态度：朕不戳穿你个死猴子，但你也别想凭这招在朕这儿捞到什么。没关系，陛下不戳穿已是天恩浩荡，要升官也不一定非要您亲自开口，这次本来指望的就是如来。

接下来真假悟空回到唐僧处，唐僧同样念紧箍咒，自然也分辨不出。二猴又扭打到阎王处，阴司的做法才叫好笑，阎王们居然拿出生死簿来找一个所谓“假行者”，这能找到吗？更好笑的是，阎王都已经送客了，佛教派驻在阴司的代表地藏王菩萨居然跳出来，说让他座下的灵兽谛听伏在地上一听，便知万事。这谛听更是搞笑，听了半天来一句：“怪名虽有，但不可当面说破，又不能助力擒他。”理由是“当面说出，恐妖精恶发，搔扰宝殿，致令阴府不安”。“妖精神通，与孙大圣无二。幽冥之神，能有多少法力？故此不能擒拿。”

这话简直胡扯到幽冥背阴山去了，若真是妖精，犯了破坏取经的重罪，天庭自会镇压，还有机会来滋扰你地府？再者，谛听说这妖怪神通广大，地府那点贪官污吏降不住他。能有多广大？不就跟孙悟空一模一样吗？要打起来，孙悟空是和你们一起上的，你怕个屁呀！一个司法机关号称打不赢犯人，于是连犯人是谁都不说出来，这算什么逻辑？就你们这样怎么建设法治社会？但总之就是不说，你们自去找如来吧。

22.3 如来说个六耳猕猴来圆场

二猴又闹到灵山，这壁厢如来正在讲“有、无、色、空”的佛法，暗示这里有一桩无中生有，色即是空的公案，并对众人说：“汝等俱是一心，且看二心竞斗而来也。”正是《华严经》云：“人皆有二心，真心、妄心。”这里又暗示了来者并非二人，只是一人的二心罢了。

果然真假悟空闯入，求如来辨明。如来突然说了一套大家都不知道的新鲜事儿，他说众所周知宇宙中万般生灵被分为天地神人鬼五仙、嬴鳞毛羽昆五虫，总共十类。但你们不知道的是还有四猴混世，不在十类之列，分别是灵明石猴、赤尻马猴、通臂猿猴、六耳猕猴。这假悟空便是那六耳猕猴！他的功能是善聆音，能全方位监听千里之外任何事，所以孙悟空的一切细节都被他听去，才变得这么像。

发现新物种啊！这成果不说冲击诺贝尔奖，至少在哈佛大学生物系混个终身教职不成问题！但您怎么不先在*Science*（《科学》）、*Nature*（《自然》）上发一篇，就把idea（创新点）泄露了？因为他真敢发，妥妥被撤稿，落个韩春雨的下场。

如来这一套说辞显然是在胡诌，只是他已看穿孙悟空的真实目的，帮他圆个场而已。别人请您解决难题，您却在所有人的知识范围之外突然臆造出一个概念，就说这问题解决了？相当于做选择题，您自己在ABCD四个选项后面添个E选项，然后选它；或者说做证明题，您突然因为牛顿第四定律，所以得证，您自己说能给分吗？

退一万步讲，就算全宇宙的神仙都没如来的生物学得好，就他知道有新物种，他对新物种的阐述自身便有明显的逻辑矛盾，根本站不住脚。如来所说四猴，第一个灵明石猴似乎就是孙悟空，至于赤尻马猴、通臂猿猴，这不是花果山最早拥立美猴王的四健将吗？两只赤尻马猴被封为马流二元帅，两只通臂猿猴被封为崩芭二将军，孙悟空上天庭、取西经时都是四健将在花果山主持工作。这四位显然也不是野猴子，是天庭派在花果山经营水帘洞干部挂职锻炼基地的。再说这灵明石猴，在天庭当了那么久的弼马温、看桃园，还大闹天宫一场，神仙们还没发现这个新物种？之后又被压五行山足足五百年，哈佛大学生物系都没来考察过？这可是和刘伯钦抢发一篇*Science*（《科学》杂志）的大事业呀，怎么都这么谦虚，难道都怕落个小保方晴子的下场吗？

说到底，灵明石猴也好，六耳猕猴也好，不就猴子吗？真核生物域动物界脊索动物门哺乳纲灵长目猴科猴族猴属，按如来的分类法就属于“毛”类，生死簿上本有名，孙悟空亲笔划过，凭什么不算在十类之中，还说大家都不知道？您这篇*Nature*换谁审稿都过不了呀！

至于如来说六耳猕猴善聆音，所以知了悟空一切细节，变成他的样子，更是毫无道理。最后如来说破“真相”，这妖精“果然见了本象，是一个六耳猕猴”。那既然有本象，当时照妖镜怎么没照出来？照妖镜是不会说谎的，人才会说谎。照妖镜照出两只猴子都是孙悟空，只能说明都是真的，现在其中一只现出个所谓六耳猕猴“本象”，反而才是变化的。如果此时拿照妖镜一照，立时现出孙悟空本象，才要穿帮，所以孙悟空急忙一棒打死，就此定论。其实，他只是收了一个分身而已。

再说就算猴体能变化，甚至骗过照妖镜，金箍棒、紧箍圈怎么变？假悟空已经确切证明过他所带金箍棒、紧箍圈不假，这就再次证明他也不是假的。其实还有一种解释说六耳猕猴的监听能力已经达到能知万物分子结构的程度，所以据此自制了金箍棒、紧箍圈等一应物体，与真的无异。我说这是全知全能的上帝了，您怎么不自制一个太上老君的金刚镯，这样谁还打得过你？还打啥呀，您自制一个天庭得了，还当什么妖怪，还变成别人来取经？而且金箍棒、紧箍圈都能自制，行李却要用抢，您这又是何苦呢？

所以作者其实处处都留了线索，每次都提醒您，根本没有什么六耳猕猴，反复证明所谓真假美猴王无非是孙悟空用分身法幻化出的分身。

当然啦，还有人说这一篇讲“二心竞斗”，假悟空是孙悟空的心魔物化成负面人格，出来捣乱。诚然，《西游记》确实是在弘扬阳明心学，带了许多心学哲理，但即便阳明心学也没什么心魔物化成多重人格的说法，这是基督教的提法。尽管成书的年代基督教正在中国大力传教，但至少就我的看法，《西游记》是不带基督教色彩的，请不要脱离原著，以不相干理论臆断，我们不推荐现场胡诌“六耳猕猴”的做法。这里的“二心”就是传统汉语中“怀有二心”的意思，最多解释成《华严经》“人皆有二心，真心、妄心”之说。

那孙悟空闹这么大一阵仗，目的就是表露二心？他到底图个啥？

22.4 真悟空喜获如来许诺成佛

其实孙悟空的意图非常明确，就是抬高自己在取经工程中的地位，而且这一次是要搏个明确的待遇。在真假悟空厮打至如来驾前时，作者插了一首诗：

人有二心生祸灾，天涯海角致疑猜。

欲思宝马三公位，又忆金銮一品台。

这里“宝马”“三公”“一品”都是指代高官要职，暗示孙悟空搞这一大套无非图个官职。如来也看穿了他这个意图，经过慎重研究，决定满足他。因为一路走来，如来很清楚地看到他那个呆蠢萌的宝贝徒儿金蝉子着实难以完成这个其实也不算很难的任务，必须得有法力、关系、智商、情商同时高得逆天的徒弟才有一丁点儿可能带他通关。失败了九次，这次好不容易遇到个孙悟空，不能再错过，就给他一个不能拒绝的价码吧！

所以，打死“六耳猕猴”后，孙悟空又哭闹自己已被唐僧驱逐，要如来念《松箍儿咒》。如来立即砸单：“你休乱想，切莫放刁。我教观音送你去，不怕他不收。好生保护他去，那时功成归极乐，汝亦坐莲台。”

佛教礼仪中，只有佛才能“坐莲台”，菩萨都不行（其实《西游记》中观音菩萨也是坐莲台的，这暗喻了明中后期的礼制废弛）。果然，最后孙悟空得授斗战胜佛，果位堪堪在观音菩萨之上！其实这对师父、师弟也都是大好事，因为大师兄的果位明确了，对他们也有很强的比照效应。果然，唐僧的排名也不能低于徒弟，于是封了个旃檀功德佛。凡人直接成佛，羡煞四大菩萨、八大金刚、五百阿罗、三千揭谛、无数比丘尼。说到这里，我们似乎也明白如来为何这么容易给了孙悟空成佛的许诺，他也是趁机哄抬物价，保障他可爱的金蝉子徒儿也能得个好果位呀！

私臣圈子就是这么有趣，没那么多明规则可讲，重要的是玩转潜规则。这里赏罚升降都凭领导随意，所以人品才华不重要，玩儿转领导的心思才重要。其实明朝恰是授官、升官明规则最完善的朝代，科举制度非常成熟，基本上就是按考试名次授官，授官后的升迁路线也有一套非常明确的规则。所以当文官重点是拼命读书，用考分说话，不必去巴结权贵，更不用考虑那么多潜规则。所以宋明以来的文官大多表现为直肠子、一根筋，令皇帝非常不爽。所以有些皇帝要搞一套私臣体系，来比比谁能把主子伺候得更舒服，这里面潜规则就多了，比的正是谁能把孙悟空这套玩儿得更溜。

其实孙悟空最初动机恐怕并没有考虑这么长远，确实是一时气极，实在没忍住殴打了唐僧，作为补救，想了个法将殴打师父的罪责推到所谓假悟空身上。这也是一番妙计，只是在补救过程中发现可以趁机提点要求，顺便发展了一下，为自己争取到了更大利益。当然，更重要的还是如来认可了孙悟空才是本次取经的真正核心，才愿意发出重赏。前九次的徒弟我相信也很优秀，但都还不足以带得动金蝉子这个蠢萌。

团队相处，必生积怨，这是一个客观规律。真假美猴王这一篇其实也暗喻了一个炼丹术过程，大意是炼制金丹，第二次去除重金属元素的环节，所以要第二次驱逐金公（孙悟空），同时也是从自然哲学高度讲述了这个道理。

好的团队应该懂得释放积怨的技巧，但也有些蠢领导不懂或者不在乎这种技巧，一味要求下属无条件服从，积怨越来越深，一朝爆发便无可收拾。成熟的团队也不应该将这种技巧寄托于领导个人的权谋手腕，而应该形成渠道，才可持续发展。但我们的取经团显然是既无这样的渠道，领导也毫无权谋手腕。唐僧就知道叱骂“泼猴”“夯货”，以为能凭此立威。不过他从来不骂沙僧，这绝不是因为沙师弟老实，只是司礼监太监敢骂御马监，敢骂大头兵，你敢骂锦衣卫吗？所以这样一个团队，既无制度建设，又无精英人治，这么简单个任务失败了九次也不意外，所幸这次遇到了孙悟空而已。

这里需要特别提醒读者的是：孙悟空能玩转的，您不一定能，这毕竟是小说。老实做人，认真工作，想多了容易被领导一脚踢飞。

23

天上九头鸟——倭寇的大航海时代

大航海时代，光荣与梦想的时代，我们的祖先曾在这个伟大的时代笑傲碧海蓝天，为历史的丰碑镌刻下“极天际地，罔不臣妾”的不朽传奇。然而，浩瀚的大洋是赌场，金银流淌的航线上，海盗比马匪更可怕。明朝的一大国策就是征剿海盗，在宣传上将海盗称作“倭寇”。另一方面，海商为了自卫，也会为自己的船队武装到牙齿，很多时候海商、海盗并无严格界线。《西游记》中的龙族便暗喻了这个亦官亦商亦匪的阶层，他们和海军、文官、太监的关系错综复杂。李春芳作为亲自颁布“隆庆开海”诏令的宰相，自有无限感慨。

23.1 猪八戒受到榜样激励

真假美猴王对取经团的改变是巨大的，如来抛出孙悟空成佛的许诺，让这个面临崩盘的团队爆发出巨大热情，连好吃懒做的猪八戒也突然勤快起来。

取经团来到火焰山，孙悟空第一次从铁扇公主手中骗取了芭蕉扇，却被牛魔王赶上，一番缠斗，几个时辰不分胜负。唐僧等得久了，恐是悟空有失，问八戒、沙僧谁去帮一帮。沙僧还不及张口，八戒便主动说："今日天晚，我想着要去接他，但只是不认得积雷山路。"其实不识路倒是次要，重点是先要向师父请示。在旁的火焰山土地表示愿意带路，唐僧也批准。"那八戒抖擞精神，束一束皂锦直裰，搴着钯，即与土地纵起云雾，径回东方而去。"非常积极。到了战场，"你看他没头没脸的使钉钯乱筑"，直打得牛魔王"见八戒的钉钯凶猛，遮架不住，败阵就走"。

牛跑了，猪、猴当然要追，这一次居然是猪先追上。"那牛王只得回头，使宝剑又战八戒"，然后猴才"举棒相帮"。三人苦斗一夜，猪八戒一句都不喊累。牛魔王的情妇玉面狐狸带大批小妖来将猪、猴战败，猪八戒也毫不气馁，领了土地阴兵再战。他们打破摩云洞门，牛魔王怒骂孙悟空为何敢打破自己的门，孙悟空还没开口，猪八戒就主动接话："不要走！看钯！"牛王本看不上他，喝道："你这个囔糟食的夯货，不见怎的！快叫那猴儿上来！"但夯货却比猴儿更卖力，三人这一次激战更酣，"他三个舍死忘生，又斗有百十余合。八戒发起呆性，仗着行者神通，举钯乱筑。牛王遮架不住，败阵回头"。孙悟空去追牛王，派猪八戒去找玉面狐狸精。猪八戒一个人不偷懒，将摩云洞群妖全部打死，又来助孙悟空继续战牛王。

对比猪八戒之前的战斗作风，比如与黄袍怪一战，战事正急时，猪八戒居然号称要出恭，抛下沙僧一头钻进草丛，"一毂辘睡倒，再也不敢出来……拱了一个猪浑塘。这一觉，直睡到半夜时候才醒"。临阵脱逃，抛下战友以致被阵上生擒，还睡得这么香，这睡眠质量真是古今罕见。至于出去化斋、巡逻时，他偷懒睡觉更是司空见惯。孙悟空不习水战，遇到需要下水时，他也是推三阻四，从没个痛快的。这一次遇到乱石山碧波潭万圣老龙及其女婿九头虫，需要水战，猪八戒的态度却来了个一百八十度大转弯。

本来国王问唐僧派哪位高徒出战，唐僧已经点了孙悟空，国王道："孙长老既去，用多少人马？几时出城？"猪八戒却在一旁"忍不住高声叫道：'那里用甚么人马！又那里管甚么时辰！趁如今酒醉饭饱，我共师兄去，手到擒来！'"这边唐僧也是"甚喜道：'八戒这一向勤紧啊！'"

当然勤紧，眼见师兄得了成佛这么高的许诺，他能不勤紧点吗？

至于后面在七绝山稀柿衕，堆积八百里的腐殖质，孙悟空都被臭得捏鼻子，不敢近前，他居然显出本象，边拱边吃来开路，似乎胸前的红色领巾都更鲜艳了。不过遗憾的是，过了几回，眼见没有得到什么许诺，他的态度又转了回来。狮驼岭一篇，猪八戒回归临阵脱逃模式，只是没有现场睡觉那么夸张。

当然，从市场经济的角度讲，这似乎说得过去。但军人能讲市场经济？这恰恰是李春芳对古典军队向现代军队转型的焦虑。

中国没有宗教信仰，也不是部落统治，那到底靠什么驱使军人上战场抛头颅、洒热血？那就只能靠国家观念和保家卫国的热情了。可惜古代国家观念不强，很多时候还是给钱更顶用。但这样又容易形成将士希赏，否则不战，甚至谁给钱就为谁战的局面，五代十国大乱世很大程度上就是这样造成的。明朝也一直深陷这个问题，在国家强盛时或许还能掩盖，但到明末财用不足时就越来越头痛。这可以说是中国的一个严重短板，宋、明都曾繁荣一时，但正因这个短板错失了从古典大国转向现代化强国的机会。

23.2 海军元帅奋战九头战机

取经团过了火焰山，来到祭赛国金光寺，发现这里有一座13层黄金宝塔，曾供奉一颗佛宝舍利子，昼夜放光，引得四夷朝贡。谁知两年前突然下了一场血雨，污了宝塔，舍利子也不翼而飞，于是四夷不再朝贡。国王怪罪是守塔的和尚偷了佛宝，罚他们披枷带锁，非常苦楚。

唐僧出发前曾发下弘誓大愿，见佛拜佛，见塔扫塔，现在他就要来扫这个塔。孙悟空虑及这塔下过血雨，又很久没人上去过，恐生了污秽之物，于是要求随行。唐僧的毅力很差，扫一会儿就扫不动了，坐在第十层休息，让孙悟空接着扫剩下三层，结果怪事就发生了。孙悟空在塔顶发现两个妖怪在喝酒，抓起来一问，原来是奔波儿灞、灞波儿奔，一个是黑鱼精，一个是鲇鱼怪。

他俩招供是乱石山碧波潭的万圣老龙麾下，也就是前次孙悟空与牛魔王大战，牛魔王中途抛下孙悟空去赴宴之处，结果被孙悟空变作牛王模样，偷了避水金睛兽，第一次从铁扇公主处骗得芭蕉扇，所以也是老熟人。那老龙有个非常漂亮的女儿万圣公主，招赘了一个神通广大的九头驸马，正是这驸马与老龙合谋，下了血雨，偷走佛宝舍利。万圣公主更非等闲，居然到灵霄殿前偷了王母娘娘的九叶灵芝，在潭底温养着舍利子，金光霞彩，昼夜光明。前日听说有个孙悟空到西天取经，一路上专寻人的不是，所以派他俩到此来"巡拦"孙悟空。

奇了！偷了东西不远走高飞也就罢了，居然还敢回到失窃地点"巡拦"？还是巡拦御马监（西厂）的名侦探！这到底是嫌命长还是有心要告御状？

御马监的人一来你就告状？海军对这种行为异常憎恨！猪八戒见了两个小妖"掣钯就打，道：'既是妖精，取了口词，不打死何待？'"弼马温连忙阻止，说还要留作活口，猪八戒恶狠狠道："正要你鲇鱼黑鱼做些鲜汤，与那负冤屈的和尚吃哩！"和尚怎么会喝荤汤，海军元帅这毁尸灭迹的意图暴露得也太直白了点。

唐僧将两个小妖带去面见国王，雪了金光寺僧人的冤屈，并同意派徒弟降妖。本来唐僧点了孙悟空的将，猪八戒却主动请缨，愿随师兄一道出战。万圣老龙知是孙悟空来战，"唬得魂不附体，魄散九霄"。九头驸马倒是不怕，觉得自己的武艺无惧来者。首先，他的外形就震住了见多识广的孙悟空。他初出水面，还未显原形，但人形也保留了九个头，还是有点吓人。他喊了一声："是甚么齐天大圣！快上来纳命！"孙、猪居然呆立不答。他又叫一声："哪个是齐天大圣？"孙悟空才回过神来，"按一按金箍，理一理铁棒道：'老孙便是。'"可见其形何其可怖。

然后九头虫问孙悟空是谁，孙悟空从花果山开始完整介绍了履历，并说明此次来纠察偷盗佛宝之罪。九头虫很奇怪："你原来是取经的和尚，没要紧罗织管事！我偷他的宝贝，你取佛的经文，与你何干？"孙悟空解释自己跟祭赛国王非亲非故，倒不是帮他的忙，只是为金光寺僧人雪冤。其实他这个解释不能自洽，因为抓住奔波儿灞、灞波儿奔就已经为寺僧雪冤了，再来冒险斯斗，显然另有所图。

孙悟空与九头虫的人形形态大战三十回合，不分胜负。猪八戒从背后偷袭，但九头虫四面八方都有眼睛，所以不存在“背后”一说，偷袭无效。这时九头虫显出原形，是一个方圆丈二（约4米）规模、有九只头的鸟类。“猪八戒看见心惊道：‘哥啊！我自为人，也不曾见这等个恶物！是甚血气生此禽兽也？’行者道：‘真个罕有！真个罕有！’”

九头虫显出原形后战力暴涨，猪、猴联手也不敌。“那怪物大显身，展翅斜飞，飕的打个转身，掠到山前，半腰里又伸出一个头来，张开口如血盆相似，把八戒一口咬着鬃，半拖半扯，捉下碧波潭水内而去。”姿势相当帅气地便一招生擒天蓬元帅。“却说孙行者见妖精擒了八戒，心中惧道：‘这厮恁般利害！我待回朝见师，恐那国王笑我。待要开言骂战，曾奈我又单身。’”能在孙悟空面前大显身手，让他惧而不敢叫战，着实本领骇人！

孙悟空变作螃蟹，潜入龙宫，救出猪八戒。按说手下败将侥幸得命，应该屁滚尿流而逃才对，猪八戒却“得了钯，便道：‘哥哥，你先走，等老猪打进宫殿。若得胜，就捉住他一家子；若不胜，败出来，你在这潭岸上救应。’行者大喜，只教仔细，八戒道：‘不怕他！水里本事，我略有些儿。’”刚得了命就只身再向虎山行，海军元帅简直是孤胆英雄。明军上一次这么奋勇是在什么年代，有两百年了吧？

猪八戒再次打入龙宫，自然仍不是九头虫对手，万圣老龙也点起虾兵蟹将围攻。猪八戒仓皇逃岸。孙悟空埋伏在岸边，一棒打死老龙，九头虫慌忙收尸逃回潭底，取经团总算扳回一局。但奇怪的是，这时孙悟空说应乘胜追击，猪八戒却以天色已晚为由，百般推脱，似乎老毛病又犯了。就在两兄弟推诿之间，更奇的事发生了——二郎神出现了。

23.3 二郎神自动出现

我们之前说得很清楚，官场上的忙不轻易帮，很多时候孙悟空绕了很多圈子，才勉强哄得某人说穿该找谁。这可好，正当他一筹莫展，不知该找谁帮忙时，有人自动来了。

二郎神也算是旧知，当即表示愿意帮忙降妖，但说完却又不动手，而是摆开酒席，请猪、猴喝酒，一喝就喝到天亮。见二郎神毫无动手之意，猪八戒终于忍不住了，主动提出自己又下水去索战。猪八戒潜下水，龙族正在为老龙治丧。猪八戒一钯打死披麻戴孝的龙子，九头驸马和龙孙赶紧带兵来战。猪八戒再次成功诱敌上岸，孙悟空和二郎神七兄弟立即将龙孙剁为肉饼。九头驸马连忙切换到战斗形态，二郎神也早有准备，拿出一种最新研发的先进武器——金弓银弹，似乎是专门为九头兄准备的。果然一击奏效，九头虫“急铩翅，掠到边前”，利用卓越的气动布局设计勉强闪避，并使出之前力擒猪八戒那招半腰里伸出头来咬二郎神。但同样的招式对圣斗士不能用两次，二郎神早有准备，细犬“撺上去，汪的一口，把头血淋淋的咬将下来”。

九头虫负痛往北海逃去。为什么要强调他逃北海而不是另外三海？这当然暗示他和北海龙王敖顺有勾结呗。我知道，这四个敖某您不是很分得清楚，但细看就会发现，这个敖顺的戏份特别多，西海、北海的龙王换着当，这其中自然大有玄机。容我先卖个关子，后文再详述。

猪八戒还要追，这次却换孙悟空阻止，说穷寇勿追，他变作九头驸马模样，让猪八戒赶着他进去，骗取万圣公主交出宝贝。这个计策本身是不错的，但也没必要就此放了九头虫，先去追杀他，再回来骗宝又有何难？或者分头行动，二郎神带兵去追，孙悟空下海去骗宝也很合适。但孙悟空宁愿让二郎神在岸边闲着，也不让他去追杀，所以二郎神和梅山六圣都惋惜道：“不赶他，倒也罢了，只是遗这种类在世，必为后人之害。”

万圣公主倒是上当，将舍利子和九叶灵芝都交给变作九头驸马的孙悟空。孙悟空还没来得及对大美女动粗，却被猪八戒从猴子背后跃出一钯打死。猪八戒又扯住万圣老龙的老婆，正待一钯打死，孙悟空连忙出手阻止，说留个活口。孙、猪送走二郎神一行，回祭赛国复命。孙悟空用灵芝将舍利子温养在塔顶，再放光芒，并建议将龙婆锁在塔顶，将金光寺改名伏龙寺。祭赛国也千恩万谢，画下师徒四人的图形，供奉起来。这看似一个皆大欢喜的结局，尤其是猪八戒，在受到孙悟空成佛的激励下，奋起神威，相当积极，完美闯过一关。但事实上，不仅是猪八戒，很多人的态度颇令人玩味，我们不妨列表10，对比孙悟空和猪八戒在真假美猴王一回之后的作战态度变化。

表10　《真假美猴王》之后孙悟空、猪八戒作战态度对比

战役推进环节	作战人员态度表现	
	孙悟空	猪八戒
一调芭蕉扇	使出妙计	主动去迎接孙悟空
牛魔王又骗走芭蕉扇	大意失荆州	比孙悟空先追上牛魔王
与牛魔王奋战	奋战结拜大哥	舍生忘死大爆发
众天兵围剿牛魔王	与天兵围剿牛魔王	打死玉面狐狸
塔顶捉住奔波儿灞	坚持留下活口	当即要打死两个小妖
唐僧令孙悟空夺回舍利	拱手应承	主动请缨同去
与九头虫首战	正面奋战九头虫	背后偷袭但不成
九头虫变身	未护住战友	被九头虫一招擒下
大闹龙宫	潜入龙宫救出猪八戒	孤胆英雄再向虎山行
岸边伏击	打死老龙	成功诱敌上岸
伏击后逗挠许久	催猪八戒趁胜追击	以天晚为由推诿逗挠
二郎神突然出现却不动手	与二郎神畅饮到天明	主动下水索战
再次岸边伏击	立即打死龙孙	打死龙子，诱敌上岸
二郎神击败九头虫	阻止追杀，放走九头虫	积极要求追杀九头虫
骗回佛宝	从万圣公主手中骗回佛宝	从孙悟空背后赶上打死万圣公主
擒获老龙婆	留下老龙婆活口	要打死老龙婆

若说牛魔王一战，猪八戒确实是大受激励，一味奋勇，但碧波潭一战，搞起他的老本行——水战，他的态度反而暧昧起来。尤其是好几次关键时刻逗挠不前，令人生疑。对比孙、猪二人，步调很不一致，用数值模拟方法量化表示二人作战积极指数如图12所示。

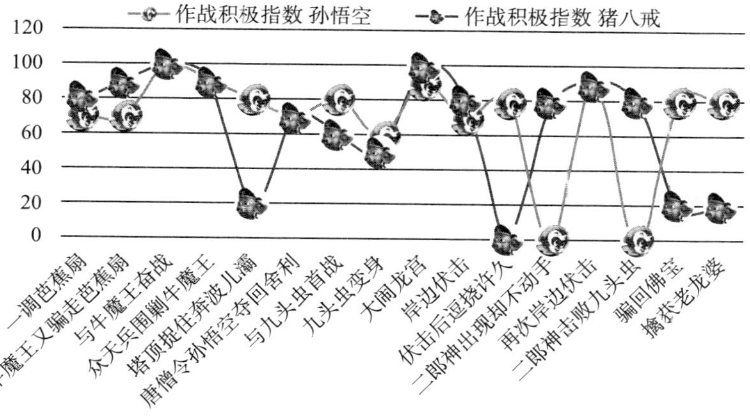

图12　孙悟空和猪八戒作战积极指数数值模拟结果

由图12可见，二人的作战积极指数在关键时期发生了剧烈振荡，尤其是初期两人的积极性差异还不算很大，关键后期却如量子纠缠夸克禁闭隐性传态，呈泡利不相容关系，你有多高我就有多低，这是极不正常的。其实猪八戒与龙族交战的行为规律也好掌握：

①尽量充当急先锋冲头阵，掌控战局主动；

②并不把敌巢当虎穴，孤胆深入毫无惧色；

③一旦抓到俘虏总想打死，不留活口；

④真正有机会全歼龙宫时，反而开始逗挠；

⑤强援二郎神到来，立即返回急先锋状态，也就是回到①。

其实这才是猪八戒多次态度转折的原因，他和龙族早已勾结。所谓兵匪一家。长城九镇的陆军和草原陆匪有千丝万缕的联系，海军和海盗也是同理。御马监、皇帝外甥都是外人，他们要剿海盗了，咱自然是要勤紧一番，不能由着他们开炮呀！

23.4 倭寇的大航海时代

龙在中国传统文化中地位非常高，既是民族的图腾，又是帝王的象征。但在

《西游记》的神仙视角看来，龙完全是天庭的统治对象，甚至在安天大会上把“龙肝凤髓”当菜品。《西游记》构建了一个完整的龙族体系，正暗喻了明代高速崛起的一个新阶层——海商，或者用一个更时髦的名字——资产阶级。

天下分四大部洲，又分四大海洋，敖广、敖钦、敖闰、敖顺四兄弟分任东南西北四海龙王，另有大量子侄散布在江河湖海。有人认为龙王是天庭派驻管理水域和降雨工作的官员，甚至认为也属道教，这是错误的。四海龙王确实承担着天庭指派的降雨工作，但好比银行也承担着很多政府财政支付工作，但银行显然是企业而非政府部门。在古典小说中，“雨露”“甘霖”都用于形容君主给亿万生民的恩泽，实际都是以钱的形式。《西游记》中，天庭对凡间的资源控制主要体现为降雨，比如凤仙郡求雨一回，便是凤仙郡的凡人得罪了玉帝，玉帝停他三年雨，相当于哪个州县得罪了嘉靖老儿，三年不拨款，饿死人都不管。

天庭命令龙王降雨，应该理解成政府通过企业外包进行市场经济调控领域的公共管理，龙族则是承包降雨（拨款）业务的企业。企业除了外包支付业务外，还有不少自有资金也可以投向市场。但市场经济不等于财团自由随意，投向公开市场的资金必须受到政府监管。当然，政府管理能力有限，全面计划经济是不现实的，必须搞清楚哪些领域应该由政府直营，哪些应该推向市场。比如电网、城市供水、供燃气、公共交通这样的行业就必须由国家直接掌控，相应的运营公司必须严格按国家计划调拨资源。像泾河龙王，承包了长安这样的重点城市自来水运营，却不按照天庭计划配额供水，必遭监管部门（人曹官魏征）重罚。而一些开放性竞争行业则应该以企业尤其是民营企业为主体，允许市场竞争。比如孙悟空被红孩儿的火烧了，求龙王喷点水浇一浇，倒也不必向天庭申请配额，这就属于企业的自由裁量权了。政府和企业的界线是门大学问，很多人厘不清也可以理解，李春芳将龙族这个体系构建得非常完善，体现了极高的宏观经济学和公共管理学水平。

其实最能说明龙宫并非天庭下属机构的证据恰恰是——没有佛教派驻人员，也就是没有皇帝直派的私臣来监军。

比如地府暗喻司法系统，其行政长官阎王是天庭命官，但又有一位佛教的地藏王菩萨，这就相当于皇帝在天牢派驻了镇守太监一样。但龙宫显然是很“干净”的，绝无任何佛教派驻人员。没太监的地方，是政府机构吗？更重要的是，龙宫还养了很多虾兵蟹将，这更说明他们既不是政府，也不是国军。因为我们在讲御马监的真相时说得很清楚，明军的每个角落都有御马监派出的坐营内臣、监枪内臣。至于海军，呵呵，如果您没听说过王景弘公公，至少也该听过郑和公公吧？虾兵蟹将里没有任何佛教派驻人员，恰恰说明这不是天庭正规军，而是私人武装。而这种海上私人武装其实有一个更著名的称呼——倭寇。

宋代以来航海技术日趋成熟，跨越大洲的航海运输变得便利，而陆上丝绸之路却被西夏、奥斯曼土耳其等游牧帝国阻断，所以欧亚大陆的贸易重心开始转向海路，印度洋航线成为一条繁荣的海上丝绸之路，开启了伟大的大航海时代。

大航海时代，是光荣与梦想的时代，多少人怀揣着一颗赤子之心，踏上了追逐梦想直到海天尽头的帆船。然而，浩瀚的大洋是赌场，一旦驶入这万顷碧波，才发现人类这种陆生动物将要面对多少新问题，比如海盗。

既然这条航线不光泛起海水，还流淌着金银，自然会孳生无尽的海盗。国家不可能每次都从御马监、海军和锦衣卫抽个徒弟护送您的船队来回十万八千里，所以海商必须配备适当武装自卫。那么问题来了，既然您的舰队武装足以对抗海盗，那当您在烟波浩渺的大洋深处遇到一支不知哪国的商船队时，您抢不抢？不抢白不抢！所以，那个时代海商和海盗是没有严格界线的。国内官员并非不了解这个情况，但也只能睁一只眼闭一只眼，否则如果严禁船队配备武装，那没人敢出海了。反之，既然他开着炮舰出海，如果在波斯湾海域抢劫了一支挂荷兰国旗的商船队，我就不信你河南按察使还管得着。至于在海上抢的货要回国来销也容易，我说这是我在里斯本、鹿特丹、斯德哥尔摩分别进的货，随便填个交货单，不怕你广州市舶司去验真伪。

所以说，大航海时代，是一个经济社会发展严重超越政府公共管理能力的时代，尤其是明中后期，政府自身开始走向腐化堕落，海商（海盗）的力量却开始野蛮生长，道高一尺魔高一丈，双方的力量对比已近失控[64]。

明初是海盗的一个巅峰，一些海盗如陈祖义、施进卿等舰队实力大到可以操控南洋诸国，不过都被永乐大帝派出超级舰队次第剿平，即所谓“郑和下西洋”，海洋秩序一度大好。永乐帝驾崩后，郑和对新即位的洪熙帝说：“欲国家富强，不可置海洋于不顾。财富取之于海，危险亦来自于海……一旦他国之君夺得南洋，华夏危矣。我国船队战无不胜，可用之扩大经商，制伏异域，使其不敢觊觎南洋也。”体现了大明王朝也是中华帝国一以贯之的这种朝廷不惜巨资维持海洋秩序的传统战略思想[65]。

然而百余年过去，嘉靖朝海盗似乎恢复了元气，王直、徐海这两位来自安徽徽州歙县的内陆人士，却是新时代成为海贼王的男人。当年陈祖义还只是盘踞大洋，抢抢过往船只，所谓操控小国也是以一些群岛为基地，岛上小国予以配合而已。王直、徐海却分别以日本、越南两个大国的良港为基地，让当地政府唯其马首是瞻。他们甚至对这两国的历史进程都产生了深远影响，成为传奇人物，现在两国还塑有他们的雕像，每年举行纪念活动。

明朝将海盗宣传成“倭寇”，其中一个原因便是时值日本战国，大量武士在乱世中失去家主，成为浪人，正好被海盗作为人力资源揽入阵中，所以海盗中日本人比较多，但其实主要几个海盗集团老板仍是中国人。另一个原因则是当时最大的海盗集团王直将基地设在了日本。不过当时的日本分裂成无数极小的封建藩国，以王直的实力，日本列岛没有任何一个藩主敢和他作对，相反还需要从他那里购买许多战略物资才能在激烈的战国硝烟中生存。

嘉靖初，朝廷对海商（海盗）的限制还不严，王直可以合法地到城里来做贸易。当时只有王老板的船队最安全，商人都愿意走他的船队送货。百姓争相送子女到王直的船队工作，这就是考不上进士，能去龙宫当当龟丞相、鳖太尉也不错。不过随着摊子越来越大，王直集团的不法行径也愈发显露，尤其是王直属下诸多分舰队互相火并，杀人越货，进一步发展到公然在近海海域抢劫合法商船。随着各个分舰队越来越壮大，很多头目势力尾大不掉，王直也逐渐约束不住。其实第二大海盗集团徐海最初也是王直手下的分舰队头目，翅膀硬了独立出去的。这些海盗后来发展到上岸抢人，很多邻近国家包括日本的封建藩主也暗中参与，一时海盗猖獗，朝廷花在南方的军费其实比北方边境应付游牧部族的更多。

面对这种局势，嘉靖末年启动了明朝历史上最严厉的“海禁”政策。首先是将海盗宣传为“倭寇”，上升到国家仇、民族恨，严禁国人通倭。就像美国普通民众分不清格鲁吉亚和佐治亚（英文都是Georgia），一听到俄罗斯入侵格鲁吉亚就义愤填膺地以为侵略了他们的佐治亚州一样，当时的中国人民很多也就真把倭寇当日本侵略者了。其次是要求海军严厉搜查任何进出中国海域的船队，一旦配备武装就被疑为倭寇，接受调查。这一搞就完了，正当生意也没法做了，本质上起到了海禁甚至闭关锁国的效果。

面对海禁，王直纠集多国海盗组成大型联合舰队，公然向海防进攻，劫掠官船甚至人口为质，“要挟官府，开港通市”。

这……不是晚清西方侵略者的要求么？

没错，海禁导致海盗招不到人，销不了赃，甚至都没船出海了，他抢谁去啊？所以海禁确实是扼杀海盗的一个正确战略，只是不能因噎废食，把海禁当作常态。趁海禁削弱海盗的时机，胡宗宪、俞大猷、戚继光等名将迅速行动，经过多场海陆大战，擒王直、杀徐海，各路海盗或杀或降，海洋秩序重归宁静。

明穆宗隆庆元年（1567），一个国际贸易史上值得铭记的年度，大明少保、吏部尚书、武英殿大学士李春芳颁布了隆庆皇帝签发的《开海诏》，宣布大幅降低海警级别，各国商船可以自由进出中国海域，不再接受海军盘查，史称“隆庆开海”。

根据多伦多大学弗兰克（André Gunder Frank）教授[62]所著《白银资本：重视经济全球化的东方》（*ReORIENT: Global Economy in the Asian Age*），自明穆宗隆庆元年（1567）至明思宗崇祯十七年（1644）的77年间，全球2/3的国际贸易与中国有关，约有5亿两白银通过国际贸易流入中国，约占全球白银总量的1/2。弗兰克惊呼：隆庆、万历年间的中国简直就是一台“银泵”！中国突然从一个贵金属匮乏地区变成了金银集中地。

然而宋朝的海关收入一度达到国库总收入的70%，明朝的财政收入结构却没有因为“银泵”发生根本性改变，仍以农税为主[66]。也就是说商人——或称资产阶级堵着银泵吸了个饱，国家却没收到多少税。明朝一年的国税收入200多万两银，张居正厉行“一条鞭法”后也就增长到500万两左右白银，但总之比起5亿两的白银输入量（考虑乘数效应，其带来的边际增长流通量应在每年数十亿两）都是百分之零点几的数量级[67]。

那您说龙宫和天庭实际上谁更有钱？

江浙百姓争相把子女送到王直的船队工作，已经回答了这个问题。如果不是强大的正统观念束缚，没准儿李春芳三四次考不中进士，也去为王直、徐海当龟丞相了呢。

既然资产阶级掌握这么强大的资源，也会反过来影响政治。明代这种影响还相对较小，最多就是海商出资赞助一下政府的某些行动。古代国家财政能力弱，打个仗必须从民间征发很多资源，贡献资源的大户国家也会记功。其实投资本来就是资产阶级参政的一个主要路径，尤其是直接向皇帝、太监私人捐赠，比走政府征召的正规途径效果更好，《西游记》中就表现为西海龙宫为取经工程赞助了一匹白龙马作为交通工具。骑白马的不一定是王子，也有可能是唐僧。白龙马几乎和白马成为王子的标签一样，成为了唐僧最著名的标签，小白龙后来也得了不错的佛教果位，应该说这次特约赞助相当成功。

白龙马的真实身份是西海龙王敖闰之子，因纵火烧了殿上明珠，被父告上天庭。玉帝把他“吊在空中，打了三百，不日遭诛”。碰巧被前往长安寻找取经人的观音撞见，观音立即觐见玉帝，讨要了白龙，给取经人做个脚力。唐太宗本身给唐僧配备了一匹白马，但凡马显然走不了取经路，须得要匹龙马。玉帝传旨赦宥，小白龙恢复龙身，潜在蛇盘山鹰愁涧，等候取经人。

值得注意的是，观音遇到齐天大圣、天蓬元帅、卷帘大将，这三人同样是戴罪之身，观音跟他们谈妥戴罪立功的条件即可，直接代收为取经人徒弟，但只是作为一个脚力的白龙马，反而要专门跑一趟天庭，秉报玉帝亲自批准。

嘿嘿，少年，这个问题可得记牢了！以后你当领导，体制内用人是你的权力，但如果非要跟商人打交道，尤其是接受白龙马这么重大的赞助，一定要最高领导亲自批准。切记！切记！

虽然倭寇（海商资产阶级）在经济方面对国家的奉献不那么令人满意，但这更应该说是明王朝没有处理好这个历史进程。

崇祯十七年（1644），清军入关，276年的大明王朝轰然崩塌，举国剃发降清，却有一支孤忠舰队高悬日月军旗，开赴宝岛台湾，赶走荷兰殖民者后，将这里建成反清复明的最后基地。然而这不是大明海军，更不是陆军马鹿（日本汉字，笨蛋的意思），而是一支倭寇舰队，首领是万历年间著名倭寇郑一官（又名郑芝龙）的日本小妾所生混血儿子郑森，后被南明永历帝（万历帝之孙朱由榔）

册封为延平王，赐名郑成功。当初被抗击英雄戚继光百般剿杀侥幸漏网的一支倭寇，如今却成为孤忠救国的又一位抗击英雄。

倭寇——或者说历史给大明王朝开了这样一个巨大的玩笑——比猪天蓬八戒海军元帅号艨艟巨舰（中国古代具有良好防护的进攻性快艇）的排水量都大！估计以李春芳的封建文人局限性也万万没想到吧。

图13　倭寇的大航海时代

23.5 太上老君的金钱帝国

据传孙悟空刚上天宫时，最爱和各路天神讨论拥有的神通法术，有一天他问太上老君："那么，您的超能力是什么？"老君悠然答道："我有钱。"

我们说朝廷没收到税，不等于官老爷没捞到钱。您想，这万圣老龙在一个小小的乱石山碧波潭，便积蓄了如此殷实的家底，连九头虫这样的战斗力都愿意入赘。若说那佛宝舍利子还是从凡人处偷的，到灵霄殿前偷来王母娘娘的九叶灵芝就绝对不是龙宫的能量办得到了。而且这么多年没有天官纠察，这真是因为女儿、女婿本事大？其实真正的奥秘在于他请来的那位座上宾——牛魔王。

没错，牛魔王是谁？是太上老君坐骑独角青牛的族长，充当老君在凡间的利益代言人，也就是所谓的权力掮客，俗称“白手套”。万圣龙宫疯狂捞钱，怎能不倚仗政治权力？徐阶回松江开捞，也知道先给张居正送三万两保护费。那万圣老龙也给太上老君送三粒金丹砂？呵呵，你送我就收啊？如来也没你这么大面子。所以只能拐弯抹角地去找他凡间的白手套，听说有个牛魔王，是老君司机的族长，有个如意真仙傍上他，霸着女儿国的落胎泉坐收打胎费，爽！咱也去找他引荐引荐吧！那先请牛爷来碧波潭龙宫喝个酒聊聊，什么？水路不方便，老龙我送您一台——哦不，一只避水金睛兽当坐骑吧！谁说妖怪不能配坐骑啦，您是妖怪吗？您是太上天尊的家里人呐！

就像铁扇公主守着火焰山收灭火费，如意真仙守着落胎泉收堕胎费，完全没人管一样，万圣龙宫同样干了很多正邪之间的灰色生意——就像海商和海盗的模糊界线一样。这不是因为市场经济自由散漫，无非是他们都或远或近地搭上了线，找到了权力保护伞，白骨精、豹子精什么的敢这么搞，你看有没有人管。自古官商勾结才能捞大钱，尤其是海商、海盗混淆不清的时代，要想在海上丝绸之路这台银泵开捞，不找个权力靠山是不现实的。

可以想象，太上老君捞钱的体系还很庞大，书中所举火焰山、落胎泉、碧波潭无非是三个利润点而已。就连牛魔王这只白手套，想必也不只碧波潭这一处生意，何况我相信他绝不止这一只白手套。不少人认为所谓巨贪就是来者不拒，拼命收红包，其实收红包的层次就很低，真正的巨贪是雷洛（号称“五亿探长”叱咤香港警界及黑道）那样用权力形成规范的抽水渠道，源源不断地吸金。这些白手套，就是他们建设的渠道。孙悟空、猪八戒战斗态度百转千回，正是因为他们明白这里是谁的渠道。

孙悟空是御马监派出的西厂特务，他要纠劾与倭寇勾结的朝臣。勾结当然是很隐秘的，所以西厂特务步步为营，想引出幕后黑手，重点是查实保护伞的通倭证据。最直接的线索还不是远在北京的朝臣，而是当地海军。所以眼见西厂查到他们罩的这股倭寇头上，某海军元帅就坐不住了，每次战斗冲在最前，目的就是掌握主动，能放跑就放，实在放不跑了也要灭口。

本来形势对海军元帅很有利，九头虫战力惊人，不需要表演，确实也战不过。明军经常报告倭寇确实厉害，装备了很多新式武器，离子电推、八联垂发、电磁弹射、隐形上舰……委实战不过呀！当时新科技、新武器确实层出不穷，海军经常乱报些名词朝廷也听不懂，但这一次元帅万万没想到的是，玉帝外甥突然自动出现，而且配备了专门克制九头虫的新武器——金弓银弹。呵呵，电磁弹射，真当我不懂？来见识一下神机营最新研发的弹道导弹攻击水面大型机动目标。

而孙悟空一见二郎神不请自来，立即明白这次玉帝是铁了心要收拾碧波潭，所以他反而不着急，先陪二郎喝点酒，看谁先按捺不住。就在他们岸边畅饮之际，不知多少人度过了一个不眠之夜。为了避免太上老君或者别的谁按捺不住，棋差一着，猪八戒终于下定决心，还是自己亲自下水妥当。孙悟空当然不能让他单独下水，之前他杀人灭口的意图实在太明显了，孙悟空最初缺乏准备，被他灭了好几个活口，最终好歹救下了龙婆，锁在伏龙寺塔顶，待天庭日后细细审讯。

碧波潭一战，玉帝借取经铲除一股太上老君通过牛魔王勾结的龙宫势力，相当于嘉靖帝派御马监督战，剿灭一股宰相通过海军勾结的倭寇。此战，各方势力都反应了符合各自身份的行为。什么，您说沙僧没动作？既然你们的动作都符合身份，锦衣卫当然就不多嘴咯。

23.6 天上九头鸟——湖北佬张居正

说到宰相勾结倭寇，首先想到的是严嵩，因为严嵩最终倒台，确有通倭这个罪名，他儿子严世蕃正是因此没保住脑袋。但我还是认为李春芳这次主要讽刺的是张居正，而且还挺露骨，九头虫，这几乎是指着张居正的鼻子骂了。

先说容易转移注意力的严嵩。严嵩弄权20年，积怨颇深，尤其是后期连续冤杀了杨继盛、沈炼两位大忠臣，朝野激愤。一直默默注视着他的徐阶认为时机到了，授意监察御史邹应龙弹劾严嵩，果然奏效。嘉靖帝诏令严嵩退休，但没有治罪。大家想趁势追杀，但徐阶判断嘉靖帝对严嵩的感情还在，此时无法一击毙命，于是一律劝阻。直到几年后，徐阶判断嘉靖帝对严嵩的感情已疏淡，才授意另一名御史林润收集严嵩父子的重罪，置他们于死地。大家等徐相这个指令很久了，林润立即汇编一道奏疏，痛诉严嵩父子大罪，其中尤以冤杀忠臣为甚，不死不足以平民愤！

谁知严世蕃打听到林润奏疏的内容，反而欣喜地说："放心，这罪成不了。"因为他很清楚，杨继盛、沈炼虽是冤案，但造成冤狱的主要还是嘉靖帝自己，他不是一个开明圣君，怎会自承罪过？林润这个攻击反而会被嘉靖帝帮他们挡下来。然而奏疏上报皇帝要先通过内阁，徐阶看到，召问刑部尚书黄光升、左都御史张永明、大理寺卿张守直三法司长官，先问："诸公想让严世蕃活还是死？"诸公纷纷答道："必要他死！"徐阶向他们解释了杨继盛、沈炼案治不死严世蕃的道理，众人恍然大悟。徐阶将严世蕃制造冤狱、欺压百姓甚至贪污腐败等罪名统统删去，只精选了两条：一是在家乡挑选了一块有"王气"的地造宅，这不合礼制；二是暗通大倭寇王直。

严世蕃确实与王直的一个亲戚罗龙文有交，罗龙文也确实在安排一旦严氏败亡，就要带严世蕃"跑路"去日本的事宜，证据确凿。徐阶很清楚，嘉靖帝这人最恨的就是礼制、通倭二事，所以集中火力，攻其一点不及其余。嘉靖帝接到实为徐阶所写的这道奏疏果然大怒，下令将严世蕃、罗龙文等一律斩首，抄尽严氏家产，导致85岁的严嵩突然失去生活来源，只能寄居墓穴，靠偷祭品果腹，苟且偷生两年后悲惨地死去，大家总算出了一口恶气。

明朝历史上因通倭罪名倒台的宰相只有严嵩一个，而且有个细节，细犬咬掉九头虫的一个头，然后九头虫流着血逃了。二郎神说："只是遗这种类在世，必为后人之害。"旁白说："至今有个九头虫滴血，是遗种也。"似乎暗喻只有严世蕃这一个头被砍掉，严嵩本人还苟活了两年。即便如此，我仍认为九头虫更多的还是在谩骂张居正。

天上九头鸟，地上湖北佬。这句俗语最初其实是专指张居正这一个湖北人的，后来才演变成对所有湖北人的戏称[68]。在当时出现"九头虫"这个词，就跟"立帝货"一样，明眼人一看就知道是在骂谁。至于说九头虫留了祸害，这更像是暗喻朝廷对张居正的清算不足，朝野上下很多人不满——包括李春芳。

至于您还要问，张居正怎么跟倭寇勾结了，他操作的方式是什么，怎么对上《西游记》细节？事实上，张居正的贪腐体系比严嵩庞大得多[69]，而且严嵩侍奉的嘉靖帝毕竟是个智力正常的成年人，严嵩只是倚仗私宠行诸不法，还不至于把皇权当小学生耍。张居正专权时，万历帝是个10岁小儿，真的是他从小带大的学生，他和李太后、冯保构筑的权力网把小皇帝罩得严严实实[70]。万圣公主能到灵霄殿前偷来王母娘娘的九叶灵芝，您不会真认为是她法力通天吧？这自然是有近臣帮她运作。具体怎么运作？知道张大人跟太后的关系不？别说一株草，您只要把张太师的司机的族长伺候舒服了，李太后的原味丝袜都能给您搞来。

24

小雷音寺——太子党的宣示

老大的继承人选是每个组织最敏感的话题，佛教教义有“过去、现在、未来”三世佛的理论，正好对应王朝有先帝、当今、太子。不过既然佛教是皇帝私臣，那三世佛也就不是三代皇帝，而是三代私臣。明朝的礼法制度极其严苛，其实从未在继承人问题上上演过所谓宫斗，反倒是太子东宫的私臣比较敏感。弥勒佛作为未来佛，相当于太子东宫的私奴头子，取经他也有话说。

24.1 猪八戒披荆斩棘甘当掏粪男孩

扫荡了碧波潭龙宫这股倭寇势力后，取经团继续西进，来到一座八百里高岭，漫山荆棘。猪八戒再次勤紧，使出法天象地，变作20丈高身躯，披荆斩棘，为唐僧开路。中途见一通石碣，上书“荆棘岭”，下有两行小字：“荆棘蓬攀八百里，古来有路少人行。”八戒笑道：“等我老猪与他添上两句：‘自今八戒能开破，直透西方路尽平！’”真是体现了劳动人民战天斗地的乐观主义革命情怀。连唐僧都心疼徒儿，说天色已晚，睡一觉明天继续。八戒却说："师父莫住，趁此天色晴明，我等有兴，连夜搂开路走他娘！""那长老只得相从。"

没有退路的下属是最好的下属，猪八戒现在就是比孙悟空更好更勤奋的下属了。孙悟空得了如来成佛的承诺，相反猪八戒却惨了：碧波潭的场子被砸了，而且一定程度上应该怪他没保住，最要命的是还留了个龙婆当活口，说不准哪天就从她嘴里吐出点什么。现在玉帝随时拿你，老君心中怪你，海军没法保你，连去万圣龙宫当倭寇的路都断了，你除了一路向西还能如何？

其实钉耙除点荆棘还不算啥，之后取经团又遇到一个七绝山稀柿衕，是一条八百里山谷，千百年来积存了大量腐殖质，臭得孙悟空都不敢近前。其实这暗喻了所有建筑群——包括皇宫必不可少的一个系统——粪污排泄，专业一点叫工业与民用建筑给水排水工程系统。我们说蝎子精这种粗妇是后宫的底层，其实掏粪工更低。这里也有妖怪，是一个勉强修成人形，但还不通人言的红鳞大蟒，可见作者将其设定得多么低贱。也难怪，他在皇宫进进出出几十年，恐怕还真没跟这种人说过一句话，干脆写人家不会说话。

此妖也偶尔吃吃当地居民，居民请了些法师来除妖，但都不奏效。取经团答应为他们除妖，妖孽的神通当然远不如孙悟空，但它一打不过就现出本相往粪堆里钻，孙悟空捏着鼻子不敢过去。猪八戒不怕脏不怕累，赶上去打。蟒蛇钻到洞里，孙悟空用金箍棒捅，这是在捅马桶吗？蟒蛇逃出来，猴、猪紧追不舍。蟒蛇忽转头一口吞掉孙悟空，谁知被孙悟空在肚里活活搞死了。孙悟空多次钻进妖怪肚子里，逼迫妖怪讲条件，唯独这个不讲，直接练死。也怪蟒蛇自己修为太低，不会讲人话，所以未经启蒙的最低阶层连讲讲条件的方法都不知道。

不过这蛇精明明死了，猪八戒还要赶上一顿钯，大师兄还在蛇肚子里呢！孙悟空从蛇肚子里钻出来，质问他怎么还打。猪八戒搪塞道："哥啊，你不知我老猪一生好打死蛇？"有人分析老猪受背后大佬指使，企图打死猴哥，所以到了朱紫国猴哥要那么多药来疗伤。其实这就是明军抢功的伎俩，在朱紫国孙悟空将小妖有来有去的尸体扔在庭中，猪八戒也是冲上去一钯，留下九个孔，抢记军功。当然，说起来也可怜。灭了蛇精后，取经团还是要过稀柿衕，孙悟空只管捏着鼻子说难。"三藏见行者说难，便就眼中垂泪。"孙悟空说只有猪八戒变个大猪，拱开路。猪八戒见派他这么脏臭的活儿，起初不愿意。唐僧却说：“悟能，你果有本事拱开衚衕，领我过山，注你这场头功。”

嘿嘿，等了多久，就等您这句话啦！虽然唐僧的级别比如来低得多，但好歹有了个承诺。猪八戒“满心欢喜，脱了皂直裰，丢了九齿钯，对众道：‘休笑话，看老猪干这场臭功。’”老猪变成大猪，一路拱开粪污，拱了两日，累得不行。众人送饭来，老猪吃了继续干，终于拱开千年稀柿，拱出条干净大道请团队通关。

然而唐僧承诺“注你这场头功”是如何践行的？根本没有。猪八戒挑担十万八千里，最苦最累，还干这样的脏臭活，最终却得个极低的果位。如来口封净坛使者给猪八戒时，八戒不服争辩，这时唐僧为何不站出来帮两句？可见“注你这场头功”屁用没有。唐僧这种人就是这样，老鳖驮他过八百里通天河，请他帮忙问问佛祖几时能修得人身，唐僧满口应承，最后也没有践行，表面上是忘了，其实还是他不肯开口。

混这种没有明规则的私臣圈子就是这样，很多领导轻口许诺，骗得你一时卖命，到头来给个什么全凭他一句话。所以绝大多数人还是好好读书，去考功名罢！那边读书虽苦，至少规则是明确的，考上状元就授修撰，榜眼、探花编修，二甲主事，三甲知县，举人局长，秀才科长[71]。像如来、唐僧他们这样口头许诺，看似充满想象，不可限量，实则看不见、摸不着，很多到头来白白卖了命，只得一场镜花水月。这也解释了为什么考公务员那么热，倒不是公务员这个工作多么好，毕竟是吏而不是官，但好歹有个考场，您说的那些好工作，肉眼凡胎看得见路子吗？

24.2 落第考生的诗书情怀

取经团行至荆棘岭深处，遇一座木仙庵，在这里幸会了最高雅的一伙妖精，他们不吃唐僧肉，也不取什么元阳，只是留他吟诗作对。唐诗果然举世闻名。

第一个妖怪以仙翁姿态出现，当着徒弟们的面将唐僧掳到一个颇为清雅的烟霞石屋，继而请出另三位皓发苍颜的仙翁。四人分别叫十八公（号“劲节”）、孤直公、凌空子、拂云叟，之后又来一美女，称作杏仙。几位雅致清妖跟唐僧吟诗作对，兼谈哲理。这一段篇幅颇长，但估计各路导演觉得不如神魔打斗精彩，往往也就忽略了，事实上此回隐喻了相当核心的问题。

古典诗词最爱引经据典，妖精与唐僧赛诗，引用了大量与其原形植物有关的典故，暗中透露真身。但说真的，他们的诗词水平真不高，勉强押韵，平仄、对仗完全牛头不对马嘴，只能算打油诗。这绝对不是李春芳状元的水平，倒有点像吴承恩。但他们的哲学拆解却一度折服唐僧。尤其拂云叟一句“你执持梵语。道也者，本安中国，反来求证西方。空费了草鞋，不知寻个甚么？”唐僧听罢，立即“叩头拜谢”，本来不愿交往，此时也欣然随他们入庵品茗畅谈，似乎发生了意识形态领域的动摇，这才是取经事业最危险的一刻！

话说植物能成精吗？当然能，《西游记》的设定便是“凡有九窍者皆可修仙”，人类并不垄断修仙的资格。所谓九窍，是指哺乳动物的面部七个阳窍和下体二个阴窍，但事实上此句也只是表个意，并非严格限制。二十八宿中的翼火蛇是蛇，轸水蚓是蚯蚓，并无九窍，照样修成天仙，所以植物也没问题。其实玉帝本人也不是人类，因为“他自幼修持，苦历过一千七百五十劫。每劫该十二万九千六百年”。算下来2.268亿年，可见玉帝的幼年处于三叠纪和侏罗纪之间，那时根本没有人类，只可能是恐龙甚至三叶虫修炼成仙，三清四帝则应是稍晚的猛犸象、剑齿虎等物种，总之不可能是人。后来孙猴子大闹天宫，似乎昭示了灵长类的崛起。

当然，这只是一个小玩笑，不过很好地体现了《西游记》的核心思想：“我命由我不由天”，“金丹大道”的客观标准就在那儿，你只要勤修苦练就能成仙，无须什么高贵门第，亦无须祈求神佛恩赐。这表达了中国社会人人都能读书考学以求上进而不受门第限制的传统观念，这和西方的贵族制度、种姓制度恰恰背道而驰。西天取经，不是去取什么先进的东西，反而是将西方的一些落后意识形态引进中国，以保障某些门阀权贵的私利。

那这帮树精到底是现实社会的什么角色呢？其实就是那种落第考生，读了不少书，修养也还不同凡夫，可惜终究没能考取功名，也就当不了天庭仙官，只能在凡间吟诗作对聊作遗怀。说起来吴承恩就是这样一种身份，但我相信他不会把自己写成树精，只有李状元才会这样调侃小吴。其实李春芳这种进士级的文人往往不会跟不熟的人纠缠辩论，恰恰就是这种民间文人，空有满腹经纶无处施展，只能过过嘴瘾，这次逮着个取经的和尚，较起真来还不放人家走了。有没有想起一个更通俗的文学形象？没错——孔乙己。这群人就是《西游记》中的孔乙己，只不过李春芳比鲁迅笔法更隐晦。

最后徒弟们找到师父，妖精赶紧变回植物想隐藏，孙悟空戳破了他们："十八公乃松树，孤直公乃柏树，凌空子乃桧树，拂云叟乃竹竿。"这里作者隐藏了一个小机关，从名字看，显然劲节十八公才是竹子。"劲节"在古诗词中从来都是形容竹子一节一节的形态，暗喻清高、刚直、昂扬向上的气节。张居正12岁时便作了一首震惊文坛的名诗《咏竹》。

绿遍潇湘外，疏林玉露寒。

凤毛丛劲节，直上尽头竿。

所以在"九头鸟"之前，也有人赠了"劲节"这个外号给年轻的张居正。而晚年的张居正却成了一个独夫民贼大贪官，尤以打击劲节之士最为人所痛恨。他提拔了很多人，有些成了他的走狗，但也有不少劲节之士反对他的独裁。张居正很清楚这是一些品行高尚的人，但他甩出一句恶狠狠的名言："芝兰当路，不得不锄。"意思是再高贵的花草，挡了他的路，也得锄掉！在这个指导思想下——无数忠贞刚直的劲节儒士正如松柏桧竹惨遭取经团虐杀一样——惨遭他的打击[70]。

李春芳在这里生硬地插入一个外号"劲节"的十八公，或许只是在怀念张居正年轻时那种理想主义情怀，感叹这官场怎么就把曾经如此刚正清直、胸怀理想的大好青年染成了如今这个独夫民贼？其实，他又何尝不是感慨自己。一入官场深似海，不忘初心是年轻人许给自己最奢侈的承诺。多少纯洁的少年怀揣着治国平天下的理想踏入黉门，10年，20年，回头再看，如今的自己似乎正在变成当年最鄙视的那个人，轻抚着年轻时那首像贾府门口石狮子一样干净的诗篇，眼角有什么炽热的东西滑过。

而拂云叟才应该是高耸入云的松树，但他引用了七贤、六逸、淇澳、渭川千亩、湘娥、汉史、子猷（王徽之）等大量与竹有关的典故，只是孙悟空并未参与赛诗，没有听到这些诗，他为何判断无误呢？所以这一个机关，作者设置得比树精的诗才都生硬。

中国传统文化中有以素雅的植物暗喻人品清高的笔法。南宋词人陆游在落魄之际写下了著名的《卜算子·咏梅》，用一句“无意苦争春，一任群芳妒”来表达自己虽得不到任用，但坚持高尚的独立人格，不愿投身在某些权贵门下。唐代名相张九龄被奸臣排挤罢相，写下一首《感遇》，用一句“草木有本心，何求美人折”来表达自己坚持本心，不向权势低头，不愿曲意逢求皇帝、权臣的赞许。就连《西游记》的真正主角张居正也是用“芝兰当路”来形容品性高洁的儒士。不过这种高洁的品性结局如何？篇末，猪八戒挥起钉耙，将这些树精打得鲜血淋漓。唐僧有所不忍，孙悟空却说：“师父不可惜他，恐日后成了大怪，害人不浅也。”猪头又将他们全部拱倒，断了根。

是啊，现在还是小怪，拱倒无妨，成了大怪你们这帮私臣还敢杀吗？大奸臣严嵩便是杀了小有名气的杨继盛、沈炼，激起公愤，导致严党倒台。所以说私臣对这种自命风雅，考不上功名但也不愿投身在私臣圈子的人更加忌恨，因为这种人才是真的身负气节，在外面当孔乙己还好，一旦让他们考进了体制，最难妥协，最让奸臣头痛，如果已经当到一定级别就连杀都不能杀了，所以就要趁他们还在当小妖，没升为天庭神仙之前，赶紧断了他们的根！

树精这一回首先是点出了明代科举制度的一大缺陷：对人才的浪费。科举虽然较好地将顶尖人才提拔到了高位，但对次优的落第考生的开发利用却相当匮乏。李春芳自己也曾落第10余年，深有感触。需要特别说明一下，“清流”这个概念是指进士出身的高级文官，这是通过客观、公正、严格的科举考试选拔出来的，不是后来那种空口自诩、自命清高的酸腐文人。这些树精乍一看颇有几分才情，但考试是手底下见真章的活儿，考不上就是考不上，情怀再清高，自吹再卖力也是妖怪，不叫清流。

这一回更重要的意义是表达了当时的社会基础。为什么在某些时代清高文人能占据高位，掌控政权？正因为树精这些段位稍低的文人虽然没能考进体制，但他们构筑了体制内文官的社会基础，支撑着他们引领社会主流。靠权贵宠幸而非才华晋身的私臣集团虽然正在崛起，但在这种社会基础上，与文官集团的斗争仍处下风，难以把控主流[71]。而现在他们似乎找到了问题的根源，开始避开文官的正面防御，向他们的社会基础下手。用钉耙打得鲜血淋漓也只能平添血染的风采，用猪嘴拱倒才是断根之法！海瑞、杨慎、杨继盛这样的高级文人可以与私臣集团战个气壮山河，名垂青史，树精这个级别的就只能一拱一大片了。这样下去，充当清流文官社会基础的树精们还剩多少？多乎哉？不多也！

24.3 弥勒佛祖为太子东宫发声

取经团屠杀树精的行为堪称血腥，马上就遭报应，下一回开篇词写道："这回因果，劝人为善，切休作恶。"暗示这一回他们"四众皆遭大厄难"是因果报应。取经的通用模式是唐僧或八戒、沙僧遭擒，孙悟空去救，但这一回堪称孙悟空被困得最惨的一次。

取经团过了荆棘岭，行许久到一座高山，见一所恢弘殿阁。孙悟空升空侦查，他的经验很丰富，能凭祥光或妖气判断这里是仙还是妖，唯独这一次他也看不真切，只得报告"不知禅光瑞蔼之中，又有些凶气何也"。结果四众走过去一看，居然是"小雷音寺"，难道是如来的行宫？果然进殿一看，佛祖带着五百罗汉、三千揭谛、四金刚、八菩萨、比丘尼、优婆塞、无数的圣僧、道者，一个都不少。但这反而暴露了是假，孙悟空虽看不真切是神是妖，但佛祖他还是认识。胆敢冒充佛祖，管你是神是妖，打了再说！

但那假佛祖神通极高，抛出一副金铙将悟空合在其中，众小妖上前捆了另三人。取经团一路也遇了不少厉害妖怪，但这是第一次连妖怪面目都还没看清就团灭，果然报应。

这金铙号称关了孙悟空，限三昼夜化作脓血。孙悟空百般不得解脱，而且确实浑身燥热，只恐确实正在被脓血化！既然这次师徒四人团灭，就只有暗中监视的五方揭谛动动腿了。揭谛"须臾间闯入南天门里，不待宣召，直上灵霄宝殿之下，见玉帝俯伏启奏"。这一方面体现了救人心切，一方面他们可以不宣召直接觐见，而且称玉帝为"主公"，不称"陛下"，可见他们是亲近私臣，而非外朝文官。

玉帝听说孙悟空"看看至死"，慌忙传旨二十八宿去救。救兵星夜赶到小雷音寺，群妖已睡。孙悟空让星宿打破金铙，放他出来。星宿却说恐惊醒妖王，不能打，只是用尽掀、捎、钻，想在铙上弄点破口放他出来。但这金铙恰是一种记忆合金，锐器锉过，立即复原，留不下破口。最终还是亢金龙想到个办法，他先将角变成针尖细，钻进金铙，再变成碗口粗。虽然金铙也随着角周变化，紧紧噙住，不留缝隙，但孙悟空在角上钻一个洞，身体藏在洞里，被亢金龙带了出去。

二十八宿对孙悟空可谓披肝沥胆，但猴子却真是坑人。他一出来，二话不说就打碎金铙。人家说得清清楚楚，一打碎就要惊醒妖王。这下果不其然，妖王披挂来拿众人，祭出一个更厉害的旧白布搭包儿，功能类似于镇元子的乾坤袖，一下把取经团和二十八宿全装进去。半夜孙悟空解脱绳索，救了众人，谁知他去取行李时又惊醒妖王。妖王依旧祭起布包，孙悟空倒是机灵跑了，众人却依旧被装去。

孙悟空的行迹相当可疑，按说他是个机灵鬼，二十八宿那么大一群人都能保持安静，他一个人却次次惊醒妖王。不过说真的，问题不在他，而在于这妖王太不负责，每次抓了人就倒头大睡，要是取经团就这么悄悄过去，少历一难，你负得起责吗？机灵鬼这才是在想办法。

接下来启动满天找救兵模式。孙悟空依次去找了道家的武当山太和宫荡魔天尊、佛家的盱眙山大圣国师王菩萨，两位都派出大批援兵。但那妖王管你来多少人，反正一褡裢装进去了事。不过装了也不蒸不煮，就捆在那儿等你来救。这场面是不是有点眼熟？没错，模仿独角兕大王，只不过这布包没金刚镯那么高端，每次把朋友们囫囵装了，有几分狼狈。

见连累了这么多救兵，关键是拿妖王一点办法都没有，孙悟空不由得望空悲啼。见他哭鼻子都不再去求救了，正主弥勒佛祖只好主动出现，解释这妖王“是我面前司磬的一个黄眉童儿……那搭包儿是我的后天袋子，俗名唤做人种袋。那条狼牙棒是个敲磬的槌儿”。不过这算最麻烦的一次，一般主人一来，童子、坐骑立即伏法，这次弥勒变作一个瓜农，让孙悟空引黄眉到瓜田，变作一个西瓜，瓜农将这个瓜递给黄眉吃了，孙悟空才在肚子里逼他投降。

弥勒收了黄眉童，飘然而去，孙悟空解放众神。有意思的是，黄眉怪刚做了午饭，还没来得及吃，取经团吃个现成。可见黄眉怪是吃素的，确系佛门，不是野妖怪。他抓取经团的动机就更不是吃唐僧肉了，而是宣称他要去西天取经，果证中华。值得注意的是，他说他取代唐僧去取经，不是像六耳猕猴那样冒充取经团去，而是要灭了唐僧取经团这个竞争对手，自己接下这单项目。可见，他们是完完全全的佛门内部人士，只是没接到取经这个项目，所以跳出来吼一吼。那他们到底是佛门内部什么人物呢？

佛教教义有过去、现在、未来三世佛的理论。其中，如来就是现在佛。过去佛有很多，《西游记》中以燃灯古佛为代表，而未来佛主要是弥勒佛。由于中国文化非常憧憬未来，所以弥勒佛在汉传佛教地位颇高，形象也不断美化，最终形成一个大肚罗汉笑哈哈的形象。汉传佛寺一般进门便是弥勒殿，很多还配一副对联："大肚能容，容天下难容之事；开口便笑，笑世间可笑之人。"深显佛教汉化之精髓。世界上最大的石刻佛像便是四川乐山凌云寺的弥勒坐像，也就是著名的"乐山大佛"。

孙悟空在见弥勒时用了一个很奇怪的称呼"东来佛祖"，但佛教从无这个称谓，有人分析系作者讹传，应作"未来佛祖""当来佛祖"。其实不然，作者生造了一个"东来佛祖"，正是明示——太子东宫。

佛教"过去、现在、未来"三世佛的理论很容易让作者联想到中国的先帝、当今、太子，而太子一般居住在皇宫东侧的东宫，所以"东来佛祖"显然是指从东宫来的佛祖。不过不要误会，弥勒一党不是指太子本人，而是指太子东宫的一帮私臣，也就是俗称的"太子党"。现代有一种俗语，将一大群高官的子女称作"太子党"，但这种用法至少不是最初的习惯，古语中"太子党"是指围绕在太子身边的一群近臣，而不是指一大群太子亲自结成一党。

西天取经是现在佛如来运作的一项大工程，将极大增强佛教的利益，与弥勒也息息相关。但从黄眉童子不断表露出的不满情绪来看，似乎他们中有人对取经将他们完全排除在外不满，要发出自己的声音，参与这个利益重置过程，才好将利益尽可能多地切块到自己盘子里。说难听点，他们也是在跟现在佛的人马抢盘。那孙悟空是如何回应的呢？

首先，孙悟空要让他们得到圆满答复，而不是置他们的诉求于不顾。所以孙悟空没有偷跑过境，而是适时地唤醒妖王。当然，这次这个妖王工作态度很不负责，不然不需要猴哥这么出丑。

其次，孙悟空找的救兵其实就是巧妙答复。第一次二十八宿来救，这是揭谛直接找玉帝派的救兵。孙悟空自己出来后，找了两轮救兵，分别是荡魔天尊和国师菩萨。遇到这么厉害的妖魔，为何第一反应不是找玉帝、如来这两个大佬（太上老君就不指望了），而是去找两位归隐山林的前大佬？这两位派出的援兵也算不上精兵强将，更没带他们的法宝，所以都只是意思意思。这就是孙悟空故意示弱，表明不打算拿出现在佛的实力跟未来佛硬拼，只是找过去的两位老叔伯来说和说和，咱们在他们面前都是晚辈。

最后，找完这两轮救兵，弥勒也略知其意，主动出现。而且也不是直接擒下黄眉，而是配合孙悟空演了一场略显复杂的戏，表明老叔伯拿不下的妖怪，晚辈我也没那么轻松。不过各位也好好听听我的声音："认得我么？"招呼悟空时是这句，在黄眉老怪面前显形还是这句。世人大多目光短浅，只认得台上的当权者，不识得未来的成长股，所以有机会时要提点提点你们。弥勒建这小西天小雷音寺，明白告诉所有人：我这里是小朝廷小皇宫，正宫的一切要素我们都具备，而未来是属于我们的，你们现在那些位置，每一个我们都有人预订好了。

24.4 东宫私臣比太子本人更敏感

宫斗夺嫡本是政治斗争的一个重要方面，但法制越完善，宫斗的空间就越少。明朝堪称礼法制度最严苛的一朝，有严格、客观的继承法，人选天生天定，所以没什么宫斗、夺嫡之类戏码。明朝太子从小圈养在深宫，没有任何露脸的机会，某天老爹升天，他突然就成了皇帝。这种过程实在没什么好说的，连宫斗戏都编不出来，所以有些人认为明朝政治晦暗，其实只是不够精彩而已。但这并不意味东宫就与政治斗争绝缘，只是斗争的主体从太子本人转移到他身边的私臣而已。

所谓一朝天子一朝臣，在私权力大于公权力的时代，整个朝廷都是某人的私臣，一旦换个当权者，整个朝廷都跟着换。但随着权力公共化、制度化，这种情况似乎改观。明朝文官全是科举进士，不是谁的私臣，换天子对朝臣反而是好事，每换一次，n朝元老就+1（难道这才是天天骂皇帝想把人家气死的真相）？

但对私臣而言，一朝天子一朝臣的情况反而更严重了。所谓东宫私臣，大多是和太子从小一起长大的发小，太子登基他们立即就权倾后宫，成为新的“现在佛”。最典型的便是正德帝从东宫带到正宫的八个小太监，后来都成一代权阉，号称“八虎”。尤其是为首的刘瑾，成为著名的阉党头子。更好的范例是嘉靖帝的发小陆炳，因为嘉靖帝只是正德帝堂弟，没当过太子，他的入继相当突然，陆炳这帮人翻身翻得更陡。不过反之私臣没有制度保障，以往只要获得公职，还能相对固化，宋明以来纯粹的私臣无非是件马甲，皇帝真身一死，你就是块破布。魏忠贤一度权倾朝野，完全仗了天启帝对他放纵式的信任。天启帝一死，即位的崇祯帝杀他比踩死一只臭虫都容易——其实根本连踩都懒得踩，是扫地出门让路人踩死的。可见明代所谓权阉，和曹操、董卓甚至和唐朝那些真正掌握着皇帝废立生死的太监李辅国、仇士良比，完全是两码事，所以玩儿法也大不一样。

既然明白东宫这个属性，有远见的人就会提前布局，张居正、冯保这对内外组合便是一个成功范例。冯保早在嘉靖中期入宫，但他目光长远，知道嘉靖帝某天一死，他们这帮老奴就只能堕入冷宫，他必须提前布局。冯保的做法是一方面和东宫太监交好，一方面和讲习东宫的文官张居正交好。一般来说私人圈子是很难打进去的，虽然你是当权大太监，但东宫太监们恐怕也没那么容易接纳你这个外人。然而冯保又巧借张居正这个教师，直接和太子建立了联系，所以太子登基后也很信任“大伴儿”，让他这个前朝老奴继续担任太监头子，令原东宫的发小们都俯首听命于他。当然，张居正死后冯保失势，被他压制多年的原东宫太监们对他的报复也很严重，毕竟不是一起长大的小伙伴。

25

壬寅宫变——道姑菩萨镇压蜘蛛精

这世上逼得文官、武将、贵族、祭司、农民、商人各路英雄造反的昏君都有，但逼得自家宫女造反的，嘉靖老儿绝对是独一份。这次奇特的宫女造反还牵连了嫔妃、太医甚至外朝文官，不过个中详情只能沦为永久的宫闱秘辛了。我们且看李春芳是如何用《西游记》来演绎道听途说，蜘蛛精、蜈蚣精、赛太岁、朱紫国求医，其实都暗喻了这一事件引发的重重涟漪。

25.1 史上唯一宫女造反

嘉靖老儿崇信道术，最宠幸的一个道士叫陶仲文，此人也创下一个纪录：一身兼三孤（少师、少傅、少保），当然，这也是嘉靖帝故意破坏官制，试探文官的一个小动作。可惜他如此宠幸的首道却不是个真道士，而是知道他崇信道术，所以半路出家，扮作道士来邀宠的佞臣。他身边这样的人还很多，也难怪，真道士没那么奸佞，就是要这种专门来钻营的机灵鬼才能钻到心窝子里去。

陶仲文最大的功劳是帮久不生子的嘉靖帝诞下了龙子——别误会，不是“隔壁老陶”的意思，而是他进献了很多提升男性功能的药品和房中术，当然还装模作样地进行了很多斋醮祷告。嘉靖帝按策施用，果然很快就连生三子。老陶这套所谓房中术，很多是靠嗑了药之后虐待女性来刺激男性功能，这下后妃们可就惨了，到嘉靖二十一年（1542），嗑药大色魔已经换上第三任皇后了！两任皇后都是被他虐待死的——虽然我没有查到任何史料支撑她们的具体死因，但我就是要这样说，你不要为他辩护！其实宫女们也惨，老陶的一个方子是要用10多岁的处女经血炼丹，而且还要先饿她们几天，以保体质洁净，长身体的小姑娘很容易被饿死啊！诸如此类还不少，女性在后宫受欺压很常见，但这种虐待堪称嘉靖特色。

当时最受宠的是一位端妃曹氏，受封翊坤宫。嘉靖二十一年十月二十一日（1542年11月17日），大色魔临幸翊坤宫，折腾到深夜，端妃和很多宫女昏死过去，大色魔也呼呼大睡。但小宫女们可惨，因为按大色魔的养生之道，每天凌晨要去采蕉叶上凝结的甘露来喝。宫女们前夜已经被蹂躏，还要那么早起床去采露，再加上饿几天采处女经血之类的折磨，很多宫女都累倒、病倒。可能也有人故意散布了谣言，翊坤宫的几个小宫女就听说已经有宫女被这样折磨致死了，现在她们也处在死亡的边缘！为了保命，现在只能跟这个大色魔拼了！

在一位叫杨金英的小宫女带领下，姑娘们蹑手蹑脚来到大色魔睡榻。咦？难道他不应该抱着端妃一起睡吗？哦，端妃还昏厥在架子上没取下来，大色魔就自顾一个人睡了，你自己说是不是活该！

宫女们排好阵型，抱腿的抱腿，扯手的扯手，把大色魔五花大绑起来。大色魔惊醒呼救，杨金英顶着鼻尖说："这后宫的声环境设计得多好呀，哈哈哈！现在你就算叫破喉咙也没人来救你啦！"然后拿出刑具——一条黄绫布，勒在大色魔脖子上打一个结，十几个小姐妹一起猛拉！谁知杨金英打成了死结，勒不紧。姑娘们慌了，她们确实没有杀手经验，紧急对策居然是再打一个结，而且又打成了死结！这下彻底勒不死了，大色魔拼命挣扎，宫女们纷纷拔下头戴的钗、簪，往他身上乱插，直插得鲜血狂喷！但这样毕竟是插不死人的，有的宫女开始害怕，难道这真是"真龙天子"？一位叫张金莲的宫女跑到坤宁宫自首，大色魔的第三任老婆方皇后大惊，连忙赶来救下了已经昏死的老公。

宫女们见事已败露，四散奔逃，其中一位姚淑皋还打了三老婆（第三个皇后）一拳，但最终无处可逃，全部被捕。三老婆立即组织审讯定罪，据沈德符[23]的《万历野获编》记载，共有16名宫女参与，分别是：杨金英、杨莲香、苏川药、姚淑翠、邢翠莲、刘妙莲、关梅香、黄秀莲、黄玉莲、尹翠香、王槐香、张金莲、徐秋花、张春景、邓金香、陈菊花，另有一位宫女陈芙蓉阻止了弑君行为。但经查，另一位嫔妃王氏才是幕后主使，而且端妃也知情不报，疑似合谋，最终判决16名宫女并2位嫔妃弑君，依律枭首示众。

审判过程非常迅速，大色魔都还没醒过来，18位宫妃就掉了脑袋。也有人认为是三老婆借机铲除曹、王两位情敌，所以大色魔也对三老婆埋下怨恨，甚至有野史编造嘉靖二十六年（1547）火灾，大色魔故意阻拦消防人员，让三老婆烧死。事实上大色魔非常感激三老婆救命之恩，她只是碰巧在那一年病死了而已。大色魔后来还为她的祭祀礼仪问题和文官们又吵了很久，虽是"大礼议"的小过场，也足见夫妻情深。

由于那年是壬寅年，所以史称"壬寅宫变"，是嘉靖帝一生最难堪的一个丑闻，被绑在——哦，不——钉在历史的耻辱柱上。此事也被认为是嘉靖朝政治转向黑暗的一个标志，从此嘉靖帝更加崇信道术，整天藏在西苑炼丹，可怕的严嵩专政由此开启。

此案到底是宫女自发起义，还是曹、王二妃甚至外朝文官主使的阴谋，众说纷纭，我们也不探案了，只说李春芳是怎么把这么重大的一个素材写到《西游记》中，狠狠地讽刺荒淫暴虐的嗑药大色魔。当然，他所得信息也未必全然属实，细节也无非是道听途说。何况正如前文所说，太上老君故意让金角大王推送唐僧肉广告一样，有人还会故意向他这种人透露点假消息，借他来散布谣言呢。

25.2 朱紫国救活大色魔

取经团过了稀柿衕，来到朱紫国。该国人民颇有见识，不怕三兄弟相貌，反而围观取笑。后面的国度多属此例，可见越往西方，妖魔越是平常，他们的样子根本吓不到人了。

孙悟空了解到朱紫国王病重，正张榜求医，于是揭榜去当医生。这一段作者炫耀了一下医药方面的知识，铺陈了大量医药术语。不过恰如孙悟空所说，他让朱紫国把808味药都拿来，只是为了迷惑凡人，保密药方，真正管用的无非是半盏龙马尿。然后孙悟空又鬼扯了一通“王母娘娘搽脸粉、老君炉里炼丹灰”之类所谓药引。别人说委实没有，他说那就只要一点无根水，也就是天上降下尚未落地的雨水。

其实这正是陶仲文那帮假道士忽悠嘉靖老儿的把戏，经常拼凑些玄之又玄的药方、药引，一阵乱炼，炼出丹来就喂他乱吃。我通过咨询包括具有中医学科背景的多名生物医药工程专业人士，确信他们绝无利益相关地独立提供了客观资讯，从而认定：处女经血的化学成分无非就是人类血红蛋白，甘露、无根水也无非就是H_2O而已啊，有个屁用！但这样弄些玄虚就显得很高端，把迷信的大色魔给唬住啦。据我所知，明皇室始终没有得到老陶的核心技术，而明末陶氏后人创办的“陶逸堂”却成为中华百年老字号，至今还在冲击诺贝尔生理学或医学奖，可见技术保密做得很好，嗑药大色魔给老陶当了一辈子活体实验小白鼠，最终也未能窥得秘方。

经过孙悟空一番折腾，朱紫国王呕出来个带血的糯米团，病顿时好了！这时国王才识得神通，干脆将病因和盘托出，原来是三年前端午，他正和后妃吃粽子，突然半空出现个妖怪，自称赛太岁，听说他的金圣宫娘娘貌美，要拿去做压寨夫人。他只好将娘娘推出去，让妖怪摄走，自己受了惊吓，将那粽子哽在食道里，落下病根至今。

这朱紫国不同别国，有三位皇后，称金圣宫、玉圣宫、银圣宫。其实这不符中国传统婚姻制度，中国从来都是一夫一妻多妾，一个人同时只能有一位妻子，所谓“三妻四妾”是指三个不同时期的妻子，而非同时存在。比如嘉靖的方皇后就是典型的三老婆，但这必然是前两位老婆不在的情况下才会出现第三位。朱紫国生硬地设了三个皇后，其实是硬往“三老婆”这个概念上扯。

壬寅宫变时，大色魔被狂插昏厥，醒来仍口不能言，所以三老婆才趁机定罪，杀了他两位爱妃。当时有谣言称大色魔虽受了重惊，但不至于口不能言，是有医生趁疗伤给他下了迷药，好给三老婆留出杀情敌的时间。那您这么一传，谁还敢出头？一大群太医围着行将就木的大色魔没一个敢吱声，眼见就要一命呜呼，一位太医许绅站了出来！史载“气已绝。绅急调峻药下之，辰时下药，未时忽作声，去紫血数升，遂能言，又数剂而愈”。（大色魔气息已绝，许绅赶紧用猛药调治，早上七点下药，下午一点忽然作声，吐紫血数升，于是能说话了，又几副药痊愈）

你不是那么信道士吗？怎么这个时候还是靠医生？

许绅这个治法和孙悟空治好朱紫国王颇为类似，而且血是朱红色，大色魔吐“紫血数升”，难道这才是“朱紫”国名之义？不过大色魔好了，许绅却病倒了，他自己解释：“我没救了。当时宫变，我明白如果治不好，必杀身，因此惊悸，这不是药能治的。”果然不久病死，可见当时极度紧张的氛围。《西游记》当然不能写主角也这样治好别人自己就上了西天——嗳，不对——他好像确实也上了西天。

痊愈后国王干脆又托孙悟空帮他把金圣宫娘娘救回来，孙悟空应承，去侦查了敌情，却发现妖魔与国王并非没有交往。赛太岁将金圣宫掳去，还要国王提供宫女服侍，但寻常宫女进了妖洞，几下就被折腾死了，所以赛太岁三天两头来找国王再送。至于那金圣宫，妖怪倒并未沾身，因为她刚被掳，就有一位神仙来送了一件五彩仙衣，穿上如浑身长刺，摸都摸不得。这完全就是大色魔熬炼处女经血的演绎：女人不能碰，还三天两头折腾死。

这位送仙衣的神仙是紫阳真人张伯端，历史上是道教全真派南宗创始人（北宗创始人即吕洞宾、王重阳等），在哲学上是佛道合流的代表人物，功法上以主张“性命双修”著称，大色魔那一套很多源流于他，《西游记》中不少道教色彩的诗词也有抄袭他的嫌疑。所以明朝作者才把这位宋朝人（张伯端生于宋太宗太平兴国八年，卒于宋神宗元丰五年，983～1082）硬塞到唐朝背景的小说中，顺便把《说唐》也带歪了，写紫阳真人是唐高祖（李渊）之子李元霸的师父。

孙悟空发现赛太岁本领倒也稀松平常，就是有个紫金铃，是太上老君在八卦炉中锻造而成，可以发出三百丈的火、烟、沙，非常厉害。有人说这是太上老君故意把这宝贝放在这里阻挠取经，这倒未必，这应该是早就归属观音的宝贝，《西游记》中太上老君打造的宝物非常多，包括金箍棒、九齿钉耙都是，但早就给了别人用，并不负终身责任。孙悟空巧计盗得紫金铃，将赛太岁困在火海中，正待烧死，他老板观音来了。

观音解释妖王是她胯下金毛犼，而且他来此作怪的理由非常奇特，不是给朱紫国王降灾，反而是消灾。原来国王当东宫太子时，曾射伤了西方佛母孔雀大明王菩萨的一双儿女，佛母便说要他“拆凤三年，身耽啾疾”。金毛犼听了去，便跑来给国王“消灾”。现三年期满，她来收回。注意，佛母只是嘴上说说，并没有颁下指令，因为她并无这个权力，只是表露了私下打击报复的念头，一个奴才听了，赶紧就去给她办。当然，这奴才也顺便自己过了几年快活日子。

权力核心的私臣圈子正是如此，你得罪了她，她随口一说，自有奴才来打击你好向她邀功。不过金毛犼这事儿更有可能是观音私放家奴作恶，然后推脱给佛母。这个所谓“三年”之说毫无意义，万一取经团没在这个时点到达，或者孙悟空就不帮这个忙，那三年之后又三年，三年之后再三年，到底还有多少个三年？只是碰巧现在孙悟空戳穿了金毛犼在此的罪行，观音便想起三年前佛母丢过这样一句狠话，顺势推到她头上。您看，是在帮您的忙，您好意思再追我的责？

其实我倒觉得，朱紫国这一篇作者更像是在表达：紫阳真人在此用处女经血炼丹，观音为他提供保障，被孙悟空戳破后只好收摊，随口拉个佛母背书。

25.3 蜘蛛精是仙姑不是妖魔

离开朱紫国，取经团走了很久，忽见一座庵林，唐僧要亲自去化斋，猴、猪认为有事弟子服其劳，这不合师徒本分，这时沙僧说和，让师父去。唐僧充满爱怜地说："我买几个橘子去。你们就在此地，不要走动。"他为啥坚持劳动，想冲击劳动奖章？才不是呢，因为这里有好看的。徒弟们也只好目送他进了那座庵林。

唐僧进了庭院，见四个大美女在窗边做针线，"长老见那人家没个男儿，只有四个女子，不敢进去，将身立定，闪在乔林之下"。这话本身就是故意矛盾，他既然立定了，又怎么闪去乔林之下呢？然后唐僧就躲在林下仔细欣赏容颜，"少停有半个时辰，一发静悄悄，鸡犬无声"。唐僧是著名的没坐性，但看美女还是沉得下心来。看够一个小时，圣僧不惊扰四美，蹑手蹑脚往里走，果然又发现"比那四个又生得不同"的三个美女在踢足球。"三藏看得时辰久了，只得走上桥头，应声高叫道：'女菩萨，贫僧这里随缘布施些儿斋吃。'"具体是多久没详写，估计是看饿了不得不喊。所以后来孙悟空见了七个大美人，"笑道：'怪不得我师父要来化斋，原来是这一般好处。这七个美人儿……'"

七个美人儿非常热情，立即下厨，可惜都是荤腥，长老不吃。美人儿们便生起气来，将他五花大绑，悬梁高吊。"那长老虽然苦恼，却还留心看着那些女子。"唉，还看！大色魔被杨金英她们五花大绑时也没您这番爱美之心啊！女子又脱了衣服，从肚脐中喷出丝线，将庄园裹个严实，构造了一种类似后宫的静谧声环境，哈哈哈！现在你就算喊破喉咙也没人来救你啦！

然而不需要喊破喉咙，孙悟空在树上看到银光闪闪，便知有情况，立即来救，但见蛛丝绵软，不敢用强，将土地老儿拘出来问。这里有一段很奇怪的描写，说土地老儿"在庙里似推磨的一般乱转"，不敢出来见他。这其实是表达宫变时，有人已经知道了情况，却犹豫要不要站出来。最终土地老儿还是要出来，告知这里是著名的盘丝岭盘丝洞，住了七个妖精，也不知有多大神通，把上方七仙姑的浴池濯垢泉给占了，"仙姑更不曾与他争竞，平白地就让与他了"。说完

“那土地老儿磕了一个头，战兢兢的回本庙去了”。

为何这土地如此害怕？因为和许绅一样啊，这次不是寻常看病，而是被牵入后宫三千年未有之大变局。好吓人呐！

作者这里刻意模糊了所谓“七仙姑”，有人根据其他传说认为是玉帝的七个女儿，有人说只是王母娘娘的七个侍女，也就是大闹天宫时被孙悟空定住那七位。无论如何，必是天宫仙女无疑，她们为何平白将浴池让给七个妖怪？因为七对七打不过？当然不是。这濯垢泉亦非凡品，而是当年后羿射日，射落的九个太阳所化，绝非妖怪可以享用。就算七仙姑自身神通不济，难道天庭就平白割让？哪有凭宫女的武力保卫不动产的道理？所以很清楚，这是天庭安排给七仙姑洗浴的宝泉，这七个女子也并非赶走了七仙姑，她们就是七仙姑。蜘蛛原形未必是假，但蜘蛛修成仙体，到天宫当了宫女又有什么问题？古代宫廷人员除了在宫中宿劳，一般也在外购置别墅，至于帝王后妃的行宫，她们也爱去游乐，因为宫中礼节严苛，只有到了这些地方可以放松放松，甚至现出原形也没人管。当然，在这些地方游乐时，不能还打着皇家的招牌，所以散布个七仙姑让给七妖精的谣言，稍作修饰。

孙悟空心里有数，所以他不急于动手，而是先和师父一样偷看许久美女洗澡，然后很猥亵地偷了人家的衣服回来找师弟，号称偷了衣服女子无法起身，他们去解放了师父走路。猪八戒听说是七个美女，坚持要打了再走。其实孙悟空也是故意，既然偷了衣，赶紧就要去解放师父，还跑回来跟猪头废什么话？而且猪头“抖擞精神，欢天喜地举着钉钯，拽开步，径直跑到那里”。鏖战了许久孙悟空都不作为，其实就是故意唆使猪八戒去战。

果然那呆子去了哪里是要打，却是跳进浴池要和七个美人儿共浴。美人儿自然不肯，他便变作条鲇鱼，“只在那腿裆里乱钻”。将七个美人儿“都盘倒了，喘嘘嘘的，精神倦怠”。（真是封建糟粕，我都不好意思解释了！）大色猪玩儿够了，现出本相，威吓女子。其实女子真无凶心，听了大色猪亮明取经人身份，当即跪下求饶。无奈大色猪要打，她们只好赤条条地跳出水来，放蛛丝缠倒猪猡，然后又“赤条条的，跑入洞里，侮（捂）着那话，从唐僧面前笑嘻嘻的跑过去”。师徒俩总算看了个够。七女跑去一个师兄处避难，也没有掳走唐僧，只是留七个收作儿子的昆虫类小妖来挡一挡。七小妖理直气壮地大喊："我乃七仙姑的儿子。"确切说明他们的干娘就是七仙姑。不过小虫不是孙悟空对手，几下被踩死，徒弟们才解放唐僧继续西行。

这一篇写几个美女将唐僧五花大绑，显然是在调侃大色魔被宫女五花大绑。不过大色魔被弄得几乎丢命，唐僧绑起来啥事儿没有，还过足了眼瘾。别急，马上就让您进入大色魔当时的状态。

25.4 毗蓝婆是菩萨还是道姑

徒弟们解放了五花大绑的唐僧，继续西行，来到一座黄花观，一位正在炼药的道士客气接待。由于孙悟空没有说这里有妖气，可见这是正经道士，不是妖魔，只是不巧这正是那蜘蛛精的所谓师兄。

那道士听七位师妹诉了苦，愿给她们报仇，拿出他炼制的剧毒，放在茶里请取经团喝。孙悟空机警不喝，师父、师弟却当即中毒，进入大色魔当时的状态。孙悟空与道士和七个蜘蛛精打起来，不敌后逃出道观，又拘出土地，这次土地才告诉他是七个蜘蛛精。孙悟空对症下药，用鹿角叉破了她们的蛛丝。本来孙悟空抓住蜘蛛精，要与那道士交换人质，蜘蛛精也齐喊师兄救命。谁知那道士却说："妹妹，我要吃唐僧哩，救不得你了。"孙悟空大怒，将七个蜘蛛"尽情打烂"。那道士"见他打死了师妹，心甚不忍，即发狠举剑来迎"。

道士的剑法战不过大圣的棍，但他有个绝招，剥开衣裳，亮出两胁下千只眼，眼中迸放金光，将孙悟空罩在其中。孙悟空"慌了手脚，只在那金光影里乱转……他急了，往上着实一跳，却撞破金光，扑的跌了一个倒栽葱，觉道撞的头疼，急伸头摸摸，把顶梁皮都撞软了"。最后是变个穿山甲，地遁20里方才逃脱。"出来现了本相，力软筋麻，浑身疼痛，止不住眼中流泪"。

这时黎山老母主动来指点，说紫云山千花洞毗蓝婆菩萨可降这个百眼魔君，又名多目怪者。孙悟空按指引找到千花洞，"见一个女道姑坐在榻上"。这毗蓝婆既名菩萨，却作道姑打扮，她儿子是道家的昴日星官，也就是前次一声叫死蝎子精的二十八宿之一昴日鸡。很多人对这对母子到底属于佛教还是道教百思不得其解，其实这是一个罕见的进士出身的宫人，儿子又考中进士，所以这家子在外朝、后宫两边都有地位，有时插手后宫事务，格外厉害。毗蓝婆降服多目怪的兵器是在她儿子眼里炼成的一根绣花针，孙悟空一听，反应是“惊骇不已”。恐怕他当西厂特务这么久，也是第一次见识毗蓝婆母子这种内外眼线结合的厉害，也才猛省当初昴日星官收拾蝎子精为何那般利落。

毗蓝婆用绣花针轻松破了多目怪的金光，甚至让他目不能视，疑似刺瞎了双眼，又用三粒红丸救活了师父、师弟。孙悟空要打死多目怪，毗蓝婆说她洞里无人，要收这道士去看门。孙悟空当然同意，只是想看看这怪的本象，原来是条大蜈蚣。后来孙悟空和师弟论及，说昴日星官是只大公鸡，这老妈妈必是个老母鸡，鸡最能降蜈蚣，所以能收伏也。那这么厉害的蜈蚣，鸡神家族想必早就收了，所以今日不伤他命，照旧收回，理同观音的黑熊精。

沈德符[23]专门记载了宫人子侄高中进士的例子，整个明朝只有那么两三例，最有可能是毗蓝婆母子原型的当属景泰年间的成敬、成凯父子。成敬本是永乐二十二年（1424）甲辰科进士，馆选庶吉士，不幸被牵入汉王朱高煦（永乐帝次子）、晋王朱济熺（太祖第三子晋恭王朱棡之子）叛乱。本来被判流放充军，但成敬不愿累及子孙，要求改为死刑，宣德帝援引司马迁以宫刑替代死刑的古例，判处成敬阉割后送次子郕王府当太监。意外的是，郕王（朱祁钰）后来当了皇帝，即为景泰帝，成敬这位才高八斗的太监自然最受宠爱，入正宫为御马监太监、内官监太监（当时内官监是内宫首衙）。

史载成敬谦逊内敛，无论与后宫的太监、宫女还是外朝文官都保持着良好关系。宫人和文官文化层次差异巨大，思维方式和价值观都有很多冲突，但成敬作为一位进士出身的太监，对双方都有充分理解，所以常居中协调，堪称内宫外朝的黏合剂。景泰帝非常感激成敬的贡献，多次主动提出荫及子孙，但成敬都婉言谢绝了，也从不引荐私人，只是深居简出，洁身自好，不像很多太监、宫妃那样在后宫团团伙伙搞宫斗。

毗蓝婆是一位穿道袍的菩萨，应是隐喻成敬由文官转为宦官这种奇特经历。她的洞府非常冷清，孙悟空刚去时“直入里面，更没个人儿，见静静悄悄的，鸡犬之声也无，心中暗道：‘这圣贤想是不在家了。’”与动不动就八大金刚、五百阿罗、三千揭谛、无数比丘尼前呼后拥的佛祖、菩萨们的排场形成鲜明对比，显然是在赞喻成敬这位千古不遇的进士太监在后宫显得鹤立鸡群的高洁人品。

其实还有一位由进士转为浊官的人物离成书年代更近，他就是嘉靖十七年（1538）戊戌科进士沈炼，为官十分刚直，上疏弹劾权奸严嵩。严党定下奸计，将其调往锦衣卫，想让陆炳教训教训他，见识一下权力的黑暗，从此老实一点，他也成为史上唯一进士出身的锦衣官。然而沈炼丝毫不惧，继续揭发严党罪恶，最后严党诬陷他是白莲教妖人，定其死罪。但严党连续虐杀杨继盛、沈炼这样的义士，终于激起公愤，以致倒台。电影《绣春刀》男主角沈炼似乎就是以他为原型，不过沈炼的儿子没有再考中进士，所以我认为毗蓝婆母子应该还是暗喻年代更早的成敬、成凯父子。成敬拒绝了景泰帝荫及子孙的善意，而是严格要求儿子成凯，通过自身努力考取景泰二年（1451）辛未科进士。坚持不走荫官浊流，努力考中进士成为清流文官，这不就是昴日星官吗？

其实作者写昴日星官也有个大讲究。昴宿（Pleiades）在天文学上称“昴星团（M45）”，是西方七宿第四位，即在正中，最显眼。目前哈勃望远镜已确认星团内至少有280颗亮星，但在古代肉眼只能见七颗，所以又称“七姐妹星”。中国人曾在宋代之前某年观察到七姐妹中的一颗消失了，于是产生了许多“七小妹下凡”的传说，称这一颗下凡到了人间。比如黄梅戏《天仙配》便讲七仙女冲破天庭阻挠，下凡爱慕凡人董永，尤以唱词“树上的鸟儿成双对，夫妻双双把家还。你我好比鸳鸯鸟，比翼双飞在人间”最为经典。但至迟宋代已确认，只是昴宿六（Alcyone，金牛座 η）亮度较低，被看漏了而已。

在希腊星相学中，昴星团同样被称作“七姐妹星”，位于黄道十二星座之一金牛座的肩部。传说她们是月神阿尔忒弥斯的七个侍女，将宙斯之子酒神狄俄尼索斯抚养大。猎人傲来翁贪慕她们的美色，欲行轻薄，放猎犬追逐。宙斯念七姐妹抚育有功，将她们升上天空，遂成星相。明末西方天文学大行其道，尤其在李春芳这种高级文人中最为时髦，他不知是否道听途说了些，便写东胜神洲傲来国花果山人士（汉语可称“傲来翁”）孙悟空放猎猪追逐七姐妹，可惜没有宙斯来救，七姐妹被猪拱了之后又被傲来翁“尽情打烂”。

昴宿和七仙女渊源颇深，同时李春芳似乎也在暗示，毗蓝婆、昴日鸡娘俩成为跨断前朝后宫的大势力，尤善安插眼线（在眼里炼制武器、豢养多目怪），这多目怪正是他家安插在太医院的眼线。宫变时有许多谣言，称有后妃甚至文官是幕后主使，又称有医官趁疗伤给大色魔下了迷药，好留出时间来给三老婆杀情敌。李春芳显然采用了这些谣言，写唐僧被七仙姑五花大绑饱受一顿惊吓后，道士又下药毒倒他，孙悟空趁机打死了七蜘蛛，黎山老母暗示他请来毗蓝婆降服多目怪。当然，在朱紫国孙悟空又大展许绅的医神技能，让君王口吐紫血而痊愈。不久，他们都上了西天。

表11　小说情节与壬寅宫变史实的对照

小说情节	史实
朱紫国送宫女给赛太岁折腾	嘉靖帝送宫女给陶仲文熬炼
紫阳真人送仙衣保金圣宫贞洁	陶仲文要求取经血的处女体质清洁
唐僧被七仙姑五花大绑	嘉靖帝被宫女们五花大绑
唐僧被多目怪毒倒	谣传有医官趁机毒倒嘉靖帝
孙悟空趁唐僧毒倒，打死七仙姑	方皇后趁嘉靖帝毒倒，杀宫女并曹、王二妃
孙悟空妙药治好朱紫国王	许绅下猛药让嘉靖帝吐紫血数升复苏
朱紫国王吐出三年前端午哽下的粽子	许绅辰时用药，嘉靖帝午时方苏（三个时辰）
治好国王后孙悟空上了西天	治好皇帝后许绅上了西天

26

狮驼岭——再论私臣家属待遇

若说《西游记》中最气势磅礴的妖魔王国，当属青狮、白象、大鹏三大魔王构筑的狮驼国无疑。然而这只是一个和红孩儿类似的伎俩，只不过别人已经用过的不能再重复，如来这次的阵仗搞得更大，诚邀整个佛界共同见证他舅喜获正果。老鼠精也说自己是李天王的家属，既然所谓私臣是皇帝的私人关系，那私臣的家属呢？家属的家属呢？

26.1 气势磅礴的妖魔王国

取经团终于从可怕的壬寅宫变中走了出来，不过立即又步入一个更可怕的妖魔王国！太白金星主动守候在狮驼岭示警，这在取经路上异常罕见。但这也说明某些神仙非常清楚这伙妖魔的情况，只是不打算收伏，甚至都没向天庭报告，现在就是要取经团你们自己解决。

猪八戒去向太白金星变的老者咨询，听闻此处是八百里狮驼岭，内有一个狮驼洞，有三个魔头、四万七八千小妖，而且都是有名字带牌儿的，分工细密，组织完善，当即被“唬出屎来了！”孙悟空认为太白金星夸大其词，入洞去侦查，还把妖魔戏耍了一番。而且他在洞口见了妖怪训练的阵法整齐，反应竟是“这大圣心中暗喜道：‘李长庚（太白金星）之言，真是不妄！’”他知道这伙妖怪很正规，不是野妖怪。而且这么大的规模天庭也不管，说明是有关系有背景的人设的卡，如果真来刁难取经团没准儿还是有求于俺老孙——事实确也如此。只是听说大鹏有个阴阳二气瓶，能将人一时三刻化为脓水，稍微有点担心。

这个瓶确实带来了不小的麻烦，孙悟空入洞侦查被大鹏识破，捆起来放入瓶中，刚开始不说话，任何反应都没有。谁知这瓶装的声控开关，不说话没事，一闻得人言便放出龙、蛇、火攻击。孙悟空百般应付，不一会儿居然脚踝都烧软了，只怕确有性命之忧！这时，观音给的三根救命毫毛终于发挥了作用！猴子全身的毛都已软熟，唯独这三根还硬枪（硬朗如枪杆），连忙将其变作金刚钻，钻穿了瓶底逃得性命。这瓶儿本来“内有七宝八卦、二十四气，要三十六人，按天罡之数，才抬得动”。现在泄了阴阳二气，顿时成了废物。

这法宝威力倒是不小，但缺陷也多，一则没有主动攻击方式，二则过于笨重，有点像68吨的T-U构型热核弹头，其实没有实战能力，有人分析这是太上老君炼器的次品，被大鹏捡了来。这瓶儿也暗喻了官场上的一个潜规则：祸从口出。只要您别开口，什么事都没有，一开口得罪了人便遭打击报复，所以官场上练就了无数噤声不言的人。成化年间政治晦暗，高层被蔑称为“纸糊三阁老、泥塑六尚书”，鄙夷他们钳口不言的状态。不过就算在这种环境下失口获罪，万贵妃的三根救命毫毛也还能救你一救，说到底还是权力主宰一切。

孙悟空逃得性命，回去见了师父，说明这是一场超大规模战役，再次强调了他的军事指挥权，令沙僧留下保护师父，他率八戒前去搦战，三大魔王依次接战。他们先大战降服了老魔青狮，同意送唐僧过山。二魔白象却又不服，于途中设计偷袭，一度生擒八戒。孙悟空将八戒救出后又一番大战，用很多驯象的技艺降服了白象，“呆子举钯柄，走一步，打一下，行者牵着鼻子，就似两个象奴，牵至坡下”。这段描写颇有意思，明代御马监本职是驯养皇家礼仪用的驼马，设有马房、驼房、象房等。正德帝还建了一个豹房，传说甚至养过狮、虎等大型猫科豹属动物。马、驼自不必说，明皇室还爱用大象来承担一些礼仪，所以御马监也传承了很多象奴技艺。另外，御马监人手不足，遇到大型场合也需从锦衣卫甚至军队借一些仪仗人员。大象主要产自南亚，明代又引进了非洲象，均由海军走水路送至北京。所以这里信笔来一段御马监小太监和海军元帅联手驯象的小插曲，应该是李春芳这个江南人到了北京开的眼界，收入了写作素材。

老魔、二魔心悦诚服，愿送取经团过山，三魔却又不服，定计送取经团过狮驼岭，到狮驼国时再行擒拿。孙悟空升空侦查狮驼国，“见城池把他吓了一跌，挣挫不起”。原来太白金星说狮驼岭有四万七八千妖怪都是谦虚，老魔、二魔再厉害也是按妖怪的规矩在山里作怪，三魔完全霸占了一个人类国度，将全国人吃光，如今国中全是妖魔！而且豺狼虎豹们在这妖魔国度安居乐业，井井有条，天庭完全不管。“那大圣正当悚惧，只听得耳后风响，急回头观看，原来是三魔双手举一柄画杆方天戟，往大圣头上打来。”小妖已抓了唐僧去，三个魔头与三个徒弟捉对厮杀，最终技高一筹，将师徒四人都抓进狮驼国宝殿。

魔头畅谈吃唐僧肉的讲究，总之就是不能急着吃，要慢慢整治。吴闲云[10]认为他们很专业，甚至引申出大鹏是佛教高层，所以知道佛教五百年来靠吃唐僧肉渡劫的奥秘。其实正如前文所说，唐僧肉没什么神奇功效，他们这样无非是更合理地拖延时间而已。果然，他们像黄眉老怪一样，将师徒四人放在蒸格上便自顾去睡觉。拖戏男北海龙王敖顺又来了，他变作一条冷龙，护住锅底（可见他自己才是冷龙——当时羊力大仙是召唤他而不是在茅山炼制的）。孙悟空趁夜解放了师父、师弟，而且这一次他又说不能急着逃命不要行李，蹑手蹑脚去把马匹、行李偷了出来，但这一次没有惊醒妖魔，连看蒸格的小妖都保障了睡眠质量。

那怎么办？还能怎么办，当然只有魔头自己醒来咯！三个魔头不约而同醒来，凭空就说“走了唐僧”。小妖赶紧去看，果是走了。妖魔大举来抓，只走脱悟空一个，师父、师弟依然抓回。看来还是这帮妖怪训练有素，东宫那帮没经过实战锻炼的雏儿就是嫩得多。

魔头依然不吃唐僧，只是放谣言说等不得蒸，夹生吃了。孙悟空听信了谣言，大哭一阵后跑去找如来要个说法。到了灵山，守门的四大金刚喝道：“这里比南天门不同，教你进去出来，两边乱走！咄！还不靠开！”嘿嘿，有趣。国门可以随便进出，私苑反倒如此严格。有些人完全搞乱了国法礼制和私人关系，可以想象他们在公共权力和私人利益方面又是如何处置？

如来听完孙悟空哭诉，刚答了一句：“你且休恨，那妖精我认得他。”就等你这句！孙悟空“猛然失声道：‘如来！我听见人讲说，那妖精与你有亲哩。’”如来也意识到自己说漏了嘴，连忙喝止：“这个刁猢狲！怎么个妖精与我有亲？”如来本意只是说这妖精我认识，你别太狠，谁知被刁猢狲逮住了把柄，只好供出是他什么亲戚。原来老魔、二魔是文殊、普贤坐骑，金翅大鹏雕是如来干娘佛母孔雀大明王菩萨的弟弟，也就是他娘舅。这佛母整本书没露过脸，弟弟、儿女惹的祸却不少。这是后宫私臣自带属性，私臣本人在皇帝身边，或许还相对收敛，他的家属衙内在民间横行霸道起来，往往更加残暴无束。孙悟空现在也老练多了，其实三个魔头以动物形态出现，已经将身份透露给他，但他也不敞口乱说，而是逮住如来一次说漏嘴，顺势逼他承认是自己的亲戚犯罪。

如来点起五百罗汉、三千揭谛，并请过去、未来两尊佛和文殊、普贤二菩萨随行，堪称倾巢出动。青狮、白象见了主人，立即现原形回到主公胯下，大鹏依然不服，还要继续追打悟空。其实现在大鹏被灵山全明星阵容团团围困，已穷途末路，如来一声令下，瞬间可将他轰杀至渣。但佛爷又怎会这样对待自己的舅舅呢？如来把自己的头变成一块鲜肉，大鹏嘴馋来叼，被如来用手一指，使大法力困住了他。舅舅被困急，呵斥外甥。外甥说你在这儿只能犯罪，跟我去，还能加官晋爵。舅舅说出为何不去他那里当菩萨的缘故，原来是嫌西天吃素，太过贫苦，还撂了句狠话：“你若饿坏了我，你有罪愆！”外甥忙好言相劝，说“我管四大部洲，无数众生瞻仰，凡做好事，我教他先祭汝口。”大鹏才勉强给个面子皈依，做了佛祖驾前火焰护法。可见也是嘴上说不要，身体还是很诚实嘛。

西天取经就是因为如来管不了最富裕的南赡部洲，才挖空心思搞的一场戏，这里却大言不惭地说“我管四大部洲”，俨然全天下的肥缺任他支配，正如大闹天宫时口一张口便对猴子说他能决定谁当玉帝。这种领导就是善于夸大神通，让人觉得跟了他啥肥缺都能捞到。他这话不仅仅是说给大鹏，更是说给所有人听，提前宣示一统天下的愿景，勾动所有人的贪念，萌生跟着自己混的念头。

26.2 大鹏为何将天赋带到狮驼岭

很多人想不通，狮驼岭三大魔王中，金翅大鹏雕为何甘当老幺。

论身份地位，老魔、二魔是文殊、普贤的坐骑，而三魔却是如来的舅舅，跟两位哥哥简直是有阶级鸿沟的。太白金星说：“那妖精一封书到灵山，五百阿罗都来迎接；一纸简上天宫，十一大曜个个相钦。四海龙曾与他为友，八洞仙常与他作会，十地阎君以兄弟相称，社令城隍以宾朋相爱。”其实细看他的关系网倒不是高层，只是诸如佛教的五百罗汉、道教的星曜、阎王这个级别的中层，不过寻常妖怪都是被低层人员撵得满街跑的级别，能听说过中层的名字已经很了不起了，何况认识。

论本事，大鹏更在哥哥之上。三对三时，青狮对八戒，白象对沙僧，大鹏对悟空，这显然不是田忌赛马，而是双方切实的战力评估。而且以往孙悟空打不过至少能跑，筋斗云很少有人追得上。但这大鹏号称“云程万里鹏”，搧一翅就有九万里，搧两翅就能赶上猴子。所以这次是打也打不过，逃也逃不了，这样的妖魔在《西游记》中恐怕绝无仅有。更重要的是大鹏那种藐视权威的桀骜风姿，明明已经被擒，还当着全佛教的面，喝得如来连连放软，就算齐天大圣的巅峰也不过如此啊！所以大家就更想不通他为何甘居人下，敬陪末座了。

按小钻风（唐僧师徒在狮驼岭遇到的一个巡山小妖怪）的情报，最初只有青狮、白象是狮驼岭的山大王，而大鹏五百年前就占据了狮驼国，近年来打探到唐僧取经的情报，但怕一人战不过孙悟空，才上山找二位哥哥合伙。若说先来后到，他确实应该当小弟。但狮驼国的国力远在狮驼岭之上，就算要合伙，也应该是大鹏招安青狮、白象才对。就像美国觉得竞争不过苏联，所以拉了个北约，但北约也是以美国为核心，拉其它小国入伙，而不是美国屁颠屁颠地跑去认英法德当哥哥，所以大鹏为了扩充实力就甘当小弟依然说不通。

那他到底图个啥？其实也无非就是想借取经的机会在体制内混个正果而已，只不过被红孩儿抢了先，他不好依样画瓢，所以才被迫更费周折。大鹏虽然占据了一个偌大的狮驼国，吃尽一国老少，堪称妖界翘楚，但他的发展模式显然不可持续。你把一国人吃尽了，然后吃什么呢？狮驼国虽然建成一个气势磅礴的妖魔王国，但最基本的资源——人肉已然耗尽，其实已经维持不下去了，所以他只好去找姐姐帮忙："呐，老姐！你儿子那么厉害，快让他给老舅谋个出路啊！"

佛母："唉，弟呀！人家背景再硬的妖怪也只是做山大王，你跑去吃尽一国人，公然在国都里做妖！要不是神仙们都顾忌在你外甥背后捅刀子的嫌疑，没秉报玉帝，你那什么狮驼国早就被天庭剿灭啦！你现在还要给人家添麻烦，合适吗？"

大鹏："老姐！还当我是亲弟弟吗？这算啥麻烦，人家刘瑾、魏忠贤的七大姑八大姨都荫公诰侯，他呢？"

佛母拧个苦瓜脸："哎哟，我当你是亲爹行了吧！现在还是唐朝，别总拿明朝的死太监说事儿行不？"

大鹏："哼！舅舅不管，死心塌地地给他那什么狗屁徒弟金蝉子谋正果，有一小半心思放家里也好呀！对了，这金蝉子不是正在搞什么取经吗？老子去把他抓来，看他还管不管老舅！"

佛母吓得屏都开了，赶紧找到如来："儿呐！你就帮帮你舅吧，算干娘求你啦！"

如来长吁短叹："唉，也是我照顾家里人不周。不过说真的，他想借取经谋个正果这主意不错，取经可是玉帝老儿的大事，咱家已经趁机向他要了不少东西。嘿嘿，就顺便让他再把舅舅的工作解决了也不错呀！嗳！动作还得快点，要是让太上老君那个牛鼻子老道抢先这样做了，咱家也不好让人笑我偷学。"

这时文殊、普贤进来报告："秉报佛祖，太上老君借取经的机会，让观音菩萨给他私生子红孩儿解决了个善财童子的果位哟！"

如来大怒："还是被牛鼻子抢了先！观音倒是会做人情，连小牛鼻子都收。哼，你俩过来，好好合计合计。"

文殊："秉报佛祖，吾有一计，可为舅爷爷谋成正果！如此如此，这般这般……只是此法过于复杂，容易穿帮，灵不灵就只能求菩萨保佑啦！"

四位聚拢合十，齐声祷祝："南无大慈大悲观世……等等！好像有哪里不对！"

《西游记》设定孔雀、大鹏是万羽之长凤凰所生的一对儿女，那大鹏就是传说中的凤凰男，孔雀就是传说中的"扶弟魔"，这种姐弟溺爱有时比对私生子的溺爱还要严重。"扶弟魔"去找如来办凤凰男的事，如来本想："关我舅子事。"转念一想，嗳！还真就是关我舅子事！红孩儿也无非是在一个贫瘠山涧当当山大王，大鹏这种公然占据一个人界国度的做法，不光是《西游记》，在任何神魔小说中都罕见！这正是出于"扶弟魔"对凤凰男无原则的帮扶，所以大家以后相亲的时候一定要注意。

细看如来为大鹏解决正果的做法，其实和红孩儿的技术路线完全一致，只是为了以示区别，更费心思地包装了更多过场动画而已。不但需要青狮、白象来帮忙演演大哥，连过去佛、未来佛、文殊、普贤、五百罗汉、三千揭谛都来捧场当临时演员，无非是为了把戏做足。最终，青狮、白象回去继续当坐骑，大鹏却得了如来驾前火焰护法之职。第八十六回孙悟空训斥南山大王（花豹精）时提到一句："佛如来是治世之尊，还坐于大鹏之下。"似指大鹏的席位比如来更高。

表12　红孩儿与大鹏成正果过程比较

红孩儿	大鹏
太上老君私生子	如来佛祖干舅舅
在号山枯松涧为妖，欺凌山神、土地	吃尽狮驼国人，公然在人间建立妖魔王国
不和牛魔王、铁扇公主同居	投奔狮驼岭，给青狮、白象当小弟
阻挠取经	阻挠取经
极度侮辱观音	当众辱骂如来
降而复叛	降而复叛了三次
被观音设计抓捕	被如来倾巢而出，声势浩大地抓捕
喜获观音善财童子职位	喜获如来火焰护法职位

至于大鹏当年吃尽一国凡人的罪孽，再也无人提起了，估计佛教内部是把账算在他两位哥哥头上的，他只是从犯，不严重，不严重。乌巢禅师向唐僧预告西行路时有一段：“精灵满国城，魔主盈山住。老虎坐琴堂，苍狼为主簿。狮象尽称王，虎豹皆作御。”应该便是描述狮驼国，但他只说“狮象尽称王”，不提半个“鹏”字，显然是佛教集团当时就已经拟定了报告，将狮驼国这摊子事儿全算在狮、象头上，不影响大鹏的仕途，或许这才是大鹏不招安青狮、白象到狮驼国，反而将天赋带到狮驼岭的真正原因吧！

26.3 老鼠精说我也是家属

既然眼见红孩儿、大鹏相继获得正果，自然还有人打这个主意，取经团遇到一个山寨大王，她的手段集过往妖魔之大成，但细看全是山寨，毫无创新，所以最后也没能捞得便宜去。

取经团来到一片黑森森的原始森林，唐僧听得有人呼救，过去一看，是个女子被绑在树上，半截身子被埋在土里，这姿势透露了她的真实身份——半截观音，其实是个金鼻白毛老鼠精。半截观音向唐僧呼救，编造家人遇到强盗，被抢光了绑在这儿。这不完全抄袭人家红孩儿的说辞吗？不过红孩儿变个七岁小孩儿，她变个美艳女子。姐，这招真的已经用滥了——好吧，对唐师父还是挺管用。

救出她来，唐僧又说女子脚小不能走路，要徒弟背她。这第几次了？不过他这次不要孙悟空背，转要猪八戒背。您这是为了显示略有创新精神，不完全是山寨？取经团带着女子走了二三十里，来到一座镇海禅林寺借宿。唐僧生病住了三天，女妖每夜都偷吃两个小和尚，一共吃了六个。后来孙悟空变成小和尚戳穿了她，动起手来，不意被她摄了唐僧去。此妖抓唐僧的目的也不是为了吃，而是配合取元阳。三个徒弟去营救，这女妖本领倒也稀松，就是老鼠会打洞，在陷空山无底洞建设了一个庞大的鼠之地下城。孙悟空每次进去也找不到人，不料找到一个供桌，供奉着“尊父李天王之位”“尊兄哪吒三太子位”。

孙悟空见是熟人家属，便不再追打，直接上天告御状。李天王大怒，痛斥孙悟空诬告，因为他三个儿子都有正经工作，另有一个七岁女儿，都不可能下界为妖。他气得用缚妖索将孙悟空捆住，还拿出砍妖刀要砍猴头。哪吒急忙用斩腰剑架住砍妖刀，反倒把李天王吓了一跳，以为他要弑父，连忙将如来赐的黄金宝塔托在手中，才细细听他说来。这里作者岔开讲了一下李天王的家事。

托塔天王李靖及其子哪吒三太子，也算是家喻户晓的神话人物，不过他家流传的事迹更多以《封神演义》为主，和《西游记》有较大出入。《封神演义》写李靖本是殷商陈塘关总兵，有三个儿子金吒、木吒、哪吒。哪吒实为女娲娘娘护法童子灵珠子转世，所以天赋神通，幼时下海洗澡，杀了东海龙王三太子敖丙，并在天宫阻截上访户龙王敖光（《封神演义》里头东海龙王叫敖光），将其痛殴。龙宫大兴索仇，哪吒为了不连累父母，自戕谢罪。其师太乙真人用莲花化身，收其魂魄复活。后李家归属武周伐纣，功成道教神仙。燃灯道人（佛教的过去佛燃灯古佛）赐李靖一座七宝玲珑塔，用于镇压变作妲己的九尾狐，故称托塔李天王[72]。

但在《西游记》中，哪吒的事迹就没这么感人了。《西游记》并未交代李家的详细来历，只说李天王长子金吒，做如来前部护法；二子木叉，做观音护法，法名惠岸行者。这个三子哪吒，同样有下海洗澡的情节，但祸事远没有杀了龙太子那么大，只是踏倒水晶宫，捉住蛟龙要抽筋。注意，捉的只是普通蛟龙，不是龙太子，而且也只是要抽，尚未实施，龙宫也并未来寻仇。但“天王知道，恐生后患，欲杀之”。哪吒怒而用刀割肉剔骨，还了父精母血，魂魄跑去西方极乐世界告佛。如来以碧藕为骨，荷叶为衣，收其魂魄复活。后来哪吒收降九十六洞妖魔，成为佛教大将，来弑父报仇。李天王求告如来，如来“赐他一座玲珑剔透舍利子如意黄金宝塔，那塔上层层有佛，艳艳光明。唤哪吒以佛为父，解释了冤仇”。所以这两父子心存芥蒂，甚至担心对方有杀身之念[1]。哪吒神通高，但李天王有佛赐的宝塔镇压儿子，这种父子关系在中国人看来可谓扎心。

在《西游记》中，李天王家是典型的佛教神仙，为何市面上普遍误解他家是道教神仙呢？其一是《封神演义》设定他家是道教神仙，仅就哪吒一家的事迹而言，《封神演义》的影响比《西游记》更大；其二则是众多读者对《西游记》中天庭、道教、佛教的关系理解有误，认为李家在天庭任职，所以便是道教神仙；其三可能是李天王的形象糅合了唐代名将李靖[38]，历史上的李靖便官至卫国公、兵部尚书，相当于国防部长。

其实在《西游记》中，李天王的工作是天宫卫戍部队，“御马监的真相”一章我们讲过，明朝的禁宫卫戍是皇帝私兵，不是正规明军，李天王的几个儿子都在佛祖、菩萨手下供职，所以李家是典型的内宫私臣而非外朝文官，这自然是佛教而非道教神仙。不过如来、观音收了李天王前两个儿子任职，偏偏将关系最恶劣的那个留在他身边，甚至让两父子随时担心对方杀自己，这便是私臣头子分化瓦解，在下属中制造矛盾对立的卑鄙权谋手腕了。

不过这一次哪吒倒不是想弑父报仇，而是解释了这个老鼠精确实是李天王的干女儿。原来她三百年前成精，在灵山偷吃了佛祖的香花宝烛，所以号称半截观音，下界为妖又名地涌夫人。当年如来差李天王父子天兵捉拿了偷吃的妖精，本该打死，如来却饶了她一命。这估计是由于李天王父子求情，所以老鼠精感天王父子恩情，认作干爹、干哥哥，设牌位供奉。不过显然李天王没把她当回事儿，以至于忘了个干净，甚至牌位摆在眼前都完全想不起，直到哪吒作证才信。李天王当即认错，急请旨下凡去助孙悟空降妖，很快抓住老鼠精。结果呢？给她弄个善财童子还是火焰护法？想得美！哪吒捆了她，带回去问罪，“老怪也少不得吃场苦楚”。

应该说老鼠精亦步亦趋地模仿红孩儿、大鹏，并且略去了侮辱神仙的一环，为何结果迥异？我想她至少犯了三个错误：

①她的背景远不如红孩儿、大鹏硬。李天王的能量还不足以和太上老君、如来佛祖相提并论。

②她和“背景”的关系也不及红孩儿、大鹏亲密。红孩儿是太上老君的儿子，大鹏是如来的舅舅，她却只是单方面认的一个干女儿，连李天王都不记得她了，这让领导怎么帮你？混私臣圈子，不管什么关系，常走动很重要。

③她的事不幸捅到了玉帝面前。哪吒说：“这是玉旨来拿你，不当小可。我父子只为受了一炷香。险些儿‘和尚拖木头，做出了寺！’”当然，这本质上还是关系太软，大鹏作的恶比她严重多了，愣是没捅到玉帝面前，连乌巢禅师都帮着打掩护。

说到底，老鼠精千错万错，最终错在关系不够硬。到此就要说说在《西游记》的设定中，李天王到底是个什么角色？

有些分析说李天王是天庭的国防部长，这简直太高看他了。国防部长，那就是明朝的兵部尚书？要知道明代最伟大的抗击英雄于谦也就才当到兵部尚书（不过彼时尚未形成完善的内阁制，尚书已是文官极致）。而且尚书是典型的文官，不是武夫。宋明以来推行文官掌兵，兵部尚书这个职位是清流文官的上品，绝无旁落之理。李天王多次带兵打仗，其实都是带的天宫卫戍，不是对外的野战军，相当于明朝锦衣卫或御马监辖下的腾骧四卫、勇士、旗军等皇帝私兵而非正规明军，《西游记》中出现过的正规军有且仅有猪八戒一人。按天庭神仙的设定，大致三清是内阁大学士，四帝是六部尚书，李天王虽算得上核心私臣，但在四帝面前还不够看，他只是个私兵体系中的将领而已。

那李天王具体算玉帝私兵体系中的什么角色呢？首先，他肯定够不上锦衣卫一把手这个级别；其次，他也不像是御马监的太监。玉帝私兵中比较明确的是四大天王，显然是腾骧四卫的指挥使，但若说李天王是他们的领班就不太符合明军的编制思路了。腾骧四卫是四个相对独立的卫所，其上并没有一个都指挥使统领，而是分别直辖于御马监。就像五军都督府是五个相对独立的督府，理论上统领它们的大都督不实授，五府分别直辖于皇帝（实质上是内阁）。事实上，“托塔天王”这个名号和佛教四大天王中的北方多闻天王（毗沙门天王，Vaiśravaṇa）是重叠的。在佛经中，毗沙门天王就是四大天王的领班，而且唐宋对天王的信仰集中于毗沙门天王，而不包括另三位。

传说唐玄宗天宝年间，有一次西凉城被蕃军围攻，不空三藏法师念经诵佛，毗沙门天王在空中出现，放出一批金鼠，咬断了敌军弓弦，唐军得以获胜。唐玄宗（李隆基）得报大喜，敕令以后军营中都要建一个天王堂，供奉毗沙门天王。唐宋一直保持了这个传统，《水浒传》林冲雪夜上梁山前，就是住在河北禁军沧州草料场的天王堂中。同时，毗沙门天王是印度教和早期佛教的财神，手持黄金宝塔，所以唐宋毗沙门天王的形象是手持黄金宝塔，带有金鼠。看来印度人不忌讳“硕鼠”这种说法，财神公然养鼠。后来中国人觉得不太对劲，至明末《封神演义》，托塔天王从四大天王中独立出来，剩下的那位毗沙门天王沦为四大天王之末，四大天王的形象定格为分别手持琵琶、宝剑、灵蛇、伞和银鼠。汉传佛寺也受此影响，其实已经偏离佛教原典很远了。

托塔天王李靖可以肯定是天宫卫戍部队的高级将领，地位可能在四大天王之上，和御马监关系密切，也和老鼠有极大渊源。但在长期的流传演变中，托塔天王和原本毗沙门天王的重要伙伴——鼠渐渐失去了联系，或许这就是作者写李天王忘了小老鼠的灵感吧？

26.4 私臣家属的失控滥封

作者花了不少笔墨写私臣的家属待遇问题，本来明朝有完善的荫官制度，但随着私臣权力膨胀以及法度废弛，这个问题逐渐失控。

功臣荫及子孙本是一种优秀的制度设计，但荫及的名额须有法度控制，否则便成暴政。明代第一次出现私臣名额大规模失控是成化帝绕开选官制度，直接授了上千名官职，称“传奉官”，主要授予万贵妃及其座下太监、宫女的亲属。成化二十一年（1485），首相商辂率内阁、九卿（六部、都察院、通政使司、大理寺九个部门的长官）、六科给事中（专管奏事的言官）、十三道监察御史联名进谏，极论传奉官之弊。成化帝有所省悟，同意停止错误做法，并裁撤了之前滥授的传奉官。

第二次当属嘉靖朝陆炳当红时期，锦衣卫由一个理论上编制5600兵的卫所，扩充为至少6万名堂上官、十几万兵员的庞大组织。在锦衣卫的带动下，另几个荫官衙门尚宝司、中书科、上林苑监也出现了恶性膨胀。

有意思的是，刘瑾当权时期并没有出现滥封荫官的情况，这个底线他偏偏守住了。但魏忠贤掀起第二波阉党行情时，滥封家属的问题彻底失控。就拿他本人来说，天启二年（1622），魏忠贤刚刚得宠，其叔魏志德授都督佥事（正二品武职），外甥傅应星授左都督（正一品），侄魏良卿授锦衣指挥佥事（正四品），署南镇抚司。之后随着不断“立功”，荫及的范围和程度都不断加大，天启六年（1626）半年间，魏忠贤家族就获荫锦衣卫指挥使（正三品）4人、指挥同知（从三品）3人、指挥佥事（正四品）1人。至天启七年（1627），魏家已累计有17人荫及锦衣卫指挥使，同知、佥事、镇抚使不可胜数。他的族孙魏希孔、魏希孟、魏希尧、魏希舜、魏鹏程，以及一大帮姻亲均官至都督、都督同知、都督佥事等高级军职。侄子魏良栋、侄孙魏鹏翼尚在襁褓之中，竟已得授太师、少师！最亲信的侄子魏良卿初任锦衣指挥佥事，5年间屡封肃宁侯、宁国公，后来甚至代天子主持祭祀。魏忠贤本人的家属如此滥封，其座下的太监、宫妃可想而知。

私臣给家属额外荫官的方法主要是叙功。理论上功勋是比科考更高贵的得官路径，但叙功这种方式毕竟比考试主观得多。选官方式越客观严格对平民越有利，越主观灵活对权贵越有利。早年大家都有底线，随着时光的侵蚀，标准越来越“灵活”，直至失控。阉党分子向魏忠贤邀宠的手段就是冒功，把很小一件事说成魏忠贤的大功，奏请朝廷封赏。修成一座宫殿，说成魏忠贤的功，这还勉强说得过去。后来边镇修成一座堡垒，也说成远在北京的魏忠贤主功；抓住一个间谍，也是深宫里的魏忠贤的功；编成一部书，也是文盲魏忠贤的功……

归功于权臣是奸党邀宠的一大法宝，比如你干成某件小事，本来正常论功可官升一级，但只要你归功于魏忠贤，他拿到手可以让自己的子侄官升五级，你也可以官升三级。这似乎是帕累托最优状态，所以阉党纷纷钻营献功，由是封赏泛滥。论功行赏本来理所当然，但任何无规则、无边界、无约束条件的所谓制度，最终都只能走向发散。你和魏忠贤的子侄都额外多升了官，国家和人民就增添了额外的负担，更是让那些真正的功臣寒心，所以这并不是帕累托最优，而是对社会的严重侵蚀。

其实叙功都还算是比较高端的理由，像红孩儿、大鹏这些人根本连功都没有，装一个投降的过场，就杀人放火受招安了。至于老鼠精这种还没成功的更是数不胜数，这代表了这种机制冒头后，全社会形成钻营幸进的风尚，这样一个社会必将走向沉沦。很多人总结明朝灭亡的原因，认为世袭藩王制度是一个重要因素，因为藩王开枝散叶，到明末成了一个庞大群体，国家要负担沉重的藩王俸禄，所以筹不够赈灾款，甚至连镇压起义的军费都筹不够。其实这种印象不是很准确。

明代不即位的皇子可封藩王，但藩王也仅有嫡长子一人可以世袭这个王爵，其余子侄不能像西方封建领主那样获封较低的公、侯爵位，所以不存在开枝散叶。明代的藩王世系其实并不多，《明史·诸王世表》清楚地记载了全部世系：太祖有23子封王；懿文皇太子（朱标）有3子封王，但均未世袭；建文帝无子封王；永乐帝有2子封王；洪熙帝有8子封王；宣德帝仅2子，即明英宗、景泰帝，无子封王；明英宗有7子封王；景泰帝无子成年；成化帝有10子封王；弘治帝仅1子，即正德帝；正德帝无子；嘉靖帝仅1子封王，且未世袭；隆庆帝仅1子封王；万历帝有4子封王；泰昌帝仅2子成年，即天启帝、崇祯帝，无子封王；天启帝无子；崇祯帝殉国，明朝终。

满打满算，明朝共55个藩王世系，且大多没有世袭到明终。很多人说藩王几何级数式地开枝散叶超出了太祖的想象力，其实55个世系比起太祖所建的23个世系也就翻了一倍多一点点，也别把他的想象力说得如此贫乏吧。

作为一个在袁隆平之前就人口上亿的超级帝国，这种世袭规模即使比起现代人口只有6000万，贵族世系就上万的英国也算很少很少的了。只是中国早在宋朝就废除了世袭藩王制度，明朝来恢复显得是开了历史倒车。具体到财政负担，藩王的俸禄不可谓不重，但明中后期很多世系已经断了，而且拖欠俸禄的情况也很严重，并未全部实发。真正负担沉重的恰是那些滥授的传奉官、锦衣官和宠幸宦人的家属，动辄数以万计，一人一千两就得几千万两。更可怕的是这些人不仅仅是虚领俸禄，还要侵入国政，他们在市场经济中发挥的负面影响就难以用俸禄来衡量了，这才是真正压垮大明王朝的最后一船稻草。

27

人民的名义——佛道相争下的凡人

佛道相争，最终指向是争夺凡人信仰。在西天取经这个利益重置的大工程中，凡人的统治权被重新切割，他们虽然弱小，但不可能一点都不发声。同为统治者，毕竟统治方法和理念大不相同，尤其是在考虑凡人的情绪方面。就在取经团临近灵山之际，作者突然连续安排了比丘（小儿）国、灭法国、天竺国、凤仙郡求雨、铜台府地灵县寇员外等好几个凡人场景，便是在表达不同政治派系的驭民之术以及人民对他们的回应。

27.1 小儿国里寿星老儿长寿的奥秘

取经团过了狮驼国，来到一个奇怪的比丘国，进门时守门军士便说：“此处地方，原唤比丘国，今改作小子城。”进城一看，是个非常繁华的大城，怪的是每家每户门口一个鹅笼。这当然不是表达该国正在推动以畜禽养殖业为抓手的现代种养循环农业转型升级，而是每个笼里都装了一个5～7岁的小孩儿，所以军士才戏称本国改名小子城。

进城后，唐僧向驿丞打探这是在干啥，却得到一个可怕的答案！原来是国王无道，听信了一个国丈进献的秘方，要1111个小儿的心肝煎汤作为药引，可千年不老。

这真是罕见的暴政，中国有这样的皇帝早就被推翻了，但这个国度似乎老百姓的耐受能力足以承受如此暴政而秩序不乱。唐僧声泪俱下，要求徒弟们一定要制止这样的暴行。猪八戒立即回答说不关我们的事，我们换了关文走路罢，还抛了一句名言：“君教臣死，臣不死不忠；父教子亡，子不亡不孝。”这就是我们口语中“君要臣死，臣不得不死”的渊源。很多人把这句话作为批判儒家愚忠思想的素材，其实这句话在任何儒家经典上都找不到出处，它的出处就是《西游记》——猪八戒说的。儒家恰恰提倡的是“民贵君轻”，对于这种虐民、害民的暴君，应天下共讨之。桀纣虐民，汤武革命，孟子不称其为弑君，而盛赞其“诛杀独夫民贼，顺乎天而应乎人”。

孙悟空答应唐僧，说第二天去面见国王，看看那国丈是人是妖，同时趁夜请来神祇，将1111个小儿都藏起来。谁知第二天一去就惹火上身，那国丈果是妖邪，而且他识得唐僧是金蝉转世，告诉国王小儿丢了就丢了，现在有更好的唐僧肉。

孙悟空偷听到消息，赶紧回去连喊：“师父，祸事了！祸事了！”其实他还没说出是什么祸，但唐僧料定是和小儿心肝有关，只怕会遭打击报复，竟立即“唬得三尸神散，七窍烟生，倒在尘埃，浑身是汗，眼不定睛，口不能言”。想见义勇为这心理素质也太差了点。作者又继续调侃他，说孙悟空想了个师父徒弟身份互换的办法，唐僧立即说：“你若救得我命，情愿与你做徒子徒孙也。”你也太没气节了吧！孙悟空变作唐僧模样去顶包，但唐僧也要变作他的样子才不会露馅。孙悟空变唐僧好变，唐僧变孙悟空的法子却是用泥巴做个脸壳，贴在脸上。孙悟空让猪八戒去和些泥来，猪八戒居然是用钉耙筑了些土，然后撒泡尿和成泥。这把猪尿泥贴在脸上，唐僧到最后都说猪骚味有点重。

国王果然派来三千锦衣卫，将孙悟空变的假唐僧请去皇宫。假唐僧先表演了一下剖胸验肺，把一连串五彩心肝掏出来，把国王吓得口不能言。国丈也认出齐天大圣，两人现了原形开打。这妖怪本领稀松平常，藏身之地也不隐秘，被孙悟空轻松找到，就待打死，他老板寿星老儿赶紧跑来，原来这妖是他的坐骑白鹿。

和通天河的鱼篮观音一样，寿星救了坐骑转头就走，自然被孙悟空“一把扯住道：‘老弟，且慢走，还有两件事未完哩。’”一是去收伏这妖怪献给国王的美女，原来是个白面狐狸精。孙悟空进洞去打死妖狐，出来时正见寿星老儿摸着鹿头在说悄悄话，“行者跳出来道：‘老弟说甚么？’”寿星连忙说：“我嘱鹿哩！我嘱鹿哩！”这显然是事情败露，抓紧串供。然后第二件不用猴哥多说，寿星自觉提出去见比丘国王。

寿星见了国王，解释说之前和东华帝君下棋，这白鹿趁机溜来此间作怪。事实上，白鹿已经来了三年，我们之前说过“山中方一日，世上已千年”是仙界放出的谣言，这白鹿分明就是三年前寿星派来执行任务的，任务就是搜集大量小儿心肝，为寿星熬炼长生药。神仙的长生长寿，有的是靠自身修炼，但也少不了吸食他人精血者。寿星是神仙中的高科技代表，炼制长生药的方法很多，可能还在不断试验，这就需要更多凡人供他做实验品。

那唐朝人口更多，寿星为何不去，却在这个小国辛苦熬炼，还被御马监纠察了？这正是作者的辛辣笔法。因为显然这种暴政在中国是待不住的，莫说贞观盛世，就是五代乱世，中国人的底线也不至于允许公然取1111个小儿心肝来煎药。然而中国著名圣君唐太宗却要派取经团不远万里去西方取经，这种欺骗比1111条人命更令人不忍直视，连白鹿精第一次接见唐僧时都忍不住讥笑佛教。

说到此又需辨明的是，这个比丘国到底是佛教还是道教国度？寿星这个大恶贼是佛教还是道教神仙？很多人认为寿星是道仙，他这么残暴是《西游记》扬佛抑道的表现。这确实理解反了。寿星和玉帝一样，既非道教也非佛教神祇，只是一种民间传说。有人说寿星就是道教四帝中的南极长生大帝，更是谬以千里。且不说道教典籍有对四帝的清晰记载，根本与福禄寿三星无关，就《西游记》中，孙悟空对寿星一口一个“老弟”，猪八戒敢扑在他脸上撒泼打滚，您确定这是四帝的仪从？孙悟空就算还在当齐天大圣时，也知道“见三清，称个‘老’字；逢四帝，道个‘陛下’”。断然不是对寿星这个态度。何况若寿星是四帝之一，那福星、禄星呢？显然没法对等啊！

既然寿星是个非佛非道的散仙，那问题的关键就在于比丘国是佛国还是道国？比丘，您说这是佛还是道？这种佛国（暗喻玉帝私臣势力，并不是指真正的佛教）才支持领主对人民如此残酷的压榨，寿星这种野路子神仙在道教国家（暗喻李春芳心目中正统的儒家治国）根本吃不开，只好找比丘这种佛国来进行非法勾当。海盗、毒贩都会找一些乱七八糟的国家尤其是几国交界的三角洲地带建立基地，正是此理。

若说神仙坏不坏？当然坏。统治者对人民的压榨重不重？当然重。但客观地说比丘国遭到这么残酷的压榨，很大程度上也是他们自己造成的。取经团进城来，打听这是怎么回事，国人皆钳口不言，生怕惹火上身。统治者常常就是利用人民这种麻木不仁，来实施越来越严酷的剥削统治。

27.2 灭法国必须改成钦法国

取经路上最莫名其妙的一难就是这个所谓灭法国。该国国王特别憎恶佛教，号称要杀1万个和尚，已经杀了9996个，还差4个，简直是为取经团量身定做。

项目经理观音亲自变作老妇来报信，不过她可不是来提醒唐僧绕道走，恰恰相反，唐僧提出绕道走，她却说绕不得，除非飞过去。然而不能飞是玉帝给西天取经钦定的基本法，唐太宗也规定了每到一国要去盖章，观音亲自来提醒恰恰是在向取经团提出强硬要求：必须进城去。

孙悟空想了个歪主意，让取经团扮成贩马的客商，牵着白龙马，挑着担进城投了个客栈。然而他又很诡异地要求店家提供一个大柜子，强要取经团都睡在柜子里。师父、师弟都不解猴子在搞什么鬼，不过都走得累了，倒头便睡。这时猴子才开始故意大声说他们贩马赚了几千两银子（以隆庆开海前的银价，5000两白银约合2018年人民币2500万元）。师父、师弟都睡了，他这话说给谁听呢？当然给柜子外的强盗咯！这好好的一个客栈，居然混进来20多个强盗，听柜子里说有几千两银子，哪还按捺得住，偷了柜子扛着就跑。

这下唐僧当然醒了，嗔怪孙悟空出了馊主意。孙悟空说没关系，就让贼这样把他们扛到西天也不错呀。但贼不走西门，却往东门。为什么呢？因为这伙哪里是普通的贼，分明就是暗中监视取经的揭谛、丁甲、伽蓝他们变的。孙悟空最大的爱好就是屠杀不长眼的凡人盗贼，多次因此遭到唐僧责骂甚至驱逐，但这一次却安坐柜中，因为这根本就是他和护佑队拟定好的计划，要搞个大新闻。

盗贼杀死守门军士，冲出东门。城内官兵出城来追，按说他们已经冲出门，跑到荒郊野外谁也找不到了，他们却莫名其妙地扔下柜子落荒而逃。若说扔下笨重的柜子还勉强可说，白马可是逃跑的好工具，他们居然不骑，也扔在原地。有人说这白马是真龙化身，凡人骑不了。作者为了避免您这样想，立即写总兵见白马神骏，弃了自己的马，骑上白马，得胜回朝。可见白马是很好骑的，盗贼不是骑不了，就是故意把取经团包括行李、马匹完整地扔给官兵。

这时孙悟空才开始他真正的行动，用毫毛变了万千个小悟空，趁夜去把国王、宫妃、大臣的头都剃光。这些人一醒来就大惊失色，尤其国王“摸摸头，唬得三尸呻咋，七魄飞空”。这剃发既有侮辱之意，又暗含威胁——既然能梦中剃发，自然也能梦中割头，所以国王才如此惊吓。其实这里离灵山已经很近，屠杀佛徒，遭到佛祖的打击报复很正常，他可能认为这就是佛祖的警告来了。这时取经团从柜里走出，吓得他连连求饶，甚至要拜取经团为师。孙悟空又说了那句常用语：“保你皇图永固，福寿长臻。”国王又求唐僧赐个国名，孙悟空接过话头，将灭法国改为钦法国，这一关就过了。

27.3 玉帝要凤仙郡拜佛才下雨

取经团进入天竺国境内，首先到了一个凤仙郡，此地非佛非道，直接供奉玉帝。按说这符合中国传统政治理念，中国皇帝就是希望亿万人民直接听命于他一人，最怕有人投充给门阀贵族，导致尾大不掉，威胁皇位。这也是宋明以来的正统，所有官员通过公正的科举考试选拔，而不是通过权臣荐举，理论上都直属于皇帝而相互不存在人身依附关系。但除了清流正统，事实上还存在不少浊流旁路，玉帝现在就是在扶植浊流，抑制清流，这也是嘉靖帝穷极一生的努力方向。

取经团一进城就看到一个聘请法师求雨的榜文，署名是“大天竺国凤仙郡郡侯上官”。孙悟空又像车迟国故意问三清是什么菩萨一样，问“郡侯上官”是什么意思？众官告诉他上官是这位郡侯的姓氏，孙悟空“笑道：‘此姓却少。’”猪八戒也像车迟国一样卖弄知识：“哥哥不曾读书，百家姓后有一句上官欧阳。”孙悟空的见识可比猪头强多了，他岂能真的不知。上官氏虽然人口不多，但在历史上却声名赫赫。汉武帝（刘彻）托孤重臣中就有左将军上官桀，后被另一位托孤重臣霍光所杀。上官桀的孙女（同时也是霍光的外孙女）上官凤儿6岁嫁给汉昭帝（刘弗陵），15岁成为皇太后，保持着史上最年轻的皇后、皇太后纪录。唐代最著名的一个门阀世族便是上官氏。上官仪是唐初名相，后因反对武则天被杀，但其孙女上官婉儿却成武则天最宠幸的女官，虽无宰相之名，却有宰相之实，被誉为史上唯一女相国。孙悟空不可能没听说过这样显赫连猪八戒都知道的一个望姓，无非是观察到这城市破败，敏锐地察觉到此地恐怕得罪了上天，装作不识。

此地已三年滴雨不落，1斗粟要卖100两银子（约是隆庆开海前正常米价的8000倍[67]），1束薪柴5两，10岁女孩换米3升，5岁男随便牵走，因为人民已经饿死2/3，根本养不活了。唐僧提出要帮帮这一城生民，孙悟空觉得求个雨有何难，便一口应承。郡侯大喜过望，千恩万谢。

孙悟空召来东海龙王，请他下点雨。龙王恳切说明了情况：龙王并无私自下雨的权力，须有上天诏旨才能照点数行雨。其实这也是《西游记》的常识，孙悟空也不为难龙王，径上天宫去跑关系求雨。结果一去才知此事没他想的那么简单，原来三年前那位上官郡侯在祭拜玉帝时漫不经心，跟老婆吵架时推翻了供桌，还唤狗来把地上的供品吃了。玉帝难得出门一次，碰巧撞见了，于是罚凤仙郡停雨。惩罚的期限更是古怪，玉帝在披香殿设了一座10丈高的米山，让一只拳头大的小鸡啄米；设一座20丈高的面山，让一只哈巴狗舔面；设一只一尺三四寸长的金锁，让一盏小灯燎着锁梃，要等鸡嗛米尽，狗舔面尽，灯燎断锁梃，才恢复下雨。孙悟空“闻言，大惊失色，再不敢启奏，走出殿，满面含羞”。

在中国这种典型的科层制官场，很多事儿就是这样，越往上捅越难挽回。但毕竟官僚都是拿工资的，有得商量。只要在某个层级把工作做通，他不再往上捅，就算在他这一级压下来了。最怕的就是捅到底——到了皇帝面前，往往再难挽回。哪吒捉拿老鼠精时，就说你这事儿已经捅到玉帝面前，就算是我亲妹妹也保不住了——何况还不是。孙悟空常打着玉帝最宠幸的御马监小厮旗号，让很多官比他高得多的大神买账，但这个旗号唯独在一个人面前无效——玉帝本人。所以这次他才“大惊失色，再不敢启奏”，想到夸下的海口，不由得“满面含羞”。

其实封建社会交通、通讯不发达，皇帝很容易被蒙蔽——就算有了玉帝的千里眼、顺风耳也一样，奸臣自会制造很多假相来蒙蔽昏君。不说别人，嘉靖老儿整天藏在西苑炼丹，外界信息来源仅限于那帮西苑私臣，而这帮人又精于制造假相，把颠倒黑白、混淆忠奸当作历史任务。之前八十七回，作者对玉帝的正面描写不多，虽然从深入分析可以看出他扶植佛教来平衡道教这个大的龌龊做法，但从细节上还不能断言他是明是昏。不过就在凤仙郡这短短一回，我们无疑可以将他明确定性为一个昏君、暴君，而且气量狭小，望之不似人君——对了，他本来就不是人君，而是神君。

就在孙悟空一筹莫展之际，四大天师笑哈哈地说出了解决之道，只需孙悟空去劝善即可。这话说得比较含蓄，孙悟空是和尚，他劝善自然是劝人皈依佛教。孙悟空回凤仙郡将前后事体说明，上官郡侯恍然大悟，诚心悔改，如唐太宗一般大办佛会，请唐僧念经。“一壁厢又出飞报，教城里城外大家小户，不论男女人等，都要烧香念佛。”

孙悟空再上天宫，在天门便“早见直符使者，捧定了道家文书，僧家关牒，到天门外传递”。护国天王告诉孙悟空都不用觐见了，直接到九天应元府去请雷神开始筹备降雨。其实这位雷神天尊才是道教四帝之一的南极长生大帝，主管雷府（九天应元府），不是寿星老儿。天尊虽未得玉帝旨意，但也同意派出雷将随孙悟空去准备布雷，可见他也知道条件已经具备，玉旨即刻就到。凤仙郡人民见到久违的雷电，更加勤奋念佛。那壁厢玉帝也得了直符使者和凤仙郡土地的奏报，敕令降雨三尺零四十二点。稍微有点不好意思地指出，这个雨量不叫洪涝，这叫海啸，石鹿公表达人民苦盼逢甘霖的心情过于澎湃了点。

为何一拜佛玉帝就下雨？如果认为《西游记》的设定是玉帝统领道教，如来统领佛教，佛道相争的话，就根本无法理解。但根据我们的解析，佛、道都只是玉帝治下的派系，这就很好理解了，玉帝就是明确要这个地方皈依佛门，才给下雨。民间都知道祈雨是道士的本行，凤仙郡估计也请了不少高明道士，只是不见效。原因很清楚，道士走的是正规流程，向雷府投递请示文书，雷府呈报给玉帝，玉帝批准，风雨雷电各部门就开始下雨，但这次玉帝不批了，所以正规流程走不通。那他怎么才肯批呢？凤仙郡这一回玉帝亲自给出了答案——道教报给朕不批的事，找佛教帮你运作。

走政府的正规流程，皇帝卡着不批，找太监私下说和，他就给批了。

这样一来，大家就知道正规流程只是个表面过场，决定性因素还是找太监运作，于是政府的权威下降，太监的实权上升。玉帝（嘉靖帝）一直搞的就是这么场戏，只不过凤仙郡这一场做得最露骨，皇帝用性命逼着老百姓投向阉党阵营，到底算什么级别的昏君呢？明朝后期，兴起了一股为当权太监建生祠的风潮，形成有问题不找政府，而到生祠求诉太监的行情。皇帝知不知情？嘉靖、万历、天启这些皇帝老儿清楚得很，但他们恰恰乐见此情此景，因为太监才是他的私奴，找太监才是找他私人。所以魏忠贤狂建生祠，甚至扬言要加九锡、从祀孔庙，没有皇帝在背后搞凤仙郡这类小动作，怎么可能流行得开。

有意思的是那位上官郡侯，孙悟空一开始装作不认识的这个姓氏，其实也有所讽。宋太宗（赵光义）有一句著名的《戒石铭》：“尔俸尔禄，民膏民脂。下民易虐，上天难欺。”刻在所有地方政府门口，诫勉地方官不要认为下民好欺负，上天（朝廷）可不好欺骗哟！但上官郡侯倒不是有心虐民，却是得罪了上天，现在上天要虐下民，怎么办？上官郡侯一口一个“下官”，暗讽所谓的朝廷命官根本代表不了朝廷（上天），反而要因为他个人的一个小失误，为下民带来巨大的灾难，灾难的源头却是人民寄予了最后希望的上天。

单纯的人民总爱说：“管你是佛是道，能为老百姓谋福利的我就支持。”但玉帝这种统治者很容易诱拐人民。凤仙郡人民请了那么多道士祈雨屁用没有，一拜佛雨就来了，这也是摆在眼前的事实，那当然只有感恩戴德地走向陈家庄、小儿国的发展路径了。

27.4 寇员外被地藏菩萨耍了

地藏王菩萨是佛教著名善人，尤以“我不入地狱谁入地狱”“地狱不空，誓不成佛”这样的豪迈誓词深得中国人民赞颂。但《西游记》不是弘佛故事，而是充满谎言的官场小说，这一次地藏也一展巨骗风采。其实佛教欺骗寇员外的手法和当初骗唐太宗如出一辙，只不过执行人上次是观音，这次是地藏，恰是最负盛名的两位菩萨，讽刺意味更浓。

取经团在灵山前仅800里的铜台府地灵县遭了一难，这里有一位寇洪员外立誓要斋满万僧，目前已斋了9996位，正缺取经团这四位，套路和灭法国一样。

那此地是否佛法兴盛？其实也不是。唐僧在城里化斋时，市民告诉他：“寇员外家，他门前有个万僧不阻之牌。似你这远方僧，尽着受用。去！去！去！莫打断我们的话头。”很不礼貌，可见佛教氛围很差。寇员外更是把取经团当宝一样供起来，这一方面是他正好缺了4个数，但另一方面也说明他斋僧24年才斋够9996名，就连4个和尚也很宝贵啊！

取经团在寇家好吃好喝了几天，圆满了寇员外的功德，启程告别，才走了四五十里，就遇到夜雨，只好在一座破庙住下。灵山脚下750里处还有破庙？真可怜呐！另一边祸事便发了，一伙强盗跑到寇家行劫，一脚踢死了寇员外。只有寇夫人目睹了盗贼踢死丈夫的场景，但她却污蔑是取经团所为，向铜台府刺史报了案，刺史当即差人来缉拿唐僧。巧的是取经团一早赶路，居然在西路上遇到了正在分赃的那伙盗贼！盗贼们也认得唐僧，又来抢他们。

孙悟空已经在灭法国放过了一伙凡人盗匪，这次呢？当然又放过咯！他用定身法将他们定住，又变出30条绳索捆住他们，结果居然连官府都不送，直接又放走了。唐僧却傻乎乎地带着强盗抢的寇家金银往回走，结果遇到官兵，这下人赃并获，扔进牢房。孙悟空一直用旁白解释这是因为唐僧该有这一夜牢狱之灾，所以也不争辩，就让唐僧关进了地灵县监狱，然后自己变作小虫出去执行真正的任务。

孙悟空装神弄鬼，先后骗了寇夫人、刺史、县官，让他们重新核证，雪了唐僧的冤屈，然后他号称要当着所有人的面，让寇员外活过来。他设想的办法本不复杂，去地府找到寇员外还魂即可，然而他到了阴间却得到两个截然不同的答复。阎王说寇员外阳寿未尽，冥府并没有派过鬼使去勾他，不过同时也透露寇员外自己去见地藏了。孙悟空去翠云宫找地藏，地藏却说寇员外阳寿已尽，但看大圣的面子，我再给他延寿一纪（12年），并让悟空将寇员外魂魄带回阳世。

寇员外到底是不是生死簿上阳寿已尽，所以一命归阴？阎王和地藏的说法是矛盾的，他们谁在撒谎？我认为显然是地藏。

首先，阎王没必要撒这种谎，生死簿在他们手上，需要的时候改就是了。相反，地藏有给人延寿的权力吗？他只是佛教派驻在地府的代表，相当于内宫派驻在监狱的代表，可以监督狱官，所以容易和狱官私下勾结，有很多间接权力，但毕竟没有改刑期的直接权力。就算有直接权力的阎王，要改刑期也得经过一套程序，哪有地藏这样一句话就延寿一纪的道理？或许地藏一句话就可以让阎王启动这套程序，那也得启动啊！他这样直接把魂魄交给孙悟空带走，只能说明寇员外本来就还有一纪阳寿，所以地府没有用正当程序去勾魂，只是被地藏非法拘禁了而已。至于那些踢死寇员外的强盗，其实就是监视取经的揭谛、伽蓝，所以孙悟空根本不找他们的麻烦。

地藏策划这场戏的目的是什么呢？不就和观音欺骗唐太宗一样吗，也是为了欺骗寇员外，其实是通过他演一场戏欺骗铜台府的所有凡人，促使他们信佛。

事实上，这个寇员外24年前就已经是佛教在当地打造的信仰示范户，只是效果一直不佳，当地依然没有建立起稳定的佛教信仰，所以这次才借取经团路过的机会再来一场大戏。细究这寇氏发家史，其父寇铭本来经营不善，“不上千亩田地，放些租帐，也讨不起”。请注意，寇铭的主业是放账，也就是所谓高利贷，这在古代是合法但受人鄙视的营生。但可悲的是寇家连放高利贷都收不回，可谓倒霉到家。寇洪20岁继承了家业，娶了一个旺夫的老婆，“种田又收，放帐又起；买着的有利，做着的赚钱，被他如今挣了有十万家私”。40岁时寇洪诚心向佛，立下了斋满万僧的弘誓，24年来至今。

为何寇夫人如此旺夫，寇洪又将人生的转折归功于佛？其实很简单，这位寇夫人是佛教派来旺夫传教的。佛教没本事保佑你走正途发财，也就只能操作下高利贷之流的不仁之财了。寇夫人旺了夫就劝夫信佛，并大搞斋僧行动，这种推广活动有一定效果，但看来还不够。现在孙悟空来了，佛教策划一场大戏，由揭谛、伽蓝假扮盗匪让寇员外提前12年横死，地藏直接收容魂魄，寇夫人制造唐僧冤案，闹得满城皆知，孙悟空再当着满城凡人的面将寇员外复活，更是轰动全城。这一次佛教的宣传效果，总算上了一个台阶。

27.5 通关文牒上的天竺国印呢？

凤仙郡、铜台府地灵县以及玉华州、金平府（此二地问题较大，后文单独章节讲）都是天竺国郡县，佛法并不兴盛，所以佛教用了很多推广手段。那天竺国最高层呢？很遗憾，也不太好。为此，如来亲自动了手脚。

唐太宗要求唐僧每到一国都要倒换通关文牒，盖上该国印玺，证明确实走过。这也是取经的正统手续，有些妖怪就想抢夺通关文牒，自己拿着去取经。最终唐僧取经归来，将文牒呈报太宗御览，“牒文上有宝象国印，乌鸡国印，车迟国印，西梁女国印，祭赛国印，朱紫国印，狮驼国印，比丘国印，灭法国印；又有凤仙郡印，玉华州印，金平府印。太宗览毕，收了”。

我们很容易发现一个问题：牒上有狮驼国印，却没有天竺国印。狮驼国不是都被大鹏吃光了吗？就算大鹏自立为狮驼国王，还保管着印玺，但当时大鹏被如来头顶变化的鲜肉吸引，被困佛祖金光中，随即带回灵山，并没有腾出手来帮取经团盖这个印。

通关盖印，是取经的要事，每一次作者都非常郑重地描写了盖印的细节，没有写盖印的场景，那就说明确实没有盖。天竺国盖印的场景写得还挺别致，第九十三回，玉兔变的假公主想取唐僧元阳，孙悟空用“倚婚降怪”之计，让唐僧假装同意，骗得天竺国给他们盖了通关文牒，之后才戳穿公主是妖邪假变，可见对这个印的高度重视。唐僧委身做了驸马，到了12日会喜（入赘女婿在丈人家住

12日，女子出闺来相见的婚俗），国王确信唐僧愿留，才让三位徒弟呈上文牒给他们盖印，“行者称谢，遂教沙僧取出关文递上。国王看了，即用了印，押了花字，又取黄金十锭，白金二十锭，聊达亲礼。八戒原来财色心重，即去接了。行者朝上唱个喏道：‘聒噪聒噪！’便转身要走”。

一路上给取经团送钱的倒也不少，唐僧一律不收，要收只收衣物、干粮。这次绕开了他办的这道手续，徒弟们高高兴兴地收了一笔大钱，爽！作者故意用这么别致的方式，让读者对天竺国这次独特的盖印手续留下深刻印象——然而最终通关文牒上却偏偏没有。

这当然不是作者写错了，他就是想表达通关文牒被人做了手脚。谁呢？只能是如来。唐僧见到如来，“将通关文牒奉上，如来一一看了，还递与三藏”。就是这次细看之间，做了点手脚，抹去天竺国印，加上了狮驼国印。

他这样做无非仍是在推广佛教信仰，狮驼早已灭国，就算重建也是由佛教主导，所以要向大唐宣传一下这个佛国。至于天竺国，历史上是佛教的发源地，但在《西游记》的设定中却很不信佛。首先，天竺国王强纳一个和尚为婿，说明他并不尊重教规。其次，天竺国王纳了唐僧为驸马，却礼数不周。驸马在宫中待够了12日会喜，孙悟空来见时，“见他那师父在旁侍立，忍不住大叫一声道：‘陛下轻人重己！既招我师为驸马，如何教他侍立？世间称女夫谓之贵人，岂有贵人不坐之理！’国王听说，大惊失色，欲退殿，恐失了观瞻，只得硬着胆，教近侍的取绣墩来，请唐僧坐了”。显得异常失礼，完全不同一路小国对高僧的礼遇。灵山大雷音寺在天竺地界，想必也很为天竺国这种态度头疼。

天竺是个大国，佛教只能慢慢在其郡县推广。但在搞定天竺之前，至少不能让唐太宗知道灵山所在的这个大国尚且不信佛，不然大唐难免产生怀疑。所以佛教抹掉了天竺国印，却机警地盖上了被佛教搞定的几个天竺郡县印，最后唐太宗也认可了。

28

翰林讲师——活剐高素质狮族

取经团在玉华州卖弄法宝神通，好为人师，结果吸引了一堆狮子精，引出了《西游记》中展示实力最强的妖怪——九灵元圣（太乙天尊的坐骑九头狮子）。他抓孙悟空根本不用第二招，口一张就轻轻衔来。这伙狮子精更是全书修养最好的妖怪，与人类公平买卖，共同发展，但结局却最惨，被剐成一二两重的肉块分给全城人吃。他们及其背后的主人太乙天尊代表了明代礼法文章的最高水平——翰林讲师，作为进士出身的官方帝师，他们和皇帝的私臣集团关系也很微妙。

28.1 玉华州对佛教异常轻慢

取经团过了凤仙郡，来到玉华州。此地异常富庶，“白米四钱一石，麻油八厘一斤，真是五谷丰登之处”。这恰是后世传闻唐太宗“贞观之治”的物价水平，也是宋明以来“盛世”的一个标杆。对比成书年代，隆庆开海后出现严重白银通货膨胀，米价约35钱一石，即便隆庆之前，米价以白银计也应该不低于10钱一石[67]，可见玉华州真的是超级富庶。

那这个富庶之地是否信佛？取经团刚进城，不知去处，忽见树丛里走出一个老者，唐僧上前问路。老者答：“我这敝处，乃天竺国下郡，地名玉华县。县中城主，就是天竺皇帝之宗室，封为玉华王。此王甚贤，专敬僧道，重爱黎民。老禅师若去相见，必有重敬。”“三藏谢了，那老者径穿树林而去。”

首先，这老者行径古怪，走出树丛，报告完毕又走回去，好似每次遇到厉害妖魔前专程来报信的神仙。若说狮驼岭这等穷凶恶极之处报报信尚可，如此富庶人间需要吗？其次，老者说这里是玉华县，但后文皆称玉华州，通关文牒上的

“玉华州印”更是错不了，说明老者地名不熟，绝非当地人。最后，老者说玉华王“专敬僧道”。此话属实？很遗憾，完全不属实，恰恰是他不太敬僧，所以才需要神仙专程来督促取经团去做工作。

取经团进城，无一人接待，他们自己找到王府，唐僧进去盖章，八戒问：“师父进去，我们可好在衙门前站立？”唐僧说：“你不看这门上是待客馆三字！你们都去那里坐下，看有草料，买些喂马。我见了王，倘或赐斋，便来唤你等同享。”三徒弟进馆坐下，馆里差役不管不问，“只得让他坐下不题”。

玉华王倒不吃拿卡要，爽快地给唐僧盖了章，并让典膳官带师徒四人到暴纱亭吃斋。这就有点寒碜了，这个暴纱亭只是王府外面一个浣洗了粗纱后暴晒的地方，根本不是待客之所。九寺中的光禄寺是负责国家宴会礼仪的专门机构，一路上国家无一例外由国王在光禄寺宴请取经团，这当然有看在大唐钦差的份上，但玉华州见是和尚，连唐太宗的面子都不给了。有人说这里不是国都，没有光禄寺，那也不应该在什么暴纱亭啊。而且玉华王不但不作陪，殿上见三个徒弟貌丑，还面带惧色逃回王宫去向儿子告状，说唐朝钦差圣僧带的徒弟是妖魔，小王子竟然持兵器前去搦战，可见对和尚何其无礼。

也正因如此，取经团才觉得此处的佛教推广太弱，破天荒地在城里卖弄神通，三兄弟驾起祥云，在半空中来了一段军体操汇演。这架势当然足以唬住凡人，“满城中军民男女，僧尼道俗，一应人等，家家念佛磕头，户户拈香礼拜”。玉华王一家这时才隆重邀请取经团到王府正堂重新摆宴，由玉华王和他的三位小王子宴请，这才是基本的礼数呀！之前都干啥去了？三位小王子更是当即要拜师学艺，巧的是他们的兵器是齐眉棍、九齿钉耙、乌油黑棒子，正好和金箍棒、九齿钉耙、降妖宝杖一一对应，那当然就是一人拜一个师傅咯。取经团不但这一次军体操汇演取得良好宣传效果，还留下嫡传的徒儿在此长期传教，这次的功果可不小呀！但孙悟空就能高枕无忧，放心西去了吗？不，还差一点。

靠卖弄神通引得一城军民拜服，这对传教来说还不够，毕竟人民信仰的根源还在于幸福的生活，而不是要要把势再加一阵吹嘘就能叫长效机制。孙悟空真正忧虑的是还没有找到玉华州风调雨顺的根本原因，他必须找出来并摧毁掉，再让人民祈求佛教保佑。

师兄弟三人收三位小王子为徒，但凡人拿不动他们的兵器，于是交给铁匠照样打造。结果夜间三样神兵放起冲天霞光，吸引了离城仅70里的黄狮精跑来偷走。第二天不见了兵器，猪八戒暴跳如雷，要打死铁匠。唯有孙悟空气定神闲，劝住八戒，说凡人不可能抬得动他们的兵器，问玉华王附近是否有妖怪？玉华王支支吾吾，说城北豹头山虎口洞“往往人言洞内有仙，又言有虎狼，又言有妖怪。孤未曾访得端的，不知果是何物。”孙悟空“笑道：‘不消讲了，定是那方歹人，知道俱是宝贝，一夜偷将去了。’”

孙、猪的情绪反差极大，盖因猪头真以为兵器丢了，伤心欲绝。猴头却笑对兵器被偷，因为妖怪见兵器放光便来偷走，恰是入了他的陷阱。为何说这是他刻意设下的陷阱呢？

第一，对于一名武士来说，兵器已经和生命融为一体，岂能这样轻易离身；

第二，作为一名建筑和机械专业交叉学科的工科生，我可以很专业地告诉您：无论在建筑还是机械工程中，我们都是按设计图纸施工，而不是照着实物做。实物上又没标注尺寸，工人的眼睛不是激光测距仪；

第三，这三样兵器平日带在三人身上，从来没有这样放过光；

第四，暗中监视取经的功曹、揭谛、伽蓝是24小时连班倒的，并非入夜就不管。

种种可见，其实是孙悟空及其背后的佛教势力故意将兵器摆在铁匠铺放出冲天霞光，吸引附近的妖怪（神仙）来偷，堪称钓鱼执法，目的是引出保一方平安富庶的神力，将其终结，不管你是野妖怪还是天庭在编的神仙——如同车迟国的三个道士。黄狮精第一夜就来上钩，难怪孙悟空笑得和镇元子一样开心。

28.2 修养最高的遭千刀万剐

说到《西游记》中修养最高的一伙妖怪，玉华州的狮子一族当之无愧。

豹头山离城仅70里，孙悟空前去侦查，路遇黄狮精派出的两名小妖刁钻古怪、古怪刁钻进城来买猪羊，为他治“钉耙会”，庆祝近期得了一个美人儿和三样神兵器。这妖怪要猪羊，不偷不抢，却发了20两银子给小妖进城去买，这素质相当之高。孙悟空打死两小妖，和猪八戒变作他俩，又让沙僧扮作贩猪羊的客商，赶着猪羊进洞。到了洞口，黄狮精见客商上门，有点奇怪。孙悟空告诉他20两银子不够，还欠人家5两。黄狮精二话不说，立即让小妖拿5两出来补足，真是公平交易，遵守市场秩序，素质太高了。孙悟空又说这客商一则是来取钱，二则也想见识一下“钉耙会”。这下黄狮精大怒，痛骂孙、猪变的俩小妖，说这兵器是偷来的，怎敢请外人来看，你俩不是给老板找麻烦吗？但怒归怒，对小妖也只是骂骂，没有动粗，而且还真的耐着性子把客商请进了洞，还亲自导游讲解，这修养也忒高了！只不过他将九齿钉耙放在正中，列为头牌，取名钉耙宴，这品味可能差了点。

相比之下，猪八戒修养反而很低，见了钉耙就忍不住现原形，冲上去抢回兵器。孙、沙也只好跟猪队友统一行动，双方正式开打！黄狮精武艺似乎不弱，能以一敌三，但战斗多时终究不是对手，往东南方（翰林院相对紫禁城的方位）逃窜。猪八戒本来想追，但孙悟空阻止了他，因为来路上他们撞见黄狮派出的一个小妖，拿请帖去东南方竹节山九曲盘桓洞请一位九灵元圣祖翁来参会，并透露一共请了近40位（翰林官人员规模）不低于黄狮的妖王。孙悟空知道这是一个庞大的狮王家族，所以纵狮归山，让黄狮将整个家族引出。作者对黄狮精这种修养的描写其实就是古典小说中对“仁君”“父母官”的通用桥段，意指狮族这种待民之道正是当地繁荣富庶的根源，玉华王也早就和黄狮熟识，所以孙悟空问时支支吾吾。现在孙悟空的目标是将这窝狮子捣毁，才能换上佛教信仰。

果然，黄狮去向祖翁哭诉，九灵元圣根据描述判断出这三个和尚是孙、猪、沙，笑道你怎么惹上了孙猴子这个闯祸精，不过还是同意替他出气，点起猱狮、雪狮、狻猊、白泽、伏狸、抟象诸孙，可谓倾巢出动，来攻玉华州城。双方先在城下进行了一场公平战斗，取经团三个徒弟迎战黄狮率领的猱狮等六狮。此战非常精彩，因为这一难并非天庭高层为取经设置的表演，甚至都不是为了吃唐僧肉，而是孙悟空故意挑起事端，妖怪一方倾力出战。战了半日，猪八戒率先不支，被猱狮、雪狮生擒，孙悟空、沙和尚也战败。不过孙悟空临败不乱，用毫毛变作百十个小猴，一时乱了追兵阵脚，反而擒了狻猊、白泽二狮，疑似诈败诱敌之计。

翌日，双方押着俘虏到阵前再战，这一次九灵元圣亲自出手。他这一出手可不得了，完全是碾压级的实力。九灵元圣显出原形，是个九头狮子。狮子本以威风凛凛的鬃毛著称，九个头的狮子更是气冲霄汉，张居——哦不，九头鸟真得好好学着点。除了气势威武，九灵元圣的机动性也超强，趁孙悟空、沙僧与五个狮子精在城下苦战，他轻轻一跃过了城墙，入城“张开口把三藏与老王父子一顿噙出，复至坎宫地下，将八戒也着口噙之。原来他九个头就有九张口，一口噙着唐僧，一口噙着八戒，一口噙着老王，一口噙着大王子，一口噙着二王子，一口噙着三王子，六口噙着六人，还空了三张口，发声喊叫道：‘我先去也！’”这时孙悟空也突然展示了真实实力，用毫毛变出千百个小猴，瞬间将五个狮子抓住，并在乱军中将黄狮打死。

由此我们可以清晰地看出，黄狮这一辈狮王远不是孙悟空对手，之前完全是在陪他们玩儿。孙悟空在取经路上确实严重隐藏了实力，就算他和独角兕、黄袍怪、红孩儿等妖魔单挑实力，确实在伯仲之间，但身外分身和这招毫毛变小猴就近乎耍赖，真打起来根本没多少人扛得住，但他每次都跟人单挑许久不分胜负。当然对方往往也留了绝招，比如孙悟空第一次用此招时，黄风岭黄风洞黄风大王（灵山脚下一只黄毛貂鼠）吹出三昧神风，“就把孙大圣毫毛变的小行者刮得在那半空中，却似纺车儿一般乱转，莫想轮得棒，如何拢得身？”其他妖怪未必没有类似技法，所以说大家都没有使全力，单挑一整天往往只是耍猴戏。

但就黄狮等七位狮王而言，显然没有克制孙悟空的战法，孙悟空之前迟迟不拿下他们，只是在故意拖延。九灵元圣则更诡异，他让黄狮带六位狮孙出战，自己趁机端了敌方大本营，这招看似有理，但你有必要抓了六个人就退回老巢吗？放在阵后看押不就行了，自己还可以继续上前作战。他倒好，不但不把新抓的俘虏放在阵后，反而将原本押在阵后的旧俘虏猪八戒也一并带回洞中。你是赢家，有必要逃那么快？他这一跑更将几位孙儿抛在危险的战场上，孙悟空似乎就在等这一刻，先假装顶着几个狮孙，还让猪八戒遭擒，待到九灵元圣抓走六个俘虏，他才突然发威，将狮孙全部擒下。这怎么看都是双方主帅在互送俘虏。

只是双方对待俘虏大不相同。九灵元圣将六个俘虏捆起来，不打不骂，孙悟空这厢却已将黄狮剥了皮。九灵元圣刚回洞，并无任何情报却“低头不语，半晌，忽的吊下泪来，叫声：‘苦啊！我黄狮孙死了！猱狮孙等又尽被和尚捉进城去矣！此恨怎生报得！’”似乎已经知道孙悟空将如何对待俘虏，这更像是事先商量好了要把孙儿们送死。

孙悟空带着沙僧到洞前搦战，九灵元圣也不披挂，也无兵刃，“把头摇一摇，左右八个头，一齐张开口，把行者、沙僧轻轻的又衔于洞内”。

轻轻地，我张口了。轻轻地，我把猴子抓了。

九灵元圣抓个猴子，就是这么轻松。猴子的实力在黄狮精面前堪称无穷大，但九灵元圣显然又是猴子的高阶无穷大。有人说很多妖怪神通本不及孙悟空，靠的是主人给的法宝，但九灵元圣堪称整个取经路上碾压猴子最轻松写意的一个（镇元子不算妖怪），别说法宝，连兵器都不用。

抓尽孙悟空一方的九灵元圣依旧展现了极高修养，都已经死了一个黄狮孙儿，也没说拿这边的某位俘虏抵命，只是对着铜头铁臂的孙悟空一阵打，连沙僧主动要求承担百十棍，九灵元圣都不同意，难道是知道别人不禁打？

九灵元圣睡后，孙悟空独自逃回玉华州，金头揭谛、六丁六甲押着土地跪在面前道：“大圣，吾等捉得这个地里鬼来也。”土地“战兢兢叩头”，交代了九头狮子的主人在东极妙岩宫。孙悟空“思忆半晌道：‘东极妙岩宫，是太乙救苦天尊啊。他坐下正是个九头狮子。’”值得注意的细节是：

①竹节山土地并不愿交代九灵元圣的来历，是被护佑队逼的；

②护佑队赶在孙悟空启动搬救兵程序前说穿妖王来历，所以这一难没有四处搬救兵，直接找了正主；

③全书仅有两个妖怪主动显出原形，一个是祭赛国万圣龙宫的九头驸马，一个就是九头狮子。看来九个头真的很威武，丑的帅的都乐于亮出来。

这几个细节透露出双方主帅的真实操作。是啊，这九头狮岂是凡种，寰宇之中真有第二个？九灵元圣毫不遮掩，一照面就主动显形，分明就是亮明身份，孙悟空一见便知，所以用来引出背后祖翁的黄狮精就没利用价值了，直接打死。但孙悟空也表现出极高政治素养，连连大战就是不说九头狮子是谁。护佑队见他和对方主帅互送俘虏后，下一步多半是要开始搬救兵了，这样会牵涉进更多势力，估计是上级交代了这次不允许，但也没人愿出头来说破，于是抓到官最小的土地，逼他来说，承担这个政治责任。

既然九头狮的身份已经说穿，那孙悟空也不能再耍什么花样，径上东天门东极妙岩宫找到太乙天尊。天尊唤狮奴来问，才发现狮奴睡着在地。一问是偷喝了太上老君送的轮回琼浆，该睡三天，狮子趁机溜了，换算成下界是三年。有人说这又是太上老君搞鬼，其实这次真跟他没啥关系，且先不说太乙天尊此话是真是假，就算真是老君送的酒，也不是给狮奴喝的。太上老君的儿子、儿子他娘、儿子他爹工作都解决了，金丹砂也收了，没理由再来了。

太乙天尊带狮奴下界，“喝道：‘元圣儿！我来了！’”元圣儿立即现形磕头。倒是狮奴冲上去当众痛打九头狮，“狮奴儿打得手困，方才住了，即将锦鞯安在他身上，天尊骑了，喝声教走。他就纵声驾起彩云，径转妙岩宫去”。可怜啊！这整部书中气质最高的一位妖王，却是唯一一位当众挨打的，打他的也不是什么大神，一个狮奴而已。其实太乙天尊对九灵元圣评价颇高：“我那元圣儿也是一个久修得道的真灵：他喊一声，上通三圣，下彻九泉，等闲也便不伤生。”但却没有阻止狮奴对这位真灵的当众凌辱，让读者不胜唏嘘。这凸显出太乙天尊的广大神通，他显然又是九灵元圣的高阶无穷大，不过这也是很多人对当年大闹天宫的疑惑，这帮人的实力明明是孙悟空的k阶无穷大，怎么就是不出手，害得玉帝钻桌子？

九灵元圣也只是挨了下打，他那群高素质狮孙可就惨了。孙悟空救出取经团并玉华王父子，将狮子洞焚毁，回州城将俘虏的六个狮子全部斩杀，和之前已经剥皮的黄狮一起分肉，“把一个留在本府内外人用，一个与王府长史等官分用，把五个都剁做一二两重的块子，差校尉散给州城内外军民人等，各吃些须：一则尝尝滋味，二则押押惊恐。那些家家户户，无不瞻仰”。

太惨了！这真是千刀万剐呀！

整部书修养最高的一伙善良妖怪为何结局最为凄惨？说来又是官场上令人寒心的一幕，其实这也是明代一个著名政治现象——廷杖。

古代一些皇帝被臣子顶撞，一怒之下就当廷杖打，隋文帝（杨坚）甚至有过当廷亲自打人的不良记录。但历朝历代的廷杖都是很罕见的，唯有明朝最著名，甚至堪称明代政治特色，盖因前代皇帝怒了就直接削脑袋，最不济讨厌谁就可以赶走，谁还留着打板子玩儿？唯有明朝不能杀文官，甚至不能随意任免，那就只能打屁股出出气了。所以明朝廷杖多，其实是因为杀头少，也不能随意免官。

宋明以来儒家“文死谏、武死战”的思想深入人心，廷杖的本意是当众殴打，以折辱文士的颜面，但既然是死谏得到的“待遇”，那您才是力扛暴君的真儒呐！很多文官故意以过激言辞激怒皇帝，诱取廷杖。不过皇帝也不是傻子，不会轻易给你这待遇。万历十七年（1589），大理寺评事（最高法院审判庭长，正七品）雒于仁上著名的《酒色财气四箴疏》，痛骂万历帝有酒色财气的恶习。其实万历帝身体不太好，恰恰很注重回避酒色财气，雒于仁这完全是无端污蔑。万历帝果然大怒，召宰相申时行等欲行重惩。宰相力劝不要上当，如果真对雒于仁实施廷杖甚至下狱杀头，那他就成了千秋忠臣，你万历小儿就成著名暴君啦。万历帝也反应过来，呵呵冷笑：“你想做比干，拉朕来做商纣王？这厮想骗廷杖，我怎会上当？”为此，万历帝还发明了“留中不发”的技术，即不再遵从“有请必复”的原则，对那些故意污蔑谩骂的上疏不再回答，说难听点就是唾面自干。

不久雒于仁因病退休，死后追赠光禄少卿（正五品），比生前的官大很多。其实他也只是众多骗廷杖行为的一个注脚，当时沽名卖直的人相当多，皆以骗得廷杖为荣。九灵元圣表面上看当众挨打受辱，但您看他也博取了不少读者的同情，再加上轻轻一口就可以衔去孙悟空的超强实力，他反而成了人气最高的一位妖王。所以当时少不了文官挖空心思污蔑皇帝，激怒了他就骗得一顿廷杖，人称“讪君卖直”。不过要说廷杖业的翘楚，倒还不是一例讪君卖直，而是讪一位比君王更大的独裁者——张居正。

万历五年（1577），张居正的父亲过世，按礼制应回家守孝三年，但他贪权恋栈，想违背基本人伦，这引来一波攻击狂潮。其中张居正的两位学生翰林编修吴中行、翰林检讨赵用贤上疏弹劾，言辞激烈，张老师大怒，责以廷杖。然而这不但没有吓倒正直的文士，反而激起更多的人进谏力抗，其中尤以刑部员外郎艾穆、刑部主事沈思孝、新科进士邹元标言辞最为激烈。张居正大怒，指示冯保动用厂卫，痛打这五人。太子詹事兼翰林侍读学士王锡爵效仿当年杨慎，率近40名（玉华州狮族规模）翰林官抗议，张居正坚决行刑，吴中行被当场打死，锦衣卫用布裹着他的尸体扔出长安门，所幸被神医救活。这五位收到了巨大的政治美誉作为回报，“直声震天下”（正直的名声震动天下）。

吴中行长得很胖，神医在他腿上“刲去腐肉数十脔，大者盈掌，深至寸”，白话说就是“一二两重的块子”。赵用贤更有创意，将自己掉落的块子收集起来，做成腊肉，当做传家宝。赵用贤最后官至吏部左侍郎，赠太子少保、礼部尚书。其孙赵士春高中崇祯十年（1637）丁丑科探花，授翰林编修，又遇到了兵部尚书杨嗣昌效仿张居正故事，以“夺情”为由不回家守孝。赵士春慨然出示他家祖传的腊肉并上疏道：“臣的祖父用贤公，就是因为讨论宰相张居正夺情之事，几乎死在廷杖之下，用这块腊肉训示子孙。臣岂敢辜负家学渊源，辜负明主，坐视纲常扫地？”虽然赵士春没能骗得廷杖，只是罢官，但依然博得名声，与另四位同僚并称为“长安五谏”，士人俨然将他们比作当年吴中行五人。

有人说明朝的廷杖打断了读书人的脊梁，把中国的文人训成了犬儒，这话显然谬以千里。廷杖不但没有打掉文人的骨气，反而成为他们追求“文死谏，武死战”崇高价值的一种方式，甚至到了一种近乎病态的渴求程度。尤其指责权臣和指责皇帝可不是一个概念。皇帝的位置有法律保障，骂他一顿其实动摇不了帝位，但权臣被指出过失可真是要丢位置的，所以皇帝被骂最多打一顿板子出出气，权臣可就没这么简单了。很多滑头也懂得这个道理，假装敢于指出老板的过失，反而对经理文过饰非、大吹法螺。一个国家这种人多了，风气自然就堕落了。而吴中行、赵用贤这种敢于向张居正、杨嗣昌这些权臣开炮的才是真的勇士，是正直和腐朽最正面的激烈对抗，未必是某些人所谓的沽名卖直。

28.3 风口浪尖的翰林讲师

玉华州狮族应该是九头狮的孙子辈，一直与当地凡人和谐相处，共同发展。不知玉帝或佛祖使了什么手段，让太乙天尊同意协助取经工程——倒不是保驾护航，而是更直接瓦解凡人国度的道教信仰，转而建立佛教信仰。具体做法便是伺机派出九头狮，先假意会合他那群狮孙，然后借取经团路过之机，引黄狮上钩，引发大战将他们屠尽，再收回九头狮，这玉华州不就留给佛教了吗？但太乙天尊这种高端道仙毕竟不同于那些散仙，这种事不能做得太明显，所以他和元圣儿（九灵元圣）也颇费了一番心思，骗得一顿廷杖，算是给道友（文官）有个交代，或许这便是玉帝与他交换的利益了吧。

那么太乙天尊暗喻了官场上何种角色呢？首先要看看这位尊神在道教神话中的定位。太乙天尊又称东极青华大帝，所以很多人将其当作道教四帝中位居东方的一位，在天庭的层级仅次于三清！然而道教四帝（四御、四辅）并非按一般人首先想到的东、西、南、北四个方位排布，而是按北、南、上、下，即：

北御：中天紫微北极太皇大帝，紫禁城的守护神；

南御：南极长生大帝，掌管雷府，不是南极仙翁，更不是寿星；

上御：勾陈上宫天皇大帝，统御众星，并主持人间兵革；

下御：承天效法土皇地祇，又称垕土娘娘，常以皇天垕土并称。

不好意思，没有东、西两方。很多网络小说觉得以东西南北排布更合理，产生了很多衍生版本，最常见的就是将勾陈大帝赶到西方，再将东极青华大帝补为东方，垕土娘娘就不幸被开除了。更有一种“六帝”，取上、下、东、西、南、北六合方位，将勾陈大帝赶到西方，将玉皇大帝补为上御，东极青华大帝同样坐上东御之位，这看起来很合理！不过至少《西游记》没有采用这些说法，我们更不能无端臆造什么玉帝阴谋将六帝变为四帝，自己“脱臣为君”之说。我认为《西游记》的设定还是很清晰，玉帝相当于皇帝，三清相当于宰相，四帝相当于六部尚书这个级别的中层，绝对没什么六帝。

主流道教典籍中，太乙天尊全称“太乙救苦天尊青玄九阳上帝”，主要职责就是寻声救苦，供信徒念诵求救。不过他这个职能后来显然被佛教的观音菩萨所夺，这就是玉帝搞的坏事儿了！还有一说太乙天尊主管幽冥地府，这个职能也被佛教的地藏王菩萨所夺。至于他的不动产青华长乐世界似乎也被挂上佛教极乐世界的牌子，估计不属于他了。所以在《西游记》中，太乙天尊的设定相当模糊，显然插不进三清四帝这个级别，但既然能称天尊，想必也相去不远。另外需要提醒的是，《封神演义》有一位太乙真人，即哪吒的师父，是元始天尊的徒弟，但这并非太乙天尊，请不要混淆。

那《西游记》中，太乙天尊这位在真正道教传说中已经模糊化的神祇到底暗喻了明朝官场上的什么角色呢？我认为应该是翰林讲师。

翰林院被认为集天下文采之精华，是清要文官中最受尊敬的一个部门，但品级不高。以明朝为例，一般有30余名翰林官，其中最高的翰林学士才正五品，其下的侍讲学士、侍讲、五经博士、修撰、编修等品级更低，还有大批庶吉士相当于进站博士后，出站前暂无官阶，介于坐骑和正式神仙之间的九灵元圣似乎就是这样一种身份。翰林院的职能是研究政策、撰写诏旨、编撰史书，没有什么实在的决策权，所以在唐宋有清苦之嫌，但至明代却在学术、仕途、权力等各方面都达极致[73]。

首先，唐宋论才的标准尚不够成熟，翰林官号称世上最有才华之说值得商榷。明朝形成非常完善、成熟、严格的科举制度，30余位翰林官一律由进士中的三鼎甲、庶吉士充任，含金量得到公认。

其次，明代形成了“非进士不得入翰林，非翰林不得入内阁”的规矩，进了翰林院就是坐上宰相直通车。明代163位内阁大学士中，有126位的初授职务是翰林官，比例高达77.3%！所以翰林官被称作“储相”。储相们也积极参与政治，尤其在“大礼议”斗争中，以杨慎为代表的翰林官不畏皇权，用仕途甚至生命捍卫礼法尊严，真儒风采名垂青史。

再次，翰林院不仅舞文弄墨，也越来越多地深入到国家大政方针中来[74]。唐宋以来形成了完善的经筵制度，设定课时，由翰林讲师给皇帝、公卿讲课，内容既包括儒家经典，也包括时政研讨。明代更惯例由翰林出身的吏、礼二部侍郎甚至尚书仍兼翰林学士，保留在讲师队伍中。李春芳37岁入翰林，46岁当到翰林学士，47岁起依次为太常少卿、礼部侍郎、吏部侍郎、礼部尚书，嘉靖帝始终让他仍兼翰林学士，直至55岁入阁才免除。讲师们在与皇帝、宰相、公卿的交流中，必然对国家大政方针乃至人事安排都有影响，这个权力不可小觑。

不少讲师正是在这个讲台上展示了真我风采，得到前辈青睐，走上快车道。成化朝著名的“纸糊三阁老”之一刘珝年轻时是位热血沸腾的愤青文人，考选庶吉士后成为翰林官，在讲筵上非常投入，经常“反覆开导，词气侃侃，闻者为悚”，甚至慷慨泣下。大学士刘定之盛赞其为讲师第一，刘珝第二年就以吏部左侍郎仍兼翰林学士，入直文渊阁，并罕见地以宰相之尊继续兼任讲师。

最后，翰林院实际上也承担起讲习东宫的职能。本来太子东宫有一套完善的机构，包括教学。古代皇帝、宰相一般不再屑于听讲，偏偏是年幼的太子才需要，所以太子詹事府、太子左春坊的大学士们往往才是最高学术权威。但在明代看来，这套机构和翰林院完全重叠，所以实质上也就合并了，这样一来翰林院对年幼的储君也具有了重大影响。

太乙天尊似乎更像是这样一种角色：本身已经当到了公卿（天尊）级别，但仍兼讲师，在学术（法术）、权力、地位各方面都居于上层。现在取经故事一百回已至九十回，太乙天尊问孙悟空："你弃道归佛，保唐僧西天取经，想是功行完了？"孙悟空也敢理直气壮地回答："功行未完，却也将近。"于是太乙天尊知道这一次取经成功已是大势所趋，非他独力可阻，只好顺从地配合了玉帝，体面地让出地盘给佛教。

翰林讲师是文官集团中最具战斗力的一个方面军，但随着整个官场风气的腐化堕落，他们也逐渐放弃抵抗，和光同尘。曾经热血激昂的刘珝，在入阁为相后屡遭自称万贵妃侄儿的首相万安百般狡计排挤打压，逐渐失去了战斗意志，堕落成一个卑微懦弱的犬儒。万安观察到权倾一时的御马监太监汪直失宠，准备弹劾他以邀美名，很多文官愿意跟随，偏偏刘珝怯懦地逃避了。成化帝得到弹章都很惊讶："刘珝不是最正直吗，怎么这次反而当了缩头乌龟？"万安眼珠一转，干脆说刘珝和汪直本就是一伙，成化帝很不高兴，表达了责备刘珝的意思。万安转头跑去告诉刘珝："皇上准备罢免你啦，你干脆主动请辞，免得被罢相多丢脸呀！"其实成化帝也就是想责备一下刘珝，且未实施，远不至于罢相这么严重，而且我们说了，明朝皇帝并没有随意任免宰相的权力，但刘珝就被吓得屁滚尿流地辞官而去。

成化朝政治晦暗，高层被蔑称为"纸糊三阁老、泥塑六尚书"。其实他们中的很多人本也是刘珝这样胸怀理想的正直儒士，不幸遇到皇帝宠幸宫妃、太监等私人，不断侵夺本属文官的公权力去喂肥他们，很多人遭到各种打击恫吓后不再敢于出头，忘却初心，沦为沉默的大多数，不再好为人师。太乙天尊和他的九灵元圣儿，本有"上通三圣，下彻九泉"的通天法力，或许前九次取经失败很大程度上就是因为他们的强力反对，但在这一次取经团成功步入天竺国境后，终于选择了沉默地妥协，骗取一顿廷杖后，却将人民抛给了佛教。

28.4 九头师圣张居正

中华上下五千年，出了王莽、董卓、曹操等许许多多权柜，但张居正是其中最特别的一个。历史上的权相可以分两类，一类是张居正，一类是其他人。张权相在万历元年至十年（1573~1583）权倾天下，万历二十年（1593）出版的《西游记》当然少不了他的戏份，继九头鸟后又有九头狮。

张居正可谓翰林讲师中最成功的一位，也堪称几千年来权术最盛的一位教师。嘉靖二十六年（1547），22岁的张居正高中丁未科第二甲第九名，实习期满考选庶吉士，入翰林院学习三年（进站博士后），导师正是吏部右侍郎兼翰林学士徐阶。不久徐阶升任礼部尚书兼掌翰林院，时值绝杀严嵩的关键时点，但徐阶目光长远，多次犯着嘉靖帝的忌讳极力进言早立太子，并安排亲信弟子张居正讲习东宫，正是为了长远掌控最高皇权。

果然，徐阶的权力布局非常成功，绝杀严氏奸党后，徐阶攀上了中华帝国的权力顶峰，他学生张居正的学生裕王朱载垕也顺利继位，即为隆庆帝。但这对张居正而言才刚刚开始。张居正并非东宫唯一教师，而且当时裕王已经27岁，虽然很认同张老师，但张老师对他的人格影响毕竟有限。张老师秉承徐老师掌控学生的思路，在讲习东宫时便主动要求再兼裕王第三子朱翊钧的导师。裕王前两子夭折，按照明朝严格的礼法，裕王必能即位，他驾崩后朱翊钧小朋友也必能即位。张居正深谋远虑，要从襁褓之中全面掌控万历大帝的思想人格！

嘉靖四十五年（1566），嘉靖帝驾崩，41岁的张居正时任太子右春坊右谕德兼翰林侍讲学士（从五品）。但新首辅徐阶和高拱的斗争也很激烈，急需人手，于是主持会推，张居正破格晋升为吏部左侍郎（正三品）兼东阁大学士，入直文渊阁[75]。徐阶安排的另一位东宫讲师陈以勤时任吏部左侍郎兼太子詹事，他倒无需破格，以礼部尚书、文渊阁大学士入阁。隆庆帝自然不会折了自己的两位老师面子，一律准了。张居正入阁后思路不改，以宰相之尊顽强地保留了翰林讲师职务，亲自讲习东宫，悉心教导太子朱翊钧。而且张老师还具备一个徐老师不具备的优势——英俊。

没错，40出头正是一个男人最具成熟性感魅力的年龄段，而张居正号称明中后期第一美男子，多少传奇女子“一见白圭误终生”（“白圭”是张居正乳名），这其中不乏号称明中后期第一美女的大明孝定皇太后李氏。事实上，万历小儿9岁登基，他娘也才27岁，正值风露年华。而且他俩的真实关系其实是：李太后是英俊老师张居正的家教学生的美丽未亡人母亲。咦……有点意思！既然如此，那第一美女除了第一美男还有谁配和她玩?

还真有一位，那就是号称明中后期第一媚奴的冯保。冯保早在嘉靖中期入宫，隆庆年间官至司礼监秉笔太监提督东厂兼掌御马监，离太监的极品——司礼监掌印太监仅一步之遥。但首相高拱采取了抑制冯保的策略，连续力荐资序远在冯保之后的陈洪、孟冲弯道超车，第一媚奴只好转而向第一美男求助。第一美男优雅地轻拈美髯，告诉他去找第一美女帮忙，他早就安排好啦。第一媚奴才激动地明白过来，他们三人即将构筑一张多么可怕的权力网!

万历帝作为一个9岁的小学生，遇事听谁的？当然是家长、老师、保姆三者。这不正好就是第一美女、第一美男和第一媚奴吗？其实明朝的权力制衡设计得非常完善，很难出现大权独揽的独裁者。张居正成为有明三百年最大的独裁者，比太祖还大八倍，原因就在拉拢了李太后、冯保两个政治盟友，从家长、老师、保姆三个方面完全笼罩住了年幼单纯的万历大帝[76]。另一个重要原因则是张居正从无一刻放松过对翰林院的掌控，竭力防备杨慎那样的翰林学士来反对自己。尽管翰林官的选拔途径非常客观，张居正无法一手遮天，但如果现在还有哪个翰林讲师敢对他表露丝毫不敬，狮奴，去打他！没错，就当着御马监哥哥和普通百姓的面!

九灵元圣有六个狮孙，最后惨遭剐皮剁肉，这也有可能是暗喻张居正的六个儿子。《西游记》这节极有可能是在表达李春芳作为一位正统文人对张居正家族咬牙切齿的痛恨，因为张居正做了一件完全突破中国文人容忍底线的事——在科举考试中大规模舞弊[77]。

万历五年（1577）丁丑科殿试，23岁的张居正二公子张嗣修高中榜眼，天下议论纷纷。张居正确实做了手脚，当时主考官是太子太保、文渊阁大学士张四维，他已将张嗣修的卷子判为第二甲第一名，也就是总第四名，张四维认为尽力了。但张居正还不满足，买通冯保，在判卷结束、司礼太监将内阁奏报呈往皇帝御批的一瞬间，将第一、二名挪到了三、四名，张嗣修跃升至第一甲第二名（榜眼）。

此事当时知情人很少，但已经引起不小的议论，没想到张居正更加有恃无恐，而且首相这样做，别人岂能不跟进？三年后张居正大公子张敬修、三公子张懋修参加庚辰科会试，次相张四维之子张泰征也是同科考生。张四维向万历帝请示，为了避嫌，自己就不担任这一科考官了。谁知17岁的万历帝反问："那首辅张先生避嫌了吗？"张四维回答没有。万历帝笑道："人家两个儿子参考都没避嫌，你却提出避嫌，不是让人家难堪吗？"张四维猛省差点得罪张居正，惊出一身冷汗。最后朝廷议定，由内阁排名第三的文渊阁大学士申时行担任主考，张居正、张四维助理。考官名单一经公布，很多考生觉得不公正，甚至以退考抗议。张居正表示内心毫无波动，甚至有点想笑。

果然一发榜，三位张公子都通过了第一轮的会式，进入殿试。殿试最终评卷，大家本来拟定了一个名次，但张居正认为第二名卷才应该定为第一，但又说不出过硬理由。大家慑于权势勉强同意，但很怀疑这份卷子是他儿子的。皇帝御批后一揭开糊名，果然是张懋修！其实张懋修这人很有真才实学，考个榜眼未必是靠爹，可能张居正觉得张嗣修已经有一个榜眼了，这次非要争一个状元回家。此外，张四维之子张泰征中第二甲第四名，张居正大公子张敬修中第二甲第十三名。除了三位张公子高中，此科还有一大特色，榜眼萧良有的弟弟萧良誉中第二甲第五十六名，探花王庭撰的弟弟王庭谕中第三甲第一百三十五名。三鼎甲都有兄弟同科高中，您说这是巧合呢还是巧合呢？

事实上，在此之前已有吕调阳之子吕兴周，之后又有张四维之子张甲征、申时行之子申用懋，密集的宰相之子高中进士引起士子们的普遍情绪，智力正常的人都不会相信这其中没有猫腻。但张居正一手遮天，整个文士阶层竟不敢反抗，只能暗中讽喻。很多人将张懋修戏称为"关节状元"甚至更难听的"野鸟为鸾"。有人作了一首诗：

状元榜眼俱姓张，未必文星照楚邦。

若是相公坚不去，六郎还作探花郎。

可惜万历十年（1582）张居正就死了，不然六公子张静修还真的有望在万历十一年（1583）癸未科摘个探花，一门三兄弟包揽三鼎甲，岂不美哉？

然而张居正自己并不觉得有什么问题，也许嘲讽的话传不到他耳朵里去。有人送了他一副对联："上相太师一德辅三朝功光日月；状元榜眼二难登两第学冠天人。"这明显是讽刺，但他竟欣然挂于高堂，显然没看出来嘲意。

张居正死后，此风终于刹住。张四维之子张甲征、申时行之子申用懋参加了万历十一年（1583）癸未科会试，均通过了第一轮会试，天下哗然。殿试前，监察御史魏允贞上疏痛陈张居正窃取权柄，大开科场舞弊之风，建议以后干脆直接规定宰相之子不能参加科考算了。张四维、申时行力辩，甚至以辞职为威胁力保儿子的殿试资格。最终，万历帝判魏允贞言辞过当，贬为许州（今河南许昌）判官（市政府秘书长），为其辩护的户部员外郎李三才贬为东昌（今山东聊城）推官（县政府办主任）。结果张甲征、申用懋分别高中第二甲第十一名、第二甲第二十一名。更多御史言官纷纷上疏切谏，万历帝总算有所省悟，褒奖了这些人，并让魏允贞、李三才逐渐升回京官。此后，明朝再也没出现宰相之子高中进士的情况[78]。

事实上，张居正的问题还不是直接在考场舞弊，而是大力裁汰公立学校。宋明以来成熟的科举制度体系并不仅仅是一场公正的考试，还需诸多配套措施，其中尤为重要的是正确配置教育资源。所谓"科举必由学校"，国家建设了大量高水平公立学校，稍有资质的学生在县试中考上童生便可在县学公费攻读，还必须有不低的国家奖学金保障穷人脱产攻读，才能继续向秀才、举人甚至进士进发。这样才能保障低阶层人士源源不断涌向上流，是一种用于打破阶层固化的优秀强制回流机制[79]。然而张居正掌权后大肆裁汰公立学校，并大幅降低奖学金和教师待遇，很多穷人再也无法支撑在公学中脱产攻读，优秀师资也离开公学，转为私教。这样富人就可以用高价聘请优秀私教，逐渐在考场上占据上风，相对固化了阶级，从此仅有九窍者再难修仙，还得拼爹[80]。

哥伦比亚大学的何炳棣（Ping-ti Ho）教授[81]曾做过一个非常有意义的研究，他收集了明清12226份进士的家庭背景资料，将其中祖上三代无一人获得任何功名或公职的归为A类；有一人的归为B类；有两个以上的归为C类。他以A类进士的比例表征社会底层流向上层的畅通性，发现明代大部分年份保持在47.5%这个平均值附近，方差很小，显示社会流动性保持在一个合理水平上。但明中后期该指标开始出现明显异常，一些典型年份的A类进士比例如图14所示。

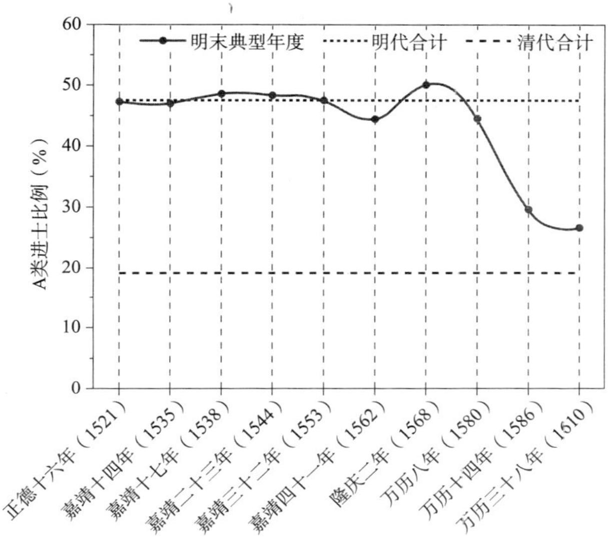

图14　明中后期典型年度科举A类进士比例

由图14可见，正是张居正掌权后大肆裁汰公立学校再加上疯狂舞弊，强制回流机制失灵，A类进士比例出现断崖式下跌，社会流动性受阻，阶层固化，不久明朝就灭亡了。再也没有什么比这更让李春芳这种靠科举考试改变了阶层的进士深恶痛绝的了，由此我们也不难理解李状元写个《西游记》，为何咬着人家张美男不放。

万历十年（1582）六月，张居正卒，一股清算他的潮流风起云涌。有人告发张居正举荐私人入阁，张四维等人又不断在万历帝面前诉说当初张居正是如何把他当小学生耍（虽然他确实是），而且张居正确实贪了不少钱，万历帝越听越怒，最终咬牙切齿地同意了清算张居正！

其实从法律角度讲，舞弊之事反而无据可查，裁汰公学更无法量刑，但大家卯足了劲儿在其他方面攒够了张居正的罪名，诏夺一切官职、谥号。很多人强烈要求这么坏的大独裁者应该开棺戮尸，万历帝刚开始同意，但立即又诏称念其劳苦功高，姑且免之。文官们非常失望，估计李春芳也没能遂意，只好在《西游记》中写六个狮孙被剐皮剁肉，过过干瘾。

张居正是个大贪官，他学生偏偏是个贫困生，那岂有不抄家的道理。锦衣卫异常凶狠，拷打他几个儿子，掘地三尺挖金银。长子张敬修进士时任礼部主事，熬不住拷打，承认了有30万两藏在曾省吾等张居正亲信家，然后自杀。张居正的弟弟都指挥使张居易、次子翰林编修张嗣修榜眼、三子翰林修撰张懋修状元均被流放。另几个儿子本有锦衣卫、尚宝司荫官，现被褫夺，孤苦地流落江湖。六个儿子的下场都很惨，不过写六个狮孙被剁成一二两的肉块给全城百姓分食，又过于咬牙切齿了点。

有人为张老师鸣冤，说万历小儿不厚道，居然长大了整老师。那么张居正到底是不是一个合格的老师？我想老师要教学生的不仅仅是学术，更重要的是做人。张居正从来没把朱翊钧当成真正的学生培养，只是攥在手里当权柄使用，尤其严重的是堂而皇之在学生面前表演考试舞弊，这叫什么老师！

第九十回叫《师狮授受同归一 盗道缠禅静九灵》，太白金星笑称孙悟空是因好为人师所以惹出这一窝狮子。是啊！教师是人类的灵魂工程师，但在权力顶端的教师又具有了特殊政治意义，有时某些人为了政治目的，突破了教师应有的人伦底线，这必将遭到中国文人最咬牙切齿地疯狂攻击[78]。

29

灵山反腐——偷香油的犀牛角给谁

这一回才是整个《西游记》的压轴大戏，三个犀牛精在灵山脚下“冒充”佛祖狂收酥合香油千余年不穿帮，四木禽星推三阻四才来降妖，敖顺突然出现在西海龙王任上，协助剿灭了三只犀牛。当然，最妙的还是三只犀牛的六只角，孙悟空号称带一只献给佛祖，佛祖也派人反复索取，孙悟空却顶住不给。这可不是作者的失误，真要说失误，那便是低估了“隆庆开海”后的白银通货膨胀速度，5万两这个数字在后人看来也不大。

29.1 犀牛在灵山脚下冒充佛祖

屠剐玉华州狮族后，取经团来到了崇信佛教的天竺外郡金平府。这里是西天路上遇到的少有的佛教地盘，但似乎很苦寒，慈云寺和尚一听取经团是唐朝来的，居然倒身就拜：“我这里向善的人，看经念佛，都指望修到你中华地托生。”呵呵，那中华还来取经干吗？这里穷，取经就是为了让富裕的中华也像他们一样纳入盘子呀！

取经团来时正值正月十三，还有两天便是元宵佳节，古代有元宵灯会的习俗，此地正在试灯。唐僧本来心急火燎要上灵山，现在已经走到灵山脚下，反而不急，专门留下来参加灯会。盘桓两日到了元宵，唐僧进城观灯。此地灯会十分繁华，尤其三盏巨大的金灯极具特色，用一种特产的酥合香油，“这油每一两值价银二两，每一斤值三十二两银子。三盏灯，每缸有五百斤，三缸共一千五百斤，共该银四万八千两。还有杂项缴缠使用，将有五万余两”。

这个价格在“隆庆开海”前堪称恐怖！须知明朝一年的国库收入才200多万两白银，5万余两那岂不是2.5%的水平？若按前文折算成2017年中国或美国财政收入水平的算法，5万两相当于2018年的4500亿元或1.05万亿元。其实也可以按书中设定的实际购买力来折算，前一回在玉华州作者设定了当地物价是“白米四钱一石”，若金平府也参照此水平，则5万两白银可买约1200万千克白米。按20元/千克计算，这也是2.4亿元，在生产力不发达的古代，由一个本来就很贫困的府县来承担，简直难以想象。只是作者没有料到，《西游记》出版不久，中国就迎来了一场人类历史上罕见的白银通货膨胀，在后世读者看来，5万两似乎也是一个可以接受的数字[67]。

而这么贵的灯油只能点三天，因为当晚佛爷就要来收。若收走了，就一年风调雨顺；若没收，反倒要遭灾。原来这香油点灯只是个意思，实质上是给佛爷的贡品，至于每年5万两白银和陈家庄每年一对童男童女哪个剥削更重就见仁见智了。而且“佛爷”和灵感大王一样，并没有稳定保障每年都风调雨顺，偶尔也不收油。这透露了佛教其实没有保一方平安的真实能力，他们无非是接近权力核心，消息灵通，得知此地今年若风调雨顺就谎称自己能保佑，收走大笔保护费，实则是贪天之功窃为己有，这就是私臣集团的作风。

唐僧正在观灯，三尊佛爷在空中现身，当地人纷纷躲藏，并劝唐僧也藏起来。唐僧说我不远万里到天竺就是来拜佛的，这下见到佛爷岂能不拜，独自挺立桥头去拜。孙悟空暗中观察，发现凶气弥漫，料定是妖邪假扮，忙呼唐僧注意。但为时已晚，三尊佛果然是三个犀牛精，收取灯油同时将唐僧掳走。孙悟空追着假佛到了山洞，暗中护佑的四值功曹主动出来报信，原来这是三只犀牛成精，分别叫辟寒大王、辟暑大王、辟尘大王，已有千年之寿，自幼爱吃酥合香油，所以在此假扮佛祖，每年收取香油。

孙悟空按功曹的指引找到洞府叫战，三只犀牛大惊。这三位消息很不灵通，并不知道什么唐僧取经，只是很识货，看出他是个圣僧，先掳来再说。现在孙悟空找上门来，才来审问唐僧，方知取经一说，听了三个徒弟的名头被吓得不轻，不过也得到了唐僧肉吃了长生不老的补充信息，积极备战。孙悟空单身挑战失败，又招来两位师弟助战，谁知仍不是对手，反而把两位师弟搭进去同关。不过孙悟空也不慌不忙，笑嘻嘻地回寺里说明了情况，然后上天宫求援。这说明：

①取经团在金平府故意逗留，引犀牛精掺和进取经；

②犀牛精本不在西天取经这个项目计划内，甚至被老板屏蔽了消息源，以至于连唐僧肉这个谣言都没获得；

③犀牛精知道了唐僧的情况，也很清楚三个徒弟的背景，只是没想到这一趟惹上的是他们，但现在知道了仍然要吃唐僧；

④孙悟空疑似故意送猪八戒、沙僧这两个累赘进洞去关；

⑤孙悟空不慌不忙，他知道天庭准备借取经铲除这股犀牛精，对方已乖乖入彀。

最重要的是，三只犀牛精在灵山脚下冒充佛祖收取高额保护费，而且一搞就是上千年，没有引起任何舆论反响。那灵山知道这个情况吗？说不知道谁信呐！

三只犀牛精摆明了就是佛祖的代理，收灯油是佛祖的一个大生意，而且千余年来都非常稳定。既然已经稳定了就不需要佛祖每次亲身去干力气活，派三个犀牛精去卖力就好啦！对了，凡人只信佛爷，不信犀牛精，那就让犀牛精每次都变成我们的样子好啦！

至于唐僧肉，送上门来的，不吃白不吃！什么，您说这是玉帝钦差的取经团？呵呵，金平府哪个不是玉帝的子民，咱兄弟在这儿吃了上千年，再吃你两斤唐僧肉又算啥？

三只犀牛精代理佛祖残酷压榨金平府百姓，佛祖当然是保佑他们的，甚至在舆论上都做好了保护，连孙悟空这样消息灵通的御马监名侦探之前都没听说过（至少是表面上没有），但玉帝就这样任由他们敲骨吸髓？

嗨！这一千多年不都这样过来的吗？一路上的观音禅院、陈家庄、碧波潭、落胎泉……哪处不是佛、道、神仙在剥削玉帝的子民？咱就是玉帝的宠臣，这些百姓就是玉帝赏赐给咱家吸血用的！但客观地说，之前出现过的任何一处都远远到不了金平府这个每年5万两白银的规模，这种超大规模并形成机制的吸血管道其实暗喻了明朝最具标志性的弊政——皇庄。嘉靖初年曾下大力气整治过这个问题，这一回玉帝巧借取经之机，欲铲除在金平府的不法巨大之利。这也是玉帝耍的权谋手腕，所以就算是私奴，利益格局一旦形成，家主也不能说改就改，您家保姆的工资也不能说扣就扣，历史上嘉靖帝也是费了不少心思才铲除了部分宠幸宫人的皇庄、皇店。

29.2 流弊百年的皇庄皇店

所谓皇庄，是指皇室私家庄园，开展放牧、种植、加工等多种经营，赚取利润。这在西方可能没什么不合适，甚至符合他们的重商主义传统，但在中国人看来却极不符合公共管理伦理。中国人认为皇室由国家供养，相当于官员拿工资，既然官员不得经商，那皇室也应同理。尤其皇室开展商贸经营，不可能是公正的，必然对市场经济秩序造成冲击。

但钱这东西哪能够用，除了正常开支，皇室成员要用钱的地方还多，尤其在赏赐后妃、太监、宫女、锦衣卫方面需求巨大。明前期皇庄很少，第一个见于记载的是英宗朝司礼监掌印太监曹吉祥谋反被诛，其财产抄没后设立了第一个皇庄。弘治二年（1489），户部尚书李敏曾向朝廷汇报，共有五处皇庄，占地128万余亩。最初皇庄的所有权均属仁寿、清宁、未央三宫，每年所收利润称“三宫子粒银”（三宫难道就是三只犀牛精）？三宫收到这些利润当然也不能独吞，须向宠幸宫妃、太监甚至一些外朝文官敬献，名目主要有三：冬天送一笔钱买炭，号称“炭敬”；夏天送一笔钱买冰，号称“冰敬”；平时零散送一些钱号称宫殿清洁费（咦，这不就是辟寒、辟暑、辟尘吗）！书中描写了三个犀牛精的兵器，辟寒的钺斧、辟暑的大刀，辟尘则是一个奇特的“扢挞藤”，其实就是劈炭的斧头、削冰的刀子和扫地的笤帚。

嘉靖帝即位之初狠刹太监干政之风，其中一个重要举措便是全面清理牧场、皇庄、皇店三大弊政。据当时粗略估计，内宫每年通过牧场、皇庄、皇店征收的子粒银可达23万两，相当于国库收入的10%，对照2017年中国水平为1.8万亿元，美国水平为4.2万亿元。牧场、皇庄、皇店是参照1/30的农税和1/50的商税上缴子粒银，由此可以反推毛利润高达每年数百万两，超过正常的国库收入。特别需要指出，23万两只是内宫征收的私税，并不在国税体系监督下，经手的宫人只拿出小部分上缴，绝大部分私吞，其实到底赚了多少，根本无法清查。有人认为实际利润可能在千万数量级，是国库岁入的好几倍[8]。

其实私臣们赚个千把万都是小事，真正可怕的是在大兴牧场、皇庄时趁机扩大田界，强侵民田、民宅的行径不可胜数，将封建王朝最害怕的一件事——土地兼并推向了高潮。皇庄、牧场大多在北直隶境内，数十座皇庄、牧场严重挤压了人民的生存空间，相继激发了杨虎起义和刘宠兄弟（俗称刘六、刘七）起义，席卷北方数省，极大地加深了明王朝的统治危机。皇店更是市场经济的绞肉机，残酷绞杀了无数雨后初笋般的民营企业[29]。事实上，《西游记》出版后，太监的商业盛世才真正来临。明中后期是波澜壮阔的大航海时代，东西方的文明与财富风云激荡，在这滔天的财富浪潮中，代行皇帝私权的私臣们会如何表演？

明神宗万历二十四年（1596），万历帝派出太监陈增“奉敕开采山东”，主管山东的工矿业。请注意，这是万历帝私人派出的，而非朝廷命官。中国历代历行国家专卖制度，采矿属于国家特许经营范围，应该有朝廷签发的许可证才能开采。但这个许可证既贵且麻烦，现在皇帝私下派一个太监来，绕开政府，签发一个皇帝私人许可的证书。按理说这个证并无法律效应，但毕竟是皇帝发的，实际上政府也只能默认。对于矿老板而言，直接从皇帝（太监）这里拿许可证的手续比由县—州—府—布政司—户部—通政司—内阁层层申报快捷得多，所以大多愿意走这边，开矿所得的税款自然也就直接交皇帝私库而不向政府缴纳国税了。

像陈增这种负责采矿业务的太监称“矿监”，后来两淮的盐监、广东的珠监、苏州织造太监等进化品种也迅速发展起来。万历帝又派出税监，既监督矿监、盐监的私税，很大程度上也侵入了地方政府的国税监督。很多时候矿监也兼税监，合称“矿税太监”，成为万历朝标志性的弊政。太监们虽然向皇帝进奉了一些利润，实则贪墨的部分更多。《明史》称矿税太监“纵横绎骚，吸髓饮血”，上缴的部分不到1/10，造成“天下萧然，生灵涂炭”。另一方面，矿税太监刮到这些钱，大肆向内宫宠臣甚至外朝文官进献“冰敬”“炭敬”，给他们“辟寒”“辟暑”，朝廷内外，风纪荡然无存。

荆州矿税太监陈奉、天津税监马堂、云南矿监杨荣等很多太监在地方上大肆盘剥，不但与当地文官势同水火，更激起民愤，引发了“武昌民变”等多起带有人民革命性质的事变。最大的高潮在万历二十九年（1601），17世纪的第一个年头。当时苏杭地区已经普及了机械织造，出现了许多机户，并发展为集团化生产。即由一个大户（资本家）设立织造厂，购买大量织机，雇佣织工，承接外包的纺织业务，收取机器使用费，这种生产方式就被很多人视为“资本主义萌芽”。苏杭织造太监兼管税务孙隆出台规定，每张织机收税银三钱，这个额度趋近于织机老板收取的机器使用收入。但边际收入不等于净利润，人家还有很高的固定成本，这样一收税，生意还怎么做下去？大量织造厂只好停工。厂一停工，织机工人就失业了。两千多名失业织工走上苏州街头，把全城的税监和有关部门全部焚烧，打死不少税吏，孙隆仓皇逃往杭州，才保得小命。这就是历史上著名的“万历江南民变”，亦称“万历江南抗税运动”，有人将其视作资本主义革命甚至工人运动的前驱，与英国宪章运动、法国里昂丝织工人运动和德国西西里亚纺织工人起义相提并论。

所以，军人懒惰哪里是明朝灭亡的最大原因，这种皇帝为了捞私房钱而造成的全社会撕裂效应才是。万历帝玩儿的矿税太监、织造太监之流小花招对市场经济的侵蚀更是长久难以弥合，使得中国这个全世界最具活力的超大体量统一市场经济体陷入一种皇帝和政府恶性竞争的诡异紊乱状态[8]。玉帝看似窝囊，但天庭统治宇宙亿万年沉稳不移，如果玉帝老儿为了求变，扶植佛教，削弱道教，以对凡间的剥削为筹码，吸引内外官员加盟他的私臣集团，下场究竟会如何？

29.3 西海龙王的风骚走位

佛祖活生生地割了一块大肥肉，比独角兕大王撒开金刚镯收金丹砂不知大多少倍，打掉它固然有利于修复玉帝的统治根基，但打手需要得罪的绝非佛祖一个。现在玉帝将这么得罪人的任务交到了取经团手中，干了，得罪佛祖（以及他身后等着进贡的大批佛道神仙）；不干，得罪玉帝。御马监名侦探这一次该如何操作？

孙悟空绝不会一棒子敲死三只犀牛精了事（有没有这实力反而不重要），他还必须拉更多神仙为他背书。孙悟空把两位师弟也送进山洞关押后，直上天宫求援。本来孙悟空是玉帝宠幸小厮，觐见无需通报，但这次太白金星在南天门就将其拦下，孙悟空说他去求玉帝查明妖孽。太白金星“呵呵冷笑道：‘大圣既与妖怪相持，岂看不出他的出处？’”孙悟空继续装傻，说只知是伙牛精，我打不过。金星先对他进行科普，说犀牛不是中华田园牛，而是郑和公公下西洋从非洲带回来的珍稀物种（因为后文需要用六只角，所以作者让太白金星说明了这种犀牛是双角，不是单角的亚洲印度犀或爪哇犀），然后告诉他四木禽星可轻松拿下。

孙悟空又假装不知“四木禽星”是个什么概念，只是跟着太白金星赍旨去斗牛宫点将。二十八宿中的角木蛟、斗木獬、奎木狼、井木犴出班接旨，孙悟空才假装恍然大悟：“这长庚老儿却隐匿，我不解其意，早说是二十八宿中的四木，老孙径来相请，又何必劳烦旨意？”四木禽星却异常严肃地说：“大圣说那里话！我等不奉旨意，谁敢擅离？”

孙悟空常到天宫求援，未必每次都需惊扰玉帝，有时直接请大神下界去把坐骑、童子召回即可，但这次可不一样，奉旨去灭了犀牛精尚且得罪一大帮神佛，何况无旨？果然，孙悟空一说是去灭青龙山玄英洞的三只犀牛，四木禽星突然推三阻四起来，角木蛟、斗木獬、奎木狼居然说井木犴一个人去就行了。太白金星大怒："你们说得是甚话！旨意着你四人，岂可不去？趁早飞行，我回旨去也。"四位才不情不愿地随孙悟空下界降妖。

三只犀牛精一见四木禽星，立知大祸临头，遣散小妖，自往东北艮地逃去。孙悟空率角木蛟、井木犴追杀，斗木獬、奎木狼则入洞解救师父、师弟。斗木獬、奎木狼救出唐僧师徒后又赶往东北去找孙悟空，没找着，但他们却在未接到任何通知的情况下转往西洋大海，果见孙悟空在海上吆喝。这说明二位早已知道犀牛往东北逃只是虚晃一枪，真正的逃处是西海。孙悟空见二位来，第一反应居然是"恨道：'你两个怎么不来追降？'"二位连忙解释是进洞去解救唐僧了，孙悟空才回嗔作喜，可见一直怀疑他们不肯努力，时刻提防偷懒。没办法，这事儿真没谁敢表现得太努力了。

孙悟空说犀牛已钻下海，角木蛟、井木犴下海去追，自己水性不佳，所以在空中等候，现在既然你们来了，我也进水去助阵，于是捻着避水诀下海，"只见那三个妖魔在水底下与井木犴、角木蛟舍死忘生苦斗哩"。事实上井木犴是犀牛精的强力克星，相当于昴日鸡和蝎子精的关系，犀牛精哪有资格让他舍死忘生？他们在水下待了这么久，必然不是真的苦斗，也不知是在商量什么，见孙悟空下水来，才做出正在缠斗的姿态。犀牛精又往海心里飞跑，孙悟空三人在后力追，这当然会被巡海夜叉看见，"慌慌张张地"向西海龙王敖顺秉报。"敖顺听言，即唤太子摩昂：'快点水兵，想是犀牛精辟寒、辟暑、辟尘儿三个惹了孙行者。今既至海，快快拔刀相助。'"

首先，犀牛逃奔的这个"海心里"方向正是西海龙宫。其次，敖顺早就知道犀牛要逃来西海龙宫。这也说明他们早就是熟人，犀牛精是把西海龙宫当作一个逃难的去处，只是未料龙宫突然不再庇护。

摩昂太子率兵阻拦犀牛，当场将辟尘擒下，辟寒、辟暑分头逃窜，角木蛟、井木犴又分头去追，敖顺也传令摩昂太子领兵协助二位星官继续追击。"即时小龙王率众前来，只见井木犴现原身，按住辟寒儿，大口小口的啃着吃哩。摩昂高叫道：‘井宿！井宿！莫咬死他，孙大圣要活的，不要死的哩。’连喊数喊，已是被他把颈项咬断了。”之后角木蛟又赶着辟暑进了摩昂的包围圈，将其生擒。三只犀牛精一死两擒，这场大战在四木禽星和西海龙王的协助下精彩收官，但各方势力在大战中表现得相当暧昧。

首先，孙悟空这一战完全没出力，只吆喝了几声，这可以用他水战不济来搪塞。但猪八戒获救后也没有勤紧地赶去助阵，说明取经团本身极不愿意出力。当然，他们不是重点。

其次，四木禽星半推半就地来到战场，无奈御马监监军火眼金睛，不得不出手。最有意思的是井木犴，一开始另外三星就说了他是犀牛精最大的克星，他一个人就可以轻松搞定。四木禽星属木，牛属土，木克土，所以四木禽星是犀牛的克星（其实犀牛属奇蹄目犀科，亲缘最近的传统物种是同属奇蹄目的马科，而牛科属偶蹄目，物种差异很远，犀牛应该随马属火才对，反而克木，但中国古代似乎将其误分在牛类）。然而四木禽星内部很清楚，这事儿归井木犴管，要得罪佛祖也只能他出头，所以另外三星一开始就推诿。实战中井木犴更耐人寻味，不出手则已，一出手就非常残忍地咬死了辟寒。作者细致描写了“只见井木犴现原身，按住辟寒儿，大口小口的啃着吃哩”。表示绝非在战斗中格毙，而是在辟寒已经倒下后，井木犴才现出凶兽原形，细细啃吃，就是为了确保辟寒死透。

在一桩特大经济案件中，办案人员非要置犯罪团伙头目于死地，这意味着什么？显然是要杀人灭口。四木禽星这次出警可谓得罪人不浅，但圣旨钦点，更在御马监火眼金睛注视之下，那就只能杀掉表面上的首犯辟寒，免得他把背后大老板供出来大家难堪，也算得罪佛祖轻一点。可能您还要问辟暑、辟尘不还没死吗？无所谓了，辟寒才是老大，很多事可以推到他身上。事实上，在《西游记》的体系中，辟寒被咬死了也未必能称灭口，较起真来到地府去拘他的魂还是可以问到很多事，但玉帝毕竟没再穷究，就像嘉靖帝只是裁撤了皇庄、皇店，没再穷究多年来的账目。

其实这一回真正的主角井木犴身上暧昧的秘密还不止杀人灭口。井木犴是南方七宿之首，位于双子座内，是一个著名的凶星，主一切所求皆不利，钱财耗散百灾非。“犴”是一个多音字，读“hān”时意为驼鹿（alces），是现存地球上最大的鹿类；读“àn”时指北方的一种野狗，非常凶残，井木犴是此意。人们常将那种阴狠凶残的狱卒、狱吏比作这种野狗，所以“犴”字有指代刑狱之意，但一般侧重于指冤狱，用法如犴庭、犴圄、犴狴、犴狱等。

这一回为何要安排井木犴这位凶星充当临时主角，而不是大家更熟的奎木狼？实是在暗指司法官员牵涉在后宫阴暗的皇店买卖中。宠幸宫人经营牧场、皇庄、皇店，最初都号称是帮皇帝捞私房钱，但他们自己也上下其手，这其中必然牵涉到诸多不法行径，必须要司法部门罩着点，所以井木犴必然也是每年从金平府灯油中获利的贪官之一。辟寒常年打点着他，所以见了玉帝钦差的取经团都丝毫不惧，唯独一见他兵戎相见，立知不免，出来混了千余年，终于到了还的时候。

您可能又要问了，佛爷才喜欢香油，井木犴这种野狗要那么多干啥？这又引出新问题来了，佛祖其实也消化不了1500斤酥合香油，这种珍贵的油品大部分是兑换成现金才交给他的，所以井木犴拿到手的是现金而不是什么香油。唐僧师徒被斗木獬、奎木狼解救后清扫犀牛精留下的这座洞府，“将他洞内细软宝贝，有许多珊瑚、玛瑙、珍珠、琥珀、琗琚、宝贝、美玉、良金，搜出一石”。洞中没有积存半升香油，倒是大批珍珠玛瑙等，可见搜刮来的香油立即就变现了，渠道健全畅通。

这事儿怎么操作的？您没见西海龙王也出马了吗？龙王是《西游记》中的金主，而且多次牵涉进黑金交易，辟寒儿每年价值5万余两的酥合香油，不靠龙王的船队怎么销得出去？所以他们才那么熟悉，所以出了事儿，犀牛精第一个想到的避难所当然是一千多年的生意合作伙伴——西海龙王呀！现实中太监们利用牧场、皇庄、皇店等平台进行了非法盈利，也只能通过非法渠道变现，最常用的不就是倭寇吗？嘉靖帝生平最恨通倭，恰是因为内外廷臣通倭者着实不在少数。

不过敖顺似乎一点都没给辟寒大王面子，三只犀牛精一钻进西海就点兵抓捕。其实犀牛精一见到敖顺的儿子摩昂太子就应该在心里叫一声“完了”，因为这不是他们认识的西海龙王，一千年来和他们做生意的西海龙王分明是——敖闰呐！

我前文买了个关子，说敖顺一会儿是北海龙王，一会儿又变西海龙王，这不是作者的笔误，而是玉帝的手段。

四海龙王首次亮相是美猴王进龙宫抢金箍棒时，大哥东海龙王敖广召集四兄弟齐聚，介绍了“舍弟乃南海龙王敖钦、北海龙王敖顺、西海龙王敖闰是也”。当时敖顺献了一双藕丝步云履，敖闰献了一副锁子黄金甲。白龙马亮相时也说了自己是西海龙王敖闰之子，说明大部分时间是北海敖顺、西海敖闰。

龙王第二次亮相则是取经团受阻红孩儿的三昧真火，孙悟空去请龙王降雨灭火，这一次却换做北海敖闰，西海敖顺。

不过前两次敖顺都是跟随大哥敖广出镜，第三次才是比较重要的角色。黑水河小鼍龙抓了唐僧，他是当年被人曹官魏征斩了的泾河龙王之子，同时也是西海龙王敖顺的外甥，所以具帖请敖顺也来吃唐僧肉。孙悟空上门问罪，敖顺连忙派摩昂太子去擒了小鼍龙治罪。

第四次亮相则是车迟斗法，孙悟空先让四海龙王助他赢下与虎力大仙比拼祈雨，当时还专门又谢了敖顺前次黑水河之功。羊力大仙跟孙悟空比拼下油锅时召唤了一条冷龙护住锅底，后来被孙悟空发现就是北海龙王敖顺。

第五次亮相是狮驼岭三大魔王抓了师父、师弟，放在蒸笼里蒸，孙悟空请来北海龙王敖顺化作冷龙护住锅底，免得师父被蒸熟。由这两次可见，敖顺应该是长期担任北海龙王，所以练就了极具北方特色的冷龙功夫。敖顺其实还有一次隐蔽出场，碧波潭万圣龙宫的九头驸马被二郎神用细犬咬掉一个头后，滴着血逃往了北海，显然是去投奔敖顺，可见这些倭寇关系错综复杂。

第六次亮相便是金平府了，敖顺适时地出现在了西海龙王任上，这显然是玉帝临时换岗，调走与犀牛精勾结甚深的敖闰，换上自己更信任的敖顺，布局还是很细心的。龙王（倭寇）这个阶层亦官亦商亦匪，很多倭寇首领和朝臣甚至皇帝本人保持着暗线联系。敖顺显然是一个更亲玉帝的龙王，所以在取经路上玉帝经常让他承担重要任务，他也不辱使命，多次助取经团通关。另外值得注意的是，取经团中的白龙马其实是敖闰的儿子，观音得到钦准把他塞进取经团，但玉帝却不用敖闰来执行关键任务，个中微妙引人遐想。

图15　犀牛精代理佛祖收取酥合香油并由龙王变现

29.4 六只犀牛角怎么分配

金平府是天竺外郡，全书百回已过九十二，取经团在灵山脚下捣毁了佛教集团最大的利益渠道，现在还要马上上山去取经，不一巴掌拍死你几个都算好的，还取啥呢？但取经团终究取得真经，还一个个果证金身，佛教集团真的这么好说话？其实秘密就藏在六只犀牛角中。

老大辟寒被井木犴当场咬死，孙悟空将生擒的辟暑、辟尘穿了牛鼻环牵回金平府，向凡人解释了这就是多年来假冒佛祖榨取你们灯油的妖怪，宣布以后不必再贡油了。这样做既没戳穿佛祖榨取凡人的真相，留了台阶，又免一方疾苦，完成了玉帝交办的政治任务。至于辟暑、辟尘这两位要犯如何处理？难道不押回天庭审理？岂止是灯油一项罪状，他们和龙王之间的洗钱贸易必有更多黑幕，说不定要把好多海军大员牵出来。那，既然这样，海军元帅又忍不住动手了。“少顷间，八戒发起性来，掣出戒刀，将辟尘儿头一刀砍下，又一刀把辟暑儿头也砍下，随即取锯子锯下四只角来。”

猪八戒在万圣龙宫就多次暴露杀人灭口的强烈意识，孙悟空早有提防，这一次居然让他当着众多人、神的面灭口成功，应该说有点故意放纵。孙悟空亦知此事就到此为止罢，如果还要穷究，恐怕不止牵出佛祖一人，那就不是他小猴子能应付的局面了。不过饶是如此，佛祖就肯轻饶？孙悟空自然有了万全之策。

犀牛角是珍宝，三只非洲犀牛共六只角。孙悟空分配犀角，首先是吩咐四木禽星：“四位星官，将此四只犀角拿上界去，进贡玉帝，回缴圣旨。”然后辟寒的两只“留一只在府堂镇库，以作向后免征灯油之证；我们带一只去，献灵山佛祖”。金平府都是凡人，在佛祖面前毫无抵抗能力，但有了这只犀角，算是掌握了佛祖甚至整个佛教集团一个罪证，能在一定程度上起到保护作用。孙悟空留一只犀角在金平府确是考虑周祥，但另五只犀角更有玄机。

先说号称进贡玉帝这四只。为什么玉帝一人要这么多，辛苦咱四木禽星一人一只给您背回来？这御马监小公公也太会心疼陛下了。其实哪里是心疼陛下，且看孙悟空刚一分配完，四木禽星的反应是“心中大喜，即时拜别大圣，忽驾彩云回奏而去”。不是表面欢喜，而是发自内心的“大喜”。为何如此大喜？因为完成了玉帝交办的工作？没这么简单，这趟差事捣毁了多少大神的利益渠道，完成了心里才苦呢！他们来时很不高兴，但既然这犀角可以作为佛祖的把柄攥在手里，就不怕他以后因此事打击报复咱啦！这四只犀角摆明了是给四木禽星一人一只，才不是给玉帝的哩！

至于号称带到灵山献给佛祖这一只就更有意思啦。

第九十八回，取经团历遍艰辛，终于抵达灵山佛地，玉真观金顶大仙、凌云渡接引佛祖等佛道神仙接引四众上山礼佛，佛祖让贴身近侍阿傩、迦叶带他们到藏经阁取《三藏真经》。这两位在佛经中同列于释迦牟尼的十大高徒，也就是须菩提的师兄弟，然而他们却公然索贿，要取经团给点“人事”。唐僧还没开口，孙悟空就叫嚷起来，说要告到佛前，他们才赶紧取出经卷。然而给的却是无字经书，所幸燃灯古佛在阁上见了，及时点醒唐僧，取经团下山还没走远，急忙回灵山再见如来。孙悟空极不礼貌地对佛祖“嚷道：‘如来！我师徒们受了万蜇千魔，千辛万苦，自东土拜到此处，蒙如来吩咐传经，被阿傩、伽叶掯财不遂，通同作弊，故意将无字的白纸本儿教我们拿去，我们拿他去何用！望如来敕治！’”

其实一路走来，孙悟空越来越圆滑，后期很少这样大呼小叫，更不会主动出头，此时在佛祖面前反而直击腐败，仿佛又让我们看到了当初那个天不怕地不怕的齐天大圣，也让很多读者心中多了一丝暖意。这确实是作者高超的写作技巧，但也暗含了更深的玄机。孙悟空如此叫嚷恰是因为他明白阿傩、迦叶表面上是索贿，其实有更直接的目的，他试图通过这种叫嚷将矛盾转移到肤浅的索贿问题上来，避免正面回答佛祖更深层次的政治问询。

面对孙悟空的叫嚷，如来笑嘻嘻地解释，说我这真经本来就很值钱，我以前传经都是要收好多好多钱的，你空手来取，确实有点坏规矩。不过我也知道你确实没钱，算了，这次就坏规矩给你吧！又令阿傩、迦叶带他们重新去取，这两位已经被当众揭穿了一次，但现在依然倔强地再次索要人事，唐僧只好先哭一阵穷，最后拿出唐太宗御赐的紫金钵盂。“那阿傩接了，但微微而笑。”然后一群闲杂人等出来笑话，阿傩“须臾把脸皮都羞皱了，只是拿着钵盂不放。伽叶却才进阁检经”。最终取了5048卷，合一藏之数，只有最初说好《三藏真经》的1/3。

不少人解读，阿傩、迦叶贪得无厌，尤其是藏经阁里反复索贿，接了紫金钵盂后那副丑态更是惟妙惟肖。不过他们贪婪的根源在于如来本身也不清廉，所以《西游记》是一部深刻批判揭露的现实主义著作。作者这段描写至少包含了两层意思。

一是较浅显的一层，表达一下阿傩、迦叶这种经手小吏的贪得无厌。李春芳常年混迹西苑，深知皇帝近身宫奴的利害。《明史》专门记载了严嵩邀得宠幸的一大招数便是频繁给嘉靖帝亲近太监塞碎银子，而且每次都恭谨地亲自塞到他们荷包里面，非常亲昵。另一边夏言却直心直肠地认为太监无非是后宫私奴，真的把他们当奴婢使唤。其实太监真的就是些私奴，他们不懂什么国家大事，更不懂文章大义，只知道姓夏的老头每次都把我们呼来唤去，严老伯就和蔼可亲多啦！

他们自然就在皇帝面前为严老伯多多美言，时不时说点夏老头的坏话，久而久之皇帝对两人的印象难免会发生嬗变。所以说虽然嘉靖朝是太监政治的低谷，但他们在这方面的影响其实仍不容忽视。他们捞不到大钱时更加看重零碎银子，所以阿傩、迦叶纵是“把脸皮都羞皱了，只是拿着钵盂不放”。

另一层其实是呼应孙悟空的犀牛角。没错，不是说好了要带一只犀角献给佛祖吗？你倒是拿出来呀！倒不是稀罕一只犀角，关键这是佛祖在金平府刮灯油的罪证，急着要回来呢！孙悟空上了灵山一路叫嚷，就是只字不提犀牛角，这当然不是作者忘了，而是猴哥攥紧了这只犀角作为佛祖的把柄，哪有交出来的道理。佛祖已经派人开口要了，而且是反复索取，孙悟空却始终装疯卖傻，只是嚷着阿傩、迦叶索贿，最终赔上唐师傅的御赐紫金钵盂，保住了自己的犀角。这六只犀角，金平府一只、孙悟空一只、四木禽星一人一只，一个都不能少呀！

有人说佛祖不是有紧箍咒吗，念得孙悟空交出来不就行了？同学，官场可不能这么玩儿！您这边真敢念了，那头自然会有人把犀角当廷呈给玉帝，到时候谁也下不了台呀！政治是一门妥协的艺术。现在，如来在孙悟空头上戴了紧箍圈，孙悟空也攥住了如来的犀牛角，双方达到相对均势，谁也不能用强，自然就互相妥协啦！

30

结论——读西游带给我们的感动

一千个读者眼里有一千个《哈姆雷特》，恒河沙数的读者眼里，也有对《西游记》大千无量种解读。我只不过是采取了不同的角度，并不存在谁对谁错。

30.1 回首《西游记》的九重境界

《西游记》是一部以励志为主题的神魔打斗小说，无论挖掘出多少官场潜规则的讽喻内涵，都并不抹煞这个前提。有人说《西游记》前后矛盾，套路重复，九九八十一难，次次都是妖怪把师父抓了，猴哥刚开始救不出，一搬来救兵立即又赢了。但现在我们结合时代背景，用“西天取经”映射“西苑取经”，明白玉帝让唐僧到如来处取经，实质上是嘉靖帝让一位司礼监小太监到西苑经厂去取经，以示对他的宠幸，各路妖魔其实是内宫外廷各路人马的依次亮相，甚至连后宫粗妇、舞姬、掏粪工都露了一下脸，并且都用绝不重复的方式达成平衡，从而通关。至于炼丹术这层意义，虽然本书没有详解，而且疑似封建糟粕，但确实为这部名著平添了不少神秘深邃的色彩。

其实我相信大多数读者已经意识到，《西游记》最重要的是官场讽喻这层内涵，只是有时被一些美好的情愫牵绊，不愿深入了解而已。尤其是听到西天取经的实质是玉帝（明朝皇帝）扶植佛教（私臣），削弱道教（文官）时，很多人甚至不愿意面对这个现实。事实上，在这个层面作者还挟带了不少私货，辛辣讽刺了几个他很厌恶的人，比如万贵妃、徐阶、徐瑛、冯保、李太后、张居正等。尤其是“立帝货”“九头鸟”这些细节，可以说已经不是暗喻而是指着鼻子痛骂了。一有机会就要申明的是：这完全是李春芳的个人好恶，我只是把他这种笔法解释给您听而已，并不表示赞同他的立场。我本人对万姐姐——好吧，我知道您在等我说什么——我对明代第一——伟大的改革家张居正先生没有任何偏见！

除了李某人的嬉笑怒骂，我们还不能忽略了更深的内涵层次，那就是作者对中国特色封建社会演进至明的描述。官场政治是社会形态的顶层反映，一部鞭辟入里的官场小说，自然而然就可以描绘出一个时代的社会长卷。但比较不幸的是，李春芳对此的预判似乎略偏悲观。

其实中国人对一个政权的价值判断很单纯：能不能让人们过上好日子。但随着封建社会的发展，某些统治者锻炼出一些高妙的欺骗套路，用一些障眼法骗得人民跌入他们的利益盘子，甚至将这些骗术形成一整套看似高深莫测的理论体系，单纯的人民越来越难分辨。更可恶的是，有些统治者故意纵容甚至培植这样的势力来扰乱正常的公共管理秩序，自以为达到了玩弄权术的至高境界，其实是在高层甚至全社会制造撕裂对抗，将善良的百姓送向亡国亡天下的前路。《西游记》出版不久，魏忠贤就掀起第二波阉党高潮，而且和东林党展开“党争”激斗，很快亡国亡天下。明末“党争”的基础正是来源于嘉靖、万历等皇帝这种自认为高明的扶植一派、牵制一派的权谋手腕，李春芳的很多忧虑都成事实。

30.2 不能忽视明中后期时代特征

有人的地方就有江湖，有利益的地方就有政治。很多官场、职场的基本原理是亘古不变且共通的，所以不少前辈在对创作背景时代并不熟悉的情况下依然对《西游记》做出了精彩解读。但我坚持认为解读《西游记》不能抛开时代背景，李春芳笔下的一些官场政治行为仅仅符合明朝的时代特征，放在其他时代便无法解释。

比如在宋明科举制度成熟前，根本不存在进士文官这个阶层，所以明朝皇帝利用内宫私奴与外朝文官争权夺利，这在汉唐根本不需要。汉唐没有科举，皇帝如果有权，直接在正规的政府中安插自己人就行了，何需什么内朝？更无需要什么“西苑取经”之流小把戏。汉唐更绝无“大礼议”这种皇帝和满朝文官为个礼仪激辩28年的文化氛围。再如红孩儿、大鹏，他们要尽花招无非图个浊流荫官，这在汉唐也是毫无必要的，没有科举这个制度藩篱，他们早就在和二郎神竞争三清四帝的位置了。

当然，最具明朝特色的还得数九灵元圣讪君卖直骗廷杖的现象。通过无理谩骂皇帝或权臣来沽取政治美誉，换其他朝代，我只问您的九族有多少脑袋够削？这种现象的根源在于明代文官的晋升不靠皇帝恩赐而靠会推，所以用这种方式在同僚中搏出位，这在其他朝代包括宋朝都是不存在的。所以《西游记》对明中后期的一些历史事件还原度还是相当高，小说角色也基本能在当时找到原型，如表13所示。

表13 小说角色与现实原型的对应关系

《西游记》中角色		对应现实角色	说明
天庭		朝廷（明）	是机构，不是人物
玉皇大帝		皇帝	主要指嘉靖帝
二郎神		皇亲国戚	宋朝以后无法入仕
镇元子		藩王	虚名高而实力弱
道家神仙	太上老君	进士出身的文官	宰相，文官集团的领袖
	太乙天尊		翰林官领袖，通过廷杖博取政治美誉
	九灵元圣		翰林院庶吉士，尚未正式授官
	诸道		科举进士，即将崛起的东林党
佛教神仙	如来佛祖	皇帝私臣（宫妃、太监、锦衣卫、私军等）	最宠幸的私臣头子，主要指司礼监掌印太监（冯保）
	观音菩萨		佛教势力强大分支，相对独立，主要指后宫女眷势力（万贵妃）
	燃灯古佛		已失势的前太监头子（陈洪）
	弥勒佛		太子东宫私臣，等待新帝登基后成新的私臣头子
	毗蓝婆菩萨		进士出身的太监（成敬）
	托塔李天王		皇帝私人禁军高级将领
	四大天王		御马监辖下的腾骧四卫
	诸佛		并非都是如来的嫡系
散仙	福禄寿星	民间知识分子	大胆结交藩王
	树精		与东林党有交叉，期待入仕
	山神、土地		天庭派驻在地方的基层小吏
妖怪		地方宗族势力	有好有坏，大多朝中有人
人类		人民大众	李世民是南赡部洲人类的代表
龙族		明末海商	“雨水”对应现实中的钱财
		倭寇	其实是中国老板
取经团	唐僧	官场上打拼的官员，参加西苑取经	准备进入核心圈的司礼监小太监
	孙悟空		复杂的综合体，既是御马监太监（汪直），也是作者李春芳的自我写照
	猪八戒		干苦力的军人
	沙和尚		锦衣卫派出的监军
	白龙马		资助取经工程的商人

所以，本书名为《解码西游》，既是将密码重重的《西游记》隐喻内涵解为明码，更是借西游故事解说一下明朝那码子事儿，更将官场百态解码成一幅中国特色封建社会演进至明的浩瀚社会长卷。这里还需再次负责任地强调：虽然中国社会、官场、职场有着一以贯之的价值观，但具体到不同时代，玩儿法全然不同，不能简单地用传统价值观甚至生活常识套用在现实的官场、职场，像《西游记》这样极具明中后期时代特征的官场小说，仅供赏析，千万不能模仿套用！千万！千万！

如果非要说有什么通理，那就是不要去参与贪官奸臣的腐败团伙。传统中国社会提倡以人品才华得到认可，而这种私臣团伙正好相反，只论私人关系，人品才华有时反而是掣肘。所以金蝉子宁愿抛弃须菩提的广大神通，变作呆蠢懦弱的唐僧，反而成佛。如果学这路数，确实找到了可能更轻松的晋身之途，却丧失了立身之本，就像《西游记》中的小妖，不管老妖什么情况，每一关小妖都是必须死绝的。老妖没背景的他自身难保，有背景的演完戏又要杀你们灭口，所以小妖乍一看跟着老妖吃了几年人，风光一时，最终却难逃一死。秉持这个道理，好好做人便无愧于心。

30.3 作者到底是崇佛还是崇道

这个问题无数人争得不亦乐乎，和尚说是崇佛，因为佛法无边，赢了道家；道士说是崇道，因为道家才是正统，只不过割让了一丁点儿蝇头小利赏给佛教而已；阳明心学门人更表示你们都是渣渣。其实大家都被李春芳耍了，他只不过是利用佛道神仙为棋子，演他心目中的官场棋局，而且显然李春芳对当时的宗教态度很不友好。我再强调一遍：我这是在揭露他，不是附和！

宗教是社会思想的深层次映射，外来宗教其实很能代表外国社会的思想基础，封建官僚李春芳显然不认同佛教背后的西方社会形态。就拿男二号唐僧的原型玄奘法师来说，他从西方取经归来，创立了汉传佛教唯识宗，其核心理论是“五乘种姓（panca-gotrāni）”学说，大意是一切众生分“声闻、缘觉、如来、不定、无”五种姓，根植于阿赖耶识（第八感）中，不可改变。每个种姓对应确定的果位，无论你自身怎么努力，最终一定会修得相应果位。比如如来种姓者就算一辈子游手好闲，某天也会“顿悟”成佛，而无种姓者就算再努力，修得人天胜妙果报，却永远不能成佛。这显然是对西方阶级社会的反映：贵族不学无术，某天突然就会封官袭爵，平民再努力地学得一身本领，就算被聘为宫廷教师，也只能永远给贵族打工。

玄奘从西方取回这样的经，并在唐代生根发芽也有其时代背景。唐中后期进入了“牛李党争”的大时代，世族门阀和科举进士的斗争达到高潮，世族迫切需要“五乘种姓”这样的学说为其阶级制度张目。但宋代以来，随着科举制度的成熟，世族门阀的社会基础已经消融，唐朝那一套在李春芳这种靠读书改变了命运所以崇信“凡有九窍者皆可修仙”的科举进士眼中就很落后了，所以《西游记》不光骂了一些明朝人。

直到今天，某些公然宣扬阶级固化的故事（魔法师的儿子注定是魔法师，泥巴种再努力也练不成魔法师）仍在西方大受欢迎，可见这种意识形态已经植根于西方人民脑中，无论包装成自由、民主、信仰或是什么更漂亮的东西都从来不改本质。明代是东西方思潮激烈碰撞的大时代，西方传教士的传播条件比当年的玄奘法师强得多，但西方宗教在中国流行不开，究其原因是西方在器物层面远远不如中华（佛教的法宝不如道教），毫无说服力。但及至李春芳的时代，随着美洲大开发和中国自身的很多问题，这种形势正在急剧逆转，试想某天西方拥有了比中华更强的器物（佛教有了比道教更强的法宝），他们那种高喊众生平等，实则阶级固化的贵族思想会不会强势入侵？这才是整部《西游记》处处留有的忧虑。

那李春芳就崇尚现实中的道教了吗？更不是。嘉靖帝的一大恶名就是宠幸道术，不要因为李春芳写了青词就认为他不深恶痛绝。不过需要提醒的是，现实中的道教作为嘉靖帝宠幸私臣，在《西游记》中对应的角色是佛教集团，恰如现实中的人民对应唐太宗（世民）这样的君王，而儒家进士才对应道家神仙，这个逻辑稍微有点曲折，希望您不要混淆。其实现实中的佛、道宗教思想是博大精深的哲学体系，只是常被统治阶级片面地利用，李春芳采取了一种充满封建文人局限性的偏见，恰如我反复强调的：我是在揭露他，不是附和！

那李春芳对那些靠努力攻读实现了鱼跃龙门的进士同僚们就大加赞赏吗？恐

也未必，如他笔下的太上老君也不是什么完人。因为在他眼中，正是某些科举出身的高级文官背弃了儒家圣训，忘却初心，堕落成眼里只有钱权名利的贪官污吏，甚至不惜投身西苑为奴，才导致中华文明被西方追赶。就像太上老君，虽然全凭真才实学得居清流极品，大家也放心地将公权力委任于他，但御马监小太监撒个娇，他就给出一粒九转金丹，公然打破天地间最基本的法则。试想，更高级别的内臣甚至商贾以重金求贿他时，我们还指望他能秉公办理吗？所以，《西游记》是一部批判现实主义巨著，不是歌功颂德，更不是宗教赞美诗。李春芳赞美的不是那些高高在上的神仙皇帝，而是勤劳的人民和那些为世民打拼在路上的有志青年。

30.4 读西游带给我们的感动

必须承认，《西游记》是伴随了我们多少人的童年一路走来的美好回忆，在我们心中种下了多少美好的情愫，如果从本书这样的角度如此深入剖析，难免会撕裂一些美好的东西。孙悟空是御马监小太监，唐僧是司礼监小太监，如来是司礼监掌印太监，观音是万贵妃，女儿国王是后宫对食的淫妇……够了！

但我仍坚持认为，看穿了《西游记》的深邃内涵，更能带给我们触及心灵的感动。

人性像星辰一样闪耀光华，正因为历史的星空背景是一片深邃的黑暗。

无论玉帝、如来、太上老君在私利争夺中展示了人性多丑陋的一面，我们都更应关注他们映衬出的闪亮。孙悟空虽是御马监的西厂特务，但也没必要过于妖魔化地看待这个职业，在丁易[28]的《明代特务政治》出版前真没那么邪乎。孙悟空的很多工作都是纠劾不法，比如收伏红孩儿、通天河灵感大王、小儿国丈白鹿精、金平府三只犀牛等。他做这些事会得罪很多大神，但为了免除一方生民的苦难，他依然勇敢地站了出来，这就叫担当！孙悟空很清楚，天庭已经腐败，他需要面对的不仅仅是如来、观音、太上老君中的某一个，而是整个体系。所以，我们从小就认为《西游记》的主题是天下无敌的超级英雄孙悟空孤身一人对抗整个天庭（政府），其实，真的没错。知道贪官的可怕，才更能理解这种担当，需要比简单粗暴的武力对抗更高层次的勇毅胸怀!

很多人诟病唐僧懦弱无能，而且是个经常将猴哥置于险境的蠢领导，但最后如来向孙悟空索取犀牛角时，唐师父可有出卖猴哥?不但没有，他还拿出紫金钵盂帮猴哥打了一个圆场，对于一个官场人士来说，这堪称大智大勇。这位一路上受尽鄙夷的弱者，在最后关头仍然闪现了人性的光辉。

不少评论把猪八戒作为一个好吃懒做的典型，我觉得多少有点误会。他挑着沉重的行李一步一个脚印走到了西天，懒在何处?很多人将明朝灭亡的原因归咎于军人懒惰，这似乎正是猪八戒的问题，但问题的根源又哪里在军人，而在于整个国家对军人的奖惩机制出现了紊乱。猪八戒也多次表现出极大的战斗热情，荆棘岭、稀柿衕都是孙悟空、沙和尚捏着鼻子躲的脏活，唯独猪八戒不怕脏、不怕累地打通关，勤紧得让人感动，唐僧也喜得承诺注他一场大功。只可惜这功屁用没有，如来嘴一张，就甩给他个净坛使者，比起别人成佛的成佛、当菩萨的当菩萨，怎能不让卖命的军人心寒?

您真的知道中国的军人有多伟大吗?我们的祖先从不用劫掠来激发将卒的贪欲，就凭华夏儿女质朴的爱国情怀，甘洒热血写春秋，前赴后继地埋骨在碧血黄沙、惊涛骇浪之中。但这并不表示他们可以永远不计回报地付出，在某些特定历史阶段，军人的社会角色会遭政客摆弄，充当他们争权夺利的马前卒，其实这恰恰不是武夫能解决的问题，而是他们的报国之志遭到腐败的侵蚀。而今每每读到猪八戒的场景，我都忍不住透过泛黄的纸背，眺见一名孤独的海军将士，装作不经意地转过身，仰头喝下一壶浊酒，却将那支承载过中华民族多少光荣与梦想的伟大舰队抛在身后，任凭海风不住送来船体破裂处的朽木气息。我曾将华夏天威播撒在尼罗河畔、洛基山下（加文·孟席斯Gavin Menzies所著《1421：中国发现世界》中认为美洲有一些明朝的足迹），而今却不得不成一个私臣团队中卑微的挑夫，还要受尽调侃嘲弄，个中辛酸望有后人能判。

请不要看到“锦衣卫”三字就大呼小叫，沙师弟已经告诉大家，锦衣卫不是妖魔鬼怪——一路上的施主也都误会啦!沙僧虽然偶尔也暴露出凶恶的一面，但总体来说他的角色扮演得很好，忠实地履行了监军职责，多次劝阻散伙。最重要的是，他从不抢风头，甘为人梯，辅佐几位主角成功。现实中很多人手头有了一丁点儿权力便急于瓜分成果，吃拿卡要，往往成为坏事的关键。如果官场中人都能向沙师弟学习一下，我们的权力环境就会改善很多。其实这些人自身成就也会高很多，只是很多人目光短浅，只看到眼前利益而不善于从《西游记》中汲取智慧而已。

所谓妖怪，其实就是打拼在成仙路上的低段位修士，他们同样带来许多感动。车迟国三位大仙数十年如一日，用微末的法术努力地造福一方，在面对强权时那种勇敢与执着不是更令人感动吗？那残忍杀害他们的不是大坏蛋吗？其实也不必过多苛责猴哥，既然踏上这个官场，早就做好了遭遇这一天的准备。社会需要无数仁人志士负重前行，既然笃定了为国为民的志愿，就不必害怕身败名裂。所以，我相信如果他们泉下有知，原来自己是被玉帝的取经团碾压了，但我等既然是为保佑一方生民的福祉而牺牲，那正是死得其所，死得重于泰山，想必也能潇洒地付之一笑吧！将士马革裹尸而还，文人又何尝没有在和平年代尽忠报国的追求？

当然，最令人感动的还是那些凡人。尽管李春芳是一个封建文人，但毕竟出身平民，他笔下的凡人淳朴、勤劳、善良，处处闪耀着中华民族的传统美德（尽管在书中披上了外国人的表象）。在面临玉帝摆弄佛道相争这样的政治棋局面前，人民并没有通过政治手段参与斗争，而是依然信任天庭，信任这个将大家凝聚在一起的政权组织。我依稀记得不少人批判过这是缺乏斗争精神的表现，但我还是想说，这才是我们这个伟大民族五千年来在这个丛林星球上屹立不倒最坚强的力量。有些国家热衷于鼓动平民参与高层政治，其实什么精神都不是，只是政客借用人民力量的政治手段而已。它们或许偶有闪光，甚至现在都在某些方面暂时领先，但不过是你方唱罢我登场，五千年来笑傲蓝星（地球）从未出局的唯有吾族吾民。

尽管《西游记》是一部官场小说，揭露了很多政治的阴暗面，甚至直指许多作者厌恶的现实人物，但李春芳绝不是充满戾气地一味谩骂，而是用如椽妙笔在嬉笑怒骂之间带给我们更多感动，甚至不惜以猪八戒自嘲。我想，这种“一壶浊酒喜相逢，古今多少事，都付笑谈中”的卓识气度，才是《西游记》留给我们最宝贵的财富！

参考文献

[1] [明]吴承恩. 西游记[M]. 北京：人民文学出版社，1980
[2] [明]吴承恩. 西游记[M]. 长春：吉林文史出版社，1995
[3] [清]陈士斌. 西游真诠[M]. 北京：中国人民大学出版社，1992
[4] [民]胡适.《西游记》考证[M]. 长春：吉林文史出版社，1995
[5] 吴承明. 秦以后的中国是有中国特色的封建社会[J]. 史学月刊，2008（3）：13–14.
[6] [晋]葛洪. 抱朴子[M]. 上海：上海书店，1986
[7] 徐弢，李思凡.《抱朴子》的心身观念及其科学文化功能——兼论其与《神学大全》的思想分际[J]. 社会科学研究，2006（2）：18–22
[8] 黄如一. 冰火大明[M]. 桂林：漓江出版社，2017
[9] 陈潡. 鲁迅与胡适《西游记》研究比较[J]. 北方论丛，1991（2）：76–82
[10] 吴闲云. 煮酒探西游[M]. 长沙：湖南人民出版社，2009
[11] 刘乃达. 西游原来是禁书：回到明朝看西游[M]. 北京：中国商业出版社，2012
[12] 穆鸿逸. 妖眼看西游[M]. 北京：新星出版社，2009
[13] 英熊北游. 天庭内幕[M]. 北京：中国青年出版社，2008
[14] 詹石窗. 詹石窗正说西游：西游记解密[M]. 沈阳：辽宁教育出版社，2012
[15] 六铃使者. 揭秘取经门：《西游记》你读懂了吗？[M]. 长沙：岳麓书社，2010
[16] 崔岱远. 看罢西游不成精[M]. 北京：东方出版社，2007
[17] 叶之秋. 勘破西游：八十一难皆是局[M]. 北京：中国发展出版社，2016
[18] 陈肯. 西游真解——仙人养成计划[M]. 上海：上海辞书出版社，2012
[19] 楚阳冬. 齐天传[M]. 北京：中国华侨出版社，2012
[20] [汉]司马迁 等. 点校本二十四史[M]. 北京：中华书局，1978
[21] [唐]玄奘，辩机. 大唐西域记[M]. 南京：凤凰出版社，2013

[22] 邓忠. 略论孔兹《般若波罗蜜多心经》英译本——兼与玄奘《心经》汉译本比较[J]. 译苑新谭，2009（1）：396–404
[23] [明]沈德符. 万历野获编[M]. 上海：上海古籍出版社，2012
[24] 方志远. 明代的御马监[J]. 中国史研究，1997（2）：140–148
[25] [宋]司马光. 资治通鉴[M]. 北京：中华书局，1956
[26] [清]赵翼. 廿二史札记[M]. 南京：凤凰出版社，2008
[27] 李涵. 明代厂卫是如何诞生的[J]. 现代阅读，2015（4）：18–19
[28] 丁易. 明代特务政治[M]. 北京：群众出版社，1949
[29] 韩大成. 明代的官店与皇店[J]. 故宫博物院院刊，1985（4）：30–35
[30] 黄如一. 煮酒话太宗[M]. 太原：山西人民出版社，2012
[31] 王迪. 明代成化时期政局研究——以阁臣、司礼太监、后妃为中心[D]. 天津：南开大学，2011
[32] [英]崔瑞德 等. 剑桥中国史系列[M]. 北京：中国社会科学出版社，1992
[33] 孙国栋. 唐宋史论丛：唐宋之际社会门第之消融[M]. 上海：上海古籍出版社，2010
[34] 岳天雷. 张居正密谋“王大臣案”的确证[J]. 哈尔滨师范大学社会科学学报，2011（5）：110–117
[35] [美]包弼德. 唐宋转型的反思——以思想的变化为主[J]. 中国学术，2000（3）：63–87
[36] 张显清. 明嘉靖“大礼议”的起因、性质和后果[J]. 史学集刊，1988（4）：7–15
[37] 孟广军. 从嘉靖朝大礼议等事看阁权对皇权的制约[J]. 北方论丛，1995（3）：91–93
[38] [唐]李靖. 唐太宗李卫公问对[M]. 西安：三秦出版社，1999
[39] [唐]吴兢. 贞观政要[M]. 合肥：黄山书社，2002
[40] 胡倩. 试论贞观后期唐太宗的执政变化——以魏征《不克终十疏注》为视角[J]. 湖南科技学院学报，2012，33（3）：78–80
[41] 宋佳. 明代内阁、司礼监与皇权之间的关系[J]. 黑龙江史志，2011（15）：13–14
[42] 宋静. 从秘书角度看明代的宦官集团[J]. 秘书，2003（3）：11–11

[43] 翁连溪. 明代司礼监刻书处——经厂[J]. 紫禁城，1992（3）：23-24+44
[44] [明]陈洪谟. 治世馀闻[M]. 北京：商务印书馆，1937
[45] [明]计六奇. 明季北略[M]. 北京：中华书局，1984
[46] [美]黄仁宇. 万历十五年[M]. 北京：中华书局，2007
[47] [明]杨士奇 等. 大明太宗文皇帝实录[EB/OL]. http：//www.docin.com/p-121106830.html
[48] [明]罗贯中 等.四大名著名家点评[M]. 北京：中华书局，2016
[49] 吴晗. 明代的锦衣卫和东西厂[M]. 北京：中华书局，1979
[50] 当年明月. 明朝那些事儿[M]. 北京：北京联合出版有限公司，2017
[51] 谭天星. 明代内阁政治[M]. 北京：中国社会科学出版社，1996
[52] 杨顺波，周伦.《宗藩条例》小议[J]. 保山学院学报，2004，23（6）：24-27.
[53] [法]勒内・格鲁塞. 草原帝国[M]. 北京：商务印书馆，2007
[54] 何忠礼. 二十世纪的中国科举制度史研究[J]. 历史研究，2000（6）：142-155
[55] 竺洪波. 四百年《西游记》学术史[M]. 上海：复旦大学出版社，2006
[56] 梅新林. 20世纪《西游记》研究[M]. 北京：文化艺术出版社，2008
[57] 沈承庆. 话说吴承恩——《西游记》作者问题揭秘[M]. 北京：北京图书馆出版社，2000
[58] 郭健. 道教内丹学与《西游记》作者研究[J]. 求索，2006（6）：223-226
[59] [明]李春芳. 李文定公贻安堂集[M]. 济南：齐鲁书社，1997
[60] 黄俶成. 明代小说史上的三个李春芳[J]. 明清小说研究，1990（z1）：139-151
[61] [美]黄仁宇. 放宽历史的视界[M]. 北京：中华书局，2001
[62] [德]冈德・弗兰克. 白银资本：重视经济全球化的东方[M]. 北京：中央编译出版社，2008
[63] [英]加文・孟席斯. 1421：中国发现世界[M]. 北京：京华出版社，2005
[64] [美]何炳棣，巫仁恕. 扬州盐商：十八世纪中国商业资本的研究[J]. 北京：中国社会经济史研究，1999（2）：59-76
[65] [法]朗索瓦・德勃雷. 海外华人[M]. 北京：新华出版社，1982
[66] 钱穆. 中国历代政治得失[M]. 上海：生活・读书・新知三联书店，2001

[67] 陈昆. 宝钞崩坏、白银需求与海外白银流入——对明代白银货币化的考察[J]. 南京审计学院学报，2011，08（2）：26–34
[68] 朱辉. 张居正与九头鸟[J]. 政府法制，2011（5）：23–23
[69] 田澍. 腐败与弊政：张居正施政的另一面[J]. 西北师范大学学报（社会科学版），2001，38（6）：43–47
[70] 韦庆远. 张居正和明代中后期政局[M]. 广州：广东高等教育出版社，1999
[71] 郭培贵. 明代科举的发展特征与启示[J]. 清华大学学报（哲学社会科学版），2006（6）：77–84
[72] [明]许仲琳. 封神演义[M]. 北京：中华书局，2013
[73] 王敏. 明代翰林院研究[D]. 长春：东北师范大学，2011
[74] 吴琦，唐金英. 明代翰林院的政治功能[J]. 华中师范大学学报（人文社会科学版），2006，45（1）：96–101
[75] 岳天雷. 由学侣到政敌——论高拱与张居正的关系[J]. 广东第二师范学院学报，2011，31（4）：93–104
[76] 樊树志. 张居正与冯保——历史的另一面[J]. 复旦学报（社会科学版），1999（1）：80–87
[77] 王培宇. 科举制度史上的作弊防范及其当代启示[J]. 教育与考试，2010（1）：41–45
[78] 何宗美. 张居正改革对晚明党争及文人结社的影响[J]. 社会科学辑刊，2003（4）：93–97
[79] 郭培贵. 二十世纪以来明代科举研究述评[J]. 中国文化研究，2007（3）：156–168
[80] 郭培贵. 明代科举各级考试的规模及其录取率[J]. 史学月刊，2006（12）：24–31
[81] [美]何炳棣. 中华帝国成功的阶梯：社会流动面面观[M]. 纽约：哥伦比亚大学出版社，1962.

后记

Afterword

玉皇大帝和如来佛祖哪个大？

这是2012年复旦大学首届“望道计划”自主招生考试中的一道题，在全社会都引起了不小的反响。校方解释这是一道开放式题目，没有标准答案，主要目的是考察考生的临场应变能力。这也说明当今社会普遍认为这个问题没有标准答案，可见《西游记》带给读者的误导还是挺深的，这也是我最初决定撰写本书的动机之一。

我认为要真正看懂《西游记》，核心问题就是弄清书中角色的定位，尤其是他们隐喻了什么对象。很多人觉得《西游记》自相矛盾，漏洞百出，其实根源只在于定位不清。实不相瞒，我小时候也曾很自然地认为佛祖比玉帝更大，因为玉帝被孙悟空打得钻桌子，佛祖却可以把孙悟空压在五行山下，再让他千辛万苦来取经。所以，佛祖（佛教）＞孙悟空＞玉帝（道教），这个逻辑似乎很清晰。但这样又无法解释，为何在取经路上，孙悟空连那些道教神仙的童子、坐骑都奈何不了。随着不断重复阅读经典，我越来越无法忍受不断发现的bug（问题）。所幸的是，我找到了答案——《明史》，尤其是具体到明中后期的真实历史。我们真正需要的，不是到宗教中，而是到历史中去寻找答案。

如果能同时熟悉《西游记》和《明史》，或许再加上一点点行政管理方面的知识，我认为将《西游记》中的神魔角色在明中后期官场甚至具体的历史事件上一一找到对应原型也不算很难，真正难的是面对现实，尤其是要撕裂很多伴随我们童年成长的美好情愫。比如我说孙悟空的原型是成化年间的御马监太监汪直，理性地讲，抛开感情因素，这不算很难发现的一个隐喻，甚至都算不上隐喻，明朝人一看到“御马监”三字立即知道是啥，再结合汪直和孙悟空的身高，这联系不起来才怪。但人并不是那么理性的动物。尤其是1986年版电视剧上映以来，孙悟空这个形象已经定格为一个充满各种美德的超级英雄。更随着各种影视剧——

《大话西游》《悟空传》《齐天传》……更是一层又一层地丰富和深化着这个美好的角色，我现在突然来一句：孙悟空其实是玉帝私人宠幸的一个小太监。换谁也不好接受。即便是我自己也很难完全直面这个现实，我甚至牵强地说孙悟空的原型也不止是汪直，还有海瑞、李春芳等。没错，我现在就是在大方地承认逻辑牵强，我这样写只是企图用键盘的噼啪声掩饰心被撕裂的声音。

其实只要能和我一样，拨开这层心障，无数所谓的“矛盾”无不迎刃而解。玉帝是明朝皇帝，佛教是后宫私臣，道教是进士文官，如来是玉帝私宠的内臣之首司礼监掌印太监，太上老君是进士出身的外朝宰相，观音是万贵妃，妖怪是地方恶霸，龙族是海商（倭寇），唐太宗（世民）是世间生民。具体细看，玉帝多数行为暗喻嘉靖帝，尤其西天取经显然讽喻他独创的“西苑取经”，但有些又暗喻万历帝、成化帝；如来时而表现为冯保，时而表现为刘瑾；太上老君更是叠加了徐阶、高拱、张居正甚至李春芳自己的多重影像。作者构筑的西游世界宏大隐秘，但只要掌握了这个方法，对着《明史》读《西游》，也不难一一理顺。所以这个方法本不难，只是能否破除这层心障的问题。

不过，比起这些浅显的小问题，我认为更需要理性看待一个更宏大的问题，那就是作者借官场顶层的故事，勾画出中国社会发展至明的形态。

其实明中后期是中华帝国甚至中华民族走向一个低谷的腐朽时代，但如果只顾居高临下地批判藐视，也容易错失《西游记》中的重要信息。这毕竟是明代文官写的官场小说，充满着封建文人的局限性，李春芳对明朝的很多社会机制、政治制度绝不是持否认态度。相反，他对科举考试、清浊分流等机制是充满感激的，书中也不乏处处吹捧，更有不少对这些机制受到侵蚀而表现出来的忧虑。仅仅从理解《西游记》的角度，我们需要试着代入他的封建文人视角，或许这是一个更难拨开的心障。尤其是在从小背着“《西游记》作者是吴承恩”这条文学常识的背景下站在李春芳的角度来看《西游记》，这多少有点玄幻。

开诚布公地讲，我本人也是一个应试教育的受益者，家境普通的我从未接受过良好的素质教育，寒窗苦读十余年，无非牢牢记住了“《西游记》作者是吴承恩”这个知识点，但我就凭这个在小升初、中考、高考、考研、考博的竞技场上一路过关斩将。而不少同龄人从小接受良好的素质教育，考前也拿到了许多教授、总裁甚至参议员的推荐信，可惜一上考场就拿不稳《红楼梦》的作者到底是罗贯中还是施耐庵，所以每一次小学、中学、大学都录取了我而不是他们。现在我却写了整整一本书来推翻这个一步步成就了我人生的知识点，既然我都能做到，相信您可以做得更好。

最后，本书要对许多人致以谢意。首先感谢您的阅读，也许我的观点您不一定完全接受，甚至有些会被认为是无稽之谈，不过文学欣赏本就是一家之言，权当博君一笑耳。特别感谢沈承庆先生，他在古稀之年考证出《西游记》作者并非吴承恩而是李春芳，这从大方向上扭转了我的思路，明确了立足明史，客观解读《西游记》的方法，使许多看似渺无头绪的问题迎刃而解。也不能忘记感谢杨洁女士、章金莱先生（六小龄童），还有三位同样英俊所以我不是很分得清的唐僧扮演者以及整个1986版《西游记》电视剧组，他们创作了永恒的荧屏经典，是我们无数人童年共同的美好记忆。尽管我现在指出了一些与他们不尽相同的解读，但正如先师牛顿三藏教授所言："我之所以看得更远，是因为我站在巨人的肩上。"本书一切成果都是在他们的基础上取得的。更要感谢以吴闲云先生为代表的一大批"西学家"，他们冒着世俗的偏见，开创了以现实主义解读《西游记》的道路。本书凡涉及引用他们的论点，均已在参考文献中列出并在此一并致谢。我们之间也有很多不同观点，欢迎读者朋友比较研判。最后，感谢雷霞女士、杨静先生、孟曦先生帮助提供了插图设计，感谢中国发展出版社的钟紫君编辑为本书出版所做的工作。

非常有缘，今天是2018年3月31日（戊戌年乙卯月壬戌日），伟大的哲学家老子2589周年诞辰，也被道教视为太上道祖圣诞。我在青城山老君阁丹炉房写下这篇后记，真是一种妙不可言的缘分啊！

黄如一
2018年3月31日
于青城山老君阁

精品书快讯

《道德战争——现代中国在价值观上的挑战》

作　　者：张东才
出版时间：2014 年 6 月
定　　价：38.00 元

这是一本从宏观上探索和思考价值观的书。作者曾被邓小平接见过（见 1979 年 5 月的《华侨日报》）。他写的《美籍华裔教授张（东）才对我国人事体制的建议》（1988 年 8 月 19 日）被《经济日报》作为内参报送中央领导并得到当时中央领导胡启立、温家宝和宋健等人的高度赞扬。这本书于凤凰卫视“开卷 8 分钟”栏目（2014 年 9 月 30 日）被隆重推介。

《国祚密码——16 张图演绎中国历史周期律》

作　　者：姬轩亦
出版时间：2014 年 12 月
定　　价：38.00 元

本书以详实的数据和严密的逻辑推理再现了公元前 841~1949 年的华夏民族兴亡史；从国际关系学和社会学的角度深入分析了我们民族历史上那些至关重要的命运转折点背后的强大动力；用现代语言诠释中国 4000 多年的政治伦理和政治实践；透彻地解剖了华夏民族的编年史“如何打破华夏民族分久必合、合久必分的历史宿命”...... 告诉你支配这种规律的竟然是一个周期率。

《民主不是万能的》

作　　者：王千马
出版时间：2011 年 12 月
定　　价：35.00 元

这是一本优秀的对话集，作者通过与 10 位意见领袖的对话激励我们找到属于自己的心声。本书上了宜兴教育局“关于印发《全市社会教育机构读书活动实施方案》的通知”中的红头文件，文件特别推荐本书并指定“各类教育（培训）机构教师必读其中（3 本）的任何一本；《小康》杂志特邀中央党校教授、经济学者等联合开出了“推荐官员阅读 50 本书”书单，本书位居其列。

《创造力——推开潜能世界的大门》

作　　者：[加拿大] Judan
出版时间：2012 年 6 月
定　　价：48.00 元

这是一位犹太人结合中西方读书和工作经验的理论研究和实战经验的总结，是关于学习系统建设和学习理念及其方法的实战手册。从平凡也能到卓越，这不仅仅是一本关于创造力的书，而是一本蕴藏无穷智慧的佳作。

精品书快讯

《华尔街局中局》

作　　者：宾　融
出版时间：2011 年 6 月
定　　价：35.00 元

全书以 37 个图表从专家角度把华尔街投机客手中精美包装的垃圾一一深入剖析，再现华尔街各大传奇公司上演的倒闭潮和跌宕剧，让人深思资本市场中的道德缺陷和金融体系的弊端；5 类针对信评机构的监管法则锁定海内外资本市场如何防范资本金风险，其对“变局、残局、对局”的深入剖析，贯穿了博弈论的思想，作者从资产证券化和金融产品创新的角度，挖掘出危机背后一系列深层次的、错综复杂的、美国的政治体制与经济政策方面的内生性根源和风险点。

《医院绩效变革》

主　　编：秦永方
出版时间：2016 年 5 月
定　　价：88.00 元

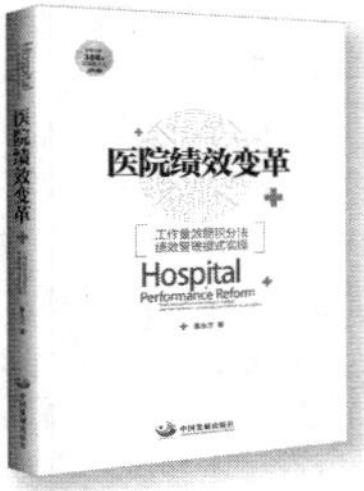

作者在医院和医院管理技术研究院第一线研究了 30 年，自 2009 年新医改以来，他深入各级各类医院调查访谈医院管理者及医务人员近 2 千人，从实践中汲取管理营养，认真研究医改新政，探索与社会和谐互动的医院绩效管理模式，本书稿更加侧重实操的研究成果。

《留学十问：圈内妈妈与教育参赞的对话》

作　　者：肖　堰
出版时间：2017 年 8 月
定　　价：48.00 元

本书采访者走访过世界 30 多个国家和地区的 200 多个各级各类教育行政管理部门和大、中、小学、幼儿园、培训企业。深度与中国 20 多个省、市的 40 多个各级各类教育机构开展过长期工作，这是一本与中国顶级专家进行过多年在留学教育领域的合作指南书稿。两位教育参赞长期在大学和高教管理部门工作，参与见证了世纪之交中国高等教育的改革发展，访问考察过国外近百所著名高校。负责组织实施中国高校领导海外培训项目。陈维嘉（分别担任中国传媒大学党委书记；教育部直属高校工作司司长；任驻芝加哥总领事馆教育参赞）；薛焕白（分别担任教育部人事司处长；中国人民大学副校长；中国驻温哥华总领馆教育领事［副司级］）。

《驾行中东 17 国（插图本）》

作　　者：刘　武
出版时间：2011 年 6 月
定　　价：35.00 元

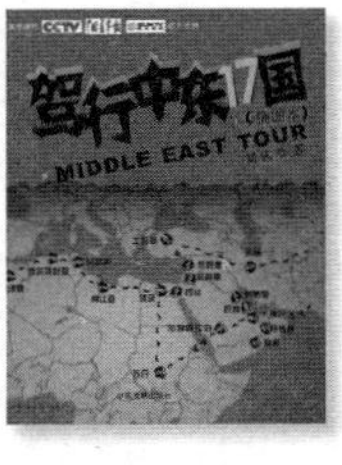

本书记载了央视资深记者刘武驾车走过 17 个国家的的探险录，从中东地理涉及到人文和风俗人情等，配有大量图片及速写（为南开大学东方艺术系主任赵均教授画）……本书得到了伊朗和叙利亚等中东大使馆的大力赞许，张建伟和卢跃刚作序。

《纸牌大厦：卢瑟经济学之21世纪金融危机》

作　　者：安　生
出版时间：2015年4月
定　　价：48.00元

本书出版最大的贡献之一，不仅在于揭示问题的实质，更在于印证了一点：在当今条件下，即便是卢瑟，逆袭成功也是有可能的，可以让卢瑟们在复杂的市场经济中学会顺势而为。本书以精邃之洞见抽丝剥茧，将大国宏观经济博弈的张张底牌，清晰地展现于我们眼前。

《卢瑟经济学》

作　　者：安　生
出版时间：2014年4月
定　　价：35.00元

此书以马克思思想为基础，并参考了西方主流经济学等人的观点，提出资本主义运行方式存在固有的内在不稳定性。本书还探寻了权利与繁荣的秘密联系，并帮你构建与当前社会结构相适应的个人策略体系。

《授之以渔我收网——销售组织齐心协力之道》

作　　者：谷荣欣
出版时间：2014年6月
定　　价：35.00元

这是一本关于销售、管理和组织齐心协力之道的书，亘在系统全面的协助组织提升销售生产力，建立组织内部信息对称。更难得的是作者运用心理学、营销管理学和人力资源学并结合自身一线在四川和重庆硬是打败了在国内其他地区无败绩的国外知名软件大品牌，首创国内品牌完胜国际品牌且在两地市场占有量豪取70%份额的傲人业绩，书中大量的案例来源于此。

《儒商管理学》

作　　者：周北辰
出版时间：2014年6月
定　　价：35.00元

本书展示了中国儒商文明与中国式管理的七大要素和现代企业文化与管理制度的八大要素。作者将儒家经典和管理案例奇妙结合在一起，以期帮助中国企业家建立有中国特色的企业文化与管理制度，建立儒家传统的管理之道，提升中国企业领导人的人文与哲学素养。本书还阐述了两个重大问题：儒商精神与儒商管理模式。儒商精神的培育与儒商管理模式的建立，标志着中华文明曰传统“农耕文明”型态向现代“商业文明”型态正式转型的开启。

精品书快讯

《缶庐拾遗及其他——献给吴昌硕诞辰 170 周年（插图本）》

作　　者：吴民先
出版时间：2015 年 1 月
定　　价：48.00 元

吴昌硕是近代杰出书画家兼篆刻家，这本集子是其后人搜集吴各种轶闻和资料编撰而成，给热爱书法艺术的人以启示。

《湖南长乐古镇文化（插图本）》

作　　者：周明剑　余耀宗　刘泽龙
出版时间：2013 年 6 月
定　　价：32.00 元

长乐，乐其天乐其道乐其人也。这本书为长乐古镇的建制沿革、族源、宗教、建筑、语言、艺文、民俗、传说等做了近乎百科全书式的展示。既有“田野调查”式的大规模采风实录（如歌谣部分等），又有颇具知识含量的高精度治学解疑（如方言部分等）。此书真实生动地呈现了湘北农村历史人文画面，令人不忍释卷。

《7 天学会古琴（插图本）》

作　　者：杨　青
出版时间：2015 年 7 月
定　　价：48.00 元

杨青老师录制古琴专辑《琴·歌》获 2011 年度十大发烧唱片奖；曾受邀担任 2009 年度及 2012 年度 CCTV 民族器乐大赛古琴组决赛评委；这本古琴艺术教学作品（配光盘）一书已被今年的非遗大会会务组内定为会务指定阅读书。长年的教学经验使杨青先生总结出一套独特、高效的古琴教学方法，这本书是一本古琴艺术短平快的作品，可让大众很快吸收古典文化艺术的熏陶。

《大山 · 远方：张志君的山水世界和他的画家师友们》

作　　者：蹇　丰
出版时间：2016 年 11 月
定　　价：58.00 元

这是一位拥有过人洞察力的艺术家的作品集。张志君是一位在国画上取得一定成就的非职业画家，被许多艺术评论家称为当前艺术环境下的一种“现象”。作者试图从张志君的绘画和生活经历的讲述来解开这一谜题，为人们了解非职业画家的创作生态提供一个生动的参考。发现惟有一位真正热爱生活的渊博之士，才可游刃有余地画出这壮丽山水。

《久违的芬芳》

作　　者：李晞海
出版时间：2016 年 7 月
定　　价：35.00 元

我们通常喜欢悲剧的小说，觉得这样造成的遗憾难免会有一丝涟漪值得久久回味，但本书不认可只有悲剧结束的故事才算得上经典完美。本书讲述的是 18 世纪欧洲西部一个偏僻的部落庄园几十年间发生的三代人之间的爱情故事。

《白纸黑字》

主　　编：悦殊
出版时间：2016 年 10 月
定　　价：38.00 元

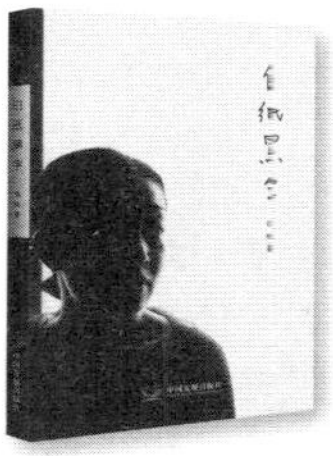

这是一个历史系女生的纯私人写作，没有任何现实目的，只是出于对白纸黑字的热爱，一笔一划，一字一句，寸寸本心。更庆幸我们生命里有着许多至今仍将白纸黑字视为图腾的同道者。

《地河》

作　　者：韩　上
出版时间：2017 年 6 月
定　　价：38.00 元

本书是一篇以农村生活为背景的小说。作者以水源腐败为出发点把污染水源毒害村民的主角放在了一个敏感内向，且从小受到欺负的孩子身上来观察和反思。他从小受到村里人的嘲弄，内心积怨很深，逐渐产生仇恨，以至于在长大后对全村人进行隐蔽又恶毒的报复，致使全村灭亡的故事。小说情节表现自然，每一步细节设计都顺情合理无漏洞，对农村生活的方方面面作出了深刻的论述，不失为当下农村生活题材提供了很多值得继续探讨的命题。

《茶油的背后》

作　　者：黄铁鹰
出版时间：2018 年 6 月
定　　价：39.00 元

袁隆平推荐的山茶油，稻盛和夫点赞的企业家，被褚时健看好的项目，比橄榄油还要好的食用油。农民的管理、自然灾害、劳动力不足、激烈竞争的食用油市场……这不仅是创业，不仅是做茶油，更与农村、农业和农民有关，甚至关乎我们的命运。作者的目标是编写 100 个像海底捞、褚橙、茶油这样水平的案例，用来记录中国这个千载难逢的商业变革时代的一部分事实。

精品书快讯

《寂静的青春》

作　　者：吴　端
出版时间：2015 年 2 月
定　　价：38.00 元

这是一本试着以历史唯物主义的理论与方法，来研究青年在近、现代人类社会快速发展与变革过程中，起到的独特作用和重要意义，以及它所表现出来的带规律性的本质特征。这对建立起科学的经得起历史检验的青年观和建设青年学科理论的核心理论很有帮助。

《青春奥秘》

作　　者：谢昌逵
出版时间：2017 年 5 月
定　　价：48.00 元

作者已过九旬，可谓是我国最年长的作者。他晚年集中精力，花了 8 年多时间，阅读了大量有关文献与资料，写出了这本很有学术价值的新书。这是中国学者关于青年理论最系统全面且富有创见的一本力作，为创建科学的经得起历史检验的青年学作出了宝贵的贡献，也为青年研究走向学科化建构了新的舞台。

《奇幻通史：生死的格式与众神的审判》（全两册）

作　　者：王武侃
出版时间：2017 年 12 月
定　　价：68.00 元

这是一部以中国历史为主要素材所写成的文学作品，中国历史上许多传统故事在这里得到文学演绎。本书是采用文学叙事体的写作方式演绎历史故事，作者把东西方神话故事结合到一起，展现出了一个空灵奇幻的世界。本书将引领我们重新认识我们的过去，遐想我们的未来。分古代卷（上册）和近代卷（下册）。

古代卷：勾画出了一个有作为的帝王商纣王；阐述了为什么是秦统一了中国；本书还用文学的笔法，将不同的历史人物打入地狱或升入天堂。近代卷：两个文明在新陈代谢中对抗，传统农业文明没落，工业文明展露生机；地球上低级动物，高级动物，无机动物三体世界初步形成。

《旧邦维新——新民·新人研究 30 年文集》

作　　者：陈亮 张建
出版时间：2018 年 11 月
定　　价：48.00 元

文论选（1986–2016）主要集结了中国大陆近 30 年来对国民性改造的探讨和培养新民新人的理论探索以及部分大陆与境外、域外的教育实践文本。全书共分四个部分由 51 篇文章组成：第一部分总论，回顾与启示；第二部分专论，从梁启超的《新民说》谈起；第三部分讨论，新民新人思想的演进；第四部分附录，实践与文本。通过总论的回顾与启示，展开对梁启超《新民说》的专题讨论，由新民新人思想的演进过程，展现各个历史时期的问题与思考、诠释与实践。文论选为近 30 年来关于国民素质问题研究成果的一次总结，具有思想史的意义。文论选的编撰乃启发式的基础工作，对进一步的学术研究是一次推动。文论选的出版将为青少年教育工作者、思政工作者、伦理学研究者、思想史研究者提供一份学习和参考资料。

精品书快讯

《观察》系列

主　　编：杨其川　王　强
出版时间：2012 年 11 月
定　　价：30.00 元

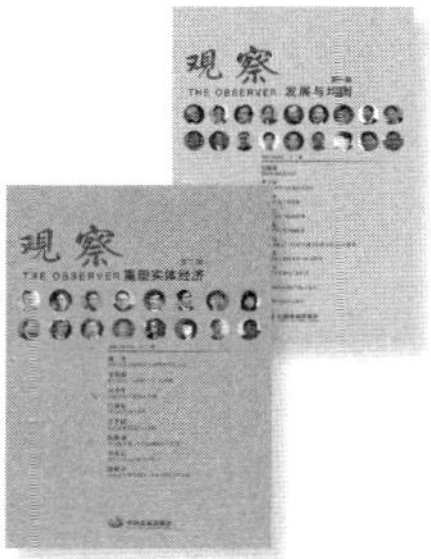

《观察》每一辑有选择性地就中国经济社会变革与发展中遇到的某一个焦点或者难点问题作出探讨。《观察 1》以“发展与均衡”为主题，《观察 2》以“重塑实体经济”为主题，即将出版的《观察 3》以“生态城镇化”为主题。集子收入的作品和作者都是经济界知名人士，分别采用了张维迎、滕斌圣、谭云明、孟书强、石正方、徐枫、韦森、余永定、茅于轼、魏杰、张茉楠、张锋强、易宪容、黄茂兴、许小年、巴曙松等人的文章合集。

推理小说系列

作　　者：马　天　王稼骏
出版时间：2012 年 11 月
定　　价：25.00 元

《1/7 生还游戏》整个故事是由一笔巨额遗产引起，这种古典推理小说的模式大大增加了阅读乐趣，能吸引大量的本格推理迷阅读；《诡异房客》不仅描写了富含日系风格的离奇凶案侦破故事，也对社会上的一些阴暗现象（如对精神病人的歧视等）进行审视，富含哲理。作者有业界被称为“中国的东野圭吾”。

《公共幸福系列》5 本

作　　者：[日] 矢琦胜彦
出版时间：2012 年 6 月
定　　价：35.00 元

矢琦胜彦，现任日本芬理希梦集团名誉会长，京都论坛事务局长。他在四川凉山培植了越光稻谷成立“信赖农园项目”，认为这个地方或许可以成为未来不发达国家的人们摆脱困境的发展典范 ...... 以此为动力撰写出此系列图书：《幸福经营之道》、《良知物语》、《印度植树物语》、《信赖农园物语》、《和商实学》。

精品书快讯

《新京报十周年丛书》5 本

作　　者：《新京报》
出版时间：2013 年 11 月
定　　价：35.00 元

“新京报十周年精品系列”共 5 册，新京报践行“品质源于责任”的价值观，以主流性、敏锐性、时代性洞察时局，引领舆论，推动社会的文明进步，成为一份具有全国影响力和世界影响力的新型时政类主流城市日报。这是该报社创刊近十年（2003~2013）来优秀获奖作品的精选集，此集子的出版给传媒行业提供了实践样本和动力。

《改善社会建设　重建社会秩序》

作　　者：贡　森　包雅钧等
出版时间：2017 年 10 月
定　　价：30.00 元

本书是 2017 国务院发展研究中心丛书之一种。书稿从多个层面和角度深入论述和分析我国构建改善社会建设和重建社会秩序的政策措施。主要分三个专题，四个报告。对社会建设领域各方面的改革提出了具体建议。文末附加提供了美国政府的工资革命（1780~1940）以吸取他国创新之处。